W0401916

BASTEI
LÜBBE

Über den Autor:

Nicolas Kublicki wurde 1966 in Los Angeles geboren. Nach seinem Jura-Studium arbeitete er unter anderem für das amerikanische Justizministerium in Washington. DAS MONOPOL ist sein erster Roman. Der Autor lebt in Los Angeles, Kalifornien.

NICOLAS
KUBLICKI

THRILLER

DAS MONOPOL

AUS DEM
AMERIKANISCHEN VON
BARBARA FÖRST

BASTEI
LÜBBE

BASTEI LÜBBE TASCHENBUCH
Band 15 179

1.+2. Auflage: August 2004

Bastei Lübbe Taschenbücher ist ein Imprint
der Verlagsgruppe Lübbe

Deutsche Erstveröffentlichung
Titel der amerikanischen Originalausgabe:
The Diamond Conspiracy
© 2002 by Pat Carlton Enterprises, LLC
Published by arrangement with Sourcebooks, Inc.
© für die deutschsprachige Ausgabe 2004 by
Verlagsgruppe Lübbe GmbH & Co. KG, Bergisch Gladbach
Umschlaggestaltung: HildenDesign, München – Johannes Wickel
Titelbild: Gamma/Agentur Olimpia
Satz: hanseatenSatz-bremen, Bremen
Druck und Verarbeitung: Ebner & Spiegel, Ulm
Printed in Germany
ISBN 3-404-15179-8

Sie finden uns im Internet unter
www.luebbe.de

Der Preis dieses Bandes versteht sich einschließlich
der gesetzlichen Mehrwertsteuer.

Für meine Eltern
Tadeusz und Marie,
die mich gelehrt haben,
Gut und Böse zu unterscheiden.

Vatik
Macon
Grove, AR
Pasadena,
CA
Rom
Los Angeles,
CA
Paler
Yukatan
N
W
O
S
U-Boot-Stützpunkt
Groton, CT
Johannesburg
Atlantic City, NJ
Andrews
Luftwaffen-Stützpunkt
Washington, DC
Arlington, VA

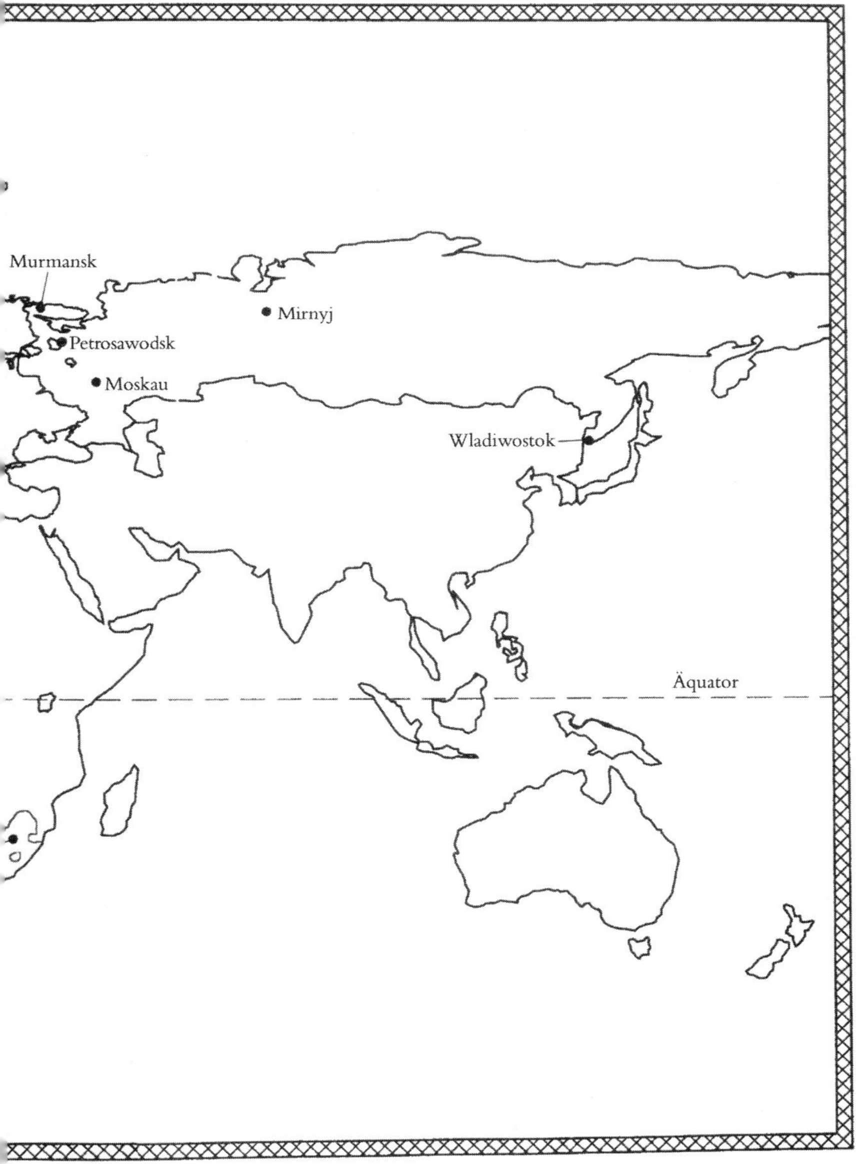
Murmansk
Mirnyj
Petrosawodsk
Moskau
Wladiwostok
Äquator

Jeder wettbewerbsbeschränkende Zusammenschluss, jede wettbewerbsbeschränkende Abrede oder Kartellabsprache, die als Trust oder in anderer Weise vollzogen wird mit dem Ziel, den Handel oder Verkehr zwischen den verschiedenen Bundesstaaten oder mit ausländischen Nationen einzuschränken, wird hiermit für rechtswidrig erklärt ... Jede Person, die ein Monopol aufbaut oder den Versuch dazu unternimmt oder sich zu dem Zweck mit anderen Personen zusammenschließt oder abspricht, einen Teilbereich des Handels oder Verkehrs zwischen den Bundesstaaten oder ausländischen Nationen zu monopolisieren, wird einer Straftat für schuldig befunden, die wie folgt geahndet wird: Bei einer Körperschaft mit einer Geldstrafe bis zu 10.000.000 Dollar, bei einer Einzelperson mit einer Geldstrafe bis zu 350.000 Dollar oder mit einer Gefängnisstrafe von bis zu drei Jahren, oder mit beiden vorgenannten Strafen, je nach Ermessen des zuständigen Gerichts.

Sherman Antitrust Act von 1890
Artikel 15 des United States Code
Absätze 1 und 2, in der geänderten Fassung

PROLOG

Arkansas, 1920

Das Geologenteam machte sich im August auf den Weg. Über der Landschaft von Arkansas lagen unbarmherzige Hitze und stickige Schwüle. Nur das betäubende Zirpen der Grillen und das Dröhnen der Motoren waren zu vernehmen. Die Geologen fuhren in einer Kolonne, die aus lauter Ford *Tin Lizzies* bestand, schwer beladen mit Zelten, empfindlichen Messgeräten, Kisten mit Dosenproviant, Spitzhacken, Schaufeln und Dynamit. Trotz ihrer robusten Bauweise blieben die Ford T in moskitoverseuchten Sumpflöchern stecken, die sich bei den sintflutartigen Regenfällen des Sommers gebildet hatten. Doch die Männer des Teams waren mit derartigen Situationen vertraut; sie hatten schon Schlimmeres erlebt. Außerdem waren sie von Washington auf eine wichtige Mission geschickt worden, und Washington zahlte gut. Sie quälten sich weiter.

Ihre Bemühungen wurden bitter enttäuscht. So viel sie auch sprengten, gruben, Erde siebten – die Geologen konnten ihre Beute nicht finden. Stunden dehnten sich zu Tagen, Tage zu Wochen. Nachdem sie einen Monat unter der sengenden Sonne geschuftet hatten, waren ihre Vorräte auf ein paar spärliche Kisten zusammengeschmolzen. Die angeheuerten Hilfskräfte waren erschöpft, von Insektenbissen geplagt und kurz davor, den Job hinzuschmeißen. Die überstrapazierten Wagen waren kaum noch vom Fleck zu bewegen. Die Arbeitsmoral war am Tiefpunkt angelangt, die vertraglich vereinbarte Zeit fast abgelaufen. Erschöpft und niedergeschlagen blies Teamleiter Samuel Osage die Expedition ab.

Auf der sumpfigen Straße nach Murfreesboro lief wieder ein Motor heiß, als der Ford T in einem Schlammloch stecken blieb. Die Männer beschlossen so lange zu warten, bis der Motor sich abgekühlt hatte, öffneten die letzten Dosen Bohnen und schnitten Fleisch in Streifen. Als Osage vorsichtig um den Wagen herum durch den zähen Schlamm watete, schätzte er dessen Tiefe falsch ein und verlor das Gleichgewicht. Er streckte einen Arm aus, um den Fall abzubremsen, doch die Hand versank tief im Morast. Osage landete mit dem Gesicht im Schlamm. Begleitet vom spöttischen Gelächter der Männer versuchte er sich herauszuwinden und schaffte es nach einigen vergeblichen Versuchen. Er wischte sich den schwarzen, klebrigen Lehm ab, der an Armen, Händen und im Gesicht haftete, doch seltsamerweise war er nicht weich – Osage fühlte winzige Steine im Schlamm. Er wusch sich, so gut es ging, und betrachtete seine lehmverschmierten Hände.

Plötzlich erstarrte er.

Zwischen zwei Fingern seiner linken Hand steckte ein rauer Kieselstein. Obwohl er zum Teil noch mit verkrustetem Schlamm überzogen war, erkannte Osages geübtes Auge sofort, was er da vor sich hatte. Sorgfältig rieb er den Kiesel an der letzten sauberen Stelle seines Hemdes ab und hielt ihn zwischen zwei schmutzigen Fingern gegen die grelle Sonne. Das durchsichtige Steinchen funkelte im Licht. Osages lehmverkrustetes Gesicht verzog sich zu einem breiten Grinsen. In der Hand hielt er eine jener Kostbarkeiten, die sein Team im Auftrag der US-Behörde für Geologische Landesaufnahme gesucht hatte.

Einen Diamanten.

Washington verschwendete keine Zeit. Keine zwei Monate, nachdem der Bericht des Teams eingegangen war, wurde eine Mine eingerichtet, die sogleich einen ansehnlichen Ertrag einbrachte. Washington wies die Geologen an, den Anteil der diamantenhaltigen Gesteinsschichten zu bestimmen. Das Ergebnis überstieg Osages höchste Erwartungen. Was sie ursprünglich für eine dürftige Sekundärlagerstätte gehalten hatten, erwies sich als unterirdisches Meer aus Diamanten.

Wenngleich Washington den überraschenden Fund streng unter Verschluss hielt, gelangten die Neuigkeiten nach Südafrika, wo schon seit vierzig Jahren gewaltige Diamantenvorkommen entdeckt wurden. Dass es nun auch Diamanten in Arkansas geben sollte, klang in den Ohren der Waterboer Mines Limited äußerst bedrohlich.

Seit die kostbaren Steine 1871 bei Kimberley im Oranjefreistaat entdeckt worden waren, hatten die Minengesellschaften Südafrikas jede erdenkliche Strategie angewandt, um die unzähligen neu entdeckten Minen zu einem einzigen, effektiv arbeitenden Unternehmen zusammenzuschließen. Bestechung, zwielichtige Abmachungen und geheime Absprachen ließen die Waterboer Mines Limited als Sieger aus dem Streit hervorgehen. Waterboer kontrollierte zunächst die Diamantenproduktion in Südafrika, dann die der ganzen Welt. Die Entdeckung in Arkansas bedrohte Waterboers Monopol. Ein gewaltiges Diamantenvorkommen, das sich ihrer Kontrolle entzog, würde die Preise in den Keller sinken lassen. Waterboer musste handeln. Und zwar rasch.

Als Herrscher über das mächtigste Monopol der Welt hatte Cecil R. Slythe einen nicht zu unterschätzenden Einfluss. Das Diamantenmonopol brachte Reichtum, und der Reichtum brachte Einfluss. Und der Einfluss Macht. In Südafrika und Europa. Und in Amerika. Ganz besonders in Arkansas.

Im Herbst 1920 flog Cecil R. Slythe nach Washington. Kaum eine Stunde, nachdem er sich mit den Mächtigen aus der Finanzwelt und der Politik zusammengesetzt hatte, wurde Osages Team aufgelöst und dessen Mitglieder auf wichtige Expeditionen in ferne Länder geschickt. Die Diamantenmine von Murfreesboro wurde mit Brettern vernagelt und aufgegeben, die Minenarbeiter über das ganze Land verstreut und mit besser bezahlten Jobs geködert. Journalisten und Politiker wurden zum Schweigen gebracht. Der Bericht der Geologen wurde in einem Gewölbe tief unter einem namenlosen Gebäude in Washington versenkt, damit er nie wieder ans Tageslicht gelangte.

Im Jahre 1932, nach der Rückkehr von einer äußerst gefährlichen Suche nach Smaragden in Kolumbien, beschloss Osage, der Mine in Arkansas, die er immer noch insgeheim als »seine Mine« bezeichnete, einen Besuch abzustatten. Sein Interesse war nicht finanzieller Art – er hatte keinen Anteil an der Mine erhalten –, sondern beruhte auf beruflicher Neugier, ja, beinahe auf einer Art Vatergefühl.

Dort, wo bei seiner Abreise täglich hunderte Karat gefördert worden waren, fand er nur noch morsche Holzbalken und verrostete Maschinen vor. Wie kam das? Er kannte doch die ausgedehnten Gesteinsablagerungen, die Millionen Karat wert waren. Dieses gewaltige Vorkommen konnte selbst nach so langer Zeit nicht abgebaut sein. Warum hatten sie die Mine dann geschlossen?

Osage wollte es herausfinden.

Er begann seine Nachforschungen an dem Ort, der ihm am besten geeignet schien: der Washingtoner Zentrale der USGS. Die offizielle Antwort versetzte ihn in Erstaunen: Leider müsse man ihm mitteilen, dass es keine Aufzeichnungen über irgendwelche Diamantenvorkommen in Arkansas gebe. Man entsinne sich zwar vage einer Diamantenmine, doch die sei vor zwölf Jahren geschlossen worden. Verwirrt fuhr Osage nach Arkansas und wandte sich an Landes- und Kommunalbehörden. Auch dort wich man seinen Fragen aus und tat, als wisse man von nichts. Wieder in Washington, versuchte er Kongressmitglieder zu kontaktieren, die die Arbeit der USGS beaufsichtigten. Doch niemand hatte Zeit für ihn. Schließlich beschloss Osage, mit den Leuten seines ersten Geologenteams zu reden – jenen Männern, die sich damals gemeinsam mit ihm durch den Schlamm gekämpft hatten. Im Laufe der Jahre hatte er den Kontakt zu ihnen verloren, denn das Team hatte sich über die ganze Welt verstreut. Doch diese Männer, seine ehemaligen Kollegen, mussten ihm Auskunft geben können.

Zu seinem Schrecken stellte Osage fest, dass kein Einziger mehr lebte. Alle waren auf Expeditionen in fernen Ländern unter mysteriösen Umständen verschwunden.

Osage versuchte sich einzureden, dass sie bei Unfällen ums Leben gekommen waren. Doch es gelang ihm nicht. Er versuchte zu glauben, die Arkansas-Mine sei erschöpft, doch auch das wollte ihm nicht gelingen. Er versuchte, die Mine völlig zu vergessen, doch der Gedanke an die Diamanten verfolgte ihn. Es musste eine Erklärung geben.

Schließlich nutzte Osage die einzige verbleibende Möglichkeit: Er wandte sich an die Presse. Mitten in der größten Wirtschaftskrise, die das Land je erlebt hatte, musste die Nachricht von Diamantenfunden in Arkansas der Zeitungsknüller werden! Doch sämtliche Journalisten, angefangen bei den Mitarbeitern der überregionalen Zeitungen bis hin zu den Reportern der kleinsten Provinzblätter, stempelten ihn als Verrückten ab. Doch Osage war ein hartnäckiger alter Fuchs. Die Ablehnung bestärkte ihn in seinem Vorhaben. Er nahm sich jede Zeitung des Landes vor. Nach einigen Wochen, als es schon so aussah, als wolle kein Journalist im ganzen Land mit ihm sprechen, erklärte sich ein junger Reporter eines Provinzblättchens in Little Rock bereit, sich Osages Geschichte noch am gleichen Tag anzuhören. Osage machte sich in seinem altersschwachen Ford auf den Weg in den hundertfünfzig Kilometer entfernten Ort.

1932 verdienten die Straßen in Arkansas diesen Namen kaum. Wenn ein Fahrer sich auf diese Sandwege wagte, setzten ihm und seinem Wagen Schlaglöcher, Lehm und Geröll zu. Bei einer Geschwindigkeit von fünfzig Stundenkilometern vibrierte die Karosserie dermaßen, dass Osage fast kein Gefühl mehr in den Beinen spürte. Er fürchtete, der Wagen würde auseinander fallen.

Die Sonne senkte sich langsam zum Horizont, und Little Rock war immer noch mehr als sechzig Kilometer entfernt. Wenn Osage es nicht bis zum Anbruch der Dunkelheit schaffte, musste er mit der Geschwindigkeit heruntergehen und würde damit die Chance verspielen – die einzige Chance, wie er sich ermahnte –, seine Geschichte jemandem zu erzählen, der tatsächlich zuhörte.

Da er sich sehr auf das Fahren konzentrieren musste und angestrengt nachdachte, achtete Osage kaum auf die Umgebung oder die Straße hinter sich. Plötzlich jagte von hinten ein Wagen heran. Osage hatte ihn nicht im Innenspiegel sehen können, denn einen solchen gab es in seinem Modell nicht. Überdies wurde das Herannahen des anderen Fahrzeugs vom lauten Dröhnen des Ford-Auspuffs übertönt. Der Verfolger war ebenfalls ein Ford, doch damit endeten die Gemeinsamkeiten: Zwar waren Karosserie und sogar Farbe gleich, doch die Motorhaube des anderen Fahrzeugs beherbergte einen mächtigen Duesenberg-Achtzylinder, der den Wagen unvergleichlich schneller machte als Osages Standard-Fordmotor. Der Verfolger war so schnell, dass Osage den quadratischen Kühler und die runden Scheinwerfer erst bemerkte, als der Wagen nur noch zehn Meter hinter ihm war.

Es schien, als wäre dieser Verrückte plötzlich aus dem Nichts aufgetaucht. Und nun setzte er zum Überholen an. Da Osage mit solchen Pferdestärken nicht mithalten konnte, nahm er langsam den Fuß vom Gas. Als sein Wagen an Tempo verlor, hielt er auf den rechten Fahrbahnrand zu, um den Raser vorbeizulassen.

Doch statt zu überholen, blieb der andere Fahrer neben Osages Wagen und passte sich dessen Geschwindigkeit an. Bemüht, den anderen vorbeizulassen, dabei aber nicht im Graben zu landen, behielt Osage die Fahrbahn im Auge und machte dem anderen Handzeichen, er solle endlich überholen.

Doch der Fahrer des anderen Wagens hielt sich unbeirrt neben ihm. Nur wenige Zentimeter trennten die Wagen voneinander. Osage gelangte zu der Ansicht, der andere könne doch nicht überholen, und drosselte das Tempo noch mehr. Aber der andere überholte immer noch nicht!

Zornig drehte Osage den Kopf und wollte dem Dummkopf einen finsteren Blick zuwerfen. Doch bevor er das Gesicht des Mannes ausmachen konnte, spürte er einen stechenden Schmerz im Kopf.

Und alles wurde schwarz.

Auf Grund des miserablen Zustands der Straßen waren Einheimische und Ortspolizei keineswegs überrascht, als Osages Wagen völlig ausgebrannt neben der Straße gefunden wurde. Er war frontal gegen einen Baum gefahren. Bedauerlich, aber nicht ungewöhnlich. Ohne auch nur einen Blick auf den Körper zu werfen, erklärte der örtliche Leichenbeschauer, der Fahrer sei an den Folgen eines Unfalls gestorben, und entging so den Unannehmlichkeiten einer Autopsie. Hätte der Coroner seine Pflicht getan, hätte er herausgefunden, dass Samuel Osage von einem Schuss aus kurzer Entfernung getötet worden war. Weitere Ermittlungen hätten ergeben, dass die Kugel ein Fabrikat war, das ausschließlich vom FBI verwendet wurde. Noch gründlichere Ermittlungen hätten ans Tageslicht gebracht, dass ein junger Reporter auf dem Weg nach Little Rock von einem ähnlichen Schicksal ereilt worden war – und dass nicht alle Ergebnisse von Osages 1920er-Expedition nach Arkansas in einem Gewölbe in Washington begraben waren.

Erster Teil

Farbe

»Beim Kauf eines Diamanten muss man wissen, dass es auf die ›vier C‹ ankommt: Cut, Color, Clarity und Carat-weight – Schliff, Farbe, Reinheit und Karat. Das sind die Charakteristika, die Qualität und Wert eines Diamanten bestimmen.«

»Schatten der Liebe.« Eine Broschüre über Verlobungsringe mit Brillantenfassung, herausgegeben von der Vereinigung amerikanischer Juweliere.

»Ein Diamant ist Schönheit.«

Werbeslogan der Waterboer Mines Ltd.

1.

Der Auftrag

Heute

US-Justizministerium (DOJ)
Robert F. Kennedy Main Justice Building
Washington, D. C., 10.20 Uhr

Patrick Carlton eilte durch den Haupteingang der Festung aus Marmor und Granit, in der das amerikanische Justizministerium seinen Sitz hatte. Über ihm flatterte die mächtige amerikanische Flagge träge im kalten Wind. Er kam zu spät zur Arbeit – wieder einmal, weil er bis in die Nacht gearbeitet hatte und in den morgendlichen Stau geraten war. Carlton steckte seine ID-Karte in das elektronisch gesicherte Drehkreuz, winkte dem Wachmann zu und eilte über das Bodenmosaik mit dem Wappen der berühmten Behörde: *Qui Pro Domina Justitia Sequitur,* lautete das Motto unter dem Adler: Wer regieren will, muss die Gesetze befolgen.

Carlton ersparte sich die langsamen Aufzüge, nahm stattdessen die anmutig geschwungene Treppe in den zweiten Stock und schritt durch endlose Gänge an unzähligen Bürotüren vorbei. Obwohl er ziemlich müde war, konnte er sich ein Grinsen nicht verkneifen. *Vereinigte Staaten gegen Global Steel* war Carltons erster wichtiger Fall nach drei langen Jahren, in denen er frustrierende Zuträgerarbeit hatte leisten müssen. Es war ein bedeutender Fall, denn es ging um hohe Summen – und es war *sein* Fall. Carlton war Hauptanklagevertreter. Er traf die notwendigen Entscheidungen. Er war der Boss.

Eine junge Anwältin, frisch von der Uni, kam ihm auf dem Flur entgegen. Carlton war ihr noch nicht offiziell vorgestellt worden. Sie war eine sehr anziehende junge Frau, doch sich in Untergebene zu verlieben oder gar ein Techtelmechtel anzufangen war nicht nur ein Bruch ungeschriebener Regeln im Ministerium; ein solches Verhalten konnte die sofortige Entlassung nach sich ziehen. Carlton wollte der jungen Frau soeben einen höflichen Guten Morgen wünschen, als ihm ihre besorgte Miene auffiel. Sie warf einen warnenden Blick auf sein Büro. Er blieb stehen und starrte verwirrt auf die Tür. Die junge Frau ging weiter und ließ einen Hauch *Calandre* zurück.

Der Grund für ihr Mienenspiel wurde Carlton klar, als er die Tür seines Büros öffnete. Harry Jarvik, Chef der Abteilung Wirtschaftsprozesse beim Kartellamt des DOJ, hatte es sich hinter Carltons Schreibtisch gemütlich gemacht und die Füße hochgelegt.

»Schön, schön. Guten Morgen, Carlton. Oder sollte ich lieber sagen, guten Nachmittag?« Demonstrativ schaute er auf seine Taschenuhr und nickte dramatisch. »Wie schön, dass Sie sich auch noch einmal sehen lassen. Haben Sie das in dieser Snob-Kanzlei gelernt, in der Sie vorher beschäftigt waren?«

Jarvik war ein kleiner, ungeduldiger Mann, der gern größer schien, als er war, indem er andere zurechtstutzte. Die Mitarbeiter der Kartellabteilung nannten ihn »Stalin«. Er war untersetzt und dick. Sein dichter Schnauzbart und der stechende Blick ließen ihn finster wirken. Jarvik musterte Carlton scharf, bis sein Blick an den blank geputzten Markenstiefeln haften blieb.

»Guten Morgen, Sir«, sagte Carlton. »Ich habe gestern noch bis spät in die Nacht an Global Steel gearbeitet. Deshalb bin ich so spät, und ...«

»Aber sicher. Und morgen haben Sie dann eine andere Entschuldigung.« Jarvik erhob sich. »Halten Sie mich für so dämlich?«

Wenn ich die Wahrheit sage, wird es nur noch schlimmer, dachte Carlton. »Tut mir Leid, Sir.«

Jarvik grunzte und deutete mit seinem dicken Finger auf den Besucherstuhl. »Setzen Sie sich.«

Carlton legte Mantel und Schal ab und hängte sie auf seinen alten Hutständer. Er räumte einen Stapel juristischer Fachzeitschriften von dem rissigen Lederbezug, ließ sich auf dem Stuhl nieder und erwartete das Urteil, wie ein Bittsteller in seinem eigenen Büro.

»So«, sagte Jarvik und lehnte sich bequem zurück. »Dann verraten Sie mir doch mal, was Sie über Diamanten wissen.«

»Diamanten?« Carlton überlegte, ob mit der Frage weitere Demütigungen verbunden waren. »Ich weiß nichts über Diamanten, Sir. Außer, dass sie sehr teuer sind.«

»Das dachte ich mir. Die meisten Leute wissen nichts über die Klunker, aber Rothenberg ist ganz verrückt danach.« Jarvik sprach von der Referentin des Staatssekretärs, die auch für die Kartellabteilung zuständig und somit Jarviks unmittelbare Vorgesetzte war. »Sie ist verrückt nach den Steinchen. Jetzt hat sie sich in den Kopf gesetzt, irgendeine Familie in Arkansas, die eine Diamantenmine besitzt, wegen Verletzung der Kartellbestimmungen anzuklagen.«

»Diamanten in Arkansas? Ich dachte, Diamanten kämen aus Afrika.«

»Das Vorkommen in Arkansas ist winzig. Ein Scherz von Mutter Natur, sagen zumindest die Geologen. Die Mine gehört Privatleuten und ist nach ihnen benannt: Raymond Mines. Schon ziemlich verrückt, wenn Sie mich fragen. Es gibt kaum Beweise, aber die Rothenberg glaubt, die Raymonds hätten Geld angenommen, um die Förderung einzustellen, und nun will sie auf Nummer sicher gehen, dass wir die Sache strafrechtlich verfolgen. Und Sie sind der Glückliche. Ich ziehe Sie vom Global-Steel-Fall ab und übertrage Ihnen Raymond Mines.«

Carlton konnte es nicht fassen. »Was?« Er brachte nur ein Krächzen zu Stande.

»Sie haben mich schon verstanden!«

Zum Glück saß Carlton bereits, sonst hätte es ihn umgehauen. »Von Global abziehen? Sir, ich arbeite seit sechs Monaten an dem Fall! Ich habe alle Prozessvorbereitungen getroffen. Die Zeugen. Die Anklagestrategie. Die Fragen für die Kreuzverhöre vorbereitet. Alles!« Er stand auf, war kurz davor, die Fassung zu verlieren. »In einer Woche ist der Prozess. In einer Woche, Sir! Und Global ist ein Netz von Unternehmensverflechtungen. Dutzende von Zeugen. Ein anderer Anwalt wird Wochen brauchen, um da erst einmal den Durchblick zu kriegen!« Er atmete tief ein und aus. »Ich werde keine ...«

»Setzen Sie sich wieder hin! Der Fall ist für Sie abgeschlossen, Carlton. Definitiv. Sie bearbeiten jetzt Raymond Mines.« Jarvik stand auf und machte eine abschließende Handbewegung. »Ich schicke Ihnen die Akte.« Er ging zur Tür, drehte sich noch einmal um. »Und noch eins: Ich will, dass Sie das schnell erledigen. Ich weiß, wie viel Rothenberg daran liegt, und sie ist der Boss, aber das DOJ hat noch nie einen Fall gewonnen, bei dem es um Diamanten ging. Bei Raymond Mines wird es nicht anders sein. Und was unsere Abteilung am wenigsten gebrauchen kann, ist noch einmal schlechte Presse. Rothenberg hin oder her, Sie werden nicht die Glaubwürdigkeit unserer Abteilung aufs Spiel setzen, indem Sie diesen Fall bis zum Prozess treiben. Arbeiten Sie auf einen Vergleich hin, damit wir etwas vorzeigen können. Dann sehen Sie weiter.«

»Sir, ich ...«

»Einen Vergleich!«, rief Jarvik, senkte die Stimme dann zu einem Flüstern. »Hab ich mich klar genug ausgedrückt?«

Carlton ballte die Fäuste. »Ja, Sir.«

»Gut.« Jarvik marschierte aus dem Zimmer und schlug die Tür zu.

Carlton saß eine ganze Weile still da. Er kochte innerlich. Dann stand er auf und ging zum Fenster. Die starken Scheiben waren von den Spuren endloser Regenschauer streifig geworden. Draußen ging aus dunklen Wolken wieder ein Eisregen auf die roten Dachziegel nieder.

Global Steel. Er war so nahe dran gewesen, diesen Fall zu gewinnen, den so viele andere für aussichtslos gehalten hatten. Mit einem Sieg hätte er so sehr geglänzt, dass er nach drei Jahren Fronarbeit bessere Fälle bekommen hätte – und hätte damit sogar Jarvik ausgestochen. Aber das konnte sein Boss auf keinen Fall zulassen. Indem er Global einem anderen Anwalt übergab, verhinderte Jarvik, dass Carlton sich profilierte – und konnte gleichzeitig die unglückselige Versetzung ins Feld führen, falls das DOJ den Prozess verlor. Sauber eingefädelt. Und Jarvik war es vollkommen gleich, wer die wirklichen Verlierer waren, die Geschädigten von Global Steel: das amerikanische Volk.

Carlton stammte aus der unteren Mittelschicht, hatte die High School seiner katholischen Gemeinde mit einer hervorragenden Note und einem Nachweis über regelmäßigen Schulbesuch abgeschlossen und war dann von El Centro in Kalifornien fortgezogen, um die UCLA zu besuchen. Das Studium finanzierte er mit Gelegenheitsjobs im Jachthafen. Er schuftete hart. Er hatte ein Ziel und wollte es erreichen. Geld. Die Achtzigerjahre, in denen Carltons Charakter geformt wurde, waren das Jahrzehnt der Gier. Für ihn und seine Altersgenossen waren ein dickes Gehalt, ein deutscher Sportwagen und ein Apartment in einer schicken Gegend das Einzige, was zählte. Und seine harte Arbeit machte sich bezahlt: Er wurde von der Juristischen Fakultät der George Washington University angenommen. Drei aufreibende Jahre später hatte er sein Ziel erreicht: einen Job in einer der zehn renommiertesten Kanzleien in Washington für ein sechsstelliges Jahresgehalt.

Doch die berufliche Praxis in einer Washingtoner Kanzlei entsprach nicht ganz seinen Erwartungen. Weder der bekannte Name noch das exorbitante Gehalt konnten die Mängel wettmachen. Carlton war gerade zwei Monate dabei, als er der Kanzlei schon den Spitznamen »die Winkeladvokaten« verpasst hatte. Mehr und mehr fragte er sich, welche Möglichkeiten sich ihm noch boten.

Sollte das alles gewesen sein? Hatte er die endlosen Repetitorien im Studium nur deshalb erduldet, um jetzt diese hirnrissige Arbeit zu tun? Jeden Tag waren bedeutungslose Memos an gesichtlose Mandanten zu richten. Zeugen wurden hingehalten. Endlose Recherchen mussten erledigt werden. Der Nachtschlaf war begrenzt, obendrein wurde Carlton immer wieder von Panikattacken heimgesucht. Die Gerüchte, die während des Studiums umgingen, entsprachen der Wahrheit. Ein Klischee, gewiss – aber nun hatte er tatsächlich sein Leben, seine Gesundheit und seine Seele für ein Gehalt verkauft. Drei Jahre später gab Carlton den fetten Gehaltsscheck auf und ging ins Justizministerium, da er hoffte, die praktische Arbeit vor Gericht werde etwas verändern. Aber bislang hatte sich nichts verändert außer seinem Gehalt, das zu einem Hungerlohn geschrumpft war.

Ein leises Klopfen schreckte Carlton aus seinen trüben Gedanken. Er drehte sich um. »Ja?«

Die junge Anwältin mit den grünen Augen spähte durch den Türspalt. »Alles in Ordnung bei Ihnen?«

Carlton bemühte sich um ein Lächeln, versagte jedoch kläglich. »Ehrlich gesagt, nein. Aber danke, dass Sie mich gewarnt haben.« Er hielt ihr die Hand hin. »Wir sind uns noch nicht vorgestellt worden. Ich bin ...«

»Patrick Carlton.« Sie lächelte. »Ich heiße Erika Wassenaar.«

Carlton war erstaunt über ihren festen Händedruck. Und über sein Herzklopfen.

Die junge Rothaarige, die Mitte zwanzig sein mochte, war um die eins siebzig groß und schlank. Ihr Auftreten strahlte eine Sicherheit aus, die man üblicherweise erst nach mehreren Jahren Berufserfahrung erwarb. Aus ihren lebhaften Augen sprühte die Neugier. In der vorschriftsmäßigen Amtskleidung – marineblaues Jackett und weiße Bluse – strahlte sie Frische aus, und beim Lächeln zeigte sie schimmernd weiße Zähne, die ein wenig schief standen und ihrer Erscheinung einen mädchenhaften Zug verliehen.

Carlton zwang seine Gedanken wieder in berufliche Bahnen. »Sie sind neu im Ministerium, nicht wahr?«

»Seit zwei Wochen. Die Tinte auf meiner Anwaltszulassung ist gerade erst trocken.« Sie lachte unbeschwert, wie ein Kind.

»Meinen Glückwunsch. Das ist beeindruckend.« Das DOJ stellte nur die Besten der Besten ein.

»Danke sehr, Mr Carlton.«

»Mr Carlton hört sich an, als würden Sie mit meinem Vater sprechen. Wir sind hier nicht so förmlich. Pat klingt besser.« Er hielt kurz inne. »Wassenaar. Sind Sie Holländerin?«

»Ich bin beeindruckt ... Die meisten Leute können mit dem Namen gar nichts anfangen.«

»Anfängerglück.« Er deutete auf einen Stuhl. »Setzen Sie sich.«

Erikas Blicke glitten über die gerahmten Fotos, Diplome und Auszeichnungen an der Wand. Zulassung zum Obersten Gerichtshof der Vereinigten Staaten. Bundesbezirksgericht. Bundesberufungsgericht. Zulassung zur Anwaltskammer von Kalifornien. Anwaltskammer des District of Columbia. George Washington University. National Law Center. University of California, Los Angeles.

»Ich war auch auf der UCLA«, sagte sie.

»Prima. Ich könnte eine Seelenverwandte in diesem Club hochnäsiger Eliteuni-Pinkel gut gebrauchen. Wo haben Sie Jura studiert?«

»In Pepperdine.«

»Von da haben wir einige gute Anwälte.«

Das Telefon klingelte. »Entschuldigung«, sagte Carlton, als er die Hand nach dem Hörer ausstreckte.

Erika musterte den Mann, der ihr gegenübersaß. Er schien ein freundlicher Mensch zu sein. Ein bisschen scheu vielleicht, aber das fand sie ganz erfrischend. Obwohl er einen dunklen Bürstenschnitt, eine kräftige Nase, eindringliche blaue Augen und ein kantiges Kinn hatte, konnte man ihn nicht unbedingt als gut aussehenden Mann bezeichnen. Erika hatte auch nicht gehört, dass er besonders sportlich, clever oder wohlhabend wäre. Im DOJ hieß es, dass er Zigarren qualme wie ein Schlot – aber keine kubanischen, weil die illegal waren. Er sei ziemlich temperamentvoll, verliere aber selten die Beherrschung. Im Büro trug er konservative, marineblaue Anzüge und weiße Hemden, dazu vorbildlich geputzte Cowboystiefel. Aber etwas wurde in den Gerüchten nicht erwähnt: Erika erkannte eine Entschiedenheit und Stärke in diesem Mann, die anscheinend keiner der Kollegen wahrhaben wollte.

Als Carlton auflegte, wies Erika auf ein körniges, vergilbtes Foto, das einen älteren Mann und einen Teenager zeigte, die lächelnd neben einem staubigen Doppeldecker standen. »Wer ist das?«

»Mein Großvater und ich. Er hat Felder in El Centro in Kalifornien mit Unkrautvernichtungsmitteln besprüht. Er hat mir das Fliegen beigebracht.«

»Fliegen Sie immer noch?«

»Seit er tot ist, nicht mehr. Ich hab's seitdem mehr mit dem Wasser«, erklärte Carlton und nahm das kleine Holzmodell eines grauen Bootes mit weißen Lettern an der Seite von seinem Schreibtisch.

Erika legte den Kopf schief. »Sie sind bei der Marine?«

»Ja. Lieutenant. Mit diesem kleinen Pott hier schippere ich an zwei Wochenenden im Monat durch die Chesapeake Bay. Nach dem, was heute Morgen hier vorgefallen ist, kann ich daraus wohl meinen Hauptjob machen.«

Sie kicherten beide. Nach einem Augenblick des Schweigens stand Erika auf. »Ich muss jetzt los. Sagen Sie mir bitte Bescheid, wenn ich etwas für Sie recherchieren soll. Ich hoffe, wir können bald mal zusammen arbeiten.«

Das hoffte Carlton auch – und der Gedanke ließ eine Alarmglocke schrillen. Er erhob sich ebenfalls und fegte dabei fast einen Dokumentenstapel vom Tisch. »Noch einmal danke für die Warnung.«

2.

Der Überfall

Diamantenzentrum Mirnyj
2000 Kilometer nordöstlich von Irkutsk
Mirnyj, Sibirische Republik Sacha (Jakutien)
Russische Föderation, 2.37 Uhr

Sie kamen wie Geister in der bitteren Kälte der sibirischen Nacht.

Furchtlos.

Lautlos.

Gnadenlos.

Dreißig Söldner der *volki,* der »Wölfe«, krochen auf den Haupteingang des Diamantenzentrums in der Nähe von Mirnyj zu. Dieses Zentrum brachte den größten Teil der russischen Diamantenproduktion hervor. Mehr als zehn Millionen Karat im Jahr.

Dicke, feuersichere Fallschirmanzüge trugen die Männer, die einst der *speznaz* angehört hatten, der Eliteeinheit der Roten Armee. Ihre Augen und Lungen waren durch Helme und Atemgeräte geschützt. Beim Herannahen sahen sie den dunklen Komplex durch ihre Nachtsichtbrillen in ein unheimliches grünes Licht getaucht. Nun nahmen sie die Brillen ab. Bewaffnet mit Titanmessern und Flammenwerfern lagen sie flach auf dem sibirischen Permafrostboden und warteten auf das Zeichen ihres Truppführers.

Uljanow schwenkte einen Leuchtstab. Einige seiner Männer sprühten eine Flüssigkeit auf den Boden; sie reagierte fast augenblicklich mit einer Chemikalie, die wenige Minuten zuvor von Paraglidern versprüht worden war. Ein Feuersturm brach los, die Flammen schlugen meterhoch. Binnen Sekunden waren die hölzernen Kasernen von Feuer umhüllt. Fahrzeuge explodierten und flogen in die Luft. Auf ein zweites Signal von Uljanow detonierte eine Reihe von Sprengladungen und riss das gepanzerte Eingangstor nieder.

In wilder Flucht strömten entsetzte Wächter aus den trockenen Holzbauten. Männer, die noch Augenblicke zuvor frierend in ihren eisigen Wärterhäuschen gesessen hatten, schrien in Panik, wälzten sich auf dem gefrorenen Boden und versuchten die Flammen an ihren brennenden Uniformen zu ersticken. Die *volki* stürmten an ihnen vorüber auf das Gelände.

Sechs von ihnen erreichten die Gas-Pipelines, die zwischen den Gebäuden über den Dauerfrostboden verliefen. Bald detonierten wieder Sprengladungen, und die schweren Rohre zerbarsten unter der Wucht der Explosion wie Glas. Das ausströmende Gas ließ das Feuer wieder auflodern und Flammensäulen meterhoch in die Luft schießen.

Vier gleichzeitig geführte Angriffe galten den vier Kasernen an den vier Eckpunkten des Komplexes. Einige Söldner der *volki* standen am Haupttor und beschossen Soldaten, die zu entkommen versuchten, mit ihren Flammenwerfern.

Dann traten *volki* die Türen der Kasernen ein und besprühten ihre Opfer mit brennbarem Gel. Die meisten Soldaten der Garnison waren aus dem Schlaf gerissen worden und vor Entsetzen wie betäubt. Im Fauchen und Wüten des Feuersturms gingen ihre Schreie unter.

Einige Soldaten griffen noch beherzt nach ihren Kalaschnikows, die sie neben den Feldbetten liegen hatten. Doch die meisten waren schon in das brennbare Gel gehüllt, bevor sie einen Schuss auf den maskierten Feind abgeben konnten, der in der flirrenden Hitze nur verschwommen zu erkennen war. Ein paar mutige junge Soldaten der östlichen Kaserne schafften es noch, ihre Waffen zu entsichern, den Schalthebel auf Vollautomatik umzulegen und einige *volki* mit einem halben Dutzend Kugeln zu spicken, bevor auch sie den Flammenwerfern zum Opfer fielen. Eines der stählernen, mit Plastik überzogenen .5.45-mm-Geschosse fand sein Ziel im Schädel eines *volki*-Söldners. Seine Finger verkrampften sich und zogen den Abzug des Flammenwerfers durch. Sofort waren zwei seiner Kameraden in Flammen gehüllt, die sich in die Fasern ihrer Springeranzüge fraßen. Verzweifelt wälzten sie sich am Boden, um die Flammen zu löschen, doch bevor ihre Kameraden sie aus dem brennenden Gebäude schaffen konnten, rührten sie sich nicht mehr.

In der westlichen Kaserne feuerte ein wachsamer junger Offizier das ganze Magazin seiner Stechkin-Pistole in die Brust eines unachtsamen *volki.* Sofort lud er nach und wollte seinen Angriff weiterführen, als ihm ein anderer *volki* von hinten die Kehle durchschnitt. Die Soldaten in den übrigen Kasernen ereilte ein ähnliches Schicksal.

Obwohl sie verzweifelt Widerstand leisteten, waren die Soldaten den hervorragend ausgebildeten *volki* und dem Überraschungsmoment nicht gewachsen. Der verheerende Angriff war fast im Handumdrehen vorüber. Die *volki* sammelten sich und zählten durch. Sie durften keine Beweise für den Überfall zurücklassen. Anschließend bargen sie ihre Toten. Zwar hatten die Minenarbeiter das Zentrum schon vor Stunden verlassen, doch es bestand die Möglichkeit, dass Wachsoldaten sich in der

Schleiferei oder den Lagern versteckt hatten. In wenigen Minuten würden die örtlichen Rettungseinheiten eintreffen; dennoch mussten die Gebäude durchsucht werden.

Auf Uljanows Zeichen eilten zwanzig *volki* in die Schleiferei. Anders als die primitiven Holzkasernen war sie aus stahlverstärktem Beton errichtet und widerstandsfähig wie ein Bunker. Die lodernden Flammen hatten das Gebäude geschwärzt, konnten dem Material jedoch nichts anhaben. Die Söldner teilten sich auf und durchstreiften das Labyrinth der Gänge. Sie näherten sich dem innersten Bunker, wo die ungeschliffenen Diamanten gelagert wurden – hunderttausende Karat trübweißer Rohdiamanten.

Plötzlich peitschten Schüsse. Zwei *volki* waren auf der Stelle tot, drei retteten sich um eine Biegung des Gangs. Sie bedrohten die Soldaten mit Feuerstößen aus ihren Flammenwerfern, doch wirklich benutzen durften sie diese Waffen hier nicht: Das würde zu helles Licht erzeugen und ihre Position innerhalb des Gebäudes verraten. Einer der *volki* hakte einen kleinen Kanister vom Gürtel, schraubte den Deckel auf, schleuderte ihn auf die Soldaten und suchte hastig Deckung. Seine Kameraden taten es ihm gleich und schleppten auch die Toten hinter die schützende Biegung. Innerhalb von Sekunden füllte sich der Raum mit Gas. Anders als ihre Kameraden waren die Soldaten aus dem Rohdiamantenlager bewusstlos, als sie herausgezerrt und angezündet wurden. Mit Atemschutzmasken drangen die *volki* erneut in das Lager ein, das nun von niemandem mehr verteidigt wurde. Weniger motivierte und trainierte Kämpfer als die *volki* wären vermutlich sehr in Versuchung geraten, eine Hand voll des Schatzes mitgehen zu lassen – doch nicht die ehemaligen *speznaz:* Sie waren Fanatiker und diszipliniert bis auf die Knochen. Sie ließen die Diamanten unangetastet und begnügten sich damit, sorgfältig jede Geschosshülse der Soldaten vom Boden aufzulesen. Zum Glück hatte sich keine Kugel in die Betonwände gebohrt.

Als das Brausen der Flammen von Sirenengeheul übertönt

wurde, befahl Uljanow den vollständigen Rückzug. Die *volki* sprühten noch ein zehn Meter breites Flammenfeld und zogen sich dahinter zurück. In diesem Augenblick erreichte ein Konvoi aus Feuerwehrfahrzeugen, Rettungswagen und Militärfahrzeugen das Gelände des Diamantenzentrums.

Die Toten und Verletzten mit sich tragend, liefen die *volki* auf zwei Heerestransporter zu, die anderthalb Kilometer entfernt standen. Als die Laster mit abgeblendeten Scheinwerfern in die Dunkelheit davonrasten, streiften die Männer ihre Anzüge ab, tranken literweise Wasser mit Kochsalz, um der gefährlichen Dehydrierung durch die Hitze entgegenzuwirken, und zogen normale russische Armeekluft an.

Uljanow warf einen Blick auf die Uhr. Die ganze Operation hatte nur sechs Minuten gedauert.

Perfekt. Molotok würde hocherfreut sein.

Um genau 2.45 Uhr Ortszeit flog ein amerikanischer 8X-Aufklärungssatellit oberhalb von Mirnyj durch den Van-Allen-Gürtel, dutzende von Kilometern über der dunklen Oberfläche der östlichen Hemisphäre. Der Satellit war das Ergebnis intensiver Forschungsarbeit und eines Budgets in Höhe von 1,5 Milliarden Dollar. Anders als sein Vorläufer, der »Schlüsselloch«-KH-12, konnte der zwanzig Tonnen schwere 8X genaue Detailinformationen und Live-Digitalaufzeichnungen eines tausend Quadratkilometer großen Areals liefern. Und wichtiger noch, er konnte Infrarotstrahlung aufspüren – Wärme. Jedes Objekt hat eine bestimmte Temperatur, die von der seiner Umgebung abweicht. Indem der Satellit relative Wärmeunterschiede maß, konnte er selbst in tiefster Dunkelheit fast jedes Objekt ausmachen. Und da Wärme nur langsam schwindet, konnten die Infrarotdetektoren des 8X die Position bestimmter Objekte selbst dann noch aufspüren, wenn die Objekte selbst bereits verschwunden waren.

Der 8X konnte in der Tiefe der Nacht in die Vergangenheit blicken.

3.

Der Milliardär

Castel MacLean
Beverly Hills, Kalifornien, 8.30 Uhr

In einen Morgenmantel aus blauer Seide gehüllt, verließ Maximillian MacLean, Milliardär und Inhaber des multinationalen Lebensmittelkonzerns MacLean Inc., sein palastartiges Schlafzimmer. Die meisten Männer seines Schlages neigten dazu, noch mehr Geld und Macht anzuhäufen, als sie bereits besaßen. MacLean jedoch war von einer vollkommen anderen Leidenschaft besessen; sie war der Mittelpunkt seines Lebens, sie gab ihm einen Sinn und entfachte das Feuer seiner Seele.

Die Schönheit.

Sein Name verriet nichts mehr über seine wahre Herkunft, doch Maximillian MacLean war der Sohn von Don Giancarlo Innocenti und somit ein Abkömmling der amerikanischen Mafia, der Sohn eines *uomo di rispetto* – eines »ehrenwerten Mannes«. Giancarlo Innocenti hatte im Unterschied zu anderen Dons des amerikanischen Ablegers der Cosa Nostra nicht daran geglaubt, dass der ausschweifende Lebensstil und die unbegrenzte Macht des »Mob« bis in alle Ewigkeit fortdauern könne. Zwar hatte die Mafia im Zweiten Weltkrieg während der »Operation Underworld« mit der amerikanischen Regierung zusammengearbeitet: Die Regierung drückte beide Augen beim Schwarzmarkt zu, dafür schützte die Cosa Nostra amerikanische Häfen gegen Saboteure der Achsenmächte, führte das amerikanische Heer durch unwegsames Gelände auf Sizilien und sorgte nach dem Fall Mussolinis für Ordnung in den Dörfern. In den Fünfzigerjahren erlebte die Mafia sogar einen Aufschwung. Dennoch ahnte Innocenti, wie es um die Zukunft der Organisation bestellt sein würde. Doch unter den mächtigen Klans war er ein einsamer Rufer in der Wüste, als er voraussagte, die Bundesregierung und neue Gesetze würden irgendwann ihren Untergang herbeiführen. Während die anderen Dons ihre Köpfe in den Sand von Las Vegas, Miami Beach und Atlantic City steckten, bereitete Giancarlo Innocenti sich auf das Ende vor.

Zuerst traf er Vorkehrungen, um seinen einzigen Sohn zu schützen. Der Familienname konnte dem Jungen in Zukunft nur schaden, daher änderte Innocenti ihn in MacLean, das wie »Mac-Lane« ausgesprochen wurde. Dieser neue Maximillian MacLean durfte nichts mit Bestechung, Prostitution, Drogen, Gewalt oder Mord zu tun haben. Stattdessen besuchte er die besten Schulen an der Ostküste und in England, wurde zu eifrigem Kirchgang angehalten, trat dem Reservistencorps bei und pflegte die Sommer in Europa zu verbringen. Er musste in Wohltätigkeitsorganisationen mitarbeiten, um Demut zu lernen. Als Maximillian einundzwanzig wurde, machte sein Vater ihm ein ehrbares Geschäft zum Geschenk: ein italienisches Restaurant in Los Angeles – passenderweise zu dem Zeitpunkt, als die amerikanische Bevölkerung die italienische Küche entdeckte.

Bis zu diesem Moment war MacLeans Leben von seinem Vater bestimmt worden. Bald darauf starb der Don, und sein Sohn war auf sich selbst gestellt. Aus Maximillian wurde »Max«. Wenn er auch in Geschichte, klassischer Literatur und Tischmanieren besser bewandert war als in Geldangelegenheiten und knallhartem Geschäftsgebaren, so floss doch immer noch das Blut seines Vaters in seinen Adern. Zwar gab Max, wie vom Vater angeordnet, dessen Anteil an illegalen Geschäften auf, doch er unterhielt einen regen Austausch mit den Klans in Amerika und andernorts. Hin und wieder erwies Max anderen Familien einen Gefallen, wobei er sich stets legaler Mittel bediente, und die anderen zahlten mit gleicher Münze zurück. Doch als Max MacLean reicher und mächtiger wurde, änderte sich auch die Größenordnung der Gefälligkeiten. Aus diesem Grund – und weil er seinen Anteil am Cosa-Nostra-Kuchen den anderen Familien überlassen hatte – waren diese nur zu gern bereit, Max jederzeit gefällig zu sein.

Als die italienische Küche in Nordamerika zunehmend beliebter wurde, gelang es Max mithilfe von Freunden seines Vaters, zunächst ein zweites, bald darauf ein drittes Restaurant zu eröffnen. Es folgten Restaurants in anderen Städten, in anderen Ländern. Eine Kaffeehauskette. Produktlizenzen. Tiefkühlprodukte. Import-Export. Lebensmitteltransporte – zunächst im Inland, dann weltweit. Eine Kochschule. Eine Zeitschrift. Webseiten. Ein eigener Fernsehkanal. Ein Kurbad für Gourmets. Mehrere Hotels. Ein Spielkasino in Atlantic City auf vollkommen legaler Basis. Ständig steigende Immobilienwerte. Schließlich schluckte seine weit verzweigte Lebensmittelfirma andere Betriebe und wurde Marktführer. Innerhalb von zwanzig Jahren hatte MacLean ein Vermögen gemacht. Mit vierzig heiratete er Claire Des Eaux, eine attraktive Meeresbiologin. Er ließ nicht zu, dass sie auch nur das Geringste von seiner Vergangenheit erfuhr, und hielt seine früheren Verbindungen zur Mafia vor ihr geheim. Sie freuten sich auf die Kinder, die kommen sollten.

Elegant und hoch gewachsen, mit einem Akzent, der gleichermaßen von der Ostküste wie von England geprägt war, und einem ruhigen, selbstsicheren Auftreten, erschien MacLean eher wie ein Banker, ein Seniorpartner in einer renommierten Anwaltskanzlei oder wie der Dekan einer amerikanischen Eliteuni denn als Sohn eines Mafiapaten.

Nach kurzem Nachdenken wählte er in seinem begehbaren Kleiderschrank von der Größe eines Herrenmodegeschäfts einen dezenten marineblauen Anzug, ein hellblaues Hemd mit Manschetten, eine dunkelblaue Krawatte und schwarze Gucci-Halbschuhe mit glänzenden silbernen Schnallen. Die Manschettenknöpfe waren nicht ganz so dezent: golden mit einer Auflage aus rotem und blauem Lack und in der Form von Bienen, dem Wappen Napoleons. Dazu wählte MacLean die unauffällige

Eleganz einer Chaumet-Aquila-Uhr mit römischen Ziffern. Bedächtig zog er sich an. Bald glich sein Erscheinungsbild dem eines Hollywoodstars.

Nachdem er sich im Standspiegel von seinem attraktiven Äußeren überzeugt hatte, wandte MacLean sich um und stieg langsam die Treppe zur Halle hinunter, während der dezente Duft seines Rasierwassers hinter ihm herschwebte. Sein Anwalt Dan Wenzel schritt unruhig in der riesigen Halle auf und ab und rauchte bereits seine zehnte Zigarette.

»Ah, Dan.« MacLean schaute auf die Uhr. »Früh wie immer.«

Sie gaben sich die Hand. »Morgen, Max. Danke, dass du so kurzfristig Zeit hattest.«

»Meine Güte, Dan! Du hörst dich an, als würde ich dir einen Gefallen tun. *Du* bist derjenige mit den Diamanten. Komm mit rauf.«

Sie stiegen in den ersten Stock, schritten einen mit Marmor verkleideten Korridor entlang und betraten einen Raum mit antiken italienischen Möbeln und einer Bar aus Marmor. Das deckenhohe Panoramafenster gewährte den Blick auf Beverly Hills.

MacLean begab sich hinter die Bar und lehnte sich an ein Regal voller edler Bordeauxweine. »Also, Dan. Was hat diese Aufregung über Diamanten zu bedeuten?«

Wenzel, ein kräftiger Mann mit Lockenkopf, setzte sich auf einen Barhocker, zündete sich eine neue Zigarette an und kniff angespannt die Augen hinter der ovalen Brille zusammen. »Die Geschichte ist folgende: Vorgestern war ich unterwegs, um die Verträge für die Restaurants in Tennessee und Mississippi unter Dach und Fach zu bringen. Ich hätte auch einen Mitarbeiter schicken können, aber ich hab mal einen Kurzurlaub gebraucht.«

MacLean nickte.

Wenzel grinste. »Keine Sorge. Hab dir nur die Angestelltenspesen berechnet.«

»Daran habe ich nicht den geringsten Zweifel.« Anders als die Anwälte seines Vaters war Wenzel ein vertrauenswürdiger Mann, dessen Ehrlichkeit unter den Anwälten und Geschäftsleuten Kaliforniens gerühmt wurde.

»Ich habe die kleine Zweimotorige von der Firma genommen und befand mich gerade zwischen Texarkana und Little Rock, als wir einen Motorausfall hatten. Mein Pilot musste auf der winzigen Landebahn in Murfreesboro runtergehen. Schon mal von dem Kaff gehört?«

»Nein.«

»Ist eins dieser Nester mit einer einzigen Ampel, ungefähr hundertfünfzig Kilometer südlich von Little Rock.« Wenzel blies eine Rauchwolke aus. »Der Pilot sagt, es wird wohl ein paar Stunden dauern, also gehe ich ins nächste Restaurant, so eine Hamburger- und Chilibude.«

MacLean nickte.

»Ich setz mich also hin und bestell einen Burger. Trink mein Bier und rauch eine Zigarette. Da sagt die Kellnerin, dass mich jemand am Telefon sprechen will. Es war der Pilot. Er sagte, dass es noch ein paar Stunden länger dauern wird. Hatte ein Problem mit der Benzinleitung. Also gehe ich in der Kneipe neben dem Imbiss ein bisschen fernsehen. In der Kneipe ist außer dem Mann hinter der Theke nur ein einziger Gast. Ein ziemlich alter Kerl im Overall, Theodore Osage. Er wirkt ein bisschen angeschlagen, kann sich aber noch verständlich machen. Im Fernsehen läuft gerade eine Sendung übers Barsch-Angeln. Na, du weißt ja, was für ein Angelfan ich bin.«

MacLean zog die Nase kraus. »In der Tat.«

»Tja, und wie sich herausstellt, ist dieser Osage ebenfalls ein Angelverrückter. Ein paar Biere später – der Bursche konnte ganz schön was vertragen – duzen wir uns schon. Ich frage Osage, was er am helllichten Tag ganz allein in der Kneipe macht. Er ist Farmer, sagt er, und die Bank will ihm die Hypothek auf sein Land kündigen. Wie viel er der Bank schuldet, frage ich ihn. Zweitausend Dollar, sagt er. Lausige zweitausend Dollar, Max! Da hab ich ihm ein paar Tipps gegeben, was er unternehmen kann. Und er fragt mich, ob ich sein Land mal sehen möchte. Da könne man großartig Barsche angeln, sagt er. Sein See, sagt er, ist nur zehn Kilometer entfernt. Ich weiß auch nicht, warum, aber der Alte ist mir irgendwie sympathisch. Ich steig zu ihm in den Pick-up, und wir fahren hin.«

»Du bist ja verrückt!«

»Weiß ich auch. Aber Osage und ich hatten irgendwie die gleiche Wellenlänge.«

MacLean schüttelte missbilligend den Kopf.

»Wir kommen also hin, und es ist ganz anders, als ich erwartet habe. Es ist großartig. Ein Blockhaus. Felder. Ein kleiner See. Überhaupt keine rostigen Autoteile oder sonstiger Schrott, wie ich es bei einem Hinterwäldler erwartet hätte. Ein Besitz von hundert Hektar. Ich hab mich sofort darin verliebt.«

»Und?«

»Ich habe Osage zweitausend für das Vorkaufsrecht auf seinen gesamten Besitz geboten. Er behält das Wohnrecht.«

»Sehr anständig von dir, aber ...«

»Nein, nein. Wie sich herausstellt, ist das anständig von *ihm.* Denn jetzt wird's interessant.« Wenzel beugte sich vor. »Osage war hocherfreut, dass ich ihm die Zweitausend geben wollte. Es ist schön zu sehen, sagt er, dass ein Großstadtheini wie ich noch Werte kennt und sich um einen Veteranen wie ihn Gedanken macht – genau so hat er sich ausgedrückt. Also habe ich ihm einen Scheck ausgestellt. Ich wollte auch noch einen Vertrag entwerfen, aber er sagte, das sei nicht nötig. Du weißt ja, wie solche Burschen sind. Denen genügt ein Handschlag.«

»Ich dachte, die wären ausgestorben.«

Wenzel lachte leise. »Anscheinend nicht. Dann gibt Osage mir einen alten Bericht aus den Zwanzigerjahren von einem Geologenteam der Regierung, in dem auch ein Teil seines Landes erfasst ist. Offenbar waren die Geologen zu dem Schluss gekommen, dass sich in der Gegend ein beachtliches Diamantenvorkommen befindet.«

MacLean blickte erstaunt. »Diamanten in Arkansas?«

»Einer der Geologen war Osages Vater. Er ist 1932 spurlos verschwunden. Ein paar Jahre zuvor war der Abbau in der Mine ohne Begründung eingestellt worden – und das angeblich kurz nach dem Besuch eines südafrikanischen Diamantenkonzerns in Washington. Osage glaubt, sein Vater wurde ermordet, weil er von dem Vorkommen wusste und nicht darüber schweigen wollte. Später hat Osage den Durchschlag von dem Geologenbericht gefunden, den sein Vater aufgehoben hatte. Osage hat eine Heidenangst vor den Leuten, die seinen Vater ermordet haben, und deshalb hat er nie nach Diamanten auf seinem Land gesucht. Es gab zwar in der Nähe einzelne Zufallsfunde, aber erst 1952 wurde ein Gebiet südlich von Osages Besitz zu einer Touristenattraktion erklärt. 1972 wurde es von Arkansas gekauft. Heute ist es der ›Crater of Diamonds Park‹. Osage meinte, ich solle alles über das Land erfahren, da ich so freundlich gewesen sei, ihm aus der Patsche zu helfen.«

»Was ist mit diesem Park?«

»Eine Touristenattraktion. Ich habe mich an die Parkverwaltung gewandt. Man muss einen Obulus entrichten; dann darf man den Park betreten und alle Diamanten behalten, die man findet. Die Benutzung von Maschinen ist natürlich nicht erlaubt. Pro Jahr werden dort auch nur ungefähr sechshundert Karat in winzigen Steinen gefunden.«

»Kleine Fische also.«

»Ich wusste, dass du das sagst. Aber schau dir mal die hier an.« Wenzel griff in die Tasche und ließ drei kleine Steine auf die Marmorbar fallen.

MacLean beugte sich vor, rollte die Steine mit seinem sorgfältig manikürten Finger herum, nahm einen auf, hielt ihn gegen das helle Licht des Halogenstrahlers und betrachtete dann die beiden anderen. »Wunderschön.« Jeder Stein war so groß wie eine Kaffeebohne und ungeschliffen, doch sein Funkeln versprach, dass er in den Händen eines erfahrenen Diamantschleifers zu einem Schmuckstück werden konnte. Vielleicht ließen sich aus jedem Stein sogar zwei Brillanten schleifen.

»Wo hast du diese Steine her?«

»Osage hat sie mir gegeben, nachdem ich ihm den Scheck ausstellte. Sie stammen von seinem Land. Er hat mir auch gezeigt, wo er sie gefunden hat.«

MacLean legte den Stein wieder auf die Theke. »Aber du besitzt das Land ja noch nicht, hast nur das Vorkaufsrecht.«

»Das ist ja das Tolle an der Sache – Osage gibt uns die Schürferlaubnis. Ab sofort! Deshalb hat er mir doch diesen Geologenbericht gegeben. Du kümmerst dich um die Bohrungen, Max, und ich erledige den Papierkram.« Er drückte die Zigarette aus und grinste. »Fröhliche Weihnachten, Großer Gatsby.«

MacLean musterte seinen Anwalt, einmal mehr verblüfft über dessen Ehrlichkeit. »Du hättest einfach den Mund halten können ...«

»Nein.« Wenzel schüttelte den Kopf. »Ich war auf deine Kosten in Arkansas. Es wäre unmoralisch gewesen, dieses Geschäft für mich allein zu behalten.« Wieder zündete er sich eine Zigarette an. »Außerdem bin ich Anwalt, kein Geschäftsmann.«

»Deine moralischen Grundsätze in allen Ehren, aber in diesem Fall reicht es nicht, dass du nur den Papierkram erledigst. Wenn wir tatsächlich eine Diamantenmine betreiben, bekommst du deinen Anteil am Gewinn.« Wenzel wollte protestieren, doch MacLean hob eine Hand. »Ich bestehe darauf.«

»Also gut. Danke, Max«, sagte Wenzel, der an die diebische Freude seiner gierigen Partner in der Kanzlei dachte: Laut Vertrag musste er einen solchen Gewinn mit ihnen teilen – es war, technisch gesehen, eine Anwaltsgebühr.

»Über welche Summen reden wir denn hier, in Karat ausgedrückt?«

»250.000 Karat jährlich. Aber denk daran – das stützt sich auf den Bericht von 1920, der auf der damaligen Schürftechnologie basierte. Mit der heutigen Ausrüstung wird man noch viel mehr rausholen können.«

»Hat Osage dir eine Kopie des Berichts gegeben?«, fragte MacLean.

Wenzel zog ein gefaltetes Blatt aus der Tasche. »Hier. Das ist eine Fotokopie von der alten Abschrift von Osages Vater.« Die Buchstaben waren klein und verblasst, doch immer noch zu entziffern. MacLean und Wenzel beugten sich über das Blatt und lasen, wenngleich sie als Laien an manchen Stellen die Bedeutung der geologischen und mineralogischen Fachbegriffe nicht verstanden: *Peridotit. Vulkanische Brekzien. Tuff und feinkörnige Brekzien.* Das war Chinesisch für sie, doch aus dem Bericht ging eindeutig hervor, dass es auf Osages Land Diamanten zu finden gab.

MacLean schaute auf. »Und die Sache hat keinen Haken? Kein Betrug?«

»Ich habe gründlich darüber nachgedacht. Normalerweise hätte ich es nicht geglaubt, aber«, und Wenzel begann an den Fingern abzuzählen, »wenn du dich mit der Geschichte der Gegend beschäftigst ... der Tatsache, dass dort bereits 1920 Diamanten gefördert wurden und dass es in unmittelbarer Nähe einen Park gibt, in dem Touristen die Steine abbauen können, und wenn du außerdem berücksichtigst, dass Osage mir den Bericht erst gezeigt hat, nachdem ich ihm die zweitausend Dollar gegeben habe, scheint sich das Ganze zu einem runden Bild zu fügen.«

MacLean starrte Wenzel eine ganze Weile an. Dann verzogen sich seine Lippen zu einem breiten Grinsen. »Wann fangen wir an?«

4.

Der Fall

Main Justice Building
Washington, D. C., 8.07 Uhr

Diesmal war Carlton früh im Büro. Auf seinem Sessel lag ein Aktenordner mit der Aufschrift *Vereinigte Staaten gegen Murfreesboro Mining, Raymond Mines und andere.*

Stalins Diamantenfall.

Carlton lehnte sich in seinem Sessel mit dem rissigen Lederbezug zurück. Draußen zogen graue Wolken vor einer blassen Wintersonne vorüber. Er knipste seine alte grüne Messinglampe an. Sein Schreibtisch quoll über von Fotokopien, Notizblöcken, auf denen er Verhöre und Kreuzverhöre entworfen hatte, und hastig hingekritzelten Notizen auf gelben Zetteln. Das brachte ihm wieder schmerzhaft zu Bewusstsein, dass Jarvik ihm den Fall Global Steel abgenommen hatte. Immer noch trauerte er Global Steel nach. Es war der ideale Fall für die Kartellabteilung! Ein riesiges Firmenkonglomerat, das den freien Wettbewerb auf dem Stahlmarkt bedrohte – ein Fall, der die Öffentlichkeit interessieren und der gerechten Sache dienen würde.

Jarvik, dieser Mistkerl!

Carlton räumte sämtliche Papiere vom Tisch, die ihn an Global Steel erinnerten, und wandte seine Aufmerksamkeit den neuen Akten zu. Er zog die braunen Umschläge aus dem Ordner. Jeder einzelne war von der Aktenverwaltung ordentlich abgestempelt und mit einer Aufschrift versehen worden: Notizen und Memoranden. Schriftverkehr. Untersuchungen. Hintergründe.

Für Carlton war ein Diamant ein glitzernder Stein, den man der Braut zur Hochzeit schenkte. Überrascht stellte er fest, dass er sogleich an Erika dachte. Rasch zwang er seine Gedanken wieder auf den anstehenden Fall. Carlton wählte die Akte mit der Aufschrift »Hintergründe« und las die Fragen, die das Büro eines Bundesrichters an Jim Higgins gestellt hatte – der Mann, der die Angelegenheit ans Licht gebracht hatte. Er stieß einen Seufzer aus und begann zu lesen.

Die Raymond Mines gehörte den Raymonds, einem älteren Ehepaar aus der Gegend von Murfreesboro in Arkansas. Eines Tages war ihr zehnjähriger Enkel an der Grenze des Farmgebiets in einen Graben gefallen, hatte im Schlamm einen seltsamen Stein gefunden und ihn seinem Großvater gezeigt. Raymond verglich den Stein mit den Abbildungen in einem Handbuch über Mineralien und Edelsteine. Wenn man dem Buch glauben durfte, war der Stein, den der Junge gefunden hatte, ein Diamant. Doch Raymond hatte immer noch Zweifel. Er bat einen ortsansässigen Geologen namens Jim Higgins um Rat. Higgins bestätigte, dass der Stein tatsächlich ein Diamant sei. Raymond stellte mehrere Männer ein, die in der Nähe des Grabens, in dem der Stein gefunden worden war, ein paar tiefe Löcher gruben. Der Erdaushub wurde durch ein Sieb und Granatsteine – die das Vorkommen von Diamanten anzeigen – gewaschen. Tatsächlich fand man ein paar kleinere Diamanten. Higgins schloss daraus, dass die Steine durch Erosion von einer Primärlagerstätte abgebrochen worden waren, und empfahl, Bohrungen vorzunehmen. Bei einer dieser Bohrungen stieß man schließlich auf die diamantführende Kimberlit-Pipe, die Higgins in der Nähe vermutet hatte. Als achtbarer Bürger erhielt Raymond eine Schürfgenehmigung von der Gemeinde und bekam einen Kredit von seiner Bank. Nach drei Monaten warf die Mine fast zweihundert Karat pro Monat ab. Higgins war Partner geworden und beaufsichtigte den Abbau. Fast alle Rohdiamanten waren von Industriequalität und besaßen eine gelbliche Farbe.

Als sie vier Monate lang Besitzer der Mine waren, bekamen

die Raymonds Besuch von einem Mann namens Lester, Anwalt der Murfreesboro Mining, einem großen Bergbaukonzern. Lester wollte Raymonds Land kaufen, doch die Familie lehnte ab, da ihre Farm sich seit dem Bürgerkrieg im Familienbesitz befand. Daraufhin machte Lester das Angebot, Raymonds gesamten Diamantenertrag aufzukaufen. Wiederum lehnten die Raymonds ab, da sie befürchteten, die Murfreesboro Mining würde der Mine strenge Qualitäts- und Mengenauflagen auferlegen. Endlich kam Lester mit seinem letzten Vorschlag heraus: Er werde den Raymonds drei Millionen Dollar zahlen, wenn sie die Förderung ganz einstellten. Diesmal waren die Raymonds einverstanden; sie hielten es für ein günstiges Angebot, das ihnen keine weiteren Anstrengungen abverlangte.

Aber da war noch Higgins.

Die Raymonds boten Higgins eine Million Abfindung, damit er den Betrieb der Mine einstellte. Doch Higgins gefiel das Angebot nicht. Und sein neuer Job als Manager, der für zwanzig Angestellte verantwortlich war, gefiel ihm. Doch die Raymonds beharrten darauf, dass die Förderung eingestellt werde; schließlich sei es ja *ihr* Grund und Boden. Higgins rief seinen Schwiegersohn an, einen Anwalt in Little Rock, und erfuhr, dass die Vereinbarung zwischen den Raymonds und der Murfreesboro Mining möglicherweise illegal sei, da sie gegen die Bundesgesetze zur Wettbewerbsbeschränkung verstieß.

Higgins erzählte den Raymonds davon. Die Raymonds wandten sich an Lester, der sie davon überzeugte, dass die Transaktion in keiner Weise illegal sei. Nach dieser Information lehnten die Raymonds es ab, ihre Vereinbarung mit Murfreesboro zu widerrufen. Higgins drohte mit einem Rechtsstreit. Sein Schwiegersohn, der Anwalt, erstattete Anzeige beim Bundesrichter in Little Rock. Dessen Dienststelle lud Higgins zwar vor, war jedoch mit Fällen überhäuft und brachte die Angelegenheit höheren Ortes vor – bei der Abteilung Kartellverstöße des DOJ in

Washington. Und dort hörte Gail Rothenberg, die Referentin des Staatssekretärs, von der Sache.

Carlton blickte auf seine spärlichen Notizen und blätterte im Rest der dürftigen Akte. Er benötigte mehr Informationen, suchte in seinem elektronischen Rolodex nach einer Nummer und wählte.

»Josh Stein«, meldete sich eine vertraute Stimme.

»Josh? Hier ist Pat Carlton.«

»Patty, mein Junge! Lange nicht von dir gehört. Wie läuft's denn so bei der Justiz?«

Sie hatten zusammen studiert. Stein hatte sich direkt für den Regierungsdienst entschieden und war vor kurzem zum Prozessbevollmächtigten der SEC ernannt worden, der US-Börsenaufsicht. »Ich kann diese Sandkastenspiele nicht ausstehen«, antwortete Carlton.

»Willkommen im Regierungsdienst. Wir sollten uns wirklich mal sehen, aber im Moment habe ich zu viel um die Ohren.«

»Tut mir Leid, dass ich so ungelegen anrufe. Ich wollte nämlich wissen, ob du mir Hintergrundinfos über eine bestimmte Firma geben kannst.«

»No problemo.« Carlton hörte, wie er in Papieren wühlte. »Schieß los!«

Nachdem Stein versichert hatte, er werde das Gespräch vertraulich behandeln, lieferte Carlton die wenigen Fakten, die ihm über die Murfreesboro Mining bekannt waren.

»Ich ruf dich so schnell wie möglich zurück.«

»Danke, Josh.«

Carlton starrte auf seine Notizen. Es würde Aussagen geben, Expertenbefragungen, aber die ganze Sache kam ihm doch abgekartet und öde vor. Er knipste seine Messinglampe aus und saß in völliger Dunkelheit da. Als seine Augen sich an den schwachen Schein gewöhnt hatten, den die Straßenlaternen spendeten, tastete er auf dem Hutständer nach seinem Schal und seinem Wollmantel. Im Korridor steckte er den Schlüssel in das Schloss unter dem altmodischen Türknauf und sicherte sein kleines Refugium. Er hoffte wider alle Vernunft, es würde Jarvik davon abhalten, in sein Büro einzudringen, und wusste doch, dass seine erträumte Sicherheit nichts war als eine Illusion.

Carlton lag zu Hause auf dem Sofa, las die *Washington Post* und rauchte geruhsam eine Zigarre, als sein schwarzes Telefon schrillte, ein Apparat mit Wählscheibe im Stil der Dreißigerjahre. Rasch stellte er Frank Sinatra leiser, dann nahm er ab.

»Pat Carlton.«

»Pat, hier ist Josh. Ich hab, was du wolltest.«

»Das ging ja flott.«

»Die SEC schießt gern schnell.«

»Scheint so. Dann schieß mal.«

»Ist ein bisschen verworren, selbst nach dem Standard, den wir sonst gewohnt sind. Wie du schon vermutet hast, ist die Murfreesboro Mining eine eingetragene Firma mit Sitz in Arkansas. Der Ruf ist anscheinend gut. Scheint auch sauber zu sein. Keine Prozesse, weder zurzeit noch früher. Zahlt pünktlich ihre Steuern. Hat immer alle ihre Akten pünktlich der Aufsicht und dem Staat Arkansas offen gelegt. Eine Aktiengattung. Kapitalisierung ungefähr dreißig Millionen. Fünf Millionen Schulden.«

»Sie ist also zahlungsfähig. Gut. Ich hatte schon Angst, es wäre eine Briefkastenfirma.« Carlton kritzelte eifrig auf seinen gelben Notizblock.

»Hört sich alles korrekt an, aber von da ab wird's kompliziert.«

»Wie das?«

»Die Murfreesboro Mining gehört der Hamilton Mines mit Sitz in Delaware. Scheint eine Holding für ein paar Bergbaufirmen in Arkansas und Alaska zu sein. Deren Aktien werden von der Stone Holdings Incorporated gehalten, ebenfalls mit Sitz in Delaware. Stone Holdings gehören auch noch eine Immobilienfirma in Arkansas und Anteile an einer Bank in Arkansas, der Little Rock S und L. Die wäre Ende der 80er fast Bankrott gegangen, wurde aber gerettet und scheint jetzt wieder liquid zu sein. Deren Aktien wiederum werden vollständig von einer Firma namens Cleveland Metals gehalten, ebenfalls eine eingetragene Gesellschaft in Delaware. Alle diese Firmen haben eine einzige Aktiengattung, nur die Cleveland Metals nicht. Ein ganz schönes Durcheinander! Wenn du meine Meinung hören willst ...«

»Na klar.«

»Ich finde es ziemlich ausgefallen, eine solvente Firma zu gründen auf dem Hintergrund einer solchen Unternehmensverflechtung, bloß um eine kleine Mine zu betreiben. Selbst wenn sie gegen Kartellgesetze verstoßen.«

»Es sind schon seltsamere Dinge passiert.«

»Sicher. Ich schick dir ein Fax mit den Infos.«

»Super. Und grüß Elizabeth.«

Murfreesboro Mining war also legal und solvent. Und wenn sie nicht Bankrott machte – was nicht sehr wahrscheinlich schien –, konnte sie die Strafe beim DOJ durchaus zahlen. Mehr musste Carlton gar nicht wissen, doch Josh hatte schon Recht mit seinem Unbehagen: Diese Unternehmensverflechtung war viel zu kompliziert. Selbst für eine Firma, die mit voller Absicht gegen Kartellgesetze verstieß.

Stalins Worte klangen ihm noch in den Ohren. »Arbeiten Sie auf einen Vergleich hin. Dann sehen Sie weiter.« Genau das würde er tun.

»Und Schluss!«, sagte er laut.

5.

Die Drohung

Shaugnessy, McGuire & Wenzel LLP
Century Park East
Century City, Kalifornien, 13.37 Uhr

Als Namenspartner der Shaughnessy, McGuire & Wenzel LLP stand Dan Wenzel ein Eckbüro im 35. Stock der Kanzlei zu, die in einem Gebäude aus Glas und Granit ihren Sitz hatte. Er stand an einem der hohen Fenster, trank seinen Nachmittags-Espresso und schaute durch die getönten Scheiben auf den Golfplatz des Los Angeles Country Club. Von seinem erhöhten Standort aus wirkten die Golfspieler wie bunte Ameisen, die sich in ihren blassgelben, babyblauen und schreiend karierten Anzügen von Abschlag zu Abschlag bewegten.

Seit seinem Besuch bei MacLean hatte Wenzel sich eifrig dem Minenvorhaben in Arkansas gewidmet. Er hatte eine neue Firma für MacLean gegründet, Osage das Land abgekauft, den Besitz auf MacLeans neue Firma überschreiben lassen und Osage per Vertrag lebenslanges Wohnrecht in seinem Haus garantiert, für einen symbolischen Dollar Miete im Jahr. Außerdem schloss Wenzel mit einer Geologin einen Beratervertrag ab: Sie sollte ein Gutachten über die möglichen Auswirkungen der Mine auf die Umwelt erstellen; wichtig war, dass sie ihre Tätigkeit bis zur unvermeidlichen öffentlichen Anhörung geheim hielt. Wenzel besorgte sich von der Stadtverwaltung Macon Grove den Antrag für eine Schürfgenehmigung, den er zusammen mit der Geologin ausfüllte. Auch ließ die Geologin bereits im gesamten Gebiet Probebohrungen vornehmen. Da Wenzel das Unternehmen noch geheim halten wollte, bemühte er sich noch nicht um einen Kredit für Erstinvestitionen. Vorerst musste MacLean mit seinen beträchtlichen Reserven einspringen.

Alles läuft wirklich gut, dachte Wenzel, während er seine winzige Espressotasse leerte. Als er sich in seinen weichen Lederschwingsessel sinken ließ, piepte das Interkom.

Gertrude, seine Sekretärin, die vor seinem Büro Wache hielt, rief durch die Leitung: »Eine Geraldine Forest auf Leitung eins. Von einer Bundesstiftung in Washington.«

Wenzel drückte auf die Taste neben dem blinkenden Lämpchen. »Dan Wenzel«, meldete er sich.

»Mr Wenzel, mein Name ist Geraldine Forest. Ich bin Mitarbeiterin der Bundesstiftung für den Erhalt historischer Stätten.« Eine Stimme ohne jede Wärme. Ms Forest hätte durchaus Anwältin sein können.

»Guten Tag.«

»Ich komme gleich zur Sache, Mr Wenzel. Unsere Stiftung hat erfahren, dass einer Ihrer Mandanten in Arkansas eine Mine betreiben möchte.«

»Eine Mine, sagen Sie?« Wie, zum Teufel, hatte diese Stiftung das so schnell herausgefunden? Natürlich stand der Name von MacLeans neuer Firma auf der Übertragungsurkunde, aber es wurde nichts von einem Schürfvorhaben erwähnt. Auch die Stadtverwaltung Macon Grove konnte noch nichts ahnen, da noch nicht einmal der Antrag auf die Schürfgenehmigung vorlag.

»Ich weiß nicht, ob Sie Kenntnis davon haben, Sir, aber dieser Grund und Boden ist eine historische Stätte. Bergbau kann dort nicht gestattet werden.«

Wenzels sorgfältiges Studium der Grundbücher hatte nichts über eine historische Stätte offenbart.

»Ich kann mich nicht erinnern, gelesen zu haben, dass dieser Grundbesitz im Kataster nationaler historischer Stätten aufgeführt ist – übrigens auch nicht auf einer Liste der Gemeinde oder des Landes.«

»Nun, er ist ja auch noch nicht gelistet, aber er kommt infrage.«

»Verstehe.« Was überhaupt nicht den Tatsachen entsprach. »Und inwiefern, falls ich fragen darf?«

»Dieser Besitz ist eng mit der Geschichte unserer Nation verknüpft, Mr Wenzel«, sagte sie in einem Tonfall, als müsse dies sogar ein Erstklässler wissen.

»Ach ja? Jetzt erzählen Sie mir nicht, dass Sie da die Leiche von Jimmy Hoffa gefunden haben.«

Die Dame kicherte nicht einmal. »Diese Stätte spielte eine Schlüsselrolle im Amerikanischen Bürgerkrieg.«

»Ach wirklich? Und welche Rolle genau hat dieses Land im Bürgerkrieg gespielt, wenn die Frage erlaubt ist?«

»Die Südstaatenarmee hat das Land genutzt. Das war im Jahre 1864.«

»Genutzt? Sie meinen, die haben sich dort verschanzt oder ein Fort gebaut? Wie im Forge-Tal während des Unabhängigkeitskrieges?«

»Nicht ganz so, nein.«

»Welcher Art ist dann die Verbindung, die die Armee der Konföderierten mit dem Land meines Mandanten hatte?«

»Während des Bürgerkriegs haben Südstaatensoldaten auf diesem Land ihr Lager aufgeschlagen.«

»Ihr Lager aufgeschlagen? Und das ist alles? Kein Fort? Kein Schlachtfeld?«

»Genau.«

»Und die Stiftung will nun meinen Mandanten daran hindern, auf dem Land zu graben, bloß weil dort vor mehr als hundert Jahren ein paar Soldaten ein Lagerfeuer angezündet haben?«

»Ja.«

»Das soll wohl ein Scherz sein!«

»Ich versichere Ihnen, dass es *kein* Scherz ist.«

»Miss Forest, merken Sie nicht, wie lächerlich sich das anhört? Ein Fort oder ein Schlachtfeld – das hätte ich noch verstanden. Aber ein Lager? Haben Sie eine Ahnung, durch wie viele Quadratkilometer unseres Landes die Soldaten während des Bürgerkriegs marschiert sind, an wie vielen Plätzen sie kampiert haben? Vermutlich waren sie überall zwischen Massachusetts und South Carolina. Wollen Sie den gesamten Osten der Vereinigten Staaten zu einer historischen Gedenkstätte machen? Das ist doch verrückt!«

»Dennoch müssen wir dieses Land als historische Stätte listen, Sir. Es ist unsere Pflicht.«

»Und meine Pflicht ist, Ms Forest, Sie darüber zu informieren, dass eine Aufnahme ins Kataster keinesfalls verhindert, dass Privatbesitz so genutzt wird, wie der Eigentümer es will. Guten Tag!«

Er knallte den Hörer auf die Gabel und starrte ihn wutschnaubend an.

Am nächsten Tag meldete Gertrude sich fast um die gleiche Zeit. »Ein Roger Mackie vom Amt für Landverwaltung aus Washington.«

O je. Wenzel drückte auf das blinkende grüne Lämpchen. »Dan Wenzel.«

»Guten Tag, Sir. Mein Name ist Roger Mackie vom Amt für Landverwaltung im Innenministerium, Washington D. C.« Kürzer ging es wohl nicht? »Wie ist das Befinden, Sir?«

»Sagen Sie es mir«, konterte Wenzel.

Mackie ignorierte die Spitze. »Lassen Sie mich gleich zur Sache kommen, Sir. Laut Grundbucheintrag in Pike County, Arkansas, ist die Firma Ihres Mandanten Mr MacLean Eigentümer einer Parzelle, die südlich des Narrows-Dammes und des Lake Greeson an den Little Missouri River grenzt.«

»Ich denke, das ist korrekt, ja.«

»Gut. Demnach stimmt der Eintrag. Sie können sich gar nicht vorstellen, wie viele dieser Grundbücher in ländlichen Bezirken völlig durcheinander sind.« Er kicherte, doch es klang gespielt.

»Kann ich mir vorstellen.«

»Nun ja, und die Einträge sind sehr wichtig, wenn das BLM die angrenzenden Landbesitzer davon in Kenntnis setzen muss, dass ein Fluss zur Wiedereinstufung bestimmt worden ist.«

»Wiedereinstufung eines Flusses? Ich fürchte, ich kann Ihnen nicht ganz folgen.«

»Sind Sie mit dem Gesetz zum Schutz natürlicher und landschaftlich schöner Gewässer vertraut?«

»Nie davon gehört.« Das war allerdings geschwindelt.

»Das Gesetz schützt Gewässer vor Verschmutzung.«

»Verstehe. Und?«

»Laut Gesetz gibt es drei mögliche Einstufungen für Gewässer. Das BLM ist zuständig für den Little Missouri River, der an das Land Ihres Mandanten in Pike County grenzt, und kann den Fluss entweder als natürliches, schutzwürdiges Gewässer, landschaftlich besonders schönes Gewässer oder als Erholungsgebiet einstufen. Auf geschützten Gewässern ist jede Aktivität untersagt. Die Einstufung als landschaftlich besonders schöner Fluss erlaubt ein gewisses Maß an Nutzung. Flüsse als Erholungsgebiete sind nur zu Zwecken der Entspannung und Erholung zu nutzen.«

»Verstehe. Und unter welche Kategorie gedenkt das BLM den Little Missouri River einzuordnen?«

»Selbstredend als geschütztes Gewässer.«

»Selbstredend.« Wenzel unterdrückte seinen Zorn. Er hätte jetzt zu gern geraucht, aber das war im gesamten Gebäude verboten. »Nun, das klingt doch wunderbar. Vielen Dank, dass Sie mir Bescheid gegeben haben. Mein Mandant wird hocherfreut sein zu hören, dass er in einem absolut sauberen Fluss angeln kann. Er angelt nämlich leidenschaftlich gern, müssen Sie wissen. Ich kann nicht abwarten, es ihm zu sagen.« Mackie war so verblüfft, dass er für ein paar Sekunden den Mund hielt; das war ungemein befriedigend, viel besser, als eine Schimpftirade loszulassen.

»Sie ärgern sich nicht über die Einstufung?«

»Ärgern? Warum? Dank Ihnen wird das Land meines Mandanten im Wert steigen. Die Leute zahlen gut für saubere Fischgründe, das wissen Sie doch.«

»Ja, allerdings ... diese Einstufung wird Ihren Mandanten daran hindern, eine Genehmigung für Abwasserleitungen zu erhalten ... die er für seine geplante Mine brauchen würde.«

Nun war es an Wenzel, zu schweigen. Plötzlich fiel ihm wieder die verrückte Story des alten Osage ein: dass sein Vater im Auftrag der Regierung ermordet worden war. Allmählich konnte er dieser wüsten Geschichte Glauben schenken. Er nahm sich zusammen. »Natürlich, doch mein Mandant wird keine Kosten und Mühen scheuen. Wenn nötig, wird er das Wasser jungfräulich rein halten und Schmutzwasser nicht in den Fluss leiten. Wäre das im Sinne des BLM?«

Mackies Stammeln verriet deutlich seine Verwirrung. »Äh ... vielleicht. Ich weiß nicht.«

»Hervorragend. Guten Tag, Mr Mackie.« Unsanft legte er den Hörer auf.

Was, zum Teufel ...? Erst der NTHP. Nun das BLM. Dazu das Gespenst von Osages Vater. Was würde als Nächstes kommen?

Die Antwort erhielt Wenzel am nächsten Vormittag.

»Mr Wenzel? Da ist eine gewisse Perry Trask am Apparat. Sie gehört zu einer Art Umweltschutzgruppe in Arkansas. Es sei äußerst dringend, sagt sie.« Gertrudes Stimme war wie der Fels in der Brandung. Was würde er nur ohne sie anfangen?

Er hieb auf die Taste. »Dan Wenzel.«

»Mr Wenzel, hier Perry Trask, Anwältin der Liga zum Schutz der Rechte von Mineralien.«

Eine kalte, näselnde Stimme, ohne den geringsten Anflug des schleppenden Akzents der Südstaaten.

Offenbar wurden jetzt schon Leute aus Boston engagiert, um die Umwelt von Arkansas zu schützen. »Wie bitte? Die Liga zum Schutz der *was*?«

»Liga zum Schutz der Rechte von Mineralien. Kurz LSRM.«

»Sie müssen entschuldigen, Ma'am, aber von Ihrer Liga habe ich noch nie gehört.«

»Dann möchte ich Ihnen unsere Ziele kurz und knapp erklären: Wir sind gegen Bergbau.«

»Bergbau?«

»Besonders gegen Tagebau. Wir sind eine weltanschauliche Gruppe. Wir glauben, dass auch Gesteine Rechte haben. So wie Pflanzen und Tiere. Unveräußerliche Rechte.«

Das war zu viel für Wenzel. »Ach ja? Haben Ihre Steine auch das Recht zu wählen?« Er kicherte.

Die Frau ging nicht darauf ein. »Wie wir erfahren haben, wollen Sie auf dem Land südlich vom Lake Greeson Bergbau betreiben. Das können wir nicht zulassen. Arkansas ist schon verwüstet genug, weil die Umweltpolitik zu lasch betrieben wird. Wir können und werden nicht zulassen, dass es so weitergeht.«

»Verstehe.«

»Wir sind eine radikale Gruppe, das wollen wir nicht leugnen. Wir werden tun, was nötig ist, um Ihren Mandanten von seinem Vorhaben abzuhalten.« Sie kam Wenzel ein bisschen vor wie dieser Mackie am Vortag, nur entschlossener. Eher gewillt, etwas ... Ungesetzliches zu tun.

»Soll das eine Drohung sein, Mrs Trask? Wollen Sie meinem Mandanten drohen?«

»Nein, natürlich nicht. Ich möchte Ihnen nur einen freundschaftlichen Rat geben.«

»Einen Rat, der mehr wie eine Drohung klingt.«

»Natürlich möchten wir die Angelegenheit lieber auf gerichtlichem Weg verfolgen. Und wie Sie wissen, kann ein Rechtsstreit eine Schürfgenehmigung erheblich verteuern. Ein Rechtsstreit und ... andere Maßnahmen.«

»Verstehe. Dann könnten Sie mir vielleicht zwei Fragen beantworten.«

»Ja?«

»Nur 72 Stunden nach der Übertragung eines Grundstücks, das sich in nichts von tausend anderen Grundstücken in Arkansas unterscheidet, schaltet sich Ihre völlig unbekannte Liga ein und nimmt Kontakt mit dem Anwalt des Eigentümers auf. Davor versuchen NTHP und BLM, besagten Eigentümer unter fadenscheinigen Vorwänden von seinem Schürfvorhaben abzuhalten. Würden Sie mir freundlicherweise erklären, wie es dazu kommt? Könnten Sie mit dem Blödsinn aufhören und mir klar sagen, was hier vorgeht?«

»Ich muss Ihnen nicht erklären, wie unsere Gruppe arbeitet. Fakt ist, Ihr Mandant hat dieses Land gekauft: Grundbucheintragungen sind für jedermann einzusehen. Wir sind eine Gruppe, die den Abbau von Bodenschätzen aller Art auf das Schärfste bekämpft. Nehmen Sie das als Nachricht, Rat, Warnung oder was Sie wollen. Auf Wiederhören, Mr Wenzel.«

Zum dritten Mal in drei Tagen knallte Wenzel den Hörer auf die Gabel, erhob sich und trat ans Fenster. Über Los Angeles ging leichter Regen nieder. Wenzel erinnerte sich an Theodore Osages wirre Erzählung, dass sein Vater ermordet worden war, als er versucht hatte, den Diamantenfund in Arkansas publik zu machen. Ein Frösteln überlief ihn.

Angetan mit schwarzer Krawatte, einem weißen Dinnerjackett, schwarzer Hose und farblich passenden Halbschuhen trat MacLean in seine Eingangshalle und sah Wenzel unruhig auf und ab gehen, den teuren Aktenkoffer fest in der rechten Hand. »Meine Güte, hast du kein Zuhause? Sollte man fast meinen, wenn du so oft herkommst.« Doch sein Lächeln gefror, als er Wenzels sorgenvoll gerunzelte Stirn sah.

Wenzel starrte MacLean durch seine Brille an. »Irgendwas stinkt da gewaltig, Max. Ich bin völlig ratlos. Ich habe keine Ahnung, was diese Leute wollen. So lange ich denken kann, hab ich mich in den verzwicktesten Verhandlungen wacker geschlagen. Ich habe die Argumente der Gegenseite immer verstanden, auch wenn sie mir töricht vorkamen. Aber das hier begreife ich einfach nicht. Warum wollen diese Leute ein Schürfvorhaben stoppen? Um Umweltschutz kann es nicht gehen. Es gibt in der Nähe noch andere Minen, Erz zum Beispiel. Außerdem sagt meine Geologin, dass wir mit unseren Grabungen der Umwelt nur wenig Schaden zufügen.«

MacLean bedeutete ihm, auf einem hellgrünen Ledersofa Platz zu nehmen.

»Aber weißt du, was wirklich seltsam ist?«

MacLean war ganz Ohr, spielte mit seinem Manschettenknopf, in den ein blauer Brillant eingefasst war.

»Die ersten beiden Anrufe kamen von der Bundesstiftung für den Erhalt historischer Stätten und vom Amt für Landverwaltung in Washington. Der dritte Anruf kam von irgendeiner verrückten New-Age-Umweltgruppe, die uns sogar gedroht hat. Ich habe diese Bande von einem meiner Kollegen überprüfen lassen: Die Tinte auf ihrer Satzung ist noch nicht mal trocken. Wer immer die auch sind – wir können mit Sicherheit davon ausgehen, dass sie von Washington vorgeschoben wurden.«

»Das ist klar.«

Wenzel klemmte sich eine Zigarette zwischen die Finger und strich sich nervös die Krawatte glatt. »Seltsamerweise habe ich kein Wort von irgendeinem Amt in Arkansas gehört. Natürlich ist dieser Staat nicht gerade berühmt für den Umweltschutz, aber wenn die Bundesbehörden sich schon so aufregen, sollte man doch annehmen, dass auch die Gemeindeverwaltungen oder der Staat ein Wörtchen mitzureden haben.«

»Sollte man. Ehrlich gesagt verstehe ich nicht, warum der Bund sich überhaupt für die Sache interessiert. Die Mine wird Arbeitsplätze schaffen und die Wirtschaft vor Ort ankurbeln. Gott weiß, wie sehr Arkansas das gebrauchen kann. Und eine Gefahr für die Umwelt besteht auch nicht, egal, was diese Umweltgruppen sagen.«

»Außerdem«, fügte Wenzel hinzu, »gibt es ja bereits Diamantenminen in Arkansas. Der benachbarte Crater of Diamonds Park zieht mehr Leute in die Gegend als sämtliche Minen im ganzen Bundesstaat.« Er fuchtelte wild mit der Zigarette und blies eine Rauchwolke aus. »Im Übrigen sind es die Einheimischen, die der Mine zustimmen müssen, nicht der Bund.«

MacLean nickte. Er hatte Wenzel nie so aufgeregt erlebt.

»Die Sache ist nur, dass ich von den Gemeindebehörden keinen Pieps gehört habe. Und ich habe wirklich alles versucht, habe jeden angerufen, der mir einfiel. Das Planungsamt. Das Bauaufsichtsamt. Den Stadtrat. Das Büro des Bürgermeisters. Keiner war zu erreichen. Die wollen überhaupt nicht mit mir sprechen.«

»Was ist mit dem Verkäufer?«

»Osage?«

»Haben wir ihn schon gefragt? Immerhin ist er derjenige, der uns von den Diamanten erzählt hat. Er lebt dort. Vielleicht konnte er den Mund nicht halten.«

Wenzel schüttelte den Kopf und strich sein wirres Haar zurück. »Nein, das glaube ich nicht. Er ist ja immer noch von dieser Verschwörung überzeugt, die seinen Vater angeblich das Leben gekostet hat. Und mir hat er erst von den Diamanten erzählt, nachdem ich sein Land kaufen wollte.«

»Ich glaube nicht an diese Verschwörungstheorien. Die sind immer zu simpel.«

»Ich ja auch nicht, Max. Aber ich muss dir gestehen, diese Geschichte könnte mich eines Besseren belehren.« Wenzel drückte seine Zigarette aus und lehnte sich zurück. »Vielleicht kann ich die Antworten finden, wenn ich selbst runterfahre und mich ein bisschen umhöre.«

»In so einer Kleinstadt würdest du damit nur noch mehr Verdacht erregen. Dann reden sie gar nicht mehr mit dir. Nein, warum sollten wir das Problem nicht frontal angehen?«

»Was schlägst du vor?«

»Statt Fragen zu stellen, sollten wir sie auf unsere Seite ziehen. Wenn die Bundesbehörden uns das Leben schwer machen wollen, sollen sie doch. Im Grunde ist es ihnen doch völlig egal, ob es einen Arbeitgeber mehr oder weniger in Macon Grove gibt – deshalb verliert in Washington niemand den Job. Also liegt die Entscheidung letztlich bei den Einheimischen und deren Abgeordneten. Wenn wir denen die Idee gut verkaufen können, umgehen wir das Problem mit den Bundesbehörden. Die Einheimischen werden diese Mine wollen, sie können sich ein Nein nicht leisten, dafür gibt es hier zu viele Arbeitslose. Und was Washington darüber denkt, ist ganz egal. Außerdem weißt du doch, wie gern die Südstaatler die Bundesregierung haben.«

In diesem Augenblick kam Maxwell, MacLeans Butler, und servierte Espresso in zierlichen blauen Tassen. Wenzel trank seine auf einen Zug aus.

»Sag den Einheimischen die Wahrheit. Sag ihnen, wir werden Leute aus der Gegend einstellen und ausbilden. Wir zahlen gut, bieten Gewinnbeteiligung und was sonst noch dazu gehört. Sag ihnen auch, dass wir ein Naturschutzgebiet schaffen. Meine Güte, das ist doch nur fair. Wenn nötig, wedle mit ein paar Scheinchen. Setz eine Petition auf, damit die Gemeindebehörden mitkriegen, was ihre Wähler wollen. Selbst wenn die Gemeindevertreter von Washington unter Druck gesetzt worden sind – wenn sie erst sehen, dass ihre Wähler die Mine wollen, werden sie das Projekt unterstützen und die erforderlichen Genehmigungen ausstellen. Wenn die Einwohner auf die Barrikaden gehen, wird auch die Bundesregierung das Projekt nicht mehr aufhalten wollen.«

»Das könnte klappen. In Ordnung, ich versuch mein Glück. Außerdem wäre es ganz nett, Osage wieder zu sehen. Vielleicht brät er mir noch einmal eins von diesen tollen Hähnchen.«

MacLean verzog das Gesicht. »Was mich betrifft, werde ich mal mit Abe Cohen sprechen.«

6.

Der Angeklagte

Main Justice Building
Washington D. C., 10.07 Uhr

Carlton durchwühlte das Chaos auf seinem Schreibtisch, um zwischen Entwürfen, Notizen und Berichten den Telefonhörer zu finden. Es war der Papierkram der Klage gegen die Murfreesboro Minengesellschaft, die er beim Bundesbezirksgericht Arkansas eingereicht und dem Angeklagten zugeschickt hatte. Die US-Regierung hatte von den Raymonds nicht viel zu erwarten, und die Medien warteten nur darauf, dass das DOJ harmlose ältere Bürger aufs Korn nahm; also hatte Carlton beschlossen, die Raymonds nicht in die Klage mit einzuschließen, ihnen jedoch eine Kopie gesandt, damit sie über die Machenschaften der Murfreesboro Mining informiert waren.

Carlton blieb dem Läuten auf der Spur. Augenblicke, bevor die Voicemail sich einschaltete, fischte er den Hörer aus dem Durcheinander. »Pat Carlton.«

»Mr Carlton, hier ist Jonathan Black von Fox, Carlyle, Ashton, Chase, Whitfield und Whyte.« Die hochmütige, näselnde Stimme leierte die lange Liste der Partner herunter und machte dann eine Pause, um sie auf Carlton wirken zu lassen. »In Manhattan.«

Carlton war der Mann auf Anhieb unsympathisch. Nicht, weil Black sich hinter dem Namen seiner Megakanzlei versteckte; auch nicht, weil er durch die Erwähnung von Manhattan zu verstehen gab, dass er ein mit allen Wassern gewaschener Rechtsverdreher war. Es lag an der Kanzlei Fox, Carlyle und Partner: Die hatte den wohl begründeten Ruf, Prozesse unnötig in die Länge zu ziehen, eine Menge verbrannter Erde zu hinterlassen und hinterhältige, ja unmoralische Praktiken anzuwenden. Carlton hatte schon während seiner Tätigkeit für die »Winkeladvokaten« mit der Kanzlei Fox & Carlyle zu tun gehabt. Seiner Erfahrung nach waren sie des Teufels, und das hätte ihn gleich stutzig machen müssen.

»Ach, tatsächlich? Nun, was kann ich für Sie tun, Jonathan Black von Fox, Carlyle, Ashton, Chase, Whitfield und Whyte in Manhattan?«

»Unsere Kanzlei vertritt die Murfreesboro Mining.«

»Verstehe.« Dass Fox, Carlyle und Partner die Murfreesboro Mining vertrat, schraubte Carltons Meinung über Black noch um einiges herunter.

»Wir haben Ihre Anklageschrift und die Vorladung bekommen und möchten uns über die Möglichkeit eines Vergleichs unterhalten.«

Verblüfft stand Carlton auf. *Jetzt schon?* Sein Instinkt riet ihm, sofort abzulehnen. Wie er Fox, Carlyle und Partner kannte, war das wahrscheinlich nur das Vorspiel zu irgendeinem schmutzigen Trick. Dann aber beschloss er, den Köder zu schlucken. »Hervorragend! Das freut mich, dass Ihr Mandant mir einen Haufen Arbeit ersparen will. Ich schlage zwanzig Millionen vor.« Während der nun folgenden langen Pause summte es im Hörer. »Hallo?«

»Zwanzig Millionen?«

»Korrekt. Das ist doch eine vernünftige Summe, finden Sie nicht?«

»Das kann nicht Ihr Ernst sein.«

»Aber ja. Zwanzig Millionen.«

»Nein ... eher nicht, Mr Carlton. Mein Mandant hat mich nur zu einem Bußgeld in Höhe von einer Million Dollar ermächtigt. Und das liegt schon weit über dem Streitwert.«

Black hatte gehofft, Carlton mit einem raschen Vergleichsangebot überrumpeln zu können. Dann aber hätte Black den Eröffnungszug machen müssen. Und eine Million wäre ein sehr großzügiges Angebot gewesen, das man nicht hätte ablehnen können. Doch wie die Sache nun stand, hatte Carlton ihn geschlagen. Damit hatte Black nicht gerechnet. Der junge, mit allen Wassern gewaschene Anwalt war selbst überrumpelt worden.

»Eine Million?«, fragte Carlton ungläubig. »Also hören Sie mal, Jonathan ... auf keinen Fall. Und ich sage Ihnen jetzt ganz persönlich etwas, das nur die Wand in meinem Büro mithört: Mein Ministerium interessiert sich sehr für diesen Verstoß gegen die Kartellgesetze. *Sehr.* Mir sind die Hände gebunden, wenn die Sache höheren Orts behandelt wird. Wie gesagt, zwanzig Millionen.«

»Aber das ist lächerlich! Die im Sherman Act vorgesehene Höchststrafe ist auf zehn Millionen festgesetzt.«

»Natürlich. Aber das ist nur die strafrechtliche Seite. Sie müssen bedenken, dass zivilrechtlich dreimal so viel gefordert werden kann.« So war es im Gesetz verankert, um zukünftige Verstöße zu verhindern. »Außerdem ist da noch die Möglichkeit einer Haftstrafe.«

»Mein Mandant ist eine Körperschaft. Da gibt es keine Haftstrafen.«

»Den Schleier einer Körperschaft kann man lüften. Ich bin sicher, dass die Murfreesboro Mining irgendwann einen Formfehler begangen hat, oder dass ihre Kapitalisierung nicht in Ordnung ist, und dann wird ein Gericht zu überzeugen sein, die individuellen Schuldigen anzuklagen.«

»Das stimmt nicht.« Als wüsste er es nicht besser! »Wie dem auch sei, zwanzig Millionen sind eine exorbitante Forderung. Ich kann meinem Mandanten nicht guten Glaubens empfehlen, solch eine Forderung zu erfüllen. Das ist zu viel!«

»Tut mir Leid, das zu hören«, sagte Carlton mit gespielter Betrübnis und setzte sich wieder. »Wenn Sie es unbedingt so haben wollen, werden die Vereinigten Staaten den Fall nur zu gern vor Gericht bringen.« Jarvik mochte ja zu einem Vergleich gedrängt haben, doch Carlton neigte viel eher Rothenbergs Meinung zu. »Das gäbe allerdings keine gute Presse für Ihren Mandanten. Und gerade jetzt wäre das schlecht, da doch verschiedene Umweltgruppen die Abbautechniken Ihres Mandanten unter die Lupe genommen haben«, bohrte er weiter nach, da er kürzlich irgendwo gelesen hatte, eine der Dachfirmen der Murfreesboro Mining sei gezwungen worden, eine alte, aufgegebene Mine zu sanieren. »Bis all dieser Papierkram überprüft, übersandt, zu den Akten genommen und endlich vor Gericht gebracht worden ist, würde Ihr Mandant mit der dreifachen Strafe belastet. Dazu kommen die nicht unerheblichen Anwaltskosten. Wollen Sie *das* Ihrem Mandanten empfehlen?«

»Aber zwanzig Millionen ... das ist einfach zu viel.«

Carltons Ton wurde schärfer. Er mochte die Kanzlei Fox, Carlyle und Partner nicht, und er mochte diesen Schleimer Black nicht. Nun richtete er seine ganze Wut auf Jarvik, der ihm den Fall Global Steel weggenommen hatte, gegen die Murfreesboro Mining und Black. »Hören Sie gut zu, Jonathan. Das ist nicht persönlich gemeint. Ich habe nichts gegen Sie. Ich bin sicher, Sie reisen nicht in der Gegend herum und bringen alte Damen dazu, gegen die Kartellgesetze zu verstoßen. Aber die Murfreesboro Mining tut es. Und sie ist Ihr Mandant, Mr Black, nicht meiner.«

»Sie müssen verstehen. Mein Mandant hat niemals ...«

»Hören wir doch mit dem Bockmist auf, Jonathan.« Carlton streckte einen mahnenden Zeigefinger vor, als könne Black ihn sehen. »Ihr Mandant ist schuldig. So sicher, wie Gott kleine grüne Äpfel gemacht hat, ist Ihr Mandant im strafrechtlichen *und* zivilrechtlichen Sinne eines Verstoßes gegen den Sherman Act schuldig, indem er den freien Wettbewerb zu beeinflussen sucht. Der Fall liegt klar auf der Hand. Daran gibt es nichts zu deuteln, und das wissen wir beide ganz genau. Wir haben ja beide die Beweise gesehen«, bluffte er. Die Beweise waren in etwa so stichhaltig wie nasses Klopapier. »Ich bin sicher, Sie sind ein hervorragender Anwalt, Jonathan. Immerhin sind Sie bei Fox, Carlyle und Partner angestellt. In Manhattan. Und natürlich sollen Sie das Bußgeld so niedrig wie möglich halten. Aber bei mir verfängt das nicht, und auch nicht in meinem Ministerium. Nicht nur, dass Ihr Mandant ein älteres Ehepaar betrogen hat – so was gefällt den Geschworenen immer ganz besonders –, er hat auch noch unrechtmäßig Einfluss auf den freien Handelspreis für Diamanten genommen. Der freie Handel, der Wettbewerb. Das Herz und die Seele Amerikas. Ich bin sicher, die meisten Geschworenen haben einen überteuerten Brillantring gekauft – oder auch nicht, weil sie ihn sich eben nicht leisten konnten. Wie werden sie Ihrer Meinung nach auf einen Angeklagten reagieren, der geholfen hat, den Preis für die kleinen glitzernden Steine künstlich hoch zu halten?«

»Ich ...«

»Ich verlange nichts Unmögliches. Mein Ministerium auch nicht. Nehmen Sie sich ruhig Zeit. Gehen Sie alles mit Ihrem Mandanten durch. Ich bin sicher, auch die Murfreesboro Mining wird die Weisheit des angebotenen Vergleichs erkennen.«

Schweigen am anderen Ende. »Ich rufe zurück.«

»Ich freue mich darauf.«

Carlton blickte verblüfft aufs Telefon.

Ein Vergleichsangebot, nur einen Tag, nachdem der Angeklagte Kenntnis der Klage erhalten hatte? Was war da los? Sein Instinkt sagte ihm, dass noch etwas anderes dahinter steckte. Doch ihm fehlte jeder Anhaltspunkt, was das sein konnte.

7.

Der Helikopter

150 Kilometer westlich von Kuba, 2.16 Uhr

Verdammte Maschine!«, brüllte Leonid Pjaschinew. »Kann die nicht schneller fliegen?«

»Nein, Kamerad«, antwortete sein Pilot, Major Esposito von der kubanischen Luftwaffe. »Wir sind bald da. Sie müssen Geduld ...«

»Geduld? Kommen Sie mir nicht mit Geduld! Ich bin seit zehn Tagen unterwegs! Mit Autos, Flugzeugen und U-Booten! Ich habe keine Geduld mehr! Geben Sie Gas, verdammt nochmal!«

»Der Hubschrauber kann nun mal nicht schneller. Ich kann ihn doch nicht über ...«

»Fliegen Sie schneller, verdammt! *Skorjie, skorjie!*«

»Das wäre unklug.«

»Schneller, verdammt!«

»Wie Sie wünschen.« Blöder russischer Wichtigtuer. *Hijo de puta.* Esposito fluchte stumm vor sich hin, während er die beiden Hebel weiter nach vorn schob. Über ihnen kreischten die Turbinen. Die Nadeln auf den Anzeigen krochen langsam in den roten Bereich. Eine Öldruckwarnlampe leuchtete auf, ein Summen ertönte.

»162 Knoten. Das ist zu schnell. Die Maschine hält das nicht aus.« Esposito stellte den Alarm ab und packte den Gashebel mit verschwitzten Händen.

Hinter ihm, in der Passagierkabine, wischte Pjaschinew sich die Stirn mit einem schmutzigen Taschentuch ab. Nach einer Reise von fast sechzehntausend Kilometern war er zu Tode erschöpft. Er schaute durchs Fenster. Stockfinster da draußen. In dieser bewölkten Nacht gab es nicht das kleinste bisschen Licht. Er sah nicht einmal die Küstenlinie. Kein besonders beruhigender Gedanke für einen Mann, der Flugzeuge hasste.

Nervös zog Pjaschinew eine platt gedrückte Zigarette aus einer zerknautschten Packung. Die Flamme seines Feuerzeugs warf für einen Moment unruhige Schatten auf die Wände der gepolsterten Kabine. Tief sog er den Rauch ein. Nur noch kurze Zeit. Nur noch ganz kurze Zeit, und ich bin ein reicher Mann.

Ein verzerrtes Lächeln spielte um seine Lippen. Der teure italienische Doppelreiher und das seidene Hemd darunter konnten nicht verbergen, wie sehr seine Gier und die Anstrengungen der letzten Tage an seinen Kräften gezehrt hatten. Dunkle Tränensäcke hatten sich unter den grauen Augen gebildet. Schmutziges Haar und ein Zehntagebart ließen ihn verhärmt aussehen. Er stank nach Schweiß und Urin: Dieses Malheur war ihm schon vor Tagen passiert, als der Kampfjet, der ihn aus Russland herausgebracht hatte, losgejagt war. Unruhig rutschte er auf seinem Sitz hin und her, wischte sich die verschwitzten Hände an der Hose ab. Asche fiel von der brennenden Zigarette auf den Boden.

Reich. Ich werde reich sein. Nur noch eine kleine Weile. Nur noch ...

Plötzlich bebte der ganze Hubschrauber. Pjaschinew wurde gegen die Kabinenwand geschleudert. *»Schto eto?«,* rief er Esposito zu. »Was ist los?«

Wie ein Verrückter drückte der kubanische Major auf die Schaltknöpfe – dann waren sie plötzlich aus der Turbulenz heraus. Man hörte nur noch den Wind, der mit lautem Gejammer um die Maschine heulte und toste. Wieder ertönte ein Alarm.

»Verdammt, Major, was ist passiert?«

»Turbine zwei ist ausgefallen! Und der Rotor verliert Öl! Er wird ...«

Rote Warnlampen blitzten auf. Die Nadeln drehten sich wie verrückt auf den Anzeigen.

»Der Rotordruck fällt ab! *Madre de Dios!* Wir werden abstürzen! Du fettes russisches Schwein! Wir stürzen ab!«

Esposito begann zu beten, während er den Helikopter auf Kurs zu halten versuchte.

Pjaschinew war wie gelähmt, wie festgeschraubt auf seinem Sitz. Schweiß rann ihm die Stirn hinab und brannte in den Augen. Geist und Körper spürten nichts mehr, nicht einmal Übelkeit, als die Maschine ins Bodenlose stürzte. Kein Gedanke mehr an den Fallschirm, der unter dem Sitz verstaut war, selbst wenn noch Zeit gewesen wäre, ihn anzulegen. Sekunden später, inmitten ohrenbetäubenden Lärms, der dennoch weit entfernt schien, stürzte Pjaschinew ins Dunkel der Ohnmacht.

Er erwachte mit entsetzlichen Schmerzen. Sein Kopf pochte zum Zerspringen. Beide Beine waren gebrochen. Pjaschinew konnte das Kabineninnere kaum noch erkennen, so dunkel war es geworden. Er öffnete den Mund, um Luft zu holen, und spie einen Schwall von Blut und Speichel hervor, der den Boden sprenkelte.

Ein paar Sekunden lang starrte er auf das Chaos, das sich ihm bot. Dann begriff er, was geschehen war. Sein Gurt hatte ihn während des Aufpralls gerettet. Nun hing er unsicher pendelnd im Gurt zwischen dem Boden der Kabine und dem linken Fenster des Hubschraubers. Von Schmerzen gepeinigt, hob er den Kopf und blickte zum Cockpit. Wo zuvor eine Glasscheibe zwischen Pilot und Himmel gewesen war, ragten nun Zweige und Äste des Dschungels ins Innere der Maschine. Major Esposito war tot, da war Pjaschinew ganz sicher: Ein Mensch, der so verkrümmt dahing wie der Pilot, konnte nicht mehr am Leben sein.

Pjaschinew war Realist. Er wusste, dass er sterben würde. Er hatte zu viel Blut verloren. Ja, wenn ein Krankenwagen gekommen wäre ... oder ein Arzt. Aber hier draußen gab es nur den Dschungel. Aus Sicherheitsgründen hatte er den Piloten angewiesen, das Funkgerät des Helikopters abzuschalten. Esposito hätte also gar keinen Notruf schicken können.

Er würde in diesem elenden Busch zu Grunde gehen.

In Schmerz.

In Sünde.

Allein.

Er spürte, wie das Leben allmählich aus ihm wich. Mit jedem Atemzug seiner verletzten Lunge wurde er schwächer, und die Taubheit nahm zu. Obgleich Pjaschinew Atheist war, spürte er Bedauern und Schuld. Die Diamanten ... die Regierung konnte sie doch niemals ohne seine Hilfe finden!

Mühsam zog er einen Kugelschreiber aus der Tasche und riss einen Fetzen aus dem Material, mit dem die Kuppel ausgekleidet war. Stunden, wie ihm schien, verbrachte er mit dem Kritzeln einiger weniger Buchstaben, die er mit seinen getrübten Augen kaum erkennen konnte.

Endlich ließ er Stift und Zettel zu Boden fallen.

Wenn es einen Gott gibt, möge er mir vergeben.

8.

Der Kreml

Moskau, 17.25 Uhr

Aus seinem gut geheizten Amtszimmer in der Stadtburg des Kreml betrachtete der russische Präsident Wassili Illitsch Orlow das winterliche Moskau. Der schwache Schein der untergehenden Sonne warf einen goldenen Schimmer über die gefrorenen Bäume und schneebedeckten Zinnen.

Orlow wandte sein von Sorgen gezeichnetes Gesicht vom Fenster ab, griff mit schweren Fingern in ein aufwändig geschmücktes Lackkästchen und holte eine Zigarette heraus. Er zündete sie an, lehnte sich im Sessel zurück und betrachtete sein Büro; der alte Porzellanofen in der Ecke ließ ihn an die Zarenzeit denken.

Die Zarenzeit. Damals hatte es keine Meinungsforscher gegeben, keine Prognosen um Wählerstimmen und auch keine Wahlen. Das Wort des Zaren war Gesetz gewesen. Im heutigen Russland hatte das Gesetz wenig Gewicht. Es war keine Vorschrift mehr, eher eine Regel, die man nach Belieben befolgen konnte – oder auch nicht.

Jemand klopfte laut an die Tür.

»Da.« Orlows Laune besserte sich schlagartig, als er seinen persönlichen Berater hinter der schweren Holztür mit dem reichen Schnitzwerk erblickte. »Wladimir Petrowitsch. Kommen Sie herein! Setzen Sie sich.« Nun lächelte er zum ersten Mal an diesem Tag.

»Ich bringe gute Nachrichten.« Das war dem dürren Mann, der nun zu Orlow kam, auch vom Gesicht abzulesen. »Seit heute Nachmittag hat die Mirnyj-Mine ihre Produktion wieder aufgenommen. Es gab keine allzu großen Schäden, da ja fast sämtliche Gebäude aus Beton sind. Schon bald können sie wieder mit den Lieferungen beginnen. Wie Sie befohlen haben, ist Marschall Aleksakow zum Kommandeur der Östlichen Bodentruppen befördert worden. Er beaufsichtigt den Wiederaufbau und die Errichtung neuer Kasernen.« Die Beförderung war von Orlow persönlich angeordnet worden, denn Marschall Ogarkow, der vorherige Beauftragte, war tot – man hatte ihn vor einer Woche zusammen mit seinem Chauffeur auf dem Moskauer Twerskaja Prospekt in seinem von Kugeln durchsiebten Mercedes gefunden.

»Charascho.« Ausgezeichnet. »Ich hatte mir schon große Sorgen gemacht. Ein Ausfall unseres wichtigsten Diamantenzentrums ausgerechnet während der anstehenden Verhandlungen mit Waterboer wäre verheerend gewesen. Die Südafrikaner

rauben uns jetzt schon aus. Das wäre für diesen Bastard Slythe ein ausgezeichneter Vorwand gewesen, uns einen noch geringeren Preis anzubieten als bislang.« Er blies eine Rauchwolke aus. »Wenn doch nur Kowanetz ein wenig Licht in die Angelegenheit um Pjaschinews Verschwinden bringen könnte – dann wären wir in einer viel besseren Verhandlungsposition.«

»Er müsste jeden Moment hier eintreffen.«

Das Verschwinden Leonid Pjaschinews beunruhigte Orlow fast ebenso wie das Feuer in Mirnyj. Da es keine Lösegeldforderungen seitens der *mafija* gegeben hatte, ergab das Verschwinden des Mannes einfach keinen Sinn. Bereits eine Woche war vergangen, seit seine Familie ihn als vermisst gemeldet hatte. Seitdem hatte keiner mehr von ihm gehört. Wäre Pjaschinew ein ganz normaler Bürger gewesen, hätte sein Verschwinden kein besonderes Aufsehen erregt. Aber Leonid Pjaschinew war kein normaler Bürger. Er war Direktor von Komdragmet, der staatlichen Aufsichtsbehörde über die russische Diamantenindustrie. Sein Verschwinden war eine ernste Sache.

Doch Orlow hätte seine derzeitige Machtstellung niemals erreicht, hätte er nicht jede Krise auch als Chance genutzt. Viele russische Wirtschaftszweige hatte er den »Oligarchen« – der immer noch mächtigen Polit- und Wirtschaftselite früherer Zeiten – bereits entrissen, und so sollte der Kreml auch die Kontrolle über Diamanten, andere Schmucksteine und die Metallindustrie übernehmen. Bis jetzt war das politisch riskant gewesen, denn diese Unternehmen waren die letzten wahren Einnahmequellen der Oligarchen, besonders Diamanten und Platin. Doch nun schien die Zeit gekommen, da der Kreml übernehmen konnte. Orlow hatte einen legitimen Vorwand gefunden. Das wird auch Zeit!, überlegte er. Gott allein mochte wissen, wie viele Milliarden Dollar Russland verloren gingen, weil sie auf Offshore-Konten in aller Welt deponiert wurden.

Wie aufs Stichwort klopfte es wieder. Diesmal klang es viel zackiger als das Klopfen seines Beraters.

»*Da.*« Orlow blickte auf und sah in das wie gemeißelt wirkende Gesicht von Oberst Kowanetz. Der Oberst hielt die olivgrüne Offizierskappe fest zwischen seinem linken Arm und dem gestrafften Oberkörper, der steif war wie ein Ladestock. Seine drahtige Gestalt steckte in der olivgrünen Uniform, die samt schwarzer Krawatte und ockerfarbenen Abzeichen seine Zugehörigkeit zum GRU erkennen ließ, dem militärischen Geheimdienst. Seine scharfen Gesichtszüge und die glanzlosen grünen Augen offenbarten eine Seele, die schon schreckliche Qualen mit angesehen hatte – die zu einem nicht geringen Teil von ihm selbst zugefügt worden waren – und die kaum Mitleid kannte.

»Da sind Sie ja, Nikolai Konstantinowitsch. Haben Sie etwas über Pjaschinew erfahren?«

Orlow klappte sein Zigarettenkästchen auf und hielt es Kowanetz hin, der sich eine Zigarette nahm. »Danke, *towarisch president.*« Er zündete sie mit einem silbernen Feuerzeug an, auf dem ein roter Stern mit goldenem Hammer und Sichel prangte. Orlow konnte Offiziere nicht leiden, die sich immer noch mit den Insignien des alten Sowjetstaates umgaben. Für ihn war dies ein Zeichen, dass sie die derzeitige politische Führung Russlands für etwas Vorübergehendes hielten, für einen Übergang zu einer stark rechts- oder linksgerichteten Regierung, die vermutlich wiederum mit Blut und Sklaven erkauft werden würde. Doch Orlow hatte Wichtigeres zu tun und verkniff sich eine entsprechende Bemerkung.

»Die Nachricht klingt beunruhigend, *towarisch president.*« Mit allen Anzeichen des Unbehagens ließ Kowanetz sich in einen Sessel sinken. »Direktor Pjaschinew ist tot.«

Orlow hatte damit gerechnet. »Wie und wo?«

»In Mexiko.«

»Mexiko? Das hatte ich nicht erwartet.«

»Mit Ihrer Erlaubnis, *towarisch president,* möchte ich gern am Anfang beginnen. Es ergibt so mehr Sinn.«

Orlow nickte.

»Wir ... haben die Familie und seinen Mitarbeiterstab bei Komdragmet befragt.«

Orlow zuckte zusammen. In Gedanken sah er zerfetzte Bücher, Glasscherben und zerschmettertes Geschirr. Er stellte sich vor, wie man Ehefrau und Kinder in die kalten, schmutzigen Zellen des Lubjanka-Gefängnisses gesperrt hatte. Die Staatssicherheitsorgane Russlands waren zwar im Laufe der Zeit von den jeweiligen Machthabern immer wieder anders genannt worden, doch ob sie nun Ochrana, Tscheka, GPU, OGPU, NKWD, NKGB, MGB, KGB oder, wie in jüngster Zeit, FSB/SWR hießen – oder GRU, dessen militärisches Gegenstück –, ihre Methoden waren immer dieselben geblieben. Doch so wenig Orlow die Methoden des GRU gefielen, an ihrer Wirksamkeit hatte er nie gezweifelt.

»Seine Familie wusste wirklich nicht, wo er war. Aber von seinen Mitarbeitern hörten wir, dass Pjaschinew mit seinem eigenen Wagen von seiner Datscha aus nach Murmansk gefahren war. Vom Militärflughafen Murmansk flog er mit einer MiG-31 zum Flugzeugträger *Kusnetzow.* Dann mit einem Marinehubschrauber nach London, von dort mit mehreren Geschäftsmaschinen nach Mexiko und weiter mit einem Helikopter der kubanischen Luftwaffe nach Havanna. Dieser Hubschrauber ist zweihundert Kilometer westlich von Kuba über dem Dschungel von Yucatán abgestürzt. Offenbar gab es keine Überlebenden.«

Orlow richtete sich langsam im Sessel auf. »Aber warum so kompliziert? Pjaschinew stand doch eine eigene Tupolew zu. Warum musste er so umständlich reisen? Und was, um alles in der Welt, wollte er in Kuba? Kuba hat doch gar keine Verbindung zu Diamanten.«

»*Towarisch president,* wir glauben, dass Pjaschinew seine Abreise geheim halten wollte.«

»Jetzt hören Sie aber auf, Oberst! Pjaschinew war kein Dummkopf. Er wusste, dass wir es herausbekommen.«

»*Da.* Es macht auch keinen Sinn, es sei denn, Pjaschinew hat gedacht, dass es sowieso nichts mehr ausmacht, wenn wir herausbekommen, dass er fort ist.«

Kowanetz war ein guter Soldat, aber kein guter Redner. »Reden Sie Klartext, Oberst!«

»Der neue Diamantenvertrag mit Waterboer.«

»Was ist damit?« Orlow befürchtete das Schlimmste.

»Pjaschinew wollte nur so lange verschwinden, bis der neue Vertrag mit Waterboer unter Dach und Fach wäre. Er hat angenommen, sein Verschwinden würde erst nach Abschluss der Verhandlungen auffallen. Dann wollte er zurückkehren. Irgendeine Erklärung für seine Abwesenheit wäre ihm schon eingefallen.«

»Aber warum hätte er das tun sollen?«

»Sir, wir haben uns seine Konten angesehen. Pjaschinew wurde von Waterboer bestochen.«

»Solkin sin.« Scheißkerl. Orlow war nicht naiv. Er kannte sich mit der Korruption aus, die in seiner Heimat in den Siebzigerjahren unter Leonid Breschnew nachgerade zu einer Institution geworden war. Nach Lenins Tod hatte Stalin einen Kampf gegen die Intellektuellen geführt, und nach Stalins Tod hatte es den Kampf gegen den Stalinismus gegeben, doch leider hatte Russland nach der Ära Breschnew niemals den Kampf gegen die Korruption aufgenommen –hauptsächlich deshalb, weil die kommunistischen Parteikader und Funktionäre von dem System profitierten. Orlow war gegen den Filz angetreten, aber das dauerte seine Zeit. Eigentlich hätte er noch viel mehr Köpfe rollen lassen müssen, aber das konnte er sich nicht leisten, ohne den Westen zu verärgern. Stattdessen hatte er dafür gesorgt, dass gewisse hohe Beamte wie Pjaschinew ein fürstliches Salär und andere Vergünstigungen erhielten. Leider hatte Orlow dabei Pjaschinews Gier unterschätzt. Er hatte ihn in Verdacht gehabt, die Staatskasse zu bestehlen, aber an Bestechlichkeit hatte er nie gedacht.

»Waterboer hat erst letzte Woche fünf Millionen Dollar auf ein Konto von Pjaschinew bei einer Bank im Südpazifik überwiesen. Normalerweise deponieren Russen Gelder in Banken auf Zypern. Pjaschinew war wirklich sehr, sehr vorsichtig.«

»Meine Güte! Und er wusste über alles Bescheid! Die echten Zahlen der Diamantenförderung. Die Lagerbestände.«

»Wir haben seinen abgestürzten Hubschrauber gefunden, *towarisch president.* Pjaschinew und sein Pilot waren tot.« Kowanetz holte einen gefalteten Papierfetzen aus der Uniformjacke und reichte ihn Orlow. »Und das hier haben wir auch gefunden.«

Orlow entfaltete den Zettel, starrte auf die handgeschriebenen Worte:

»Rossija, tretij sloi. Ne dopustit im wsjat eto.« *Russland, dritte Schicht. Sie dürfen es nicht bekommen.* »Was soll das bedeuten?« Orlow starrte Kowanetz verwirrt an.

»Das wissen wir nicht, *towarisch president.*«

Orlow lehnte sich im Sessel zurück und zeigte auf die Tür. »Dann schlage ich vor, dass Sie gründlich darüber nachdenken, Oberst. Sie haben noch einen Tag Zeit, bevor die Verhandlungen mit Waterboer beginnen.«

9.

Der Vergleich

Main Justice Building
Washington, D. C., 13.05 Uhr

Pat Carlton.«

»Mr Carlton. Jonathan Black.«

Das war ja schnell gegangen. Sein letztes Telefonat mit diesem hochnäsigen Anwalt war gerade mal einen Tag her. »Guten Tag.«

Black seufzte. »Ich habe Ihre Forderung weitergegeben«, sagte er. Pause. Offensichtlich wartete er darauf, dass Carlton etwas sagte. Doch der schwieg beharrlich. »Man hat mich angewiesen, das Bußgeld von 20 Millionen zu akzeptieren.«

»Das ... freut mich sehr«, brachte Carlton nach einer Pause heraus. »Wirklich. Ich werde einen vorläufigen Vergleichsvertrag und ein Anerkenntnisurteil zusammenstellen und Ihnen bis heute Abend per E-Mail schicken.«

»Es gibt allerdings eine Bedingung. Mein Mandant besteht darauf.«

»Ja?«

»Sonst können wir nicht verhandeln.«

»Ich bin ganz Ohr.«

»Die Murfreesboro Mining wird keinerlei Haftung übernehmen und dem Vergleich nur dann zustimmen – ich wiederhole, nur dann –, wenn das Justizministerium sich einverstanden erklärt, die Angelegenheit nicht publik zu machen.«

»Das Anerkenntnisurteil muss vom Gericht abgesegnet werden, Jonathan. Es ist ein öffentliches Dokument.«

»Das verstehe ich. Aber auch ein öffentliches Dokument muss nicht unbedingt in die Medien gelangen.«

»Ich werde es mit meinen Vorgesetzen besprechen. Ich glaube nicht, dass es ein Problem darstellt.«

»Dann wäre ja alles in Ordnung.«

»Vielen Dank.« Carlton legte auf und ließ sich erschüttert in den Sessel zurücksinken.

20 Millionen! Sie hatten zugestimmt, 20 Millionen zu zahlen. Innerhalb von vierundzwanzig Stunden. Für einen wertlosen Fall. Keine Reaktion auf die Anklage. Kein Antrag auf Vorlegung der Schriftsätze. Kein Antrag auf Nichtgeltendmachen des Anspruchs. Kein Antrag auf Streichungen. Kein Antrag auf ein Urteil im abgekürzten Verfahren. Keine außergerichtlichen eidlichen Aussagen oder Anfragen nach Dokumenten oder schriftlichen Beweisfragen. Nichts. Ein 20-Millionen-Dollar-Bußgeld, akzeptiert innerhalb von vierundzwanzig Stunden.

Was ging da hinter den Kulissen vor?

Selbst wenn das DOJ den Fall gewonnen hätte, wären dabei nicht mehr als sechs Millionen herausgekommen. Höchstens. Außerdem hätte der Staat auch verlieren können. Carltons Beweise waren ein Dreck. Das hätte auch Jonathan Black merken können, wenn er gewartet hätte. Carlton hätte das rasche Einverständnis mit dem Vergleich ja noch verstehen können, wäre der Gegner eine kleine, unbedeutende Kanzlei gewesen, die sich vom Justizministerium einschüchtern ließ, aber von Fox, Carlyle und Partner hatte er anderes erwartet. Diese Kerle fraßen Bundesanwälte zum Frühstück. Irgendwie wurde er das bohrende Gefühl nicht los, dass man ihn an der Nase herumgeführt hatte.

Carlton legte seine Stiefel auf den Schreibtisch und blickte zur vergilbten Decke. Die einzige logische Erklärung war, dass der Vorstand der Murfreesboro Mining ängstlich darauf bedacht war, das Unternehmen nicht in die Schlagzeilen geraten zu lassen. Black hatte sicher nicht umsonst gedrängt, dass der Vergleich vertraulich behandelt wurde. Aber irgendwie passten diese Schlussfolgerungen nicht auf den vorliegenden Fall:

Murfreesboro Mining war eine unbekannte Firma, nach der kein Hahn krähte.

Carlton griff nach seiner Tasse mit dem DOJ-Emblem und starrte angeekelt auf die angetrockneten braunen Kaffeereste. Als er den Korridor hinunterschritt, um sich mit frischem Behördengebräu zu versorgen, sah er Erika vor sich. »He, Erika!«

Sie drehte sich zu ihm um und neigte zweifelnd den Kopf zur Seite. »Geht's Ihnen auch gut, Pat?«

»Ja, ganz toll.« Argwöhnisch ließ er den Blick über den Korridor schweifen; dann wandte er sich wieder an Erika. »Haben Sie ein paar Minuten Zeit?«

»Klar. Was gibt's denn?«

Carlton ging voran in sein Büro, winkte sie hinein, schloss die Tür hinter ihr.

»Was ist los?«

»Ich muss mir über ein paar Dinge klar werden.« Er setzte sich auf die Schreibtischkante und wies einladend auf einen der Gästesessel. »Aber wo anfangen?« Er fuhr mit der Hand durch sein kurzes Haar, zwang sich zur Ruhe. »Vor nicht mal einer Woche hat mir Gail Rothenberg einen Fall zugeteilt, der eigentlich ganz simpel sein sollte. Erinnern Sie sich noch, wie Stalin in meinem Büro war?«

»Klar.«

»Da hat er mir Global Steel abgenommen und mir diesen neuen Fall übertragen. Vereinigte Staaten gegen die Murfreesboro Mining. Ich habe eine Klage beim Bundesbezirksgericht Arkansas eingereicht und den Angeklagten davon unterrichtet. Und vor wenigen Minuten – vierundzwanzig Stunden nach Zustellung der Klage –, stimmt der Beklagte zu, ein riesiges Bußgeld zu zahlen.«

»Ist das sehr ungewöhnlich?«

»Das versuche ich ja herauszufinden. Ich habe noch nie gehört, dass in einem Fall, in dem so spärliche Beweise vorliegen, so rasch ein Vergleich erzielt worden wäre. Sie konnten doch gar nicht wissen, welche Beweise wir haben – und wir haben so gut wie nichts! Sie haben sich nicht die Mühe gemacht, es auf eine Verhandlung ankommen zu lassen, um sich über die Beweislast klar zu werden. Und das ist ein ziemlich seltsames Verhalten für Fox, Carlyle und Partner, denn diese Typen bringen es fertig, sich wegen eines Knöllchens wegen Falschparkens jahrelang vor Gericht herumzuschlagen. Außerdem haben sie einem Bußgeld in Höhe von 20 Millionen zugestimmt, ohne über diese gewaltige Summe zu verhandeln.«

»Das ist ja mehr als dreimal so viel wie im Strafrecht vorgeschrieben!«

Carlton nickte. »Ganz genau. Respekt! Aber Sie wären ja auch nicht direkt von der Uni ins DOJ gekommen, wenn Sie nicht einen scharfen Verstand hätten.«

Erika wurde rot. »Nun, dann darf ich Ihnen wohl gratulieren?«

»Nein, nein. Keine Glückwünsche. Die Sache ist schrecklich verzwickt, wissen Sie. Es geht alles viel zu schnell.« Carlton rutschte von der Tischkante und ging unruhig im Büro auf und ab, starrte auf seine Stiefelspitzen, fuhr sich immer wieder mit der Hand durchs Haar.

»Ich finde es ja auch seltsam. Aber ist es denn wirklich so wichtig? Ich meine, Sie haben haushoch gewonnen, oder nicht? Also kann ich Ihnen doch gratulieren. Außerdem dürften Sie jetzt gewaltig in Jarviks Achtung steigen.«

Doch Carlton blickte gedankenverloren zu Boden. »Das macht die Sache ja noch seltsamer. Jarvik sagte doch, ich sollte keine große Geschichte daraus machen, nur einen Vergleich herausschlagen. Aber zwanzig Millionen? Nur einen Tag nach Zusendung der Anklage?«

»Vielleicht wollten sie vermeiden, dass der Fall zu einem öffentlichen Schlagabtausch vor Gericht wird.«

»Daran hatte ich auch schon gedacht, aber zwanzig Millionen sind eine verdammte Menge Geld, um einer Verhandlung zu entgehen. Besonders für eine völlig unbekannte Firma. Was könnte so ein Unternehmen denn schon verlieren, wenn sein Fall vor Gericht kommt? Auf jeden Fall weniger als zwanzig Millionen!«

»Was wollen Sie tun?«

»Ich weiß es noch nicht, aber eins kann ich Ihnen jetzt schon versprechen. Stalin kann sagen, was er will, ich bleibe an der Sache dran.«

10.

Der Händler

Via Rodeo Shopping Center
Rodeo Drive
Beverly Hills, Kalifornien, 10.05 Uhr

MacLean ließ sich vom Chauffeur seiner englischen Bentley-Limousine am Einkaufszentrum Via Rodeo in Beverly Hills absetzen. An Touristen vorbei schritt er über Kopfsteinpflaster, das wohl an eine Fußgängerzone in Europa erinnern sollte. Auf der anderen Straßenseite befand sich die Filiale von Tiffany's; in den Vitrinen waren atemberaubende Brillanten ausgestellt. Davor standen Männer und Frauen, in sehnsüchtige Betrachtung dieser Verkörperungen eines Versprechens ewiger Liebe versunken.

MacLean ging auf ein rotes Backsteingebäude zu, das gegenüber von Tiffany's lag. Mit straff zurückgekämmtem Haar, hellbraunem Mantel, dunkelblauem Wollschal und glänzenden schwarzen Schnürschuhen wirkte er eher wie ein Filmstar aus den Dreißigerjahren denn wie der Besitzer eines multinationalen Konzerns. Die Leute musterten ihn verwundert. MacLean war sicher, dass sie glaubten, ihn irgendwoher zu kennen, und nun überlegten, wo sie ihn schon mal gesehen hatten.

Der Fahrstuhl brachte ihn rasch zum Firmensitz von Cohen Diamonds im zweiten Stock. Er nannte der attraktiven Empfangsdame seinen Namen, und sie gab ihn mit gedämpfter Stimme über ihr Headsetmikrofon weiter. Bald erschien ein älterer Mann mit stark gelichtetem weißem Haar und hieß ihn mit offenen Armen willkommen.

»Maximillian! Komm rein, komm rein.« Sein Englisch war makellos, wenn auch mit starkem polnischen Akzent gefärbt.

»Abe.« MacLean ergriff Abraham Cohens weiche, faltige Hand und wurde in eine feste Umarmung gezogen. Es freute ihn, dass ein Mann von fünfundachtzig Jahren noch solche Kraft besaß.

»Ich bin froh, dich zu sehen. Du siehst gut aus. Immer ganz der Gentleman, wie aus dem Ei gepellt.« Cohens warmes Lächeln reichte bis zu den blassblauen Augen. »Komm. Wollen es uns mal gemütlich machen.«

Abraham Cohen ging leicht vornübergebeugt, mit kurzen schnellen Schritten. Er erinnerte ein wenig an einen zerstreuten Professor. Sie schritten über einen kurzen Flur, an einigen Büros vorbei. Männer in schwarzen Anzügen und weißen Hemden, die meisten von ihnen mit Jarmulkas – jüdischen Käppis –, schauten neugierig von ihren beleuchteten Lupen auf, bevor sie sich wieder den funkelnden Steinen zuwandten, die vor ihnen auf dem Tisch lagen.

Am Ende des Gangs lag Cohens Chefbüro. Er winkte MacLean herein, wies einladend auf den hölzernen Besucherstuhl vor dem weißen Schreibtisch und schloss die Tür. »Setz dich bitte. Möchtest du Tee? Wie geht es Claire?«

»Ja, bitte. Claire ist wunderschön – wie immer.«

»Sie ist eine wunderbare Frau.« Cohen strahlte Autorität aus, die von seinem Lächeln und den etwas altertümlich wirkenden Manieren nur zum Teil kaschiert wurde. MacLean schaute ihm zu, wie er Tee einschenkte. Cohen brauchte keine Brille, eine Seltenheit bei einem Mann in seinem Alter. Die Einrichtung seines Büros war betont schlicht; ein Zeichen dafür, wie sehr Cohen seiner Arbeit verpflichtet war – überflüssigen Dekor hätte er nur als störend betrachtet. Er trug eine dunkelgraue weite Hose und ein weißes Hemd, dessen oberster Knopf offen stand. Die Ärmel waren hochgekrempelt. Ein schlichter schwarzer, jedoch teurer Kugelschreiber steckte in seiner Brusttasche. Außer einer alten Omega-Armbanduhr und einem Goldring trug er keinen Schmuck. Der Ring war eine Erinnerung an seine Frau, die schon vor Jahren gestorben war. MacLeans Blick fiel auf ein paar schwarze Buchstaben und Zahlen auf seinem rechten Arm. Die schmerzliche Erinnerung an Dachau.

MacLean hatte Cohens Tätowierung schon viele Male gesehen, und jedes Mal stimmte sie ihn traurig. Sechs Millionen Juden, von den Nazis ausgelöscht, dazu Millionen nichtjüdischer Polen, Zigeuner, Homosexueller, geistig oder körperlich Behinderter und ungezählte andere. Und viele Zeitgenossen wissen es nicht einmal. Oder noch schlimmer: Sie leugnen es.

MacLeans Vater Giancarlo Innocenti diente als sehr junger Hauptmann in der amerikanischen Armee, als sein Regiment 1945 das KZ Dachau befreite. Er war stolz darauf, für sein Vaterland zu kämpfen, aber er war auch klug genug gewesen, Beziehungen zu nutzen, um schneller befördert zu werden. In Dachau erkannte er rasch, dass einige Häftlinge verhungern mussten, würden sie nicht innerhalb kürzester Zeit medizinisch betreut. Und es konnte noch Tage dauern, bis der Tross von Ärzten und Schwestern im Lager eintraf. Gegen die strenge Order seiner Vorgesetzten, dass die Gefangenen nicht verlegt werden sollten, bevor die Erlaubnis von höherer Stelle gegeben wurde, beschloss Innocenti, die schwersten Fälle in ein Militärkrankenhaus ausfliegen zu lassen. Dort kamen die meisten von ihnen wieder zu Kräften. Viele andere hatten diese Chance nicht. Innocenti kümmerte sich besonders um den jungen Abraham Cohen, der ihm aufgefallen war, weil er der einzige Pole im Lager war. Ungewöhnlich, denn die meisten Polen waren von den Nazis nach Auschwitz geschafft worden. Innocenti und Cohen waren ungefähr im gleichen Alter. Später half Innocenti seinem polnischen Freund, nach Amerika überzusiedeln.

»Möge Gott dich und deine Familie segnen.« Unter Cohens warmem Lächeln verflog MacLeans traurige Stimmung. »Ich bin froh, dass du gekommen bist. Claire kommt auch dann und wann, sagt Hallo und bringt Kuchen mit. Sag es ihr nicht, aber den Kuchen gebe ich meinen Angestellten – in meinem Alter ist zu viel Zucker schädlich für die Gesundheit. Und wie steht es bei dir? Wir haben uns lange nicht gesehen.«

»Fast ein Jahr. Nur kurz nach den Flitterwochen. Ich hatte sehr viel zu tun.«

»Das brauchst du mir nicht zu sagen. Was ist mit Kindern? Ist schon etwas unterwegs?«

»Wir denken darüber nach.«

»Ihr solltet lieber weniger denken und mehr tun.« Cohen schmunzelte und lehnte sich im Sessel zurück. »Also, was kann ich für dich tun?« Er tippte sich mit dem Finger an die Schläfe. »Irgendwas sagt diesem alten Kopf, dass es um Geschäfte geht. Habe ich Recht?«

MacLean grinste. »Dir entgeht auch nichts.«

»Kaum etwas.«

MacLean stellte seine Tasse hin. »Letzte Woche kam Dan Wenzel mit einer ziemlich außergewöhnlichen Nachricht zu mir.«

Er zog einen schwarzen Samtbeutel aus der Jacketttasche, schüttete den Inhalt sorgsam in seine Hand, breitete ihn dann auf dem Samt aus und schob ihn Cohen zu.

Der Händler hob schweigend den Samt hoch und schwenkte ihn langsam unter einem beleuchteten Vergrößerungsglas hin und her. Gebannt betrachtete er die drei kaffeebohnengroßen

Rohdiamanten, die auf dem Samt von einer Seite zur anderen rollten. Ohne den Kopf zu heben, schaute er MacLean an. »Woher?«

»Arkansas.«

»Aus Murfreesboro? Crater of Diamonds Park?«

»Nahe dran, aber nicht ganz. Dan hat einem Farmer aus der Gegend Land abgekauft. Danach hat der Farmer ihm eine alte geologische Karte gezeigt.«

»Wie alt?«

»Aus den Zwanzigern.«

»Eine Karte des Amtes für geologische Aufnahmen?«

»Ja. Woher weißt ...«

»Erzähl weiter.«

»Der Karte zufolge sind auf dem Land reiche Lagerstätten ausgewiesen. Dan hat dem Farmer nicht geglaubt. Da hat er ihm zum Beweis die hier gezeigt.« Er deutete auf die Diamanten. »Wir haben weitere Gesteinsproben nehmen lassen und beschlossen, mit dem Abbau zu beginnen.«

Cohen lehnte sich zurück, schaute MacLean an. Dann presste er die Lippen zusammen und schüttelte ernst und besorgt den Kopf. »Nein, Maximillian. Nein.«

»Was soll das heißen, nein?«

»Diamantenhändler sind eine verschwiegene Gemeinschaft. Wir leiden unter Verfolgungswahn, von Natur aus, auf Grund von Routine und Erfahrung. Wir misstrauen Leuten außerhalb der Branche. Offen sind wir nur zu unserer eigenen Familie. Und dazu gehören für mich die Innocentis und die MacLeans. Du magst zwar ein cleverer Geschäftsmann sein und schöne Steine mögen, aber Edelsteine und das Geschäft mit Edelsteinen sind zwei ganz verschiedene Dinge. Wir in der Diamantenbranche sagen: ›Wenn du dich mit Diamanten nicht auskennst, dann such einen Händler, der Bescheid weiß.‹ Und wir kennen uns doch gut, nicht wahr?«

»Natürlich, ja.«

»Du bist ein reicher Mann. Besitzt Restaurantketten, eine Import-Exportfirma, Hotels ...«

»Ja.«

»Und eine sehr schöne Frau, die schon bald kleine MacLeans bekommen wird.«

»Abe, ich ...«

Cohen beugte sich über den Schreibtisch und nahm MacLeans Hand. »Du bist wie ein Sohn für mich, das weißt du doch.« Er sah MacLean eindringlich an. »Ich würde dir stets guten Rat geben, den besten, den ich weiß.« Er hielt inne und sah seinen Freund mit einer Mischung aus Strenge und Sorge an. »Vertraust du mir, Maximillian?«

»Natürlich vertraue ich dir.«

»Dann vergiss deine Mine in Arkansas oder wo auch immer. Behalte das Land, wenn du willst, aber lass das Projekt fallen.« Nun ließ Cohen MacLeans Hand los. »Du brauchst das Geld nicht. Lass es sein.«

»Aber warum? Ich verstehe dich nicht. Diese wunderschönen Diamanten ...«

»Wenn du Diamanten willst, kann ich dir welche verschaffen. So preiswert, wie nur ich sie bekommen kann.« Cohen holte tief Luft. »Klarer darf ich mich nicht ausdrücken, Maximillian. Es wäre zu gefährlich für dich.«

»Gefährlich?« MacLean überlief es eiskalt.

Cohen nickte. »Sehr gefährlich.«

»Nur weil ich in Arkansas Diamanten abbauen will? Wieso soll ...«

»Die Dinge sind nicht immer so, wie sie scheinen. Du vor allem müsstest das wissen. Arkansas mag arm und rückständig sein, aber seit 1920 tobt dort eine Schlacht um Diamanten. Seit der Zeit, als deine Karte da erstellt wurde. Wie soll ich es dir nur verständlich machen? Ich verstehe es selbst nicht recht. In Arkansas sind gewisse ... Interessengruppen am Werk. Leute, die mit Diamanten zu tun haben. Niemand weiß genau, was sie tun, oder wer genau daran beteiligt ist. Ehrlich gesagt, will ich es auch gar nicht wissen. Seit vielen Jahren werden Diamantensucher bedroht, die ein wenig zu tief in der Erde von Arkansas graben. Zuerst sind es versteckte Drohungen, später werden sie massiv. Und es sind Menschen verschwunden, von denen man nie mehr etwas gehört oder gesehen hat.«

MacLean nickte gedankenversunken. »Das wäre eine Erklärung für die Anrufe.«

»Anrufe?«

MacLean berichtete.

»Dann hat es also schon angefangen ...«

MacLean hatte Abraham noch nie so ernst gesehen.

»Ich kann dir nicht vorschreiben, was du tun oder lassen sollst. Du bist ein mächtiger Mann. Du bist vorsichtig und klug. Ich weiß, dass die Leute dich ernst nehmen. Was ich dir sage, ist bloß der Rat eines alten Diamantenhändlers, der in seinem Leben vieles gesehen hat – ein Rat an jemanden, der wie der eigene Sohn ist. Lass dieses Projekt fallen, Maximillian.«

»Aber ich kann nicht. Nicht jetzt. Diese schönen Steine.« MacLean sah sie vor seinem inneren Auge. »Die reine Schönheit.«

Cohen starrte ihn einen Moment schweigend an, dann seufzte er. »Wenn es so ist, dann *másel-tow*. Und sei sehr vorsichtig.«

»Danke. Ich werde deinen Rat beherzigen.«

Cohen stand auf und grinste breit. »Genug Trübsal geblasen. Das Leben ist zu kurz. Komm, ich muss dir etwas zeigen.« Er schloss einen großen Safe auf und holte ein Tablett heraus, auf dem dünne weiße Umschläge lagen, aus denen er einen auswählte. »Du wirst sehen, dass er an Schönheit seinesgleichen sucht.« Vorsichtig öffnete er den Umschlag. Mit einer Pinzette nahm er einen großen Stein heraus und ließ ihn in MacLeans Hand fallen.

MacLean schnappte nach Luft. Die kleinen Steine aus Arkansas waren schäbige Granitkiesel verglichen mit dem feurigen

Brillanten, der in seiner Hand rosafarben funkelte. Das gemeinsame Werk von Gottes Schöpfung und menschlichem Fleiß. Dieser Stein übertraf alles, was er bisher an Diamanten oder anderen Edelsteinen gesehen hatte, selbst den hochfeinen weißen, lupenreinen Stein in Claires Verlobungsring, der eine sechsstellige Summe gekostet hatte. MacLean hielt den Edelstein ins Licht und bewegte ihn ehrfürchtig zwischen zwei Fingern. Lichtstrahlen in Rosa, Tiefrot und Blutrot schossen durch den Stein und ließen ihn vor seinen Augen tanzen.

Cohen lächelte zufrieden. »Ein Dreißigkaräter in Brillantschliff aus der Argyle-Mine in Australien. Vollkommen lupenrein. Einer der seltensten Diamanten der Welt. Gestern erst habe ich ihn vom Schleifer aus Antwerpen zurückbekommen.«

MacLean starrte den edlen Stein atemlos und schweigend an; dann zwang er sich, den Blick davon loszureißen. Er streckte die Hand aus, um den Stein Cohen zurückzugeben. Doch der schloss MacLeans Hand über dem Diamanten. »Ich habe doch gesagt, ich würde dir und Claire ein Hochzeitsgeschenk machen, wenn ich etwas fände, das eurer wert ist.« Nun beugte er sich weit vor. »Für dich und Claire, Maximillian.« Er sah MacLean unverwandt in die Augen. »Und das wünsche ich dir für eure Ehe und alle deine Unternehmungen, besonders für diese gefährliche Sache. *Masél un b'róche.* Glück und Segen.«

11.

Die Geschichte

Capitol Hill, 19.02 Uhr

Carlton hätte sich nie träumen lassen, dass er sich einmal mit einer weiblichen Untergebenen außerhalb des Büros treffen würde. Noch dazu abends. Und noch dazu in einer Bar. Das gehörte sich einfach nicht. Andererseits musste er sich eingestehen, dass ihm seine neue Kollegin Erika ganz und gar nicht gleichgültig war.

Außerdem hatte sie dieses Treffen vorgeschlagen, hatte Zeit und Ort bestimmt. Carlton wusste nicht einmal, warum sie ihn sehen wollte, aber sie hatte am Telefon ganz aufgeregt geklungen.

Wie immer kam er zu spät. Schnee fiel in dichten Flocken auf sein weißes 1958er Cadillac Eldorado Biarritz Kabriolett, dem er den Spitznamen »The Shark« gegeben hatte, »der Hai«. Während Carlton die kurze Strecke zwischen Main Justice Building und Capitol Hill zurücklegte, ließ er sich von Sinatra berieseln. Andere Wagen rutschten und schlitterten im Schneematsch, doch der Shark schlängelte sich unbehelligt durch den dichten Verkehr: Carlton hatte zu Winteranfang vorsorglich Betonblöcke in den Kofferraum gepackt. An einer Straßenecke entdeckte er einen Parkplatz und trat hart aufs Gaspedal. Er hatte stets großes Glück mit Parklücken, auch wenn sie meist zu klein für seinen Straßenkreuzer waren.

Carlton schloss den Wagen ab, schob die Hände in die Manteltaschen und beugte sich vor, um keinen Schnee ins Gesicht zu bekommen. Dann ging er an einer Gruppe von Obdachlosen vorbei, die in schmutzige Decken gehüllt auf dem Bürgersteig saßen, viel zu verfroren, um zu betteln. Carlton zog einen Fünfdollarschein aus der Tasche und reichte ihn einem der Männer, sprach dabei ein stilles Gebet. Die meisten Einwohner Washingtons hatten sich schon an den täglichen Anblick von Obdachlosen in den Straßen gewöhnt, Carlton jedoch nicht. Es verblüffte ihn immer wieder, dass es sie in der reichsten, mächtigsten Hauptstadt der Welt überhaupt gab. Er schüttelte den Kopf und stapfte weiter.

Aus dem Hawk and Dove drang der typische Kneipengeruch nach Hamburgern, Bier und Zigaretten. Der »Hawk«, wie die Leute vom Capitol Hill ihn zu nennen pflegten, war brechend voll mit den üblichen Verdächtigen: Behördenangestellte, Praktikanten, Berater und jene Lobbyisten, die noch keinen Zutritt zu den Wasserlöchern der Mächtigen erhalten hatten, den Nobelrestaurants La Colline und The Monocle. Carlton entdeckte Erika an der Bar. Im Gegensatz zur übrigen Klientel wirkte sie frisch und anständig. Er spürte, wie sein Herz schneller schlug. Erika winkte und schwenkte einladend ein Glas Weißwein.

»Wie geht's?«, fragte Carlton, während er sich zwischen die lärmenden Zecher an der Theke quetschte.

»Super. Ich liebe diese Kneipe. Sie ist so ... wie soll ich sagen? Politisch.«

»Sie haben eine gute Wahl getroffen. Eine meiner Lieblingskneipen in D. C.« Er hätte Erika jetzt eigentlich darauf hinweisen müssen, dass es unter den Mitarbeitern des Ministeriums nicht üblich war, sich nach Feierabend privat in Kneipen zu treffen. Aber er freute sich viel zu sehr, sie zu sehen, und so bestellte er sich stattdessen seinen Lieblingsdrink.

»Bombay Sapphire und Tonic. Mit viel Eis und Zitrone, bitte.«

»Sie wundern sich vielleicht, dass ich Sie gebeten habe, mich hier zu treffen, aber ich wollte Sie allein sprechen. Sie hatten ja gesagt, wie ängstlich Jarvik darauf bedacht war, dass die Sache ein Ende haben sollte, nachdem Sie den Vergleich erwirkt hatten.«

Der Vergleich? Carlton war ein wenig enttäuscht, dass Erika ihn aus beruflichen, nicht aus privaten Gründen hatte treffen wollen. Sofort wurde er ganz Anwalt. »Sie lernen schnell.«

»Nachdem Sie mir alles erzählt hatten, sah ich eine Anzeige in einer Zeitschrift. ›Ein Diamant ist Schönheit‹ – den Slogan kennen Sie doch?«

»Kenne ich.«

»Die Anzeige war von der Waterboer Mine in Südafrika. Ich hab Nachforschungen über dieses Unternehmen angestellt, und es war so interessant, dass ich ... nun, irgendwie daran kleben geblieben bin. War völlig hin und weg. Eigentlich wollte ich nur kurz ein paar Dinge recherchieren, und dann war ich plötzlich sechs Stunden lang damit beschäftigt.« Große grüne Augen lächelten Carlton über das Weinglas hinweg an. »Ich dachte, ich kläre Sie mal auf.«

Eine gehetzte Kellnerin mit hochtoupierten Haaren unterbrach sie und geleitete sie an einen eben frei gewordenen Tisch. Rasch wählten sie etwas von der klebrigen Speisekarte und gaben ihre Bestellungen auf. Die Kellnerin kritzelte ein paar Hieroglyphen auf einen winzigen Block, während sie unablässig ein Kaugummi im Mund wälzte. Hamburger mit Pommes frites für Carlton, Grillhähnchensandwich und Salat für Erika. Keine Butter, keine Mayo, die Sauce auf einen Extrateller.

Erika holte tief Luft und begann. »Ich hab Bücher gewälzt, Dokuvideos angeschaut und Zeitungsartikel aus der Online-Datenbank abgerufen. Das könnte jetzt ein bisschen nach Vorlesung klingen, also möchte ich mich im Voraus entschuldigen. Ich möchte nicht den Eindruck erwecken, als wäre ich ... nun ja ...«

»Herablassend? Nach meinen Erfahrungen mit Stalin bin ich immun dagegen. Fangen Sie ruhig mit Ihrer Vorlesung an. Schließlich hatten *Sie* die viele Arbeit.« Carlton stürzte seinen Gin Tonic hinunter und bedeutete der Kellnerin, ihm noch einen zu bringen.

»Danke.« Wieder holte Erika tief Luft.

»Okay. Im späten neunzehnten Jahrhundert wurden in Südafrika eine Menge Diamanten entdeckt. Der Entdecker war ein Mann namens Nicholas Waterboer. Er und sein junger Partner Cecil R. Slythe ketteten dutzende schwarzer Arbeiter aneinander – im Grunde waren es Sklaven – und hängten jedem eine Dose um den Hals. Die Arbeiter krochen in langer Reihe auf Händen und Knien, sammelten die Rohdiamanten vom Boden auf und legten sie in die Dosen. Es waren angeschwemmte Steine in ausgetrockneten Flussbetten. Dann fanden Waterboer und Slythe unterirdische Lagerstätten, die von urzeitlichen Vulkanen gebildet worden waren. Und damit waren sie an den richtigen Jackpot gekommen. Der Diamantenrausch begann. Überall im Lande schossen kleinere Minen wie Pilze aus dem Boden, ganz besonders im Oranjefreistaat.«

»Wo all die weißen Rassisten hausen.«

Das Essen kam. Carlton aß seinen Burger. Erika war viel zu vertieft ins Thema, um etwas zu essen, und schob ihren Teller beiseite. »Zu der Zeit gab es keine besonders große Nachfrage nach Diamanten, jedenfalls nicht groß genug für die Diamantenflut, die aus Südafrika heranrollte. Bis dahin waren die meisten Diamanten in ausgetrockneten Flussbetten in Indien gefunden worden. Nun jedoch wurden sie tonnenweise abgebaut, und ständig wurden neue Lagerstätten entdeckt. Die großen Bergbauunternehmen sagten sich, die Förderung könne nur dann profitabel sein, wenn sie von einem Monopol betrieben würde. Also fingen die großen Minen an, die kleineren aufzukaufen. Dann schlossen die großen sich zusammen. Und eine wurde die größte.«

»Lassen Sie mich raten. Waterboer?«

»Genau. Waterboer Mines. Nun war es allerdings Slythe, der das Sagen hatte. Er schloss Südafrikas gesamte Diamantenproduktion zu einem Monopol zusammen. Schließlich drängte er Nicholas Waterboer aus dem Geschäft und übernahm die Kontrolle über die Firma und über die Diamanten in ganz Südafrika.

In diesem Land gibt es keine Kartellgesetze – das Monopol war legal. Und so ist es noch heute, wenn man den Zeitungsartikeln glauben darf.«

»Das stimmt. Es gibt dort keine Kartellgesetze. Jedenfalls nicht in unserem Sinn. Doch wie ich gehört habe, spricht die neue Regierung unter Boiko davon. Aber erzählen Sie weiter.«

»Nun, aus den Quellen geht hervor, dass Slythe der Drahtzieher im Hintergrund war, der Kartellgesetze in Südafrika verhinderte. Aber inzwischen ging es gar nicht mehr nur um Südafrika – das Diamantenfieber breitete sich auf der ganzen Welt aus. Jeder wollte Diamanten abbauen. Die Lager füllten sich mit Bergen von Rohdiamanten. Slythe begriff, dass er Waterboers Vormachtstellung auf dem Markt nur sichern konnte, indem er den Weltbestand an Diamanten kontrollierte, deshalb gründete die Firma überall Vertretungen und kaufte wie verrückt Minen auf. Für riesige Summen. Wenn die Mine nicht im Ganzen zu kaufen war, erzwang der Konzern Verträge, um den gesamten Förderertrag zu übernehmen. Wenn auch das nicht klappte, zahlte er einfach eine gewisse Summe, damit die Förderung eingestellt wurde.«

Carlton hörte mitten im Kauen auf und blinzelte.

»Kommt Ihnen das bekannt vor? Das Waterboer-Imperium war übermächtig. Wenn die Regierung eines Dritte-Welt-Landes ihm Schwierigkeiten machte, bestach es hohe Beamte, stachelte Aufstände an oder ließ die Unruhestifter einfach ermorden. Ohne Skrupel.«

Carlton lauschte gebannt.

»Nach und nach erlangte Waterboer die Kontrolle über die weltweite Diamantenproduktion. Während der Unabhängigkeitsbewegungen in den Sechzigerjahren schmiedete Waterboer Allianzen mit Diktatoren, die die Produktion ihrer Länder mit eiserner Faust beherrschten. In den angolanischen Bürgerkriegen Ende der 70er und Anfang der 90er, sogar heute noch, wird in den dortigen Minen eine Überproduktion eingefahren. Und doch hat Waterboer hunderte Millionen Dollar ausgegeben, um den Markt auf jede erdenkliche Art zu schützen.«

»Aber wenn die Lager wachsen, muss der Preis doch fallen.«

»Sollte man annehmen. Aber zu dem Zeitpunkt hatte Waterboer bereits den weltweiten Abbau unter Kontrolle und begann selbst eine gewaltige Menge an Diamanten auf Halde zu legen.«

»Gab es denn keine Konkurrenten?«

»Anfangs ja. Aber Waterboer hatte ein so riesiges Lager angehäuft, dass das Unternehmen den Markt steuern und Konkurrenten matt setzen konnte. Sich diesem Imperium entgegenzustellen wäre ungefähr so, als wollte ein kleiner Autohersteller die Produktion aufnehmen und es mit Automobilriesen wie General Motors, Ford und Chrysler aufnehmen. Nicht einmal bei uns in den Vereinigten Staaten war es möglich, sich gegen die großen Automobilhersteller durchzusetzen, wie die Tucker Company vor fünfzig oder sechzig Jahren erfahren musste, obwohl ihre Autos der Zeit voraus waren.«

Carlton verputzte die Reste seines Burgers und machte sich über die fettigen Pommes her.

Anspannung, vermutete Erika, während sie an ihrem Chardonnay nippte.

»Aber das ist nur eine Seite von Waterboers Unternehmensstrategie. Bis in die Zwanzigerjahre gab es eigentlich keinen richtigen Markt für Diamanten. Man fand die Steine schön, doch verglichen mit Smaragden, Rubinen und Saphiren ziemlich langweilig. Waterboer musste also die Nachfrage steigern und benutzte jeden Trick, um Brillanten ins Bewusstsein der Leute zu zwingen.«

»Zum Beispiel?«

»Sämtliche Werbestrategien werden heute noch in ähnlicher Weise angewandt. Filmproduzenten aus Hollywood erhielten kostenlos Steine, um sie an bevorzugter Stelle im Film zu platzieren. Waterboer trat als Sponsor für Drehbuchautoren auf, damit sie in den Skripts Diamanten als Sinnbild für Eleganz, Attraktivität und Romantik darstellten. Die Reichen und Berühmten bekamen Juwelen, sodass die Klatschgazetten Fotos bringen konnten, auf denen Amerikas Elite mit Brillanten geschmückt zu sehen war. Und Waterboer startete eine riesige Werbekampagne, um den Leuten einzutrichtern, ein Diamant sei ein unverzichtbares Symbol für die Eckpunkte einer Beziehung: Verlobung, Heirat, wichtige Hochzeitstage.«

»›Ein Diamant ist Schönheit.‹«

»Genau. Ein Mann sollte glauben, er müsse einen Verlobungsring mit Diamant kaufen, damit seine Angebetete weiß, dass er sie wirklich liebt.« Erika hielt ihre linke Hand hoch. »Können Sie sich vorstellen, was passiert, wenn Sie Ihrer Verlobten einen Ring ohne Brillant schenken?«

»Verlobte?« Carlton grinste. »Ich habe nicht mal eine Freundin.«

Nun grinste auch Erika. »Es sollte ja nur ein Beispiel sein. Aber überlegen Sie mal, weshalb das so ist. Warum würden Sie ohne nachzudenken einen Brillantring kaufen? Warum keinen Rubin? War nicht Rot immer die Farbe der Liebe?«

»Ich weiß nicht. Ist halt Tradition, nehme ich an.«

»Das denken die meisten, ja. Aber diese Tradition ist gerade mal hundert Jahre alt. In der Zeit davor kauften die Männer genauso gern einen Smaragd, einen Saphir oder einen Rubin. Diese Steine sind viel seltener als Diamanten und genauso schön, wenn nicht schöner. Aber heutzutage kaufen Männer wie selbstverständlich einen Brillanten und schauen gar nicht nach anderen Edelsteinen. Und Frauen erwarten, ja fordern Brillanten, selbst wenn sie persönlich Saphire, Rubine oder Smaragde vorziehen, denn ›Diamonds are a girl's best friend‹, wie es so schön heißt. Dabei kann ein Smaragd, beispielsweise, viel teurer sein. Doch Waterboers Werbefeldzug war ein voller Erfolg.«

Erika trank einen Schluck Wasser. »Aber damit war Waterboers Kampagne noch lange nicht beendet. Der Konzern hat

Edelsteinmuseen auf der ganzen Welt finanziert, besonders schöne Steine zu Ausstellungszwecken zur Verfügung gestellt und immer wieder betont, wie selten Diamanten sind, wie unvergänglich. Und dass sie eine gute Kapitalanlage sind. Königshäuser auf der ganzen Welt haben Diamanten bekommen, weil Waterboer wusste, dass diese Praxis Nachahmer finden würde. Und es hat funktioniert. Vorher hätten die Leute nie daran gedacht, einen Diamanten zu erwerben, und nun zahlen sie bis zu zwei Monatsgehälter für einen Stein, der aus reinem Kohlenstoff besteht. Die Regel mit den zwei Monatsgehältern ist übrigens auch eine Erfindung von Waterboer.«

»Was wollen Sie damit sagen? Dass Diamanten gar nicht so selten sind?«

»Ich habe es zuerst auch nicht glauben wollen, aber sie sind wirklich nicht so selten. Wie gesagt, bestehen sie aus Kohlenstoff, der unter gewaltigem Druck und hohen Temperaturen zusammengepresst wurde. Heutzutage werden so viele Diamanten abgebaut, dass Waterboer mit dem Aufkauf und der Lagerung kaum nachkommt, um eine Überschwemmung des Marktes zu verhindern. Ständig werden neue Minen gegraben, vor kurzem zum Beispiel in Kanada. Waterboer hält Milliarden Karat unter Verschluss, damit die Steine Seltenheitswert behalten, denn selten bedeutet teuer. Angebot und Nachfrage. Deshalb kann dieser Monopolist so viel mehr verlangen, als die Diamanten tatsächlich wert sind.

Waterboer hat auch den Wettbewerb im Weiterverkauf ausgeschaltet. Man kann Diamanten zwar kaufen, aber nicht mehr verkaufen. Falls sie nicht so außergewöhnlich sind, dass sie *wirklich* Seltenheitswert besitzen – wie die Steine, die für Millionen Dollar auf Auktionen verkauft werden.«

»Ich kann Ihnen nicht ganz folgen.«

»Sie können einen Diamanten nicht an Ihren Juwelier zurückverkaufen, jedenfalls nicht zu dem Preis, den Sie bezahlt haben. Es gibt auf der Welt nur etwa hundertsechzig Leute, die

Rohdiamanten direkt von Waterboer beziehen dürfen. Jedes Jahr hält Waterboer ein Dutzend Verkaufsveranstaltungen ab – und zwar in London, um die Monopolbestimmungen der USA zu umgehen. Die meisten Käufer sind Diamantschleifer, die an Einzelhändler weiterverkaufen. Manche sind Makler, die an Schleifer verkaufen, wenn diese nicht zum Direktkauf berechtigt sind. Waterboer verkauft auch vorgeschliffene Steine. Versuchen Sie mal, einen Diamanten zum Verkaufspreis an einen der großen Juweliere zurückzuverkaufen. Sie werden ausgelacht – so wie ich, als ich mich erkundigt habe.«

»Wie bei einem Autohändler.«

»Nein. Ein Auto nutzt sich ab. Es hat eine begrenzte Haltbarkeit. Irgendwann wird es reif für den Schrott. Und es kommen ständig neue Modelle auf den Markt. Dauernd bastelt man an der Sicherheit herum, an Abgasfiltern, Senkung des Benzinverbrauchs. Diamanten hingegen verändern sich nicht.«

»Kapitalismus und Werbung. Dasselbe könnten Sie auch über Spülmittel sagen.«

Erika beugte sich vor. »Aber falls Sie nicht gern von Papptellern essen, brauchen Sie Palmolive wirklich. Außerdem kriegen Sie zarte Hände davon. Und der Waschmittelkonzern, der Palmolive herstellt, hat nie Menschen versklavt.«

Carlton starrte sie an. »Versklavt?«

Erika nickte. »Das ist der Punkt, wo es wirklich abscheulich wird. Waterboer brauchte zu Zeiten des Diamantenbooms ungelernte Arbeiter, die tausende von Fuß tief in den Minen schuften mussten. Doch in Südafrika gab es kaum Hilfsarbeiter. Die Weißen verlangten zu hohe Löhne, also nahm Waterboer die Schwarzen aufs Korn. Die meisten waren selbstständige Farmer, die keinerlei Veranlassung sahen, in die Minen zu gehen. Also zwang Waterboer die Regierung, den Schwarzen Steuern aufzuerlegen, um sie von ihren Farmen zu vertreiben. Die Schwarzen lebten bis dahin vom Tauschhandel und hatten gar kein Bargeld zur Verfügung. Nun aber waren sie gezwungen, sich Arbeit zu suchen, um Geld zu verdienen. Aber wer stellte schon ungelernte schwarze Bauern ein? Na, wer wohl? Zufällig hatte Waterboer großen Bedarf. Die Schwarzen ließen Frauen und Kinder zurück und zogen los. In den Minen wurden sie mit anderen Arbeitern in Betonbaracken gepfercht. Menschenunwürdige Bedingungen. Schlangenfraß. Eingesperrt wie Tiere.«

»Sklaverei ...«

»Manchmal noch schlimmer. Den Arbeitern war es nicht gestattet, ihre Arbeitsstätte während der Dauer ihres Arbeitsvertrags zu verlassen. Frauen waren in den Baracken nicht gestattet. Die Bürgerrechte waren ihnen genommen worden. Sie konnten jederzeit vor aller Augen entkleidet und in sämtlichen Körperöffnungen durchsucht werden.«

»Die Vorteile der Apartheid.« Carlton schüttelte angewidert den Kopf.

»Und diese Praxis war noch wenige Jahre vor Mandelas Amtsantritt üblich.« Erika zog eine prall gefüllte Mappe aus ihrem Aktenkoffer und legte sie auf den Tisch. »Hier haben Sie alles. Meine gesamten Recherchen. Ich hatte nicht die Zeit, alles zu lesen, also habe ich ein Register gemacht und die einzelnen Akten beschriftet.«

»Das Ding ist ja glatt ein Türstopper!«, sagte Carlton beeindruckt.

»Ich habe alles ausgedruckt, was ich finden konnte.«

»Und es registriert und beschriftet? Schlafen Sie auch mal?«

»Sehr wenig.« Und sehr allein, hätte sie am liebsten hinzugefügt, hielt aber den Mund. Immer einen Schritt nach dem anderen, Mädel.

»Das ist viel mehr, als ich erwartet hätte. Danke.« Er sah, wie sie errötete und dann rasch den Blick abwandte. »Ich werde es lesen.«

Carlton brauchte fast vier Stunden, um Erikas Unterlagen zu studieren. Wie konnte er das alles übersehen haben? Er war wütend auf sich selbst, weil er nicht gründlicher recherchiert hatte. Die Klage war so simpel gewesen, dass er Nachforschungen nicht für nötig gehalten hatte. Ganz schön nachlässig. Bloß, weil Stalin gesagt hatte, der Fall sei nicht zu gewinnen.

Erika war nicht nur schön und klug, sondern auch gründlich. Die Unterlagen waren gut recherchiert und sorgfältig zusammengestellt. Doch das Problem mit Recherchen war, so viel wusste Carlton, dass man nie zu einem Ende kam. Je mehr er über Waterboer las, desto mehr Fragen und mögliche Verbindungen kamen ihm in den Sinn und hielten ihn in dieser Nacht vom Schlaf ab. Schließlich gab er seiner Neugier nach, zog sich um halb zwei Uhr morgens wieder an, fuhr ins Büro und wühlte so lange in der Bibliothek des Main Justice Building, bis er fündig wurde. Eigentlich durfte man keine Bücher mit nach Hause nehmen, doch Carlton wollte die Unterlagen unbedingt lesen, ohne dass ihm jemand über die Schulter sah, besonders Stalin nicht. Deshalb kritzelte er eine Nachricht an Donna, eine der Bibliothekarinnen und eine Bekannte von ihm, und versicherte ihr, er werde die Bücher so schnell wie möglich zurückbringen.

Wieder in seinem Apartment, in der Stille der Winternacht, braute er sich einen Espresso, steckte sich eine Ashton Maduro an und versenkte sich in das neue Material über den südafrikanischen Monopolisten. Und mehr noch als Kaffee und Nikotin war es der Lesestoff, der ihn um den Schlaf brachte.

Waterboer war und blieb ein weltweites Imperium. Während des Zweiten Weltkriegs benötigten die Nazis Industriediamanten für Waffen, optische Geräte und andere technische Ausrüstungen für ihre gigantischen Kriegsoperationen. Deutschland besaß keine eigenen Diamanten. Niemand wusste, woher das Reich die Industriediamanten bezog, doch allmählich verdichtete sich der Verdacht des amerikanischen Office of Strategic Service – der Vorgänger der CIA –, dass die Nazis bei einer der Waterboer-Minen in Belgisch-Kongo einkauften. Das OSS teilte Waterboer mit, dass man Bescheid wisse. Bei Waterboer wusste man, dass die Kriegsbemühungen der Nazis erheblich beeinträchtigt würden, wenn es die Mine nur für ein paar Monate dichtmachte. Es würde ein baldiges Ende des Krieges bedeuten. Ein Ende des Holocaust. Waterboer weigerte sich, die Mine zu schließen. Der Konzern verdiente gut an dem Geschäft mit den Nazis.

Carlton fluchte still vor sich hin.

Das Erstaunliche war, dass Waterboer sich überdies weigerte, Diamanten zum gleichen Zweck an Amerika zu verkaufen, obwohl Südafrika zu den Verbündeten der USA gehörte. Zwar standen Nazideutschland, das kaiserliche Japan und das faschistische Italien kurz davor, die Weltherrschaft zu übernehmen, doch Waterboer hielt an seiner verdrehten Überzeugung fest, die Amerikaner würden nicht die gesamte bestellte Menge nutzen und daher zwangsläufig einen Überschuss an Diamanten horten, der dann dem Marktpreis schaden könne. Erst auf massiven Druck gab Waterboer nach und verkaufte auch Diamanten an die USA, allerdings zu unverschämten Preisen.

Das war Waterboers Verbindung zu den Nazis. Es gab aber auch eine Verbindung mit der Sowjetunion. Ein Memorandum an die Justiz, verfasst von einem CIA-Mitarbeiter namens Thomas Pink, bestätigte, dass in den späten Fünfzigerjahren gewaltige Lagerstätten in Sibirien entdeckt worden waren. Bisher hatte man fälschlicherweise angenommen, nur in Südafrika gebe es Diamanten, doch nun stellte sich heraus, dass Russland die größten Vorkommen der Welt besaß. Waterboer geriet völlig aus dem Häuschen: Wenn die Russen zu viele Rohdiamanten auf dem Weltmarkt verkauften, würde der Preis ins Bodenlose fallen. Waterboer schickte Vertreter nach Moskau und bot den Kommunisten harte Währung für Russlands Gesamtertrag. In den 60er-, 70er- und 80er-Jahren, als die USA und die anderen NATO-Staaten Billionen für die Verteidigung ausgaben, um den Kommunismus zu vernichten, verkaufte Waterboer Diamanten aus der Sowjetunion im Wert von mehreren Millionen Karat an den Westen. Im Grunde, so hieß es in Pinks Memo, sorgte Waterboer dafür, dass ein großer Teil der sowjetischen Aufrüstung von den amerikanischen Verbrauchern finanziert wurde. Und dies zu einer Zeit, als es für einen Südafrikaner offiziell verboten war, die Sowjetunion zu besuchen.

Doch die neu entdeckten Diamantvorkommen in Russland waren immer noch ein Problem für Waterboer. Die Rohsteine aus Sibirien waren zu klein, um sie den renommierten Schleifern in Antwerpen, Tel Aviv oder New York anzubieten. Waterboer musste neue Schleifereien einrichten, doch professionelle Schleifer waren zu teuer. Also brachte Waterboer Kindern aus der Dritten Welt bei, wie man Diamanten schleift – zu einem beschämend geringen Stücklohn. Die neuen »Schleifer« kamen hauptsächlich aus den Slums von Bombay. Kleine Kinder, die unter menschenverachtenden Bedingungen schufteten. Und diese Praxis dauerte bis zum heutigen Tag an.

Carlton verwünschte sich selber. »Wie konnte ich das alles übersehen?«

Nachdem Mandela zum Präsidenten Südafrikas gewählt worden war, traten einige ehemalige Angestellte von Waterboer vor das Versöhnungskomitee der neuen Regierung. Sie gestanden Entführungen, Folter, sogar Morde, begangen an Menschen, die hinter Waterboers Rücken in den Diamantenhandel eingegriffen hatten. Zwei Monate später wurden zwei von ihnen tot aufgefunden. Die Polizei befand auf Selbstmord.

Was das US-Justizministerium betraf, hatte es mehr als fünfzig Jahre lang versucht, Waterboer zu schnappen, doch die Untersuchungen waren stets im Sande verlaufen. Waterboer war ein südafrikanischer Konzern und viel zu clever, um Geschäfte auf amerikanischem Boden zu machen – deshalb verkaufte er seine Steine ja in London. Dort hatte die USA keine Verfügungsgewalt. Zwei oder drei Mal hatte das DOJ Waterboer wirklich etwas anhängen können, doch stets waren die Geldstrafen lächerlich gering.

Wie können Menschen so etwas tun?, fragte sich Carlton. Er suchte nach den Unterlagen über die Firmenleitung. Wer immer die Bosse des Waterboer-Imperiums waren, es mussten geniale Köpfe sein. Widerwärtig und abstoßend, aber genial.

Der Slythe-Clan leitete Waterboer, seit Cecil R. Slythe im späten neunzehnten Jahrhundert seinen Mentor verdrängt hatte, den Firmengründer Nicholas Waterboer. Heute gehörte die Firma seinem Nachfahren Piet Slythe. Ein wahres Juwel. Fünfundfünfzig Jahre alt. Hatte teure Schulen in England besucht. Scharf wie eine Rasierklinge. Von Geburt an wurde ein Slythe dazu erzogen, nur an Diamanten zu denken, bei jedem Atemzug, sogar im Traum. Sie waren eine paranoide Bande, die sich selbst als Verwalter der Diamanten auf der ganzen Welt betrachtete und alles und jeden bekämpfte, der ihr Imperium bedrohte. Diamanten waren ihre Religion, der Slythe-Clan Hüter der heiligen Flamme. Nach außen hin erschien Piet Slythe als typischer Geschäftsmann. Glücklich verheiratet. Ging regelmäßig zur Kirche. Spendete Geld an Waisenhäuser. Aber der Mann stand auch in dem Ruf, alles zu tun – und dabei vor keiner Grausamkeit zurückzuschrecken –, um seinem Clan die Kontrolle über die Diamanten zu sichern.

Waterboers Taschen waren ebenso tief, wie sein Marktanteil an Diamanten hoch war. Der Monopolist fuhr jährlich fünf Milliarden Dollar Bruttoertrag ein, ohne dass das US-Kartellrecht ihm schaden konnte. In einer Zeit, in der die Kids einander wegen Turnschuhen auf der Straße umbrachten, wollte Carlton sich lieber nicht vorstellen, zu welchen Maßnahmen ein multinationaler Konzern griff, um solch ein Monopol zu verteidigen.

Die nächste Enthüllung jagte Carlton einen kalten Schauder über den Rücken. Ein Memorandum deutete an, dass im Jahre 1920 eine Mine in Arkansas auf Betreiben Waterboers geschlossen worden war.

»Da kommen sie also ins Spiel.«

Wenn die Waterboer Mines sich bereits 1920 in Arkansas eingemischt hatte, steckte sie vielleicht auch hinter dem Fall Murfreesboro Mining. Das war nur logisch. Zwanzig Millionen waren eine gewaltige Summe für ein kleines oder mittleres Bergbauunternehmen aus Arkansas, doch für einen Monopolisten wie Waterboer war es nicht mehr als ein Tropfen auf einen heißen Stein. Wenn Murfreesboro Mining zum Waterboer-Kartell gehörte, war die Firma bestimmt glücklich über eine Bußgeldforderung gewesen, die Carlton lediglich als Versuchsballon losgelassen hatte. Sie haben mich einen Tag hingehalten, dachte er, damit ich froh sein sollte, als sie den 20 Millionen schließlich zugestimmt haben. Und es hat ja auch funktioniert. Denn du warst froh, Carlton. Er fühlte sich verraten und verkauft. Jonathan Black hatte ihm wirklich Sand in die Augen gestreut. Dann beruhigte er sich wieder. Aber sie rechnen nicht damit, dass du die Untersuchung fortführst, stimmt's?

Carlton suchte gründlich, fand aber keine weiteren Unterlagen über Waterboers Aktivitäten in Arkansas. Er würde diesen CIA-Mann anrufen müssen. Wie hieß er gleich? Thomas Pink, richtig. Carlton lehnte sich im Sessel zurück und nahm seine Zigarre aus dem Aschenbecher. Sie war erloschen. Er hob die Tasse an den Mund; dann fiel ihm ein, dass er sie längst ausgetrunken hatte. Die Uhr auf seinem Schreibtisch zeigte 5.32 Uhr.

Er ging zum Bett, legte sich hin, stellte den Wecker auf acht Uhr und schlief angezogen ein. Seine Träume waren so unerfreulich wie die Berichte, die er gelesen hatte.

12.

Die Firma

Zentrale der United States Central Intelligence Agency (CIA)
Langley, Virginia, 5.58 Uhr

Wie gewöhnlich kam Thomas Pink sehr früh zur Arbeit, obwohl er in der Nacht zuvor bis zwei Uhr an seinem Schreibtisch gesessen hatte. Pink war ein Mann fester Gewohnheiten und ein Workaholic. Sein frühes Aufstehen erlaubte ihm zwar kein aktives Nachtleben, belohnte ihn aber mit einer staufreien Fahrt zur CIA-Zentrale, bevor die Highways in Nordvirginia von zu vielen Pendlern verstopft waren. Heute Morgen hatte er fünf Minuten gebraucht. Pink steuerte seinen dunkelblauen Mercury Sable über den riesigen Parkplatz, der einen großen Teil des CIA-Komplexes einnahm. Selbst zu dieser frühen Stunde standen hier eine Menge Wagen ähnlich schlafloser Workaholics. Als jüngerem Mitarbeiter stand Pink kein bevorzugter Parkplatz zu. Langsam fuhr er Reihe um Reihe ab und fand schließlich eine schmale Lücke, weit vom Haupteingang entfernt. Beim Aussteigen stellte er fest, dass weder sein Mantel noch der konservative marineblaue Anzug ausreichenden Schutz gegen den eisigen Wind boten. Seine rote Krawatte flatterte vor dem weißen gestärkten Hemd, als er raschen Schrittes auf das New Headquarters Building zueilte, das neuere der beiden Hauptgebäude auf dem riesigen Areal der CIA. Jedes Gebäude war mit Kupferplatten gepanzert und akustisch durch Generatoren abgeschirmt, die weißes Rauschen erzeugten. All diese Vorsichtsmaßnahmen sollten vor Angriffen des Feindes schützen; heutzutage war die Abhörtechnik so ausgeklügelt, dass selbst das Anschlagen einer Computertaste über Vibrationen der Fensterscheiben festgestellt werden konnte.

Konservativ gekleidete Männer und Frauen eilten in das geheizte Foyer und von dort weiter zu ihren Arbeitsplätzen und dem Auftrag, die Vereinigten Staaten vor nur allzu gegenwärtigen Feinden zu schützen. Auf dem Granitboden prangte das schwarzweiße Wappen der Behörde als Bodenmosaik: Adlerkopf, darunter ein Schild mit einem vielzackigen Stern. Und um den Schild große weiße und schwarze Lettern:

UNITED STATES OF AMERICA
CENTRAL INTELLIGENCE AGENCY

Wie jeden Morgen senkte Pink ehrfurchtsvoll den Kopf, als er an einer Marmorwand mit fünfzig Sternen entlangging. Jeder Stern stand für einen Mitarbeiter der CIA, der sein Leben für die Vereinigten Staaten gegeben hatte. Nur unter wenigen Sternen standen Namen, die Missionen der anderen Agenten waren so geheim gewesen, dass sie ihre Identität mit ins Grab genommen hatten. Pink durchquerte ein Labyrinth von Korridoren. Alle waren schallgedämpft, damit keine Gespräche von Vorübergehenden mitgehört werden konnten. Sein Ziel war das Intelligence Directorate, die Abteilung für Informationsauswertung. Dort, in der Sektion Russland, hatte er sein winziges Büro.

Pink hängte seinen Mantel neben das gerahmte Filmplakat von *Liebesgrüße aus Moskau,* schenkte sich eine Tasse Behördengebräu aus dem Kaffeeautomaten im Flur ein, setzte sich an seinen säuberlich aufgeräumten Schreibtisch und überflog den druckfrischen Pressespiegel, eine Zusammenstellung von Zeitungsartikeln über Russland aus der russischen, amerikanischen und internationalen Zeitungswelt. Ausdrucke der russischen Presseagenturen. Mitschriften von Interviews der größten Fernseh- und Radiosender, die sich auf Russland bezogen. Offizielle Regierungsverlautbarungen. Kopien der *Iswestia, Prawda* und *Krasnaja Swesda. Iswestia* hieß auf Russisch »Nachrichten«, *Prawda* »Wahrheit«. Solange das letzte russische Regime an der

Macht war, machte man sich stets darüber lustig, wie wenig *Iswestia* in der *Prawda* zu finden war. Von der *Prawda* in *Iswestia* gar nicht zu reden. Was den Wahrheitsgehalt der Artikel im *Krasnaja Swesda* anging – im »Roten Stern«, dem Organ des russischen Militärs –, blieb es jedem selbst überlassen, sich ein Urteil darüber zu bilden.

Pinks Telefon gab eine Reihe lang gezogener Töne von sich, ein Zeichen, dass es sich um einen internen Anrufer handelte.

»Pink.«

»Sie sind heute früh dran, Tom«, meldete sich seine Chefin.

»Was soll ich sagen? Informationsauswertung ist mein Leben.«

»Na, dann machen Sie mal einen Moment Pause vom Leben und kommen Sie in mein Büro.«

»Bin schon unterwegs.«

Pink trabte den Korridor entlang und fragte sich, welcher Auftrag ihn erwarten mochte. Zwar gab es den vereitelten Putschversuch des GRU von vor zwei Jahren, und das Land steckte immer noch in einer schweren wirtschaftlichen und militärischen Krise, doch seit Orlows Amtsübernahme war die Beschäftigung mit Russland ein wenig langweilig geworden. Immer wieder die gleichen Artikel. Die gleichen Berichte. Seit dem Ende des Kalten Krieges und den Anschlägen vom Elften September hatte die CIA sich mehr auf die instabilen Länder Osteuropas konzentriert, auf die Verbrecherregimes im Nahen Osten sowie auf Nationen, die Terroristen Unterschlupf gewährten. Früher war etwa die Hälfte der CIA-Mitarbeiter in der Informationsauswertung Sowjetunion beschäftigt gewesen; nun hatten die meisten von ihnen andere Aufgaben, oder sie hatten die Kündigung erhalten. Die Enttarnung des sowjetischen Spions Aldrich Ames und der CIA-Putsch in Guatemala hatten die Sektion Russland beim Kongress nicht gerade beliebt gemacht: Dort wollte man, dass die CIA ihr geheimes, jedoch weithin umstrittenes jährliches Budget von 30 Milliarden ausschließlich zur Bekämpfung des Terrorismus einsetzte, ungeachtet der anderen, sehr realen Bedrohungen, denen die Nation ausgesetzt war.

Deborah Gold war Leiterin der Sektion Russland, einer von mehreren Unterabteilungen des Directorate of Intelligence, kurz DI. Das DI hatte eine Hauptaufgabe: Es sammelte die von anderen Abteilungen der CIA beschafften Informationen über ausländische Regierungen und Organisationen, wertete sie aus und entwarf den *Daily Brief,* den Nachrichtenüberblick für den amerikanischen Präsidenten – die teuerste Zeitung der Welt mit der kleinsten Auflage. Jeden Morgen wurde sie dem Präsidenten und etwa fünfzehn hohen Staatsbeamten zugestellt.

Pink und Deborah Gold hatten im Laufe der Zeit aus Respekt vor den jeweiligen Stärken des anderen eine sehr gute Zusammenarbeit entwickelt. Nun klopfte er an ihre Tür.

»Herein!«

Sie saß mit gefalteten Händen da und grüßte ihn mit einem freundlichen Lächeln. »Morgen, Tom.« Sie bedeutete ihm, Platz zu nehmen.

Deborah Gold trug ein strenges graues Kostüm und eine weiße Bluse und fixierte Tom durch eine Brille mit schmalem Stahlrahmen, die auf einer vor einigen Jahren hübsch gerichteten Nase saß – Mrs Golds einziges Zugeständnis an weibliche Eitelkeit.

Doch als sie sich vorbeugte, verschwand das Lächeln. »Ich habe eben mit Malcolm gesprochen.« Malcolm war DDI – Deputy Director of Intelligence –, dem nur noch der CIA-Chef vorgesetzt war. In Wahrheit hieß er Randall Forbes, wurde in der Abteilung von allen aber nur Malcolm genannt, weil seine Familie so wohlhabend war. Natürlich war er mit dem verstorbenen Finanzmann Malcolm Forbes in keiner Weise verwandt. »Unser lieber Mr Slythe ist auf dem Weg nach Moskau.«

»Waterboer schlägt also wieder zu. Zweifellos wollen sie den Vertrag über die russischen Diamantenlieferungen neu aushandeln.«

»Genau, vermutlich eine Vorverhandlung.«

»Drecksäcke.« Als Afroamerikaner hegte Pink eine besondere Feindseligkeit gegen Waterboer und dessen frühere Apartheidspraktiken. Was den Vertrag zwischen Russland und Waterboer Mines anging, konnte man ihn schwerlich als geheime Information bezeichnen – er war allgemein bekannt. Im *Wall Street Journal* und anderen Finanzblättern erschienen regelmäßig Artikel darüber. Doch dieser Vertrag interessierte die Öffentlichkeit kaum. Einer der Vorteile eines Monopols war der Mangel an Konkurrenten. Und wo es keine Konkurrenten gab, war auch nichts Aufregendes zu berichten.

»Erinnern Sie sich an dieses Feuer in einer der Produktionsstätten in Sibirien?«

»In Mirnyj. Ich habe Jerry Delpins Bericht vom DST gelesen.« Delpin war Pinks Kollege von der Technischen Aufklärung, dem Directorate for Science and Technology, das unter anderem für die Auswertung von Satellitenaufnahmen zuständig war. Nach einer Erstauswertung leitete das DST die Satellitenbilder an den Stab des DI weiter, wo die Informationen der vier Hauptabteilungen ausgewertet wurden. »Wenn ich mich recht erinnere, hat er den Schluss gezogen, dass es sich um eine Gasexplosion handelte.«

»Genau. Nun ist es aber so, dass Malcolm ziemlich beunruhigt ist: Erstens brennt es in Mirnyj, zweitens fährt Slythe nach Moskau, und drittens ist Pjaschinew verschwunden. Malcolm ist überzeugt, dass sich da etwas zusammenbraut, das wir noch nicht ganz erkennen. Deshalb will er eine vollständige Analyse der Beziehungen zwischen Waterboer und Russland. Mit Vorhersagen.« Sie lehnte sich zurück und nahm die Brille ab. »Und das sollen Sie übernehmen.«

Pink stand auf und schüttelte verwirrt den Kopf. »Aber warum machen Sie das nicht ...«

Deborah Gold rieb sich die Schläfen und schüttelte ebenfalls den Kopf. »Ich muss auch nach Moskau – Konferenz mit dem russischen Kriminaldezernat über die Probleme mit Terroristen und dem organisierten Verbrechen. Die Moskauer Dienststelle des FBI ist dabei, Interpol, wir ...« Nach jedem Namen stieß sie das Kinn vor. »Sie werden also ganz auf sich allein gestellt sein.« Sie rückte ihren Stuhl an den Schreibtisch heran und ordnete Papiere, zum Zeichen, dass die Besprechung beendet war. »Das wird Ihre große Chance, bei Malcolm Eindruck zu schinden, Tom. Aber die Sache hat natürlich auch einen Haken: Er will das gesamte Material innerhalb von vierundzwanzig Stunden haben.«

»Was?«

»Sie sollten also gleich loslegen.«

Pink warf einen Blick auf die Uhr und stieß einen Seufzer aus. Fünf vor halb sieben. »Es geht doch nichts über ein tödliches Ultimatum, wenn man seinem Adrenalinspiegel etwas Gutes tun will.«

Er ging langsam zur Tür, drehte sich noch einmal um. »Zeigen Sie Lenin den Stinkefinger, ja?«

»Das vergesse ich nie«, sagte sie, ohne von ihren Unterlagen aufzublicken.

13.

Die Verbindung

Shaugnessy, McGuire & Wenzel LLP
Century City, Kalifornien, 15.03 Uhr

Das Büro von Gail Rothenberg, bitte.«

»Darf ich fragen, mit wem ich spreche, Sir?«

»Dan Wenzel. Ich bin ein ehemaliger Kommilitone von Mrs Rothenberg.«

»Einen Augenblick, Sir.« Die Sekretärin hängte ihn in die

Warteschleife. Fast wäre Wenzel von der Pausenmusik eingelullt worden.

Er schaute hinaus auf die Schäfchenwolken, die über den Wohnvierteln der Reichen von Beverly Hills und Hollywood Hills dahinzogen. Immer wieder leuchtete der weiße Schriftzug »Hollywood« auf dem fernen grünen Hügel in der Sonne auf.

Die Anrufe des NTHP, des BLM und dieser verrückten New-Age-Umweltgruppe fand Wenzel ziemlich ärgerlich. Doch er war seit zwanzig Jahren mit den Geschäften von Immobilienmaklern und Großfirmen betraut; deshalb jagten diese Leute ihm keine Angst ein. Was ihn eher beunruhigte, waren Osages Geschichte und Cohens Warnung, von der MacLean ihm erzählt hatte. MacLean war ein mächtiger Firmenchef, gewiss, aber in dieser Sache, so hatte Wenzel beschlossen, brauchte er Unterstützung von Regierungsseite. Deshalb hatte er Gail Rothenberg angerufen.

»Dan?« Sie sprach mit energischer Stimme. »Ich habe dich seit meiner Ernennungsparty nicht mehr gesehen! Wie geht's? Hab letztens über dich im Harvard Bulletin gelesen.«

»Wie lebt es sich so im Ministerium?«

»Alles ist nur noch Politik. Und mit den Heiratsaussichten steht's noch schlechter als in Privatkanzleien, wenn du mir das glauben willst.«

»Auf der andern Seite des Zauns ist das Gras immer grüner, Gail.«

»Würde trotzdem gern mal auf deiner Seite grasen. Was kann ich für dich tun? Oder rufst du bloß an, um Hallo zu sagen?«

»Leider nicht. Normalerweise würde ich dich nicht mit so was belästigen, aber ehrlich gesagt, stecke ich fest, und du bist die Einzige, die mir in dem Zusammenhang einfiel – die Einzige, der ich trauen kann.«

»Wie schmeichelhaft! Zu schade, dass du schon verheiratet bist«, sagte sie kichernd. »Also, wie kann ich dir helfen?«

Wenzel berichtete von der geplanten Mine in Arkansas, von

den mysteriösen Anrufen und von Cohens Warnung, wobei er es sorgfältig vermied, Namen zu nennen. »Zuerst dachte ich, die wollten nur aus Gründen des Umweltschutzes Druck auf uns ausüben. Vielleicht bin ich paranoid, aber nun sieht es so aus, als stünde jemand dahinter, der versucht, jegliche Diamantenförderung in Arkansas zu verhindern. Ich habe keine Ahnung, wer das sein könnte. Und weil dir die Kartellabteilung untersteht, hab ich gedacht, du wüsstest vielleicht irgendwas. Natürlich nur, wenn es nicht vertraulich ist.«

»Du kannst ganz beruhigt sein.«

»Niemand versucht, die Förderung zu unterbinden?«

»Nein, das habe ich damit nicht gemeint. Du bist nicht paranoid.«

»Das ist weniger beruhigend.«

»Ich würde dir gern selber weiterhelfen, aber es gibt da jemanden, der eher dazu in der Lage ist. Vor einer Woche habe ich einen Kartellfall, in dem es um Diamanten geht, unserer Prozessabteilung übergeben – an einen unserer jungen Senkrechtstarter.«

»Das klingt nach mehr als einem Zufall.«

»Stimmt. Sein Name ist Pat Carlton. Nicht gerade ein gewiefter Spieler auf dem politischen Parkett, aber clever und ein nüchterner Denker. Ich sag ihm Bescheid, dass er einen Anruf von dir erwarten kann.«

Wenzel notierte die Nummer. »Danke, Gail.«

»Im Grunde ist es ganz einfach«, sagte Carlton zu dem Anwalt aus Beverly Hills, einem gewissen Dan Wenzel. »Gail Rothenberg hat mir einen Fall zugeteilt, der mit einer Diamantenmine in Arkansas zu tun hat. Natürlich kann ich hier keine Namen oder Orte nennen. Ein Bergbauunternehmen hat versucht, eine kleine Mine in Familienbetrieb aufzukaufen, aber der Farmer wollte nicht verkaufen. Also hat man ihn bezahlt, damit er die Förderung einstellt. Der Farmer war glücklich, das Unternehmen war glücklich. Die Sache verstieß zwar gegen die Kartellgesetze, kam aber nicht vor Gericht, weil die Beklagte auf einen Vergleich einging – natürlich unter der Bedingung, dass keine Beweise vorgelegt werden und die Öffentlichkeit nichts erfahren dürfe. Das Verrückte ist, dass sie sofort mit einem astronomisch hohen Bußgeld einverstanden waren. Außerdem ist diese Firma in ein Netz von Unternehmen verflochten. Ich weiß natürlich nicht, ob Ihnen das etwas nützt ...«

»Vielleicht, vielleicht auch nicht. Mein Mandant hat kürzlich ein Stück Land in Arkansas erworben. In Macon Grove. Von einem alten Farmer namens Osage. Im Grunde hat er Osage einen Gefallen getan, hat ihm Wohnrecht auf Lebenszeit gegeben. Dafür hat Osage uns dann von einem Diamantenvorkommen auf seinem Grund und Boden erzählt. Natürlich fanden wir das sehr aufregend. Und nach ein paar Probebohrungen beschloss mein Mandant, mit dem Abbau zu beginnen.

Und jetzt wird es seltsam. Wir haben keiner Menschenseele etwas über das Projekt verraten, haben nur den Eintrag ins Grundbuch vornehmen lassen. Es gab noch keine Schürfgenehmigung. Kein Mensch konnte wissen, dass wir auf dem Land Diamanten fördern wollten. Dennoch bekam ich Anrufe von der Bundesstiftung für den Erhalt historischer Stätten, vom Amt für Landverwaltung und von einer verqueren Umweltgruppe. Innerhalb von drei Tagen. Und immer hieß es, wir dürften auf dem Grund und Boden keinen Abbau betreiben. Keine Frage, keine Bitte, nein – man hat uns sogar gedroht. Jeder dieser Anrufer wusste, dass wir auf dem Land nach Diamanten schürfen wollten.«

Wenzel erzählte Carlton auch von Cohens Warnung, ohne jedoch den Namen preiszugeben.

Carlton überlief ein kalter Schauder. Er dachte an die Resultate, die seine und Erikas Recherchen ergeben hatten. »Sind Sie sicher, dass da nicht jemand getratscht hat?«

»Ziemlich sicher. Wir arbeiten schon lange mit unseren Auftragnehmern zusammen, Mr Carlton.«

»Pat.«

»Ich heiße Dan.«

»Haben Sie jetzt, nach diesen seltsamen Vorgängen, mit dem Verkäufer gesprochen? Osage, so hieß er doch?«

Wenzel schnaubte. »Er hat uns einen Geologenbericht gezeigt, der das Diamantenvorkommen beweist. Osage glaubt, dass es eine Verschwörung der Regierung ist und dass Washington seinen Vater ermorden ließ, als der versuchte, den Bericht zu veröffentlichen, nachdem die Bundesbehörden ihn in der Versenkung verschwinden ließen.«

»Dieser Geologenbericht, ist er glaubwürdig?«

»Mit Sicherheit. Er wurde in den Zwanzigerjahren von der US-Behörde für geologische Landesaufnahme erstellt.«

»Um ehrlich zu sein, obwohl wir einen Vergleich erzielt haben, habe ich in der Sache noch ein wenig weitergegraben. Irgendwas stimmt an dem Fall nicht. Umso mehr, nachdem Sie mir jetzt von den Schwierigkeiten Ihres Mandanten erzählt haben. Ich würde Sie gern in ein paar Tagen noch einmal anrufen, wenn ich weitere Informationen habe.«

»Vielen Dank. Ich weiß das zu schätzen.«

»Nein. Ich danke *Ihnen,* Dan. Ich melde mich.«

Carlton drehte sich zu seinem Schreibtisch herum, legte den Hörer auf.

Das wird ja immer toller.

Aber, wie man so schön im DOJ sagte: Willst du einen Verbrecher schnappen, musst du sein Verbrechen kennen. Diesem Grundsatz entsprechend wusste Carlton, wie sein nächster Schritt auszusehen hatte.

14.

Der Juwelier

Cartier
Connecticut Avenue
Washington, D. C., 10.31 Uhr

Pat Carlton, Justizministerium«, stellte Carlton sich vor. Der feste Händedruck der Frau gefiel ihm. Schlaffe Hände fand er grässlich.

»Thérèse de la Pierre. Willkommen bei Cartier, Monsieur Carlton«, sagte sie mit starkem französischen Akzent.

Jeder Mann hätte de la Pierre, eine Frau Mitte vierzig, attraktiv gefunden. Sie hatte olivfarbene Haut und ein Katzengesicht mit dunklen Augen voller Sinnlichkeit. Das schwarze Haar war mit einer goldenen Spange zu einem Pferdeschwanz zurückgebunden. Carlton fand sie überwältigend, jedoch ein bisschen zu hart und kalt; unwillkürlich verglich er sie mit Erika, mit ihrer Spontaneität und Wärme, ihrer kindhaften Verschmitztheit. Auch spürte er, dass Madame de la Pierre ihn prüfend musterte.

»Vielen Dank, dass Sie so kurzfristig Zeit hatten.«

»Stets zu Diensten, Monsieur. Man sagte mir, Sie interessieren sich für Diamanten. Haben Sie die Absicht, sich zu verloben?«

»Nein, ich arbeite an einem Fall, der mit Diamanten zu tun hat, und leider verstehe ich überhaupt nichts von Edelsteinen. Da dachte ich mir, ein Crashkurs im angesehenen Hause Cartier könnte nicht schaden.«

»*Certainement,* Monsieur. Wir freuen uns, dem Justizministerium behilflich zu sein. Darf ich Ihnen einen Kaffee anbieten?«

»Das wäre nett. Vielen Dank.«

Carlton betrachtete die Fotos an den Wänden, während Madame de la Pierre ihrem Assistenten auftrug, Kaffee zu bringen. Die Bilder zeigten Meisterstücke von Cartier.

»Das Haus Cartier hat mit Diamanten zu tun, seit es von Louis Cartier im Jahre 1847 gegründet wurde, noch vor der Entdeckung der Diamantenvorkommen in Südafrika. Nun, die Menschen sind aus den verschiedensten Gründen von Diamanten fasziniert. Da ich nicht weiß, wie viel Sie darüber wissen, gebe ich Ihnen einen allgemeinen Überblick. Verzeihen Sie, wenn es zu schulmeisterlich klingen sollte.

Diamanten sind einzigartig, nicht nur auf Grund ihrer besonderen Härte. Sie werden nach so strengen Maßstäben gemessen wie kein anderer Edelstein. Diamanten werden nach den vier *C* beurteilt – Color, Clarity, Cut und Carat.«

Madame de la Pierre lehnte sich in ihrem Schwingsessel zurück. Ihr Assistent erschien wieder mit zwei winzigen Espressotassen aus Cartier-Porzellan auf einem silbernen Cartier-Tablett. Sie blickte zu ihm auf und lächelte. »*Merci,* François.« Dann rührte sie Zucker in ihren Espresso. »Rabbi Nachman aus Braslov hat einmal gesagt: ›Gott wiederholt sich niemals.‹ Genauso ist es mit Diamanten. Jeder Stein ist einzigartig. Da es aber besagte strenge Skala gibt, kann diese Einzigartigkeit in einen spezifischen Geldwert umgesetzt werden, und das unterscheidet den Diamanten von anderen Edelsteinen.

Die *clarity,* die Reinheit, bezieht sich auf Art und Anzahl der Fehler. Fast jeder Diamant hat irgendeinen winzigen Makel.« Sie unterstrich ihre Ausführungen mit beredten Gebärden. »Es gibt Blasen, schwarze und braune Flecken, kleine Splitter, die ›Federn‹ genannt werden, und Wolken, die ›Kohleflecken‹ heißen, sowie leuchtende Stellen. All das sind ›Einschlüsse‹. Die meisten dieser Einschlüsse sind mit bloßem Auge nicht zu sehen, nicht einmal aus nächster Nähe. Deshalb muss man einen Diamanten bei zehnfacher Vergrößerung anschauen.« Sie nippte an ihrem Kaffee. »Konnten Sie mir bis hierhin folgen?«

»So sicher, wie Gott kleine grüne Äpfel erschaffen hat.«

Madame de la Pierre lachte. »Ich liebe diese Redensart. Reinheit bei Diamanten – nicht Äpfeln – wird in sieben Kategorien unterteilt. Ein vollkommen reiner Diamant ohne jeglichen Einschluss ist natürlich der schönste und edelste. Diese Steine sind extrem selten. Extrem teuer. Dann gibt es die Kategorie ›lupenrein‹ für einen Diamanten ohne Einschlüsse, der jedoch kleine Oberflächenunregelmäßigkeiten aufweisen kann – zu viele Facetten beispielsweise, oder feine Kratzer. Auch diese Steine sind selten. Die nächsten Reinheitskategorien nennen wir VVS1, VS1 und VS2. Das sind Akronyme. Zusammenfassend gesagt, sind es sehr kleine Einschlüsse – Very Small Inclusions –, die man nur bei starker Vergrößerung erkennen kann. Die nächste Kategorie ist SI – Small Inclusions: Diamanten, deren Einschlüsse man von der Unterseite des Steines mit bloßem Auge erkennen kann.« Sie drehte die Handflächen nach oben, um die Bedeutung ihrer Worte zu unterstreichen. »Doch in der Aufsicht auf den Stein können sie nur unter Vergrößerung gesehen werden. Es ist, ehrlich gesagt, eine etwas umständliche Klassifizierung. Die letzte Kategorie nennen wir I – Imperfect. Solche ›ungenügenden‹ Diamanten haben Einschlüsse, die man mit bloßem Auge sehen kann und die möglicherweise die Haltbarkeit des Steins beeinträchtigen. Ist so weit alles klar?«

»Ja.« Carlton trank seinen Kaffee.

»*Bien.* Nun zur Farbe. Normalerweise sind Diamanten weiß. Die ›Fancys‹, wie wir sie nennen, reichen in der Farbpalette bis zu einem leuchtenden Gelb oder Blau. Sogar Rosa. Aber lassen Sie uns bei den weißen Diamanten bleiben, die am häufigsten vorkommen. Die Farbskala, die vom GIA – dem Edelsteininstitut von Amerika – festgesetzt wurde, reicht von D bis Z. D sind die besten Steine. Ein hochfeines Weiß. Ab Kategorie L werden die Steine zunehmend gelblich. Und wertloser. Diese Unterscheidungen sind sehr schwer zu treffen, deshalb sollte die Farbe eines zu beurteilenden Steins stets mithilfe von Steinen der besten Farbkategorie bestimmt werden. Auch wenn Cartier täglich Diamanten kauft, nehmen wir keine Lieferung entgegen, ohne sie zuvor mit einem so genannten Master Set verglichen zu haben. Und auch die Augen werden müde. Länger als eine Stunde kann man nicht vergleichen. Dann ist noch das Hintergrundlicht wichtig: Diamanten müssen stets in einem bestimmten Licht miteinander verglichen werden. Ist ein Stein in der Skala eingeordnet, wird seine Farbe in einem GIA-Zertifikat bescheinigt. Bei den schwarzen Schafen unter den Juwelieren werden Sie dieses Zertifikat nicht bekommen. Die werden immer versuchen, Sie ... wie sagen Sie auf Englisch? Zu beschwindeln? Sie werden stattdessen behaupten, ihre Diamanten seien von ›Schmuckexperten, die vom GIA ausgebildet wurden‹, oder ›nach GIA-Richtlinien‹ geprüft oder Ähnliches.

Nun zum *cut,* dem Schliff. Da gibt es viele Arten und Formen. Ich zeige sie Ihnen.« Madame de la Pierre nahm einen Block vom Schreibtisch, zeichnete mit einem spitzen Bleistift verschiedene Formen und wies jeder eine bestimmte Bezeichnung zu: Marquise. Smaragdschliff. Oval. Birnenkern. Triangel. Baguette. »Der bekannteste und wertvollste ist der Brillantschliff. Das hier ist der übliche Diamantschliff mit 58 Facetten.« Sie zeichnete die wohl bekannte, gerundete Krone und das konisch zulaufende untere Teil in Seitenansicht. »Doch all das«, sie deutete auf die verschiedenen Formen auf ihrem Block, »sind eigentlich keine Schliffe. Nur Formen. Der wirkliche Schliff eines Diamanten ist so wichtig wie Reinheit oder Farbe. Ein guter Schliff hebt die maximale Leuchtkraft hervor. Optisch gesehen gibt er das Höchstmaß an weißem Licht an das Auge wieder. Das ist das Funkeln eines gut geschliffenen Diamanten. Wenn man zu tief oder zu flach schleift, macht man diese Wirkung zunichte. Hört sich das für Sie stimmig an?«

Carlton nickte. »Wie Sie es sagen, klingt es ganz logisch, aber ich habe allmählich das Gefühl, dass das Studium von Diamanten wesentlich komplizierter ist als ein Jurastudium.«

Madame de la Pierre lächelte. »Nun zu den *carat.* Ein Karat entspricht einem fünftel Gramm. Der Begriff kommt aus Indien. Bevor Ende des neunzehnten Jahrhunderts in Südafrika die großen Vorkommen entdeckt wurden, war Indien der weltweit bedeutendste Diamantenproduzent. In der Antike glaubten die Inder, dass Diamanten im Boden wüchsen wie Samen. Also wurde der Same des Johannisbrotbaums zur Maßeinheit. Natürlich waren Samen in Griechenland, England und Rom unterschiedlich groß, und so unterschied sich auch die Maßeinheit Karat erheblich. Die Engländer zum Beispiel maßen ein Karat am durchschnittlichen Korn eines Maiskolbens.« Die Französin erlaubte sich ein Kichern über die dummen Briten. »Heute ist das Maßsystem genormt. Ein Karat wird in hundert Punkte unterteilt. Fünf Karat ergeben ein Gramm. Jeder Punkt entspricht dem Zweitausendstel eines Gramms. Ein extrem geringer Wert also. Ein Punkt mehr oder weniger kann einen großen Unterschied im Preis ausmachen. Eine interessante Übereinkunft in der Zunft besteht darin, dass die Punkte nicht, wie allgemein üblich, aufgerundet, sondern abgerundet werden. 99,8 Punkte werden daher nicht zu einem ganzen Karat aufgerundet, sondern zu 99 Punkten abgerundet.«

»Sehr konservativ und sehr kompliziert.«

»So sind Diamantenhändler nun mal.«

»Der Teufel steckt offensichtlich im Detail. Was ist mit dem Wert eines Steins? Wie wird der festgelegt?«

»Ich hatte mich schon gefragt, wann Sie sich danach erkundigen.« Ein verschmitztes Lächeln spielte um ihre Lippen. »Normalerweise stellen die Leute diese Frage zuerst. Wert und Preis hängen natürlich von den vier *C* ab. Aber auch von der relativen Größe des Diamanten.«

»Natürlich.«

»Das ist gar nicht so natürlich, wie Sie glauben. Es geht nicht um die Größe, sondern um die *relative* Größe. Bei Diamanten ergibt eins plus eins drei.«

»Ich sollte vielleicht erwähnen, dass ich Anwalt geworden bin, weil ich in Mathe eine absolute Null bin.«

Madame de la Pierre lächelte wieder. »Ich will es Ihnen erklären. Ein Stein kostet mehr als zwei halb so große Steine. Größere Steine sind seltener als kleine. Die Quadratzahlregel von Jeffrey und Tavernier verbindet Karatpreis und Karatgewicht.« Sie beugte sich vor und schrieb mit schwungvoller Geste eine einfache Formel nieder.

»Um den Preis eines Steins zu bestimmen, muss man sein Karatgewicht zum Quadrat nehmen und es mit dem Preis eines Einkaräters von gleicher Farbe, Reinheit und gleichem Schliff multiplizieren. Sagen wir, ein Karat kostet zwei Dollar. Ein Dreikaräter würde demnach ...«

»Achtzehn Dollar kosten.«

»*Très bien.* Ich glaube, Ihr Mathelehrer hat Ihnen unrecht getan.«

Carlton hielt es nun für an der Zeit, sich nach den Dingen zu erkundigen, die ihn wirklich interessierten. »Aber sind Diamanten tatsächlich so selten? Es gibt doch sogar Lagerstätten in Arkansas.«

Madame de la Pierre schien ihre Antwort sorgfältig abzuwägen. »Die meisten Menschen glauben, Diamanten seien wertvoll, weil sie selten sind«, sagte sie dann. »Sie *sollen* das glauben. Es wird ihnen eingeredet.« Sie senkte die Stimme zu einem Flüstern, als befürchtete sie, die anderen Mitarbeiter von Cartier könnten ihr zuhören. »Der hohe Preis für Diamanten hängt nicht vom Wettbewerb ab, er wird vom Syndikat diktiert. Diamanten sind gar nicht so selten. Natürlich liegen sie nicht am Wegrand wie Kieselsteine, sind aber auch nicht so rar, wie die Diamantenindustrie die Leute glauben machen möchte. Jedes Jahr legt das Syndikat riesige Mengen von Diamanten auf Halde, um den Preis für die Steine hoch zu halten.« Sie senkte den Blick. »Das ist alles, was ich dazu sagen kann, und Sie dürfen mich nicht zitieren. Ich habe Ihr Wort?«

Ihre Stimme klang fest, doch Carlton fiel das nervöse Flattern ihrer Lider auf.

»Selbstverständlich.« Er stand auf. »Danke, dass Sie mir Ihre Zeit gewidmet haben, Ma'am. Wenn Ihnen noch etwas Wichtiges einfällt, können Sie mich unter dieser Nummer erreichen.« Da er nicht wusste, wie Jarvik reagieren würde, gab er ihr seine persönliche Visitenkarte. »*Il n'y a pas de quoi, monsieur.* Es war mir ein Vergnügen. Rufen Sie an, wenn Sie noch etwas brauchen.« Sie lächelte. »Was es auch sein mag.«

Die Frau, die den Anruf entgegennahm, sprach mit einem gewissen Überschwang und starkem Südstaatenakzent. »Büro von Senator Bigham. Guten Morgen.«

»Guten Morgen«, grüßte Carlton. »Könnten Sie mir bitte den Namen des Referenten sagen, der sich um Bergbauangelegenheiten kümmert?« Senator Bigham war der ältere der beiden Kongressvertreter von Arkansas. Sein Persönlicher Referent für Bergbauangelegenheiten konnte vielleicht ein wenig Licht in einige Dinge bringen.

»Natürlich, Sir. Das ist David Mazursky.«

»Könnten Sie mich direkt zu ihm durchstellen? Mein Name ist Pat Carlton. Vom Justizministerium.« Das nur, um der Empfangsdame mitzuteilen, dass er als Mitarbeiter einer Behörde anrief. Einen Lobbyisten oder Reporter hätte sie sofort an untergeordnete Abteilungen verwiesen, ohne groß nachzufragen, was der Anrufer eigentlich wollte.

»Gewiss, Sir. Einen Augenblick, bitte.«

»Hier David Mazursky.« Eine freundliche Stimme. Aber garantiert nicht aus dem Süden.

»Guten Morgen. Mein Name ist Pat Carlton. Ich bin Anwalt in der Kartellabteilung im Justizministerium.«

»Hi. Was kann ich für Sie tun?«

»Ich hätte ein paar Fragen bezüglich einer Mine bei Murfreesboro.«

»Lassen Sie hören.«

Carlton berichtete die grundlegenden Fakten über die Raymond-Mine, die Murfreesboro Mining und den eigenartigen Vergleich, ohne dabei einen Namen oder eine Örtlichkeit zu nennen. Auch Wenzels Pläne und die mysteriösen Anrufe erwähnte er mit keinem Wort.

»Nun, das scheint in der Tat ungewöhnlich zu sein. Ehrlich gesagt bin ich sehr erstaunt, dass dort überhaupt Diamanten abgebaut worden sind. Es ist zwar ein fester Bestandteil des Volksglaubens, dass es in Arkansas ein unterirdisches Meer von Diamanten geben soll, besonders unter Murfreesboro, aber da möchte ich doch lieber erst die Beweise sehen. Nun, ich weiß nur vom Crater of Diamonds Park. Eine Touristenattraktion, die schon vor etlichen Jahren eröffnet worden ist. Dort kann man Diamanten finden, allerdings nur wenige und sehr verstreut, und allenfalls von Industriequalität. Deshalb finde ich es sehr merkwürdig, dass jemand so schnell auf eine so hohe Bußgeldforderung eingeht.«

»Sagt Ihnen der Name Murfreesboro Mining etwas?« Carlton merkte, dass er nun doch mit dem Namen des Beklagten herausgeplatzt war, versuchte sich aber damit zu beruhigen, dass er nichts über die Beteiligung des Unternehmens verraten hatte.

»Murfreesboro Mining? Nein, tut mir Leid.«

»Vielen Dank, dass Sie mir Ihre Zeit geopfert haben, David.«

»Kein Problem. Falls Sie noch irgendwelche Infos brauchen, rufen Sie mich unter meiner Durchwahl an.« Er gab Carlton die Nummer. »Ich bin oft nicht im Büro oder gar nicht in der Stadt. In diesem Fall hinterlassen Sie mir einfach eine Nachricht, ja?«

»In Ordnung. Nochmals vielen Dank.«

»Gern geschehen.«

Carlton legte auf. Noch eine Sackgasse. Natürlich konnte Mazursky ihn eingewickelt haben, aber Carlton hielt die Unkenntnis des Mannes nicht für gespielt. Doch der allzu leicht erreichte Vergleich und Wenzels Erwähnung der mysteriösen Anrufe ließen ihn immer noch nicht zur Ruhe kommen.

Carlton wusste, dass es eine Verbindung gab zwischen dem Fall der Raymond-Mine und den Schwierigkeiten, die Dan Wenzels Mandant mit seiner geplanten Mine hatte. Doch *was* es war, wusste er nicht.

In beiden Fällen ging es um Diamanten, um dasselbe Nest in Arkansas und um ernsthafte Versuche, die Förderung zu unterbinden. Carlton hatte die Zustimmung zu einem unsinnig hohen Bußgeldvorschlag erhalten. MacLean hatte Drohanrufe von Regierungsbehörden und obskuren Umweltgruppen bekommen.

Das konnte kein Zufall sein.

Die Informationen über Waterboer machten Carlton schwer zu schaffen: Das Strafregister des Monopolisten war beeindruckend, selbst wenn in manchen Fällen – wie in Arkansas – seine unmittelbare Beteiligung noch nicht feststand. Die Gelegenheit zu einer gründlichen Untersuchung war verlockend für Carlton.

Andererseits waren Stalins Anweisungen unmissverständlich gewesen. Vielleicht sollte er ja lieber wegschauen, sich mit anderen Fällen beschäftigen. Andere Kollegen würden das an seiner Stelle sicher tun. Zum ersten Mal seit seinem Eintritt ins Ministerium handelte Carlton einem ausgesprochenen Befehl zuwider – aber das musste Jarvik ja nicht unbedingt erfahren, oder?

Er machte den Anfang, indem er zum zweiten Mal seinen Freund Stein von der US-Börsenaufsicht anrief. Einer plötzlichen Eingebung folgend bat Carlton ihn, die Gründungsunterlagen der Liga zum Schutz der Rechte von Mineralien zu faxen. Wie erwartet war in den Dokumenten nichts anderes zu finden als das, was Wenzel bereits verraten hatte: dass dieser obskure Verein erst vor wenigen Tagen gegründet worden war, und zwar als eine Art GmbH. Carlton stutzte: Wenn betroffene Bürger einen gemeinnützigen, nicht auf Gewinn ausgerichteten Verein gründen und eintragen lassen, geschieht das nicht aus einer Laune heraus – geschweige denn, dass sie eine Firma daraus machen. So etwas liegt eher auf der Linie von Anwälten. Folglich musste ein Anwalt als Rechtsvertreter in den Statuten stehen. Carlton überflog das Dokument. Und da stand der Name auch schon: Perry Trask.

Carlton wählte eine fünfstellige interne Nummer und wartete.

»Bibliothek.«

»Donna? Hier Pat Carlton.«

»Hi, Pat. Danke für die Nachricht, aber ich muss die Bücher und Zeitschriften wiederhaben. Selbst ein Charmeur wie du kann nicht einfach ...«

»Okay, okay. Kann ich dich trotzdem um einen Gefallen bitten?«

»Schieß los.«

»Kannst du im Martindale Hubbell nach einem Anwalt namens Perry Trask schauen?« Der Martindale Hubbell, das nationale Verzeichnis, listete fast jeden in den Vereinigten Staaten praktizierenden Anwalt auf – mit Namen, Kanzlei, Stadt und Bundesstaat. Carlton gab zu, die drei letzten Angaben nicht zu wissen. »Tut mir Leid. Ich weiß, dass ich dir auf den Wecker gehe, aber ihr Bibliothekare liebt doch die Herausforderung, stimmt's? Außerdem bist du ein Ass in der Recherche. Für dich ist das ein Klacks.«

»Ja, ja, schmier mir nur Honig ums Maul.« Donna lachte. »Ich ruf zurück.«

»Danke.« Carlton legte auf und wählte eine andere Nummer im Haus.

»Henri Monet am Apparat.« Der Akzent des Franzosen war so üppig wie die Armee von Computern, die unter seinem Kommando stand.

»Hallo, Henri. Hier Pat Carlton.«

»Ah, Monsieur Carlton. *Comment ça va?*«

»Danke, gut. Hätten Sie ein bisschen Zeit für eine kleine Recherche?«

»Nein«, gab Henri unmissverständlich zurück. »Aber für Sie mache ich natürlich eine Ausnahme. Was brauchen Sie?«

»Ich suche etwas, das angeblich nicht existiert.« Man musste dem schrulligen Franzosen eine Herausforderung bieten.

»Ah! Meine *specialité.* Und was ist das für ein Ding, das nicht existiert?«

»Eine Diamantenmine.«

»Eine Diamantenmine?«, wiederholte Henri mit gallischem Überschwang.

»In Arkansas.«

»Ich wusste gar nicht, dass es in Arkansas Diamanten gibt, Monsieur Carlton.«

»Ich bis vor kurzem auch nicht. Aber es hat dort zumindest früher einmal Diamanten gegeben.« Carlton erzählte von dem Gerücht, dass Nicholas Waterboer in den Zwanzigerjahren eine Mine in Arkansas geschlossen hätte. Dieser Vorfall, erklärte er, stelle vielleicht die Verbindung zwischen der Murfreesboro Mining und MacLeans vereiteltem Abbauvorhaben her. »Ich schicke Ihnen eine Karte des Amts für geologische Aufnahmen.«

»*Très bien.* Ich rufe Sie sofort an, wenn ich etwas habe.«

»*Merci,* Henri.«

Er hatte den Hörer kaum aufgelegt, als hinter ihm eine Stimme donnerte.

»Carlton!«

Er erschrak heftig, nur um Haaresbreite von einem Herzinfarkt entfernt. Er musste nicht erst zur Tür schauen, um zu wissen, dass Stalin hereingekommen war.

»Sir?« Kleine Lichtpunkte tanzten vor Carltons Augen, als er aufstand, um seinen Chef zu begrüßen.

Jarvik trat dicht vor Carltons Schreibtisch, baute sich in voller Lebensgröße vor ihm auf. Sein ungewohnt herzliches Lächeln trug dazu bei, dass Carlton noch unbehaglicher zu Mute wurde.

»Carlton, ich gratuliere Ihnen. Sie haben Ihre Sache gut gemacht. Sie haben einen raschen, diskreten Vergleich erzielt und ein hohes Bußgeld rausgeschlagen. Sehr gut.« Jarvik streckte den Arm über den Schreibtisch und schüttelte dem verblüfften Carlton die Hand. Noch nie war er von Jarvik gelobt worden.

»Vielen Dank, Sir.« Statt Freude zu empfinden, war er misstrauisch.

»Nichts zu danken. Setzen Sie sich, Carlton, setzen Sie sich.« Jarvik ließ sich schwer auf den Besucherstuhl fallen. »Da Sie sich im Fall Murfreesboro Mining so brillant geschlagen haben, biete ich Ihnen eine Belohnung an. Sie bekommen einen Auftrag in Hawaii.« Er strahlte, als habe er Carlton soeben die Schlüssel zu einem Königreich übergeben.

»Hawaii?«

»Genau. Schon mal von der Kobayashi Corporation gehört?«

»Wer hätte das nicht?«

Jarviks Lächeln wurde so breit, dass Carlton fürchtete, seine Lippen würden reißen.

»Wir haben Wind davon bekommen, dass Kobayashi sich an einem Kartell auf Hawaii beteiligt. Ganz große Sache. Die auch für Sie von Vorteil sein könnte, Carlton, von großem Vorteil. Viel bedeutender als Global Steel.« Er legte eine kurze Pause ein. »Sehen Sie? Ich halte meine Versprechen. Ich habe Ihnen ja gesagt, dass ich Ihnen einen lohnenderen Fall gebe, wenn Sie Ihre Sache gut machen. Gefällt Ihnen das?« Mit hochgezogenen Augenbrauen wartete er auf eine Bekundung der Dankbarkeit.

Dieser Fall war genau der Auftrag, den Carlton gewollt hatte. Er war so bedeutend und gewichtig wie Global Steel. Eine japanische Firma anzuklagen, die gegen das Kartellgesetz verstieß, verhieß einen hochkarätigen Anwalt der Gegenpartei und eine echte Herausforderung. Wahrscheinlich sogar eine Erwähnung in der Presse. Und dann Hawaii! Weit weg vom kalten, trockenen Winter in Washington. Dennoch ... Vor ein paar Wochen wäre Carlton auf die Gelegenheit angesprungen, nun aber war er eher verärgert als erfreut. Es war seine Pflicht, in Washington zu bleiben.

»Was ist los mit Ihnen, Carlton? Mögen Sie Hawaii etwa nicht? Finden Sie denn nicht, dass es ein fantastischer Urlaubsort für die Weihnachtszeit ist?«

»Äh ... ja, Sir, aber ...«

»Meine Güte, Carlton, ich begreife das nicht. Vor einer Woche haben Sie noch gejammert und geweint, weil ich Ihnen Global Steel weggenommen habe. Jetzt übertrage ich Ihnen einen Fall, der viel besser ist, noch dazu in Hawaii, und Sie sehen mich an, als hätte ich Sie zu Zwangsarbeit in Sibirien verurteilt. Was ist los mit Ihnen?«

»Ich bin ... es tut mir Leid, Sir. Ich glaube, ich bin heute nur ein bisschen müde.« Carlton zwang sich zu einem Lächeln. »Hawaii ist großartig. Ich danke Ihnen.«

»Na also. Holen Sie sich die Kobayashi-Akten in der Verwaltung, und fliegen Sie morgen nach Honolulu. Dort melden Sie sich im FBI-Büro. Die werden Ihnen die nötigen Informationen geben. Außerdem können Sie kostenlos in unserem dortigen Apartment wohnen. Sind Sie schon mal da gewesen? Liegt direkt am Strand. Ihr Flugticket liegt schon bereit. Machen Sie sich ein paar schöne Tage.«

»Vielen Dank, Sir.«

Jarvik nickte knapp und ging zur Tür. Bevor er jedoch in den Korridor hinaustrat, wandte er sich noch einmal um und starrte Carlton an. »Übrigens würde ich an Ihrer Stelle alte Geologenkarten nicht zu ernst nehmen. Die sind nicht zuverlässig.« Er grinste. »Soll nur ein freundschaftlicher Rat sein.«

Ein eisiger Schauder lief Carlton über den Rücken.

Woher wusste Jarvik von der alten USGS-Karte?

»Pat Carlton.«

»Pat, hier Donna. Ich habe die Informationen über diesen Anwalt Perry Trask.«

»Großartig!«

Sie diktierte ihm eine Telefonnummer mit der Vorwahl 212.

»Du hast nicht zufällig auch noch den Namen der Kanzlei?«

»Fox, Carlyle, Ashton, Chase, Whitfield und Whyte. In Manhattan. Fifth Avenue. Soll ich dir die genaue Adresse geben?«

»Pat? Hier Dan Wenzel. Die Sache spitzt sich zu. Ich habe soeben ein Kaufangebot für MacLeans Land in Arkansas erhalten. Eine unglaublich hohe Summe von einem unglaublich aggressiven Anwalt.«

»Und?«

»MacLean hat natürlich abgelehnt. Das hat gerade noch gefehlt, nachdem wir schon so viel Ärger mit der Regierung und diesen falschen Grünen hatten. Der Anwalt brauchte sehr lange, um ein Nein zu akzeptieren. Der Mann war wirklich geladen.«

»Lassen Sie mich raten. Er war von Fox, Carlyle und Partner in Manhattan.«

»Woher haben Sie das gewusst?«

»Ich rufe Sie später nochmal an.«

Das wurde ja immer bunter! So sehr Carlton es vermeiden wollte, eine andere Behörde in die Sache zu verwickeln – jetzt sollte er doch einmal nachhören, was die CIA wusste. Oder dem DOJ mitzuteilen gewillt war. Wie hieß der Typ gleich? Pink? Genau. Ziemlich witziger Name für einen CIA-Mann.

Es dauerte eine Weile, bis Carlton zu Pink durchkam. Zum Glück öffnete seine Zugehörigkeit zum Ministerium die meisten Behördenschranken.

»Tom Pink.«

»Guten Tag, Mr Pink. Mein Name ist Pat Carlton. Ich bin Anwalt in der Kartellabteilung des DOJ.«

»Guten Tag.«

»Sie sind gewiss ein viel beschäftigter Mann, deshalb komme ich gleich zur Sache. Man hat mir gesagt, Sie seien Spezialist für Waterboer Mines.« Das Schweigen am anderen Ende dauerte gerade lange genug, um Carlton zu verraten, dass er ins Schwarze getroffen hatte.

»Wer immer Ihnen das gesagt hat, überschätzt meine Kenntnisse über Waterboer beträchtlich, fürchte ich.« Carlton wusste, dass seine Nummer auf Pinks Computerbildschirm erschienen war, zusammen mit den Worten »Department of Justice, Washington, D. C.«, die bestätigten, dass er wirklich der war, für den er sich ausgab. »Was genau möchten Sie denn wissen?«

»Um die Wahrheit zu sagen, ich bin nicht ganz sicher. Ich habe einen Vergleichsfall übernommen, in dem es um Diamanten geht, die hier in den Vereinigten Staaten gefördert wurden.« Carlton wollte nach seinen Erfahrungen mit Jarvik nichts Genaueres verraten, nicht einmal der CIA. »Die Klage war kaum zugestellt, als ich auch schon von einer ziemlich kleinen Firma, die natürlich ungenannt bleiben muss, die Zustimmung zur Zahlung einer Geldbuße erhielt.«

»Wo befindet sich die Mine?«

»Dazu möchte ich lieber nichts sagen.«

»Wie kommen Sie darauf, dass eine Verbindung zu Waterboer besteht?«

»Das Vergleichsangebot war schon seltsam genug, dazu kam aber noch der Bericht einer dritten unbeteiligten Partei, den ich kürzlich erhielt. Diese Person hat kürzlich Land in der gleichen Gegend aufgekauft, in der sich auch die Liegenschaft meines Beklagten befindet. Noch bevor diese Leute überhaupt angefangen hatten, auf ihrem Land Diamanten abzubauen, erhielt ihr Rechtsanwalt merkwürdige Anrufe – im Grunde waren es Drohungen –, dass sie gar nicht erst mit der Förderung beginnen sollten. Einer der Drohanrufe kam von einer Organisation, die von der gleichen Anwaltskanzlei vertreten wird wie mein Beklagter. Das kann kaum noch Zufall sein. Und da ich weiß, dass die Waterboer Mines die Strategie verfolgt, den Abbau von Diamanten zu unterbinden, wo sie ihn nicht selbst kontrollieren kann, wurde mir der Konzern allmählich verdächtig und ...«

»Fox, Carlyle und Partner?«

Nun schwieg Carlton verblüfft. »Woher wissen Sie?«

»Diese Kanzlei ist Waterboers Rechtsvertreter in den Vereinigten Staaten.«

»Aber Waterboer darf in den Staaten doch gar keine Geschäfte machen.«

»Das stimmt. Aber die Firma hält Anteile an US-Tochtergesellschaften mittels rechtlicher Verfahren, die Sie gewiss besser verstehen als ich. Und glauben Sie mir, Waterboers Interessen werden von Fox, Carlyle und Partner bestens geschützt. Haben Sie ermittelt, ob eine der Tochtergesellschaften in Ihre beiden Fälle verwickelt ist?«

»Ich bin mir ziemlich sicher.« Fox, Carlyle und Partner hatten zwar nicht die Identität der Firma enthüllt, die MacLeans Land kaufen wollte, doch Carlton war ziemlich sicher, dass sie irgendwie zum Waterboer-Imperium gehörte.

»Verstehe.« Pink schwieg kurz. »Darf ich Ihnen einen Rat geben, Mr Carlton? An Ihrer Stelle würde ich die ganze Sache vergessen. Sie haben ja Ihren Vergleich durchbekommen. Der Fall ist abgeschlossen. Und so viel Druck Waterboer auch ausübt auf Leute, die Diamanten abbauen wollen, falls der Druck überhaupt von Waterboer kommt: Selbst dieser Multi hat keinerlei rechtliche Handhabe, sie wirklich daran zu hindern.«

Carlton schwieg. So leicht konnte man ihn nicht beruhigen.

»Also gibt es keinen Grund«, fuhr Pink fort, »warum Sie annehmen sollten, Waterboer habe mit der Sache zu tun.«

»Vielleicht, aber ich würde gern wissen, ob ...«

»Glauben Sie mir, Mr Carlton, Sie *wollen* es nicht wissen. Keine Ahnung, wie viel Sie bisher über Waterboer herausgefunden haben, aber nichts davon dürfte besonders erfreulich sein. Piet Slythe, der derzeitige Firmenchef, wird der Presse stets mit Zuckerguss serviert, aber er hat eine Armee von Schlägern, die nach Lust und Laune eingesetzt werden, ohne vom Gesetz belangt werden zu können. Sie als Anwalt des Kartellamts haben Ihr Augenmerk gewiss auf Waterboers verbotene Monopolaktivitäten gerichtet. Aber ich versichere Ihnen – Waterboers Verstöße gegen das Kartellrecht sind noch ziemlich harmlos verglichen mit all den anderen Verbrechen, in die Waterboer verstrickt ist. Es war immer schon ein rücksichtsloses Unternehmen – hat in der Vergangenheit mit den Nazis und der Sowjetunion paktiert. Und heutzutage, wo alle paar Monate neue Diamantenvorkommen entdeckt werden, ist es noch schlimmer geworden. Die sind ein wirklich übles Pack. Deren einziges Ziel besteht darin, die Diamanten auf der ganzen Welt zu kontrollieren. Glauben Sie mir – wenn Sie nicht unbedingt mit diesen Leuten zu tun haben müssen, sollten Sie's bleiben lassen.«

Carlton bewahrte hartnäckiges Schweigen.

»Tut mir Leid, wenn ich Sie nun in Ihrem Eifer gebremst habe – schließlich sind wir beide Behördenangestellte und stehen auf derselben Seite –, aber glauben Sie mir, es ist zu Ihrem Besten.«

»Vielen Dank für Ihre Offenheit. Ich weiß das sehr zu schätzen.«

»Klar. Schönen Tag noch.«

Carlton legte auf. Er überlegte, ob die Warnung gut gemeint war oder ob er nun von einem anderen Akronym in der Buchstabensuppe der Bundesbehörden fürstlich aufs Kreuz gelegt worden war. Pink wirkte eigentlich wie ein vernünftiger Mensch. Doch die anderen Behörden hatten MacLean dermaßen in die Enge getrieben, dass es in Carltons Ohren gar nicht gut klang, wenn der CIA-Mann jede Unterstützung ablehnte.

15.

Das Monopol

Johannesburg
Republik Südafrika, 7.47 Uhr

Aus dem wolkenlosen, azurblauen Himmel schien die Dezembersonne auf einen silbernen Jaguar Sovereign, der von einer Privatresidenz zur Firmenfestung des Waterboer-Imperiums im Zentrum von Südafrikas Finanz- und Wirtschaftsmetropole rollte. Die beiden Begleitfahrzeuge blieben erst zurück, als der gepanzerte Jaguar das stahlverstärkte Betontor passiert hatte und in die Tiefgarage einfuhr.

Vor einer offenen Aufzugtür kam die Limousine zum Stehen. Ein uniformierter Wächter winkte mit seiner Maschinenpistole. Sein wacher Blick und die kampfbereite Haltung ließen erkennen, dass er die Waffe ohne Zögern benutzen würde. Die Firma ließ den Insassen des Jaguar keinen Augenblick unbewacht.

Zwei bewaffnete Bodyguards stiegen aus dem Wagen, der eine aus der Beifahrertür, der andere aus der gegenüberliegenden hinteren Tür. Sobald der hoch gewachsene Fahrgast und sein Cockerspanielwelpe sicher im Aufzug waren, fuhren die Türen zu. Wenige Sekunden später und dreizehn Stockwerke höher gingen sie wieder auf. Viktorianische Antiquitäten zierten die Zimmerflucht des Großraumbüros; auf den glänzenden Hartholzdielen lagen handgewebte rote Wollteppiche. Über einem breiten Portal verkündeten Goldlettern den Namen der Firma: WATERBOER MINES LIMITED.

Darunter stand das Firmenmotto:

Ein Diamant ist Schönheit.

Zu beiden Seiten des Eingangs standen Plexiglasschaukästen, die von verdeckten Spots beleuchtet wurden. In dem einen Kasten prangte ein achtflächiger, 120-karätiger champagnerfarbener Rohdiamant aus Waterboers allererster Mine. Der Stein glühte von innen mit magischem Feuer. In dem anderen Schaukasten war ein lupenreiner, hochweißer 205-Karäter im Brillantschliff ausgestellt. Seine 291 Facetten hatten einen Diamantschleifer in Antwerpen acht Monate lang in Atem gehalten, bis nach etlichem Spalten, Schleifen und Polieren ein Meisterwerk entstanden war. Neben jedem der Schaukästen stand ein Mann in schwarzem Anzug, mit schwarzen Halbschuhen, weißem Hemd und Krawatte. Man hätte die beiden für Angestellte oder sogar Anwälte der Firma halten können, hätten nicht aus ihren braunen, abgewetzten Schulterhalftern die Heckler & Koch-Pistolen herausgeschaut.

Piet Slythe barg seinen Welpen Kimberley in der linken Armbeuge und entließ seine Leibwächter mit einem freundlichen Winken. Er schritt an zwei Sekretärinnen vorbei den holzgetäfelten Korridor entlang. »Guten Morgen, meine Damen.«

Ein ungefähr fünfzigjähriger Mann mit lichtem Haar und seltsamen Augen – das eine schwarz, das andere blau – öffnete eine schwere, mit Schnitzereien verzierte Tür am Ende des Flures. »Guten Morgen, Sir.« Er deutete eine Verbeugung an.

»Morgen, Ian.« Slythe blieb stehen, grinste und legte seinem persönlichen Assistenten eine Hand auf die Schulter. »Wie hat Freddy gestern gespielt?« Er schniefte.

»Seine Mannschaft hat gewonnen. Nett, dass Sie danach fragen, Sir. Nur noch zwei Spiele, dann geht's um den Cup.«

»Das muss ich mir unbedingt anschauen.«

»Es wäre uns eine Ehre, Sir.«

Slythe setzte Kimberley auf ein rotes Samtkissen neben seinem Schreibtisch, ging zu einem glänzenden Teetablett aus Sterlingsilber und schenkte sich eine Tasse ein. Dann atmete er tief durch und genoss die Aussicht über die Stadt. »Ein wunderbarer Tag, Ian, nicht wahr?«

»Ganz entschieden, Sir.«

Der 55-jährige Patriarch des Slythe-Klans, oberster Boss von Waterboer Mines Limited, war fast immer glänzender Laune. Da er mit einem ausgezeichneten IQ und einem fotografischen Gedächtnis gesegnet war, hatte er mühelos den Abschluss in Harrow geschafft und dann in Eton Geologie studiert. Doch das wurde ihm rasch langweilig, und so widmete er sich spannenderen Beschäftigungen, die aber schon bald an die Grenze zum Illegalen abdrifteten – und über diese Grenze hinaus. Da Slythe seit seiner Kindheit an großen Reichtum und Einfluss gewöhnt war, fiel es ihm nicht schwer, nach dem frühen Tod seines Vaters die Leitung der Firma zu übernehmen.

Mit seinen sorgfältig frisierten grauen Haaren, dem Dunhill-Hemd und den karierten Burberry-Hosen sah er aus wie ein englischer Landadliger. Doch Slythe hatte weit mehr Einfluss als jedes Mitglied der englischen Aristokratie. Waterboer Mines Limited beherrschte 95 Prozent des weltweiten Diamantenhandels; somit war Slythe der Mann, der diese funkelnden Steine kontrollierte. Sehr viel Macht für einen einzigen Menschen. Die Verantwortung, der Stress und der Druck waren enorm, doch Slythe erschien fast immer so kühl wie die Gurken, mit denen er nach britischer Sitte seine Sandwiches zum Tee belegte. Doch Stress braucht ein Ventil – und Slythe verschaffte sich Luft durch ein Verhalten, das zunehmend psychopathische Züge zeigte.

Sein Büro spiegelte seinen Charakter wider. Alle Oberflächen waren sorgfältig abgestaubt und poliert, bis sie glänzten. An den Wänden hingen sechs Landschaftsbilder des Impressionisten Jacob Hendrick Pierneef.

Ian Witsrand wartete, bis sein Herr und Meister sich hinter dem wuchtigen Schreibtisch niedergelassen hatte, bevor auch er Platz nahm. Sein rechtes Auge – das blaue – zuckte leicht.

»Also, zum Geschäft. Was steht heute Morgen an?« Slythe schniefte. Nach Jahren des Kokainschnupfens war das bei ihm mehr als nur ein nervöser Tick.

»Lesters Leute haben mit dem amerikanischen Justizministerium einen Vergleich erzielt.«

Slythes Grinsen ließ blendend weiße Zähne sehen. »Hervorragend. Gott sei Dank, dass wir unseren teuren Lester Churchman haben. Wie hoch?«

»Zwanzig Millionen.« Der Afrikaans-Akzent verriet Ian Witsrands Herkunft.

»Eine beachtliche Summe. Ist es aber wert.«

Ian zögerte einen Moment, bevor er weiter berichtete. »Leider gibt es neue Probleme, Sir. Ein reicher Amerikaner namens MacLean hat vor kurzem Land in der Nähe der Raymond-Mine aufgekauft. Der Verkäufer, ein Farmer, wusste offensichtlich von den Diamantvorkommen und hat MacLean davon erzählt. Irgendwie ist er auch an einen Geologenbericht aus den zwanzigern herangekommen. Und Lester hat herausgefunden, dass dieser MacLean auf dem Land Diamanten abbauen will.«

Zum ersten Mal an diesem Morgen erschienen Sorgenfalten auf Slythes braun gebranntem Gesicht. Er zog die Nase hoch. »Sind die beiden verwandt? Ich meine die Raymonds und dieser ... wie hieß er gleich?«

»MacLean, Sir. Nein, offensichtlich nicht. Aber Lester geht kein Risiko ein. Er hat schon ein paar von unseren Leuten angerufen und verschiedene Behörden und Umweltgruppen gegen MacLeans Minenprojekt mobilisiert.«

Slythe beugte sich über den Eichentisch. Seine Miene war plötzlich finster. »Sag Lester, er soll dafür sorgen, dass dieses Problem verschwindet. Und zwar schnell. Ist mir gleich, wie viel es kostet. Dieser Idiot! Er hätte niemals zulassen sollen, dass an jemand anders verkauft wird. Was hat er sich dabei gedacht? *Er* sollte doch alles Land im Umkreis aufkaufen.«

»Lester sagt, dieser Grundbesitz stand offiziell nicht zum Verkauf.«

»In Arkansas darf nichts entdeckt werden! Nicht einmal der wertloseste Stein! Kannst du dir die Katastrophe vorstellen, wenn die Amerikaner die Wahrheit erfahren? Sie würden das Diamantvorkommen nach Herzenslust ausbeuten, und wir könnten die Flut niemals aufhalten. Waterboer und die Familie haben es hundertzwanzig Jahre lang geheim gehalten, und ich werde nicht zulassen, dass die Amerikaner Wind davon bekommen.«

»Ja, Sir.«

Slythe grinste wieder und schniefte. »Und wo du schon einmal dabei bist – sorg dafür, dass Harry Weinberg verschwindet. Ich habe ihn immer gemocht – wir waren schließlich Schulfreunde –, aber er hat schon wieder einen großen Ankauf außerhalb der üblichen Kanäle getätigt. Dabei kennt er die Regeln. Du musst ein Exempel statuieren, und zwar öffentlich.«

»Gern.«

Trotz seines urbanen Auftretens, seiner Klugheit, seines Reichtums und der fast diktatorischen Kontrolle seiner Familie über den weltweiten Diamantenhandel seit dem Ende des 19. Jahrhunderts litt Slythe unter Verfolgungswahn; seiner Meinung nach waren Regierungen, politische Gruppierungen und sogar die Diamantenhändler, denen Waterboer am meisten Vertrauen entgegenbrachte – Weinberg zum Beispiel –, in eine nicht enden wollende Verschwörung gegen ihn und sein Imperium verstrickt. Für Slythe bedeuteten die kostbaren Steine weitaus mehr als eine hundertzwanzigjährige Familientradition: Sie waren eine Religion, und die Familie Slythe die Hohepriester. Viele, die Slythes Stress und seine Kokainsucht kannten, stellten die Hypothese auf, dass sein Verfolgungswahn auf der Verbindung von beidem beruhe, andere behaupteten, Paranoia sei die logische Folge seines Genies. Doch was auch immer der Grund sein mochte – Slythe war tatsächlich hochgradig paranoid.

»Ein öffentliches Exempel, Ian«, wiederholte Slythe, hob jedoch warnend den Zeigefinger. »Das heißt aber nicht, dass du persönlich in die Vereinigten Staaten fahren sollst. Das wäre ein zu großes Risiko. Schick Uljanow oder einen anderen von Molotoks Schlägern. Wir müssen uns bei ihnen lieb Kind machen, und sie brauchen Geld. Bezahl sie gut – sie werden froh sein, den Auftrag übernehmen zu dürfen.«

Enttäuschung zeigte sich auf Ians Miene. »Ja, Sir.«

»Da wir gerade über unseren Wirrkopf aus Sibirien reden – was gibt es Neues über Molotok?« Neuerliches Schniefen.

»Alles läuft, wie es soll, Sir. Unser Mann bei der CIA hat das Feuer in Mirnyj als Gasexplosion klassifiziert. Und wie Molotok uns versprochen hatte, wurde einer seiner Gefolgsleute zum neuen Kommandeur der Garnison ernannt, als Nachfolger von Marschall Ogarkow. Nächste Woche sollen die Lieferungen wieder beginnen.«

»Hervorragend. Sonst noch was? Allmählich wird es langweilig.«

»Sie haben gleich eine Verabredung mit Riebeeck, und vergessen Sie nicht heute Nachmittag die Eröffnung des neuen Flügels im Kinderkrankenhaus. Später dann noch das Treffen mit der Vereinigung schwarzer Geschäftsfrauen.«

Punkt vierzehn Uhr schwebte ein Bell-230-Helikopter mit der Aufschrift »OFS Immobilien« aus dem klaren blauen Himmel Südafrikas und landete auf dem Dach eines kleinen Gebäudes in Kimberley, der Hauptstadt der südafrikanischen Diamantenindustrie im Oranjefreistaat. Slythe und einer seiner Leibwächter stiegen aus und gingen eine dunkle Treppe hinunter in einen Korridor mit leeren Büros. Das Gebäude wurde schon seit zwanzig Jahren von der OFS Immobilienfirma zum Kauf angeboten. Es sah zwar ungenutzt und baufällig aus, wurde in Wahrheit aber rund um die Uhr bewacht und war schallisoliert. Slythe benutzte es für geheime Gespräche und Meetings, die in der Waterboer-Hauptniederlassung nur Aufsehen erregt hätten.

In einem der leeren Büros nahm ein untersetzter Mann Mitte vierzig mit strähnigem Haar und ungepflegtem Bart seine billige Zigarre aus dem Mund. Der taubenblaue Anzug war ihm eine Nummer zu klein und passte schlecht zu seinen schlammbespritzten Jodhpurstiefeln. Wim Voerwold fühlte sich in Uniform wesentlich wohler. Tatsächlich hatte er sich in letzter Minute noch umgezogen, weil er nicht auffallen wollte.

Trotz seiner ungepflegten Erscheinung strahlte Voerwold das übersteigerte Selbstbewusstsein aus, das er sich als Führer der weißen Burenvolksfront erworben hatte. Aus reinem Größenwahn hatte er den Namen Jan van Riebeeck angenommen – nach dem schiffbrüchigen holländischen Matrosen, der 1649 vorgeschlagen hatte, die Vereinigte Ostindische Kompanie solle das Kap erobern. 29 Jahre zuvor hatte ein englischer Kapitän die zaghafte britische Krone vergebens vom gleichen Vorhaben zu überzeugen versucht. Riebeeck alias Voerwold hatte fünf Jahre bei der südafrikanischen Armee gedient und sich nach dieser Zeit selbst zum General befördert.

Nun war er sehr aufgeregt, bemühte sich aber, es nicht zu zeigen. Die Zusammenkunft mit Slythe konnte ihn auf die vorderste Bank der südafrikanischen Politik katapultieren – oder ins Gefängnis bringen, wie so viele gescheiterte Revoluzzer.

»Mr Slythe, es ist mir eine große Ehre«, sagte Riebeeck mit starkem Afrikaans-Akzent.

Slythes Händedruck war kräftig. »Die Ehre ist ganz auf meiner Seite, General. Aber wenn Sie nichts dagegen haben, lassen Sie uns gleich zur Sache kommen. Ich möchte nicht den Verdacht der Regierung auf uns lenken.«

»Die Regierung«, höhnte Riebeeck. »Diese *Kafferngeier* sind doch viel zu dämlich, um überhaupt etwas zu merken.«

Nach Jahrzehnten der Unterdrückung und Demütigung für die schwarze Bevölkerung war 1994 unter Nelson Mandela – dem ersten demokratisch gewählten, schwarzen Präsidenten – ein friedlicher Übergang von weißer zu schwarzer Staatsführung vollzogen worden. Doch die Burenvolksfront zeigte sich davon unbeeindruckt: Sie erhob nach wie vor Anspruch auf das frühere Land des Oranjefreistaats. Die Wahlen von 1994 hatten für die Front einen Rückschlag bedeutet: Nur ein paar Sitze im

Parlament der vierhundert Volksvertreter waren ihnen zugefallen; bei den nächsten Wahlen waren es noch weniger. Danach hatte die Volksfront jedes zur Verfügung stehende Mittel eingesetzt, um sich als Kampforganisation neu zu formieren. Auf Grund der zunehmenden Korruption und Trägheit, der Günstlingswirtschaft und der Unfähigkeit des neuen Parlaments unter Boiko waren mehr und mehr Weiße Mitglieder der Volksfront geworden. Doch bevor die Front aktiv werden konnte, brauchte sie mehr Waffen, mehr Söldner. Und das war teuer.

»Ich fürchte, ich kann Ihre Zuversicht nicht teilen, General. Doch wie dem auch sei, ich bin gekommen, um Ihnen ein persönliches Angebot zu machen.«

Riebeeck konnte ein Grinsen der Vorfreude nicht unterdrücken. Slythe hatte zwar nichts über sein Angebot verraten, als sie das geheime Treffen arrangiert hatten, doch Riebeeck war sicher: Wenn Waterboer sich einschaltete, dann war Geld im Spiel. Viel Geld.

»Ich weiß, dass die Volksfront bald schon den Besitz und die Kontrolle über das einstige Burenland im Oranjefreistaat verlangen wird.«

»Sie sind glänzend informiert, Sir. Wir haben rechtmäßigen Anspruch auf das Land, da die britische Krone 1848 und 1854 die dortigen Burenfarmen anerkannt hat. Wir hatten gehofft, die *Kaffernregierung* würde unser Recht ebenfalls anerkennen, aber die sind viel zu besoffen von ihrer Macht! Von ihrer Macht über uns. Uns! Die Buren, die dieses Land mit ihrem Blut und Schweiß aufgebaut haben. Wir haben keine andere Wahl, als um unser Land zu kämpfen. Das haben wir auch schon früher getan. Wir haben keine Angst davor, für unser Land zu sterben, Mr Slythe.«

»Es ist, wie Sie sagen, General. Unser Land ist in Gefahr, und das bedeutet, Waterboer ist in Gefahr. Denn dieses Land und Waterboer sind untrennbar miteinander verbunden. Da die Amerikaner Druck ausüben und wie üblich Wirtschaftshilfe als Druckmittel einsetzen, wird Boiko bald umfassende Kartellgesetze erlassen wollen. Der schwarze amerikanische Präsident hat ihn davon überzeugt, dass mehr Schwarze im Diamantbergbau Arbeit finden, wenn Waterboer in eine Unzahl kleinerer Firmen zersplittert wird. Natürlich hat er Recht. Aber das würde Waterboer zerstören. Ich darf nicht zulassen – *wir* dürfen nicht erlauben –, dass das unersetzbare Waterboer-Monopol von den Kartellgesetzen einer kindischen schwarzafrikanischen Regierung zerschmettert wird.«

»Die Volksfront wird nicht zulassen, dass Waterboer etwas geschieht. Waterboer ist der Fels, auf dem das Burenland gegründet ist.« Riebeeck ließ den feuchten Zigarrenstummel in den anderen Mundwinkel wandern. »Was schlagen Sie vor?«

»Zu bezahlen.«

Riebeeck legte den Kopf schief. »Bezahlen? Wen? Die Regierung? Aber das wäre doch ...«

»Nein, General. Die Volksfront. Die Front braucht Geld, wenn sie den Oranjefreistaat zurückfordert. Sie braucht Geld für Waffen, Soldaten, Verpflegung, Propaganda. Separatismus wird von der übrigen Welt gar nicht gern gesehen, und das gilt besonders für weiße Separatisten, wie Sie nur zu gut wissen. Sie brauchen also Geld. Und Waterboer *hat* Geld – viel Geld.«

»Wollen Sie etwa ...«

»Ich schlage Ihnen vor, den Feldzug der Volksfront zu finanzieren.«

Riebeecks Zigarre fiel fast zu Boden, als er vor Staunen den Mund aufriss. Doch er fing sich rasch wieder. »Und was würde im Gegenzug verlangt?« Der Waterboer-Konzern hatte zwar stets in seinen Minen Apartheid praktiziert – und dies vor der Öffentlichkeit vehement bestritten –, jedoch nie die Volksfront unterstützt. »Sie sind ein mächtiger Mann, Mr Slythe. Waterboer ist ein mächtiges Unternehmen. Könnten Sie nicht Druck auf die Regierung ausüben? Das hat Ihre Familie in der Vergangenheit doch auch immer getan. Warum wollen Sie uns Geld geben?«

Slythe sah den schmuddeligen, aufgeblasenen Milizführer

prüfend an. Der Mann war die reinste Karikatur – und dennoch nützlich für Waterboers Zukunft. »Es hat eine Zeit gegeben, in der Waterboer tatsächlich Druck auszuüben vermochte. Als die Familie Slythe diese Macht besaß. Mein Vater und mein Großvater hatten die Regierung in der Hand. Ich nicht. Nicht, seit die Schwarzen das Stimmrecht haben. Und Boikos Parlament mag korrupt sein, er selbst ist es nicht. Manche Leute kann man einfach nicht kaufen. Boiko ist ein ideologischer Führer, kein Pragmatiker.

Wenn wir euch Geld geben, stellen wir zwei Bedingungen. Erstens«, Slythe hob einen Finger, »die Volksfronttruppen werden die Waterboer-Minen vor Angriffen von Regierung und Zivilisten schützen und nicht in den Förderprozess eingreifen. Zweitens.« Er hob noch einen Finger. »Wenn die Volksfront die Macht übernimmt, darf es keine neuen Kartellgesetze im Oranjefreistaat geben. Bringt so viele *Kaffern* um, wie ihr wollt, aber an diese beiden Bedingungen müsst ihr euch halten.«

»Das sind erhebliche Forderungen.«

»Und mein letztes Angebot.«

»Was versprechen Sie der Volksfront dafür, dass sie sich so großzügig zeigt?«

»Zehn Prozent der Rohdiamanten aus dem Oranjefreistaat, aus den Gebieten, die unter dem Schutz der Volksfront stehen. Jeden Monat. In amerikanischen Dollar, die bei einer Bank Ihrer Wahl eingezahlt werden, nur nicht in Südafrika oder England.«

Riebeeck schwieg, wog Vor- und Nachteile ab. Slythes Vorschlag war viel vorteilhafter, als er zu hoffen gewagt hatte. Ohne entsprechende Gelder konnte die Volksfront ihren Abspaltungskrieg nicht beginnen. Nun war die Sezession nicht nur möglich, sie war sogar in greifbare Nähe gerückt. Und die Zahlungsweise vereinfachte den Kauf von Waffen und Menschen.

»Die Volksfront ist bereit, die Waterboer-Minen vor den *Kaffern* zu schützen, doch dieser Schutz wird viele Truppen vom Kampfschauplatz abziehen, wo sie dringend gebraucht werden.

Und zum Schutz des Waterboer-Monopols werden große Summen in die Hände der Buren fließen müssen.« Er hielt kurz inne. »Fünfzehn Prozent.« Riebeeck schien sich beinahe entschuldigen zu wollen. Slythe hingegen war froh, dass die Forderung so niedrig ausfiel. Aber er ließ es sich nicht anmerken und blickte den Volksfrontführer prüfend an. »Sind Sie sicher, General? Nicht zwanzig oder dreißig Prozent? Oder werden Sie die Forderung später in die Höhe treiben? Dann muss ich Sie darauf hinweisen, dass ich sehr unangenehm werden kann, wenn ein Vertrag neu verhandelt werden soll.«

»Nein.« Riebeeck tat beleidigt. »Ich stehe zu meinem Wort, Mr Slythe. Sicher, manche Volksfront-Leute werden mehr verlangen als fünfzehn Prozent, aber das wäre Erpressung, und die Volksfront hat keineswegs die Absicht, die Waterboer-Diamantenminen zu erpressen, den Segen des Oranjefreistaats. Es bleibt bei fünfzehn Prozent.«

»Sehr schön. Wir haben eine Vereinbarung getroffen. Die erste Zahlung erfolgt noch heute, auf dieses Konto, damit Sie besorgen können, was Sie brauchen.« Er gab Riebeeck ein Blatt mit der Nummer. »Die zweite Zahlung erfolgt erst dann, wenn Ihre Armee den Angriff begonnen und die Minen gesichert hat.«

Riebeeck verbarg seine Freude nicht. Ihm standen Tränen in den Augen. Er legte Slythe seine fleischige Hand auf die Schulter. »Ich weiß nicht, ob Sie verstehen können, wie viel uns Waterboers Unterstützung bedeutet. Endlich, nach 150 Jahren, wird die Volksfront den Oranjefreistaat zu einer unabhängigen Nation machen, wie es immer schon sein sollte.«

Slythe duldete Riebeecks Hand auf seiner Schulter, erwiderte die Geste sogar. »Wir vertrauen Ihnen nicht nur Waterboers Erbe an, sondern auch unsere Vormachtstellung auf dem Weltmarkt, General. Ich hoffe, Sie können uns die Unabhängigkeit sichern.«

Er ließ ein Lächeln aufblitzen und warf einen Blick auf die Uhr. Es würde nicht gut aussehen, wenn er zur Eröffnung des neuen Kinderkrankenhauses zu spät kam.

16.

Der Nationalist

Primorskaja
Wladiwostok
Russische Föderation, 15.02 Uhr

Die Veränderung war ebenso schnell wie schlagartig erfolgt. Der Zusammenbruch des Sowjetregimes und die Auflösung der UdSSR bedeuteten das Ende ideologischer Unterdrückung, das Ende staatlicher Einmischung, des organisierten Atheismus und der vom Regime erzwungenen wirtschaftlichen und geografischen Mobilität. Die Reformen, die daraufhin erfolgten, waren zuerst wie ein Geschenk des Himmels begrüßt worden, kamen dann aber zum Stillstand. Erst unter Orlow waren Reformen ernsthaft in Angriff genommen worden; allerdings zogen sie unzählige Bedingungen nach sich, aus denen sich unzählige Probleme ergaben. Wettbewerb. Steuern. Risiko. Arbeitsmoral. Demokratische Mitbestimmung. Wirtschaftliche Instabilität. Verantwortlichkeit.

Wladiwostok, einst das Juwel der Seefahrt in der sowjetischen Krone, war wenige Jahre nach dem Zusammenbruch des Regimes zu einer korrupten, verarmten Stadt verkommen, in der die *krestnii otets* regierten, die Paten der russischen *mafija.* Die mächtige Sowjet-Pazifikflotte, die einst von ihrem Heimathafen Wladiwostok in den Pazifik und die südchinesische See ausgefahren war, rostete nun im Hafenbecken trostlos vor sich hin. Heerscharen von Matrosen, Piloten und anderen Armeeangehörigen waren ohne Lohn und Brot. Ihre Dienstjahre für Mütterchen Russland – *rodina* – waren säuberlich aufgezeichnet und in vergessenen Aktenordnern abgeheftet worden; nun aber schimmelten die Papiere in Holzschränken vor sich hin, die in verlassenen Kellern verstaubten. Die in der Armee verbliebenen Soldaten und Offiziere bekamen nur den Grundsold – wenn überhaupt. Da sie gezwungen waren, ohne Unterstützung der Regierung zu überleben, hatten viele keine andere Wahl, als ihre Dienste und Waffen dem Meistbietenden zu verkaufen – nicht selten an Terrorregimes wie beispielsweise dem Iran.

Die Korruption wurde zur Institution. Schmuggel wurde nicht nur toleriert, man ermutigte sogar dazu. Der Rubel verlor so stark an Wert, dass amerikanische Dollar zur einzigen akzeptablen Währung avancierten. Straßen wurden nicht mehr in Stand gehalten. Öffentliche Gebäude verfielen. Straßenbahnwaggons und Busse wurden ausgeschlachtet. Wenngleich die Wirtschaft sich unter Orlow allmählich erholte, mussten strenge Reformen noch einige Jahre in Kraft bleiben, bevor das Schlimmste überstanden war.

In Wladiwostok und vielen anderen Städten Russlands litt das Volk bittere Not. Es hatte zu lange gewartet. Seit der Zarenzeit, unter Lenin, Stalin, Chruschtschow, Breschnew, Andropow, Tschernenko, Gorbatschow und schließlich unter den so genannten Reformern hatte man dem Volk erklärt, es müsse warten. Geduld haben. Nur noch ein bisschen ausharren. Den Schmerz ertragen wie gute Russen. Doch das Volk hatte genug. Genug Geduld gezeigt. Genug Schmerz ertragen. Obwohl es gewillt war, schlimmer und länger zu leiden als irgendein anderes Volk der Welt, hatten die Russen genug. Sie wollten Taten sehen, keine Versprechungen hören. Sie sehnten sich nach einem wirklichen politischen Neuerer, einem Mann mit eiserner Faust, der Russland aus dem Sumpf befreite, in dem es seit Peter dem Großen versunken war. Einer, der die unheilvollen Kräfte des Auslands ausmerzte, die dem *rodina* den Lebenssaft aussaugten. Eine Vaterfigur, bei der sich das Volk geborgen fühlte und der dem alten Zarenreich, der ehemaligen Supermacht, wieder zur Größe verhelfen sollte.

Dies waren die Gedanken von Jewgeni Wilinowsky auf seinem Weg über den Wladiwostoker Fischmarkt. Keiner kannte Wilinowsky bei seinem wahren Namen. Er war bekannt als Molotok, der »Hammer«. Wie Stalin, der »Stählerne«, war Molotok ein Name, auf den die Menschen ansprangen. Er war ein Riese. Hoch gewachsen und muskulös wie ein abgehärteter Schauermann, der gewaltige Lasten heben konnte, Übermenschliches leistete und nur von blutigem Fleisch, Kartoffeln, Brot und Wodka lebte. Sein langes schwarzes Haar wehte im Wind. Er trug einen dichten schwarzen Schnurrbart. Seine rote geäderte Nase verriet seine Vorliebe für das russische Nationalgetränk. Molotok trug die schlichte Kleidung der Landbevölkerung: Hosen aus dunkler, rauer Wolle, die er in schwere Lederstiefel stopfte, dazu einen pelzgefütterten Ledermantel.

Molotoks Herkunft war ein Geheimnis. Es schien, als hätte es ihn immer schon gegeben, als wäre er aus den Tiefen der russischen Seele aufgestiegen – aus dem fruchtbaren Boden des russischen Vaterlandes; aus dem mächtigen, uralten Nationalbewusstsein. Es war etwas Mystisches an diesem Mann mit den glühenden schwarzen Augen. Obwohl die meisten Russen seine Partei kannten, die »Russkost« hieß – »Russentum« –, hatten doch nur wenige ihren Führer zu Gesicht bekommen. Er stand nicht im Rampenlicht wie andere Politiker, die sich wie Marionetten und Huren vor Fernsehkameras spreizten. Molotok tauchte aus dem Dunkel auf und verschwand wieder, doch jedes Mal verlieh er dem Schmerz des Volkes auf eine Weise Ausdruck, wie kein anderer es konnte. Viele leidende, ungeduldige Russen glaubten, Molotok sei gleichsam aus der wilden Weite Sibiriens erschienen, um die Seele der Heiligen Mutter Russland aus den Händen ihrer inneren und äußeren Feinde zurückzufordern.

An diesem grauen Nachmittag stand Molotok auf einem derben Holztisch inmitten der Marktstände voller frischer Meeresfrüchte. Hinter ihm im Hafenbecken schaukelten die blassblauen Schiffe der einst so mächtigen Pazifikflotte.

»Schar an Schar die Geister eilen, auf nach oben, himmelwärts, und ihr Winseln und ihr Heulen, es zerreißt mir fast das Herz ...«[1]

Die unsterblichen Worte Alexander Puschkins tönten aus den Lautsprechern, die Molotoks hiesige Anhänger rund um den Marktplatz installiert hatten. Die meisten Zuhörer erkannten die Worte des geliebten Dichters. Wer war dieser hünenhafte Mann, der Puschkin zitierte?

Keine Begleiter. Keine Bodyguards. Kein teurer Anzug. Keine Brille. Keine Zil oder Tschaika oder Mercedes. Also konnte der Mann kein Politiker sein. War das etwa ...?

»Ach, wir sind verirrt. Was tun? Böse Geister ziehn und jagen uns von allen Seiten nun.« Puschkins Worte und die hypnotische klagende Stimme des Mannes zogen die Menschen auf dem Marktplatz an wie Sauerstoff, der von einem Feuer angesogen wird.

»Ich liebe Russland! Ich liebe das russische Volk! Ich liebe die russischen Wälder und Schnee und Eis und die weiten Ebenen! Ich liebe den russischen Geist! Ich liebe die russische Seele!«

Molotok machte eine kurze Pause.

»Aber wo ist Russland? Russland ist verschwunden! Wo ist das Russland, das wir kennen? Das Russland, das uns Stärke gab, Wärme und Sicherheit? Das Russland, das uns nährte, kleidete und lehrte? Unser Mütterchen Russland!«

Das muss er sein, dachten die Leute. Das ist Molotok.

Hinter der provisorischen Rednertribüne sammelten sich Matrosen auf den Decks der wenigen noch übrig gebliebenen Marineschiffe. Sie legten die Hand hinters Ohr, um den Mann hören zu können, der ihnen aus der Seele sprach.

»Wir haben unser Reich verloren! Wir haben unseren Stolz verloren! Wir haben unsere Achtung verloren! Der Westen raubt

---

[1] »Die Dämonen« Zitiert aus: A. Puschkin: Die Gedichte. Insel, Frankfurt 1999 (Anm. d. Übers.)

unsere Bodenschätze! Die *krestnii otets,* die Paten des Teufels, rütteln an den Grundfesten unseres geliebten *rodina!* Sie plündern unsere Schätze! Unsere herrliche Hauptstadt! Unser Land! Sie kaufen unsere Kinder und zerstören die Familie! Wir sind einer Besatzung ausgeliefert!«

Molotok hielt inne und ließ den Blick über die Menge schweifen, sah einigen Zuhörern direkt in die Augen. Im gemeinsamen Blick der Menschen erkannte er die russische Seele, sah den Schmerz hinter den verhärteten Masken des Alltags.

»Wo ist die Heilige Mutter Russland? Ich sag es euch: Sie ist den amerikanischen Dämonen zum Opfer gefallen! Sie saugen uns das Blut aus! Unsere Rohstoffe! Unseren Stolz! Alles ist in die Hände der gierigen, Geld scheffelnden Juden und der korrupten römischen Kirche gefallen! Unser Feind, die *schidomasonstwo,* die jüdische Freimaurerei! Sie kontrollieren unsere Wirtschaft! Sie kontrollieren unsere Behörden! Unsere Regierung!« Wieder hielt er inne und sah Einzelnen aus der Menge in die Augen. »Sie haben Russlands Ruin herbeigeführt. Wer sonst sollte vom Zusammenbruch Russlands profitieren? Von unserem Schmerz? Unseren Leiden? Von unserer Schwäche?«

Viele kletterten auf die Tische, um die fast mythische Gestalt besser sehen zu können.

»Die großen Veteranen haben für Mütterchen Russland gekämpft! Gegen die Nazis! Sie haben die Faschisten zurückgeworfen!«, brüllte Molotok. »Vor Stalingrad, in Eis und Schnee! Sie hatten nichts zu essen, kämpften mit den bloßen Händen!« Seine rechte Hand ballte sich zur Faust. »Unsere Regierung hat sie vergessen! Ihre Opfer! Stolz und Heil haben sie unseren Kindern vorenthalten! Sie haben nie die Herrlichkeit des großen *rodina* schauen dürfen! Unter Stalin! Als die Welt vor unserer Armee zitterte! Vor unseren Kriegsschiffen! Unseren Kämpfern! Unseren Bombern! Unseren Raketen! Unsere Kinder sind ihres Erbes beraubt worden!«

Wilde, zornige Beifallsrufe stiegen aus der Menge auf.

»Und wir? Was haben wir? Was haben uns die so genannten Reformen aus dem Westen gebracht? Was ist mit den Läden geschehen? Den Krankenhäusern? Mit den Straßen? Den Bussen? Ich kann mir nicht mal einen Laib Brot erlauben. Ich konnte mir noch *benzina* für mein Auto leisten, dann aber wurde auch das von der Mafia gestohlen. Mein Lohn fließt in die Taschen der kapitalistischen Dämonen aus dem Westen! An die Juden! An die römische Kirche! Mein Land, meine Höfe und Weiden ersticken unter dem Ruß ihrer Fabriken. Russische Soldaten. Matrosen. Flieger. Sie verteidigen Mütterchen Russland, aber sie werden von den Bürokraten entlassen! Sie werden nicht anständig bezahlt! Ihre Waffen rosten!« Er zeigte auf die Schiffe im Hafen. »Dies war der Stolz unserer Marine! Nun werden die Schiffe ausgeschlachtet! Warum tun sie uns das an?«, rief er, den Tränen nahe. »Was haben wir ihnen getan? Wir haben unser Blut vergossen, um sie im Großen Krieg zu befreien! Wir sind zu Sklaven des Westens geworden! Wo ist unser Land? Wo ist das *rodina?* Wo ist die Heilige Mutter Russland?«

Die Rufe steigerten sich zur Raserei.

Molotok schwieg, schaute die Menschen prüfend an. »Wir müssen Mütterchen Russland retten. Wir müssen es mit Macht retten – mit aller Macht, die es verdient. Mit der reinen Macht der russischen Seele. Wir müssen alles zerstören, was unser *rodina* zerstören will.«

Wie ein Schrei erhob sich der Beifall aus der Menge. Schmerz, Angst, Wut und Verzweiflung hatten ihren Ausdruck gefunden in dem Weg, den ihnen Molotok wies: den Weg des Hasses.

»Wir müssen zurückfordern, was uns gehört! Aber nicht durch die Wahlen korrupter Politiker, wie im Westen. Wir haben gesehen, wohin das führt.«

»Nirgendwohin!«, rief eine stämmige *babuschka,* von den Narben eines siebzigjährigen, harten Lebens gezeichnet.

»Wir wollen keine westliche Demokratie! Keine katholische

Kirche! Keine Juden!« Molotok spie jedes Wort voller Verachtung aus. »Sie alle sind Lügner. Läuse, die am Lebensblut von Mütterchen Russland schmarotzen! Wahlen und Demokratie sind für die Schwachen. Wir aber sind stark. Wir müssen das *rodina* mit Gewalt übernehmen!« Er schüttelte seine Faust. »Wir müssen das Krebsgeschwür des Westens ausmerzen! Wir müssen die alten Grenzen zurückfordern! Die abtrünnigen Provinzen! Polen! Alaska! Wir müssen wie der Hammer auf morschem Holz sein!«

Wieder legte er eine Pause ein.

»Und wir werden es tun! Alle zusammen. Russkost wird die Patrioten führen. Die russischen Bauern. Die russischen Arbeiter. Die russischen Arbeitslosen. Die tapferen russischen Soldaten des Heeres, der Marine und der Luftstreitkräfte. Gemeinsam werden wir die Kraft haben, das *rodina* zu retten! Das ist unser Feldzug für Russlands Seele!

Bald beginnt unser Kampf! Schließt euch an, meine russischen Brüder und Schwestern! Lang lebe unser Land! Lang lebe die Heilige Mutter Russland!«

Nun brachen die Gefühle los wie Dämonen aus der Kälte eines Gletschers. Von Molotoks Leuten aufgepeitscht, die strategisch in der Menge verteilt waren, begannen die Menschen im Chor zu rufen: »Mo-lo-tok! Mo-lo-tok! Mo-lo-tok!«

Hass, Wut und Angst weckten das Vaterlandsgefühl in den Zuhörern. Molotok wusste, dass man die Menschen von nun an jederzeit zum Handeln bewegen konnte.

Bevor seine begeisterten Zuhörer zu ihm strömen konnten, war Molotok bereits zu einer olivgrünen Moskwitsch-Limousine geeilt und fuhr in einer Wolke aus Staub und Abgasen davon. An diesem Nachmittag hatte er noch drei weitere Reden in Wladiwostok zu halten. In einer großen Stadt blieb Molotok eine Woche, einer Kleinstadt wurde ein Tag zugestanden. Die Strategie, die ihm den Wiedererkennungseffekt der Zuhörer sichern sollte, erlegte Molotok einen anstrengenden Zeitplan auf. Doch wenn das Geld erst einmal in rauen Mengen in die Kassen von Russkost floss, würden seine Reden endlich Früchte tragen.

17.

Das Komplott

Macon Grove, Arkansas, 13.00 Uhr

Das Städtchen Macon Grove war der anhaltenden Rezession schon vor langer Zeit zum Opfer gefallen. Wer im nahen Murfreesboro gearbeitet hatte, fand sich nun ohne Job: Anonyme, gesichtslose Männer in dunklen Anzügen waren dafür verantwortlich – Männer, die weit von Arkansas entfernt in ihren Büros saßen und niemals in Macon Grove gewesen waren, geschweige denn ihr Brot mit den Angestellten geteilt hatten. Viele Einwohner von Macon Grove waren in die Großstädte gezogen, um Arbeit zu finden.

In Martha und Ed Jamesons Coffee Shop auf der Main Street war eine der Neonlettern über der Schwingtür durchgebrannt, sodass dort jetzt COF-EE SHOP zu lesen stand. Dort hatten sich an diesem Mittag etliche Einwohner von Macon Grove versammelt. Jeder hatte einen Brief von MacLeans PR-Beratern erhalten, der ihn zum kostenlosen Lunch einlud. Die Leute häuften sich Grillrippchen, Chili und Maiskolben auf die Teller. Dan Wenzel stand in Jeans, Bolo-Krawatte und Cowboystiefeln auf der Theke. Das Mikro in der Hand, lächelte er freundlich die Gäste an, die ihre Neugier kaum verbergen konnten.

»Wie geht's euch denn so?«

Aus der Menge erklangen gedämpfte Rufe: »Gut.« – »Geht so.« – »Super!«

»Essen okay?«

Laute Rufe der Zustimmung. Pfiffe und Buhrufe.

»Ich weiß ja, dass ihr euch wundert, was das alles soll, deshalb komme ich gleich zur Sache. Erst mal möchte ich Martha und Ed Jameson und ihren beiden tollen Kindern Jeanie und Tom danken, dass ich euch heute hierher einladen durfte. Wie wär's, wenn wir ihnen mal applaudieren, he?«

Die Leute mochten die Jamesons, und sie freuten sich über den kostenlosen Lunch: Der Beifall kam von Herzen.

Wenzel ließ nun seinen falschen Südstaatenakzent fallen. »Ich möchte mich erst einmal vorstellen. Vielleicht habt ihr mich diese Woche schon in der Stadt gesehen. Viele von euch habe ich bereits kennen gelernt. Für die, die mich noch nicht kennen: Mein Name ist Dan Wenzel, und ich bin nicht von hier, was man wohl ziemlich deutlich hört.«

Einige kicherten.

»Ich arbeite für einen Mann, der MacLean heißt. Vor kurzem hat MacLean ein Stück Land zwei Meilen von hier gekauft. Das Land hat Theodore Osage gehört, der immer noch dort wohnt.« Die Leute nickten. Der alte Osage war einer von ihnen. Ihre Neugier wuchs. »Mr MacLean möchte auf dem Gebiet eine Mine errichten und sucht jetzt Arbeitskräfte. Er hat mich hergeschickt, um rauszufinden, ob jemand an 'nem Job in der Mine interessiert ist.«

Drei Dutzend Männer und Frauen riefen einstimmig »Ja« und reckten die Arme, so hoch es ging.

Wenzel lächelte. »Das ist toll. Ganz toll. Mr MacLean weiß natürlich, dass ein paar Leute nicht dafür geschult sind, in einer Mine zu arbeiten, aber er bietet an, dass die Arbeitswilligen eingearbeitet werden – natürlich bei Zahlung eines Anfangsgehalts. Wir brauchen zunächst ungefähr vierzig Männer und Frauen als Driller, Schaufler, Sortierer und Buchhalter. Was halt so anfällt. An der Tür findet ihr Arbeitsverträge. Es gibt genug Jobs für alle.« Er ließ seine Worte erst einmal wirken. Die Ehepaare berieten sich flüsternd. Die Ledigen grinsten und applaudierten.

»Das sind die guten Nachrichten. Aber ihr wisst ja, wie es so geht im Leben. Wo gute Nachrichten sind, lassen die schlechten auch nicht lange auf sich warten. Hier also die schlechten Neuigkeiten: Wie es aussieht, gibt's in Washington einige Politiker, die was gegen die Mine haben.« Die Menge murrte. »Ich weiß nicht, warum, aber so ist es nun mal. Mr MacLean ist sogar persönlich bedroht worden, damit er gar nicht erst zu graben anfängt, sondern das Land wieder verkauft. Ehrlich gesagt, schert er sich keinen Deut um das, was Washington sagt. Er ist der Meinung, die Mine wird ihm eine Menge Geld einbringen und Macon Grove eine Menge Jobs, und zwar für lange Zeit. Und die Bundesbehörden können nichts dagegen tun, weil die Mine legal und das hier eure Stadt ist.« Er streckte einen mahnenden Zeigefinger aus. »Also müsst *ihr* entscheiden und nicht eine Bande Politiker in Washington!«

Die Zuhörer klatschten begeistert.

»Bevor wir also zu buddeln anfangen und Leute einstellen können, brauchen wir Genehmigungen, die einzig und allein von eurer Stadtverwaltung ausgestellt werden können.« Wenzel zeigte in die Menge. »Irgendwie hab ich immer gedacht, Amerika wäre eine Demokratie. *Ihr* seid die Stadt. Ihr habt zu entscheiden.«

Er machte eine Pause und schaute vor sich auf die Theke. »Ich würde euch gern verraten, wonach wir graben wollen, aber das geht noch nicht, deshalb nur so viel: Wir bauen Gestein ab. Falls ihr euch Sorgen macht, kann ich euch versichern, dass bei der Produktion keine Chemie verwendet wird. Das Gestein wird lediglich in Wasser gereinigt, also gibt es keine Gefahr für die Umwelt. Und alle unsere Berichte werden der Öffentlichkeit zugänglich gemacht. Ihr könnt sie jederzeit im Rathaus einsehen. Noch einmal – ihr seid die Stadt. Ihr müsst entscheiden, ob ihr die Mine haben wollt.

Noch eine letzte Sache: Wenn unser Projekt genehmigt wird, wollen wir *hiesige* Firmen mit den Abräum- und Bauarbeiten beauftragen. Keinen von außerhalb. Die Japaner machen es vielleicht billiger, aber Amerikaner können es besser.«

Nun erklangen Jubelrufe. Die Leute standen auf und klatschten begeistert. Bürgermeister Jack Billings, der für seine Volksnähe bekannt war, schloss daraus, dass der Wind für Wenzel günstig stand. Er hielt eine kurze Rede, in der er die Mine unterstützte – eine Rede, die er schon vorher mit Wenzel abgesprochen hatte. Dann stürzte sich alles auf die riesigen Eistorten, die von den Jameson-Kindern serviert wurden. Als Wenzel durch den Raum ging, wurde er von den Leuten umringt. Sie klopften ihm auf die Schulter, lachten und stellten ihm ihre Frauen, Männer und Kinder vor. Es waren gute und anständige Menschen. Wenzel war überzeugt, dass es für die Mine keinen besseren Ort geben konnte.

Damit war sein unmittelbarer Auftrag in der Stadt erfüllt. Wenzel klemmte sich hinters Steuer und fuhr in seinem Mietwagen zu Osages Farm, um sein Gepäck abzuholen. Danach musste er sich sputen, um das Flugzeug in Little Rock nicht zu verpassen. Laut knirschte der Kies unter den Reifen, als Wenzel zu Osages Haus am See fuhr, der vom Little Missouri River gespeist wurde. Im Westen glühte die untergehende Sonne in leuchtendem Orange. Wolken hingen tief am Himmel. Eine frische Brise aus Nordost wehte. Osages neuer knallroter Chevy Pick-up – ein Geschenk von MacLean – stand unter dem Carport, den Osage eigens für das Fahrzeug gebaut hatte. Er hing an dem Wagen, benutzte ihn jedoch nur zu besonderen Gelegenheiten. Für den Alltag genügte ihm sein altes, verbeultes Vehikel. Wenzel musste lächeln. Osage war ein Original. Er hätte bestimmt einen tollen Großvater abgegeben.

Wenzel ging auf das zweistöckige Holzhaus zu. Aus dem Schornstein stieg Rauch auf. Das Licht brannte. Die Stufen knarrten vernehmlich, als Wenzel zur Veranda hinaufstieg. Er klopfte an die verwitterte Tür, von der die Farbe abblätterte, und wartete, dass Osage öffnete. Eine Minute verstrich. Wieder klopfte er.

Immer noch keine Antwort.

Wenzel warf einen Blick auf den Pick-up. Osage musste zu Hause sein.

Er drückte auf die wacklige Messingklinke und schob die Tür auf. Sie knarrte. »Theodore?«, rief Wenzel. »Bist du da? Ich bin's, Dan.«

Nichts.

Wenzel ging durchs Wohnzimmer, das wie immer sauber und tadellos aufgeräumt war, durchquerte das Esszimmer und das Lesezimmer, in dem unzählige Bücher standen. Er sah in Schlafzimmer und Bad nach. Niemand da.

Er fand Osage in der Küche.

Tot.

Theodore Osage war aus kurzer Entfernung in den Rücken geschossen worden. Er saß am Küchentisch und war über der neuesten Ausgabe einer Anglerzeitschrift zusammengesunken. Blut war über die Seiten geflossen und tropfte auf den Boden. Osage trug einen Overall und ein Pendleton-Hemd. Sein Sonntagshemd, hatte er Wenzel stolz erzählt. Seine Augen waren weit offen; nicht Wut oder Angst standen darin zu lesen, sondern Friede. Als hätte er schon sein Leben lang gewusst, dass es so enden würde.

Wenzel beugte sich über den Mann, drückte ihm die Augen zu, setzte sich auf die Bank und weinte.

Als er keine Tränen mehr hatte, hielt er eine Hand vor die Augen und sprach das Kaddisch für seinen Freund.

Yis-gad-dal v'yis-kad-dash sh'mey rab-bo ...

Wenzel hatte Osage lieb gewonnen. In vieler Hinsicht war der alte Mann wie ein Kind gewesen. Starrköpfig. All sein Sinnen und Trachten war auf die kleinen Dingen im Leben gerichtet gewesen, zum Beispiel sein Truck und das rote Pendleton-Hemd.

Er hatte seine Bücher gehabt, seine Leidenschaft fürs Angeln und seinen Truck. Im Grunde zählte nichts anderes. Er trank zu viel, hatte aber niemals Ärger gemacht oder Streit gesucht. Ein netter, friedlicher Mann.

Und nun hatten diese Dreckskerle ihn ermordet. Wenzel stand auf, trat zum Wandtelefon und wählte mit zitternder Hand die Nummer des Notrufs. Dann erst merkte er, dass die Leitung tot war. In seiner Trauer besann er sich nicht lange und rief über sein Handy an. Es dauerte fast eine Minute, bis jemand abnahm.

»Theodore Osage ist ermordet worden«, platzte er heraus. »Aus kurzer Entfernung erschossen. Er war schon tot, als ich hier ankam. Schicken Sie sofort jemanden her. Landstraße Eins in Macon Grove, Hausnummer 22.« Er brach das Gespräch ab und setzte sich wieder zu Osage.

Inzwischen war es Nacht geworden. Rot glühte das Feuer im Kamin; es war das letzte Feuer, das Osage angezündet hatte. Wenzel saß neben seinem ermordeten Freund und sagte wieder und wieder das Kaddisch auf, während er den Oberkörper sanft vor und zurück wiegte. Er hörte den Wagen nicht kommen; deshalb drehte er überrascht den Kopf, als zwei Männer ins Haus platzten.

Der Kleinere hielt Wenzel eine Erkennungsmarke unter die Nase. »FBI. Stehen Sie auf, und legen Sie die Hände hinter den Kopf. Sie sind verhaftet.«

»Verhaftet?« Wenzel stand auf.

Der Mann packte seinen Arm, drehte ihn auf Wenzels Rücken, schleuderte ihn gegen die Arbeitsplatte und zwang ihn zu Boden.

»Verdammt, das tut weh!«

»Maul halten!« Der Größere legte Wenzel Handschellen an. Wenzel zuckte vor Schmerz zusammen.

»Sie haben das Recht zu schweigen. Alles was Sie sagen, kann gegen Sie ...«

»Ich bin Anwalt. Ich kenne meine Rechte. Wie lautet die Anklage?«

»Sie stehen unter Verdacht, diesen Mann ermordet zu haben.« Der größere Mann zeigte auf Osages Leiche.

»Was? Sind Sie verrückt? Ich habe ihn nicht umgebracht. Er war bereits tot, als ich herkam.«

»Das können Sie dem Richter erzählen, Mr Wenzel.«

Unsanft schoben sie ihn durch die Tür und die knarrende Treppe hinunter zu einem dunkelblauen Sedan.

Während sie damit beschäftigt waren, Wenzel auf den Rücksitz zu verfrachten, brauste ein blauweißer Chevrolet heran und kam schlitternd wenige Zentimeter hinter dem Sedan zum Stehen. Der Sheriff sprang heraus und rannte zu den FBI-Agenten.

»Was ist hier los?«, wollte Sheriff Boone wissen. »Wer sind Sie?«

Der kleinere Agent zeigte seine Marke vor. »FBI. Wir verhaften diesen Mann wegen Mordes an Theodore Osage.«

Boone studierte die Marke sorgfältig, dann spie er einen Strahl Tabaksaft auf den Boden. »Den Teufel werdet ihr tun!«

»Ich glaube, Sie verstehen nicht ganz, Sheriff. Dieser Mann hat den Bewohner dieses Hauses erschossen.« Der FBI-Agent zeigte mit dem Finger über die Schulter. »Er steht unter Arrest.«

Boone kam nun so nahe heran, dass sein Schmerbauch den Agenten streifte. »Ich glaube, *Sie* verstehen nicht.« Belehrend fuhr er mit dem Zeigefinger unter der Nase des anderen her. »Mir ist es scheißegal, ob der Kerl der größte Massenmörder seit Sherman ist. Ihr befindet euch in meinem Distrikt, und da habt ihr Jungs vom FBI überhaupt nichts zu sagen. Verarsch mich nicht, Sohn. Ich hab vielleicht keine starke Polizeimacht hinter mir, aber ich bin kein dummes Landei. Dieser Mord wurde in Macon Grove begangen. Ich will keinen Ärger mit dem FBI, aber solange Richter Thompson diesen Fall nicht vors Bezirksgericht bringt, bleibt dieser Mann hier in Macon Grove.«

»Jetzt hören Sie mal ...«

»Haben Sie's immer noch nicht kapiert?« Boone ließ seine Hand wie zufällig auf dem Colt ruhen, dessen Griff mit Perlmutt eingelegt war. Es war ein .45er, ein Erbstück seiner Familie. Als er aus dem Haus gestürmt war, hatte er sich die erstbeste Waffe geschnappt, die ihm in die Finger kam. Boone hatte den Colt noch nie benutzt und fragte sich nun, ob er überhaupt geladen war.

Der kleinere der beiden FBI-Männer lief rot an und gestikulierte wild. Er sah aus, als wollte er Boone an die Kehle, doch sein Partner hielt ihn zurück.

»Wie Sie wollen, Sheriff.« Der große ging zum Wagen und nahm Wenzel die Handschellen ab. Der massierte seine schmerzenden Gelenke. Die Agenten stiegen in ihren Wagen. Der große ließ die Scheibe herunter und starrte Boone scharf in die Augen. »Ich sag es Ihnen besser gleich, Sheriff. Sie haben sich gerade in eine Bundesermittlung eingemischt, für die allein das FBI zuständig ist. Das ist nach Bundesrecht strafbar.«

»Werde ich verhaftet? Mann, dann kann ich ja endlich mal Urlaub machen.« Boone spie einen braunen Strahl Tabaksaft auf das Vorderrad des Wagens, als wollte er seine Worte auf diese Weise unterstreichen.

Der kleinere Agent verfluchte sämtliche Vorfahren des Sheriffs, dann schoss das Auto in einer Staubwolke davon.

»Und dein Vetter wird dir auch keinen Vorteil bei Richter Thompson verschaffen!« Boone bedeutete Wenzel, auf dem Rücksitz des Streifenwagens Platz zu nehmen. Dann rief er über Funk seinen Deputy.

»Was sollte das bedeuten, Sheriff? Warum glaubt das FBI, ich hätte Osage getötet? Er war schon tot, als ich herkam. Das schwöre ich. Es war genau so, wie ich es dem Notruf gesagt habe. Was hat das FBI überhaupt mit der Sache zu tun?« Die Worte sprudelten aus ihm hervor wie ein Wildbach. »Theodore war mein Freund, Sheriff. Warum sollte ich ihn umbringen?« Wenzel wischte sich die Tränen ab.

»Ich glaube Ihnen ja.« Boone drehte sich um und schaute Wenzel an. Er hatte ihn bereits in der vergangenen Woche kennen gelernt und sich überzeugen können, dass der Mann in Ordnung war. »Aber eins würde ich gern mal wissen: Haben Sie das heute Nachmittag wirklich ernst gemeint? Dass die Bundesbehörden was dagegen haben, dass Ihr Boss hier bei uns eine Mine aufmacht? Hat der Bund sich wirklich eingemischt?«

Wenzel schaute auf und rieb sich die blutunterlaufenen Augen. »Ja. Warum fragen Sie?«

»Na ja, ich weiß nicht, was für Erfahrungen Sie mit dem FBI gemacht haben. Aber trotz allem, was die in Hollywood uns immer weismachen wollen, platzt das FBI nicht einfach in ein Farmhaus in Arkansas, verhaftet einen Mann ohne Angabe von Gründen und will ihn ins Bundesgefängnis verfrachten. Ich bin nicht Columbo, aber eins kann ich Ihnen flüstern: Diese Jungs waren wirklich vom FBI. Die Marken waren echt. Aber ich will verdammt sein, wenn die sich an die übliche Vorgehensweise des FBI gehalten haben.«

»Was wollen Sie damit sagen?«

»Irgendjemand, der verdammt mächtig ist, will euch daran hindern, diese Mine zu errichten.«

»Die kannten sogar meinen Namen.«

Boone schaute ihn verblüfft an. »Was?«

»Diese FBI-Leute kannten meinen Namen. Aber ich habe sie noch nie im Leben gesehen.«

Boone nickte. »Also hab ich Recht. Die waren hinter *Ihnen* her, nicht hinter Theodores Mörder.«

»Sie glauben ... Sie meinen also, das Ganze war ein ...«

»Ein Komplott, genau.«

18.

Die Wohnung

Moskau, 9.07 Uhr

Normalerweise wurden die Ermittlungen in Vermisstenfällen von der überarbeiteten und unterbezahlten Moskauer Miliz vorgenommen. Doch der Fall Pjaschinew war anders gelagert: Das Verschwinden des Direktors von Komdragmet machte eine offizielle Untersuchung erforderlich.

Ursprünglich hatte Orlow vorgehabt, die Ermittlungen dem Innenministerium und dessen Polizeiapparat zu überlassen, dem MVD. Dann aber wäre der militärische Nachrichtendienst GRU außen vor geblieben. Sicher – die Stärke und der Zugriff des GRU waren seit seinem missglückten Putschversuch verringert worden. Doch Orlow hielt es für besser, dem angeschlagenen Sicherheitsorgan eine Gelegenheit zur Rehabilitierung zu verschaffen und sich seiner Dankbarkeit zu versichern, statt dessen Führung vor den Kopf zu stoßen und sie sich damit zum Feind zu machen. Außerdem war der MVD nur für Angelegenheiten der inneren Sicherheit zuständig; der Fall Pjaschinew jedoch hatte zu viele internationale Bezüge, als dass man ihn vom Innenministerium hätte ermitteln lassen können. Auf diese politischen Erwägungen gegründet – die Orlow eher instinktiv als mit kalter Logik traf –, fiel die Verantwortung für die Ermittlungen Oberst Kowanetz vom GRU zu.

Kowanetz hatte den Putschversuch nicht aktiv unterstützt. Daher war er von Orlows Säuberung des GRU und des SWR/FSB – dem früheren KGB – verschont geblieben. Doch Kowanetz reichte das nicht. Er strebte nach mehr Einfluss, als der angeschlagene GRU ihm bieten konnte, und hatte sich daher mit einer anderen Macht verbunden, die ihm seiner Meinung nach das

Gewünschte schon bald verschaffen konnte: Kowanetz war Molotoks Russkost beigetreten.

Abgesehen von Pjaschinews Offshore-Konto, dem Helikopterabsturz in Mexiko und der rätselhaften handgeschriebenen Notiz gab es kaum Hinweise. Bei so wenigen Beweisen wären die Akten jeder anderen Untersuchung schnell geschlossen worden, doch der Fall Pjaschinew bedrohte die innere Sicherheit und konnte nicht einfach zu den Akten gelegt werden.

Die Tür zu Pjaschinews Wohnung war mit dem Absperrband der Polizei gesichert. Seit dem Verschwinden des Bewohners war nur dem GRU-Team der Zutritt zu der Luxusbehausung gestattet worden. Dreimal war die Wohnung durchsucht worden. Das erste Mal gleich nach Pjaschinews Verschwinden, um jedes Dokument zu sichern, das die nationalen Sicherheitsinteressen berührte. Ein zweites Mal, nachdem bekannt geworden war, dass Pjaschinew das Land in einem Kampfjet verlassen hatte. Und ein drittes Mal, als man entdeckte, dass er von Waterboer kürzlich 5.000.000 Dollar bekommen hatte und daher nicht nur bestechlich, sondern auch ein Verräter war.

Doch die drei Durchsuchungen hatten keine Ergebnisse erbracht, ebenso wenig die Razzia in Pjaschinews Büro und die Verhöre von Familie, Freunden und Mitarbeitern. Doch nun hatte Kowanetz einen neuen Grund, die Wohnung zu durchsuchen. Er hatte neue Befehle erhalten. Nicht von Orlow – diesmal war die Order von seinem anderen Chef gekommen: Molotok. Molotok hatte in Erfahrung gebracht, dass Pjaschinew von einem geheimen Diamantenvorrat des KGB wusste, dessen Existenz er der russischen Regierung verschwiegen hatte. Selbst Waterboer wusste nichts von diesen Diamanten. Molotok wollte sie haben. Und jetzt, da Pjaschinew tot war – wer war da besser zum Auffinden geeignet als Kowanetz, der Leiter der Ermittlungen? Und Molotok zahlte gut. Wenn Kowanetz Erfolg hatte, ließ er ihn am Leben.

Wieder und wieder sagte sich Kowanetz die Worte der geheimnisvollen Notiz vor: *Rossija, tretij sloi. Ne dopustit im wsjat eto.* Russland, dritte Schicht. Sie dürfen es nicht bekommen.

Jeder Mensch hinterlässt Spuren, das wusste Kowanetz. Wie ein kluger Kopf einmal bemerkt hatte, bedeutet ein Mangel an Beweisen nicht zwingend den Beweis dafür, dass ein Mangel vorliegt. Da es im Polizeibericht keine Hinweise auf Pjaschinews Notiz gab, musste in der Wohnung etwas zu finden sein. Irgendwo in dieser Luxuslaube waren jene Fakten versteckt, die ihm das Entziffern der rätselhaften Sätze erlaubten – und dann würde er die verschwundenen Diamanten finden.

Kowanetz erwiderte den zackigen Gruß eines jungen Gefreiten, der an der Wohnungstür Wache stand. In der leeren Wohnung herrschte Außentemperatur. Eine Wolke gefrorener Atemluft hinter sich lassend, ging Kowanetz vom Vorraum ins Wohnzimmer. Man musste nicht GRU-Offizier sein, um zu erkennen, dass Pjaschinew zusätzlich zu seinem Salär als Staatsbeamter eine weitere Einkommensquelle gehabt hatte. Die Wände der feudalen Wohnung waren mit blauer Seide tapeziert; Teppiche aus dem neunzehnten Jahrhundert lagen auf den Böden. Es mutete eher wie ein Zarenpalast an, nicht wie das Heim eines Bürokraten. Auf Hochglanz gebrachte, mit goldenen Blättern geschmückte Rokokomöbel füllten auch den letzten Winkel aus. Von den stucküberladenen Decken hingen Kristallkronleuchter wie erstarrte Eiszapfen. Auf Fotos präsentierte sich der ehemalige Bewohner stolz mit russischen und ausländischen Persönlichkeiten, zum Beispiel mit Piet Slythe. In einer Vitrine stand ein mustergültiges Modell der *Potemkin,* dem Kriegsschiff des Zaren, das 1905 die berühmte Meuterei der kaiserlichen Truppen erlebt hatte und 1925 in Eisensteins Film für die kommunistische Propaganda unsterblich gemacht worden war.

Gemälde anderer Kriegsschiffe, friedlich auf den Wellen dahingleitend oder in Seeschlachten verwickelt, hingen an fast jeder Wand zwischen fein gearbeiteten Kerzenleuchtern.

Kowanetz, dem nichts davon entging, begab sich nun in Pjaschinews Arbeitszimmer. Er lächelte, als er sah, wie gründlich und doch unauffällig sein Team das Zimmer durchsucht hatte. Abgesehen von den Dokumenten, die seine Leute aus dem Wandsafe genommen hatten, lag kein einziges Blatt verkehrt, kein Staubkörnchen war in seiner Ruhe gestört worden. Kowanetz bezweifelte, dass selbst Pjaschinew gemerkt hätte, dass seine persönliche Habe von einem Ermittlungsteam durchkämmt worden war.

Die Einrichtung des Büros war sehr steif. Mitten im Raum stand ein stattlicher, wie gemeißelter Louis-seize-Schreibtisch, überhäuft mit Papieren. In jeder Ecke hielten schlanke Palmen Wache, an allen Wänden hingen Fotos moderner russischer Kriegsschiffe. Auf einem ornamentierten Kaffeetisch prangte ein großer Diamant im Smaragdschliff unter einer Glashaube. Kowanetz ließ die Sachen des kürzlich verstorbenen Komdragmetdirektors in Ruhe; es lohnte nicht, sich die behandschuhten Hände schmutzig zu machen. Sein Team hatte bereits jeden noch so kleinen Fetzen Information aus der Wohnung gelesen und analysiert. Kowanetz wusste, dass die Antwort auf das quälend einfache Rätsel nicht auf einem Papier stehen würde. Er suchte nach irgendetwas, das sichtbar und gleichzeitig verborgen war; deshalb durchsuchte er jedes Zimmer lange und ausgiebig sagte sich dabei immer wieder Pjaschinews Worte vor.

Rossija, tretij sloi. Ne dopustit im wsjat eto.

In der Bibliothek schienen hohe Bücherregale die Decke mit der Freskenmalerei zu tragen. Auf einem glänzenden Holztisch lagen Bücher über Diamanten, Marinegeschichte und Design. Dort war nichts zu finden. Nur Bücher. Nichts an der Wohnung war ungewöhnlich. Nach einer guten Stunde stummen Beobachtens sah Kowanetz ein, dass die Wohnung ihm nichts verraten würde.

Er grüßte den salutierenden Gefreiten und ließ sich von seinem Chauffeur zur GRU-Zentrale zurückfahren. Er würde zwei

Berichte abgeben, einen schriftlichen an Präsident Orlow und einen mündlichen per Telefon an Molotok. Auf dem dünnen Seil zwischen diesen beiden Chefs zu gehen war mehr als ein politischer Balanceakt. Kowanetz riskierte mehr als den bloßen Verlust seiner Ehre. Ein Versagen konnte er sich nicht leisten.

Sein Problem bestand darin, dass er in seiner Eigenschaft als Offizier des militärischen Geheimdienstes ein Mann der Tat war, nicht der Analyse. Er war es gewöhnt, Informationen zu beschaffen – deren Auswertung lag ihm weniger. Anders als ein geschulter Detektiv war Kowanetz zu voreingenommen, ging zu nah an die Dinge heran. Er war unfähig, einen Schritt zurück zu tun, um das Offensichtliche zu erkennen, das ein Ermittler der Moskauer Miliz sofort gesehen hätte.

19.

Der Berater

Main Justice Building
Washington, D. C., 8.07 Uhr

Carlton nippte an seinem Kaffee und starrte durch das Fenster seines Büros in die schwache Wintersonne. Er gähnte herzhaft. Zwei Nächte hintereinander hatte er nicht geschlafen. Ihm war kalt. Vielleicht half ja der starke schwarze Kaffee gegen die Erschöpfung. Carlton rieb sich die Augen und watete in Gedanken zum x-ten Mal durch den Sumpf der Fakten.

Der Teufel konnte im Detail stecken, das wusste er, doch die Wahrheit war stets irgendwo in den Fakten zu finden. Wenngleich sein Fall und MacLeans Probleme anscheinend zusammenhingen, war ihr einziger gemeinsamer Nenner zurzeit die Anwaltskanzlei Fox, Carlyle und Partner. Die Kanzlei vertrat die Murfreesboro Mining; die Kanzlei versuchte im Auftrag eines unbekannten Mandanten, MacLeans Land in Arkansas zu kaufen; die Kanzlei hatte die Umweltschutzgruppe gegründet, die MacLean bedroht hatte. Und Pink zufolge war diese Megakanzlei Waterboers Rechtsvertreter in den USA.

Waterboer ging es um Diamantenminen. Das erklärte, warum die Firma sich für Diamanten in Arkansas interessierte. Doch Waterboer konnte nicht legal in den Vereinigten Staaten operieren. Dies erklärte, warum sie eine so skrupellose, mächtige Kanzlei wie Fox, Carlyle und Partner engagierte. Und es war eine mögliche Erklärung, warum Fox, Carlyle und Partner sogar eine angebliche Umweltgruppe aufbauten, um MacLean unter Druck zu setzen. Die Einmischung der Bundesregierung war damit jedoch nicht geklärt. Gleich zwei Behörden hatten sich eingeschaltet – vielleicht sogar drei, wenn man Pink von der CIA dazuzählte, den Carlton immer noch für verdächtig hielt. Irgendwas lauerte noch im Verborgenen.

Das Telefon unterbrach seine Grübeleien.

»Pat Carlton.«

»Pat.« Die Stimme klang gehetzt und sehr ernst. »Hier ist Dan Wenzel.«

Carlton schaute auf die Uhr: zehn nach acht morgens. »Dan, bei Ihnen ist es fünf Uhr früh. Was, zum Teufel ...«

»Osage ist ermordet worden. Der Farmer, der MacLean sein Land verkauft hat.«

»Ermordet?«

»Aus kurzer Entfernung mitten ins Herz geschossen. Gestern Abend. Zwei FBI-Agenten wollten mich verhaften, nachdem ich die Leiche entdeckt hatte. Zum Glück hat der örtliche Sheriff eingegriffen, weil die FBI-Leute sich in seine Zuständigkeit einmischten. Die Obduktion hat ergeben, dass Osage zu dem Zeitpunkt erschossen wurde, als ich eine Rede hielt.«

»Warum sollte das FBI in die Sache verwickelt sein?«

»Das weiß ich nicht. Ich ...«

Carlton setzte sich ruckartig auf. »Warten Sie. Ich muss mal eben was überprüfen. Ich rufe zurück.« Erst diese Bundesstiftung für den Erhalt historischer Stätten, dann das Amt für Landverwaltung, und vielleicht auch die CIA. Und nun auch noch das FBI. Carlton suchte die Nummer in seinem Adressbuch und wählte. Nach dem dritten Läuten nahm Mazursky ab.

»David? Hier Pat Carlton.«

»Ach ja, ich weiß. Vom DOJ. Wie geht's?« Der Berater des Senators klang beschäftigt, gab sich aber alle Mühe, höflich zu sein.

»Schön, dass ich Sie so früh erreiche. Ich muss dringend etwas mit Ihnen besprechen. Können wir uns treffen? Ich möchte nicht am Telefon darüber reden.« Carlton wusste, wie er sich anhörte: wie ein Mann, der unter Verfolgungswahn litt. »Dauert nur ein paar Minuten, ich verspreche es Ihnen.«

Mazursky lehnte sich im Sessel zurück und blickte auf die Bestätigung auf seinem Bildschirm, dass der Anruf tatsächlich vom DOJ kam. Spinner aus ganz Arkansas, sogar aus anderen Staaten, riefen immer wieder bei Mazursky und anderen Senatsberatern an und berichteten aufgeregt von Verschwörungen verschiedenster Organisationen: von der Trilateralen Kommission, die dabei sei, heimlich die Neue Weltordnung zu entwerfen, von Freimaurern, Scientology, dem Vatikan und der zionistischen Besatzungsregierung. All diese Spinner pflegte Mazursky für gewöhnlich in die Wüste zu schicken. Doch er war ein tüchtiger Berater und sammelte Visitenkarten wie andere Menschen Briefmarken. Er hatte Carlton überprüft. Der Mann hatte die University of California besucht, dann die George Washington Law School. Hatte als Anwalt in einer Nobelkanzlei auf der K-Street gearbeitet. Reserveleutnant der Marine. Jetzt im Justizministerium. Carlton war kein Spinner. Und deshalb – obwohl sich die Sache nach einer völligen Zeitverschwendung anhörte – beschloss Mazursky, Carltons Spinnerei ernst zu nehmen. »Ich kann Sie treffen, aber nur für zehn Minuten, da es so kurzfristig ist. Reicht das?«

»Mehr brauche ich nicht.«

»Ich muss zu einer Besprechung im Capitol, in einer Dreiviertelstunde. Können Sie mich am Büro abholen? In einer halben Stunde? Wir können unterwegs reden.«

In seinen Cowboystiefeln eilte Carlton über den Flur, als er Erika sah, die es offensichtlich eilig hatte, zu ihm zu kommen »Ich muss Ihnen unbedingt was sagen!«, stieß sie hervor.

Er spürte ihren musternden Blick, der über sein zerknittertes Hemd und das zerzauste Haar glitt.

»Was ist denn mit Ihnen passiert? Sie sehen ja furchtbar aus.«

»Ich hab im Augenblick keine Zeit. Ich muss sofort zum Capitol Hill.«

Doch so leicht ließ Erika sich nicht abwimmeln. »Es kann aber nicht warten. Ich komme mit.«

Carlton blieb stehen, legte ihr die Hände auf die Schultern. »Es war ein Fehler, Sie in diese Sache hineinzuziehen. Ich hätte das niemals ...«

»Aber das haben Sie ja gar nicht!«

»Erika.« Er sah sie einen Moment schweigend an. Sie war frisch wie eine Blume, strahlend in ihrem beigefarbenen Kostüm und der weißen Bluse. Carlton sah ihr tief in die lebhaften grünen Augen, roch ihr Parfüm. »Es geht nicht darum, wer wen in was hineingezogen hat. Glauben Sie mir – wenn Sie mehr wüssten, würden Sie mit dieser Geschichte lieber nichts zu tun haben. Es hat interessant angefangen, aber jetzt ist es gefährlich geworden. Wer immer dahinter steckt – er hat bereits einen Menschen ermordet und einem anderen eine Falle zu stellen versucht.«

Erika starrte ihn an. Sie sah wütend aus, presste die Lippen zusammen. »Sind Sie jetzt fertig mit diesem Macho-Scheiß?«

»Erika, bitte ...«

»Ich habe etwas herausgefunden, Pat.«

»Das spielt jetzt keine Rolle. Ich kann Sie ...« Jäh hielt er inne. »Über Arkansas?«

Erika nickte.

Carlton seufzte. »Na schön. Kommen Sie.« Er schickte sich an, die Marmortreppe hinunterzueilen. »Das werden Sie noch bitter bereuen.«

»Tu ich jetzt schon.«

Carltons schlammbespritzter Cadillac raste über die Pennsylvania Avenue Richtung Capitol. Erika hielt sich am Türgriff fest und betete um ihr Leben, während Carlton sich durch den Verkehr schlängelte und ihr von den Ereignissen in Macon Grove berichtete.

Fünf Minuten später hielt der Wagen mit kreischenden Reifen vor dem Hart Senate Office Building, einem massigen, weißen, würfelförmigen Kasten zwischen dem Bahnhof Union Station und den Senatsgebäuden nördlich vom Capitol.

Zwei uniformierte Sicherheitsmänner unterbrachen ihr Gespräch über die Aussichten der Redskins beim Superbowl nur kurz, als sie lässig die DOJ-Plaketten prüften. Carlton und Erika schritten durch einen Metalldetektorrahmen in das imponierende Atrium, in dem eine gezackte Skulptur aus schwarzem Stahl fünf Stockwerke emporragte. Oben reichte sie an die schwarzen Stahlplatten eines Mobiles von Calder, das von der Decke hing.

Als die beiden durch die Panzerglastüren traten, die mit dem runden Wappen des Staates Arkansas geschmückt waren, wurden sie bereits von David Mazursky erwartet. »Ich bin froh, dass Sie es geschafft haben. Wollte gerade gehen. Tut mir Leid, dass meine Zeit so knapp ist.«

»Danke, dass Sie sich überhaupt Zeit nehmen. Das ist Erika Wassenaar. Sie arbeitet ebenfalls im Justizministerium.«

»Freut mich, Sie kennen zu lernen. Gehen wir!«

Sie nahmen den Aufzug ins Basement und gingen an weiteren Wächtern und Detektoren vorbei zur U-Bahnstation des Senats. Nur wenige Leute kennen die Untergrundbahn, die den Senat der Vereinigten Staaten mit den Senate Office Buildings verbindet. Ihre Einrichtung ist ein bizarrer Mix aus Disneyland, antikem Rom und Kaltem Krieg. Die U-Bahn transportiert Rechtsberater, ständige Mitarbeiter und Lobbyisten in vielen kleinen Waggons durch granitverstärkte Tunnel.

Carlton berichtete Mazursky vom neuesten Stand der Dinge, seit der Vergleich erzielt worden war. Er ließ nichts aus, auch nicht, dass Waterboer für die Schließung der Mine in Arkansas im Jahre 1920 verantwortlich gewesen war. Er war mit seinem Bericht fertig, als die Bahn an der Capitol Station hielt. Sie zwängten sich durch die enge Tür an den Wachen vorbei und gingen zu den Fahrstühlen, die zum Hauptgeschoss des Capitols fuhren.

Mazursky wandte sich an Carlton. »Mir ist klar, dass diese Fakten bedeutsamer sind als die Informationen, die Sie mir kürzlich am Telefon gegeben haben, aber das ändert nichts daran, was ich Ihnen bereits gesagt habe. Die Story von Diamanten in Arkansas ist eines der hartnäckigsten Volksmärchen im Bundesstaat. Die Leute können einfach nicht damit aufhören. Sie reden schon seit Jahrzehnten darüber. Aber die Geschichte wurde nie bewiesen, Pat. Erst vor wenigen Monaten sind drei voneinander unabhängige Geologenberichte für Gebiete in der Nähe von Murfreesboro vorgelegt worden.«

»Und?«

»Nichts.«

»Aber was ist mit den Farmern in meinem Kartellfall?«, fragte Carlton. »Die haben doch Diamanten abgebaut. Und zwar in beträchtlichen Mengen, wenn die Produktionsziffern stimmen.«

»Natürlich gibt es ein paar Diamanten in Arkansas. Die Lagerstätten sind jedoch zu arm, als dass ein so großer und in den USA schlecht beleumdeter Konzern wie Waterboer sich dafür interessieren könnte. Die Mine in Ihrem Fall war vermutlich nur eine Laune der Natur. Wahrscheinlich wäre sie bald versiegt. Und dieser Geologenbericht von 1920 – wer weiß, ob der überhaupt echt ist. Ich habe die jüngsten Berichte mit eigenen Augen gesehen. Da unten ist nicht viel zu holen.«

Carlton schwieg. Erika nickte.

»Es tut mir Leid, dass ich Ihrer Waterboer-Theorie nicht mehr Berechtigung zusprechen kann. Ich weiß, diese Leute sind Rassisten und skrupellose Monopolisten. Ich würde denen zu gern in den Arsch treten. Aber diese Diamanten in Arkansas sind ein Märchen.«

»Der Mann wurde ermordet, David. Aus kurzer Entfernung ins Herz geschossen. Fox, Carlyle und Partner vertritt in meinem Kartellfall erstens den Beklagten, zweitens den Interessenten, der MacLeans Land zu kaufen versucht, drittens die Umweltgruppe, die MacLean bedroht hat, und nicht zuletzt Waterboer. Finden Sie das nicht auch ein bisschen verdächtig?«

»Ja, sicher. An diesen Fakten kann kein Zweifel bestehen. Aber Sie haben keine Beweise, dass der Mord und die versuchte Verhaftung irgendwie mit der geplanten Mine zu tun haben. Und dass die Kanzlei Fox, Carlyle und Partner einen Konzern vertritt, der sowohl in Ihrem Fall als auch in MacLeans Belangen aufgetaucht ist, muss nicht viel bedeuten. Fox, Carlyle und Partner ist eine riesige Kanzlei. Sie vertritt Waterboer, aber auch Krankenhäuser, Wohlfahrtsorganisationen und Apfelkuchenbäcker. Und überhaupt geht es bei diesen Fällen um Parzellen, die sehr dicht beieinander liegen. Fox, Carlyle und Partner vertritt vielleicht nur einen Mandanten, der am Kauf des Gesamtgebiets interessiert ist.« Er schaute auf die Uhr, dann sah er Carlton an und zuckte die Achseln. »Tut mir Leid, aber jetzt muss ich wirklich los.«

Carlton gab nach. »Okay. Vielen Dank, dass Sie uns Ihre Zeit geopfert haben.«

»Nein, nein. Es tut mir Leid, dass ich Ihnen keine größere Hilfe sein konnte. Rufen Sie an, falls sich etwas Neues ergibt.«

»Mach ich.«

»Nett, Sie kennen gelernt zu haben, Erika.«

Carlton und Erika schüttelten Mazursky die Hand. Dann stieg er in den Fahrstuhl.

Als sie zum Erdgeschoss des Capitols hinunterstiegen, schüttelte Carlton den Kopf. »Ich hab wirklich geglaubt, er könnte uns helfen. Jetzt bin ich wieder da, wo ich angefangen habe.«

»*Wir* sind wieder da, wo wir angefangen haben.«

»Ja. Tut mir Leid.«

»Aber das stimmt nicht.«

»Was?«

»Ich sagte Ihnen doch, dass ich etwas herausgefunden habe.«

»Und was?«

»Da das Amt für geologische Aufnahmen nicht bereitwillig alte Berichte über Diamantenvorkommen in Arkansas herausrücken wollte, habe ich ein Dutzend Amateurgeologen in Arkansas angerufen. Keiner hat mir etwas sagen können. Das scheint doch darauf hinzudeuten, dass es *wirklich* etwas zu verbergen gibt, nicht wahr? Eine Frau aus Kalifornien hat dann endlich den Mund aufgemacht. Dan Wenzel verschaffte mir den Kontakt zu ihr. Sie ist die Geologin, die das Land für MacLean prüfen musste. Nachdem Wenzel einverstanden war, hat sie mir das hier gefaxt.« Erika reichte Carlton ein gefaltetes Blatt.

»Eine Karte? Sieht ja aus wie Testbohrungen auf MacLeans Land.«

»Sehen Sie sich mal die Zahlen an.«

»Geschätztes Vorkommen ... zehn Millionen Karat?« Carlton starrte Erika an. »Wann wurden diese Bohrungen vorgenommen?«

»Vor drei Wochen.«

20.

Der Frosch

Zentrale Computerrecherche
Main Justice Building
Washington, D. C., 14.02 Uhr

Henri Monet entsprach nicht gerade der Musterpersönlichkeit, nach der die Mitarbeiter des Justizministeriums ausgesucht wurden. Mit seinen 32 Jahren konnte der Französischamerikaner kaum drei Worte Englisch aneinander reihen, ohne französische Brocken dazwischen zu werfen. Er war Choleriker. Litt unter starken Stimmungsschwankungen. Zog die Kultur seines Vaterlandes allen anderen vor. Brachte zwei Stunden in der Mittagspause zu. Forderte sechs Wochen Urlaub im Jahr. Er pflegte seine Gitanes im Büro zu rauchen, obwohl das streng verboten war. Doch ungeachtet seiner exzentrischen Eigenschaften, die Monet stets einem französischen *Savoir-vivre* zuschrieb, war der Mann so begabt, dass das Ministerium Nachsicht übte und sogar auf seine Bedürfnisse einging.

Monet war ein Meister der Computerrecherche.

Un maître.

Henri Monets Vater, ein *maquisard* in der französischen Résistance, wurde 1944 in der Normandie von den vorrückenden Amerikanern vor der Gestapo gerettet. Nach der Befreiung Frankreichs wanderte er in die Vereinigten Staaten aus. Er hielt jedoch die von Napoleon gegründeten französischen *lycées* für die beste Schulform und schickte daher seinen in Amerika geborenen Sohn für die Schulzeit nach Frankreich. Trotz Henri Monets französischer Erziehung und seines kulturellen Chauvinismus war er wie viele amerikanische Einwanderer ein glühender Patriot und wies viele Narben auf, die er sich dieser Eigenschaft wegen in seiner französischen Schule eingehandelt hatte.

»Was gibt es denn, Henri?« Carlton war sich der Empfindlichkeit des Mannes in Bezug auf seinen Namen bewusst und sprach ihn deshalb stets »On-ri« aus. Er setzte sich auf einen knarrenden Stuhl neben den schweren Eichentisch, der den größten Teil von Monets unterirdischer Höhle einnahm. Carlton hatte sein Büro gerade verlassen wollen, um für die Reise nach Hawaii zu packen, als Monet angerufen hatte. Erst Erikas Entdeckung der Bohrergebnisse, jetzt Monets Anruf. Wenn es kommt, dann gleich knüppeldick.

»Monsieur Carlton«, begann der dünne Mann mit dem starken französischen Akzent. Er musterte Carlton im trüben Licht des Basements durch seine stahlgefasste Brille, zog eine Gitane aus der blauen Packung und zündete sie mit einem Einwegfeuerzeug an. Tief sog er den Rauch ein, stieß ihn geräuschvoll wieder aus. »Ich habe nichts gefunden, Monsieur Carlton.«

»Was soll das heißen, nichts? Sie haben mich angerufen und hergebeten, nur um mir zu sagen, dass Sie nichts finden konnten?«

Monet zerdrückte die Zigarette zwischen seinen gelben Zähnen, hob abwehrend die Handflächen und zog genervt die Augenbrauen hoch. »Genau das, Monsieur Carlton.« Er nahm die Zigarette aus dem Mund und stippte die Asche an einem geklauten Aschenbecher von Tombs ab, einer seiner Lieblingskneipen in Georgetown. »Da ist nichts.«

»Warum haben Sie mich dann gefragt, ob ich herunterkomme? Ich habe für solche Spielchen keine Zeit, Henri.« Carlton erhob sich vom Stuhl und wandte sich zur Tür.

Da hielt Monet mahnend seine Zigarette hoch. »*Un moment.* Dass ich nichts gefunden habe, heißt nicht, dass ich nicht *etwas* gefunden habe.«

Carlton blieb jäh stehen und drehte sich um. »Auf Englisch bitte, Henri.«

»*Pardon.* Ich drücke mich nicht klar aus. Ich habe letzte Nacht nicht geschlafen.«

»Dann sind wir schon mal zu zweit.«

»Wie schon gesagt, habe ich Ihre *histoire* über die Diamantenmine in Arkansas recherchiert und über diesen Waterboer, der sie angeblich geschlossen haben soll. Ich habe nichts gefunden. Und glauben Sie mir, Monsieur Carlton – ich habe gründlich gesucht.« Dramatisch hob er einen Zeigefinger. »Und wenn ich suche, dann suche ich. Natürlich gab es in den zwanzigern kaum Radio und kein Fernsehen. Ich hatte mir schon gedacht, dass ich wenig finden würde. Aber ich habe gar nichts gefunden. Besonders nichts über eine Diamantenmine von 1920. *Rien du tout.*

Ich habe überall gesucht. In den überregionalen Zeitungen. In den Lokalzeitungen. In Büchern. Regierungsberichten. Geologenberichten. Besitzurkunden. Wenn man all den Berichten glauben darf, gibt es das hier gar nicht.« Er hob die Fotokopie der alten USGS-Untersuchung auf, die Carlton ihm gegeben hatte. »Dieser Bericht wird nirgendwo erwähnt.«

Monet mochte ein Exzentriker sein, doch als Cyber-Rechercheur war er ein Ass. Carlton wusste, dass Monet seine Arbeit so ernst nahm wie er selbst. Wenn es irgendwelche Informationen gegeben hätte – Monet hätte sie gefunden.

»Aber wenn all die Gerüchte über diese Mine stimmen, dann ist es doch seltsam, dass man gar nichts findet, nicht wahr? Sehr seltsam. Falls die Gerüchte stimmen. Aber manchmal findet man nicht, was man sucht.« Monet hielt kurz inne. »Bevor man eine Recherche beginnt, stellt man eine Strategie auf. Ihre Geschichte hat viele Teile, *n'est-ce pas?* Da ist der Teil mit den Diamanten, der mit Arkansas, mit Waterboer, der Teil von 1920 et cetera. Zuerst habe ich alle diese Teile zusammengeworfen und nichts gefunden. *Rien.* Weil ich nichts fand, habe ich dann beschlossen, jede Komponente einzeln zu untersuchen. Und deshalb bin ich die ganze Nacht wach gewesen.

Für jede einzelne Komponente gibt eine Vielzahl an Informationen.« Monet zuckte die Achseln. »Wie Sie sich denken können. Über Diamanten zum Beispiel. Hunderttausende Seiten in Artikeln und Büchern. Fotos. Mit Arkansas ist es dasselbe. Tonnenweise *littérature.* Auch über Waterboer. Weniger zwar, aber immer noch *énormement.* Ich konnte einfach nicht alles lesen. Also habe ich jede Kategorie zu einer kleineren Kategorie verringert: zum Beispiel Diamanten auf Minen in Amerika. Weniger Information, aber immer noch *énormement.* Ich habe Waterboer reduziert, auf Amerika und diesen Mann, Nicholas Waterboer. Da gab es schon viel weniger. Als ich dann unter der Verbindung Waterboer und Amerika nachschaute, habe ich hauptsächlich Fälle aus unserem *ministère* gefunden. Fälle, in denen Waterboer ein Verstoß gegen dieses Monopolgesetz nachgewiesen werden sollte ... wie nennen Sie es nochmal ...?«

»Kartell.«

»*C'est ça.* Kartell.« Monet stieß das Wort zusammen mit einer Rauchwolke hervor. »Dann habe ich Verweise auf den Namen Nicholas Waterboer gesucht. Und wieder gab es *très peu,* sehr wenig, da er in den Zwanzigerjahren lebte und es nur Erwähnungen in Büchern aus der Zeitgeschichte und in südafrikanischen Zeitungen gab. Tatsächlich gab es nur einen Eintrag in Verbindung mit Amerika. Einen einzigen.« Er ließ die letzte Bemerkung wie seine Zigarette in der Luft hängen. Die Aschenstange war beträchtlich lang geworden.

»Aber man muss ja auch lange graben, bevor man einen Diamanten findet, *n'est-ce pas?*« Grinsend zeigte er seine gelben Zähne. Die Asche fiel herunter, als er einen braunen Umschlag von seinem überladenen Schreibtisch fischte. »Das hier habe ich gefunden.« Er zog eine Seite heraus und reichte sie Carlton.

Carlton starrte angestrengt auf das Blatt. Es war ein hochwertiger Computerausdruck einer körnigen Schwarzweißaufnahme aus einer Zeitung von 1921. Auf dem Foto waren sechs Männer in der Kluft der Geschäftsleute jener Zeit, die sich um einen

Schaukasten gruppiert hatten. Der Mann ganz rechts kam Carlton bekannt vor. Unter dem Foto stand die Überschrift: »Einweihung der Südafrikanischen Diamantenausstellung im New Yorker Museum für Naturgeschichte. Von l. nach r.: Jonathan Pierce Blakely. Gladstone Fricke. Nicholas Waterboer ...«

»So hat er also ausgesehen, dieser Mistkerl.« Carlton schaute auf den Mann mit der stahlgerahmten Brille, dem weißen Haar und den lebhaften Augen, dann las er die anderen Namen: » ... Jacob Storia. Abraham Morgenstein. Zed Galloway. Was ist mit denen? Können Sie die auch überprüfen?«

»Ich habe sie schon überprüft. Die ganze Nacht lang. Blakely, Fricke, Storia und Morgenstein waren Waterboers Bankiers. *Des gros sous.* Das dicke Geld. Waterboer ist natürlich niemand anders als Waterboer selbst.«

»Und Galloway?«

»Das ist der Interessanteste von allen. Dr. Zed Galloway, Geologe, arbeitete für das Amt für geologische Aufnahmen. *Très intéressant.* Also habe ich versucht, mehr über ihn in alten USGS-Berichten zu finden.« Geräuschvoll blies Monet den Rauch aus. »Nichts. Als hätte es ihn nie gegeben.«

»Wie haben Sie herausgefunden, dass er für die USGS arbeitete?«

»Ah.« Monet grinste nun breit. »Das ist *plus intéressant.* Ich habe die Veröffentlichungen der Kongressbibliothek studiert. Jedes Buch, das in den Vereinigten Staaten erscheint, wird dort aufgelistet. Das ist übrigens eine französische Erfindung, wissen Sie? François der Erste, der französische König von 1537, verfügte, dass ein Exemplar von jedem in Frankreich erschienenen Buch dem Staat gegeben werden sollte ...«

»Das ist faszinierend, Henri, aber ich verstehe nicht, was ...«

»Dr. Galloway war Geologe. Er lehrte in Harvard und gab einige Bücher heraus. Hauptsächlich über Diamanten. 1920 erschien sein erstes Buch. Ein Buch über diamantführende Kimberlit-Pipes in Arkansas.«

»In Arkansas?« Carlton konnte sich vor Aufregung kaum im Zaum halten. »Und?«

»*Calmez-vous,* Monsieur Carlton.« Monet genoss die Spannung, die er aufgebaut hatte. »Interessant ist, dass ich sämtliche Bücher von Galloway finden konnte, nur dieses eine nicht. Alle anderen Bücher stehen in der Kongressbibliothek. Ich habe ein paar meiner Kollegen in Frankreich in der *Ecole des Mines* angerufen. Sie sind Geologen. Sie hatten das Buch zwar nicht im Regal, haben aber eine Kopie im Universitätscomputer gefunden und mir per E-Mail zugeschickt. Für mich sind das allerdings tschechische Städte, wie man hier sagt.«

»Böhmische Dörfer.«

»Mag sein, aber das Buch hat eine Einführung des Professors, die Sie womöglich *très intéressant* finden werden.« Monet beugte sich über den Tisch und holte einen Ausdruck aus dem braunen Umschlag. »Lesen Sie bitte die Zeile, die ich gelb markiert habe.«

»›Arkansas zeigt eine faszinierende geologische Matrix‹«, las Carlton laut, »›in der es sowohl eine besonders hohe Konzentration an Kimberlit-Pipes gibt als auch eine Topografie, die den Abbau vereinfachen würde. Der Ertrag ist nicht abzuschätzen.‹« Carlton blickte verblüfft auf.

»Schauen Sie mal, was unten auf der Seite steht.«

Carlton tat es. Dort fand er den Namen Dr. Galloway und den Ort, wo er das Buch geschrieben hatte: Murfreesboro, Arkansas, 1920. »Also ist es wahr. Es hat dort wirklich eine Diamantenmine gegeben. Und jetzt existiert sie nicht mehr. Dank Nicholas Waterboer.«

Monet senkte den Kopf. »Und nun ergibt alles einen Sinn. Alle Verweise auf diese Mine sind gelöscht worden. Galloway hat dieses Buch vermutlich geschrieben, bevor er es mit Waterboer zu tun bekam. Bevor die Mine geschlossen wurde – und zu diesem Zeitpunkt war es zu spät, ein Buch aus dem Verkehr zu ziehen, das schon veröffentlicht und an Universitäten in aller Welt geschickt worden war. Wer immer diese Sache vertuscht hat, konnte nicht alle Exemplare vernichten, da sie an andere Länder gegangen waren. Und offenbar hatten sie nicht vorausgesehen, dass man eines Tages mit Computern nach Büchern suchen würde.«

»Aber wie hätte Waterboer so etwas schaffen können?«

»Es ist eine *grosse entreprise*.«

»So groß auch wieder nicht, jedenfalls nicht in den Vereinigten Staaten. Und nicht 1920. Damals hätte Waterboer keine Bücher aus den USA fortschaffen können, ohne dass es jemand gemerkt hätte. Dazu hätte Waterboer sehr viel Hilfe gebraucht. Verdammt viel mehr Hilfe als die, die eine New Yorker Anwaltskanzlei ihm bieten kann. Nur eine Organisation ist mächtig und dauerhaft genug, um so brisante Informationen beiseite zu schaffen und sie dann unter Verschluss zu halten.«

Monet drückte seine Gitane aus, schaute zu Carlton auf und hüllte ihn in eine Rauchwolke. *»Le gouvernement.«*

»Genau. Die Frage ist nur, wer in der Regierung?«

Die Empfangsdame im Erdgeschoss teilte Carlton mit, dass Mazursky auf dem Weg in den Senat sei. Vor fünf Minuten sei er losgegangen. Ja, er habe vermutlich die U-Bahn genommen. Immerhin schneite es noch stark.

Zerknittert und unrasiert stieg Carlton aus der Senat-Untergrundbahn und rannte zum Fahrstuhl. Seine Eile erregte den Verdacht eines dicken Sicherheitsmannes, der zur Wachtruppe des Capitols gehörte. »He, Sie! Kommen Sie sofort zurück!« Da der Wachmann keine Antwort bekam, setzte er Carlton nach.

Der kämpfte sich die Treppe zum Fahrstuhl hoch, zwängte sich zwischen Beratern, Lobbyisten und Ausschussmitgliedern durch, die alle ihren jeweiligen gesetzgebenden Versammlungen zustrebten. Der Wachmann rannte wie ein Verrückter, um Carlton zu fangen, wurde jedoch durch seinen Bierbauch in der Menge behindert. »Haltet ihn auf!«, rief er laut.

Als der Fahrstuhl hielt, sah Carlton sich im Erdgeschoss um.

Fast jeder war in Marineblau und Grau gekleidet. Da erblickte er Mazursky ein paar Schritte voraus und stürzte ihm nach. Der aufmerksame Wachmann war ihm immer noch auf den Fersen.

»David!«

Mazursky fuhr herum und sah, wie der unrasierte Carlton auf ihn zueilte, dicht gefolgt von einem wütenden Wachmann.

»He!« Endlich gelang es dem korpulenten Wächter, Carltons Arm mit seiner fleischigen Hand zu packen. »Wo willst du hin, Freundchen?« Er rang nach Luft.

Carlton, der ebenfalls keuchte, griff in seine Tasche und zeigte sein silbernes Abzeichen. »Justizministerium. Das hier ist dienstlich.«

Der Wachmann ließ ihn los. »Tut mir Leid, Sir. Sie hätten doch einfach Ihren ID vorzeigen können. Haben mir 'nen Schreck eingejagt. Man weiß ja nie, ob es ein Terrorist ist.«

»Meine Güte, Pat. Was ist denn? Sie machen ja einen Aufstand hier.« Mazursky warf den Vorbeigehenden ein verzeihendes Lächeln zu.

Carlton keuchte immer noch und brachte sein Anliegen in kurzen, abgehackten Sätzen hervor. »Die jüngsten Berichte. Von denen Sie mir heute Morgen erzählt haben. Wo steht, dass es überhaupt keine Diamanten in Arkansas gibt. Wer hat die verfasst?«

»Was ...«

»Diese Berichte. Wer hat die verfasst?«

»Die USGS, denke ich. Warum?«

»Das Amt für geologische Aufnahmen hat die vorläufigen Berichte vorgelegt?«

»Ja.«

»Dann schauen Sie sich das hier mal an.« Er reichte Mazursky MacLeans Karte mit den Bohrungen. Immer noch keuchte er. »Das war vor drei Wochen. Schauen Sie sich mal den geschätzten Ertrag an.«

»Das verstehe ich nicht. Die Berichte von der USGS, die ich gelesen habe ...«

»Das ist der Schlüssel zu der Geschichte, David: die USGS. Mein Computerspezialist hat während der letzten vierundzwanzig Stunden alle verfügbaren Berichte über Diamanten und Arkansas studiert.«

»Und?«

»Er hat nichts gefunden.«

»Hatte ich's Ihnen nicht gesagt?«, konterte Mazursky verärgert.

»Nein. Er hätte *etwas* finden müssen. Irgendwo hätte etwas stehen müssen. Zum Beispiel, dass es in Arkansas keine Diamanten gibt. Oder kaum welche. Aber dann hat mein Mann das hier gefunden.« Carlton zeigte Mazursky das Foto und die Einleitung zu Galloways Buch.

Mazursky musterte beides. »Und?«

»Der Mann arbeitete für die USGS. Das ist die Verbindung, David. Die Bundesregierung. Das ist der fehlende Puzzlestein. Die Bundesbehörden sind doch diejenigen, die mit dem Druck auf MacLean angefangen haben. Die wollten, dass ich einen Vergleich erreiche und den Fall nicht zu einem Prozess hochputsche. Die haben das Komplott mit der Verhaftung gegen Wenzel geschmiedet. Die wollen, dass ich mich nach Hawaii verziehe. Ich wette Dollars gegen Donuts, dass Ihre letzten drei Geologenberichte von der USGS getürkt sind.

Es gibt Diamanten in Arkansas, David. Dieser Bohrbericht bestätigt das. Tonnenweise Diamanten. Und irgendjemand in der Regierung möchte das gern geheim halten.«

»Ich ...«

»Ich gehöre in die Klapsmühle, stimmt's? Deshalb sag ich es lieber selbst, bevor Sie es sagen: Ich glaube auch nicht an Verschwörungstheorien. Wollen Sie etwas für mich tun? Nur eins. Prüfen Sie die Geschichte nach. Aus dem Blickwinkel der Bundesregierung. Bitte.«

»Merken Sie nicht, wie lächerlich sich das anhört? Besonders von einem Anwalt des Justizministeriums. Eine Verschwörung auf Bundesebene? Jetzt hören Sie aber auf, Pat. Als Nächstes wollen Sie mir weismachen, dass Kennedy von Außerirdischen ermordet wurde. Warum um alles in der Welt sollte die Regierung Diamanten in Arkansas geheim halten wollen? Das macht doch gar keinen Sinn. Hören Sie, es tut mir Leid, aber ich habe keine Zeit für solchen ...«

»Nein«, fiel Carlton ihm ins Wort und beugte sich vor. »Sie irren sich. Sie werden Zeit dafür haben. In Ihrem eigenen Interesse.«

»Sind Sie verrückt?« Mazursky war laut geworden. »Haben Sie eine Ahnung, wie viel ich um die Ohren habe? Sagen Sie mir nur einen Grund, warum ich das machen sollte.« Er hielt einen Zeigefinger hoch. »Nur *einen* Grund.«

»Ich gebe Ihnen zweihundert Millionen Gründe. Im nächsten November wird Ihr Chef, Senator Bigham, den Sturm aufs Weiße Haus versuchen. Das wissen Sie so gut wie ich. Und Bigham stammt aus Arkansas. Wenn Bigham diese Geschichte aufdeckt, wenn er nachweist, dass die Bundesregierung einer Verschwörung zustimmte, durch die das Land Millionen, ja Milliarden Dollar verlor, wird er eine ausnehmend gute Presse kriegen und mächtig an Glaubwürdigkeit gewinnen, und sein Name wird in aller Munde sein. Und niemand kann ihm vorwerfen, parteilich gewesen zu sein. Und wenn *Sie* diese Sache für Bigham aufdecken ...«

In der Welthauptstadt der Machtpolitik und der politischen Winkelzüge musste Carlton diesen Satz nicht erst beenden.

21.

Die Beschlagnahme

Shaughnessy, McGuire & Wenzel LLP
Century City, Kalifornien, 14.35 Uhr

Die ehrwürdige Lavazza, Baujahr 1939, zischte laut, als die überschüssige Luft mit hohem Druck durch die alten Ventile strömte. Wenzel ging mit der winzigen Espressotasse in der Hand zum Schreibtisch. Er setzte sich in seinen schwarzen Ledersessel und sah die Post durch, die Gertrude bereits während seines ausgedehnten und sehr langweiligen Lunchs im Grand Havana Room geordnet, geöffnet und mit einem Datumsstempel versehen hatte.

Neue Verordnungen. Appelle von Wohltätigkeitsorganisationen. Einladungen zu juristischen Seminaren. *California Bar Journal, Los Angeles County Bar Association Journal.* Zeitungen. Schriftlicher Einspruch eines Gegenanwalts. Memos anderer Kanzleien. Rechnungen über Rechnungen. Unzählige Resümees. Ein Brief des Dekans von Wenzels Alma Mater. Und ein Brief vom Justizministerium.

Was hatte Carlton geschickt? Der amtlich aussehende weiße Umschlag trug das DOJ-Siegel. Unter dem Siegel und der Rücksendeadresse standen die Worte »Abteilung Umweltschutz und Natürliche Ressourcen«. Nicht Carltons Abteilung. An den Umschlag war ein grüner Eingangsbeleg geheftet. Da Gertrude keine gegenteiligen Anweisungen von Wenzel erhalten hatte, hatte sie den Erhalt einfach quittiert.

Wenzel öffnete den Umschlag mit einem winzigen säbelförmigen Brieföffner, einem Geschenk eines ehemaligen Praktikanten, der ein schrecklicher Schleimer gewesen war. Der Praktikant war längst Vergangenheit, doch der Brieföffner blieb Wenzel treu.

Im Umschlag steckte ein Briefbogen aus edlem, steifem Geschäftspapier mit Wasserzeichen und dem Siegel des Justizministeriums. Außerdem ein fetter Scheck.

U. S. Justizministerium
Abteilung Umweltschutz und
Natürliche Ressourcen

Robert F. Kennedy Building
10th & Constitution, NW
Washington, D. C. 20530

PER EINSCHREIBEN
EMPFANGSBESTÄTIGUNG ERBETEN

MacLean Arkansas LLC
c/o Shaughnessy, McGuire & Wenzel LLP
1800 Century Park East, 35th Floor
Los Angeles, CA 90067
RA: Daniel J. Wenzel, Esq.

Betr: Anordnung der Unmittelbaren Beschlagnahme/5, Rural Route 3, Macon Grove, Arkansas

Sehr geehrte Damen und Herren,

vorliegende Anordnung der Unmittelbaren Beschlagnahme (im Folgenden »AUB« genannt) gründet sich auf das Recht der Vereinigten Staaten von Amerika, vertreten durch das Justizministerium (im Folgenden »Ministerium« genannt), zur Enteignung gemäß dem Fünften Zusatz der Verfassung der Vereinigten Staaten. Übergehen sollen sämtliche Rechte, Rechtstitel und Ansprüche an und über eine Liegenschaft in der County Pike im Bun-

desstaat Arkansas, allgemein bekannt unter der Adresse 5, Rural Route 3, Macon Grove, Arkansas. Der Besitz wird im Einzelnen beschrieben in Anlage »A«, die hiermit zum Bestandteil des Schriftstücks erklärt wird. In die Verwaltung der Vereinigten Staaten überzugehen haben alle dafür erfolgten, wertsteigernden Aufwendungen, sämtliche Wegerechte, Pachtbesitz und dinglichen Rechte am Grundstück, die dazugehören, sowie ohne Einschränkung sämtliche unterirdischen Gesteine (im Folgenden zusammengefasst »Liegenschaft« genannt), deren Recht, Titel und Ansprüche derzeit der MacLean Arkansas LLC (im Folgenden »Titelinhaber« genannt) zugesprochen sind durch die Grundstückübereignungsurkunde Nummer 238715 in Grundbuch Nummer 347, Seite 112 in den Amtlichen Unterlagen der County Pike im Bundesstaat Arkansas.

Gemäß der diesem Schreiben beigefügten und beglaubigten Bewertung setzt das Ministerium den angemessenen Verkehrswert der Liegenschaft auf fünfzigmillionensiebenhunderttausendfünfhundertzweiundzwanzig Dollar ($ 50.700.522,00) fest. Diese Summe wird dem Titelinhaber vollständig durch beiliegenden Scheck angeboten, abzüglich sämtlicher finanzieller Zurückbehaltung durch Änderung der Eintragung.

Vorliegende AUB wird in die Amtlichen Unterlagen der County Pike, Bundesstaat Arkansas, eingetragen. Das Besitztum der Liegenschaft wird unmittelbar nach der Eintragung dieser AUB auf das Ministerium übergehen, ungeachtet der Ausstellung oder Einlösung des beigefügten Schecks.

Das Ministerium gewährt dem Titelinhaber hiermit eine befristete widerrufliche Genehmigung für die Dauer von zwanzig (20) Kalendertagen zu dem Zweck, jede bewegliche Habe von der Liegenschaft zu entfernen. Besagte Genehmigungsfrist beginnt unmittelbar nach Eintragung dieser AUB. Gemäß Bundesgesetz und oben erwähnter Übertragung des Besitztums stellt jegliche Entfernung, Bohrung oder der Abbau – zu Untersuchungs- oder sonstigen Zwecken – von Oberflächenelementen, einschließlich fester oder flüssiger Mineralien, die von dem Titelinhaber oder seinen Angestellten und Vertragspartnern zu irgendeinem ab dato folgenden Zeitpunkt durchgeführt wird, eine Straftat dar, die gemäß Bundesstrafrecht geahndet wird.

Falls Sie Fragen zu diesem Schreiben haben, setzen Sie sich bitte mit meiner Dienststelle in Verbindung.

Hochachtungsvoll

W. Frederic Quentin, Esq.
Stellvertr. Leiter,
Abt. Umweltschutz und Natürliche Ressourcen

Wenzel las den Brief dreimal durch, um sicherzugehen, dass er nicht etwas Wichtiges übersehen hatte. Dann wählte er MacLeans Privatnummer.

»Hallo«, meldete MacLean sich aufgeräumt. Wenzel hörte das Rauschen von Wasser im Hintergrund. Offenbar war MacLean im Garten. Nach Diamanten waren Rosen seine neueste Besessenheit auf der geheiligten Suche nach Schönheit.

»Ich bin's, Dan. Ich fürchte, ich habe noch mehr schlechte Nachrichten.«

»Von unserem Freund Carlton?«

»Vom DOJ, aber leider nicht von Carlton. Die Bundesregierung nimmt ihr Enteignungsrecht über die Liegenschaft in Arkansas wahr.«

»Enteignung?«

»Nach dem Verfassungszusatz kann die Bundesregierung jeden privaten Besitz beschlagnahmen, solange dies zum öffentlichen Nutzen geschieht und ein fairer Marktpreis gezahlt wird. Das DOJ hat den Wert des Landes mit ungefähr 51 Millionen Dollar beziffert. Es tut mir Leid, Max. Jetzt können wir die Mine endgültig vergessen.«

»Und all die Steine? Sollen sie verloren sein? Diese wunderschönen Steine ... Und was ist, wenn wir uns gegen die Enteignung stellen? Wenn wir behaupten, die Regierung habe uns nicht genug für das Land gezahlt? Was ist, wenn wir die Schätzung in Frage stellen? Oder es so begründen, dass es gar nicht einem – wie sagtest du noch? – öffentlichen Nutzen dient? Sie müssen uns Zugang zum Tiefengestein gewähren! Dann können wir beweisen, dass es dort Diamanten ...«

»Hab schon darüber nachgedacht. Das wird nicht funktionieren. Die ganze Sache ist nicht koscher. Das ist kein redlicher und rechtmäßiger Streit um eine Liegenschaft. Wer immer hinter all dem steckt, hat Berichte bis zurück zum Jahr 1920 gefälscht, unzählige andere vernichtet, Osage ermorden lassen und hätte es beinahe zu Wege gebracht, dass ich fälschlich dafür verhaftet wurde. Glaubst du wirklich, solche Leute würden zulassen, dass wir einem ordentlichen Gericht Gesteinsproben vorlegen? Doch was das Argument des angeblichen öffentlichen Nutzens angeht – da hätten wir Chancen. Das ist in letzter Zeit bei den Gerichten immer gut angekommen. Aber dann werden die Bundesbehörden einfach einen Campingplatz auf dem Land anlegen, oder was ihnen sonst einfällt. Tut mir Leid, Max.«

»All diese Steine, diese wunderschönen Steine. Verloren.« MacLeans Stimme versagte. Er trauerte nicht um den Profit. Seine Firmen brachten ihm mehr Geld ein, als er je im Leben ausgeben konnte. Für ihn war es ein Verlust von Schönheit. MacLean ging es einzig darum, die kleinen wertvollen Kiesel aus der Erde zu holen, schleifen zu lassen und dann bewundernd in der Hand zu halten.

Wenzel nahm an, dass MacLean unablässig an die Diamanten gedacht hatte. Bis es zur Besessenheit wurde. Er hatte von ihnen geträumt. Sie im Geiste funkeln lassen. Und nun war er durch einen simplen behördlichen Federstrich um die erträumte Schönheit gebracht worden. »Ich weiß, dass es dich trifft, aber als dein Anwalt und Freund, Max, und vor allem als dein Geschäftspartner rate ich dir, das Projekt endgültig fallen zu lassen. Nimm das Geld der Regierung und vergiss die Diamanten. Mit 51 Millionen hast du ganz schön Reibach gemacht. Lass es dabei bewenden.«

»Nein«, gab MacLean kalt zurück. »Hör mir jetzt genau zu, Dan. Mir ist es völlig egal, wer diese Scheißkerle sind. Sie haben mir meine Steine genommen. Unsere Steine. Und wie Carlton schon sagte – die Bundesregierung zieht das unsauber durch, weil sie dieses Land braucht. Da steckt jemand anders dahinter. Jemand, den wir bis jetzt noch nicht gefunden haben. Ich hab meiner Vergangenheit zwar Lebewohl gesagt, aber niemand wird mich bestehlen wie ein Dieb in der Nacht. Ruf jetzt Carlton an. Tu es auch für dich. Ich will wissen, wer dafür verantwortlich ist. Ich will diesen Leuten von Angesicht zu Angesicht gegenüberstehen.«

»Max, ich ...«

»Tu es!«

22.

Der Spion

Waterboer Mines Limited
Johannesburg, Republik Südafrika, 16.04 Uhr

An dem Blatt Papier war nichts Besonderes. Es glich unzähligen anderen, die täglich zwischen Firmenangestellten auf der ganzen Welt hin und her geschickt wurden. Allerdings gehörte dieses spezielle Blatt zu einem ganzen Stapel, der, wenn er in einem besonderen, in blauem Leder gebundenen Buch gesammelt war, die Gesamtliste von Waterboers Auszahlungen im letzten Steuerjahr darstellte: Zahlungen an Personen im Ausland, an Firmen und an Regierungsorgane.

Natürlich war es nicht die Liste, die im jährlichen Geschäftsbericht veröffentlicht wurde – die war viel kürzer. Namen und Zahlen auf der öffentlichen Liste mussten gesetzlich abgesegnet sein. Dies hier war eine lange Liste, vollständig bis ins letzte Detail und unter strenger Geheimhaltung nur als firmeninternes Dokument zugelassen. Waterboer hing geradezu fanatisch dem Grundsatz der Nichtenthüllung an. Diese vom Verfolgungswahn diktierte Geheimniskrämerei entstammte einer durchaus berechtigten Sorge: Wenn irgendein Eintrag aus dem blauen Buch einem Außenstehenden enthüllt wurde, konnten daraus zumindest finanzielle Einbußen und Strafverfolgung durch Regierungsbehörden entstehen. Schlimmstenfalls würde die Waterboer Mines Limited ihre Pforten dicht machen müssen.

Piet Lassiter, alias Piet Den Haar, gehörte nicht zum inneren Zirkel von Waterboer. Der Südafrikaner war als Computerspezialist angestellt. Ein Techniker, der das Herumschnüffeln liebte und seine geschickten Hände gern auf Schriftstücke legte, die ihn nichts angingen. Den Haar war keineswegs berechtigt, in Van Kaekes Büro im fünften Stock des Stahl- und Glaskolosses auf der Main Street herumzulungern und die Dateien im Computer zu durchsuchen. Hauptbuchhalter Van Kaeke war durch den mahagonigetäfelten Korridor zur Herrentoilette geschlendert, und Den Haar machte sich nun an seinem Computer zu schaffen, in den er eine Stunde zuvor per firmeninterner E-Mail einen kleinen Virus eingeschleust hatte.

Da er keine Gefahr befürchtete, beugte er sich tief über den Schreibtisch und studierte die Liste. Die Beträge verschlugen ihm den Atem. Beim fünfzehnten Posten stutzte er kurz:

§ 5.000.000 L. Pjaschinew/Vanuatu Bank/117833711

Diese Kerle hatten wirklich jeden in der Tasche! Er las weiter.

§ 25.000.000 (250 Kkt.) Russkost/Vanuatu Bank/117837622

Russkost. Diese russischen Nationalisten. Weiter unten fiel ihm ein dritter Posten ins Auge.

§ 350.000 Delpin, J./Virginia/Barzahlung

Virginia? Zu nahe an Washington. Viel zu nahe. Es war beängstigend. Der Posten darunter war noch rätselhafter:

§ 20.000.000 Cleveland Metals, Inc./Vanuatu Bank/113567854

Cleveland Metals? Das hörte sich nach einer amerikanischen Firma an. Eine US-Firma erhielt zwanzig Millionen Dollar über das Konto irgendeiner dubiosen Bank? Für ein Unternehmen, dem legale Geschäftsbeziehungen in den USA verboten waren, war das eine enorme Summe.

Wer war diese Cleveland Metals?

Die Schrift war schwer zu lesen. Den Haar war so gefesselt, dass er nicht hörte, wie Van Kaeke leise zurückkehrte. Hätte die Sekretärin ihren Chef nicht gegrüßt, wäre er *in flagrante delicto* erwischt worden.

Den Haar beugte sich zur Computerfestplatte hinab und fummelte weiter herum.

Für gewöhnlich pflegte Den Haar nach der Arbeit ein Bier in der Kneipe gegenüber der Waterboer-Konzernzentrale zu trinken. Heute jedoch unterbrach er seine tägliche Routine, verließ den Firmenkomplex durch die Sicherheitstore und trat hinaus in den warmen Sommersonnenuntergang. Sieben Querstraßen weiter lenkte er seinen staubigen roten MG in eine Tiefgarage auf der Stockdale Street. Die Garage war zugleich eine Werkstatt; sie gehörte zur Olde English Garage, deren Besitzer sich der Pflege und Erhaltung britischer Automobile gewidmet hatte.

In der trüb erleuchteten Werkstatt roch es nach Altbenzin und irgendwie nach Kirche. Alte Jaguars mit Dellen, wettergegerbte

Austin Healeys und hier und da ein stattlicher Bentley rosteten vor sich hin; Denkmäler aus einer längst vergangenen Glanzzeit, als Autos noch von Hand gebaut wurden. Eher zeitgenössische Modelle präsentierten ihre Unterböden auf hydraulischen Hebebühnen. Mit Maschendraht ummantelte Glühbirnen hingen von der schimmeligen Zementdecke herab. Ein Mann in einem schmutzigen blauen Overall hämmerte vorsichtig auf den Auspufftopf einer grünen Jaguarlimousine und fluchte leise vor sich hin.

Den Haar stellte seinen MG neben einem leuchtend blauen 1963er Mini Cooper ab. Er stieg aus und setzte sich in den Mini. Der Zündschlüssel unter dem Sitz startete den aufgemotzten Rasenmähermotor. Eine Minute später verließ er die unterirdische Werkstatt.

Die letzten Strahlen der orangeroten Sonne lagen auf dem braunen Armaturenbrett des Mini. Den Haar fuhr das legendäre Gokart bis an die Grenze der Belastbarkeit aus. Nach fünf Meilen hielt er am Straßenrand und nahm ein winziges Handy mit eingebautem Fax aus dem Handschuhfach. Er zog ein kugelschreiberähnliches Instrument hervor und schaltete das Gerät an. Mit dem Stift kritzelte er eine kodierte Nachricht auf die Glasoberfläche des Fax und wählte eine Nummer. Als die andere Seite sich meldete, gab es eine kleine Pause, während die Chiffrierung von Sender und Empfänger miteinander verglichen wurde. Ein grünes Lämpchen begann zu blinken. Den Haar drückte auf die Fax-Sendetaste und schaltete das Gerät aus, legte es wieder ins Handschuhfach und jagte davon.

Er stieß einen Seufzer der Erleichterung aus. Das Gerät, dessen Nachricht jetzt schon nicht mehr zu verfolgen war, würde morgen Früh, wenn er den Mini in die Garage zurückbrachte, einen neuen Chip erhalten, auch wenn diese Prozedur nach Den Haars Ansicht so unnötig war wie der Code, den er benutzt hatte, denn die Nachricht wurde bereits von einem kryptografischen Chip verschlüsselt, der asymmetrische Algorithmen als Code benutzte und im Handschuhfach eingebaut war. Neuntausend Meilen nordwestlich wurde die Nachricht dechiffriert. Doch der Grundsatz seines Auftraggebers lautete, dass man einen Code benutzen musste, und deshalb tat er es auch.

Den Haar atmete den Duft der roten Jakarandablüten ein, als er in eine Gasse einbog. Vielleicht würde er dieses Mädchen anrufen. Wie hieß sie noch gleich? Molly. Genau, Molly. Vielleicht konnten sie ins Kino gehen. Oder zum Essen. Sie war sehr blond und – nun ja, sehr weiblich.

Er stellte sich lebhaft Mollys Reize vor, während er die knarrende Treppe zu seiner Behausung hinaufstieg. Verlangen pochte in seinen Adern. Die Sonne tauchte unter den Horizont. Gelblich leuchteten die alten Lampen, die seit vierzig Jahren an der Korridordecke hingen. Den Haar lächelte träge und dachte an Sekt, Parfüm und weiches Fleisch, während er die Tür zu seiner Wohnung aufsperrte.

Eine starke Hand packte seinen rechten Arm und zerrte ihn ins Innere. Den Haar keuchte, als ein harter Schlag ihm den Atem raubte. Die Tür fiel ins Schloss. Er fand sich in völliger Dunkelheit wieder. Jemand hatte die Vorhänge zugezogen. Er konnte nichts sehen. Und schlimmer noch, er hatte nichts, um sich zu verteidigen. In diesem Augenblick stieg eine unbezähmbare Wut in ihm hoch. Blindlings schlug er nach seinem unsichtbaren Angreifer. Ein Faustschlag auf seinen Unterkiefer war die Antwort. Der Schlag war so wuchtig, dass Den Haar zu Boden ging. Bevor er sich aufrappeln konnte, senkte sich ein schwerer Stiefel auf seinen Hals. Unfähig, sich zu bewegen, lag Den Haar auf dem Boden.

Ein zweiter Mann schaltete das Licht an. Den Haar versuchte, trotz des unbarmherzigen Drucks des Stiefels zu atmen. Sein Mund war voller Blut. Er blinzelte ins grelle Licht und sah an dem Schalldämpfer und der Mündung einer IMI Desert Eagle vorbei in die teuflischen Augen eines vierschrötigen Mannes in zerknittertem hellen Anzug.

Den Haar kannte diese Pistole gut. Sie stammte aus der Waffenschmiede der Israelis und konnte einem Menschen aus einer Entfernung von mehr als hundert Yards ein Loch in die Brust reißen. Diese gefährliche Waffe schwebte nun ungefähr einen Zoll über seinem Kopf, in der Hand eines irre blickenden Mannes mit seltsamen, verschiedenfarbigen Augen.

Der Mann streckte den freien Arm aus, der dick und kräftig war, hob Den Haar mit einer einzigen fließenden Bewegung hoch und rammte ihn gegen die Wand. Verschwommen nahm Den Haar wahr, dass seine Wohnung in Trümmern lag. Bücherregale waren umgeworfen worden, der Inhalt von Schränken und Schubladen lag verstreut am Boden. Sein Esstisch lag wie ein hilfloser Käfer auf dem Rücken.

Der Mann mit dem blauen und dem braunen Auge sagte mit ruhiger, öliger Stimme: »Guten Abend, Mr Den Haar.«

Den Haar zuckte zusammen, als er den Afrikaans-Akzent hörte.

»Aber warum um den heißen Brei reden? Guten Abend, Mr Lassiter.« Lassiters Nackenhärchen richteten sich vor Furcht auf. Nun stellte der Mann sich so, dass er Lassiter in die Augen blicken konnte.

»Sie haben den Falschen erwischt. Nehmen Sie, was Sie wollen. Meine Brieftasche ist in meinem Jackett. Bitte, tun Sie mir nichts ...«

Das rechte Auge des Mannes zuckte leicht. »Ach, kommen Sie, Mr Lassiter. Seien Sie vernünftig. Wir wollen doch nicht Ihre Brieftasche.« Er kam nun ganz nahe an Lassiter heran. »Wir wollen Ihr Leben.«

Der Bure jagte eine Kugel in Lassiters Brust. Sein Opfer brach auf den Hartholzdielen zusammen. In aller Ruhe griff der Mann mit der behandschuhten Rechten in Lassiters Jacketttasche, zog die Brieftasche hervor und nahm das Bargeld heraus. Sein Spießgeselle schob Fernseher und Stereoanlage durch die Wohnungstür nach draußen. So würde es wie ein Einbruch aussehen, bei dem etwas schief gelaufen war. Der Bure musterte die Szenerie noch ein letztes Mal mit dem kalten Blick des Profis und grinste; dann ließ er die Tür ins Schloss fallen.

Lassiter keuchte vor Schmerz. Schon jetzt hatte er kaum noch Gefühl in den Armen. Er konnte nicht einmal ans Telefon kommen, keine zwei Meter entfernt. Er spürte, wie das Leben aus ihm wich. Bald verebbte aller Schmerz, und er fühlte sich von Wellen der Ruhe durchströmt. Und als die Dunkelheit sich über ihn senkte, begann Lassiter zu beten.

Vater unser, der du bist im Himmel, geheiligt werde dein Name ...

23.

Das Treffen

Main Justice Building
Washington, D. C., 16.55 Uhr

Erika kam in Carltons Büro, als er gerade den Hörer abnahm.

»Pat Carlton.« Er winkte ihr hereinzukommen und die Tür zu schließen.

»Hier ist Dave Mazursky.«

Der Mann keuchte; seine Stimme klang gehetzt. »Hi, David. Haben Sie etwas herausgefunden?«

»Hab ich. Sie hatten Recht. Ich habe Ihnen einen Brief geschickt. Können wir uns treffen? Ich kann wirklich nicht am Telefon reden.«

»Dann ist es diesmal umgekehrt, was? Jetzt wollen *Sie* mit mir reden.« Carlton lachte.

»Ich meine es ernst.«

»Wie wär's in zehn Minuten, im Coast? Passt Ihnen das?«

»Bin schon unterwegs.«

Wieder bangte Erika um ihr Leben, hielt sich am Türgriff fest und drückte sich tief in den Beifahrersitz. Carlton jagte die Pennsylvania Avenue hinauf und raste weiter auf der Constitution Avenue in Richtung Capitol Hill. Aus den Lautsprecherboxen säuselte Sinatra. Die Räder rutschten auf dem Schneematsch, und fast wäre der Shark rückwärts um die nächste Ecke geschlittert. Nur wenige Zentimeter von der Stoßstange eines anderen Wagen entfernt kamen sie schlingernd zum Stehen – vor der Tortilla Coast, einer Kneipe genau vis-à-vis von dem weißen Backsteinbau, in dem das Nationalkomitee der Republikanischen Partei residierte. Zwei Blocks weiter schimmerte die prächtige weiße Kuppel des Capitols. Die Spitze der Kuppel war erleuchtet: Der Senat tagte. Dieser Postkartenblick faszinierte Carlton immer wieder. Heute Abend jedoch wurde die schöne Aussicht von düsteren Vorahnungen getrübt.

Erika wand sich ächzend aus dem Wagen. »Ich glaube, jetzt brauche ich einen Drink.«

Sie bogen um die Ecke und betraten die Tortilla Coast, auch eine von Carltons Lieblingskneipen auf dem Hill. Scharen von Behördenangestellten gaben sich die Türklinke in die Hand und gesellten sich zu ihren Beraterkollegen. Unter der Decke des Raumes schwebte eine dichte blaue Wolke aus Zigarettenrauch. »Ganz schön voll hier. Trennen wir uns, vielleicht können wir ihn dann leichter finden.«

Die Happy Hour auf dem Hill war die Stunde, in der man den ermüdenden Trott im engen Kabuff vergessen konnte; die tägliche Fron des Brütens über Gesetzesänderungen, Stimmenauszählungen, Ausschussberichten und Wählerpost, die jeden Tag lastwagenweise herangekarrt wurde. Carlton drängte sich durch die Menge und hielt Ausschau nach Mazursky. Besonders belagert war die Bar. Die glücklich beschwipsten Gäste schien weder der ohrenbetäubende Lärm noch die Anwesenheit politischer Gegner sonderlich zu stören. Wie Tip O'Neill, der Sprecher des Weißen Hauses, einmal richtig bemerkt hatte: Nach fünf Uhr sind alle auf dem Hill gute Freunde.

Keine Spur von Mazursky.

»Im Restaurant ist er auch nicht«, sagte Erika. Sie drängten sich zur Bar durch, an der die durstigen Gäste in Dreierreihen standen. Erika schien nicht zu merken, wie die Männer sie anstarrten, während Carlton finstere Blicke um sich warf: *Haltet euch bloß zurück.* Er war erstaunt, dass er so Besitz ergreifend reagierte, doch inzwischen gab er seine Gefühle vor sich selbst zu. Noch einmal dachte er daran, wie unpassend es war, sich mit einer weiblichen Untergebenen zum zweiten Mal außerhalb der Arbeitszeit zu treffen, und wieder in einer Bar. Aber letztlich ging es ja um die gemeinsame Arbeit, redete er sich ein – ganz der Anwalt. Es war ja nicht so, als hätten sie ein Rendezvous.

Einer der Barkeeper hatte ihn gesehen und winkte. »Hi, Tex.« Carltons Spitznamen, durch seine Cowboystiefel inspiriert, konnten sich alle gut merken. Der Barkeeper warf zwei Gästen einen finsteren Blick zu – arrogante Bürokraten, die alle anderen Gäste mit ihren Titeln zu beeindrucken suchten. »Tut mir Leid, Gentlemen. Die beiden Hocker sind für das junge Paar reserviert.« Er grinste, als sie wütend Platz machten.

Carlton und Erika ließen sich auf den Barhockern nieder. »Sie versetzen mich immer wieder in Erstaunen, Steve. Was gibt's Neues?«

»Das Gleiche wie immer, alter Knabe. Die üblichen Verdächtigen, das gewohnte Mistwetter, die altbekannten Misttrinkgelder. Bin froh, dass Sie mal wieder hier sind. Wer ist denn ...«

»Hat heute Abend jemand nach mir gefragt? Ich sollte hier nämlich einen Mann treffen.«

»Nein, Sir. Wer ist denn die hübsche Lady, die Sie da im Schlepptau haben?« Er bedachte Erika mit dem zurückhaltenden und doch verräterischen Blick, den Männer annehmen, wenn sie eine schöne Frau nicht zu offensichtlich anstarren wollen.

Wieder überkam Carlton dieses Besitz ergreifende Gefühl. Nein, es war sogar Eifersucht. »Langsam, Steve. Wir haben kein Rendezvous. Erika ist eine Kollegin. Erika – Steve. Steve – Erika.« Carlton sah zu, wie die beiden sich die Hand gaben. Wem machte er hier etwas vor? Er mochte Erika nicht nur, weil sie eine Kollegin war. Er mochte sie als Frau, Punkt.

Jetzt krieg dich wieder ein, Carlton. Sie spielt doch gar nicht in deiner Liga. Frauen wie sie verabreden sich mit Schauspielern und Investmentbankern.

»Trotzdem, ihr zwei würdet ein tolles Paar abgeben.«

Erika wurde rot und lächelte schüchtern.

Carlton überspielte ihre Verlegenheit, indem er seine Aufmerksamkeit der Menge zuwandte. »Immer noch keine Spur von Mazursky. Wo steckt er bloß?«

»Das Übliche?«, fragte Steve.

Carlton war froh über die Ablenkung. »Klar. Mit ...«

»Viel Eis und einem bisschen Zitronensaft.« Sie sagten es gleichzeitig. »Und was möchte die Dame, die nicht zu einem Rendezvous gekommen ist? Was darf's sein?«

Erika stützte die Ellbogen auf die Theke und lächelte. »Ich glaube, ich nehme einen Sekt. Ich liebe Sekt.«

»Sehr romantisch«, kommentierte Steve. Dann merkte er, dass Carlton ihn wütend anfunkelte. »War bloß 'n Scherz.« Er lächelte und drehte sich zur Wand, um ihre Drinks einzuschenken.

Trotz des ohrenbetäubenden Lärms in der Kneipe waren Carlton und Erika in verlegenes Schweigen versunken. Hätte Steve nicht seine Bemerkungen gemacht, wäre es Carlton leichter gefallen, weiter so zu tun, als hätte er kein Interesse an Erika.

Erika lächelte, strich eine Falte im Rock glatt und mied

seinen Blick. Carlton streckte die Hand nach einer Upmann Corona aus, beschloss dann aber, Erika lieber nicht mit Zigarrenqualm zu belästigen. »Ich frage mich, was Dave herausgefunden hat. Unsere Version wollte er ja nicht glauben. Was immer er gefunden hat, muss so gravierend sein, dass er nicht bis morgen Früh warten konnte. Warum ist er dann nicht längst hier?«

»Vielleicht wurde er im Büro aufgehalten. Oder er hat sich's anders überlegt.«

»Das hat am Telefon aber nicht so geklungen. So langsam werde ich unruhig.«

»Hier ist euer Sprit.« Steve stellte die Drinks auf die Theke und hielt selbst ein kleines Glas in der Hand. »Und hier ist meiner. Auf euch beide, auch wenn ihr kein Rendezvous habt.«

Carlton und Erika nippten an ihren Gläsern, während Steve seinen Drink auf einen Zug hinunterstürzte.

»Dürfen Sie während der Arbeit trinken?«

»Keinen Schluck.« Steve ließ sie allein, um sich anderen durstigen Gästen zuzuwenden.

Carltons Lieblingscocktail hatte wie immer eine beruhigende Wirkung auf ihn. Seine Sorge um Mazursky ließ ein wenig nach, und er fühlte sich Erika gegenüber nicht mehr so befangen. »Also, Kollegin. Ich rede nicht so gern über mich. Damit wir die Zeit bis zu Daves Erscheinen überbrücken, erzählen Sie doch etwas über sich.«

»Ich habe immer gehört, die Frau sollte dem Mann zuhören und sich für alles interessieren, was er sagt.«

»Wir leben im 21. Jahrhundert. Und Sie irren sich. Ich bin an Ihnen interessiert.« Dann ging ihm auf, wie sich das anhören musste. »Nun, wir sind Kollegen. Ich weiß gern, mit wem ich zusammenarbeite.«

»Wollen Sie die Proust-Version hören, oder die von *Reader's Digest*?« Sie ist wunderschön, dachte Carlton. Schön, aber nicht dumm. Klug und gebildet, aber witzig. Keine kalte Karrierefrau. Und warmherzig.

»Proust also. In Bewusstseinsstrom-Technik wie in *Auf der Suche nach der verlorenen Zeit.* Ist bestimmt viel interessanter als *Reader's Digest.*« Erika nippte am Sekt. »Ich bin aber schon etwas beschwipst. Vielleicht wird es nicht besonders zusammenhängend.« *Lieber Gott, mach, dass ich nicht lalle.*

»Das macht doch nichts.« Carlton winkte Steve.

»Na, dann los. Geboren 1975. Dad und Mum sind holländischer ...«

Mazursky tauchte nicht mehr auf.

Zweiter Teil

Reinheit

»In dem Maße, wie das Licht expandiert, nimmt der Umfang der umgebenden Dunkelheit zu.«

– Albert Einstein

24.

Die Enthüllung

Main Justice Building
Washington, D. C., 11.03 Uhr

Vier schlaflose Nächte hatten Carlton mehr denn je von Koffein abhängig gemacht. Er lehnte sich in seinem knarrenden Bürosessel zurück und stürzte noch eine Tasse Kaffee herunter. Der Kurier des Reisebüros würde bald sein Flugticket nach Hawaii abliefern. Carlton hatte keine Lust, nach Hawaii zu fliegen. Doch was konnte er schon dagegen machen? Was er auch in Erfahrung gebracht hatte – alles deutete auf den unheilvollen Einfluss von Waterboer Ltd. hin, doch er hatte keine stichhaltigen Beweise. Und selbst wenn, Waterboer war unangreifbar. Und dass die Bundesregierung in die Sache verwickelt war, würde noch schwerer zu beweisen sein – von der Anklage gar nicht zu reden. Also wartete er geduldig ab.

Carlton hatte mehrere Nachrichten auf Mazurskys Anrufbeantworter in Senator Bighams Büro hinterlassen, wartete aber immer noch auf Antwort. Er beschloss, die *Post* zu lesen, um sich die Zeit zu vertreiben. In den letzten Tagen hatte er sich ausschließlich um Diamanten in Arkansas gekümmert und keine anderen Nachrichten mitbekommen. Vielleicht würde das Studium der Zeitung ihm wieder ein realistisches Bild über den Zustand der Welt verschaffen. Er beugte sich vor und überflog die Schlagzeilen. Eine fiel ihm sofort ins Auge.

BERATER EINES SENATORS TOT AUFGEFUNDEN

Entsetzt schrak Carlton hoch. Er packte die Zeitung so fest, dass das Papier einriss.

BERATER EINES SENATORS TOT AUFGEFUNDEN
von *Noel Haney*

Washington, D. C. – Am Mittwochmorgen um fünf Uhr wurde in einer Seitengasse der South Capitol Street in Südost-Washington eine Leiche gefunden. Die Polizei identifizierte das Opfer als David Mazursky, 36, aus McLean, Virginia ...

O Gott.

Mr Mazursky war persönlicher Referent von Senator Wade Bigham aus Arkansas. Captain Raymond Jackson vom District of Columbia Police Department gab an, das Opfer sei »einer Vielzahl von Schusswunden in Brust und Gliedmaßen erlegen«. Jackson nannte weder Motiv noch Verdächtige, erklärte aber, der Grund für die Schießerei könnten Drogen gewesen sein ...

Die haben ihn ermordet.

Ein leitender Beamter im Weißen Haus, der darum bat, anonym zu bleiben, erklärte, dass Mr Mazurskys Drogenkonsum allgemein bekannt sei ...

So ein Schwachsinn! Mazursky war kein Junkie.

Mazurskys Ehefrau Rachel, Ärztin im Bethesda-Marinekrankenhaus in Maryland, wies die Vermutung entschieden zurück, ihr Mann sei drogenabhängig gewesen. »Wir sind seit elf Jahren verheiratet, und kein einziges Mal habe ich ihn Drogen nehmen sehen oder irgendwelche Symptome für Drogenkonsum an ihm beobachtet. Diese Anschuldigung ist eine Beleidigung für David und seine Familie.«

Nach Angaben der Polizei gab es »bisher keinen Beleg für Mr Mazurskys angeblichen Drogenkonsum«. Doch die Frage ist wohl erlaubt, was der Mann aus McLean, Virginia, am Abend seines Todes in diesem berüchtigten Stadtteil Washingtons zu suchen hatte. Die Polizei fand zwei leere Crackampullen in der Manteltasche des Toten. Außerdem sei der Körper von »Kugeln aus einer UZI-Maschinenpistole«, einer in Drogenkreisen beliebten Waffe, regelrecht zersiebt worden.

Carlton schauderte. Er hielt sich an der Tischkante fest, um gegen den Nebel anzukämpfen, der ihn einzuhüllen drohte. In seinem Magen brannte eine glühende Kugel.

Die haben ihn getötet. Diese Scheißkerle haben ihn ermordet!

Sie mussten Mazursky aufgelauert und ihn zwischen dem Hart Senate Office Building und der Kneipe getötet haben. Der Tatort war nur wenige Querstraßen entfernt. Mazurskys Mörder hatte genau gewusst, dass er jemanden treffen wollte, um ihm eine brisante Information zu enthüllen.

Irgendjemand wusste, dass Mazursky es wusste. Aber wer? Und was?

Carlton fuhr sich mit der Hand durchs Haar, starrte an die Decke, erinnerte sich an Mazurskys Worte.

Ich habe Ihnen etwas geschickt.

Post. In der heutigen Büropost war kein Brief von Mazursky gewesen. Ein Brief vom Senat wäre längst angekommen. Aber nein, überlegte Carlton dann: Wenn die Information so vertraulich war, hatte Mazursky sie bestimmt an seine Privatadresse geschickt. Die hätte er schon irgendwie herausbekommen. Von D. C. nach Arlington brauchte die Post vermutlich einen Tag. Aber Mazursky hatte den Brief vom Senat aus geschickt. Der Senat wurde von der Post bevorzugt bedient. Also würde der

Brief heute in seinem Kasten liegen. Und wenn sie über das geplante Treffen zwischen ihm und Mazursky Bescheid wussten, dann bestimmt auch über den Brief.

Carlton schaute auf die Uhr. Zwanzig vor zwölf. Die Postbotin in seiner Straße war mit ihrer Runde um die Mittagszeit fertig.

Carlton sprang auf. Als er an Jarvik vorbeistürmte, rief der ihm noch irgendeine Bemerkung über Hawaii zu.

Der Motor des Shark dröhnte, als Carlton durchs dunkle Parkhaus jagte. Die Weißwandreifen kreischten auf dem Beton. Im nächsten Augenblick schoss der Wagen über die Zufahrtsrampe und landete in einem Funkenhagel auf dem Straßenpflaster. Carlton setzte seinem geliebten Oldtimer hart zu, zwang ihn in hohem Tempo durch den Schneematsch.

Er jagte die Pennsylvania Avenue hinunter, schlitterte nach links in die 15th Street, und flog am äußeren Ring der White House Ellipse vorbei. Zu seiner Linken wischten die roten Markisen und großen schmiedeeisernen Laternen des Handelsministeriums vorüber. Dann bog er scharf rechts in die Constitution Avenue ein und fuhr einen halsbrecherischen Slalom zwischen den anderen Wagen, die so langsam dahinkrochen, dass sie wie festgefroren wirkten. Carlton warf einen Blick auf die Uhr am Armaturenbrett.

11.51 Uhr.

Noch zehn Minuten.

Wer die Ermordung Osages und Mazurskys sowie Wenzels Scheinverhaftung angeordnet hatte, würde keine Skrupel haben, Carltons Briefkasten zu durchsuchen. Zusammen mit seiner übrigen Post würde alles verschwinden, was Mazursky herausgefunden hatte, und damit der Schlüssel zu den Fällen Murfreesboro Mining und MacLean.

Schon zwei Tote.

Carlton verscheuchte die Angst, die ihn überfallen hatte, und konzentrierte sich aufs Fahren. Die Constitution Avenue ging in die Interstate 66 über. Zu dieser Stunde war der nach Osten führende Highway noch nicht von Fahrgemeinschaften verstopft. Carlton trat das Gaspedal durch, bis der Shark die zulässige Höchstgeschwindigkeit weit überschritt; auf die Autobahnpolizei konnte er jetzt wirklich keine Rücksicht nehmen.

Noch sechs Minuten.

Scheißkerl.

Die Heimfahrt auf der I-66 schien ewig zu dauern. Endlich donnerte der Shark den Washington Boulevard hoch.

Noch vier Minuten.

Komm schon, komm schon.

Die kleinen Hügel mit den Wohnhäusern fluteten wie Wellen vorbei. Der Shark jagte über den dritten Hügel.

Carlton schnappte nach Luft.

Vor ihm lag eine Kurve, dahinter hatte sich ein langer Stau gebildet. Seines mörderischen Tempos wegen war er schon gefährlich nahe. Das letzte Auto in der Schlange raste förmlich auf ihn zu.

Carlton trat mit aller Kraft auf das große Bremspedal und legte den niedrigsten Gang ein. Reifen kreischten. Gummi qualmte. Der Motor protestierte heulend.

Zum Glück war das Fahrbahnstück von Schnee geräumt worden. Dennoch rutschte der Shark auf das letzte Auto in der Schlange zu, das nur noch wenige Wagenlängen entfernt war. Carlton biss die Zähne zusammen, machte sich auf einen harten Aufprall gefasst.

Nur noch drei Wagenlängen. Er konnte nicht auf die dicht befahrene Gegenspur wechseln.

Die Räder drehten durch.

Zwei Wagenlängen.

Eine.

Carlton steuerte nach rechts auf einen tiefen Graben zu und kam wenige Zoll hinter dem Wagen vor ihm zum Stehen. Erleichtert atmete er aus und löste seine verkrampften, schweißnassen Hände von dem weißen Plastik des Lenkrads. Er versuchte es mit einem Weg um die Schlange herum. Auf der Gegenfahrbahn rasten die Autos vorbei. Carlton legte den Rückwärtsgang ein. Kreischend zogen die Räder den Shark rückwärts in die nächste Seitenstraße.

Blinzelnd versuchte Carlton zu erkennen, was vorne los war.

Hundert Meter vor dem Stau sah er das Postauto, das einem Spielzeug ähnelte: Es hatte blaue und rote Streifen und breite Räder. Das Fahrzeug war nur noch wenige Häuser von der Straße entfernt, in der er wohnte. Carlton stieß die Wagentür auf und rannte hinter dem Fahrzeug her, so schnell er konnte. Aufreizend langsam kroch der Wagen voran, während die Botin kurz an fast jedem Briefkasten hielt.

Die Luft war eiskalt. Carltons Lungen brannten, seine Beinmuskeln schmerzten protestierend. Carlton verwünschte sich dafür, dass er so viel rauchte, dass er nicht öfter Joggen ging. Er ignorierte den Schmerz, rannte weiter und behielt das Postauto im Auge. Zwei Minuten später, als er kaum noch genug Luft bekam, um Lungen, Beine und Hirn mit Sauerstoff zu versorgen, erreichte er heftig keuchend das Auto. Aus dem Fahrerfenster lugte ein Kopf heraus, sah sich nach ihm um.

Carlton blickte zu der hübschen Afroamerikanerin auf und lächelte, immer noch keuchend. »Marcie! Meine Güte, bin ich froh, dass ich Sie noch erwischt habe.« Er lehnte sich mit dem Rücken an den Wagen. Seine Lungen brannten.

»Mr C.?«, fragte die Postbotin, offenkundig verwirrt. Sie blinzelte ungläubig, als versuchte sie sich zu überzeugen, dass dieser unrasierte, atemlose Bursche tatsächlich Pat Carlton war.

»Gott sei Dank!«, stieß Carlton hervor. »Dank sei Gott, dass Sie sich an mich erinnern.«

»Natürlich kann ich mich an Sie erinnern. Was ist denn los?«

»Ich kann es Ihnen nicht hier erklären. Könnten Sie mir bitte meine Post geben?« Er hustete.

Wieder blinzelte Marcie ungläubig. Es war nicht erlaubt, jemandem die Post persönlich zu übergeben, außer in dessen Haus oder an dessen Briefkasten, der Staatseigentum war. Aber Mr C. war ein netter Mann. Zu Weihnachten gab er ihr stets eine Karte und einen Scheck – dieses Jahr waren es zwanzig Dollar gewesen. Er war ein guter Mensch, Anwalt im Justizministerium. Und wenn man dem Justizministerium nicht trauen konnte, wem dann?

Außerdem hatte sie schon immer eine Schwäche für ihn gehabt. »Klar, Mr C.«

Marcie verschwand im Wagen und kam mit einem kleinen Stapel Post wieder heraus. Carlton blätterte nervös die Umschläge durch, immer noch keuchend im eisigen Wind. Das meiste war für den Papierkorb. Gutscheine. Sonderangebote. Wetteinsätze. Neue Verkaufsmaschen. Ein Brief von Cartier. Und ...

Treffer!

Ein weißer, gewichtig aussehender Umschlag, in dessen oberer rechter Ecke die krakelige Unterschrift von Senator Bigham prangte. Laut Poststempel wurde einem Kongressmitglied überall in den Vereinigten Staaten kostenlose Zustellung garantiert; für den Steuerzahler galt das natürlich nicht.

Carlton nahm den Umschlag des Senators und den Brief von Cartier, schob beide in seine Tasche und gab Marcie die restlichen Briefe zurück.

»Ich bin zwar noch ziemlich neu bei der Post, hab aber noch nie gesehen, dass sich jemand so freut, wenn er 'n Brief kriegt. Was ...«

Carlton schaute sie an. »Fragen Sie nicht. Können Sie die anderen Briefe bei mir in den Kasten werfen?«

»Äh ... klar, Mr C.«

»Danke, Marcie. Sie sind ein Schatz.«

Marcie strahlte vor Freude.

Carlton joggte zum Shark zurück, verringerte das Tempo jedoch zu einem schnellen Schritt, als Lunge und Beine wieder zu schmerzen begannen. Die Fahrer hinter dem verlassenen Cadillac veranstalteten ein wütendes Hupkonzert, weil der Stau sich nun langsam wieder in Bewegung setzte. Carlton sprang in den Shark und fuhr auf den grasbewachsenen Seitenstreifen. Eine winzige Drehung an der Servolenkung, und der Caddy bog scharf rechts in die nächste Seitenstraße. Langsam näherte sich Carlton durch das Labyrinth von Seitenstraßen seinem Haus. Er bog um eine dunkle Ecke, parkte unter einer schneebeladenen dunklen Ulme, stellte den Motor ab und wartete.

Es kam ihm seltsam vor, seine eigene Wohnung zu bespitzeln. Verrückt, beinahe irreal, wie in einem *Film noir* aus den Vierzigerjahren. Aber er litt nicht unter Verfolgungswahn. Zwei Männer waren tot. Was in dem Umschlag in seiner Tasche steckte, war brisant genug, dass zwei Menschen dafür hatten sterben müssen. Und einen Mord ohne Motiv, so bizarr es auch sein mochte, gab es nur in den tragischen und zugleich reißerischen Geschichten der Lokalnachrichten.

Der Motor knackte, als er in der eisigen Luft abkühlte.

Die von Alleebäumen gesäumte Kenilworth Street war wie immer ruhig und friedlich. Ein Hund bellte eine Katze an. Einen Block weiter kämpften sich die Wagen durch den Stau auf dem Washington Boulevard. Im Haus gegenüber lief plärrend ein Zeichentrickfilm im Fernsehen. Ein Nachbar goss Frostschutzmittel in die Eingeweide seines betagten AMC Gremlin.

Carlton konzentrierte sich auf sein Backsteinhaus. Die ältliche Frau im zweiten Stock tappte mit einer Teetasse in der Hand von Zimmer zu Zimmer. Endlich fuhr Marcies Postauto vor. Sie sah den Shark nicht, der auf der anderen Straßenseite parkte, ging ins Haus, warf die Briefe ein und ging zum Nachbarhaus. Einige Minuten später erschien ein anderes Postauto auf der Bildfläche. Ein hoch gewachsener bärtiger Mann in blauer Briefträgeruniform stieg aus und betrat die Eingangshalle von Carltons Haus. Über der Schulter trug er einen Postsack. Carlton kniff die Augen zusammen und beobachtete, wie der Mann einen Kasten öffnete und den Inhalt durchwühlte. Dann ging er rasch zum Postauto zurück und fuhr davon.

Amt für Landverwaltung. Bundesstiftung für die Erhaltung historischer Stätten. FBI. Amt für geologische Aufnahme. Vielleicht sogar die CIA. Und nun auch noch die Bundespost. Die Verbindung zur Regierung war offensichtlich, nur das Motiv blieb immer noch im Dunkeln.

Carlton ließ den Motor an, fuhr die nächste Straße hinunter und steuerte zwei Meilen weiter eine Autowaschanlage an, wo man im Auto sitzen bleiben und zusehen konnte, wie Bürsten, Lauge und Wasser ihr Werk verrichteten. Seine Neffen in Kalifornien liebten diese Waschstraßen.

Carlton bezahlte beim Tankwart und bekam einen Chip zur Autowäsche ausgehändigt. Er wartete, bis die Heckflossen des Shark vollends mit Schaum und Wasser bedeckt waren, bevor er den gefalteten Umschlag aus seiner Jackentasche holte. Außer Atem und ein wenig zitternd knipste er die Innenraumlampe an und riss den weißen Umschlag auf, wobei er um ein Haar auch die inliegenden Blätter zerrissen hätte.

Dafür hat Mazursky sterben müssen.

Im Umschlag steckten zwei Blätter. Carlton las das erste:

Cleveland Metals, Inc. § 20.000.000. 113567854. Vanuatu Bank.

Cleveland Metals? Den Namen hatte er doch schon einmal gehört. Hatte Josh von der Börsenaufsicht nicht so etwas ... ja, sicher! Die Cleveland Metals war Eigentümerin der Murfreesboro Mining.

Die Bürsten drehten sich nicht mehr. Nun strömte Wasser über die eingeseifte Metallhülle des Shark und spülte den angesammelten Dreck ab. Ein paar Tropfen Wasser drangen durch das gepflegte, aber altertümliche Schiebedach. Carlton achtete nicht darauf und nahm sich die nächste Seite vor.

Eine Kopie von einem kürzlich ausgestellten Scheck, unterschrieben von einem gewissen »L. Churchman«. Es war dieselbe Kontonummer der Bank in Vanuatu. Der Scheck war ausgestellt auf die »Little Rock Spar- und Darlehenskasse« – in Höhe von einer Million Dollar.

Am Kopf der Seite standen folgende Worte:

Diese Bank gehört Scott Fress.

Plötzlich dröhnten die Luftdüsen, die den Wagen trockneten, so laut auf, dass Carlton erschrocken zusammenfuhr. Er starrte atemlos auf die Seiten.

Scott Fress?

Fress war der Stabschef des Weißen Hauses. Wenn ihm diese Bank gehörte, hatte ein gewisser L. Churchman dem Stabschef des Weißen Hauses eine schlappe Million gezahlt. Eine hübsche runde Summe. Aber wer zum Teufel war L. Churchman? Außer der Tatsache, dass die Murfreesboro Mining der Cleveland Metals gehörte, schien diese Information weder direkt mit der Murfreesboro Mining noch mit MacLean oder den Diamanten in Arkansas zu tun zu haben.

Das Einzige, was Carlton bekannt vorkam, war die Bank. In den Achtzigerjahren war es die Schweiz gewesen, wo gewisse Leute schmutziges Geld bunkerten. Nachdem in den neunzigern ans Licht gekommen war, dass Schweizer Banken auch Konten für Drogenbarone und Holocaustverbrecher führten, mauserten sich die Cayman Islands zu den Inseln der seligen Geldwäsche. Und im neuen Jahrtausend waren obskure Minibanken an völlig unbekannten Orten in Osteuropa, Afrika und im Südpazifik in Mode gekommen – *le dernier cri.* Das Vanuatu-Atoll lag im Südpazifik und war einst unter dem Namen Neue Hebriden in den Atlanten verzeichnet gewesen, damals eine britische Kolonie. Eine Bank dort hätte man ebenso gut »Geldwaschsalon« nennen können. Welcher Art die Überweisungen auch waren, von denen Carlton nun Kenntnis erhalten hatte – sie sollten geheim bleiben und vor allem nicht aufzuspüren sein.

Die Luftdüsen kamen heulend zum Stillstand.

Carlton zuckte erneut zusammen, als er hinter sich lautes Hupen hörte. Er starrte in den Innenspiegel. Die ungeduldigen Besitzer der Wagen hinter ihm wollten in die Waschanlage. Mit einer Hand steckte Carlton die Blätter in die Tasche, legte mit der anderen Hand den Gang ein und fuhr mit laut quietschenden Reifen aus der Waschstraße.

Wer ist L. Churchman? Mazursky hatte mit seinem Leben bezahlt. Die Antwort musste irgendwo auf diesen Seiten zu finden sein.

Auf der Rückfahrt zum Büro fiel Carlton ein, dass der bärtige Postbote seine Post nun jeden Tag durchsuchen würde, so lange, bis er den Brief von Mazursky gefunden hatte. Carlton suchte vergeblich sein Handy; offenbar hatte er es im Büro liegen lassen. Er sah eine Telefonzelle und lenkte den Shark in eine enge Parklücke. Wühlte in seinen Taschen nach Kleingeld, wurde aber nicht fündig. Eilte in den nächsten Laden.

»Wir wechseln kein Geld, Sir. Sie müssen etwas kaufen«, sagte der Verkäufer in selbstgefälligem Ton und mit starkem Akzent, der seine Herkunft aus dem Nahen Osten verriet. Die Angestellten wechselten hier so häufig, dass Carlton sich nie ihre Namen merken konnte.

»Ich brauche doch nur ein bisschen Kleingeld für die Telefonzelle! Ich kaufe fast jeden Tag bei Ihnen ein.«

»Tut mir Leid, Sir. Wir wechseln kein Geld. Das ist unser Prinzip.«

Nun reichte es Carlton. »Ihr Prinzip? Prinzip?« Er schob die rechte Hand in seine Anzugtasche, holte das DOJ-Abzeichen heraus und hielt es dem Mann unter die Nase. »Hier ist mein Prinzip. US-Justizministerium. Und jetzt wechseln Sie mein Geld, bevor ich Ihren Laden überprüfe – wegen Verstoßes gegen Bundesgesetze.«

Nervös wechselte der erschrockene Verkäufer Carltons Fünfdollarnote in Kleingeld.

»Sehen Sie? Prinzipien können sich ändern.« Carlton stürmte hinaus und warf einen Vierteldollar in den Münzschlitz des schmutzigen Telefons. Zum ersten Mal an diesem Morgen spürte er die Kälte.

»Erika Wassenaar.«

»Hier Pat.«

Die Stimme am anderen Ende wurde vom Verkehrslärm übertönt.

»Ich sagte, hier ist Pat. Ich bin in einer Telefonzelle. Hören Sie ... ja. Ich hab's gelesen. Hören Sie bitte. Ich kann hier nicht reden. Lassen Sie alles stehen und liegen, was Sie gerade ... vergessen Sie das. Hören Sie nur zu. Ich möchte, dass Sie ... hören Sie gut zu! ... dass Sie mir einen unbeschriebenen Briefumschlag aus Senator Bighams Büro besorgen. Ich weiß nicht, wie. Nein, das kann ich jetzt nicht erklären. Versuchen Sie's. Vor fünf. Es muss vor fünf Uhr sein. Ich finde Sie dann schon. Und sagen Sie Henri Monet, er soll nach Infos über die Cleveland Metals und einen Mann namens L. Churchman suchen. Haben Sie das?«

Carlton blieb in der Zelle stehen und starrte benommen auf das Telefon. Sein Herz pochte. Sein Kopf schmerzte. Plötzlich wurde ihm übel, und er zitterte, als ihm aufging, wie die vielen Fragen der vergangenen Woche sich mit den neuen Fakten zusammenfügten.

Scott Fress steckte dahinter. Endlich ergaben die seltsamen Manöver der verschiedenen Bundesbehörden einen Sinn. Der Stabschef des Weißen Hauses war in die Sache verwickelt? Ihm würde es nicht schwer fallen, ehrlichen, hart arbeitenden Angestellten weiszumachen, dass Mazursky, Osage und MacLean Verbrecher waren. Und das bedeutete, dass Carlton nicht gegen einen Privatmann oder eine einzelne Bundesbehörde kämpfen musste. Hier ging es um einen Kampf mit dem Weißen Haus, das aus irgendeinem Grund mit den Diamanten in Arkansas zu tun hatte.

Im Justizministerium stürmte Carlton an seinem Büro vorbei zum Fotokopierraum. Dort lehnte er sich keuchend gegen die gelbliche Wand, fuhr sich mit der Hand durch das verfilzte Haar und über die Bartstoppeln. Nach dem Spurt von der Tiefgarage über die Penn Avenue und die Treppen hinauf zu seinem Büro war er völlig verschwitzt. Er schnappte nach Luft; dann wandte er sich einem der beiden unförmigen Kopierer zu, der wie rasend Blätter ausspuckte. In dem kleinen Raum war es heiß und unerträglich laut.

Die überraschte Angestellte lächelte ihn an.

»Haben Sie's heute aber eilig, Pat!«

Carlton machte vor Schreck einen Satz. »Oh, ich ... ich hab Sie gar nicht gesehen. Ja, ich hab's wirklich eilig. Was dagegen, wenn ich mir schnell fünf oder sechs Kopien mache?«

»Kein Problem.« Wieder lächelte die Frau. »Sie sehen aus, als wären Sie gerade von 'nem Lastwagen überfahren worden. Ist alles in Ordnung mit Ihnen?«

»Ja, ja. Hab's nur eilig. Vielen Dank.«

Carlton zog die zerknitterten Seiten aus der Tasche, fertigte von jeder drei Kopien an, dankte der Angestellten noch einmal mit einem Nicken und einem Lächeln und stapfte dann durch den schwach beleuchteten Korridor zu seinem Büro.

Harry Jarvik wartete geduldig hinter Carltons Schreibtisch. »'nen kleinen Nachmittagsspaziergang gemacht, Carlton?«

»Einen Augenblick, Sir. Komme gleich zu Ihnen.« *Scheiße!*

»Carlton, ich ...«

»Brauche nur einen Moment.« *Super.* Nun musste er sich zu allem Überfluss auch noch mit Stalin herumschlagen. Er rannte den Korridor hinunter. Zum Glück war Erika in ihrem Zimmer. »Mann, bin ich froh, dass Sie da sind! Haben Sie ihn gekriegt? Den Umschlag?«

»Natürlich. Hier ist er.« Erika strahlte. »Ich glaube, der Empfangschef in Bighams Büro steht auf Rothaarige.«

Carlton nahm nur eine der Kopien, die, auf der Waterboers Überweisung an Cleveland Metals stand. Er faltete das Blatt, schob es in den Umschlag, klebte ihn zu, schrieb seine Privatadresse darauf und gab den Umschlag Erika. »Das dürfte denen erst einmal das Handwerk legen.«

»Was haben Sie ...«

»Fragen Sie nicht. Stempeln Sie den Umschlag nicht ab. Nehmen Sie die Metro bis ... nein, vergessen Sie's. Nehmen Sie ein Taxi zur Hauptpost an der Union Station. Werfen Sie den Brief in einen Kasten der Hauptpost. Vor fünf Uhr. Er muss noch vor fünf Uhr rausgehen. Dann ab zur Tortilla Coast. Ich sehe Sie dann dort. Reden Sie mit niemandem. Klar? Mit niemandem. Nicht einmal mit Leuten hier im DOJ. Haben Sie verstanden?«

Sie nickte.

»Okay.«

Erika wandte sich zum Gehen.

»Moment!« Carlton ergriff ihren Arm. »Nehmen Sie die anderen Kopien, und geben Sie sie Henri unten im Keller.« Er zeigte auf den Boden. »Sagen Sie ihm genau das, was ich Ihnen gesagt habe. Er soll ebenfalls ins Coast kommen. Und jetzt los!«

Carlton kehrte in sein Zimmer zurück, um sich Stalin zu stellen.

»Tut mir Leid, Sir. Ich musste nur schnell etwas rausschicken.«

Jarvik beäugte ihn durch seine Hornbrille wie eine Eule. Carlton sah ihm an, dass er ihm kein Wort glaubte. »Verstehe. Eine sehr professionelle Einstellung.«

Er lehnte sich bequem in Carltons Sessel zurück. »Aber was ich nicht verstehe: Warum sind Sie noch nicht weg? Was haben sie noch in D. C. verloren? Und was soll das ganze Material über Diamanten, das ich auf Ihrem Schreibtisch sehe? Ich habe Ihnen doch gesagt, Sie sollten in diesem dummen Fall einen raschen Vergleich erwirken! Inzwischen sollten Sie längst im Flieger nach Hawaii sitzen. Warum sind Sie noch hier?«

»Sir, ich ...«

»Ja?«

»Ich ...«

»Ich warte, Carlton.«

»Ich wünschte wirklich, Sie würden einen anderen Mitarbeiter nach Hawaii schicken, Sir. Ich habe dringende Verpflichtungen in der Stadt – und außerdem, warum kümmert sich nicht der Staatsanwalt am Bundesgericht von Hawaii um den Fall? Warum haben Sie mich ausgesucht?«

Es war eine dumme Ausrede, aber die einzige, die ihm in seinem erschöpften Zustand einfiel. Carlton wusste, dass er wie immer die passende Ausrede später finden würde, wenn er sie nicht mehr brauchte.

Zum ersten Mal spürte er ganz deutlich, dass Jarvik anders war als sonst. Deshalb durfte er ihm nichts über die Diamanten in Arkansas erzählen. Carlton fühlte sich beklommen. Irgendetwas stimmte nicht mit Jarvik ... Woher, zum Beispiel, hatte er von dem Geologenbericht der USGS erfahren?

»Warum? Sie wollen wissen, warum?«

»Sir, es ist nur so, dass ich ...«

»Nun, ich werde Ihnen sagen, warum. Weil der zuständige Staatsanwalt in Hawaii keine Erfahrung mit Kartellfällen hat, deshalb. Das FBI hat die Vorarbeit zu einem großen Fall geleistet, und nun brauchen sie einen fähigen Kartellanwalt für die Verhandlung. Reicht Ihnen das? Im Übrigen brauche ich Ihnen meine Anordnungen nicht zu erklären. Ich bin Ihr Boss, verdammt nochmal!«

Beim Zuhören fiel Carlton plötzlich auf, dass Jarvik schon vor ein paar Tagen das FBI erwähnt hatte. Jarvik wollte, dass Carlton sich mit der FBI-Dienststelle auf Hawaii in Verbindung setzte. Das FBI hatte versucht, Dan Wenzel zu verhaften. Und warum konnte man den Fall nicht von hier aus bearbeiten?

Carlton blickte zu Boden. »Ich würde sagen, das ist ein guter Grund, Sir.«

»Da bin ich aber froh, dass wir uns einig geworden sind, Herr Anwalt. Dann seien Sie doch so nett und setzen sich innerhalb der nächsten vierundzwanzig Stunden in den Flieger nach Hawaii. Habe ich mich klar ausgedrückt?«

»Sir, ich ...«

»Vierundzwanzig Stunden, Carlton. Verstanden? Oder Sie sind Ihren Job los. Ende der Geschichte.«

Carlton starrte noch immer auf den Boden, verzweifelt und wütend, dass ihm keine brauchbare Ausrede einfiel, um sein erzwungenes Exil zu verhindern. »Ja, Sir«, murmelte er.

»Gut.« Jarvik verließ das Zimmer und schlug die Tür hinter sich zu.

Carlton wusste, dass er jetzt und hier immer noch einen Rückzieher machen konnte. Niemand hatte ihn bisher bedroht. Niemand hatte eine Ahnung, dass er über Fress Bescheid wusste – nicht, nachdem Erika den Brief zu ihm nach Hause geschickt hatte, wo der falsche Postbote ihn finden würde. Die Information über Cleveland Metals war relativ harmlos und konnte ihn nicht in Gefahr bringen. Aber Carlton war klar, dass irgendetwas sehr Geheimes hinter den Kulissen vorging: zwei Tote, die Einmischung mehrerer Bundesbehörden, der Stabschef vom Weißen Haus im Zentrum der Verschwörung ... Die Sache war so geheim, dass sie seit mehr als achtzig Jahren unter Verschluss gehalten wurde. Doch sein Sinn für Gerechtigkeit und seine berufliche Neugier hielten Carlton davon ab, jetzt die Segel zu streichen. Zum Teufel mit Stalin! Er würde dieser Sache auf den Grund gehen.

Jarviks Behauptung, das Büro des Staatsanwalts in Honolulu verfüge über keine ausreichende Erfahrung mit Kartellfällen, war erstunken und erlogen. Die Dienststelle auf Hawaii hatte erst vor einem Monat einen Kartellfall gewonnen. Ein geringfügiger Fall zwar, aber er war im internen monatlichen Memorandum erwähnt worden. Ein weiterer Beweis dafür, dass Jarvik über die Entwicklung in seiner eigenen Abteilung nicht auf dem Laufenden war – und somit ein Grund mehr, ihm nicht zu trauen. Carlton zerbrach sich den Kopf auf der Suche nach einer Lösung. Wie konnte er den Hawaii-Auftrag loswerden? Er brauchte einen stichhaltigen Grund, um in Washington zu bleiben. Einen Grund, den Jarvik akzeptierte. Etwas wirklich Wichtiges.

Etwas Wichtiges – oder eine Anordnung von höchster Stelle.

Erika unterbrach seine Gedanken. Mit todernster Miene kam sie in sein Büro.

»Machen Sie die Tür zu.« Carlton ging rasch zu ihr. »Mazursky hat mir einen Brief geschickt, bevor er erschossen wurde«, flüsterte er. »Cleveland Metals ist das fehlende Bindeglied. Die Firma überweist Gelder an eine Bank, die Fress gehört.«

»Fress? Wer ist Fress?«

Carlton legte warnend einen Finger auf die Lippen. »Scott Fress. Der Stabschef im Weißen Haus«, flüsterte er. »Schauen Sie sich das an.« Er gab ihr die Kopien von Mazurskys Brief. »Cleveland Metals hat zwanzig Millionen auf ein Konto im Südpazifik gekabelt. Ein Mann namens L. Churchman hat eine Million Dollar an eine Bank gezahlt, die Fress gehört. Die Cleveland Metals ist Eigentümerin der Murfreesboro Mining.«

Erika schien unbeeindruckt von den gewaltigen Summen. Sie nickte nur. »Das erklärt eine Menge.«

Nun war es an Carlton, sie ihrer kühlen Distanz wegen ungläubig anzustarren. »Was?«

»Henri hat in der Lexis-Datenbank nach Infos über Cleveland Metals gesucht.«

»Und?«

»Ich erspare Ihnen die Unternehmensverflechtungen. Jedenfalls kam zum guten Schluss heraus, dass Cleveland Metals eine rechtmäßige US-Tochter von Waterboer Mines ist.«

»Oh, Scheiße.«

»Und was diesen Churchman angeht – der ist Anwalt bei Fox, Carlyle und Partner.«

Das Telefon klingelte.

»Was mag jetzt wohl noch kommen?«, murmelte Carlton und hielt sich den schmerzenden Kopf.

Erika verließ leise das Zimmer.

»Hallo?«

»Hier Wenzel.«

»Wollen Sie zuerst das Neueste von hier hören oder mir etwas erzählen, das ich bestimmt auch nicht hören will?«

»Sie wissen es also noch nicht. Es geht um das Justizministerium. Ihren Brötchengeber. Hat soeben MacLeans Grundstück in Arkansas beschlagnahmt.«

»Was?«

»Ich hab mich umgehört. Das Ministerium hat auch die Farm der Raymonds beschlagnahmt. Die Anordnungen der unmittelbaren Beschlagnahme sind bereits zugestellt und rechtskräftig. Die Liegenschaften gehören nun offiziell der Regierung.«

Carlton antwortete nicht sofort. Er versuchte, einen flüchtigen Gedanken zu fassen. »Der Mann, der versucht hat, das Grundstück zu kaufen ... der Mann von Fox, Carlyle und Partner ...«

»Ja, was ist mit dem?«

»Wie hieß er?«

»Lester Churchman.«

»Und wie viel hat er für das Grundstück geboten?«

»Neunzehn Millionen.«

Carlton schüttelte den Kopf. »*Das* ist es also.« Zwanzig Millionen auf das Konto überwiesen. Eine Million an Fress' Bank transferiert. Blieben neunzehn Millionen. Der Preis, den Waterboer für das Land geboten hatte.

»Das ist *was?* Was meinen Sie?«

Carlton wollte mit Wenzel noch einmal die Ereignisse rekapitulieren, besann sich dann aber anders. Zwei Menschen waren bereits ermordet worden – drei, wenn man Osages Vater im Jahr

1932 dazuzählte. Wenzel war knapp einer Verhaftung entgangen; vielleicht hatte man ihn auch ermorden wollen. Das Wissen um die Überweisungen von und nach einer Bank im Südpazifik war gefährlich: Menschen hatten deswegen sterben müssen. Wenzel musste nicht noch tiefer in die Geschichte mit hineingezogen werden. Die Bundesregierung hatte MacLeans Land gekauft. Gegen dessen Wunsch, gewiss, aber es war eine legale Transaktion.

Carlton wusste nun, dass er die Sache allein durchfechten musste. Wenzel mochte seinem Mandanten ein tüchtiger Anwalt sein, aber er war kein Gesetzeshüter. Carlton hingegen schon. Er hatte die Pflicht, die Einhaltung der Gesetze zu erzwingen. Im vorliegenden Fall hatte er es mit White-Collar-Crime zu tun und, wie es schien, zusätzlich mit Gewaltverbrechen. Diese Leute schreckten selbst vor Mord nicht zurück. Im Augenblick hieß es also: stillhalten. »Hören Sie, Dan. Die haben das Land genommen und dafür bezahlt. Lassen Sie's dabei. Wühlen Sie nicht weiter in der Sache herum.«

»MacLean will aber, dass ...«

»Ist mir egal, was er will. Lassen Sie das Ganze auf sich beruhen. Überzeugen Sie Ihren Mandanten. Ich meine es ernst.« Carlton legte auf und ließ sich schwer in seinen Sessel fallen. Er fühlte sich seelisch und körperlich ausgehöhlt. Ein Stück Papier in der Innentasche stach ihn in die Seite. Carlton griff in die Tasche und holte den steifen weißen Umschlag von Cartier heraus.

Sehr geehrter Monsieur Carlton,

es war mir ein Vergnügen, Ihnen und dem Justizministerium bei Ihren Nachforschungen behilflich zu sein. Ich habe zu Ihrer Information eine Broschüre über Diamanten beigefügt. Bitte rufen Sie mich an, wenn Sie noch Fragen haben.

Mit freundlichen Grüßen,
Thérèse de la Pierre

Carlton starrte auf die Broschüre. Über einem Foto, das einen kleinen Berg funkelnder Diamanten zeigte, stand in schwarzen Lettern: »Was Sie über Diamanten wissen sollten.« Darunter: »Ein Diamant ist Schönheit« und »Waterboer Mines Limited«.

»Ihr verdammten Teufel. Dafür werdet ihr bezahlen.«

25.

Das Foto

CIA-Zentrale
Langley, Virginia, 3.10 Uhr

Müde starrte Pink auf die Uhr. Sie stammte von einem russischen U-Boot und hing an der Wand seines Büros. Ein Überbleibsel aus dem Kalten Krieg – und für Pink ein Symbol für dessen Romantik und Geheimnisse. So lange er denken konnte, hatte er für die CIA arbeiten wollen. Doch wie andere Zeitgenossen Ende der Achtzigerjahre, die sich vom Jahrzehnt der Gier hatten ködern lassen – um dann rasch enttäuscht zu werden –, hatte auch Pink von seinen Träumen Abschied nehmen müssen, denn der Kalte Krieg war längst gewonnen, als er beim Geheimdienst anfing. Und statt ein Kalter Krieger zu werden, war er degradiert worden, die Unordnung im postkommunistischen Russland zu analysieren. Natürlich war die Arbeit immer noch spannend, aber er war an seinen Schreibtisch in der Festung der Firma gefesselt.

Das Telefon schreckte ihn aus seiner Lethargie auf. »Pink.«

»Ich hätte nicht erwartet, dass Sie immer noch im Büro sind«, sagte eine nervöse Stimme.

»Wer spricht da?«, verlangte Pink zu wissen, während er darauf wartete, dass der Name des Anrufers auf seinem Monitor erschien.

»Pat Carlton.«

»Schon wieder?«

»Sie hatten Recht mit Ihrer Warnung, dass man sich von Waterboer fern halten müsse. Aber für mich ist es jetzt sowieso zu spät. Ich werde es kurz machen. Ich habe Dinge erfahren, von denen ich lieber nichts gewusst hätte, ehrlich. Die haben Mazursky ermordet, den Berater des Senators. Und einen Farmer in Arkansas.« Die Worte sprudelte er fast ohne Punkt und Komma hervor.

Der Anruf kam von einem Handy, das Lieutenant Carlton gehörte, Reservist der US-Marine, stellte Pink fest. »Warum sollten die so etwas tun? Das ergibt doch keinen Sinn.«

»Der Sinn kommt erst, wenn man ein paar Zusatzinformationen hat. Und die habe ich. Sie müssen mir nicht aufs Wort glauben. Prüfen Sie's ruhig nach.«

»Okay.«

»Notieren Sie: Eine Firma namens Cleveland Metals. Die Kontonummer 1-1-3-5-6-7-8-5-4 in der V-A-N-U-A-T-U Bank. Die Spar- und Darlehenskasse von Little Rock in Arkansas. Die Anwaltskanzlei Fox, Carlyle und Partner. Und die Diamantlagerstätten in Murfreesboro, Arkansas.«

Pink hatte alles notiert. »Ich hab's. Und?«

»Waterboer zahlt Scott Fress Schmiergelder, um in Arkansas den Abbau von Diamanten im Wert von Milliarden Dollar zu unterbinden. Die Spur des Geldes führt vom Konto der Cleveland Metals bei der Bank von Vanuatu zu der SparDa-Bank in Little Rock. Prüfen Sie's nach. Und seien Sie vorsichtig! Wie ich schon sagte – die haben bereits zwei Menschenleben auf dem Gewissen.«

»Das sind ungeheuerliche Anschuldigungen.«

»Ich weiß, dass es verrückt klingt. Ich bitte Sie auch nur als Anwalt des Justizministeriums und als Reserveleutnant der Marine, diese Information zu bestätigen. Sie war schwer zu bekommen, und zwei Menschen mussten bereits dafür sterben. Aber es sollte nicht allzu schwierig sein, diese Dinge nachzuprüfen.«

»Ich mach's.«

»Danke.«

Pink starrte den Hörer ein paar Sekunden an, dann grinste er. Glaubte dieser Kerl tatsächlich, dass er ihn ernst nahm? *Ich muss wirklich übermüdet sein.* Scott Fress? Der Stabschef des Weißen Hauses? *Also bitte!* Pink hatte Wichtigeres zu tun.

Er knüllte das Blatt mit den Notizen zu einer Kugel zusammen und warf sie in den kleinen Basketballkorb, den er in einer Zimmerecke aufgehängt hatte. Darunter stand der Papierkorb. Pink stand auf, um sich einen frischen Kaffee zu holen, bevor er sich zum zehnten Mal an seine komplizierte Aufgabe machte.

In wenigen Stunden musste er Forbes seine Ergebnisse vorlegen; bis dahin musste er auf die eine oder andere Art einen Sinn in die Daten bringen. Doch das Problem lag klar auf der Hand: Die Daten *ergaben* keinen Sinn. Pink hatte sowohl die offiziellen Zahlen der russischen Diamantenproduktion durchkämmt als auch die inoffiziellen Zahlen, die ihm von Informanten bei Komdragmet zugeschustert worden waren. Weitere Quellen waren der SWR/FSB sowie die Angaben der verschiedenen Bergbaufirmen. Doch wie er die Zahlen auch drehte und wendete, nie wollten sie übereinstimmen.

»Auf ein Neues!« Er seufzte und überlegte fieberhaft, ob er vielleicht etwas übersehen hatte. Noch einmal zwang er sich, die Fakten minuziös zu studieren. Das Einzige, was er noch nicht geprüft hatte, waren die Satellitenbilder des Feuers in Mirnyj. Doch Jerry Delpin von der DST, der Technischen Aufklärung, hatte die Bilder ja bereits ausgewertet. In seinem Bericht kam der erfahrene Analyst zu dem Schluss, das Feuer sei auf eine Gasexplosion zurückzuführen. Nicht ganz ungewöhnlich in einer Region, in der es dermaßen kalt war, dass gefrorene Leitungen nicht selten platzten wie Glas. Und Delpin hatte wirklich Erfahrung in der Auswertung von Satellitenbildern. Wenn er sagte, das Feuer sei auf natürliche Ursachen zurückzuführen, dann war es so. Und dennoch – das Satellitenbild war die einzige Information, die Pink fehlte. Man könnte ja mal einen Blick darauf werfen.

Sein Rücken knackte vernehmlich, als er aufstand und sich streckte. Dann ging er durch ein Gewirr von Korridoren, bis er zu einem Fahrstuhl gelangte. Das grelle Neonlicht in der Kabine blendete seine blutunterlaufenen Augen. Im ersten Stock fuhren die Türen auf. Neben einer Panzerglastür stand ein dürrer Nachtwächter.

»'n Abend, Tom.«

»'n Abend, Roger.« Gähnend steckte Pink seine ID-Karte mit den digitalen Daten in einen Schlitz neben der Doppeltür aus Panzerglas, über der in weißen Lettern BILDAUSWERTUNG stand. Die Lampe auf der Tür sprang von Rot auf Grün.

»Gehen Sie rein.«

Pink wartete, bis die erste Tür ins Schloss fiel, dann gab er seinen persönlichen Sicherheitscode auf einer Minitastatur ein. Sofort fuhr die zweite Tür surrend in die Höhe. Die Sicherheitstechnik in der Firma versetzte ihn immer wieder in Erstaunen. Er musste an seine einstigen Kommilitonen denken. Sie bekamen jetzt vielleicht ein dickes Gehalt, doch ihre Büros waren nicht so *cool.* Sie bewegten sich in einer Welt der Konferenzräume, er hingegen in Büros, die durch einen digitalen Code vor dem Rest der Welt geschützt waren. Und ihr Patriotismus und Interesse an der wirklichen Welt hörten da auf, wo ein fettes Gehalt oder andere Vergünstigungen durch gewiefte Prozessführung zu gewinnen waren.

Pink ging den Korridor hinunter bis zu einer Tür ohne Schild und klopfte.

Eine dicke schwarzhaarige Frau Ende dreißig machte ihm auf. Sie starrte ihn an und kaute ungerührt weiter auf ihrem Kaugummi. Im Gegensatz zu ihrem Kollegen wirkte sie hellwach, ja aufgeputscht – zweifellos eine Folge der langen Nachtschicht.

»Hi, Elaine.«

Elaine lächelte, zum ersten Mal in dieser Nacht. »Hallöchen, Mr Bond.«

Elaine Franklin war in der gesamten Abteilung berüchtigt. Besser gesagt, in der gesamten Firma. Man nannte sie »die Hexe«. Sie war eine ausgesprochen reizlose Person. Das Haar fettig und ungekämmt. Die Blickte stets finster. Trug einen fleckigen weißen Laborkittel. Lief in Schuhen mit schrecklich quietschenden Gummisohlen herum. Elaine kam mit keinem Kollegen aus der Abteilung klar, nur mit Tom Pink. Andere sahen auf sie herab, doch Pink hatte Hochachtung vor ihren Fähigkeiten. Deshalb behandelte Elaine ihn ebenfalls mit Respekt. Und da beide begeisterte Fans von Spionagefilmen aus den sechzigern waren, verband sie mittlerweile eine enge Freundschaft.

Pink rieb sich die Augen. Sie brannten vor Müdigkeit. Er hätte seinen rechten Arm für ein paar Augentropfen gegeben. »Hör mal, Elaine. Ich weiß, Jerry Delpin hat die Bilder von dem Feuer in Mirnyj längst ausgewertet, aber ich muss sie mir unbedingt nochmal anschauen.«

»Hat Delpin etwa 'ne ruhige Kugel geschoben statt seine Arbeit zu machen?« Elaine machte kein Geheimnis daraus, dass sie Delpin nicht ausstehen konnte.

»Das will ich ja gerade herausfinden.«

Bei jedem anderen hätte Elaine sich geärgert, dass sie die gleiche Arbeit noch einmal machen musste. »Dann lassen wir's eben nochmal durchlaufen.«

»Du bist ein wahres Gottesgeschenk, Elaine.« Er grinste sie breit an.

»Einer meiner vielen Vorzüge.« Sie schloss ihre Bürotür ab und ging durch den Flur voran zu einem Raum, in dem rote und grüne Leuchtdioden – digitale numerische Anzeigen und grüne

Flüssigkristalldisplays – wie Lichter an einem Weihnachtsbaum blinkten. Die Elektronik in diesem Raum hatte Pink immer schon begeistert. Modernste Videotechnik. Geräte im Wert von mehreren Millionen Dollar in einem Raum zusammengepfercht, der nicht größer war als ein Fahrstuhl. Leise surrten die Ventilatoren, um die gewaltigen Geräte kühl zu halten. Jedes war dem gegenwärtigen Stand der Technik um Jahre voraus und unterlag strengster Geheimhaltung.

»Wenn wir dieses Zeug doch nur verkaufen könnten«, bemerkte Pink. »Dann könnte Sony einpacken.«

Auf einer ganz normal aussehenden Tastatur tippte Elaine den Befehl ein. Die Tastatur war mit einem der sieben CIA-internen Supercomputerserver verbunden, die allgemein nur »Die sieben Zwerge« hießen. Ein Roboterarm im staubfreien Nebenraum holte eine codierte Digitalkassette aus dem Wandregal und legte sie lautlos in einen Abspielmechanismus ein. Elaine betätigte die Regler an ihrem Abspielgerät, das so viel Ähnlichkeit mit einem normalen Bandgerät hatte wie ein Cray-Supercomputer mit einem Gameboy. Dann schaltete sie den Monitor ein. Die Auflösung von 50.000 Pixeln ließ den Bildschirm grellweiß aufflimmern. Pink wartete geduldig und betrachtete fasziniert die Geräte. Der einzige Laut im Raum war das leise Summen des Bandgeräts.

Elaine griff sich in den Mund und zog ihr Kaugummi wie einen langen Faden heraus. Eine Angewohnheit, die die meisten Leute wahnsinnig machte.

Pink hingegen fand sie amüsant. »Eines Tages wirst du hier noch die ganzen Apparate verkleben.«

Elaine schnaubte verächtlich. »Dann merken sie vielleicht endlich mal, wie wichtig meine Arbeit ist.«

»Ich hab nie daran gezweifelt.«

»Weiß ich doch. Okay. Da ist es.« Sie drückte einen Knopf, schaltete die Halogenlampen an der Decke aus und stellte Helligkeit und Kontrast ein. »Von Anfang an?«

»Wenn es dir nichts ausmacht.«

»Macht mir gar nichts aus. Ich hab den Streifen nie geguckt.«

»Was soll das heißen? Hast du's dir nicht mit Delpin zusammen angeschaut?«

»Nee. Er wollte es alleine sehen.«

»Komisch. Na, lass mal abspielen.«

Eine Digitaluhr am unteren Rand des Videobildes zeigte Stunden, Minuten, Sekunden und Zehntelsekunden an. Die Zehntelsekunden liefen mit rasender Schnelligkeit und vermittelten den Eindruck, der Film laufe im Zeitraffer ab, doch das Gegenteil war der Fall. Der Monitor zeigte Bilder im Infrarotbereich des elektromagnetischen Spektrums. Deshalb war das Bild nicht nur schwarz, es glühte auch in Farben, die verschiedene Wärmegrade erkennen ließen: Weiß zeigte die wärmsten Stellen, dann kamen Gelbtöne, Orangetöne, Rot-, Grün- und Blauabstufungen, die schließlich in Schwarz übergingen. Im Augenblick sah man wenige weiße, von Grün umgebene Punkte vor einem fast schwarzen Hintergrund.

Pink drehte sich Elaine zu. »Sind das die Lichter der Kasernen?«

»Du bist wirklich ein Naturtalent, Tom.«

»Könntest du das Bild mal einfrieren? Und die Lichter heller machen? Ich muss mir das mal auf der Karte anschauen.«

Er blätterte in Delpins dünnem Bericht, der inzwischen ziemlich zerknittert war, und fand eine detaillierte Karte des Mirnyj-Komplexes. Nachdem er viele Male zwischen Karte und Videobild hin und her geschaut hatte, wusste er, dass die weißgrünen Flecken tatsächlich Scheinwerfer waren.

»Danke. Lass es bitte weiterlaufen.«

Wieder sprang die Digitaluhr an. Zwei amöbenartige dunkelrote Gebilde schwebten über den Bildschirm; an jedem hing ein kleinerer dunkelgrüner Fleck.

»Was ist das?«, rief Pink aufgeregt.

»Hat Delpin das in seinem Bericht nicht erwähnt?«

Pink schüttelte den Kopf. »Was sind das für Dinger?«

»Zwei Objekte ... Sie bewegen sich mit der gleichen Geschwindigkeit. Für Menschen viel zu schnell. Ich würde auf Flugzeuge tippen.«

»Aber die Farben zeigen keine Wärmeentwicklung durch Motoren an. Es sei denn ... Was sollen denn diese grünen Flecken sein?«

»Nicht warm genug für Motoren. Wahrscheinlich Piloten.«

»Piloten ohne Flugzeuge?«

»Paraglider.« Das Wort war ihnen gleichzeitig entfahren.

»Paraglider? Mitten in der Nacht? In Sibirien? Über Russlands wichtigstem Diamantenzentrum?«

»Delpin hat echt 'ne ruhige Kugel geschoben.«

»Sieht eher so aus, als hätte er Lassie erschossen und begraben.« Wütend kritzelte Pink etwas an den Rand von Delpins Bericht. »Lass mal weiterrollen.«

Gespannt sahen sie zu, wie die tiefroten Flecken über das gesamte Gelände schwebten.

Plötzlich wurden sie geblendet. Das Bild schien von innen heraus in gleißendem weißen Licht zu explodieren.

Erschrocken fuhr Pink zurück. »Was war denn das?«

»Sieht nach Feuer aus.« Schweigend starrten sie einige Augenblicke auf den Bildschirm, bis Elaine sagte: »Das ist ja komisch ...«

»Was?«

»Das Feuer scheint nicht an einem bestimmten geometrischen Ort auszubrechen.«

»Laienhaft ausgedrückt heißt das ...?«

Elaine spulte das Band zurück; dann näherte sie sich Ausschnitt für Ausschnitt der Stelle zwischen der völligen Dunkelheit und dem explosionsartigen Ausbruch des Lichts.

»Siehst du? Dieses ganze Gebiet«, mit dem Zeigefinger vollführte sie eine Kreisbewegung über den gesamten Bildschirm, »ist erst schwarz, im nächsten Augenblick plötzlich weiß. Folglich ist es erst eiskalt, dann schlagartig heiß. Keine schubweise Veränderung. Der Kontrast ist absolut.«

»Und?«

»Nichts und. Wenn es ein Feuer gibt, muss es irgendwo ausgebrochen sein, stimmt's? Und das hier sieht so aus, als wäre im gesamten Komplex gleichzeitig etwas explodiert.«

»Was könnte denn stark genug sein, um einen ganzen Gebäudekomplex in Brand zu setzen? Und das auch noch bei Minustemperaturen?«

»Keine Ahnung. Aber das hier ist ganz bestimmt kein normales Feuer und auch keine Gasexplosion, das kann ich dir versichern.«

Wieder machte sich Pink eifrig Notizen. »Dann lass mal weiterlaufen.«

In den nächsten sieben Minuten starrten sie atemlos auf die Satellitenbilder in Echtzeit. Die Ecken des Komplexes flackerten auf, als die äußeren Gebäude in Flammen aufgingen und einstürzten. Das Licht blieb weiterhin grell. Mehrere Minuten lang dehnte es sich in einem schmalen Streifen in Richtung Norden. Dann war es, als sei der Lichtstreifen plötzlich aufgehalten worden. Ungefähr eine Minute nach dem Stillstand erschien am Ende des Streifens ein hell leuchtender grüner Fleck, der vom Feuer wegstrebte, in östliche Richtung, viel schneller als der Lichtstreifen. Nun erschienen auch helle grüne Flecken am Südrand des Komplexes und hielten am äußersten Rand des Feuers.

»Das sind Rettungsfahrzeuge, meinst du nicht? Löschzüge? Krankenwagen?«, wollte Pink wissen.

Elaine blinzelte. »Wahrscheinlich«, stimmte sie schließlich zu, die Augen unverwandt auf den Bildschirm gerichtet. »Außer diesem hier vielleicht.« Sie zeigte auf den Fleck, der sich nach Osten entfernte.

»Kein Rettungswagen?«

»Wir haben ihn doch nicht ankommen sehen, oder? Er war

plötzlich da und ist wieder abgefahren. Ein einzelnes Fahrzeug, das muss nichts Besonderes bedeuten. Aber alle anderen Einsatzwagen kamen aus der entgegengesetzten Richtung. Von hier.« Sie zeigte zum oberen Bildschirmrand.

Pink biss sich auf die Unterlippe und schaute Elaine an. »Warum sollten Rettungswagen von den Gebäuden wegfahren?«

»Genau.«

»Vielleicht haben da welche zu fliehen versucht?«

»Vielleicht. Vielleicht haben sie einen Jeep oder so was gefunden und sich aus dem Staub gemacht.«

»Aber das kann nicht sein! Meine Quellen sagen, dass niemand entkommen ist. Die ganze Garnison ist bei dem Feuer ums Leben gekommen. Deshalb konnten die – und wir – ja auch nicht herausfinden, wie die ganze Sache überhaupt passieren konnte. Kein Zeuge hat überlebt.«

»Na, dann hat sich eben jemand geirrt«, meinte Elaine. »Und einer ist doch entkommen.«

»Oder«, gab Pink zu bedenken, »dieser Jemand hat doch Recht gehabt, und kein Soldat der Garnison hat überlebt. Warum sollte ein Soldat seinen Vorgesetzten solch ein Feuer verschweigen? Das ergibt doch keinen Sinn, stimmt's?«

»Stimmt«, gab Elaine zu.

»Also war der, der entkam, kein Mitglied der Garnison.«

»Das würde ich in deinem Bericht an Malcolm unbedingt erwähnen.«

»Aber klar!« Pink schaute auf seine Uhr: Viertel nach drei. »Falls ich nicht vorher an Erschöpfung sterbe. Vielen Dank für deine Hilfe, Elaine.«

26.

Lena

Hotel Goldener Ring
Moskau, 7.01 Uhr

Piet Slythe saß auf der Bettkante in der luxuriösen Grand Palace Suite des kürzlich fertig gestellten Hotels Goldener Ring. Das Hotel war von einer Behörde errichtet worden, die Milliarden Dollar für Regierungsbauten ausgab, um hochrangige Staatsbeamte, Diplomaten und ausländische Würdenträger darin unterzubringen. Nicht zuletzt auch die Paten der russischen *mafija.* Im Immobilienbüro des Kreml wusste man genau, dass ausländische Delegationen horrende Preise zahlten und harte US-Dollars einbrachten.

Slythe war einen Tag vor den Verhandlungen eingetroffen, um sich besser auf die Zeitumstellung einstellen zu können, sodass er beim Meeting mit dem russischen Präsidenten in Topform war.

Vergoldete Bettpfosten trugen einen wogenden Baldachin. Weiße Seidentücher mit Goldbrokat hingen an den Wänden. Slythe ging in das marmorverkleidete Bad mit den prunkvollen goldenen Wasserhähnen und Spiegeln, stellte die Dusche an und genoss den Schwall heißen Wassers. Er grinste: Morgen würde er Orlow in die Knie zwingen.

Mehr noch als im Kalten Krieg brauchte Russland Bargeld. Trotz Orlows Reformen war der Rubel stark abgewertet worden. Die Staatskasse war fast leer, weil Orlow gewissenhaft Russlands Auslandsschulden abzahlte, um seine Kreditwürdigkeit zu beweisen. Der Präsident musste seine Kassen wieder füllen, um zu verhindern, dass kommunistische und nationalistische Fanatiker wie Molotok und seine Russkost das Ruder übernahmen.

Doch Orlow hatte keinen Trumpf in der Hand; sämtliche Trümpfe hielten Slythe und Waterboer. Waterboer konnte den Preis diktieren. Piet Slythes Grinsen wurde immer breiter: Wieder einmal würde er verhindern, dass das Imperium seiner Familie angegriffen wurde.

Er stieg aus der Dusche und betrachtete sich im Spiegel. Fand sich ziemlich attraktiv. Abgesehen von den grauen Haaren konnte er für einen Vierzigjährigen durchgehen. Slythe trocknete sich ab und ging durchs Schlafzimmer in das ebenso luxuriöse Wohnzimmer. Er nahm ein Glasfläschchen mit Kokain aus seinem Diplomatenkoffer.

Der Drogenbesitz hätte ihn leicht zehn bis zwanzig Jahre in einem scheußlichen Moskauer Gefängnis kosten können – falls es je zu einer Anklage gekommen wäre. Doch die Waterboer Mines und Slythe standen hoch über den Gesetzen, die für normale Sterbliche galten. Piet Slythe flog nie mit Linienmaschinen. Musste nie an der Gepäckaufgabe warten, geschweige denn beim Zoll. Seine Maschinen rollten in einen privaten Hangar, der Zoll war eine bloße Formsache. In einer Mercedes-Limousine, eskortiert von der Moskauer Miliz, wurde er zum Hotel gefahren und unverzüglich in die Präsidentensuite geführt. Mithin bestand ein äußerst geringes Risiko, wegen Besitzes illegaler Drogen verhaftet zu werden.

Slythe schüttete ein wenig Kokain auf ein dünnes Glasplättchen und schob es mit einem Platinrasiermesser zu zwei dünnen Lines zusammen. Mit einem Röhrchen, ebenfalls aus Platin, sog er die Lines in die Nasenlöcher. Dann legte er den Kopf zurück und zog mit weit aufgerissenen Augen die Nase hoch.

»Darf ich auch?«, fragte eine Frauenstimme mit starkem russischen Akzent. Slythe sah niemanden; die Frau war nur eine körperlose Stimme aus den Schatten.

»Wer ist da?«, rief er mit scharfer Stimme und suchte den Raum mit Blicken ab. Dann sah er die Frau. »Was hast du hier zu suchen? Wie bist du hereingekommen?«

»Mann mit komische Augen hat Tür aufgemacht.« Sie hatte eine leise, angenehme Stimme. »Ich bin Lena. Ich zu Zimmer geschickt von ... Freund. Um sicher sein, dass dir gefällt Zimmer.« Langsam kam die Frau ins Licht. Sie war eine atemberaubende Schönheit, sicher nicht älter als zwanzig. Fast noch ein Mädchen. Sie blickte Slythe an und lächelte. Über große braune Rehaugen senkten sich verführerisch lange Wimpern. Das unschuldige Gesicht wurde von hohen Wangenknochen betont, die ihr das Aussehen einer erwachsenen Puppe verliehen. Die vollen Lippen waren in Hot Pink geschminkt und zu einem leichten Schmollmund verzogen.

Nachdem Slythe sich von seinem Schreck erholt hatte, musterte er sie eingehend. Lena trug einen glänzend schwarzen, hautengen Bodysuit, der fast alles zeigte. Sie war eine hoch gewachsene Frau mit fantastischer Figur. Lüstern folgte Slythe der Linie ihrer Beine von den Plateausohlen der Schuhe bis zum kleinen, festen Po. Lena stand auf einem Bein und stemmte das andere gegen die Wand. Um die Taille trug sie ein Goldkettchen, das in verführerischer Weise ihre Hüften betonte.

Mit einer einzigen geschmeidigen Bewegung streifte sie den Bodysuit ab. Darunter kamen feste Brüste mit aufgerichteten Knospen zum Vorschein. Lena war schlank wie ein Model. Im Bauchnabel trug sie einen Ring mit Brillant. Verspielt biss sie an einem langen, pinkfarbenen Nagel herum. Slythe konnte nicht sehen, ob sie von Natur aus brünett war.

»Gefällt dir?« Sie drehte sich um, neigte den Kopf nach vorn, warf ihn dann nach hinten und drehte nur den Kopf zu ihm um, während sie anzüglich lächelte. Das lange braune schimmernde Haar ergoss sich über ihren Rücken und hörte erst kurz über dem Po auf, wo ein kleiner russischer kaiserlicher Adler tätowiert war. *»Da?«*

»Aber ja. *Da.*« Er setzte sich aufs Sofa, hielt ihr das Platinröhrchen hin.

Lena schnupfte bereits seit zwei Jahren Kokain – ein großer

Fortschritt seit ihrer Jugend in einer heruntergekommenen Kleinstadt nahe Archangelsk in Nordrussland. Damals hatten sie alle Benzin geschnüffelt.

Nun sog sie das Kokain tief ein und war erstaunt, wie rein es war. *»Otschen charascho.«* Sie lächelte verführerisch, griff Slythe in den Schoß, nahm ihm das Handtuch ab und ließ sich vor ihm auf die Knie nieder. Für gewöhnlich waren reiche Geschäftsleute aus dem Westen fette und hässliche Männer. Der hier hätte ein Filmstar sein können. Lena schaute zu ihm auf und lächelte. Wenigstens war es ihr diesmal nicht vollkommen zuwider, ihre bezahlten Dienste zu verrichten.

Bald schon sollte sie ihre Meinung ändern.

Unruhig warf sich Lester Churchman unter seinem dicken Federbett hin und her. Nicht nur, dass er verantwortlich war für die Rechtsbeugungen seines Brötchengebers – und das allein war mehr als ein Fulltimejob –, er litt auch jedes Mal aufs Neue unter den Auswirkungen des Jetlags. Nachdem er stundenlang vergeblich versucht hatte einzuschlafen, war es ihm gerade gelungen, als plötzlich der gellende Schrei einer Frau durch den Korridor hallte. Er schlug die Augen auf und seufzte. Drei Uhr in der Frühe. Wenn Slythe seine Spielchen noch lange weiter trieb, würde er gar keinen Schlaf mehr finden.

Ungefähr um fünf erlangte Lena das Bewusstsein wieder. Ihr ganzer Körper pochte vor Schmerz. Sie drehte sich um und kämpfte gegen den Brechreiz, als sie diesen Teufel in Menschengestalt neben sich im Bett liegen sah.

Sie erschauderte. Was er mit ihr gemacht hatte! *Solkin sin.*

Lena war schon lange Prostituierte; sie hatte mit vierzehn begonnen. Doch niemals hatte sie so etwas erlebt oder auch nur geglaubt, dass solche Dinge möglich wären. Sie hing über der Toilettenschüssel und würgte; dann untersuchte sie vor dem großen Spiegel ihre Wunden. Der schlimmste Schmerz war bald vorbei, das wusste sie aus Erfahrung. Und ihr Zuhälter kannte einen fähigen Arzt, der sich stets um das Wohl der Sexsklavinnen kümmerte. Was ihr Sorgen bereitete, waren die großen Blutergüsse und die roten Striemen auf Beinen und Gesicht. Die langen blutigen Kratzer, die sich über ihren ganzen Rücken hinzogen, konnte sie verstecken, nicht aber die blauen Flecken auf Gesicht und Unterarmen.

Wie lange es wohl dauert, bis sie verblassen?, überlegte Lena, während sie vorsichtig ihre schmerzenden Gliedmaßen massierte. So wie sie jetzt aussah, würde keiner ihrer Kunden mehr zahlen, auf jeden Fall nicht die reichen Männer der *mafija,* die Lena stets in einem Moskauer Nobelrestaurant zu treffen pflegte, dem Zarskoje Ochota.

Als Lena die Fassung wiedergewonnen hatte, versuchte sie die verräterischen Spuren mit Make-up zu verdecken. Sie fürchtete die Miliz in der Hotelhalle. Eine dicke Schicht Make-up reichte für eine schnelle Flucht aus dem Hotel. Am liebsten wäre sie sofort aus dem Zimmer gerannt, aber sie hatte ihren Auftrag noch nicht ganz beendet. Gestern Abend schon hatte sie ihm die Botschaft mitteilen wollen, doch er hatte sie nicht sprechen lassen. Nur schreien ... Lena starrte an die Decke, tastete in ihrer Handtasche nach Zigaretten und Streichhölzern. Noch immer benommen, suchte sie nach einer Lösung des Problems, während sie das Zellophanpapier einer neuen Packung Marlboro aufriss. Wenn sie die Botschaft nicht überbrachte, würde Uljanow sehr unzufrieden sein. Lena wusste nicht, was er tun würde, doch sie war sicher, dass es noch schlimmer war als das, was Slythe ihr angetan hatte. Vielleicht würde Uljanow sie sogar töten.

Wieder schauderte sie, klappte ein Streichholzbriefchen von »Most« auf, Moskaus angesagtem Nachtclub, rieb ein Streichholz an und steckte die Zigarette an. Als sie den ersten tiefen Zug nahm, kam ihr eine Idee. Rasch holte sie einen Kugelschreiber aus der Tasche, wobei sie das Briefchen zwischen den ausgestreckten Fingern hielt. Mit zitternder Hand kritzelte sie den genauen Wortlaut der Nachricht, die Uljanow ihr aufgetragen hatte, unter die Klappe.

Wenn irgendjemand zusieht, überlegte sie, wird er glauben, ich schreibe diesem abartigen Mistkerl meine Nummer auf.

Lena drückte die halb gerauchte Zigarette aus, steckte das Streichholzbriefchen in Slythes Westentasche und wandte sich wieder dem Bett zu.

Sie spuckte auf den Mann, knipste das Licht aus und stürzte aus dem Zimmer.

27.

Der Bote

Old Post Office Building
Washington, D. C., 11.41 Uhr

Das winterliche Washington war nicht mehr nur kalt und ungemütlich – es war zu einer tödlichen Bedrohung geworden. Carlton wusste, dass er so schnell wie möglich aus Dodge City fliehen musste. Osage und Mazursky hatten schon dran glauben müssen. Wenn er hier blieb, war er vermutlich als Nächster an der Reihe.

In einen wadenlangen schwarzen Mantel gehüllt, eilte er vom Justizministerium zu einem Einkaufszentrum in der ehemaligen Hauptpost, dem Old Post Office Building.

Drinnen wurde ihm fast übel vom aufdringlichen Geruch der Restaurants. Es war Lunchhour, und Behördenangestellte drängten sich wie Vieh vor den Ständen, die von Falafel bis zu Hamburgern fast alles anboten. Die meisten Gäste waren Angestellte des Justizministeriums oder des FBI, die wenigstens für eine Stunde aus den marmorverkleideten Festungen fliehen wollten.

Nach Essen stand Carlton jetzt am allerwenigsten der Sinn. Vor Aufregung, Schlafmangel und zu viel Koffein lagen seine Nerven blank, und sein Magen rebellierte. Im Erdgeschoss des Einkaufszentrums hatte vor kurzem ein Reisebüro eröffnet. Carlton blieb oft vor dem schmalen Fenster stehen, in dem große bunte Farbfotos einladende Ferienziele in den Tropen und im Schnee anpriesen. Heute war er nicht hier, um der Arbeit für die Regierung zu entfliehen – er war hier, um vor der Regierung selbst zu fliehen.

Carlton nahm die Rolltreppe. Im Erdgeschoss wandte er sich nach rechts, hastete weiter.

»Verzeihen Sie ...« Eine Männerstimme drang an sein Ohr. Nervös fuhr er herum und stieß mit dem Besitzer der Stimme zusammen, einem dunkelhaarigen Mann in Khakihose, dickem Pullover und Wildlederschuhen. Um den Hals trug er eine teure japanische Kamera, um die Hüfte einen Taillengürtel. Ein Tourist.

Der Mann blickte ihn freundlich mit blauen Augen an. »Verzeihen Sie bitte, Sir«, sagte er noch einmal mit unüberhörbarem Cockneyakzent. »Könn Se mir sagen, wie ich zum Weißen Haus komm? Die Missus wollte hier einkaufen, und jetz ha'm wir uns verlaufen.«

Carlton beruhigte sich wieder. Nur zu gern zeigte er Touristen in seiner geliebten Hauptstadt den richtigen Weg. Gottlob gab es noch ein paar normale Menschen auf der Welt. »Klar.« Er zeigte dem Mann die Richtung.

»Ihr Yankees seid echt freundlich.« Der Mann grinste. »Vielen Dank.«

»Nichts zu danken. Viel Spaß in Washington!«

Carlton machte sich wieder auf den Weg zum Reisebüro. Fast hatte er die kleine Agentur schon erreicht, als er irgendetwas in der Manteltasche ertastete, das vorher noch nicht da gewesen war. Er griff hinein und zog einen kleinen braunen Umschlag heraus. Der Umschlag war zugeklebt und ohne Aufschrift. Carlton riss die Klappe auf, zog den Inhalt heraus: ein Schlüssel und ein Foto von einem Berg funkelnder Diamanten.

Wieder fühlte er die glühende Kugel im Magen.

Unter dem Foto standen ein paar handgeschriebene Zeilen.

500 einkarätige Diamanten in Brillantschliff, hochweiß mit leichten Fehlern. Die Steine befinden sich in einem Schließfach Ihrer Bank. Benutzen Sie den beigefügten Schlüssel. Wir wissen Ihre Kooperation zu schätzen. Sie haben eine hübsche Freundin.

Carlton schaute in den Umschlag. Da war noch etwas. Noch eine Aufnahme. Ein ganz neuer Schnappschuss von Erika, anscheinend mit einem starken Zoomobjektiv aufgenommen. Vor Schreck blieb ihm beinahe das Herz stehen. Unter dem Foto stand:

Erika Wassenaar (1975 –?)

Mein Gott ...

Der »Tourist« aus Großbritannien – der Mann, der als britischer Tourist aufgetreten war – musste ihm das in die Tasche gesteckt haben. Carlton drehte sich um, ließ den Blick durch das weitläufige Einkaufszentrum schweifen. Der Mann war verschwunden.

Er stürmte die Rolltreppe hinauf, zwängte sich durch die Menge und handelte sich dabei Beschimpfungen ein. Doch als er das Stockwerk darüber erreicht hatte, wurde ihm klar, dass er den Mann nicht mehr einholen konnte.

Sie drohten Erika etwas anzutun! Plötzlich wurde ihm bewusst, dass er sie nicht nur sehr gern hatte – er wollte diese Gefühle auch nicht mehr vor sich selbst verbergen. Dass Erika bedroht wurde, machte ihn viel wütender als die Gefahr für sein eigenes Leben. Flüchtig dachte er daran, ein Schimpfwort über das Foto mit den Diamanten zu kritzeln. Ungläubig starrte er auf den Hügel funkelnder Steine.

Carlton wusste nicht, wie viel fünfhundert hochweiße, leicht fehlerhafte Diamanten wert waren, doch nach dem Gespräch mit Thérèse de la Pierre schätzte er den Karatwert auf mehr als fünf Millionen Dollar. Mehr Geld, als er je im Leben verdienen würde. Steuerfrei.

Er könnte sich aus dem Berufsleben zurückziehen. Ein Haus kaufen. Nie mehr arbeiten. Würde in Sicherheit sein, ohne verfolgt oder gar getötet zu werden. Es war eine große Versuchung.

Carlton schwankte nur für einen Moment.

Wenn Waterboer, Fress und Churchman auch nur das Geringste über ihn wüssten, hätten sie so ein Spielchen niemals versucht. Sie hätten wissen müssen, wie sehr es ihn auf die Palme brachte. Dass er außer sich war vor Zorn.

Carlton rannte über die Straße zum Ministerium. Im Laufen kritzelte er eine Antwort auf die Rückseite des Hochglanzfotos.

Angebot abgelehnt. Möge Gott euren Seelen gnädig sein.

Er klebte den Umschlag mitsamt Schlüssel und Fotos darin wieder zu, adressierte ihn an Lester Churchman, Esq., bei der Agentur Fox, Carlyle und Partner in New York, und legte ihn zur ausgehenden Post.

Ein letztes Mal hörte er seine Anrufe ab und hoffte, dass Pink sich gemeldet hatte.

Fehlanzeige.

Carlton ging zur Tür, drehte sich noch einmal um und starrte auf den unordentlichen Schreibtisch, die Bücherstapel, die Lampe mit dem grünen Schirm, die schmutzigen Fenster.

»Bis dann!« Vielleicht für immer.

28.

Das Bündnis

Molotoks Datscha am Aldan-Fluss
Republik Sacha (Jakutien), Sibirien
Russische Föderation, 20.04 Uhr

Ein unbarmherziger eisiger Wind fegte durch die sibirische Taiga, heulte Tag um Tag, Nacht um Nacht. Er brauste durch die Wälder des Nordens, über riesige Eiswüsten, durch kleine Dörfer mit Hütten und traditionellen Jurten. Tausende von Jahren war der Wind dem gleichen Winterweg gefolgt, hatte sich um kein Hindernis geschert. An solchen Tagen gab es in der grausamen Taiga nichts als Wind und Kälte und Einsamkeit.

Draußen war es eisig, doch aus dem heißen *banja* stieg Dampf auf. Das Bad gehörte zu Molotoks Datscha, die mit allem Komfort ausgestattet war, obwohl sie hunderte Meilen von der nächsten menschlichen Siedlung entfernt war. Molotok saß im Bad und schlug mit einem Birkenzweig auf seinen mächtigen Leib, um die Blutzirkulation anzuregen; dabei atmete er den kräftigen Duft der Blätter ein. Er lehnte den Rücken an die Kachelleiste und nahm eine Flasche hundert Prozent reinen Stolichnaja-Wodka aus einem großen silbernen Sektkühler, der mit Eisstücken und Rohdiamanten gefüllt war. Molotok nahm einen großen Schluck von dem klaren Kartoffelschnaps, wischte sich den dichten Schnurrbart und reichte die Flasche an Uljanow weiter. »Noch ein Beitrag unserer Heiligen Mutter Russland zu den Kulturgütern der Welt.«

Die Tatsache, dass Wodka in Polen und nicht in Russland erfunden worden war, hätte den fanatischen Nationalisten vor Wut um den Verstand gebracht.

Uljanow, ebenfalls ein kräftiger und vor Gesundheit strotzender Mann, nahm die Flasche von seinem Herrn und Gebieter entgegen und nippte kurz daran. »*Da*. Gibt nichts Besseres als ein heißes russisches *banja* und Wodka, um sich zu entspannen und Appetit zu kriegen.«

Molotok schlug Uljanow mit seiner Riesenpranke auf den Rücken. Er nahm eine Hand voll Rohdiamanten aus der Mirnyj-Mine aus dem Kübel und ließ sie langsam durch die Finger rieseln. Nachdenklich betrachtete er die glitzernde Pracht. »So viel Reichtum in solch kleinen Steinen. So viel Macht.«

»Da.«

»Wir verdanken dir und deinen *volki* sehr viel. Ihr habt Pjaschinew mit Waterboer zusammengebracht. Den Anschlag auf Mirnyj ausgeführt. Marschall Ogarkow liquidiert. *Otschen charascho*. Dass ihr Feuer gelegt habt, anstatt die Garnison zu beschießen, war ein großartiger Einfall. Für die Satelliten muss es wie eine Gasexplosion ausgesehen haben. Kein Mensch könnte dahinter einen Anschlag vermuten.« Wieder klopfte er Uljanow auf den Rücken. *»Otschen charascho.«*

»Spasiba.«

Molotok nahm wieder die Flasche und trank sie aus. »Aber Macht ist wertlos, solange sie nicht gebraucht wird.« Seine Stimme klang heiser: die Folge zu vieler Reden und Zigaretten der Marke Kosmos. »Wie ist es mit der ersten Diamantenlieferung gelaufen?«

»Genau wie geplant. Auch die Aufstellung der neuen Garnison lief wie geschmiert. Die Männer wurden danach ausgesucht, dass sie Marschall Aleksakow – der nach Ogarkows vorzeitigem Ableben eingesetzt wurde – treu ergeben sind.« Uljanow grinste. »Aleksakows Leute haben die Diamanten auf einen unserer Lastwagen verladen, bevor die künstlichen Steine auf den Wagen von Komdragmet geladen wurden. Wie immer hat der Geologe von Komdragmet ein paar Steine geprüft und sie für echt erklärt, ohne mit der Wimper zu zucken.«

»Warum auch nicht? Schließlich wird der Mann gut bezahlt.

Und der Südafrikaner? Hat der schon bezahlt?« Molotok grunzte vor Behagen.

»*Da*. In Wladiwostok war ein Mann von Waterboer dabei. Er hat die Lieferung entgegengenommen, während wir das Geld zählten, und den Hafen dann mit 250.000 Karat verlassen. Er hat hundert Dollar pro Karat gezahlt. Macht fünfundzwanzig Millionen.« Uljanow sah auf seine Rotarmisten-Armbanduhr, ein Souvenir, das er von einem seiner vielen Einsätze in Afghanistan mitgebracht hatte. »Die nächste Lieferung aus Mirnyj erfolgt in einem Monat. Wieder fünfundzwanzig Millionen. Wenigstens müssen wir uns jetzt nicht mehr auf die Verträge mit den Vereinigten Staaten verlassen, um Russkost zu finanzieren.«

»Hundert Dollar pro Karat«, flüsterte Molotok heiser. »So billig! Dieser südafrikanische Bastard plündert Russland aus.«

»Geduld, Molotok, nur Geduld! Später werden wir den Preis erhöhen. Wenn wir die ganze Region unter Kontrolle haben. Im Augenblick reicht der Geldfluss vollkommen aus. Die Mirnyj-Mine bringt 250.000 Karat im Monat. Das macht dreihundert Millionen Dollar pro Jahr. Das ist doch ein mächtiger ...«

»So viel Zeit haben wir aber nicht!«, fuhr Molotok ihn an. Dann beruhigte er sich wieder. »Aber mit den dreißig Millionen, die wir bereits haben, können wir die erste Ladung amerikanischer Raketen besorgen.«

»Und doch reicht das Geld nicht, um unseren Feldzug zu starten. Wir müssen die verschwundenen Diamanten finden. Kowanetz sollte sich mal ein bisschen beeilen.«

»Bald, mein Freund. Bald ist es so weit.«

Uljanow nickte. Seit er als kleiner Junge an den *oktobrist*-Massenversammlungen teilgenommen hatte, war er ein treuer Anhänger des kommunistischen Systems gewesen. Später war er ins Heer eingetreten und hatte es bis zum Oberst der Eliteeinheit *speznaz* gebracht. In seinem ganzen Leben hatte er es nie an Loyalität fehlen lassen, doch diese Ergebenheit galt dem Sowjetstaat, nicht der Partei. Der Zusammenbruch des Kommunismus hatte kaum eine Wirkung auf Uljanow gehabt – es war die Auflösung der Sowjetunion im Jahre 1991, die ihn wie ein Dolch in der Seele getroffen hatte. Die Wunde war nie verheilt. Die neuen Herren, die das Staatsschiff ohne Ruder und anscheinend ziellos durch die unruhigen Zeiten steuerten, hatten ihn einfach »in den Ruhestand« versetzt. Hatten ihm »unbegrenzten Urlaub« gegeben. Für Uljanow war der Zusammenbruch der Sowjetunion mehr als eine historische Umwälzung – es war eine persönliche Demütigung. Doch statt sich zurückzuziehen und in vergangenem Ruhm zu schwelgen wie so viele andere, hatte Uljanow einen Weg gefunden, um aus der Asche seiner Niederlage die alte Leidenschaft wieder aufzubauen.

Ironischerweise wurde der lebenslange Kommunist zum Geschäftsmann. In den Vereinigten Staaten hätte man das Geschäft, das er nun wählte, mit »family business« umschrieben. Damals gab es hunderte von Gruppen, die wie Blutsauger über die russische Wirtschaft herfielen, und alle zusammen bildeten die neue russische *mafija.* Auch Uljanow und ein Dutzend seiner früheren *speznaz*-Soldaten traten ihr bei. Natürlich war es nicht die große, mächtige Mafia der ehemaligen kommunistischen Funktionäre und Machthaber, der *apparatschiki* oder Oligarchen, die immer noch den größten Teil der Wirtschaft und der Regierung unter ihrer Kontrolle hielten. Nein, es war die *mafija* der Straße. Um mit den *apparatschiki* in Wettstreit zu treten, war Uljanow nicht mächtig genug gewesen. Zumindest nicht zu Anfang.

Bei der korrupten und unterbezahlten Polizei und den Horden anderer kleiner Mafiagruppierungen wurden Uljanows Männer bald unter dem Namen *volki* bekannt, die Wölfe. Die Schnelligkeit, mit der ihre Organisation wuchs, hätte die meisten Unternehmer beschämt. Die *volki* waren effektiv und tödlich und blitzschnell. Skrupellos nutzten sie die militärische Spielart des *wertuschka*-Netzwerkes aus: spannten Quartiermeister, Lageristen, Hafenarbeiter, Spediteure, Telefongesellschaften, Staatsbanken, Hotelmanager und Piloten in ihre Aktionen ein. Die *wertuschka* – die Cliquenwirtschaft – war allgegenwärtig und unsichtbar. Richtig genutzt, wurde sie zu einer gut funktionierenden Schattenregierung.

Anders als zehntausende alkohol- und drogenabhängiger *mafija*-Söldner, die Russland ohne gesetzliche Legitimation beherrschten und dabei von der Gier und den Launen ihrer früheren *apparatschik*-Führer abhängig waren, operierten die *volki* als disziplinierte, straff organisierte Macht. Ihren Aktionen lag eine wohl überlegte, geschäftsmäßige Planung zu Grunde. Anfangs waren es lediglich Waffen und anderes Wehrmaterial – für ehemalige Armeeoffiziere leicht zu beschaffen und zu verkaufen, hauptsächlich an Staaten wie den Iran, den Irak und Libyen sowie an Einzeltäter, die in vielen anderen Ländern operierten. Später weitete sich das Geschäft aus. Die *volki* verkauften fast alles, was in Armeedepots zu haben war. Dann machten sie sich über die anderen Depots in Regierungsbesitz her. Nach einigen Jahren hatte ihr Geschäftsvolumen eine Größenordnung erreicht, die dem der *apparatschiki* gleichkam, und es waren noch weitere lukrative Zweige hinzugekommen: Erpressung, Bestechung, Schmuggel, Prostitution und Drogenhandel. Börsengeschäfte, Grundbesitz, Technologie, neue Medien. Die *volki* schmuggelten russische Antiquitäten, Edelmetalle, Waffen, Chemikalien und hoch angereicherte Mineralien zur Atomwaffenherstellung aus dem Land und verschacherten die Ware an den Meistbietenden, ungeachtet dessen nationaler Herkunft oder politischer Überzeugung. Der mit Abstand beste Kunde war China, besonders im Hinblick auf Raketen- und Nukleartechnologie. Eine weitere gut fließende Einnahmequelle der *volki* waren die bestellten Morde an Geschäftsleuten, Bankiers, Politikern und Mafiapaten auf der ganzen Welt, besonders in den USA und anderen Ländern des Westens. Dort hatte sich die alte sizilianische Mafia meist so weit etabliert, dass man sich die Hände nicht mehr mit Auftragsmorden schmutzig machen wollte.

Nach einigen Jahren hatten Uljanow und seine *volki* genügend Reichtümer angehäuft, um ihr eigentliches Ziel anzugehen – die Wiederbelebung der Heiligen Mutter Russland. Doch die *volki* konnten dieses Ziel nicht allein verwirklichen. Zum Gelingen einer Revolution brauchte man zwar eine Elitetruppe und Gewalt, aber auch einen charismatischen Führer. Einen mächtigen Verbündeten, dem die Herzen der Massen entgegenschlugen. Lange hatte Uljanow die politische Landschaft nach einem solchen Verbündeten abgesucht. Und in einem Meer korrupter Quallen war er auf einen eindrucksvollen Hai gestoßen, einen Patrioten mit dem Beinamen »der Hammer«, der sich für die Reinkarnation Josef Stalins hielt.

Behutsam und gemächlich baute Uljanow eine Beziehung zu dem rauen, freimütigen Molotok auf. Sie begannen als Geschäftspartner. Zwei Jahre lang beäugten sie einander vorsichtig. Uljanow demonstrierte Molotok, dass er es ehrlich meinte und über große Ressourcen verfügte. Er hatte niemandem etwas weggenommen. Keine übertriebenen Preise gefordert. Er war nicht stillschweigend auf die andere Seite übergewechselt. Dies waren die Markenzeichen der anderen *mafija*-Gruppierungen, deren Praktiken Uljanow sorgsam zu vermeiden trachtete. Molotok seinerseits zeigte sich Uljanows Vertrauen würdig, indem er stets pünktlich zahlte und niemals die geforderten Preise infrage stellte, sowie durch seine tiefe Sehnsucht, Russland möge wieder Macht und Glanz erringen. Wie in alten Zeiten unter Peter dem Großen, pflegte er zu sagen. Oder unter Stalin.

Zuerst hielt Uljanow sich noch zurück, dann wurde er durch Molotoks feurige patriotische Reden ein glühender Anhänger von dessen Organisation. Und nun war es Molotok, der Uljanow in seine Partei aufnahm. Uljanow hatte einen Verbündeten gesucht – und einen Meister gefunden.

»Lass uns essen.« Molotok hievte seinen mächtigen Körper

aus dem Bad und nahm ein flauschiges Handtuch von einem Regal aus Zedernholz. Uljanow folgte gehorsam. »Unsere Gäste sollten inzwischen eingetroffen sein.«

Wieder klopfte er Uljanow auf den Rücken. Die beiden ersten Klapse hatten bereits rote Striemen auf der Haut des früheren Oberst hinterlassen, doch er beschwerte sich nicht und folgte Molotok ins Ankleidezimmer. Nachdem sie angezogen waren, führte ihn Molotok in einen reich ausgestatteten Empfangsraum mit zobelfellbezogenen Stühlen, an dessen Kiefernholzwänden mehrere Ölgemälde hingen, auf denen der Bau der Transsibirischen Eisenbahn dargestellt war. Ein prasselndes Kaminfeuer verbreitete das einzige Licht. Als die beiden Männer eintraten, erhob sich eine Gestalt im Arbeitsdienstanzug von einem der Stühle.

»Marschall Aleksakow«, stellte Uljanow vor. Als stünde er noch im Heeresdienst, salutierte er vor dem frisch beförderten Marschall der Östlichen Bodentruppen und der Mirnyj-Garnison. Lächelnd erwiderte Aleksakow den zackigen Gruß.

Molotok nahm die Hand des Mannes in seine riesige Pranke. »Gut, dass Sie gekommen sind, Marschall. Und sehr klug, dass Sie nicht Ihre Uniform tragen.« Mit dem Zeigefinger tippte er sich an den haarigen Schädel.

»Vielen Dank, Molotok. Ich bin es, der für Ihre Gastfreundschaft zu danken hat.«

»Ganz und gar nicht, mein Freund. Überhaupt nicht. Wir sind doch Verbündete.« Er vollführte eine theatralische Geste. »Was mein ist, gehört auch Ihnen.«

»Spasiba.«

»Ich wollte Sie noch zu Ihrer hervorragenden Arbeit beglückwünschen, Marschall. Ohne Sie wäre es Russkost niemals gelungen, die Kontrolle über die Diamanten aus Mirnyj zu erlangen, um damit den Feldzug für das *rodina* zu finanzieren.«

Aleksakow war froh, dass seine beiden Gastgeber nicht die Röte wahrnehmen konnten, die ihm nach diesen Komplimenten ins Gesicht stieg. Auch er nahm unbewusst teil am Kult um Molotoks Persönlichkeit, den der sibirische Bär geschickt und unablässig zu schüren wusste.

»Die Diamanten aus Mirnyj sind das Herzstück unseres Feldzugs für Mütterchen Russland. Ich wünschte nur, ich könnte meiner Dankbarkeit besser Ausdruck verleihen.« Molotok setzte sein geübtes Lächeln auf.

»Bei diesem großartigen Feldzug an Ihrer Seite stehen zu dürfen ist Lohn genug«, sagte Aleksakow.

»Spasiba, spasiba.« Molotok deutete eine Verneigung an, dann wandte er sich an Uljanow, der noch immer in Habtachtstellung vor dem Marschall stand, eine Angewohnheit, die er nach all den Jahren im Heer nicht so leicht ablegen konnte. »Kommen Sie, *towarischi.* Lassen Sie uns zu unseren Verbündeten gehen.« Er führte die beiden Männer durch einen schmalen Flur in den größten Raum der Datscha.

Das Zimmer war ganz in klar lackierter sibirischer Kiefer gehalten. Auf dem Boden lagen dicke Wollteppiche in roten und blauen Folkloremustern. An den Wänden neben den dreifach verglasten Fenstern hingen Felle vom Hermelin, Zobel und Bär. Mitten im Raum stand ein schlichter Holztisch von mehr als zehn Metern Länge. In einem großen gemauerten Kamin loderten Tannenscheite. Über dem Tisch hingen drei Kronleuchter aus den Geweihen sibirischer Elche. Ölige schwarze Dochte dicker Kerzen verbreiteten stinkenden Rauch. Wie der Kamin dienten auch die Kerzen eher einem dekorativen Zweck. Ein hauseigener Generator sorgte dafür, dass in diesem abgelegenen, einsamen Gebäude niemals der Strom und die Wärmeversorgung ausfielen.

Zehn Männer in Straßenanzügen standen schweigend in dem großen Raum. Wie Marschall Aleksakow hatte auch der andere hochrangige Militär seine Uniform zu Hause gelassen. Einige Männer saßen in Aufsichtsräten und Banken. Andere hatten mit den Medien zu tun. Wieder andere mit Eisenbahnen, Lagerhäusern, Werften und Flughäfen, Computern und Energieerzeugung. Diese Männer waren die obersten Zehn der *krestnii otets:* die Paten der mächtigen russischen *mafija.* Die Hälfte von ihnen waren bekannte Geschäftsleute, die man oft im Fernsehen und in den Zeitungen sah. Die anderen waren so mächtig, dass sie nicht einmal der Öffentlichkeit bekannt waren. Jeder dieser Männer hielt größtmöglichen Abstand zu den anderen. Allein ihre Gesichter waren einander ähnlich und verrieten durch die permanent misstrauischen Mienen, dass jeder ein zwielichtiges Leben geführt hatte und stets von Entdeckung, Verhaftung und Tod bedroht gewesen war. Das russische Volk hatte diesen Männern im Lauf der Geschichte immer wieder andere Namen gegeben: Apparatschiki, Kleptokraten, Oligarchen, Mafia. Unter Jelzin hatten ihre Geschäfte geblüht. Unter der von SWR/FSB unterstützten Regierung Puschnins jedoch hatten sie bereits kleinere Einbußen hinnehmen müssen, und den Krieg gegen Orlow hatten sie bislang vergeblich geführt. Daher brauchten sie nun einen Verbündeten.

Die Blicke der Männer folgten Molotok, der schweigend die Holztreppe hinabstieg. Er wartete, bis Uljanow und Aleksakow nachgekommen waren, dann begrüßte er jeden Anwesenden mit einem festen Händedruck. Einige schloss er auch kumpelhaft in die Arme.

»Towarischi!«, verkündete er mit lauter Stimme. »Willkommen!«

Die meisten Männer – von den Militärs abgesehen – übersahen Aleksakow, den sie ja nicht kannten, und konzentrierten sich auf Molotok. Er war es, den sie trotz ihrer eigenen Machtfülle fürchteten. Er war es, dem sie dennoch vertrauten. Auch Uljanow war Gegenstand ihrer Aufmerksamkeit. Die meisten Anwesenden hatten in den vergangenen Jahren an irgendeiner Operation der *volki* teilgenommen. Alle wussten, welche Macht Uljanow, seine *volki* und deren gemeinsamer neuer Meister ausüben konnten. Zuerst hatten sie nur gerüchteweise von Molotok gehört. Dann von lukrativen Geschäften, die er getätigt hatte. Stück für Stück hatten Molotok und Uljanow die Liste der möglichen *krestnii-otet*-Kandidaten für ihre Russkost-Einsatztruppe zurechtgestutzt. Die meisten Paten waren unzuverlässig. Andere zu gierig. Wieder andere wollten sich weder Molotok noch Uljanow anschließen, schon gar nicht beiden zusammen. Oder Befehle entgegennehmen. Wie das Sprichwort sagt, gibt es keine Ehre unter Dieben, und Diebe waren sie allesamt. Doch keiner durfte ihnen das ungestraft ins Gesicht sagen – er hätte es bitter bereut. Molotoks Liste von fast zweihundert Kandidaten hatte sich nach und nach auf die zehn anwesenden Männer verringert.

Obwohl Uljanow und seine *volki* in Molotoks Plan Verbündete der Paten waren, stellten sie einen dramatischen Gegensatz zur Mafia dar. Die *volki* töteten, erpressten und bestachen, um eine ideologische Bewegung zu unterstützen, die Russkost-Partei. Den Paten, die im Grunde keine anderen Ideale kannten als Reichtum, Frauen und westlichen Komfort, war der Zusammenschluss von Molotok und Uljanow, von Russkost und *volki,* unheimlich.

Schweigend sah Molotok jeden Mann im Raum an. »Ich weiß, dass es schwierig für Sie war, hierher zu kommen. Doch ich versichere Ihnen, dass Sie hier sicher sind. Und nun wäre es an der Zeit, alle Streitigkeiten und Konkurrenz zu begraben, wenn Sie es nicht schon getan haben.« Molotok hielt inne, fasste seine Zuhörer wieder genau ins Auge. In seiner Brust begann ein vertrautes Feuer zu brennen.

Mit dem Finger deutete er auf die Versammelten. »Ihr seid schon jetzt die einflussreichsten Männer Russlands. Ihr habt mehr Einfluss als sämtliche Polizeichefs. Mehr Einfluss als alle Mitglieder der Duma. In der kommunistischen Regierung haben die meisten von euch dieses Land als *apparatschiki* geführt.« Er ballte die Hand zur Faust. »Heute habt ihr den größten Einfluss auf das russische Alltagsleben. Ihr kontrolliert die Medien und die Banken. Die Kriminalität. Die Kommunikation. Die Energieversorgung und das Transportwesen. Die Regierungsbehörden. Sogar Teile des Militärs. Ihr könntet ganz Russland beherrschen.« Er öffnete und schloss seine riesige Faust. »Aber ihr habt nur Einfluss, keine *Macht.* Ihr könnt die Männer, die an der Macht sind, zwar unter Druck setzen, aber ihr könnt ihnen nicht befehlen. Nicht kraft eures Amtes. Ihr habt keine Macht, weil ihr so zersplittert seid.« Er legte eine bedeutungsvolle Pause ein. »Und warum ist das so?«

In den Mienen der Männer stand deutlich Missmut über diesen Vorwurf zu lesen. Besonders, weil er der Wahrheit entsprach.

»Warum?« Molotok beugte sich vor und blickte jeden Einzelnen scharf an. »Weil ihr die Regierung nicht mehr kontrolliert wie zu Zeiten des Kommunismus. Früher oder später werden Orlows reformistische Regierung und der Westen eure Unternehmungen matt setzen. Wie kann es sein, dass Männer wie ihr, die Furcht und Schrecken in die Herzen säen können – wie kann es sein, dass ihr euch einer schwachen, korrupten und hirnlosen Bürokratie beugt?« Am liebsten hätte er geschrien und getobt, aber diese Männer durfte selbst Molotok, der »Hammer«, nicht anbrüllen.

»Weil ihr nicht organisiert seid. Jeder von euch hat seine Unternehmen fest in der Hand, ja. Aber ihr arbeitet nicht zusammen. Warum nicht? Warum wollt ihr die Teile der Maschine nicht zusammensetzen und wirklich etwas erreichen, anstatt Mütterchen Russland und dem Volk den Lebenssaft auszusaugen?«

Wieder hielt er inne und sah die Paten scharf an. Schließlich verzog sein Mund sich zu einem breiten Grinsen. »Aber das hat nun ein Ende. Denn ihr habt euch zu einer Einheit zusammengefunden. Ihr seid zu Russkost gekommen, um die Herrschaft zurückzugewinnen. Ihr seid nicht zufällig hier. Jeder von euch wurde sorgfältig ausgewählt. Ihr seid über lange Zeit hinweg auf eure Führungsqualitäten geprüft worden. Wir hatten auch andere beobachtet, die uns beitreten sollten. Aber sie waren zu schwach. Für die Schwachen ist kein Platz bei Russkost.

Obwohl wir bereits mit jedem Einzelnen von euch zu tun hatten, waren wir doch noch nie alle zugleich an einem Ort versammelt. Ich gratuliere euch zu eurem Mut, dass wir es nun endlich geschafft haben.« Er klatschte in seine Riesenpranken.

»Da wir nun alle beieinander sind, kann ich euch einen Überblick über den vollständigen Plan geben. Der zu beschreitende Weg ist simpel: Russkost wird euch dafür bezahlen, ein Arsenal anzulegen. Für Männer wie euch wird das ein Kinderspiel sein.« Er lächelte. »Sobald das Arsenal komplett ist, werden die Männer eurer jeweiligen Organisationen in unsere Reihen aufgenommen: in die *volki,* in den Teil der Streitkräfte, der Russkost unterstützt, und in die Russkost-Partei. Jeder von euch kennt bereits seinen Teil, für den er die Verantwortung trägt.

Die Wiedergeburt der Heiligen Mutter Russland ist möglich, weil wir uns zusammengetan haben. Es wird keine Kämpfe geben. Keine blutige Revolution. Die Tage Lenins und Stalins sind lange vorüber. Blutvergießen ist unnötig.«

Molotok log, doch die Paten zogen die Lüge vor, statt sich an die Geschichte zu erinnern. Niemals war die Herrschaft über Russland unblutig übernommen worden, ob das Blutvergießen nun in aller Öffentlichkeit oder in den Folterkellern der Geheimpolizei geschah. Die Paten sahen einander an. Es war für Molotok schwer gewesen, sie zusammenzubringen. Aber er hatte darauf geachtet, dass keiner dieser zehn Männer ähnliche Bereiche kontrollierte. Jeder Pate war auf seine Art brillant, knallhart und erfolgreich. Was ihnen jedoch fehlte, war eine gemeinsame Vision, die außerhalb ihres Einflussbereichs lag. Dem berühmten Mann, der die Medien beherrschte – und den wenige für einen Paten hielten, wenngleich er es war –, ging es nur um die absolute Kontrolle der Medien. Der Pate, der die Mineralölindustrie kontrollierte, interessierte sich nicht im Geringsten für Waffenverkäufe. Und so war es mit allen anderen. Sie waren zu eifrig damit beschäftigt, ihr Monopol über bestimmte Industriezweige und andere Unternehmen aufrechtzuerhalten, und zu sehr in Kampf, Korruption und Einflussnahme auf die Regierung verstrickt, um sich an kühnere Gedanken zu wagen. Es hatte Molotoks Mut und politischer Inszenierung, Uljanows Disziplin und der Schlagkraft der *volki* bedurft, um ihre Augen für die Vision der Einheit zu öffnen.

»Mithilfe eurer Kontrolle über die Energieversorgung, das Transportwesen, die Produktion und das Bankwesen, über die Medien, die Waffen und die Truppen wird diese Revolution ein Kinderspiel sein. Wir werden die Produktion zum Erliegen bringen. Wir werden dafür sorgen, dass keine Lebensmittel mehr transportiert werden. Wir werden den Benzinhahn zudrehen. Die Ölzufuhr. Den Strom. Wir werden die Flughäfen lahm legen. Die Bahnhöfe. Die Medien werden ein Bild von Orlow bringen, der sein Amt niederlegt und unseren Kandidaten als Stellvertreter benennt. Sobald er die Macht übernimmt, haben wir die Kontrolle. Das Volk wird uns anflehen, wieder Ordnung zu schaffen. Und dann haben wir die absolute, uneingeschränkte Kontrolle. Welche Macht ihr jetzt schon habt, sie wird sich verzehnfachen, und euer Reichtum ebenfalls.

Und wenn das Volk glücklich ist – wer soll es dann wagen, uns aufzuhalten? Die Armee? Sie ist bereits auf unserer Seite, denn auch sie hat es satt, Russland so schwach zu sehen. Sie will Stärke und Ruhm. Die Bürokraten? Die werden dann endlich regelmäßig bezahlt. Die *amerikanskii?* Die werden einen internationalen Zwischenfall und gestörte diplomatische Beziehungen vermeiden wollen. Außerdem wird diese Angelegenheit nicht von internationalem Interesse sein, sondern eine rein russische Sache. Blutvergießen wie in Tschetschenien wird es nicht geben. Weder die *amerikanskii* noch die Europäische Union werden sich einmischen. Aber dass wir die Kontrolle übernehmen, ist erst der Anfang. Danach kommt unser wahres Ziel: die Wiedergeburt des russischen Weltreichs.«

Molotoks kräftige Arme beschrieben nun schwungvolle Bögen. »Wir werden unsere Armee wieder bewaffnen. Wir werden die Firmen übernehmen, die von den Ausländern kontrolliert werden. Wir werden unsere verlorenen Gebiete zurückfordern. Wir werden ...«

Molotoks Liste war lang.

In der CIA-Zentrale in Langley, Virginia, freute sich Pink über die Unterbrechung durch die tägliche Post. Er blätterte in dem kleinen Stapel Briefe und Zeitschriften und hoffte auf eine Ablenkung, und sei sie noch so kurz. Die Dienstvorschriften untersagten persönliche Post am Arbeitsplatz, und so geschah es selten, dass Pink interessante Briefe bekam. Meist war es nur interne Post, todlangweilig. Doch dann sah er etwas Helles, das zwischen den Seiten des neuesten *Washington Lawyer* hervorschaute. Pink zog es heraus und musste grinsen. Es war eine Postkarte mit einem vollschlanken Mädchen, das kaum mehr trug als seine Sonnenbräune. Er drehte die Karte um.

Mr Pink:
Wusste ich's doch, dass Sie nachgucken
PC

PC? Wer war »P«? Musste wohl Pat Carlton sein. Pink wollte die Karte schon wegwerfen, beschloss dann aber, ihr einen Ehrenplatz auf seiner Pinnwand zu geben. Das Mädchen konnte ihm gute Gesellschaft leisten, während er den Auftrag für Randall Forbes zu Ende brachte. So eine Postkarte war zwar auch gegen die Vorschriften, aber er hatte ein Einzelbüro, keine Zelle in einem Großraum, und so würden seine Kollegen die Karte nicht sehen. Heutzutage musste man mit solchen Dingen am Arbeitsplatz vorsichtig sein. Seufzend wandte Pink sich wieder seinen Zahlen über die russische Diamantenproduktion zu, aber die Postkarte hatte ihn doch etwas aus dem Takt gebracht. Warum sollte Carlton eine Karte schicken, wenn er, Pink, eingewilligt hatte, seine Angaben nachzuprüfen? Und dann noch eine Karte ohne Text? Das ergab überhaupt keinen Sinn. Pink nahm die Karte wieder von der Wand und drehte sie um. Es stand nichts darauf; dann aber bemerkte er ein schmales weißes Stück Klebeband, das auf der ebenfalls weißen Karte kaum zu sehen war. Er zog es ab – und natürlich stand darunter genau das, was Carlton ihm bereits am Telefon mitgeteilt hatte.

»Was für ein Spinner!«, murmelte er und heftete die Karte wieder ans Korkbrett. Wenigstens war das Foto eine Augenweide.

29.

Der Vertrag

Der Kreml
Moskau, 11.12 Uhr

Unter dem wachsamen Blick der schwer bewaffneten Torwächter brauste die glänzend schwarze SIL-Limousine mit ihrer Eskorte aus sechs Motorrädern durch das Hauptportal des Kreml. Für die Russen war diese Limousine ein Spitzenerzeugnis heimischer Automobilindustrie. Nur wenige wussten, dass Franklin D. Roosevelt die Packard Car Company gezwungen hatte, die zur Fabrikation notwendigen Spritzgussformen und Werkzeuge in die Sowjetunion zu schicken, wo man dann die SIL-Limousine baute, die sich über die Jahre zu ihrer gegenwärtigen Form entwickelt hatte.

Die Wagenkolonne hielt am Fuß der Marmortreppe, die zum Großen Palast des Kreml hinaufführte. Drei Personen stiegen aus dem warmen Wagen hinaus in den eisigen Nordwind. Rasch eilten sie durch die massive Tür am Kopfende der Treppe.

Wassili Orlow wartete bereits in der prunkvollen Halle. Es kam selten vor, dass Besucher aus dem Ausland, die keiner Regierung angehörten, am Eingang des Kreml vom Präsidenten persönlich begrüßt wurden. Doch Slythe war kein normaler Gast. Russland war auf den Kontrakt mit Waterboer angewiesen.

»Willkommen in Moskau, *towarischi.* Mr Slythe, wir fühlen uns durch Ihren Besuch geehrt.« Der weißhaarige russische Präsident streckte dem Besucher herzlich die Hand entgegen. Er sprach nahezu perfekt Englisch, wenn auch mit starkem Akzent. Seine wuchtige Körperfülle und das große, runde Gesicht standen in scharfem Gegensatz zur geschmeidigen Eleganz des Südafrikaners.

»Die Ehre ist ganz auf meiner Seite, Herr Präsident.« Slythe schüttelte Orlows dargebotene Hand und lächelte mechanisch. »Vielen Dank für den persönlichen Empfang.« Er schniefte.

Orlow stellte Nowirsk und seine anderen Berater vor.

»Und wenn ich Ihnen jetzt meine Mitarbeiter vorstellen darf, Herr Präsident.« Slythe wandte sich um und machte eine Handbewegung zu seinen Begleitern. »Lester Churchman, mein Anwalt. Ich glaube, Sie haben ihn schon bei einer früheren Gelegenheit kennen gelernt. Und mein persönlicher Assistent, Ian Witsrand.«

Alle gaben sich die Hand und lächelten. Witsrands seltsame Augen jagten Orlow einen kalten Schauder über den Rücken.

Der russische Präsident führte seine Besucher in sein Amtszimmer. Ihnen zur Seite schritten vier Wachen aus der achttausendköpfigen Präsidentengarde, dem russischen Gegenstück zur Leibwache des amerikanischen Präsidenten, die sich aus dem Geheimdienst rekrutiert. Als ihr Schützling sicher im Amtszimmer war, ließen die Leibwächter sich in die bequemen Stühle vor der Tür sinken und zündeten sich Zigaretten an.

Slythe hatte es eilig, die anstehenden Verhandlungen zu beginnen. Sein Lächeln war echt, trotz des Jetlags und der Ausschweifungen der vergangenen Nacht.

Er musterte den russischen Präsidenten und schätzte seinen Gegner ab.

Orlow hatte viel Glück gehabt. Nach dem Zusammenbruch des Sowjetimperiums schien es zunächst, als würde die kapitalistische Demokratie den diktatorischen Kommunismus ablösen. Doch die Veränderung ging nur knapp bis unter die Oberfläche, wie alle Welt bald herausfand. Zwar war Privatbesitz nun erlaubt, und bestimmte politische Freiheiten wurden gestattet, doch die einschneidenden Wirtschaftsreformen, die nötig gewesen wären, um Kommunismus in Kapitalismus oder in einen gerechten Sozialismus zu verwandeln, wurden nie gründlich genug vorgenommen.

Das Fehlen echter wirtschaftlicher und politischer Reformen hatte die massive Wirtschaftshilfe aus dem Ausland verpuffen lassen. Wie ein amerikanischer Berater einmal gesagt hatte, legten die ausländischen Gelder einen kurzen Zwischenstopp in Moskau ein, um dann endgültig auf Zypern, den Cayman-Inseln oder in Liechtenstein zu versickern. Statt die staatlich verordnete Wirtschaft auf gerechte Weise zu privatisieren, verkauften die ehemaligen *apparatschiki* den Staatsschatz für ein Butterbrot an sich selbst; das erforderliche Kapital »liehen« sie, indem sie Staatsbanken, internationale Geldverleiher und humanitäre Hilfsorganisationen anzapften. Einige wurden reicher als die einstigen Zaren, während der größte Teil des Volkes im Übergangsstadium des Postkommunismus vegetierte, arbeitslos, unterbezahlt und ohne soziale Sicherung. Je mehr sich änderte, desto mehr blieb alles beim Alten. Im Grunde hatte sich überhaupt nichts geändert. Seit dem Kommunismus. Seit der Zarenzeit.

In den späten neunzigern erreichte die Wirtschaftskrise ihren Höhepunkt. Die Herrschaft der Diebe wurde von Hinterzimmeroligarchen befehligt, die sich nun gegen Wirtschaftsreformen stellten und den Zufluss ausländischer Hilfe so stark beschnitten, dass selbst eine frische Finanzspritze des IWF und der Weltbank die blutarme russische Währung nicht stützen konnte. Der Rubel ging auf Talfahrt. In die Duma, das russische Parlament, wurden nun verstärkt Kommunisten und Nationalisten gewählt. Daraus ergab sich ein politischer Aufruhr, der weltweit Aufsehen erregte und aus dem es nur zwei Auswege gab: einen letzten Versuch zu echten, unbequemen und umfassenden Reformen oder das Abgleiten in eine aufrührerische, antiwestliche und von Verzweiflung diktierte Politik, wie sie von der patriotisch-kommunistischen Koalition befürwortet wurde.

Stattdessen wählte der todkranke, doch immer noch listige russische Präsident eine dritte Möglichkeit: Er trat zurück. Und zwar vor dem Ende seiner Amtsperiode und mit gleichzeitiger Ernennung eines Nachfolgers und dem vollständigen Schuldenerlass für sämtliche Verbrechen und Unterlassungen, die er während seiner Amtszeit verübt hatte. Dieser Schachzug war melodramatisch und unerwartet, kühn und clever. Russisch eben. Und anfangs funktionierte er auch.

Der vom Präsidenten ernannte Nachfolger Jegor Puschnin war kein unscheinbares Mitglied des russischen Staatsapparats: Er war ein ehemaliger hochrangiger KGB-Offizier. Anders als die vielen zuvor ernannten Minister war Puschnin ein disziplinierter Mann mit stark ausgeprägtem Machtwillen. Seine KGB-Ausbildung und die Beziehungen zum Geheimdienst kamen ihm in den ersten Monaten seiner Amtszeit gut zustatten. Er nahm den Krieg gegen die von der Mafia unterstützten tschetschenischen Rebellen wieder auf und siegte. So gewann er den Beifall des russischen Volkes, denn damit hatte er einen Konflikt beigelegt, den es als sein zweites Vietnam betrachtete – der erste war die fehlgeschlagene sowjetische Invasion in Afghanistan gewesen.

Puschnin hielt den Dialog mit dem Westen aufrecht, während er gleichzeitig im Osten nach neuen Verbündeten Ausschau hielt – China und Indien – und Europa gegen die Vereinigten Staaten auszuspielen versuchte. Um seine Macht innerhalb der Führungselite auszubauen, begann er Milliarden an harter Währung in die Staatskassen zurückzuholen, die der KGB vor dem Fall der Sowjetunion an westliche Banken und Firmen ausgeführt hatte, darunter ein gewaltiger Vorrat an Rohdiamanten.

Doch wie Friedrich Engels vorausgesagt hätte, kam die Auflösung von innen. Es war das erste Mal in der Geschichte Russlands, dass ein ehemaliger KGB-Offizier offiziell die Herrschaft übernommen hatte und nicht im Hintergrund die Fäden zog wie einst Jurij Andropow und sein Politbüro. Puschnin war ein junger, energischer KGB-Mann. Er nahm eine gründliche, schonungslose Säuberung – eine *peredischka* – sämtlicher Ränge und Ämter vor und ersetzte die Beamten durch Mitglieder des vormaligen KGB, der vom früheren Präsidenten umbenannt und auf eine gewisse Weise gespalten worden war: in den *Federalnaja Sluschba Besopasnosti* (Inlandssicherheitsdienst oder FSB) und den *Sluschba Wreschney Raswedki* (Auslandsaufklärungsdienst oder SWR). Bald schon beherrschte der FSB die russische Politik. Darauf folgten die unvermeidlichen Grabenkämpfe und der Verfolgungswahn beider Behörden. Dann nahm der FSB die militärische Führung aufs Korn und klagte sie der Spionage an, der Korruption und was es an Verbrechen noch geben mochte. Gegner der unter dem Einfluss des FSB stehenden Regierung, beispielsweise Oppositionsparteien oder kritische Medien, wurden mundtot gemacht, meist durch Inhaftierung oder drastischere Maßnahmen. Die meisten der alten Oligarchen jedoch blieben, nur wurden sie nun von der Regierung dirigiert, statt wie in alten Zeiten selbst das Ruder zu führen.

Die aufgezwungene Ideologie des Kommunismus und die Gier der Oligarchen diktierte den von Furcht angetriebenen Verfolgungswahn des staatlichen Geheimorgans.

Besonders hart traf es den *Glawnoje Raswediwatelnoje Uprawlenije,* den Militärischen Auslandsaufklärungsdienst, kurz GRU. Da die Führung des FSB den GRU als Rivalen betrachtete, ging sie massiv gegen ihn vor und griff dabei auf Stalin'sche Praktiken der Verhaftung und des Terrors zurück. Doch die Zeit Stalins war vorbei, und der GRU wusste sich seiner Haut zu wehren. Eine Splittergruppe von GRU-Offizieren, die die Zeichen der Zeit verstanden, fasste den Entschluss, Russland den Fängen des FSB zu entreißen. Nicht um dem Volk die Freiheit zu geben, sondern um sie für sich selbst zu sichern. Da die Gruppe auf die Unterstützung der Armee zählte, unternahm sie ihren Putsch und entführte zehn hohe russische Minister, darunter den Präsidenten. Doch die Rechnung der Offiziere ging nicht auf.

In dem Bewusstsein, dass ein Unterdrückerregime lediglich durch ein anderes ersetzt wurde und dass nur wahre Wirtschaftsreformen den Fortbestand des Vaterlandes sichern konnten, durchkreuzte das russische Militär den Plan: Es erzwang Neuwahlen und unterstützte einen starken Führer, der zum ersten Mal in der russischen Geschichte wirkliche Reformen durchsetzen sollte.

So war Wassili Orlow an die Macht gekommen.

Frei von Skandalen und Bestechung, war der hochrangige Staatsbeamte die einzige vernünftige Wahl. Rasch stellte sich heraus, dass Orlow ein gründlicher Reformer war. Er schuf einen Währungsausschuss und heftete den Rubel an eine Leitwährung aus verschiedenen Westvaluta, unter anderem den US-Dollar, das englische Pfund, die deutsche Mark und den französischen Franc, bevor die beiden Letztgenannten durch den farblosen Euro ersetzt wurden. In weiser Voraussicht zählte Orlow den japanischen Jen erst dazu, als Japan seine ökonomische Reife erlangt und dringend benötigte Wirtschaftsreformen durchgeführt hatte. Orlow näherte Russland der Europäischen Gemeinschaft an, denn die Mitgliedschaft in der EU konnte sein

Land davor bewahren, wieder in wirtschaftliches Chaos abzugleiten. Pünktliche Steuerzahlung, ob von Privatleuten oder Unternehmen, von Reichen oder Armen, wurde zur ersten Bürgerpflicht. Die Eintreibung der Steuern musste jedoch durch zahllose Militärrazzien in den Buchhaltungen legal arbeitender und von der Mafia kontrollierter Unternehmen gesichert werden. Die meisten Energiegewinnungs- und Rohstoffmonopole wurden abgebaut, staatliche Unternehmen privatisiert. Die Leiter sämtlicher alter Staatsbetriebe wurden entlassen und dem FSB somit ein schwerer Schlag versetzt, da er an Macht einbüßte. Doch Orlow hatte seinen Machiavelli gründlich studiert und wusste, wie er sich FSB und GRU warm halten konnte.

Die Schocktherapie zeigte Wirkung. Doch in einem Land ohne demokratische Geschichte oder Sinn für Marktwirtschaft ging der Prozess naturgemäß langsam voran – für viele zu langsam und schmerzhaft. Schon bald begann das gute, jedoch an zu viel Leid gewöhnte russische Volk wieder über die schwierige Lage zu klagen. Ausländische Investoren zögerten, ihre Gelder fließen zu lassen. Es wurden zu wenig neue Arbeitsplätze geschaffen. Wieder mussten die Leute lange auf ihren Lohn warten. Nach Orlows Wiederwahl, die mit ein wenig Hilfe des vorsichtigen Militärs zu Wege gebracht worden war, musste die Armee unter Kürzungen und einer immer noch instabilen Infrastruktur leiden. Wieder stand Orlow auf schwankendem politischen Boden und sah sich einer Koalition aus Nationalisten und Kommunisten gegenüber; manche glaubten auch, die *mafija* sei darin verwickelt und werde von einem geheimnisvollen Mann angeführt, der sich selbst Molotok nannte, der »Hammer«.

Slythe nahm ein Glas Tee, das Nowirsk auf einem Silbertablett servierte. Lieber hätte er eine Line geschnupft.

Orlow nippte am Tee und zündete sich eine Davidoff an. »Nun, Mr Slythe. Ich möchte Ihre Zeit nicht über Gebühr in Anspruch nehmen. Wie Sie sehen, sind Finanzminister Woroschilow und die Direktoren von Komdragmet, der Staatlichen Diamantenkommission, sowie die Herren von Almazy Rossii und Almazy Rossii-Sacha nicht anwesend. Auf meine Bitte hin. Unsere Unterhaltung ist also völlig privat.« Er schaute zu Wladimir Nowirsk, Lester Churchman und Ian Witsrand hinüber, um Slythe zu signalisieren, dass auch er seine Hunde von der Leine lassen sollte.

»Wenn Sie wünschen.« Slythe wandte sich an seine Begleiter, schniefte. »Bitte entschuldigen Sie uns.« Sie verließen den Raum.

»Mr Pjaschinew ist natürlich auch nicht da. Aber das wissen Sie ja schon.«

»Ja«, sagte Slythe traurig. »Ein scheußlicher Unfall, wie ich gehört habe. Sein Fachwissen wird uns schrecklich fehlen.« Er meinte es ehrlich. Wenn Pjaschinew überlebt hätte, wäre Waterboer jetzt im Besitz der verschwundenen russischen Diamanten. Wieder schniefte er.

Orlow begann in ausgezeichnetem Englisch: »Mit Ihrer Erlaubnis möchte ich die derzeitige Lage kurz zusammenfassen. Seit 1985 besteht ein Vertrag zwischen Russland und der großen Waterboer Mines Limited. Den Bedingungen zufolge – und der Vertrag läuft diesen Monat aus, wie wir beide wissen – verkauft Russland neunzig Prozent seiner Rohdiamanten an Waterboer, das macht ungefähr neun Millionen Karat jährlich. Dafür zahlt Waterboer knapp eine Milliarde Dollar an Russland. Auch nach der Auflösung der Union der Sozialistischen Sowjetrepubliken 1991 hat die Russische Föderation die Vertragsbedingungen strikt eingehalten.«

Slythe nickte; er fragte sich, worauf Orlow hinauswollte.

»Ich weiß nicht genau, wie ich es diplomatisch formulieren soll, Mr Slythe, aber wir kennen uns ja so gut, dass wir die Förmlichkeiten beiseite lassen können. Überdies bin ich ein einfacher Mann und werde mich daher einfach ausdrücken. Meine Vorgänger waren viel zu großzügig mit Waterboer. Der Vertrag kann unter den bisherigen Bedingungen nicht fortgesetzt werden.«

Orlow hielt inne, stand auf und ging mit langsamen Schritten im Zimmer auf und ab. Slythe verrenkte sich den Hals, um den schwergewichtigen Russen im Auge zu behalten.

»Und zwar aus mehreren Gründen. Erstens«, Orlow zählte an der linken Hand ab, »sind seit 1990 neue Minen in Russland erschlossen worden. Russland fördert heute weit mehr Rohdiamanten als 1990. Zweitens hat Waterboer die Qualität russischer Diamanten viel zu gering bewertet.«

»Herr Präsident, ich ...«

»Lassen Sie mich bitte ausreden.« Orlow war nun lauter geworden. »Russland weiß sehr wohl, dass Waterboer uns zwei Milliarden Dollar geliehen hat, um unsere Förderung zu modernisieren.« Er verneigte sich leicht, legte eine Hand auf die Brust. »Dafür ist Russland sehr dankbar. *Ich* bin dankbar. Aber wie Sie sich erinnern, waren die Bedingungen dieser Anleihe sehr streng. Als Sicherheit hat Russland seinen gesamten Diamantenvorrat Ihrem Unternehmen übergeben. Dadurch beraubte Russland sich der Möglichkeit, Einfluss auf den Weltmarktpreis zu nehmen. Und Russlands Diamantenschatz war viel mehr wert als zwei Milliarden Dollar. Aber das ist Geschichte, und ich wollte es nur am Rande erwähnen.«

»Russland hat der Übergabe aus freien Stücken zugestimmt.«

»Ja. Mein Vorgänger hat die Bedingungen akzeptiert. So wie Deutschland und Japan die Kapitulationsbedingungen nach dem Zweiten Weltkrieg angenommen haben. Hatte Russland eine andere Wahl? Damals brauchte mein Land ungeheure Summen für seine Verteidigung während des Kalten Krieges. Doch 1991, nach dessen Beendigung, als Russland dringend Geld benötigte, um Reformen zu seiner Rettung vorzunehmen und es zu einer wahren Weltmacht zu machen«, er streckte Slythe anklagend den Zeigefinger entgegen, »senkte Waterboer seine Ankäufe um vierzig Prozent und schadete uns über alle Maßen. Diese vierzig

Prozent hätten den Erfolg unserer Reformen bedeutet, doch wieder einmal war Russland zu schwach, den eingegangenen Vertrag zu brechen.«

Er schwieg, ließ die Stille lasten.

»Und nun muss ich zu allem Überfluss erfahren, dass Waterboer in einigen afrikanischen Ländern 400 Dollar pro Karat bezahlt, während Russland sich mit 150 Dollar zufrieden geben muss.« Orlow hob die Hand, um einen möglichen Einwand des Südafrikaners im Keim zu ersticken. »Leugnen Sie es nicht!«, rief er. »Der FSB mag in vielen Dingen inkompetent sein, aber er ist nicht blind.«

Mit leiserer Stimme fuhr er fort: »Verstehen Sie mich nicht falsch. Es freut uns, dass arme afrikanische Staaten gute Preise für ihre Bodenschätze von einem Unternehmen bekommen, das jahrzehntelang Schwarze als Minensklaven missbraucht hat. Aber das russische Volk wird nicht länger dulden, dass es seine Diamanten unter Wert hergeben muss. Wie dem auch sei, wir sind gewillt, unsere Diamanten weiterhin an Waterboer zu verkaufen. Waterboer braucht das. Russland braucht das.« Er unterbrach sein ruheloses Auf- und Abgehen und ließ sich wieder hinter dem Schreibtisch nieder. »Was also ist zu tun?« Er blickte Slythe scharf an. *»Schto?«*

»Herr Präsident, Sie ... Sie haben mich wirklich überrascht.«

Orlow schwieg zunächst. Ruhig zündete er sich eine neue Zigarette an und blies den Rauch zur Decke. »*Njet.* Das glaube ich kaum.«

»Ich bin bestürzt, wie Sie unsere Beziehung einschätzen, Herr Präsident.«

Orlow ging nicht auf die gespielte Bestürzung seines Gesprächspartners ein, betrachtete stattdessen angelegentlich seine Zigarette. »Bestürzt?«

»Ja. Sehr bestürzt. Zuerst einmal muss ich Ihnen sagen, dass Waterboer Mines 1991 nicht deshalb weniger Diamanten gekauft hat, um Russland zu schaden, sondern weil der Marktpreis stark gefallen war. Es war Waterboer einfach nicht möglich, so viele Diamanten zu kaufen wie bisher. Und das wissen Sie genau.«

»Das ist nicht wahr! Waterboer hätte nicht nur Diamanten kaufen *können* wie bisher – Waterboer war dazu verpflichtet. Es war Bestandteil des Vertrags. Ein Vertrag, den Sie, Sir, persönlich unterzeichnet haben.« Orlow wedelte mit der Zigarette zwischen Zeige- und Mittelfinger. »Ein Vertrag, auf den sich Russland und das russische Volk verlassen haben. Bis in die Einzelheiten.«

»Herr Präsident, auch wenn ich Rechtsbelehrungen hasse, muss ich Sie doch darauf hinweisen, dass der Vertrag Veränderungen im Ankaufsvolumen vorsah. Waterboer hat sich ebenfalls an den Vertrag gehalten.« Allmählich gewann Slythe seine Zuversicht wieder. Er setzte sich bequem in dem alten Stuhl aus dem achtzehnten Jahrhundert zurecht. »Im Übrigen hat Russland sich *nicht* an den Vertrag gehalten, wie Sie behaupten. Die Diamanten, die damals von Russland an Waterboer geliefert wurden, waren nicht der Gesamtvorrat des Landes im Wert von dreißig Millionen Karat – was zu der Zeit ungefähr 4,5 Milliarden Dollar entsprach. Des Weiteren stimmt es natürlich, dass Waterboer unter bestimmten Umständen ausnahmsweise einen Karatpreis von 400 Dollar gezahlt hat. Aber das alles ist unwesentlich. Der Preis für russische Diamanten wurde vertraglich auf 150 Dollar pro Karat festgesetzt. Und die Vertragsbedingungen sahen keine Änderung vor.«

»Als Grundpreis, ja. Als Grundpreis. Aber der Preis konnte erhöht werden, wenn sich die Qualität der geförderten Diamanten veränderte. Und diese Voraussetzung ist inzwischen eingetreten.«

Der Südafrikaner brauchte ein paar Sekunden, um diese Bemerkung des Präsidenten zu verdauen. In seinem übersteigerten Selbstbewusstsein hatte Slythe angenommen, Orlow habe den Vertrag nie gründlich studiert. »Herr Präsident, kein Prüfer hat bislang eine bessere Qualität russischer Diamanten bestätigt.«

»Sie sprechen von Ihren Prüfern. Verzeihen Sie, wenn ich das sage, Mr Slythe, aber Ihre Prüfer könnten sogar den Hope-Diamanten wie ein Stück schmutziges Glas erscheinen lassen, wenn Sie es wünschen. Ich spreche hier von *ehrlichen* Prüfern.«

»Sie wollen doch nicht etwa behaupten ...«

Orlow richtete sich zu seiner vollen Größe auf und fixierte sein Gegenüber mit finsterem Blick. »Doch! Genau das will ich! Genug der Ausreden, Mr Slythe! Halten Sie Waterboer für so mächtig, dass es Bestechung vor den Augen der russischen Regierung geheim halten könnte? Unser alter Geheimdienst hat es nie bemerkt – wahrscheinlich, weil er Zuwendungen von Waterboer erhielt. Aber nach 1991 hat der SWR es herausgefunden.«

Bluff war Orlows Stärke. 1991 hatte der SWR nicht annähernd die Mittel, um solche Ermittlungsarbeit zu leisten. Damals konnte sich der Dienst kaum Kohlepapier und Videobänder leisten, von Diamantprüfern gar nicht zu reden. Aber Orlow wusste, dass er auf der richtigen Fährte war – immerhin hatte Kowanetz von den Zuwendungen an Pjaschinew berichtet. Wenn Waterboer Pjaschinew bestochen hatte, war das nur die Spitze des Eisbergs.

Nun ging Slythe in die Defensive. »Mir war von solchen Zuwendungen nichts bekannt, Herr Präsident.«

Orlow setzte sich, drückte seine Zigarette aus und schlug einen braunen Ordner auf, in dem sich Seiten über Seiten mit Zahlenkolonnen befanden. »Soll ich Ihnen die Kontonummer und die Daten der Überweisungen verraten? Das Konto unseres teuren Verblichenen Pjaschinew bei einer Bank im Südpazifik, zum Beispiel?«

Nun war Slythe ehrlich entsetzt. Zum ersten Mal in langen Jahren, seit er Verhandlungen führte, begann er zu schwitzen.

»Aber, aber! Dachten Sie wirklich, wir wüssten nichts davon? Wir würden es niemals herausfinden?« Orlow hielt inne. An seiner Schläfe trat eine Ader hervor. »Das russische Volk, das Sie offenbar als arm, dumm und rückständig ansehen, wird nicht länger zulassen, von Waterboer seiner Diamanten beraubt zu werden.«

»Aber ich ...«

Wieder sprang Orlow aus seinem Sessel auf. »Keine Lügen mehr! Sie lügen, wenn Sie die Bestechung unserer Beamten leugnen! Sie lügen, wenn Sie sagen, Russland habe damals nicht seinen Gesamtbestand geliefert! Ich habe die Akten persönlich studiert. Jedes einzelne Karat aus unseren Lagern wurde an Waterboer übersandt. Lügen Sie mich nicht an! Das russische Volk lässt sich nicht belügen!« Er schlug mit der flachen Hand auf die glänzende Tischplatte.

Zwei Leibwächter, die jedes Wort dieses Gesprächs mit versteckter Kamera aufzeichneten, grinsten sich an. Ihnen gefiel, was sie sahen: Ein echter Russe, der Wodka trank wie ein Kosak und die Angriffe eines westlichen Konzernchefs mit verbalem Kanonenfeuer parierte. Vielleicht wäre es ein Fehler, bei der nächsten Wahl auf Russkost zu setzen. Orlow war ein fähiger Mann.

Slythe verstand die Welt nicht mehr. Nichts lief wie geplant. Der Russe drohte ihm. Ihm, Piet Slythe! Dem Herrn der Diamanten. Er beruhigte sich mit der Versicherung, dass der Russe keinen Hebel besaß, den er ansetzen konnte, auch wenn er sich im Recht fühlte. Nun aber musste Slythe seine Taktik ändern. Orlow anzulügen war ein Versuch, der scheitern musste. Lügen waren nur dann mächtig, wenn sie wie die Wahrheit aussahen.

Orlow kannte die Wahrheit. Nur über die verschwundenen Diamanten schien er nichts zu wissen – und das war seltsam. Wusste Orlow wirklich nicht, dass der gewaltige russische Diamantenvorrat nur zum Teil an Waterboer gegangen war? Wenn die Antwort »Ja« lautete, hatte Pjaschinew wirklich ganze Arbeit geleistet. Ein erfreulicher Gedanke. Wenn Orlow nichts über die Diamanten wusste, würde er nicht nach ihnen suchen.

Das würde Molotoks Suche wesentlich einfacher machen. Und Waterboer würde irgendwann die Hand auf diesen Berg von Diamanten legen können und so verhindern, dass sie die Preise verdarben.

Orlow sank wieder in seinen Sessel und beruhigte sich. Er rang sich ein Lächeln ab. »Regen Sie sich nicht auf, Mr Slythe. Russland und Waterboer sind seit Jahrzehnten gute Geschäftspartner. In den letzten Jahren sind die Beziehungen ein wenig frostig geworden, aber man kann sie ja wieder auftauen.« Er zündete sich eine dritte Zigarette an. »Seit den Sechzigerjahren verkaufen wir Diamanten an Waterboer. Wir wollen doch nicht zu Feinden werden, nur weil ein paar unglückliche Fehler begangen worden sind. Ungeachtet der Vorkommnisse in der Vergangenheit ist Russland immer noch sehr an einem neuen Vertrag mit Ihrem Unternehmen interessiert.«

Slythe schaute hoffnungsvoll auf. »Dann schlage ich einen Karatpreis von 175 Dollar vor.«

Orlow achtete so wenig auf den Vorschlag, als hätte er ihn gar nicht gehört. »Ich möchte einen Dreijahresvertrag vorschlagen. Russland wird 50 Prozent seiner Rohdiamanten an Waterboer verkaufen. Den Rest wird Russland behalten und auf dem Sekundärmarkt verkaufen. Russland braucht neue Arbeitsplätze so nötig wie Bargeld. Warum also nicht Diamantschleifer und Marketingexperten heranbilden? Der Karatpreis wird im ersten Jahr auf 200 Dollar festgelegt, kann aber jedes Jahr erhöht werden – und zwar, nachdem neutrale Prüfer Proben aus jeder russischen Mine untersucht und geschätzt haben. Die Diamanten, die wir behalten und selbst verkaufen, können natürlich auch von Waterboer erworben werden. Aber auf dem Sekundärmarkt.«

Wo die Preise höher sind, wie Orlow gar nicht erst hinzufügen musste.

Slythe war fassungslos. In Wahrheit waren die Bedingungen gar nicht so verschieden von den aktuellen Marktpreisen, aber für ihn waren sie inakzeptabel. Noch problematischer als der hohe Preis, den Orlow forderte, war die Einschränkung, dass er nur die Hälfte der geförderten Rohdiamanten an Waterboer Mining verkaufen wollte, die andere Hälfte hingegen zu höheren Preisen auf dem freien Markt und damit in direkter Konkurrenz zu Waterboer. Der Marktpreis für Diamanten würde rasant in den Keller fallen. In seiner hundertzwanzigjährigen Firmengeschichte hatte Waterboer sich nie auf den Wettbewerb mit einem anderen Großverkäufer eingelassen. Die Stärke des Konzerns basierte auf seinem Monopol.

»Ich fürchte, diese Bedingungen sind unannehmbar, Herr Präsident.«

»Ich verstehe. Das wäre zu viel Wettbewerb, und das sind Sie als Monopolist nicht gewöhnt.« Orlow grinste schlau. »Kann ich gut verstehen. Es gibt natürlich noch eine zweite Möglichkeit.«

Slythe beugte sich vor.

»Russland wird seine gesamte Fördermenge, jedes einzelne Karat, an Waterboer verkaufen, und zwar ...«

»Ja?« Slythe konnte seine Erregung nicht verbergen. *Schnief.*

»Und zwar zu einem Preis von 300 Dollar pro Karat.«

»Dreihundert? Unmöglich. Waterboer wäre innerhalb weniger Monate zahlungsunfähig.«

»Das möchte ich bezweifeln.« Orlow lächelte spitzbübisch und blies Zigarettenrauch aus.

»Nein, Herr Präsident, das ist ...«

»Russland möchte natürlich nichts Unvernünftiges verlangen. Waterboers Untergang wäre auch für uns eine schlimme Sache. Wem sollten wir dann unsere Diamanten verkaufen? Aber ich kann Ihrer trüben ökonomischen Prognose nicht zustimmen. Waterboer würde niemals zahlungsunfähig werden. Zugegeben, 300 Dollar pro Karat sind ein stolzer Preis, aber nur verglichen mit den Preisen, die Waterboer sonst zahlt. Nicht die Preise, die Waterboer selbst verlangt. In diesem Licht betrachtet, liegen

300 Dollar durchaus noch im Bereich des Marktpreises. Und Sie erhalten damit noch einen zusätzlichen Bonus, Mr Slythe, nämlich die Kontrolle über die gesamte russische Diamantenproduktion. Damit könnte Waterboer den Preis für Rohdiamanten kontinuierlich erhöhen – eine Praxis, die Sie ja schon während der vergangenen hundert Jahre betrieben haben. Außerdem könnte das Unternehmen sich dann darauf konzentrieren, sich der Flut entgegenzustemmen, mit der Kanada, Australien und die bürgerkriegsgebeutelten Länder Afrikas den Markt überschwemmen wollen.«

Slythe schüttelte den Kopf. »Ich kann einem solchen Vorschlag nicht zustimmen.«

»Nun, wenn Sie es wünschen, kann Waterboer seine Geschäfte auch ohne einen neuen Vertrag mit Russland weiterführen. Wir müssten dann einen neuen Abnehmer für unsere Diamanten finden. Das wäre ein Problem, sicher. Aber noch schwieriger wäre die Lage für Waterboer. Denn damit würde das Unternehmen die Kontrolle über zwölf Millionen Karat jährlich verlieren. Und das ist ein Verlust, den sich meiner Meinung nach selbst Waterboer nicht leisten kann.« Er starrte Slythe an. Schweigen.

»Keine dieser Optionen ist brauchbar.« *Schnief.*

»Es gibt natürlich noch eine dritte Möglichkeit.«

Slythe wartete mit stoischer Ruhe.

»Sie könnten verhaftet werden.«

Wieder war Slythe fassungslos. »Verhaftet? Sind Sie verrückt? Und wie lautet die Anklage?«

»Ich bin natürlich kein Rechtsanwalt. Aber ich könnte mir vorstellen, dass die Anklage auf Besitz illegaler Drogen, Körperverletzung, Misshandlung und Vergewaltigung lauten würde. Vielleicht sogar auf versuchten Mord ...«

»Vergewaltigung?« Slythe stand auf. »Sind Sie wahnsinnig? Sie wagen es, mich anzuklagen?« Er war laut geworden und legte sich eine Hand auf die Brust. »Mich?«

Orlow blieb ganz ruhig. »Sie bekämen selbstverständlich ein faires Verfahren. Schließlich leben wir nicht mehr in den Zeiten von Stalin und Berija. Auch in Russland haben wir inzwischen Geschworenengerichte.« Orlow grinste hinterhältig. »Vielleicht würden Sie gern die Beweise sehen?«

Er nahm einen Ordner vom Schreibtisch und klappte ihn auf. Nachdem er darin geblättert hatte, wählte er ein besonders hässliches Foto von Slythes S&M-Session mit Lena aus und zeigte es dem Südafrikaner. »Das hier gefällt mir am besten.«

Slythe warf einen Blick auf das schwarzweiße Hochglanzbild und schauderte. Nicht wegen der deutlich sichtbaren Blutflecken, sondern wegen der möglichen Folgen. Sein ansehnlicher PR-Stab hatte für die Öffentlichkeit ein Bild von Slythe geschaffen, das ihn als gütigen Patriarchen zeigte. Wenn er auf einem Foto mit sadistischem Grinsen über dem blutbefleckten Körper einer russischen Nutte zu sehen war, konnte die schöne Fassade mit einem Schlag zerstört werden. Bei diesem Gedanken wurde ihm so übel, dass er sich setzen musste.

»Es war ein Fehler, dass Sie ein Zimmer in einem regierungseigenen Hotel reservieren ließen. So grundlegend hat Russland sich denn doch nicht verändert. Besonders, was seine Geheimdienste betrifft. Überall gibt es noch schrecklich viele verborgene Kameras. Natürlich ist mir klar, dass Waterboer sich bessere Anwälte leisten kann als der verarmte russische Staat, aber es wäre doch eine Schande, wenn diese Fotos irgendwie in die internationale Presse gelangten, finden Sie nicht auch? Kokain und Vergewaltigung. Das passt nicht besonders zu ›Ein Diamant ist Schönheit‹, nicht wahr? Kein besonders guter Marketingschachzug. Die westlichen Nachrichtenagenturen lieben solche schockierenden Enthüllungen. Sie würden uns für die Fotos eine hübsche Summe zahlen.«

»Genug! Ich weiß, wenn ich geschlagen bin«, brachte Slythe mühsam hervor. »Ich werde den neuen Vertrag unterschreiben.«

»Das freut mich außerordentlich.«

»Das ist Erpressung, wie Sie wissen. Ich tue das nicht freiwillig. Solche erzwungenen Verträge sind nicht rechtskräftig.«

»Erpressung. Eine Praxis, die Waterboer natürlich vollkommen fremd ist.« Orlow wurde ernst. »Bitte kommen Sie mir nicht mit diesen Argumenten. Das ist beleidigend. Damit können Sie bei mir nichts ausrichten. Aber wenn Sie vernünftig sind, können wir miteinander reden. Welche Vertragsbedingungen wird Waterboer denn nun wählen? Fünfzig Prozent zu einem Karatpreis von 200 oder hundert Prozent zu einem Karatpreis von 300 Dollar?«

Slythe senkte demütig den Kopf. »Russlands gesamte Produktion zu einem Preis von 300 Dollar per Karat.«

»Da.« Nun grinste Orlow wieder. »Ich werde diese Negative vernichten.« Er nahm einen anderen Ordner vom Tisch, holte ein zweihundert Seiten starkes Schriftstück heraus, dessen Seiten abwechselnd in Kyrillisch und in lateinischer Schrift beschrieben waren. Orlows eigene Rechtsberater hatten mehrere Nächte damit zugebracht, Verträge für jede der vom Präsidenten vorgeschlagenen Alternativen vorzubereiten. »Hier ist der Vertrag. Lassen Sie ihn von Ihren Anwälten durchsehen. Ich schlage vor, Sie verändern so wenig wie möglich daran. Der Kontrakt wird zwar exklusiv zwischen Ihnen und mir geschlossen, aber die Duma möchte nicht übergangen werden. Vielleicht wird sie den einen oder anderen Passus noch verändern, wenn Sie nicht rasch unterzeichnen. Und noch etwas, Piet. Das bleibt jetzt unter uns. Das Kokain ... hören Sie damit auf. Es wird Sie noch umbringen.«

Slythe ließ sich zum Flughafen Scheremetjewo II bringen. Churchman und Witsrand, die mit ihm in der Limousine saßen, hüteten sich, ein Wort zu sagen. Der weiße Boeing Business Jet von Waterboer wartete auf der überfrorenen Rollbahn; die Maschinen dröhnten bereits. In der Kabine ließ Slythe sich in seinen Ledersessel sinken, drückte den Welpen Kimberley an sich, schnupfte Kokain aus einem kleinen Platinröhrchen, legte den Kopf in den Nacken und zog die Nase hoch. Dann grinste er.

Der arme Orlow! Er war so sicher, die Familie Slythe und Waterboer geschlagen zu haben. In Wahrheit war alles zu Waterboers Gunsten ausgegangen. Vielleicht nicht gerade ein Hauptgewinn, aber annehmbar.

Erstens hatte Waterboer nun einen neuen Vertrag, der dem Konzern die gesamte russische Diamantenproduktion sicherte, sodass er sein Monopol aufrechterhalten konnte. Außerdem gab es keinen regulären Sekundärmarkt für Diamanten, wie Orlow sehr wohl wusste, denn auch dieser Markt wurde von Waterboer kontrolliert. Doch es war ein geschickter Schachzug, die Welt glauben zu lassen, es gäbe einen Teil des Diamantenhandels, den Waterboer nicht beherrschte.

Zweitens hatten Orlows Bemerkungen und Argumente deutlich gezeigt, dass er nicht wusste, dass nur ein Teil des riesigen russischen Vorrats vor dem Zusammenbruch der Sowjetunion an Waterboer transferiert worden war. Und das ließ Molotok freie Hand, nach den Diamanten zu suchen, ohne Einmischung von Regierungsseite befürchten zu müssen.

Drittens – und das war vielleicht das Beste – hatte Slythe nicht nur die peinliche Enthüllung der belastenden Fotos verhindert – obwohl er immer noch nicht glaubte, dass man ihn hätte verhaften können –, sondern die Nutte Lena hatte ihm überdies eine höchst willkommene Nachricht zugespielt. Er nahm den Streichholzbrief heraus, den sie in seine Jackentasche gesteckt hatte. Unter der Klappe stand eine handgeschriebene Notiz:

GRU-Oberst Kowanetz macht Ermittlung Pjaschinew, sucht auch Diamanten für Molotok.

Nicht nur, dass Molotok nach den Diamanten suchte, er erhielt auch noch Unterstützung von Mitarbeitern der russischen Geheimdienste. Von Orlows eigenen Leuten.

Zum ersten Mal seit jener Nacht, als es ihm höllisches Vergnügen bereitet hatte, Lena Schmerzen zuzufügen, musste Slythe herzhaft lachen.

30.

Die Warnung

Washington, D. C., 14.35 Uhr

Hallo.«

»Erika? Hier Pat.« Carlton hielt sein winziges Handy dicht ans Ohr, sonst hätte er ihre leise Stimme nicht hören können bei dem Lärm, den der Motor des Shark machte.

»Wo sind Sie gewesen? Ich habe in Ihr Büro geschaut und ...«

»Hören Sie!«

»Und ich ...«

»Erika!«, rief Carlton. »Sie müssen mir zuhören!«

»Was?«

»Nehmen Sie die erste Maschine nach Hause.«

»Wieso?«

»Die wissen über Sie Bescheid.« Beinahe hätte er ihr von der Morddrohung erzählt, hielt sich aber gerade noch rechtzeitig zurück.

»Die *wer?* Was wollen Sie damit ...«

»Ich erkläre es Ihnen später. Tun Sie einfach, was ich sage. Packen Sie gar nicht erst die Koffer. Sagen Sie keinem Menschen ein Wort. Rufen Sie ein Taxi, und fahren Sie zum Flughafen. Nehmen Sie Ihr Handy mit. Ich rufe später an. Verstanden?«

»Aber ich ...«

»Haben Sie verstanden?«

»Ja.«

»Fahren Sie, sofort! Ich rufe später nochmal an.« Er brach die Verbindung ab.

31.

Der DDI

CIA-Zentrale, 16.31 Uhr

Pink wollte gerade an die massive Mahagonitür klopfen, als innen der Riegel aufgeschoben wurde. Noch nie zuvor war er zum Deputy Director der CIA bestellt worden, Randall Forbes, dem Mann, den alle im Haus nur »Malcolm« nannten. Jeder fürchtete Forbes – sogar der CIA-Direktor höchstpersönlich, wenn man den Gerüchten glauben wollte –, und Pink bildete da keine Ausnahme. Er schwitzte heftig. Mund und Kehle waren trocken.

Er drehte den schweren Messingtürknauf.

»Kommen Sie herein, Pink«, sagte der Mann hinter dem Eichenschreibtisch, der im Rollstuhl saß.

Pink sah sich rasch in dem üppig ausgestatteten Dienstzimmer um und überlegte, wie ein Staatsbeamter, selbst in so hoher Position, sich das alles leisten konnte. Dann fiel ihm wieder ein, dass Forbes äußerst wohlhabend war. Wahrscheinlich hatte er alles aus eigener Tasche bezahlt. In Pinks übermüdetem Zustand – zudem hatte Forbes ihre Besprechung um acht Stunden verschoben – hatte dieser Gedanke etwas Beängstigendes. Vielleicht steckten Fress und Forbes unter einer Decke. Wenn jemand Fress in der internationalen Arena helfen konnte, dann Forbes. Vielleicht kam Forbes' Geld in Wirklichkeit von Waterboer und nicht von seiner Familie.

Das Büro war riesig und besaß ein großes Fenster, das den Blick auf den grünen Innenhof des New Headquarters Building erlaubte. Hinter den Panzerglasscheiben leuchtete die Spätnachmittagssonne durch die Wolken – ein Anblick wie auf einem Gemälde von Turner. Auf dem Boden lag ein dicker, dunkelblauer Teppich, der einen lebhaften Kontrast zu den dunkelrot getünchten Wänden bildete. Einige Aufnahmen des DDI mit verschiedenen Präsidenten, Kongressmitgliedern und hochrangigen Militärs umrahmten zwei gewaltige Landschaftsgemälde von Bierstadt aus dem neunzehnten Jahrhundert, die von Halogenstrahlern angeleuchtet wurden. In Türnähe standen drei schwere braune Ledersessel einem Ledersofa gegenüber. In der Mitte des Raumes spiegelte ein glänzender Couchtisch aus Eiche die Flammen eines gemauerten Kamins wider. Weitere Lichtquellen waren Messingleuchter an der Wand und die Lampe auf dem Schreibtisch.

Hinter Pink fiel die Tür automatisch ins Schloss, sodass er das Gefühl bekam, gefangen zu sein.

»Setzen Sie sich.« Forbes machte eine einladende Geste zum Sofa.

»Danke, Sir.«

Forbes fuhr im Rollstuhl zum Couchtisch. Pink saß steif auf dem Sofa neben einem Samtkissen, das mit dem hellblauen und weißen Emblem von Forbes' Alma Mater bestickt war: *Lux et Veritas*. Licht und Wahrheit. Der Wahlspruch der Yale-Universität.

Forbes war Abkömmling der zehnten Generation einer wohlhabenden Familie aus Connecticut mit episkopalem Bekenntnis. Im Unterschied zu seinen Yale-Kommilitonen interessierte er sich mehr für die Belange des Staates als für den täglichen Trott des günstigen Einkaufens und teuren Verkaufens. Diese Dinge überließ er den »Geldsäcken«, wie er seine Bankiers zu nennen pflegte. Forbes war als junger Infanterist im Koreakrieg am Bein verletzt worden und musste seither im Rollstuhl sitzen. Nachdem er in Yale sein Juraexamen gemacht hatte, war er zunächst in der militärischen Abwehr, dann in einer Bostoner Anwaltskanzlei tätig gewesen. In den frühen Sechzigerjahren wurde er zum Botschafter in Südafrika ernannt. Aus jener Zeit rührte sein Interesse an Diamanten.

Anders als viele WASPs der Ostküste in der damaligen Zeit verachtete Forbes die Apartheid. Der gewalttätige Rassismus und die unnachgiebige Haltung der damaligen südafrikanischen Regierung brachten ihn dazu, den diplomatischen Dienst zu quittieren. Er kehrte in die Staaten zurück und wurde als Abgeordneter seines Wahlkreises in Connecticut ins Repräsentantenhaus gewählt. Diesen Posten bekleidete er jedoch nur zwei Amtsperioden lang, dann überließ er ihn seinem Nachfolger. Ein hohes Tier in der Verwaltung, nicht zufällig ebenfalls ein Mitglied der *Skulls and Bones Society* – des Geheimbunds der Yale-Studenten –, ernannte ihn zum Stellvertretenden Direktor des militärischen Nachrichtendienstes. Ein paar Jahre später entschloss sich Forbes zur Rückkehr in ein langweiliges, ereignisloses Dasein als graue Eminenz in seiner früheren Kanzlei, als »Berater«. Doch auch diese Tätigkeit war nur von kurzer Dauer.

Bald schon wurde er durch die Ernennung zum Stellvertretenden Direktor für den Nachrichtendienst, DDI, in den Hexenkessel der Geheimdienste zurückgezerrt. Die Ernennung überraschte ihn sehr. Er hatte nie irgendwelche Beziehungen zur CIA gehabt. Doch Forbes war ein gewiefter Praktiker und nahm die Ernennung aus Pflichtgefühl an, auch wenn sie nicht seinem Traumberuf entsprach. Anfangs tat er bloß pflichtgemäß seinen Job; dann aber begann er seine Arbeit zu lieben. Da Forbes nie geheiratet hatte, war ihm sein Amt inzwischen teurer als sein Privatleben. Unterdessen war ihm auch die Ehrenmedaille des Kongresses verliehen worden: Ihm war die Vereitelung eines terroristischen Anschlags zu verdanken, der am 1. Januar 2000 gleichzeitig in den zehn größten Städten der Welt verübt werden sollte. Doch diese Medaille hielt Forbes vor allen geheim.

Er kleidete sich seiner Herkunft gemäß. Seine schlanke Gestalt war in ein weißes Hemd und einen blauen Nadelstreifenanzug gehüllt, dazu trug er eine gelbe Krawatte von Hermes. Sein leicht gelichtetes Silberhaar fanden die Frauen attraktiv.

Forbes betrachtete seinen Untergebenen mit seinem bekannt durchdringenden Blick aus Augen, die grau waren wie eine Waffe und durch eine goldgefasste Brille blitzten. Die dünnen Linsen dieser Brille waren auf Forbes' Kurzsichtigkeit abgestimmt, die er sich durch endloses Lesen und Lernen eingehandelt hatte. Obwohl Forbes selten lächelte, war er davon überzeugt, dass sein Blick eher professionell als kalt auf seine Mitarbeiter wirkte.

Pink saß nervös auf dem Sofa, den braunen Ordner mit seinen Unterlagen in den Schoß gedrückt.

»Vorsichtig«, sagte Forbes und zeigte auf den Ordner. »Sie wollen ihn doch nicht platt drücken.« Er sprach bestes Ostküstenenglisch. »Hören Sie, Pink, ich weiß, dass es Sie furchtbar viel Zeit gekostet hat, diese Unterlagen auszuwerten. Es ist das erste Mal, dass Sie für mich persönlich einen Auftrag erledigen. Sie sind nervös, erschöpft, Sie schwitzen und Sie haben Hunger. Sie können nicht mehr klar denken. Es ist Ihnen unangenehm, mit mir zu sprechen, ohne dass Debbie Gold dabei ist, und weil ich im Rollstuhl sitze.« Er schwieg kurz. »Lassen Sie das jetzt beiseite! Alles, was ich will, ist eine solide Analyse. Wenn Sie mir die geben können, bin ich zufrieden.«

»Ja, Sir.« Seltsamerweise wurde Pink noch nervöser.

»Gut. Rauchen Sie, wenn Ihnen danach ist.« Forbes selber zog eine Pfeife aus Walnussholz und einen Beutel mit stark duftendem Tabak hervor. »Sie haben sich das Feuer in Mirnyj angesehen und den letzten Trip unseres allseits geliebten Heiligen Piet Slythe nach Moskau.« Er zündete die Pfeife mit einem Zedernstreichholz an und paffte, bis sein Kopf in eine duftende blaue Rauchwolke gehüllt war. Mit starken weißen Zähnen hielt er den Pfeifenstiel fest und blinzelte Pink durch den Qualm an. »Dann erzählen Sie mal.«

»Ja, Sir. Wo soll ich anfangen, Sir?«

»Zuerst möchte ich Ihre Schlussfolgerungen hören. Und mir gefällt es zwar, dass Sie so respektvoll sind, Pink, aber lassen Sie das ›Sir‹. Das knirscht so im Getriebe.«

»Ja, Sir ... äh, ja. Ich bin zu zwei Schlussfolgerungen gekommen: Erstens, Slythes Besuch in Moskau und die Vorkommnisse in Mirnyj scheinen nichts miteinander zu tun zu haben. Zweitens scheint es, als ob es irgendwo noch einen Vorrat russischer Diamanten gibt – demnach sind 1990 *nicht* die russischen Gesamtbestände an Waterboer transferiert worden.«

Er hielt inne, doch Forbes' Blick drängte ihn, fortzufahren.

»Aber ich glaube, man kann aus dem vorliegenden Material noch eine dritte Folgerung ziehen. Ich weiß, dass Jerry Delpin die Satellitenfotos bereits ausgewertet hat. Aber meiner Meinung nach, Sir, gibt es bei den Fotos von Mirnyj einige Unklarheiten, die nach genauerer Prüfung verlangen.«

Meiner Meinung nach. Diese Worte machten Eindruck auf Forbes. Normalerweise redeten seine Untergebenen um den heißen Brei herum und wurden immer dann besonders devot, wenn sie jegliche Verantwortung für falsche Schlussfolgerungen vermeiden wollten. Hier war endlich mal ein Mann, der nicht ängstlich darauf bedacht war, seinen Hintern aus der Schusslinie zu halten. »Sehr interessant. Und worauf gründen sich Ihre Schlussfolgerungen?« Forbes paffte weiter.

»Nun, wie Sie wissen, hat Waterboer im Jahre 1990 Russland zwei Milliarden Dollar geliehen, damit das Land die Förderung und Verarbeitung modernisieren konnte. Als Gegenleistung erhielt Waterboer Russlands gewaltigen Lagerbestand an Diamanten. Mit der Kontrolle über den Vorrat konnte der Konzern dessen destabilisierenden Einfluss auf den Weltmarkt verhindern. Und das für zwei Milliarden. Das war ein ziemlich günstiges Geschäft für Waterboer, auch im Hinblick auf den Karatpreis.« Pink verstummte und suchte in seinem müden Hirn nach dem nächsten Punkt.

»Unsere Berichte besagen, dass die Diamanten von Moskau nach London geschickt und dann auf die Lager von Waterboer rund um den Globus verteilt wurden. Bis hierher kein Problem. Merkwürdig wird es erst, wenn man die genaue Karatzahl ermitteln will, die Waterboer erhielt. Unseren Quellen zufolge, den Informanten bei Komdragmet, wurde jedes einzelne Karat aus russischen Lagern zu Waterboers Niederlassung in Moskau transportiert. Ungefähr zwanzig Millionen Karat in Edelstein- und Industriequalität. Allerdings geben uns die gleichen Quellen auch Zahlen an, die belegen, dass der Gesamtbestand Russlands einen Wert von dreißig Millionen Karat hatte.«

»Also ist der Verbleib von zehn Millionen Karat ungeklärt?« Forbes starrte Pink durch eine Rauchwolke an.

»So sieht es jedenfalls aus. Ja.«

»Ihre Schlussfolgerung ist bereits 1990 von manchen Analysten der Firma gezogen worden.«

Forbes wusste es schon? Pink spürte, wie ihm das Herz sank.

»Also sind entweder die Angaben der Quellen falsch, und der russische Bestand belief sich tatsächlich nur auf zwanzig Millionen Karat, oder die Quellen sind korrekt, und der Verbleib von zehn Millionen Karat ist ungeklärt.«

»So ist es. Mein erster Impuls war, den Quellen keinen Glauben zu schenken. Aber soweit ich weiß, kann kein Informant Kenntnis von einem anderen haben, und jede Quelle lieferte die gleichen Zahlen zur Produktion und zum Bestand, der an Waterboer abgetreten wurde. Damit bleibt nur ein Schluss: Jede Quelle sagt die Wahrheit, und der Verbleib von zehn Millionen Karat ist ungeklärt. Und da die Quellen darauf beharren, dass Absatzmengen, Lieferscheine, Frachtpapiere, Lagerhauslisten, Banküberweisungen und so weiter einen Gesamtbestand von nur zwanzig Millionen Karat bestätigen, kommt es mir so vor, als wären Dokumente der russischen Regierung absichtlich gefälscht worden.«

»Und Ihre Schlussfolgerung?«

»Meiner Meinung nach, Sir, muss es so sein, dass jemand auf höchster Ebene die Zahlen gefälscht hat und dadurch zehn Millionen Karat vor unseren Informanten bei Komdragmet geheim halten konnte.«

»Auf wie viele tote Präsidenten könnte das zutreffen?«

»Wenn man diese zehn Millionen Karat nach und nach auf den Markt bringt – so langsam, dass der Preis nicht ins Bodenlose fällt –, sollten sie zum gegenwärtigen Karatpreis zwischen einer und drei Milliarden Dollar einbringen.«

»Sieht aus, als wäre der Iwan nicht gerade ehrlich gewesen.« Als ehemaliger Diplomat drückte Forbes damit aus, dass die Russen das Blaue vom Himmel gelogen hatten. »Natürlich ist das keine Überraschung.« Er paffte. »Immerhin stammen viele dieser amtlichen Zahlen und Berichte aus der Zeit des Kalten Krieges. Und da Industriediamanten in rauen Mengen für Computer und Ortungssysteme gebraucht werden, hatte der Iwan natürlich keine Veranlassung, die Wahrheit zu sagen.« Seine Zähne bissen hart auf den Pfeifenstiel.

»Da stimme ich Ihnen zu. Aber hier ist noch etwas Seltsames.« Pink schloss die Augen, um seine Gedanken zu ordnen. »Die Quellen, die uns die Zahlen geliefert haben – unsere Leute bei Komdragmet –, sind der Ansicht, dass der gesamte Diamantenbestand sich nur auf zwanzig Millionen Karat belaufen habe. Gleichzeitig sind sie davon überzeugt, dass der Gesamtbestand an Waterboer übergeben wurde.«

»Also haben sie sich nie die Mühe gemacht, zwei und zwei zusammenzuzählen?«

Pink schüttelte den Kopf. »Nein, das ist es nicht. Das zu vermuten wäre zu einfach.«

Forbes schob die Pfeife in den anderen Mundwinkel. »Wie erklären Sie es dann?«

Pink hob die Hände, um seine Argumente mit Gesten zu unterstreichen. »Diese Leute wissen, dass Russland sehr viele

Diamanten fördert. Gleichzeitig aber glauben sie, dass der Vorrat an Rohdiamanten klein ist, jedenfalls kleiner als in Wirklichkeit. Also macht irgendetwas – oder irgendjemand – die Leute von Komdragmet glauben, der Bestand sei geringer, als es tatsächlich der Fall war. Das jedenfalls ist die logische Schlussfolgerung.«

Forbes blies eine Rauchwolke aus.

»Alle drei Quellen haben uns die gleiche Information geliefert«, fuhr Pink fort. »Also müssen sie alle das Gleiche geglaubt haben.«

»Also war es eine Absprache? Die Zahlen waren frei erfunden?« Forbes zog skeptisch eine Augenbraue in die Höhe.

»Das glaube ich nicht. Nein«, fügte Pink mit Nachdruck hinzu. »Diese Leute arbeiteten in zu hohen Positionen. Und wie schon gesagt – keiner wusste vom anderen. Ich bezweifle, dass sie ihre Geschichten aufeinander abgestimmt und gezielt Fehlinformationen geliefert haben. Aber warum nimmt jemand eine solche Mühe auf sich, um uns glauben zu machen, der Bestand an Diamanten sei viel geringer als in Wirklichkeit? Es ist ja schön und gut, die Fakten zu kennen, aber warum sollte irgendjemand in Russland sich einen ...«, er hielt sich gerade noch zurück, bevor ihm ein Schimpfwort entfuhr, »sich einen Deut darum scheren, dass die CIA über den genauen Bestand in russischen Lagern unterrichtet ist?«

»Sie setzen voraus, dass die CIA das Ziel der Desinformation war.« Forbes betonte das vorletzte Wort und starrte auf den brennenden Tabak in seiner Pfeife.

»Wäre das nicht logisch?«

»Ja.« Schweigen. »Solange Sie nicht wissen, was ich bis jetzt zurückgehalten habe.« Forbes deutete mit dem Pfeifenstiel auf Pink. »Eine unserer Quellen bei Komdragmet war auch Informant für Waterboer. Leonid Pjaschinew. Was ist mit Ihrer dritten Schlussfolgerung? Mirnyj?«

Pink war an die Korruption im Osten viel zu sehr gewöhnt,

um über diese Enthüllung zu staunen. »Die Bilder zeigen drei sonderbare Phänomene. Erstens scheinen unmittelbar vor der Explosion zwei Flugmaschinen ohne Motor über den Komplex geflogen zu sein. Zweitens gab es in der Anlage gleichzeitig mehrere Explosionen, also nicht bloß einen einzigen Brandherd, der sich langsam ausbreitete. Und drittens ist jemand entkommen, der nicht zur Garnison gehörte.«

Forbes richtete sich im Rollstuhl auf. Zum ersten Mal schien er wirklich überrascht. »Und welchen Schluss ziehen Sie daraus?«

»Warum sollte jemand mit Gleitern über Mirnyj fliegen statt mit einem motorbetriebenen Fluggerät? Noch dazu nachts? Bei Minustemperaturen? Das ist unwahrscheinlich. Kein einziger Soldat hat den Brand überlebt, wie unsere Leute im russischen Generalstab bestätigt haben. Wenn diese Dinge nicht zufällig geschehen sind, stand eine Absicht dahinter.«

Forbes nickte nachdenklich.

»Und wenn es Absicht war, hat jemand die Explosion ausgelöst.«

»Das ist ein bisschen weit hergeholt, oder? Warum sollte jemand Feuer in Mirnyj legen, wenn er nicht die Schleiferei und das Lager zerstören will?«

»Die Neutronenbombe!«, platzte Pink heraus.

Forbes zog die Pfeife zwischen seinen Zähnen hervor. »Wie bitte?«

»Die Neutronenbombe, Sir. Sie wurde doch entwickelt, um Menschen zu töten, Gebäude jedoch unbeschädigt zu lassen.«

»Jetzt verstehe ich gar nichts mehr, Pink.«

»Die Neutronenbombe sollte Gebäude intakt lassen, damit die Infrastruktur nach dem Krieg wieder genutzt werden konnte, sobald der Fallout verflogen war. In Mirnyj hat das Feuer die hölzernen Kasernen zerstört, aber der Schleiferei in einem Betonbau können die Flammen nichts anhaben.«

»Sie glauben also, dass die Explosion in Mirnyj – wer immer

dafür verantwortlich ist – ausgelöst wurde, um die Soldaten zu eliminieren, ohne die Schleiferei zu beschädigen?«

»So ungefähr.«

»Und um mit Ihrer Analogie über die Neutronenbombe fortzufahren: Sinn und Zweck dieser Bombe ist, dem Sieger die Nutzung der Fabrikanlage zu sichern.«

»Stimmt.«

»Wenn man die Analogie weiterdenkt, läge der Sinn der Explosion im Diamantenzentrum Mirnyj für den Verursacher darin, dass er dort weiterhin Diamanten schleifen und polieren will.«

»Ja.«

»Aber im vorliegenden Szenario hat der neue Kommandeur der Östlichen Bodentruppen, Marschall Aleksakow, der Nachfolger von Ogarkow, eine neue Garnison eingesetzt. Er lässt die Kasernen wieder aufbauen, und in Mirnyj wird weiter gearbeitet wie vor der Explosion. Warum sollte man einen ganzen Gebäudekomplex niederbrennen, um die Soldaten zu töten, wenn man doch weiß, dass nur wenige Tage später eine neue Garnison eingesetzt wird?«

»Das nehmen wir nur an.«

»Was nehmen wir nur an?«

»Wir nehmen nur an, dass die Arbeit in Mirnyj wieder aufgenommen wurde. Wenn der Brand gelegt wurde, sollte er irgendetwas bewirken. Was hat sich geändert? Das Einzige, was sich nach dem Brand geändert hat, ist die Besatzung – die Soldaten. Die Verarbeitungsanlage hat keinerlei Schäden erlitten. Sie besteht aus verstärktem Beton, konnte daher nicht Feuer fangen. Die Holzkasernen werden wieder aufgebaut. Wer immer diese Explosion versucht hat – er hat große Mühen auf sich genommen, um die Soldaten zu töten und die Anlage intakt zu lassen.«

Die Lösung war die ganze Zeit zum Greifen nahe gewesen, doch Pink war nicht darauf gekommen. »Und um sicherzustellen, dass die Satelliten nichts entdecken! Natürlich!«

»Nehmen wir also an, dass jemand zu äußerst ungewöhnlichen Maßnahmen griff, um die Garnison zu vernichten«, entgegnete Forbes. »Und gehen wir noch einen Schritt weiter: Warum musste eine neue Garnison her?«

Pink ordnete seine Gedanken. »Die neue Garnison muss sich irgendwie von der alten unterscheiden.«

»Zum Beispiel, weil es völlig neue Leute sind«, gab Forbes zu bedenken und stopfte seine Pfeife.

»Glauben Sie vielleicht, dass ...« Pink verlor sich in Gedanken. Ein neuer Einfall nahm verschwommen Gestalt an, doch er konnte ihn noch nicht ganz greifen.

»Vielleicht sind die Soldaten jemand anders treu ergeben. Der befehlshabende Offizier ist ein anderer – Marschall Aleksakow.«

»Das würde Sinn machen, ja. Aber wem sind sie ergeben? Waterboer?«

Forbes schüttelte kaum merklich den Kopf. »Waterboer könnte es nicht wagen, mehr als hundert Soldaten zu bezahlen. Etwas so Offensichtliches würde gegen jede Regel der Konspiration verstoßen.« Er spielte auf das Axiom an, nach dem ein Geheimnis sich stets im Verhältnis zur Zahl der Mitwisser ausbreitet. Wenn nur ein Mensch etwas Wichtiges weiß, kann er das Geheimnis bewahren, aber dann ist es keine Verschwörung. Wenn zwei Menschen es wissen, wissen es irgendwann acht, und so weiter. Deshalb sind volkstümliche Vorstellungen über Konspiration nicht nur weit hergeholt – solche Verschwörungen sind schlichtweg unmöglich.

»Und was ist, wenn Waterboer nicht die ganze Garnison bezahlt, sondern lediglich den neuen Kommandeur?«, fragte Pink.

Forbes dachte einen Augenblick nach. »Da ist nur ein Haar in der Suppe ... oder vielmehr ein Einschluss im Diamanten, wenn Sie mir den Ausdruck verzeihen.« Sorgfältig zündete er seine Pfeife neu an. »Das Motiv, Pink. Welchen Grund sollte Waterboer haben, den befehlshabenden Offizier der Schutztruppe von Mirnyj zu bezahlen, wenn der Betrieb dort weiterläuft wie bisher? Die Garnison spielt doch keine Rolle bei der Diamantenverarbeitung, sie ist nur für den Schutz zuständig.«

Pinks Theorie fiel in sich zusammen. Niedergeschlagen musste er zugeben: »Stimmt. Hätte Waterboer diese Explosion verursacht, hätten sie auch dafür gesorgt, dass in Mirnyj keine Diamanten mehr verarbeitet werden.« Er schaute zum Fenster hinter Forbes' Schreibtisch hinaus. Seine Gedanken schweiften umher, richteten sich dann wieder auf das Wesentliche. »Aber das widerspricht der Folgerung nicht: Wenn es nicht Waterboer ist, muss es jemand anders sein. Jedenfalls steckte Absicht dahinter.«

»Aber wer sollte das sein?«

Pink musste grinsen. Er war so sehr daran gewöhnt, nach geheimen Informationen zu suchen, dass er das Offensichtliche völlig übersehen hatte. »Russland. Wer sonst außer Waterboer sollte ein Interesse an der russischen Diamantenproduktion haben? Und heutzutage ist Russland ein Staat mit vielen Gesichtern und vielen einander widerstreitenden Kräften.«

»Russland bezahlt den befehlshabenden Offizier?«

»Kommunisten, Nationalisten oder die Mafia. Wer die Diamanten von Mirnyj kontrolliert, kann sie verkaufen. Ob an Waterboer oder auf dem Sekundärmarkt – ganz wie er will. Die Frage ist nur, wer kontrolliert Mirnyj?«

»Das passt ja hervorragend. Orlow ist gerade dabei, den Preis für russische Diamanten höher zu schrauben. Wer immer Mirnyj kontrolliert, kann die Diamanten zu einem künstlich niedrig gehaltenen Preis an Waterboer verkaufen und dabei riesige Gewinne einfahren. Waterboer wartet doch nur auf so eine Gelegenheit. Pjaschinew stand bereits auf ihrer Gehaltsliste. Er hat im Auftrag von Waterboer die Produktionszahlen gefälscht, damit Orlows Leute nichts ahnen sollten. Und wer immer die Mirnyj-Diamanten kontrolliert, war mächtig genug, Bilanzen fälschen und es so aussehen zu lassen, als stammten die Zahlungen von der russischen Regierung.«

Forbes hielt inne und lächelte nun zum ersten Mal während der Besprechung. »Eine ausgezeichnete Analyse, Pink. Und korrekt, möchte ich hinzufügen, weil sie Licht auf einige Informationen wirft, die wir gestern Morgen erhielten. Deshalb hatte ich ja Mrs Gold gebeten, dass das bereits vorliegende Material zunächst ausgewertet wird. Sonst hätte ich das unseren Freunden bei der Justiz überlassen.«

Pink dachte an Carltons Anruf und seine Ansichtskarte.

Mit einer Drehung des Handgelenks schleuderte Forbes einen Ordner in Pinks Schoß. Pink schlug den Ordner auf und betrachtete die vielen schwarzen Zahlenkolonnen. Sie verschwammen vor seinen müden Augen. Es sah aus wie eine Liste von Einnahmen und Ausgaben für hunderte von Einzelposten.

»Eine interne Bilanz von Waterboer über den Kauf russischer Diamanten im letzten Monat«, erklärte Forbes. »Keiner der aufgeführten Posten hat uns vor Ihrer Analyse irgendetwas gesagt. Besonders den letzten Eintrag finde ich sehr aufschlussreich.«

Pink suchte ihn und stutzte. »Ich bin zwar kein Buchhalter, aber das hier sieht aus wie ein Kauf von 250.000 Karat zu einem Preis von hundert Dollar pro Karat.« Er schaute auf. »Der noch gültige Vertrag zwischen Russland und Waterboer verlangt 150 Dollar pro Karat, und von unseren Informanten in Orlows Büroleitung wissen wir, dass er im künftigen Vertrag 300 Dollar haben will.«

»Wenn in Mirnyj pro Monat 250.000 Karat verarbeitet werden, und wenn Waterboer 100 Dollar pro Karat bezahlte statt 150 oder 300, muss Waterboer diese Diamanten aus einer anderen Quelle bezogen haben und nicht von der russischen Regierung.«

»Vielleicht waren es ja gar nicht Diamanten aus Mirnyj, die verkauft worden sind. Vielleicht sind es die sagenhaften verschwundenen Diamanten.«

»Aber die Zahlen sind einander zu ähnlich! 250.000 Karat im Monat. Und das nach dem, was in Mirnyj geschehen ist? Das wäre ein zu seltsamer Zufall.«

Pink biss sich auf die Lippen, bevor er die Frage stellte, die er hatte stellen wollen, seit Debbie Gold ihm den Auftrag erteilt hatte. »Bitte verzeihen Sie, wenn ich frage, Sir, aber ich verstehe nicht, was die CIA mit alledem zu tun hat. Ob es einen Vertrag gibt oder nicht, das ist doch ausschließlich Sache der Russen. Warum müssen wir ...«

»Warum. Allerdings. Dafür gibt es einige Gründe. Ich nenne Ihnen drei. Erstens gibt es kaum eine Angelegenheit, die ganz allein Sache der Russen ist. Wenn man das Problem logisch weiterdenkt, wird eine Angelegenheit der Russen irgendwann zu einer internationalen Angelegenheit. Zweitens wurde der CIA-Agent, dem wir die vorliegende Information verdanken, vor weniger als vierundzwanzig Stunden von Waterboer ermordet.«

Pink starrte auf das Blatt. Die Zahlen schienen nun an Bedeutung gewonnen zu haben. Ein Agent hatte sein Leben gegeben, um sie zu beschaffen.

$ 5.000.000 L. Pjaschinew
$ 25.000.000 (250 Kkt.) Vanuatu Bank/117837622

Vor dem Namen der Bank hatte anscheinend noch ein Wort gestanden; offenbar war es ausradiert worden.

»Der dritte Grund ist, dass vorgestern von dem Konto dort fünfundfünfzig Millionen Dollar abgehoben worden sind, um damit auf dem Schwarzmarkt zehn gestohlene AGM-136 Tacit Rainbow-Raketen zu kaufen. Kennen Sie sich mit der Rainbow aus?«

Pink schüttelte den Kopf.

»Die Rainbow ist eine boden- oder luftgestützte Drohne zur Aufklärung und Vernichtung von Radarstationen mit einem 40-

Pfund-Sprengkopf. Sieht aus wie ein Marschflugkörper. Doch anders als der kann die Rainbow lange Zeit fliegen. Sie ist äußerst zielgenau, und ihre Programmierung ist fast nicht zu blockieren.«

»Wer ...«

»Das Konto wird unter dem Tarnnamen einer Organisation geführt, die Sie gut kennen.« Forbes machte eine bedeutungsvolle Pause. »Russkost.«

»Russkost? Die russischen Nationalisten? Molotok? Diese Wahnsinnigen stecken dahinter?« Pink dachte nach. »Wenn die dabei sind, dann ...«

»Dann ist jemand drauf und dran, einen russischen Bürgerkrieg anzuzetteln, gegen den Tschetschenien wie eine Wehrübung aussehen wird.«

Pink schwieg fassungslos.

»Deshalb geht es auch uns an.«

»Dann kontrolliert Russkost die Mirnyj-Mine, um sich mit dem Verkauf der Diamanten zu finanzieren.«

»So sieht es aus – zumindest wird es durch Ihre Analyse bestätigt.«

»Aber wenn Russkost Mirnyj mithilfe des neuen Garnisonskommandeurs kontrolliert und die Diamanten über irgendwelche trüben Kanäle an Waterboer verkauft, dann können sie Waffen kaufen, von wem sie wollen!« Entsetzt stand Pink auf. »Mein Gott! Sie könnten alles Mögliche kaufen ...«

Forbes bedeutete ihm, sich wieder zu setzen. »Nein, das können sie nicht. Sehen Sie das nicht? Mirnyj ist ihr Schwachpunkt. Ihre Achillesferse. Die 250.000 Karat im Monat aus Mirnyj sind lange nicht genug. Es ist wie bei den Tschetschenen. Die sind zwar bewaffnet, aber mit veraltetem Gerät. Russkost kann 25 Millionen im Monat einnehmen, wenn die Produktion in Mirnyj weiterläuft wie bisher. Das reicht, um eine anständige Schießerei anzuzetteln, aber bei weitem nicht für das Arsenal, das sie letzten Endes benötigen. Es geht im Grunde nicht um Mirnyj, sondern um das, was Sie durch Ihre Auswertung bestätigt haben: dass am Gesamtbestand russischer Diamanten, der 1990 an Waterboer ging, zehn Millionen Karat fehlen.

Wir müssen einfach annehmen, dass Russkost diese Diamanten noch nicht hat, sonst wären sie längst an Waterboer verkauft worden. Wenn es der Russkost gelingt, diese Diamanten zu finden, wird Waterboer jeden Preis zahlen, um zu verhindern, dass Russkost mit den Diamanten den Markt überflutet. Verstehen Sie jetzt? Der übliche Tanz geht weiter, und die Tanzkarten sind voll. Wir gegen die. Nur dass ›die‹ jetzt nicht mehr im Kreml sitzen. Diesmal sind wir auf der Seite Orlows und Russlands. ›Die‹ sind jetzt Russkost und Waterboer.« Forbes rollte hinter seinen Schreibtisch zurück und gab Pink mit einer Geste zu verstehen, dass die Besprechung beendet war.

Pink starrte immer noch auf das Blatt in seinem Schoß. Ein Posten erregte seine Aufmerksamkeit.

$ 20.000.000 Cleveland Metals, Inc./Vanuatu Bank/113567854

Da stand es schwarz auf weiß. Die Firma, von der Carlton ihm erzählt hatte. Und die Bank auf Vanuatu. War es dieselbe Kontonummer? Er versuchte sie sich zu merken, damit er auf der Postkarte nachschauen konnte.

Pink hatte Forbes noch von Carlton erzählen wollen, doch eine innere Stimme hielt ihn nun davon ab. Wenn Carlton Recht hatte und Fress in die Sache verwickelt war, konnte man nicht mit Sicherheit sagen, wer von der Regierung noch daran beteiligt sein mochte. Carlton hatte gesagt, ein Senatsberater und ein Farmer seien bereits ermordet worden. Es klang fast wie eine verdeckte Operation. Konnte sogar die CIA in die Geschichte verwickelt sein?

Ohne Hast verließ Pink Forbes' Büro, doch kaum war er draußen, stürmte er in seinen eigenen Büroraum und riss Carltons Karte von der Wand.

113567854

Die gleiche Kontonummer.

»Mistkerl! Mistkerl!«

Er wühlte in den Papieren auf seinem Schreibtisch, bis er Carltons Dienstnummer und die private Nummer gefunden hatte. Zuerst versuchte er es im Büro.

»Hi. Hier ist Pat Carlton im Justizministerium. Leider können Sie mich nicht persönlich erreichen. Zum Überspringen dieser Nachricht drücken Sie bitte die ...«

Pink hieb auf die Taste. »Carlton, hier ist Pink. Ich hab die Sachen überprüft. Bitte rufen Sie mich an. Und Sie müssen verschwinden! Sofort!« Er hinterließ seine Nummer; dann rief er in Carltons Wohnung an.

»Hi, hier ist Pat. Ich bin im Augenblick nicht zu Hause. Hinterlassen Sie bitte Ihre Nachricht ...«

Wieder ein Hieb auf die Taste. »Pat, hier ist Pink. Ich habe Ihre Nachricht bekommen. Sie hatten Recht. Machen Sie, dass Sie aus Washington verschwinden. So schnell es geht!«

32.

Die *Patria*

Privathangar 32
Los Angeles International Airport (LAX)
Los Angeles, Kalifornien, 19.51 Uhr

Zischend liefen die Zwillingstriebwerke der Gulfstream V warm. Im voll verglasten Cockpit ging Pilot Todd Kerry vor dem Abflug die Checkliste durch. Kerry, der früher Kampfeinsätze für die Navy geflogen hatte, trug nun die weiße

Uniform der *Patria,* des größten und schnellsten Jets aus MacLeans Luftflotte. Dichte Wolken hatten Los Angeles in trübes kaltes Licht gehüllt, als Kerry den dringenden Anruf seines Brötchengebers erhalten hatte. Nun goss es wie aus Kübeln. Der Regen trommelte auf den weißen Rumpf und die zehn Meter langen Flügel des 40-Millionen-Dollar-Vogels. Das Wetter störte Kerry nicht besonders: Die *Patria* war für Instrumentenflug zugelassen und durfte auch bei schlechten Sichtverhältnissen starten und landen. Nein, es war vielmehr die Verspätung seines Passagiers, die ihm zu schaffen machte.

Kerry wandte seine Aufmerksamkeit wieder den Instrumenten zu, gab Windgeschwindigkeit, Gewicht und andere Daten in den Computer ein und wartete ein paar Minuten, bis das Programm die optimalen Daten für Start und Steigung errechnet hatte. Daraufhin funkte er den Tower an, um die Anweisungen für die Rollbahn zu erhalten. In diesem Augenblick sah er endlich MacLeans grüne Bentley-Limousine im Licht der Flügelspitzenscheinwerfer heranpreschen. Das lang gestreckte Fahrzeug hielt, spie zwei Passagiere aus und schoss in die stürmische Nacht davon.

Ein großer Mann in schwarzem Anzug stieg die dünne Metalltreppe zur Einstiegsluke hoch. Er war einer der Leibwächter aus Siziiien, die MacLean zu Wenzels Schutz verpflichtet hatte. Der Bodyguard schaute mit geschmeidigen Kopfbewegungen nach rechts und links; er machte den Eindruck, als spüre er Regen und Windböen gar nicht. Wenzel kam hinter ihm die Treppe herauf. Er hatte es bedeutend eiliger, ins Trockene zu kommen. Eine hübsche rotblonde Stewardess im weißen Dress der *Patria* half ihm beim Einsteigen und schloss die ovale Tür.

»Danke, Nastassja.« Durch die offene Tür zum Cockpit erhaschte Wenzel einen Blick auf den Piloten und winkte ihm freundlich zu.

Als die *Patria* auf der betonierten Startbahn durch die Regenpfützen anrollte, begaben sich Wenzel und der schweigsame Sizilianer in die üppig ausgestattete Passagierkabine. Sie ließen sich in die weichen schwarzen Ledersitze sinken und legten die Gurte an. Wenzel nahm den Hörer des Satellitentelefons, das in der Armlehne installiert war, und wählte MacLeans Privatnummer.

»MacLean.«

»Hier Dan. Ich bin unterwegs.«

»Gut. Saunders sorgt dafür, dass ihr sicher herunterkommt. Ruf mich an, wenn ihr dort seid.«

Wenzel kam es vor, als habe sein Mandant noch mehr sagen wollen. Doch dann hatte er sich vermutlich anders besonnen, weil er keine vertraulichen Informationen über eine Leitung preisgeben wollte, die mit Sicherheit abgehört wurde.

MacLean hatte es satt, dass ihm von Washington Knüppel zwischen die Beine geschleudert wurden. Er war ein vernünftiger Mann und jederzeit zu Verhandlungen bereit, doch Drohungen irgendwelcher Bundesbehörden würde er nun nicht mehr dulden – es reichte ihm, dass Wenzel beinahe verhaftet worden wäre und das Justizministerium seine Liegenschaft beschlagnahmt hatte. Als ehrlicher Mensch wollte er ehrliche Antworten.

Bis jetzt hatten ihm nur Feiglinge gedroht, die sich nicht zeigen wollten. MacLean ging keinem Kampf aus dem Weg. Und für Giancarlo Innocentis Sohn war die Auseinandersetzung mit Washington auch nur ein weiterer Kampf.

Wenzel war keineswegs überrascht gewesen, als MacLean ihm verkündete, er wolle die Verantwortlichen persönlich zur Rede stellen. Im Gespräch von Mann zu Mann. Aber Wenzel wusste wie immer besseren Rat: Er überzeugte MacLean, dass er ihn vertreten müsse. Ohne MacLeans Anwesenheit würden die Verhandlungen glimpflicher verlaufen, argumentierte Wenzel. Wenn die Verantwortlichen für diese Schweinerei im Hintergrund bleiben wollten, sollte MacLean sich ebenfalls so verhalten. Zuerst lehnte der Milliardär kategorisch ab. Doch nach und nach sah er ein, dass sein Anwalt wie immer Recht hatte.

Wenzel sollte überraschend in Washington erscheinen. Doch anders als bei der Reise nach Macon Grove ging er kein unnötiges Risiko ein: Er flog mit einem von MacLeans Privatjets statt mit einer normalen Linienmaschine. Begleiten und beschützen sollte ihn ein Sizilianer. Bei Ankunft sollte er Colonel Saunders treffen, einen Freund MacLeans, der auf dem Luftwaffenstützpunkt bei Andrews in Maryland stationiert war und Wenzel einen gewissen Schutz garantieren würde.

Was seine eigene Sicherheit betraf, ging MacLean ebenfalls kein Risiko ein. Wenzels Rat befolgend, hatte er Castel MacLean seit zwei Wochen nicht mehr verlassen und seine angemieteten Sicherheitsleute durch erprobte Leibwächter aus der vertrauenswürdigen Familie Don Forzas in Sizilien ersetzt. Die bevorzugten Waffen dieser zehn eingeflogenen *soldati* – von denen einer nun zu Wenzels Bewachung eingeteilt war – waren Messer und Garotte, obwohl sie auch als Scharfschützen gute Arbeit leisteten. Es waren schweigsame, ganz in Schwarz gekleidete Männer, die streng den sizilianischen Kodex der *omerta* befolgten. Auf Befehl ihres Don würde jeder zur Verteidigung des einzigen Sohnes von Don Giancarlo Innocenti bereitwillig sein Leben geben, und wenn man sie verhörte, würde kein Wort über ihre Lippen kommen.

Kerry schob die beiden Gashebel nach vorn. Kreischend heulten die Triebwerke auf. Ein Druck von 29.500 Pfund presste Wenzel und den Sizilianer in die Sitze, als der Jet über die Startbahn schoss. Sekunden später stieß die *Patria* durch die dichte Wolkenschicht über Los Angeles. Durch die ovalen Bullaugen schimmerten mehr und mehr Sterne am schwarzen Nachthimmel. Das »Bitte-nicht-rauchen«-Zeichen erlosch. Wenzel steckte sich eine Zigarette zwischen die Lippen. Sogleich war Nastassja zur Stelle, hielt ein Feuerzeug in den weiß behandschuhten Fingern und zündete seine Zigarette an. Wenzel sah einem Rauchkringel nach, der zur Decke schwebte und in die Lüftung gesogen wurde.

»Danke.« Erleichtert blies er den Rauch aus.

»Gern geschehen, Sir. Möchten Sie vor dem Dinner einen Cocktail?«

»Aber gern. Scotch und Soda. Mit Eis, bitte.«

»Ja, Sir. Wenn Sie bitte einen Blick auf die Speisekarte werfen möchten?« Nastassja reichte Wenzel und dem Sizilianer in Seide gebundene Karten mit dem marineblauen Emblem der *Patria*.

Wenzel musste lächeln. Umwerfend hübsche Stewardessen, weiße Handschuhe, Cocktail, Speisekarte. MacLean war unverbesserlich. Selbst mitten in einer Krise behielt der Mann seine ästhetischen Gepflogenheiten bei.

Über der Santa Monica Bay flog Kerry eine 180-Grad-Kehre nach Osten, dann beschleunigte er die Maschine auf 0,9 Mach, die Höchstgeschwindigkeit der Gulfstream V. Während die *Patria* zu ihrer maximalen Flughöhe aufstieg – weit über der anderer Geschäftsjets –, stellte er den Bordlautsprecher an.

»Guten Abend, Mr Wenzel. Wir werden voraussichtlich in drei Stunden und vierzig Minuten in Andrews landen. Unsere Flughöhe beträgt 16.000 Meter, wir befinden uns oberhalb der Turbulenzzone. Ich wünsche Ihnen einen angenehmen Flug, Sir.«

Kerry schaltete die PA aus und prüfte noch einmal die Flughöhe auf seinem Head-up-Display, das ihm wichtige Daten auf die Cockpitscheibe projizierte und ihm ersparte, ständig zwischen den verschiedenen Instrumentenanzeigen und dem Höhenmesser hin und her schauen zu müssen. Dadurch versäumte er den Blick auf den vielfarbigen Radarschirm und sah den winzigen Punkt nicht, der sich in rasendem Tempo der *Patria* näherte. Kerry hätte ohnehin nichts mehr tun können. Als ehemaliger Kampfflieger hätte er vielleicht instinktiv ein Ausweichmanöver versucht und als letzten Ausweg den Schleudersitz benutzt. Aber die *Patria* war nicht seine alte Tomcat. Sie konnte einem Geschoss nicht ausweichen, und sie hatte keinen »Chaff« an

Bord – metallhaltige Streupartikel zur Verwirrung des Radars feindlicher Flugkörper – und auch keinen Schleudersitz, mit dem sich der Pilot retten konnte.

Als der Alarm aufheulte, konnte Kerry nur noch hilflos auf den Radarschirm starren. Und beten – beten, bis die Flugabwehrrakete einschlug und in Bruchteilen von Sekunden einen starken Druckabfall verursachte, der Kerry das Bewusstsein raubte.

Anders als Wenzel, Nastassja und der Sizilianer in der Kabine spürte Kerry nicht mehr, wie die *Patria* in der Santa Monica Bay mit der Nase voran in die stürmischen Wellen des Pazifiks stürzte.

33.

Das Entkommen

Westover
Nordvirginia, 17.32 Uhr

Carlton fuhr auf den Parkplatz hinter seinem Haus. Er war so erschöpft, dass er kaum noch klar denken konnte und sich auf seinen Instinkt verließ.

Fünf Minuten, um Uniform und Waschzeug zu holen – allerhöchstens. Danach konnte er sich verdrücken, im kalten trüben Winterlicht verschwinden. Er watete durch den zehn Zentimeter tiefen Schnee zum Hintereingang des Backsteinhauses, während in seinem Innern ein Sturm von Gefühlen und Ängsten tobte.

Als Carlton den Haustürschlüssel ins Schloss stecken wollte, hielt er mitten in der Bewegung inne. Irgendetwas stimmte nicht! Er fuhr herum, machte sich darauf gefasst, dass irgendjemand – irgendetwas – ihn aus der Dunkelheit anfiel.

Doch da war nichts. Nur der Schnee fiel in dichten Flocken vom schwarzen Himmel. Carlton holte tief Luft. Seine überreizten Sinne spielten ihm einen Streich. Es erinnerte Carlton an seine Kinderzeit. Sobald das Licht gelöscht worden war, hatte er ängstlich nach Ungeheuern gesucht, die unter dem Bett lauerten, aber immer nur den Fußboden gesehen. Jetzt aber waren die Ungeheuer real.

Eine Zeit lang verharrte er regungslos, starrte auf den dunklen Parkplatz. Wenn er in den letzten Tagen etwas gelernt hatte, dann dies: seinem Instinkt zu vertrauen. Irgendjemand war hier. Deshalb hatte er solche Angst.

Carlton beschloss, nun doch lieber den Vordereingang zu benutzen. Er ging zum Shark und machte den Kofferraum auf. Als Reserveoffizier der Marine konnte er jederzeit zu einer Wehrübung gerufen werden. Aus diesem Grund hatte er stets bestimmte Dinge im Kofferraum bereitliegen. Carlton hob die Zementblöcke zur Seite und tastete unter der Matte. Er nahm ein Plastikfutteral heraus, zog den Reißverschluss auf und holte seine schwarze Glock 20 hervor. Diese österreichische Pistole wurde von vielen Experten als Meisterstück unter den Handfeuerwaffen angesehen. Carlton steckte ein Reservemagazin ein und warf das Etui zurück in den Kofferraum. Mit geübten Bewegungen, die ihm nach sechs Jahren Dienst bei der Navy zur zweiten Natur geworden waren, nahm er das Magazin heraus, prüfte nach, ob es vollständig mit zehn Parabellum-Geschossen Kaliber .10 mm geladen war, setzte es dann wieder ein und schob eine Kugel in die Kammer. Die Waffe mit beiden Händen haltend, schlich er langsam zur Haustür, wobei er sich dicht an der Wand hielt.

Carlton blieb unter den kahlen Ästen einer Eiche stehen und beobachtete die Fenster, die auf die Straße hinausgingen. In der Wohnung über ihm flackerte das bläuliche Licht aus dem Fernseher. Sadie Kerwood war über neunzig und ein gutes Beispiel für die Zähigkeit und das Durchhaltevermögen ihrer Generation: eine unabhängige, geistig frische und äußerst scharfzüngige alte Dame. Carlton kaufte oft für sie ein. Sie revanchierte sich mit Kuchen und hatte ihm ihren Reserveschlüssel ausgehändigt. Im Gegensatz zu ihren erleuchteten Fenstern waren die Fenster seiner Wohnung völlig dunkel.

Zum Beispiel das Wohnzimmerfenster.

Seltsam.

Seit seiner Kindheit hatte Carlton für tropische Fische geschwärmt. Trotz ständiger Geldnot hatte er in seiner Collegezeit und im Jurastudium stets ein Aquarium gehabt. Wegen seiner unregelmäßigen Arbeitszeiten hatte er das Licht im Aquarium an eine Zeitschaltuhr angeschlossen. Es hätte eigentlich noch brennen müssen.

Aber es brannte nicht. An der fluoreszierenden Glühbirne konnte es nicht liegen. Carlton hatte sie erst vor einem Monat ausgewechselt, und diese Birnen hielten ewig.

Mit Schaudern erinnerte er sich an den Mann in der Uniform eines Postboten, der seinen Briefkasten durchwühlt hatte. Carlton ging zur Haustür, schloss auf, stieg die kurze Treppe hinauf zu seiner Wohnungstür, steckte den Schlüssel ins Schloss, drückte sich eng gegen die Wand und stieß die Tür mit dem Fuß auf.

Es war dunkel und vollkommen still.

Carlton griff um die Ecke und drückte auf den Lichtschalter.

Kein Licht. Jemand hatte die Sicherung herausgedreht.

Bevor Carlton den Arm zurückziehen konnte, wurde sein Unterarm von einer behandschuhten Pranke wie von einem Schraubstock gepackt. Der Angreifer zerrte ihn ins Zimmer und schlug die Tür zu. Nun war es völlig dunkel um Carlton. Er wollte sich gegen die Tür werfen, doch sofort packten zwei Hände seine Schultern, und ein Knie wurde in seine Leiste gerammt.

Vor Schmerz schnappte er nach Luft, krümmte sich nach vorn, hielt aber noch immer seine Glock fest. Er wollte schießen, doch es war zu dunkel – der Angreifer war nicht zu erkennen.

Doch nun hörte er die Schritte des Gegners. Sie kamen rasch näher. Verstummten. Carlton machte sich auf den nächsten Angriff gefasst – und dann kam er auch schon. Ein rascher Tritt gegen den Kopf. Der rasende Schmerz raubte ihm fast die Besinnung. Vor seinen Augen tanzten weiße leuchtende Sterne. Carlton keuchte schwer. Er musste den anderen irgendwie ins Visier bekommen ...

Der Angreifer trat wieder zu. Diesmal in den Magen.

Trotz der Schmerzen hielt Carlton seine Glock fest. Wenn er doch nur gleiche Bedingungen für sich schaffen könnte, dann würde er endlich sehen, wo der Mistkerl ...

Ein vierter Schlag. Wieder in den Magen. Der Angreifer spielte mit ihm, bevor er ihn tötete. Carlton hustete, griff in die Tasche und holte sein Sturmfeuerzeug heraus. Der nächste Schlag. Gegen den Kopf. Sterne flimmerten vor seinen Augen. Jeder Herzschlag pumpte rasenden Schmerz in seinen Kopf. Er schnappte nach Luft.

Fast von allein klappten die Finger seiner linken Hand das Feuerzeug auf. Carlton hörte das Klicken, drehte am Rädchen. Eine helle Butanflamme sprang hervor. Er warf das Feuerzeug, dass es über den Boden schlidderte. Endlich war der Angreifer zu erkennen. Der Mann zögerte, als sich das grelle Licht in seiner Nachtsichtbrille spiegelte. Eine kostbare Sekunde zu lang. Immer noch auf der Seite liegend, nahm Carlton den verschwommenen Schatten aufs Korn und drückte ab. Zwei Kugeln bohrten sich in den Hals des Mannes, eine dritte drang in seinen Kopf ein. Er war tot, bevor sein Körper auf dem Boden aufschlug.

Carlton rang keuchend nach Luft. Dann stand er sehr langsam auf. Es tat unerträglich weh. Er stolperte in die Küche, drehte den Wasserhahn auf, bespritzte sein Gesicht mit kaltem Wasser und trank einen Schluck.

Er hob das Feuerzeug auf, klappte es zu. Erst da setzte der Schock ein. Ein unkontrolliertes Zittern überfiel ihn. Ihm wurde übel, und er übergab sich auf die Dielen seines Wohnzimmers.

Pistolen jagten ihm keine Angst ein, im Gegenteil, er war an Waffen gewöhnt. Seit Jahren trainierte er regelmäßig auf einem Schießplatz in der Nähe. Aber noch nie hatte er die Waffe auf einen anderen Menschen gerichtet oder gar einen Menschen erschossen. Carlton wusste, dass er zur Selbstverteidigung gehandelt hatte, doch sein Inneres wollten das nicht gelten lassen. Zu gern hätte er geglaubt, dass der Angreifer ein Söldner von Fress gewesen war. Aber Carlton wusste genau, dass der Mann wahrscheinlich nur ein treu ergebener Soldat gewesen war, dem der Stabschef vorgegaukelt hatte, er müsse einen gefährlichen Terroristen eliminieren.

Doch nun war keine Zeit für Reue. Er musste hier raus. Und zwar schnell. Carlton stolperte ins Schlafzimmer, zog sich aus, streifte die Navy-Uniform über.

Dann hörte er die Sirene.

Er hob seine Glock auf, rannte zum Shark und fuhr langsam in eine der dunklen Seitenstraßen. Sekunden später bog der Streifenwagen mit Blaulicht in seine Straße ein.

Da war Carlton bereits auf dem Weg zur Bolling Air Force Base, der ersten Zuflucht, die ihm einfiel.

34.

Der Verräter

GRU-Zentrale
Moskau, 2.53 Uhr

Oberst Grigorij Klimow vom GRU war unterbezahlt. Unterbezahlt und unzufrieden. Für einen Mann mit seiner Ausbildung und Intelligenz war das klägliche Gehalt, das er vom GRU-Dienst erhielt, eine Zumutung. Doch Klimow war viel zu findig, um sich allein auf das magere Staatssalär zu verlassen. Immerhin verfügte er über eine sehr wertvolle Ware: Als Kommandeur der Nachtschicht in der GRU-Zentrale besaß er Zugang zu Informationen – den wirklich wichtigen. Und die gab es bändeweise. Tonnenweise. Obwohl der Kalte Krieg verloren war und viele Geheimdokumente nun nicht mehr geheim waren, gab es noch viele andere Informationen, die so wertvoll waren wie früher – und die sich inzwischen noch besser verkaufen ließen, da auch ausländische Mächte auf dem Markt mitboten.

Klimow gab dabei keiner Nation den Vorzug. Der Meistbietende bekam, was er wollte; Loyalität war für den GRU-Oberst etwas Käufliches. Wenn Mütterchen Russland einem Mann wie ihm nur ein Butterbrot bezahlte, dann verdiente es seine Loyalität nicht. In der einen Woche verschacherte er geheime Informationen an die französische Gegenspionage, in der nächsten an den israelischen Mossad. Oder an den britischen militärischen Abwehrdienst. Oder an die amerikanische CIA. Einmal auch – verrückterweise – an den KGB. Solange Klimow in US-Dollars oder Euro bezahlt wurde, war es ihm gleich, woher das Geld stammte.

Natürlich war der Geheimdienst viel zu misstrauisch gegenüber seinen unterbezahlten Angestellten, als dass ein älterer Offizier wie Klimow nicht unter ständiger Beobachtung gestanden hätte; aber das wusste Klimow selbstverständlich. Er warf einen Blick auf seine Digitaluhr, trat aus dem Archiv, das einem Flugzeughangar ähnelte, in den Korridor und warf dem Gefreiten Semenow von der Nachtwache eine Schachtel Kosmos-Zigaretten zu.

»Ich geh mal Lenin besuchen«, scherzte Klimow. Das sagte er stets, bevor er zur Toilette ging, und gab damit Semenow zu verstehen, dass er in der Zwischenzeit niemandem Zugang zum Archiv gestatten durfte.

Semenow blickte von seiner russischen Ausgabe des *Playboy* auf. »*Da, towarisch* Oberst.« Während Klimow über den Flur ging, wählte Semenow die Nummer von Feldwebel Anna Bucharowna, die mit der Video- und Audioüberwachung des Archivs betraut war.

»Feldwebel Bucharowna? Hier spricht Semenow. Was halten Sie von einer Zigarettenpause, Feldwebel?«

»Nein, danke. Ich habe eben Pause gemacht. Vielleicht später.«

»In Ordnung. Dann beobachten Sie mal schön.«

Beobachten Sie mal schön. Diese Worte waren eine Warnung für Bucharowna, dass Klimow gleich wieder im Meer der GRU-Akten herumstöbern würde. Der gesamte russische Militärapparat war von Korruption verseucht, auch Semenow und Bucharowna. Es ging nur darum, wer am besten zahlte. Und was das betraf, war Klimow Meister.

Einige Minuten später kehrte Klimow ins Archiv zurück. Hinter ihm glitt die elektronisch gesicherte Tür ins Schloss. Klimow begab sich in den winzigen Bereich, wo besonders vertrauenswürdige Mitarbeiter des Dienstes Akten einsehen konnten, ohne von versteckten Videokameras beobachtet zu werden. Wieder schaute er auf die Uhr: eine Minute vor drei in der Frühe.

Feldwebel Bucharowna wartete bis Punkt drei Uhr, drückte dann auf die Stopptaste ihres Sony-Recorders, nahm das Band heraus und legte ein bespieltes ein. Obwohl sie die Aufzeichnungstaste drückte, würde das Band von 3.00 Uhr bis 4.00 Uhr ein leeres Archiv zeigen.

Klimow hatte eine Stunde Zeit.

Er wartete bis fünf Minuten nach drei, um sicher zu sein, dass Bucharowna inzwischen das Band gewechselt hatte. Dann trat er vor einen Aktenschrank, der mit einem Code gesichert war. Nur Klimow und drei andere mit der Aufsicht des Archivs betraute Offiziere besaßen Aufzeichnungen über den Inhalt jedes stählernen Aktenschranks. Der gepanzerte Schrank, vor dem Klimow stand, enthielt die umfangreiche GRU-Akte des verblichenen Leonid Pjaschinew. Obwohl die Akte angelegt worden war, als Pjaschinew seine Arbeit für Komdragmet aufnahm, war sie erst kürzlich auf den neuesten Stand gebracht worden. Warum, wusste Klimow nicht, und es war ihm auch egal. Je weniger er über die Akten wusste und über die Gründe, weshalb seine ausländischen Kunden sie haben wollten, desto besser. Wer nichts weiß, kann nichts verraten, und im Falle einer Verhaftung würde es viel schwieriger für den Staatsanwalt sein, ihm das Ausspionieren einer bestimmten Person nachzuweisen – so hatte es ihm ein befreundeter Anwalt vom Justizministerium erklärt.

Klimow öffnete den Schrank am Anfang der Reihe, acht Schränke von der Ablage mit Pjaschinews Akte entfernt. Das Schloss an jedem Aktenschrank war mit einem Computer gekoppelt, der Datum und Uhrzeit jeder Öffnung und Schließung aufzeichnete. Klimow ging nach einem bestimmten Muster vor: Er machte eine Tür auf, ließ sie einige Minuten offen und schloss sie dann wieder. Wenn später jemand die Computeraufzeichnung überprüfte, musste es so aussehen, als würde Klimow eine routinemäßige Inspektion vornehmen, die zu seinen vorrangigen Aufgaben zählte. Denn der GRU konnte es sich keinesfalls leisten, dass eine Akte am falschen Ort landete. Mitglieder des Stabes wurden extra dafür bezahlt, dass sie zufällig ausgewählte Computeraufzeichnungen anschauten. Zum Glück für Klimow war das Budget des GRU inzwischen so beschnitten, dass man nicht mehr genügend Leute hatte, um die Computerdaten mit den Videobändern abzugleichen. Aber warum ein unnötiges Risiko eingehen? Klimow war zwar ein Verräter, aber einer, der es sehr genau nahm.

In der nächsten Dreiviertelstunde beschäftigte er sich mit den acht Aktenschränken, die vor dem Schrank standen, dessen Inhalt ihn wirklich interessierte. Jedem Aktenschrank widmete er ungefähr fünf Minuten. Um Pjaschinews Akte durchzusehen, würde zum Schluss nicht viel Zeit bleiben.

Die Uhr tickte.

Um 3.50 Uhr schritt Oberst Kowanetz durch den Haupteingang der GRU-Zentrale, zwei Stockwerke über dem Archivraum. Feldwebel Bucharowna sprang vom Stuhl auf, hielt sich kerzengerade und salutierte vor dem Offizier mit dem wie gemeißelt wirkenden Gesicht und den leblosen grünen Augen.

Kowanetz erwiderte den militärischen Gruß mit einer knappen Geste. »Oberst Kowanetz, Feldwebel. Ich muss eine Akte einsehen.«

Feldwebel Bucharowna brach der Schweiß aus. »Sie arbeiten noch sehr spät, Oberst.«

»Die Arbeit für das *rodina* ruht nie, Feldwebel«, gab Kowanetz barsch und ohne Andeutung eines Lächelns zurück.

»*Da.* Würden Sie sich bitte hier eintragen, Oberst?« Sie zeigte auf eine Liste und nahm den Telefonhörer ab. »Ich melde Sie im Archiv an. – Gefreiter Semenow, hier Feldwebel Bucharowna. Oberst Kowanetz kommt herunter, um eine Akte einzusehen.«

Bucharowna legte auf und salutierte wieder, während Kowanetz den Stift auf die Liste legte und zu den Fahrstühlen ging. Er drückte den Knopf und tippte nervös mit dem Fuß auf den abgetretenen Marmorboden, während er auf den altersschwachen Aufzug wartete.

3.51 Uhr. Klimow stieß die schwere Tür des Schranks zu, schloss ihn ab und öffnete dann endlich den Schrank, der Pjaschinews Akte enthielt. Er wühlte in den dicken Akten, bis er auf den Ordner mit der Aufschrift »Pjaschinew, Leonid Iwanowitsch« stieß. Klimow zog den Ordner heraus und widmete sich der ersten von fünf Seiten, die Oberst Kowanetz in der vergangenen Woche dazugeheftet hatte. Nacheinander drückte er Chronograf-, Licht- und Datentasten seiner Digitaluhr und legte sie mit dem Zifferblatt nach unten auf die Seite. Langsam scannte er jede einzelne Zeile ein, jedes Foto.

Die automatischen Türen hatten sich kaum geöffnet, als Kowanetz auch schon in den Aufzug trat und mit der Faust auf den Knopf zum Untergeschoss hieb. Mit einem knirschenden Geräusch fuhren die Türen zu. Dann bebte der alte Hydraulikaufzug einmal kurz und begann sich stöhnend in die Tiefe abzuseilen.

Klimow legte das zweite Blatt beiseite und scannte das dritte ein. Die Seiten waren sehr eng beschrieben. Er musste die Uhr ganz langsam über jeden Satz ziehen, um sicherzugehen, dass er sämtliche Informationen kopierte.

Knirschend fuhren die Türen auf. Der Fahrstuhl spie seinen ungeduldigen Passagier aus.

Gefreiter Semenow sprang auf und salutierte zackig.

Erneut erwiderte Kowanetz den Gruß mit einer knappen Geste. Er wollte nur nachsehen, welche russischen Städte und welche Staaten im Ausland Pjaschinew während der letzten zwei Jahre besucht hatte. Mit der letzten hingekritzelten Nachricht des Mannes konnte man nicht viel anfangen. Vielleicht konnten ihm die Länder einen Hinweis darauf geben, wo die verschwundenen Diamanten waren. Auf jeden Fall war es einen Versuch wert.

»Wenn Sie sich bitte hier eintragen wollen, *towarisch* Oberst.«

»Ich habe mich bereits oben eingetragen, Gefreiter!«

»*Da.* Das weiß ich, *towarisch* Oberst.« Semenow täuschte Verlegenheit vor. »Aber Vorschrift ist Vorschrift und ...«

»Ich kenne die Vorschriften, Gefreiter.« Kowanetz beugte sich über den Tisch und setzte seinen Namen auf ein Gegenstück der Liste, die von Feldwebel Bucharowna gehütet wurde. Semenow schwitzte heftig, und das lag nicht am *Playboy,* den er unter seinem Tisch versteckt hatte.

Klimow war mit dem Einscannen der dritten Seite fertig und begann mit der vierten. Wie die anderen war auch sie sehr eng beschrieben.

»So.« Kowanetz legte den Stift hin. »Und nun machen Sie endlich die Tür auf, Gefreiter!«

»Jawohl. Ich muss Sie aber erst durchsuchen«, hörte Semenow sich sagen und wurde starr vor Angst, während er Kowanetz' Wutausbruch erwartete.

»Sie wollen *was*?«, brüllte Kowanetz. »Mich durchsuchen? Sind Sie noch bei Trost?«

»*Towarisch* Oberst, ich ...«

»Was erwarten Sie denn bei mir zu finden? Wissen Sie nicht, wer ich bin? Ich bin Berater des Präsidenten! Selbst die Wachen im Kreml würden es nicht wagen, mich zu durchsuchen!«

Der eiskalte Blick aus den grünen Augen lähmte Semenow.

Er blickte zu Boden. »*Da.* Es tut mir Leid, *towarisch* Oberst. Aber Sie wissen doch, wie die Vorschriften ...«

»Gefreiter!« Die dröhnende Stimme fuhr wie ein Windstoß durch Semenows kurz geschorenes Haar. »Wenn Sie mich nicht sofort in diesen Raum lassen«, er zeigte an Semenow vorbei, »dürfen Sie bald die radioaktiv verseuchten Latrinen in Semipalatinsk schrubben!«

Klimow war mit der Seite fertig und begann mit dem Einscannen der fünften Seite aus Pjaschinews Akte, auf der ebenfalls ein Dschungel aus Fotos und Notizen zu sehen war.

Zitternd holte Semenow einen schweren Schlüsselbund aus einer Schublade, steckte einen Schlüssel in ein Schloss der Tür, den nächsten in ein anderes Schloss.

»Gefreiter!«, rief Kowanetz. »Mir geht allmählich die Geduld aus!«

»*Da.* Das elektronische Schloss funktioniert nicht richtig.«

Klimow hörte das Schlüsselrasseln beim Scannen der letzten Seite. Da stimmte etwas nicht. Jemand wollte herein!

Der Gefreite Semenow öffnete das dritte und letzte Schloss. »Oberst Klimow!«, brüllte er. »Oberst Kowanetz möchte eine Akte einsehen!«

Klimow zog die Uhr über die letzte Zeile, ließ sie dann in seine Tasche gleiten. Er drehte sich zu Kowanetz und dem Gefreiten um. »Guten Morgen, Oberst!«, grüßte er mit überlauter Stimme, um das Schließen der Schranktür zu übertönen.

»Oberst Klimow.« Kowanetz betrachtete ihn argwöhnisch. »Was machen Sie denn hier?«

Klimow schaute ihn erschöpft an. »Inventur, Oberst. Es hört nie auf. Ich wünschte, jemand würde mir diese Arbeit abnehmen.« Klimow schloss den Schrank ab und ging auf Kowanetz zu. Unter dem Arm trug er ein Klemmbrett, das er vorsorglich mitgenommen hatte, um die »Inventur« glaubhaft zu machen.

Er salutierte vor Kowanetz. Dabei schaute er auf die große Wanduhr. 3.59 Uhr. Das Videoband würde in einer knappen Minute abgelaufen sein.

»Verzeihen Sie, Oberst.« Als müsse er sich stützen, streckte er die Hand nach einem Wandhaken hinter Kowanetz aus. Dabei ließ er das Klemmbrett fallen. Im Fallen streifte es den Lichtschalter – das Licht erlosch.

Klimow fluchte, und Kowanetz fiel ein. Der entsetzte Gefreite blieb stumm. Klimow tastete nach dem Lichtschalter. Flackernd flammten die Neonröhren wieder auf. Erneut schaute Klimow auf die große Uhr: eine Minute nach vier.

Nun lief ein neues, unbespieltes Band. Es begann in den Sekunden, als das Licht erloschen war. Ein Betrachter musste annehmen, Semenow habe die Tür aufgemacht, damit aus dem Korridor Licht ins Archiv fiel, da Kowanetz sonst nichts hätte sehen können.

Um halb zehn am nächsten Morgen, nach Einnahme eines reichhaltigen Frühstücks in der Offiziersmesse, verließ Klimow die GRU-Zentrale und fuhr zu *Czas* – wörtlich »Zeit« –, einem kleinen Uhrengeschäft in der Nähe seiner Wohnung. Er legte seine Timex auf die Ladentheke und bat um eine neue Batterie. Der Angestellte verschwand mit der Uhr in den hinteren Räumen. Während Klimow wartete, musterte er die ausgestellten Uhren. Als der Angestellte zurückkehrte, bezahlte Klimow die Batterie, legte die Uhr wieder ums Handgelenk und fuhr nach Hause, um nach harter Arbeit den wohlverdienten Schlaf zu genießen.

Quelle und Daten waren viel zu sensibel, um eine Enttarnung zu riskieren, deshalb wurden die Daten nicht gesendet, nicht einmal verschlüsselt. Bevor Klimow sein müdes Haupt auf sein Eiderdaunenkissen sinken ließ, war der Mikrochip mit den neuesten Informationen aus Pjaschinews Akte bereits in eine identische Timex eingesetzt, in ein versiegeltes Paket zu anderen angeblich fehlerhaften Uhren gesteckt und von der Expresspost um 10.30 Uhr mitgenommen worden. Als Klimow sieben Stunden später erwachte, war das Paket in Paris angekommen und befand sich an Bord einer Concorde mit Flugziel Washington.

Ein CIA-Kurier trug es in einem kugelsicheren Aktenkoffer, der mit Handschellen an sein Handgelenk gekettet war. Und zu dem Zeitpunkt, als Klimow wieder an die Arbeit ging, wurde die Information bereits vom Chip heruntergeladen – in einem Labor in Langley, Virginia.

35.

Die Logik

CIA-Zentrale, 22.45 Uhr

DDI Forbes saß in seinem Rollstuhl hinter dem wuchtigen Schreibtisch, auf dem die Papiere zu säuberlichen Stapeln getürmt waren. Er sah auf, als Pink eintrat.

»Meine Güte, Pink. Sie sind ja völlig ausgepumpt. Schweren Tag gehabt?«

»Ja, Sir.«

Das entsprach vollkommen der Wahrheit, aber nicht aus den Gründen, die Forbes vermutete. Tatsächlich hatte sich Pink den ganzen Tag mit der Verifizierung von Carltons Angaben beschäftigt. Und er hatte nichts mehr von dem DOJ-Anwalt gehört, obgleich er ihm noch mehrere Nachrichten auf dem Beantworter hinterlassen hatte.

Der Bericht des toten Agenten aus Südafrika war der einzige unabhängige Beweis, den Pink besaß. Und alle Beweise deuteten auf Scott Fress hin. Kein hemdsärmeliger, Erbsen zählender 08/15-Bürokrat, sondern Scott Hugh Fress III, Stabschef des Weißen Hauses. Wie viele hochrangige Amtsträger mochte Waterboer noch bestochen haben? Im Justizministerium? Im FBI?

In der CIA?

Dieser Verdacht widersprach allem, was Pink über Vizedirektor Forbes wusste. Und so hatte sein innerer Kampf die ganze Nacht gedauert, hatte ihn buchstäblich verzehrt. Er musste es Forbes einfach sagen, egal welche Folgen es hatte. Und so hatte er sich schließlich aufgerafft. Erschöpft sank Pink in den harten Ledersessel und packte aus. Er sagte Forbes alles. Über Carlton. Über die Anrufe. Die Postkarte. Die Bestätigung, dass es die gleiche Kontonummer war. Als er fertig war, holte er tief Luft. Der Knoten in seinem Magen, der sich vor Anspannung gebildet hatte, löste sich langsam auf.

»Warum haben Sie mir das nicht von Anfang an gesagt? Warum haben Sie das verschwiegen?«

»Sir ...« Pink suchte nach Worten. »Ich musste doch zuerst den Wahrheitsgehalt der ...«

»Warum?«

»Verzeihung, Sir, aber wenn Fress bestochen wurde ...«

Forbes riss die Augen weit auf. »Sie haben doch nicht etwa geglaubt ...«

Pink wand sich im Sessel. »Es tut mir Leid, Sir.«

Forbes blinzelte, und sein Oberkörper zitterte unkontrolliert. »Unterstehen Sie sich! Zwei gelähmte Beine. Zwei Purple Hearts.[2] Die Ehrenmedaille des Kongresses. Sie erbärmlicher Wurm! Wie können Sie auch nur eine Sekunde annehmen, ich könnte mit diesem Drecksack Fress gemeinsame Sache machen? Und aus welchem Grund? Für Geld? Ich könnte Fress aus meiner Portokasse kaufen, verdammt nochmal!«

Pink ließ den Kopf sinken. »Es tut mir Leid, Sir.«

Forbes zündete seine Pfeife an. »Ich verbiete Ihnen, jemals wieder so etwas zu denken!« Tief sog er den Rauch ein, dann zog er die Pfeife zwischen den Zähnen hervor, schwieg eine ganze Weile und fand schließlich zu seiner üblichen Haltung zu-

---

[2] Purple Heart: ältester Orden der USA (seit 1782); Verwundetenabzeichen (Anm. d. Übers.)

rück: der gütige Patriarch und Angehörige der Oberschicht, den nichts aus der Ruhe bringen konnte. »Ich glaube jedoch, dass Ihre Analyse der CIA im Ganzen korrekt ist. Es muss einen Maulwurf bei uns geben. Und zwar ziemlich weit oben. Das führt uns zu einem noch größeren Problem. Der Grund, warum ich heute Morgen keine Zeit für Sie hatte, war der, dass ich zum wöchentlichen Briefing beim Präsidenten musste. Es ging um Afghanistan, Nahost, Pakistan, Südafrika, China, Japan, Nordkorea ...« Forbes winkte ab. »Das Übliche. Fress war natürlich auch dabei. Wie immer. Mir fiel auf, dass er ein bisschen besorgter aussah als sonst. Aber erst als wir über Russland redeten, besonders über den Diamantenvertrag mit Waterboer, wurde Fress unruhig. Man konnte es richtig merken. Erst hat er versucht, es zu verbergen, aber als ich dann Ihre Ergebnisse vortrug, wurde er kreidebleich.«

»Meine Ergebnisse, Sir?«, fragte Pink. Er war entsetzt, dass Fress nun möglicherweise seinen Namen kannte. Das kam einem Todesurteil gleich.

»Nicht als geheiligte Wahrheit. Als Theorie. Ich habe auch nicht Ihren Namen genannt. Das fehlte mir noch, dass meine Leute ermordet oder bestochen werden! Hat keinen Sinn, für den Präsidenten den Kopf aus dem Fenster zu strecken, wenn er einem abgeschlagen wird. Wie dem auch sei, ich habe Andeutungen gemacht, dass die russischen Diamanten, die damals an Waterboer geliefert wurden, nur ein Teil des Gesamtbestands gewesen seien und dass der Brand in Mirnyj kein Unfall, sondern ein Überfall war und dass irgendeine Gruppierung Mirnyj klammheimlich übernommen habe, um nun selbst Diamanten an Waterboer zu verkaufen.

Fress wurde wütend. Er kochte geradezu. Er widersprach all meinen Ausführungen. Fragte, wie ich solche Ignoranten – seine Bezeichnung, nicht meine – beschäftigen könne. Hat mich sogar beschimpft, dieser kleine Drecksack. Dann plötzlich hörte er auf. Beruhigte sich. Setzte sich wieder. Hat sich sogar entschuldigt.« Forbes machte eine abschließende Handbewegung. »Aber genug davon. Wir wissen nun, womit wir es zu tun haben.« Er hielt kurz inne, fuhr dann fort: »Auf dem Rückweg nach Langley habe ich die Besprechung nochmal rekapituliert, zusammen mit Hiroshi Yamato, dem Chef der Sektion Ostasien. Ich hatte Hiro gebeten mitzukommen, um den Präsidenten über die Lage in Nordkorea zu unterrichten. Und da hat er etwas aus dem Ärmel geschüttelt, dass mir ganz eisig wurde. Er sagte, er hätte nicht gewusst, dass die Mafia dahinter steckt.«

Pink war gefesselt, hatte aber irgendwie den Anschluss verloren. »Ich fürchte, ich kann Ihnen nicht ganz folgen, Sir.«

»Verstehen Sie, als ich während des Briefings beim Präsidenten sagte, der Brand in Mirnyj sei vielleicht nicht auf einen Unfall, sondern auf einen Überfall irgendeiner oppositionellen Gruppierung zurückzuführen, widersprach Fress wütend, dass ich keinerlei Beweise hätte, ob es die Armee oder der FSB oder die Mafia war. Die Armee und der FSB würden natürlich bei einem Überfall auf Mirnyj zusammenarbeiten. Aber die Mafia? Warum hat Fress die Mafia erwähnt? Mirnyj ist doch keine Hauptlagerstätte.«

»Stimmt genau. Es ist hauptsächlich eine Schleiferei.«

»Warum sollte die Mafia ein solches Risiko auf sich nehmen und eine Anlage mitten in der sibirischen Einöde angreifen, wenn es dort nur ein paar Tausend Karat zu erbeuten gibt? Verstehen Sie, was ich meine? Das ist ein ganz alter Trick: Wenn jemand etwas zu sehr zu verbergen sucht, vergisst er irgendwann, was er früher gesagt hat, und verrät sich doch. Deshalb verhört die Polizei Verdächtige ja auch mehrere Male.«

Als er weiterredete, berührte Forbes jeden Finger seiner linken Hand mit dem Pfeifenstiel. »Also war die Geschichte in Mirnyj ein Überfall. Nach dem Überfall wurde die Armee geschickt, um die Garnison zu ersetzen, die dem Feuer zum Opfer fiel. Die ...«

»Das muss es sein, Sir!«, fiel Pink ihm ins Wort.

Forbes zog fragend die Augenbrauen hoch.

»Verzeihung, dass ich unterbreche, Sir, aber die Armee ... Sie haben gesagt, nach dem Überfall wurde die Garnison ersetzt. Aber wenn die Mafia Mirnyj nicht übernommen hat, um Diamanten zu stehlen, muss sie einen anderen Grund für den Überfall gehabt haben. Und das bedeutet, Mafia und Armee haben den Überfall gemeinsam geplant.«

»Marschall Aleksakow?«

»In einem Bericht wird erwähnt, dass er nach Sibirien reiste. Vielleicht hat er dort Molotok getroffen. Vielleicht ging es bei dem Treffen um die Beschaffung der Tacit Rainbow Missiles. Ogarkow war Befehlshaber der sibirischen Truppen und wird kurz vor dem Überfall auf Mirnyj ermordet? Das ist aber ein seltsamer Zufall. Wer sollte denn Interesse daran haben, Ogarkow zu beseitigen?«

»Da kämen einige in Frage.«

»Was das Motiv angeht, ja. Aber wer würde tatsächlich die Waffe abfeuern?«

»Ein bezahlter Killer von der Mafia.«

»Genau.«

»Sie glauben demnach, Aleksakow und Molotok arbeiten mit der Mafia zusammen, nur um an die Diamanten zu kommen? Mit Unterstützung dieser Kraftmeier, dieser *volki*?«

»Und Waterboer. So weit hergeholt ist das nicht. Schließlich ist die russische Mafia nicht wie die amerikanische oder sizilianische Cosa Nostra. Die russischen Paten, die *krestnii otets,* sind ehemalige *apparatschiki.* Funktionäre und Direktoren des alten Systems. Der Zusammenbruch des Kommunismus hat nichts daran geändert. Sie haben immer noch alles unter Kontrolle: Transportwesen, Kommunikationseinrichtungen, Lebensmittel- und Mineralölindustrie. Und das sind nur die legalen Unternehmen.«

»Das würde auf jeden Fall erklären, warum Fress so nervös geworden ist. Wenn er von Waterboer geschmiert wird und über die Verbindung des Konzerns zu Molotoks Russkost Bescheid weiß, müsste er versuchen, die Aufmerksamkeit der US-Außenpolitik von Russkost abzulenken. Und genau das hat er beim Briefing getan. Wie zu beweisen war.«

»Wie kann ein so gewissenhafter und kluger Präsident wie Douglass einen Mann wie Fress zum Stabschef ernennen?«

»Gewissenhaft und klug, das stimmt. Aber politisch gesehen ist er nicht gewieft. Und genau das hat die Wähler für ihn eingenommen, wissen Sie noch? Douglass war Heeresgeneral, später Prediger. Er ist ein gebildeter, charismatischer und absolut ehrlicher Mensch – Eigenschaften, die bei einem Politiker äußerst selten sind. Er besitzt strategischen Scharfsinn, aber für die großen Dinge, nicht für die kleinen Belanglosigkeiten. Douglass hasst die tagtäglichen politischen Grabenkämpfe, in denen er ohnehin keine Erfahrung hat. Fress hat ihm während des Wahlkampfs einen großen Gefallen getan – zu vergleichen mit dem literarischen Denkmal, das Machiavelli Cesare Borgia gesetzt hat. Douglass war tief beeindruckt und glaubte, Fress tiefen Dank zu schulden. Verstehen Sie jetzt? So ergibt es Sinn.«

»Stimmt.« Pink wechselte das Thema. »Aber wenn Russkost, Molotok, die *volki,* die Mafia – wenn die alle hinter den Diamanten her sind, besteht doch vermutlich eine Verbindung zu Waterboer.«

»Und *wenn* es so ist, dann tun sie, was Waterboer verlangt. Und wenn sie tun, was Waterboer verlangt, suchen sie in Wirklichkeit nach den verschwundenen Diamanten. Und wenn sie die gefunden haben ...«

»Verkaufen sie die Steine an Waterboer«, setzte Pink fort, »nehmen das Geld und dann die Beine in die Hand. Es gäbe mithin keinen Grund, Mirnyj anzugreifen und die Gefahr einer Entdeckung zu riskieren. Das verrät uns, dass keiner von ihnen weiß, wo die Diamanten sind. Waterboer war schon ganz nahe dran, aber leider kam Pjaschinew vorher ums Leben. Und nun will Waterboer die Steine immer noch, aber niemand weiß, wo sie sind. Auch die Mafia und Russkost nicht.«

»Denen liegt auch nur die gleiche Information vor, die unser Verbindungsmann im GRU uns soeben geschickt hat. Offenbar Genosse Pjaschinews Abschiedsbrief.« Er reichte Pink ein Blatt, auf dem die heruntergeladene Information aus dem Chip von Klimows Armbanduhr stand.

Pink las: »*Rossija, tretij sloi. Ne dopustit im wsjat eto.* ›Russland, dritte Schicht. Sie dürfen es nicht bekommen.‹ Was soll das denn heißen?«

»Ich weiß es nicht, aber die wissen es auch nicht. Doch das Problem bleibt bestehen: Wir müssen die Diamanten finden. Was Carlton da ausgegraben hat, ist natürlich auch wichtig. Fress ist ein Mörder und Verräter. Er muss weg vom Fenster, und das bald. Aber selbst wenn er im Mörser endet, wo die Großen zusammen mit den Kleinen zerstampft werden, hindert das Molotok und seine Russkost nicht, mit dem Geld, das sie von Waterboer für die Diamanten bekommen, einen irrsinnigen Bürgerkrieg zu entfesseln.« Er blies eine Rauchwolke aus. »Wenn wir Fress' schmutzige Wäsche in der Presse auslüften, erreichen wir damit nur, dass alle Beteiligten noch nervöser werden, und die verschwundenen Diamanten sind dann noch schwerer zu finden.«

Forbes ließ seine Worte eine Zeit lang einwirken und drehte seinen Rollstuhl zum Fenster. Pink lehnte sich müde im Sessel zurück, während seine Gedanken um die verschwundenen Diamanten kreisten. »Und wir werden noch mit einem weitaus größeren Problem zu kämpfen haben, Pink.«

»Wir haben keine Anhaltspunkte, Sir. Ein größeres Problem kann ich mir gar nicht vorstellen.«

»Sie sind eine reine Seele, Pink.« Forbes rollte wieder herum und lächelte bitter. »Sie betrachten die Nachrichtenbeschaffung unter dem Grundsatz, dass man das Gesuchte finden muss, bevor die andere Seite es tut. Natürlich, das ist Ihre Aufgabe. Und die machen Sie gut. Aber es ist nur die eine Hälfte des Jobs. Die andere Hälfte ist meine Aufgabe.«

»Sir?«

»Ich spreche von Politik, Pink. Politik. Es geht nicht nur darum, dass wir die verschwundenen Diamanten eher als Molotok und Waterboer finden müssen. Wir müssen sie finden, ohne dass sie merken, dass wir danach suchen. Das bedeutet, Fress darf nichts von unserer Suche wissen. Fress ist Stabschef. Er überwacht den Präsidenten. Natürlich nicht im wörtlichen Sinn, aber er überwacht seine Meetings und seinen Zeitplan. Er überwacht die Informationen, die dem Präsidenten zugänglich sind. Fress mag ja ein Verräter und ein Scheißkerl sein, aber er ist sehr scharfsinnig und ein Vollblutpolitiker. Seine Leute sitzen in der ganzen politischen Landschaft verteilt, beim FBI, im Justizministerium, sogar hier bei uns.« Er beugte sich zu Pink vor, senkte die Stimme. »Wer, glauben Sie, hat den Präsidenten von der Ernennung des derzeitigen DDO überzeugt?« Forbes meinte den Vizedirektor der Abteilung Operative Beschaffung.

»Sie können in Washington mit keinem Politiker um die Häuser ziehen, ohne dabei Fress' Genossen in die Quere zu kommen. Das bedeutet, wir können keinerlei Unterstützung aus dem Weißen Haus oder von irgendeiner Bundesbehörde erwarten, auch nicht vom Militär. Auch nicht von unserer Firma. Und vergessen Sie die für den Nachrichtendienst zuständigen Ausschüsse auf dem Hill. Der Kongress hat so viele Lecks, dass er das reinste Sieb ist.« Er holte tief Luft. »Es ist ganz einfach, Pink: Nichts über Carlton oder die russischen Diamanten darf Fress oder einem seiner Maulwürfe zu Ohren kommen, bevor dieser ganze Mist hier vorbei ist.«

»Sir.« Pink konnte nur noch krächzen. »Soll das etwa bedeuten ...?«

Forbes nickte kurz. »Genau, Tom. Eine schwarze Operation. Absolut verdeckt. Wir sind ganz auf uns selbst gestellt. Niemand wird uns helfen. Das Weiße Haus nicht. Der Kongress nicht. Die Behörden nicht. Nicht einmal unser eigener Dienst. Denn was ist, wenn der Stabschef vom Weißen Haus Offiziere unseres eigenen Dienstes mit einem Spezialauftrag für den Präsidenten betraut und ihnen eingeschärft hat, sie müssten diese Mission um jeden Preis geheim halten, sogar vor mir? Wir können es wirklich nur allein machen – Sie, weil Sie mir die Analyse erstellt haben, und ich, weil ich Ihnen nun den Auftrag erteile.« Er schwieg kurz, um seine Worte einwirken zu lassen.

»Nun werden Sie auch verstehen, was die Medien und andere Kritiker einfach nicht einsehen wollen: Warum manche Operationen absolut verdeckt durchgeführt werden müssen. Schwarz, wie wir es nennen.« Wieder hielt er inne. »Nur zu gern würde ich diesen Auftrag vom Präsidenten und vom Kongress und allen anderen maßgeblichen Stellen absegnen lassen. Aber es geht einfach nicht.« Er sah Pink scharf in die Augen.

Endlich nickte Pink.

Forbes hob einen Zeigefinger, richtete ihn auf Pink.

»Sir?«

»Sie sind der Einzige.«

Pink riss die Augen weit auf. »O nein, Sir. Ich bin nur Auswerter. Ich habe überhaupt keine Erfahrung in solchen Dingen. Das wissen Sie genau.«

Er wedelte mit dem Blatt, auf dem die rätselhaften kyrillischen Worte standen, die Pjaschinew Sekunden vor seinem Tod gekritzelt hatte. »Ich habe keine Ahnung, was dieser Satz zu bedeuten hat, und außerdem fehlt mir die Ausbildung für solch einen Auftrag.«

Pink bestritt seinen Lebensunterhalt mit dem Sichten von Dokumenten und Fotos. Nun erwartete Forbes, dass er sich allein in den Außendienst wagte. Natürlich hatte er in vielen einsamen Nächten davon geträumt, wenn er an seinem Schreibtisch vor Satellitenbildern und verschlüsselten Nachrichten saß. Hatte er also nur Schiss? Der Mann, der ihm im Rollstuhl gegenübersaß, war ein hoch dekorierter Kriegsheld. Forbes war im Kampf verwundet worden und seither gelähmt. Und er, Pink, hatte schon Angst davor, sich nach draußen zu wagen, um an Informationen zu kommen! Er schämte sich, aber die Furcht ließ sich nicht unterdrücken.

»Ich habe Ihre Akte gelesen. Ich weiß, dass es Sie nach *Taten* verlangt. All diese Handbücher in Ihrem Regal, die Technikthriller und die Poster an den Wänden. ›Sei vorsichtig mit deinen Wünschen, denn sie könnten in Erfüllung gehen.‹ Erinnern Sie sich an diesen klugen Spruch?«

»Sir, bei allem gebotenen Respekt – eine verdeckte Operation durchführen zu wollen ist etwas ganz anderes, als es zu *können*.«

Forbes sah ihn durch den Pfeifenrauch schweigend an. Das leise Lächeln war nun weggewischt. Pink hörte seinen eigenen Atem.

»Meinen Sie, das wüsste ich nicht? Glauben Sie wirklich, ich würde so einen Auftrag einem verweichlichten Schreibtischhengst anvertrauen? Ich weiß, dass Sie für diese Arbeit nicht ausgebildet sind, aber es geht ja nicht darum, dass Sie den Geheimdienst einer ausländischen Macht unterwandern sollen, oder Agenten führen, oder gar Menschen liquidieren. Bei dieser Aufgabe ist Auswertung das Wichtigste – Analyse im Außendienst. Was man im Außendienst am meisten braucht, ist auch bei der Analyse am wichtigsten. Und steckt alles hier oben drin.« Er tippte sich mit dem Zeigefinger an die Schläfe. »Die kleinen grauen Zellen. Davon haben Sie genug.«

Pink wusste nicht, was er darauf sagen sollte, aber schweigen durfte er nicht. »Aber ausgehend von einer rätselhaften Notiz soll ich ganz allein verschwundene Diamanten suchen, und das ist ...«

»Allein? Wie kommen Sie darauf, dass Sie allein nach den Diamanten suchen sollen?«

Pink blickte Forbes verwirrt an. »Sir?«

»Wer sagt denn, dass Sie es allein tun sollen?«

»Nun, Sie haben es eben selbst gesagt, Sir. Es wird eine absolut verdeckte Operation. Schwarz.«

»Stimmt.« Nun lächelte Forbes wieder. »Ich sagte, die Operation darf unserem Dienst nicht bekannt werden. Auch der Regierung nicht. Aber eine verdeckte Operation muss nicht unbedingt mit Agenten vorgenommen werden. Wir beide sind die Einzigen von einer Behörde, die Bescheid wissen, aber es gibt auch noch andere – Zivilisten, die tief in die Sache verstrickt sind.«

»Zivilisten?«

»Ihr Bekannter, dieser Carlton. Er steckt schon bis über beide Ohren drin.« Forbes zuckte die Achseln. »Wenn Sie ihm helfen, hilft er Ihnen sicher auch.«

»Sir, ich weiß nicht, wo er steckt. Ich weiß nicht einmal, ob er noch am Leben ist.«

Forbes holte einen schweren braunen Ordner vom Schreibtisch und reichte ihn Pink. Darin befanden sich sämtliche Computerdateien von Carlton auf Diskette; alle Nummern, die von Carltons Wohnung und Büro aus angerufen worden waren; und nicht zuletzt sämtliche Anrufe, die er auf beiden Anschlüssen und seinem Handy bis zum gestrigen Tag erhalten hatte. Pink schaute auf. »Wie haben Sie ... ach, ist ja egal.«

»Sie stehen nicht allein. Isoliert, ja. Aber keinesfalls allein. Carlton hat Hilfe und Information von anderen erhalten. Das ist unser Kapital. Unsere Quellen. MacLean zum Beispiel. Und nun tun Sie, was Sie gelernt haben. Spüren Sie die Quellen auf, und nutzen Sie sie.«

»Carlton mag ja ein schlauer Vogel sein und MacLean ein reicher Mann, der über jede Menge Verbindungen verfügt. Aber Zivilisten können auch nicht alles erreichen.«

»Das weiß ich. Aber vergessen Sie nicht, es geht um russische Diamanten. Wir wollen verhindern, dass die Steine Russkost in die Hände fallen. Trotzdem gehören sie nicht uns. Wie gern wir sie auch behalten würden, das Geheimnis ließe sich nicht lange bewahren. Die Diamanten gehören Russland. Und Orlows Regierung wird alles einsetzen, um sie zurückzubekommen.«

»Und?«

»Das bedeutet, dass Orlow alles tun wird, uns zu helfen.« Forbes sog an seiner Pfeife, warf einen Blick auf die Uhr, fuhr in seinem Rollstuhl zum Schreibtisch und drückte auf eine Taste seiner Gegensprechanlage.

»Sir?«

»Verbinden Sie mich mit Lawrenti Jagoda!«

36.

Die Flucht

Richtung Norden
Autobahnring Washington (I-395)
Virginia, 23.10 Uhr

Carltons Ziel war die Bolling Air Force Base, der nächste Luftwaffenstützpunkt. Ein Auge hielt er auf die Straße gerichtet, das andere auf sein Handy. Immer wieder drückte er wütend auf die Tasten. Wenzel war nirgends zu erreichen. Carlton rief die Auskunft an und fragte nach MacLeans Nummer. Sie stand nicht im Telefonbuch. Er wählte eine andere Nummer.

»Ja?«

»Lieutenant Carlton hier. Ich möchte Lieutenant JG Whitecloud sprechen.« Er schlängelte sich durch den spärlichen Verkehr und wartete, dass der Dienst habende Offizier an den Apparat kam. Da er nun Fress, Waterboer und deren Verbündete in der Bundesregierung gegen sich wusste, kam Carlton sich wie der sprichwörtliche David vor. Doch der hatte im Kampf gegen Goliath wenigstens seine Schleuder gehabt. Carlton hatte im Augenblick nur Schweißausbrüche. Ein Guthaben hatte er allerdings noch nicht genutzt: die US-Kriegsmarine. Doch wenn Fress so gut informiert war, dass er seine Söldner ohne weiteres in Carltons Wohnung schicken konnte, wusste er auch über seine Verbindung zur Navy Bescheid. Es war nur eine Frage der Zeit, bis Fress ihm auf die Spur kam. Doch Carlton konnte seine Kontakte innerhalb der Navy nutzen.

»Whitecloud.«

»Bob, ich bin's, Pat Carlton.«

»Hi, Pat. Was gibt's?«

»Ich brauche eine Nummer, einen Privatanschluss. Max MacLean. In LA. Jetzt gleich.«

»Wozu?«

»Das kann ich jetzt nicht erklären. Bitte such die Nummer für mich raus.«

»Ich glaub dir ja.« Pause. »Sie steht aber nicht im Telefonbuch.«

»Natürlich nicht! Warum würde ich dich sonst ...«

»Nur die Ruhe. Ich wollte dich nur 'n bisschen auf die Palme bringen.« Er gab Carlton die Nummer durch. Carlton wusste, dass sein Handy wahrscheinlich aufgespürt worden war und abgehört wurde, doch er hatte keine Wahl.

»Danke, alter Junge. Ich bin dir was schuldig.« Er brach die Verbindung ab und wählte MacLeans Nummer. In diesem Moment verfehlte die Heckflosse des Shark um Haaresbreite den Kotflügel eines Chevy. Der zornige Fahrer rief ihm etwas zu.

»Hier bei MacLean.«

»Kann ich bitte Max MacLean sprechen?«

»Bedaure, Sir. Mr MacLean ist momentan nicht zu ...«

»Hier ist Pat Carlton. Es ist sehr wichtig. Er will mich bestimmt sprechen.«

»Einen Augenblick, bitte.«

MacLean kam fast augenblicklich an den Apparat. »Ich bedaure, dass wir uns unter solchen Umständen kennen lernen.«

»Mr MacLean, vor zehn Minuten bin ich in meiner Wohnung fast ermordet worden. Ich rate Ihnen und Dan, schleunigst zu verschwinden. Wenn die mich jagen, sind auch Sie in Gefahr.«

»Es ist zu spät, Pat.«

»Wie meinen Sie das? Verlassen Sie die Stadt!«

»Dan ist tot.«

»O Gott!«

»Er sollte mit meinem Jet nach Andrews fliegen. Der Jet ist vor ein paar Stunden abgestürzt. Die Küstenwache sucht zwar nach ihm, aber ich weiß genau, dass er nicht mehr am Leben ist.«

»Dennoch sollten Sie so schnell wie möglich verschwinden.«

»Und wohin soll ich fliehen? In meinem Haus bin ich in Sicherheit. Ich habe gute Leibwächter.«

»Nun, wenn Sie sich so sicherer fühlen ... Ich jedenfalls will so schnell wie möglich raus aus Dodge City. Und ich brauche Ihre Hilfe.«

»Die haben Sie«, sagte er ohne Zögern. »Aber zuerst möchte ich erfahren, wie viel Sie wissen.«

»Das wollen Sie nicht, glauben Sie mir.«

»Doch, auf jeden Fall. Spucken Sie's aus, oder Sie müssen sich selber helfen.«

Carlton wog kurz die Risiken ab. Fress hatte bereits einen Anschlag auf ihn unternommen. Wie viel schlimmer konnte es noch kommen? »Na schön. Der Stabschef im Weißen Haus wird von Waterboer geschmiert, um Diamantenbergbau in Arkansas zu verhindern. Den Rest kennen Sie.«

MacLean holte so tief Luft, dass man es am Telefon hören konnte. »Das heißt also, dass es nicht einfach aufhören wird. Es ist erst vorbei, wenn eine der beiden Seiten gewonnen hat. Was brauchen Sie?«

»Vor allem muss ich von der Bildfläche verschwinden.«

»Sie gehören der Navy an, nicht wahr?«

»Ja.« Wenzel hatte gründlich recherchiert, so viel war sicher.

»Fahren Sie zur Andrews Air Force Base. Melden Sie sich bei Colonel Saunders. Er sollte Wenzel in Empfang nehmen. Ich rufe ihn an. Er wird Ihnen sagen, was Sie tun sollen.«

»Aber was ist, wenn ...«

»Vertrauen Sie mir!«

»Vielen Dank.« Carlton legte auf und wählte Erikas Handynummer. Bei ihm hatten sie es versucht, bei Wenzel hatten sie es geschafft; das nächste Opfer würde Erika sein.

»Hallo?«

»Hier ist Pat.«

»Ich bin am Flughafen und steige gleich in den Flieger. Was ist denn nun schon ...«

»Steigen Sie nicht ein! Auf keinen Fall! Nehmen Sie ein Taxi. Fahren Sie zur Andrews Air Force Base. Ich treffe Sie dort.«

»Andrews? Aber das ist in Maryland. Ich besorg mir einen Mietwagen.«

»Nein. Einen Mietwagen kann man zu Ihnen zurückverfolgen. Wahrscheinlich hören die auch schon mein Handy ab. Nehmen Sie ein Taxi! Sofort!« Er drückte schnell die »Ende«-Taste und warf das Handy auf den Beifahrersitz. Inzwischen war der Verkehr noch spärlicher geworden. Offenbar wollte zur Stunde kein Mensch auf dem Beltway nach Maryland fahren. Carlton warf einen Blick auf den Tacho: dreiundneunzig Meilen. Er drosselte das Tempo. Er konnte es sich auf keinen Fall leisten, ins Visier der Autobahnpolizei zu geraten. Andrews lag im nördlichen Maryland. Auf dem Autobahnring wäre es einfacher über die Gegenspur zu erreichen, doch Carlton kam auch über die Woodrow Wilson Bridge und dann Richtung Norden nach Maryland. Dieser Weg war sicherer als der Teil des Beltway, der zu Washington gehörte.

Bald hatte er die Woodrow Wilson Bridge vor sich. Blinkende rote Signallampen warnten die Autofahrer, dass die Zugbrücke über der Mündung des Potomac in die Chesapeake Bay in den nächsten Minuten hochgezogen würde. Carlton nahm Gas weg, bis der Shark nur noch im Schritttempo kroch.

In diesem Augenblick wurde er von hinten gerempelt. Erschrocken fuhr er herum. Er hatte sich ganz auf das Gespräch mit Erika konzentriert und den Wagen hinter sich, einen marineblauen Ford Sedan, überhaupt nicht gesehen. Sah aus wie eine Regierungslimousine. Weniger als dreißig Zentimeter von seiner Stoßstange entfernt. Angesichts der roten Warnsignale wurde der Wagen keineswegs langsamer, im Gegenteil – er legte an Tempo zu.

Carlton trat das Gaspedal durch. Der Motor heulte auf. Der Ford verpasste die Chromstoßstange des Shark um wenige Zentimeter, fiel ein Stück zurück und holte wieder auf, um das Manöver aufs Neue zu versuchen.

Nur noch hundertfünfzig Meter trennten Carlton von der Brücke, die sich nun langsam zu heben begann. Mit einem Motorrad hätte er den Sprung zwischen den beiden Rampen vielleicht geschafft. Aber er saß in einem Cadillac, in einem zwei Tonnen schweren, mit Chrom und Stahl bewehrten Oldtimer, Baujahr 1958. Und das hier war kein Actionkrimi. Es war unmöglich, über die Brücke zu kommen.

Diesmal wurde der Shark so heftig gerammt, dass er aus der Spur geriet. Dann schoss die Limousine vor und tauchte rechts neben dem Shark auf. Carlton schaltete in den zweiten Gang. Laut kreischend protestierte das Getriebe, doch der Wagen schoss vorwärts. Aber ein Oldtimer aus den Fünfzigerjahren war kein Gegner für den nagelneuen Ford.

Bald schon war die Limousine wieder neben ihm. Auf der Fahrerseite wurde die getönte Scheibe im Fond heruntergelassen. Carltons Blut gefror, als er in die Mündung einer Heckler & Koch Maschinenpistole starrte. Dieses deutsche Spitzenfabrikat, das pro Minute achthundert Kugeln durch den Lauf jagen konnte, war weniger als zwei Meter von seinem Kopf entfernt.

Es gab kein Entkommen. Der Shark konnte das Rennen gegen den Ford nicht gewinnen. Die Zugbrücke wurde immer weiter hochgezogen. Die Gegenspur war durch eine Mauer aus Beton und Stahl versperrt. Auch Carltons Glock auf dem Beifahrersitz war keine wirksame Verteidigung gegen die Maschinenpistole. Und es hatte keinen Zweck, auf die Fenster der Limousine zu schießen; mit hoher Wahrscheinlichkeit waren sie kugelsicher.

Blinzelnd nahm ihn der Mann mit der Maschinenpistole ins Visier.

Carlton stieg in die Bremse. Die Räder des Cadillac blockierten, es roch nach verbranntem Gummi. Als die erste Geschossgarbe aus der Maschinenpistole spritzte, jagte der Ford bereits an Carlton vorbei. Funken flogen wie Glühwürmchen, als die Kugeln von der Mauer abprallten.

Der Ford wurde langsamer, um sich Carltons Tempo anzupassen. Doch während der Shark an Tempo verlor und die Räder immer noch blockiert waren, schwenkte sein Heck nach rechts. Nun hatte Carlton den Ford durch sein Beifahrerfenster im Blick. Er schnappte sich die Glock und gab vier Schüsse auf den Widersacher ab, wobei er sein eigenes Fenster zertrümmerte.

Der Ford näherte sich langsam, während der Cadillac weiter hin und her schlingerte.

Nun war die Zugbrücke sehr nahe. Carlton schaltete in den ersten Gang, trat aufs Gas, steuerte gegen und flog dreißig Meter vor der Brücke an dem Ford vorbei. Er feuerte fünfmal auf den Fahrer, der sich instinktiv duckte, obwohl die Kugeln von den Scheiben abprallten. Dann richtete der Mann sich wieder auf, beschleunigte den Ford und nahm die Verfolgung auf. Fünfzehn Meter vor der Zugbrücke kletterte die Nadel auf Carltons Tacho auf zweiundfünfzig. Er legte den zweiten Gang ein. Abermals feuerte der Schütze seine Heckler ab; die Geschossgarbe durchschlug das Heckfenster des Cadillac und zertrümmerte die Windschutzscheibe. Carlton duckte sich und schloss für einen

Moment die Augen, um sie vor herumfliegenden Glassplittern zu schützen. Der Ford näherte sich in rasendem Tempo, hatte ihn schon fast eingeholt, fiel dann aber zurück. Eine verirrte Kugel hatte einen Reifen getroffen.

Als Carlton den hölzernen Schlagbaum der Brücke durchbrach, fuhr er schon mehr als sechzig Meilen die Stunde. Zum Glück hatte der Brückenwärter die Verfolgungsjagd gesehen und war dabei, die Brücke wieder zu senken. Doch es war zu spät. Mit heulendem Motor rasten zwei Tonnen Chrom und Stahl die halb hochgezogene Rampe hinauf, dann erhob sich der Shark in die Luft.

Alles schien in Zeitlupe zu geschehen. Carlton erinnerte sich an sein Training bei der Navy und presste seine Zunge gegen den Gaumen, damit er sie beim bevorstehenden Aufprall nicht durchbiss.

In einem Funkenregen setzte der Cadillac auf der anderen Rampe auf. Carlton wurde tief in seinen Sitz gepresst. Die Achsen des Shark ächzten, die Karosserie dröhnte und krachte, als die Stoßdämpfer aufsetzten. Carlton kam es vor, als würde ihm der Kopf von den Schultern gerissen. Nach einigen Schocksekunden trat er aufs Gaspedal. Der Motor lief noch! Er legte den dritten Gang ein und jagte weiter Richtung Nord-Maryland. Im Fahren blickte er sich noch einmal um: Ob der Ford ihm doch gefolgt war?

Die Limousine hatte nicht einmal die Rampe geschafft.

Umso besser!

Carlton schob ein frisches Magazin in die Glock. Dann murmelte er ein Dankgebet und eine Fürbitte, dass sein tapferer Cadillac und Erikas Taxi sie beide sicher nach Andrews bringen sollten.

Der Shark war tapfer, aber auch ein 58er Caddy hat seine Grenzen. Nach dem heftigen Aufprall auf der Zugbrücke und der starken Beschleunigung begann der V8-Motor zu stottern und erstarb schließlich. Carlton fuhr auf den Seitenstreifen und versuchte, die Maschine wieder zu starten. Wieder und wieder. Der Tank war noch ziemlich voll, wie die Anzeige erkennen ließ, aber der Wagen hatte Öl verloren, und der Motor war überhitzt. Carltons Startversuche entlockten dem Anlasser nur ein knirschendes Geräusch und riefen ein klägliches Heulen im Kühlschlauch hervor. Im Kofferraum hatte er einen Vorrat an Motoröl und Kühlwasser. Doch aus langer und leidvoller Erfahrung wusste Carlton, dass der Wagen auch mit Nachfüllen nicht mehr zum Leben erweckt werden konnte.

»Verdammt!«

Er hieb mit der flachen Hand aufs Lenkrad; gleichzeitig wurde ihm bewusst, wie viel Glück er bisher gehabt hatte. Ebenso gut hätte er in einer Blutlache in seiner Wohnung liegen können. Vielleicht hätten sie ihn auch auf dem Beltway erwischt, oder er wäre in den Tiefen des Potomac versunken. Aber er war am Leben. Am Straßenrand gestrandet, aber am Leben. Und er legte Wert darauf, dass es so blieb.

Carlton steckte die Glock in sein Schulterhalfter und stieg aus. Es war kalt. Und er musste zu Fuß weiter. Dem letzten Straßenschild zufolge waren es noch zehn Meilen bis zur Andrews Air Force Base, und dieses Schild lag schon ein ganzes Stück hinter ihm. Carlton schloss den Wagen ab, schlug den Kragen hoch, steckte die Hände tief in die Taschen seiner Uniformjacke und machte sich auf den Weg durch die stockfinstere Nacht.

Seltsamerweise machte ihm die Bedrohung durch Fress' Söldner nicht mehr so sehr zu schaffen. Immerhin hatte er sich in seiner Wohnung und an der Brücke erfolgreich zur Wehr gesetzt. *Sollen sie doch kommen.* Doch das Herz schlug ihm noch immer bis zum Hals.

Er machte sich Sorgen um Erika. Auch sie war bestimmt verfolgt worden. Seine Feinde würden nicht zulassen, dass sie Andrews erreichte.

Vielleicht.

Es war ein »Vielleicht«, das er riskieren musste. Eine andere Möglichkeit blieb ihm nicht.

Carlton ging weiter.

Der schnelle Marsch durch die kalte Nacht verschaffte ihm einen klaren Kopf. Alles war so überstürzt geschehen! Der Mord an Mazursky. Die Drohung von Waterboer. Der Überfall in seiner Wohnung. Die Instruktionen MacLeans. Die Schießerei. Die Brücke. Er war entkommen. Er wusste sehr genau, vor wem er floh, aber wohin würde seine Flucht ihn führen? Zu Saunders, wie MacLean gesagt hatte. Aber wer, zum Teufel, war dieser Saunders?

Als Carlton merkte, dass er viele Fragen, aber kaum Antworten hatte, verscheuchte er die Grübeleien.

In diesem Augenblick blitzten hinter ihm Scheinwerfer auf. Der Wagen holte rasch auf. Carlton sah, wie sein eigener Schatten zu überproportionaler Größe anwuchs. Jäh überfiel ihn Panik, und beinahe wäre er stehen geblieben wie ein verängstigtes Wild. Am liebsten hätte er sich hinter die dichten Bäume keine drei Meter vom Straßenrand verkrochen. Doch er zwang sich weiterzulaufen, ohne nach hinten zu schauen. Er hoffte, der Wagen würde vorbeifahren.

Aber er wurde langsamer.

Nein.

Noch langsamer. Der Motor dröhnte. Carlton drehte sich in dem Moment um, als der Wagen auf Schritttempo verlangsamte. Es war ein allradgetriebener Armeejeep, ein Humvee in grüner und schwarzer Tarnfarbe, die vor dem weißen Hintergrund des verschneiten Waldes aber nicht viel nützte. Carlton zitterte vor Angst, bevor ihm wieder einfiel, dass er ja Uniform trug. Er blieb stehen. Der Humvee ebenfalls.

Ein schwarzer Sergeant in Arbeitsdienstkluft steckte den Kopf aus dem Seitenfenster und legte grüßend die Hand an die Mütze. »Sir. Ist das Ihr Wagen da hinten, Sir?«

»Ist mir auf dem Weg zum Stützpunkt verreckt«, antwortete Carlton und erwiderte den militärischen Gruß.

»Dann steigen Sie ein, Sir. Wir nehmen Sie mit.« Trotz der mörderischen Rivalität zwischen Luftwaffe und Marine war für den Sergeant jeder Soldat, selbst ein Navy-Offizier, ein Bruder, dem man in der Not helfen musste.

»Das weiß ich sehr zu schätzen, Sergeant.« Carlton zwängte sich auf den Rücksitz über den wuchtigen Rädern. Der Humvee heulte auf und schoss durch den Schnee davon.

Der Sergeant schaltete die Innenraumbeleuchtung ein und drehte sich zu Carlton um. »Wir sehen nicht gerade viele Navy-Kameraden in dieser Gegend, Sir«, bemerkte er höflich. Damit wollte er sagen: *Wer sind Sie, und was haben Sie hier verloren?* Und warum sollte er nicht misstrauisch sein? Carlton konnte schließlich ein Psychopath sein, der in einer geliehenen Uniform die Gegend unsicher machte.

»Kann ich mir vorstellen.« Carlton wollte eben seinen Ausweis zücken, hielt es dann aber für zu gefährlich. »Marinenachrichtendienst. Wir sind überall und nirgends. Jedenfalls hat der Anwerbungsoffizier das damals gesagt.« Er lachte über seinen eigenen Scherz. Irgendetwas musste er dem Sergeant ja erzählen. »Ich muss zu einer Besprechung mit Colonel Saunders. Hätte es niemals pünktlich geschafft, wenn Sie nicht gekommen wären. Nochmals vielen Dank.«

Die Erwähnung Saunders schien den Sergeant zu beruhigen. »Wir bringen Sie sofort hin, Sir. Machen Sie sich's bequem, und genießen Sie die Fahrt.« Mit diesen Worten knipste er das Licht aus und drehte sich wieder nach vorn. Carlton hatte keine Ahnung, wer Saunders war, aber nun hatte ihm schon der Name des Mannes geholfen.

Zehn Minuten später hielt der Humvee vor dem Haupttor der Andrews AFB, auf der die Sonderflugzeuge des Präsidenten, eine Boeing 747 und ein Sikorsky S-61 Hubschrauber stationiert waren – Air Force One und Marine One.

Einer der beiden MPs kontrollierte Carltons Ausweis und winkte den Humvee wortlos hinein. Der Wagen holperte durchs Tor und fuhr an mehreren Baracken vorbei, bevor der Sergeant vor einem großen weißen Backsteingebäude hielt.

»Sie finden Colonel Saunders da drin, Sir«, sagte er.

»Danke fürs Mitnehmen, Sergeant.«

»Stets zu Diensten, Sir.«

Carlton hörte den Humvee davonfahren. Ein Mann trat aus dem Haus. Da er das Licht im Rücken hatte, sah man nur seine Silhouette. Irgendwie hatte Carlton ein mulmiges Gefühl. Vielleicht waren Fress' Söldner schon vor ihm eingetroffen. Aber es gab keinen Ort mehr, zu dem er fliehen konnte. Langsam ging er auf das Haus zu. Erst als er auf wenige Meter an den Mann herangekommen war, erkannte er die blaue Uniform der Luftwaffe, den silbernen Vogel an der Schulter, das Namensschild. Beruhigt stieß er den angehaltenen Atem aus und salutierte. »Lieutenant Carlton, Sir.«

Saunders erwiderte den Gruß. »Folgen Sie mir.«

Er ging voraus, stieg eine Treppe hoch und führte Carlton in ein kleines, dunkles Dienstzimmer. An den Wänden hingen unzählige Fotos von Flugzeugen. Saunders zeigte auf den Besucherstuhl. »Nehmen Sie Platz, Lieutenant.«

»Danke, Sir.« Carlton setzte sich auf die Kante.

Saunders lehnte sich im Sessel zurück. Sein dunkles Gesicht verzog sich zu einem Lächeln. »Ich schätze, wir haben einen gemeinsamen Freund.«

»MacLean.«

Der Colonel nickte kurz. »Er hat mir gesagt, Sie müssten außer Landes gebracht werden. Wichtige Sache, Mitarbeiter im Nachrichtendienst des Pentagon.«

»Das stimmt, Sir, ich ...«

Saunders hielt abwehrend die Hand hoch. »Ich will es gar nicht wissen, Lieutenant. Je weniger ich weiß, desto besser. Verstanden?«

»Ja, Sir.« Wer war dieser Mann?

»Ein Vogel wird Sie abholen. Geschätzte Ankunft in zehn Minuten.«

»Vielen Dank, Sir. Ich erwarte noch einen zusätzlichen Passagier. Erika Wassenaar.«

Saunders stutzte einen Augenblick. »Ich fürchte, davon weiß ich nichts.« Natürlich hatte MacLean Saunders nichts von Erika gesagt. Woher hätte er davon wissen sollen? Saunders war Soldat. MacLean hatte ihm gesagt, er müsse einen Passagier übernehmen, folglich erwartete er *eine* Person, nicht zwei oder drei.

»Das ist mir vollkommen klar, Sir. Aber es muss noch jemand mitkommen.«

»Wo befindet sich diese Person jetzt?«

»Sie wird in Kürze hier sein, Sir.«

Saunders dachte ein paar Sekunden nach, dann nahm er den Hörer ab und unterrichtete die Wache am Tor, sie solle die Frau hereinlassen und zu seinem Dienstzimmer bringen. »Der Vogel landet nur kurz. Wir haben keine Zeit, auf Nachzügler zu warten. Ich gebe ihr zehn Minuten, danach muss sie einen Linienflug nehmen.« Er stand auf und gab damit zu verstehen, dass die Unterredung beendet war. »Ich habe etwas zu erledigen. Kaffee steht im Nebenzimmer. Bedienen Sie sich. Und denken Sie daran – zehn Minuten.« Er verließ das Zimmer.

Carlton schaute nervös auf die Uhr. *Mach schon, Erika.*

Zehn Minuten gingen wie im Flug vorüber. Erika war immer noch nicht erschienen. Saunders kam ins Dienstzimmer zurück.

»Es ist Zeit.«

»Sie ist noch nicht gekommen, Sir.«

»Sieht so aus. Aber die Zeit ist abgelaufen.«

»Sir, ich weiß Ihre Hilfe sehr zu schätzen, aber es ist unbedingt erforderlich, dass ...«

»Erforderlich oder nicht, Lieutenant, wir haben einen Dienstplan. Es ist Zeit.«

Carlton stand auf und blickte Saunders scharf an. »Was glauben Sie, was das hier ist, Colonel? Eine Vergnügungsreise? Glauben Sie, dass ich hergekommen bin, bloß weil ich der Massenabfertigung am Reagan Airport entgehen wollte? Ich habe keinen Schimmer, wer Sie sind oder welche Verbindung Sie zu MacLean haben, Sir. Aber falls er es Ihnen nicht gesagt hat, dann darf ich mich jetzt vorstellen.« Er holte seinen DOJ-Ausweis hervor und hielt ihn Saunders unter die Nase.

Der Colonel war nun besser informiert, wirkte jedoch immer noch unbeeindruckt.

Carlton wollte keine weiteren Informationen preisgeben, aber er musste diesen Mann davon überzeugen, auf Erika zu warten. Saunders war ein Freund von MacLean und hatte bisher keinen Mordversuch unternommen, also stand er offenbar nicht auf Fress' Gehaltsliste. Aber er konnte nicht wissen, was Carlton wusste. »Das Justizministerium leistet viel Ermittlungsarbeit. Manchmal entdeckt es illegale Machenschaften, in die Mitglieder unserer Regierung verwickelt sind. Manchmal sind es sogar Leute in höchsten Positionen. Und die möchten nicht, dass ihre Aktivitäten bekannt werden. Manchmal üben sie Vergeltung. Manchmal lassen sie ganz einfach die Menschen mit den Beweisen beseitigen. Und diese Menschen müssen früh genug fliehen. Und heimlich.«

Er sah Saunders fest in die Augen, doch dem Colonel war mit den Drohtaktiken eines DOJ-Anwalts nicht beizukommen, mochte er auch Reserveleutnant der Marine sein. »Ein Farmer aus Arkansas hat etwas gewusst. Er wurde in seinem Auto ermordet. Sein Sohn wurde in seinem eigenen Haus durch einen Kopfschuss getötet. MacLeans Anwalt wusste Bescheid. Sein Flugzeug ist vor einer Stunde abgestürzt. Und haben Sie das über Senator Bighams Berater gelesen, den man von Kugeln durchlöchert in Südost-Washington gefunden hat? Auch er wusste es. Und die Frau, auf die ich warte, weiß es.« Er machte ein paar Schritte auf Saunders zu. »Ich weiß es.« Noch näher heran. Nun flüsterte er: »Möchten Sie es auch wissen?«

Saunders wich zurück, wenn auch nur um Haaresbreite. »Sie müssen ja eine ganz große Nummer vor Gericht sein! Okay. Wir warten.«

In angespanntem Schweigen saßen sie fast eine Viertelstunde da, dann läutete das Telefon. »Saunders. Was ist da los? Ich komme sofort. Natürlich lassen Sie sie nicht herein.« Er legte auf, stürzte zur Tür. »Kommen Sie!«

»Was ist?« Carlton rannte hinter Saunders die Treppe hinunter. Der saß bereits in seinem Air Force Humvee.

»Anscheinend will die Polizei Ihre Freundin verhaften. Sie wissen schon – die, die es auch weiß.«

»Scheiße!«

»Genau mein Gedanke.« Saunders stürmte in Rekordzeit zum Bunker beim Haupttor. Carlton entdeckte Erika und rannte zu ihr. Er nahm sie in die Arme, hielt sie zum ersten Mal, spürte, wie sehr er das gewollt hatte. »Gott sei Dank, Sie haben es geschafft!«

Erika erwiderte seine Umarmung, doch bald wurden sie wieder von der Wirklichkeit eingeholt. Carlton starrte in ihre grünen Augen: Tränen strömten über ihre geröteten Wangen. Er wischte sie ab. »Was haben die Cops hier zu suchen?«

»Ich bin mit dem Taxi gekommen, wie Sie gesagt haben. Als wir zum Tor kamen, waren plötzlich zwei Streifenwagen da. Die wollen mich verhaften.«

Carlton ging zum Bunker, wo Saunders in eine heftige Diskussion mit zwei schwergewichtigen Maryland Troopers verwickelt war.

»Wir müssen sie festnehmen, Colonel«, beharrte der ältere der beiden Polizisten. »Sie dürfen uns nicht an unserer Pflicht hindern. Wir nehmen die Frau in Gewahrsam.«

»Die Dame kann gar nicht verhaftet werden. Sie befindet sich auf dem Gelände einer militärischen Einrichtung«, erwiderte Saunders kühl.

»Sir, sie gefährdet die ...« Der Trooper riss die Augen auf, als er Carlton erblickte. »Der auch! Wir müssen beide festnehmen!«

Carlton ging zum Tor und schaute die wütenden Polizisten an, als wären es Zootiere. »Warum, um alles in der Welt?«

»Sie stehen unter Mordverdacht!«

Carlton tat die Anschuldigung mit einer Handbewegung ab. Gab es noch irgendeinen Menschen auf der Welt, der nicht zu diesem Albtraum gehörte? »Haben Sie einen Haftbefehl?«

»Wir brauchen keinen Haftbefehl!«

»Sind Sie Zeugen dieses angeblichen Mordes?«

»Nein, ich ...«

»Dann brauchen Sie einen Haftbefehl. Sie sollten lieber mal wieder ins Strafgesetzbuch schauen.« Er drehte sich zu Saunders um.

Der Colonel schien hin und her gerissen. Seine Erfahrung sagte ihm, dass er die Vorschriften beachten und Carlton und Erika auf dem Stützpunkt behalten müsse, bis die Angelegenheit mithilfe der üblichen Kanäle geklärt worden war. Aber diese beiden gehörten dem Justizministerium an und waren Anwälte, die täglich mit Recht und Gesetz umgingen. Und MacLean hatte ihn noch nie angelogen. Also folgte er seinem Instinkt.

Der Trooper ereiferte sich immer noch. »Ich brauche keinen Haftbefehl, um ...«

Saunders stoppte ihn mitten im Wort, indem er die Hand hochhielt. »Wenn Sie noch keinen Haftbefehl haben, wie der Mann hier sagt, sollten Sie sich schnellstens einen besorgen. Und nun möchte ich Sie bitten, den Stützpunkt zu verlassen.«

»Nein! Diese beiden Personen stehen unter dem Verdacht des Mordes an einem Bundesagenten. Diese Luftwaffenbasis gehört der Regierung!«

»Sie gehört der Regierung, ja.« Ruhig wandte Saunders sich an den MP-Gefreiten, der dabeistand und zuhörte, doch klugerweise, ohne ein Wort zu sagen. »Gefreiter, diese Männer wollen widerrechtlich in eine staatliche Air Force Base eindringen. Ersuchen Sie die beiden, das Gelände umgehend zu verlassen.« Nun wandte er sich wieder an die beiden Trooper. »Wenn Sie diesem Befehl nicht Folge leisten, werden *Sie* in Gewahrsam genommen.«

»Dazu haben Sie kein Recht! Wir müssen die Leute wegen Mordverdacht festnehmen. Es ist unsere Pflicht, sie ...«

»Gefreiter, tun Sie Ihre Pflicht.«

Der junge Gefreite trat an den Pfeiler des Stahltores vor. »Sie haben gehört, was der Colonel gesagt hat. Ich wiederhole es noch einmal, Gentlemen. Entweder Sie verlassen umgehend das Gelände, oder Sie werden in Gewahrsam genommen.«

»Versuch's doch mal, Söhnchen.« Der Trooper zog seine Pistole aus dem Halfter und wandte sich an seinen Partner. »Ruf Verstärkung, Johnson!« Als er sich wieder zu dem jungen Gefreiten umdrehte, spürte er den kalten Lauf einer .45er Beretta am Schädel.

»Sie gehen jetzt«, sagte der MP kühl und spannte den Hahn, »oder Sie werden in Gewahrsam genommen.«

»Folgen Sie mir«, sagte Saunders zu Carlton und Erika. Sie gingen zum Humvee und stiegen in das hochrädrige Gefährt. Saunders warf den starken Motor an und ließ das Haupttor hinter sich, fuhr tiefer und tiefer in die Basis hinein.

Erika schmiegte sich an Carlton; sie zitterte eher vor Angst als vor Kälte. Der Colonel fuhr durch ein Gewirr von Straßen, an deren Seiten der Schnee säuberlich aufgehäuft lag. Erika schaute durch die beschlagenen Scheiben des Jeeps, um sich abzulenken. Sie sagte sich, dass sie nun in Sicherheit war. Niemand achtete besonders auf den Humvee, der an scheinbar endlosen Hangars vorbeifuhr. Manche waren dunkel, in anderen leuchtete grelles Licht. Bodenpersonal werkelte an Militärmaschinen sämtlicher Formen und Größen. Viele Motorhauben standen weit offen und erlaubten Einblick in das komplizierte Innenleben der Triebwerke.

Bald hatten sie die Hangars hinter sich gelassen, und die Dunkelheit der kalten Winternacht hüllte sie ein. Sie kamen an einer Reihe hoher Lichtmasten vorbei, die ein halbes Dutzend Maschinen auf dem Rollfeld beleuchteten. Bis auf eine waren alle dunkel und mit eisbedeckten, sorgfältig verschnürten Persennings abgedeckt. Hinter der letzten Maschine in der Reihe, einer Augusta Tiltrotor, hielt Saunders an.

Carlton hatte noch nie eine solche Maschine gesehen. Einmal war er bei einer Reservistenübung der Marine mit einer älteren Osprey geflogen, einem Militärflugzeug, das der Augusta ähnelte. Er war erstaunt, eine Zivilmaschine zu sehen, die auf einem Luftstützpunkt ziemlich fehl am Platz war. Die zehn Millionen Dollar teure Bell/Augusta 609 war eine Mischung zwischen Geschäftsjet und einem Hubschrauber. Oberhalb ihres weißen Rumpfs befand sich der einzige Flügel, an dessen Enden nach oben gerichtete Düsen angebracht waren, gekrönt von riesigen Propellern mit jeweils drei Rotorblättern. Das Ganze wirkte eher wie ein überdimensionales Modellflugzeug und nicht wie ein sicheres Fluggerät zum Transport von Passagieren.

Carlton und Erika sprangen aus dem Humvee. Erika schnappte nach Luft, als der eisige Wind sie anfiel und der Motor der Augusta aufheulte. Das Donnern der Motoren wurde von dem hackenden Geräusch der Propeller begleitet, die sich immer rascher in der eisigen Luft drehten.

Saunders kam hinter ihnen her und zeigte mit dem Daumen auf eine Treppe, die aus einer ovalen Öffnung im Rumpf ragte.

Carlton nickte und trat auf den Colonel zu. »Vielen Dank!« Er salutierte.

Saunders erwiderte den Gruß knapp und drückte ihnen die Daumen, dann eilte er zum Wagen zurück.

Carlton und Erika stiegen die schmale Treppe hinauf.

»Willkommen an Bord«, begrüßte sie ein ernster Steward. »Mr MacLean lässt herzlich grüßen. Wenn Sie so freundlich sein wollen, Ihre Plätze einzunehmen? Dann können wir sofort starten.« Er drückte auf einen Schalter neben der Tür. Die mechanische Treppe glitt hinauf und faltete sich hinter der Luke zusammen. Der Steward sicherte die Tür. Dann sah er nach, ob Carlton und Erika richtig angeschnallt waren. Mit dem Ergebnis zufrieden, ließ er sich in einen der vier übrigen, mit weichem Leder bezogenen Sitze sinken.

»Verzeihen Sie meine Neugier«, sagte Carlton. »Wohin fliegen wir eigentlich?«

Der Steward setzte sich auf, drehte sich zu ihnen um. »Atlantic City. Wir sollten in einer halben Stunde dort sein.«

Carlton und Erika sahen sich befremdet an.

Fast hätte Carlton den Steward gefragt, ob es an Bord Telefon gab, doch ihm wurde rechtzeitig klar, dass das keine gute Idee war. Die Rotoren drehten sich immer schneller. Langsam erhob sich das weiße Flugzeug vom Rollfeld. Als es eine Höhe von sechzig Metern erreicht hatte, drehten die Düsen sich um neunzig Grad nach hinten. Nun standen die Propeller wie bei einem normalen Flugzeug, und die Maschine flog geradeaus. Der Pilot gab mehr Gas, und das Flugzeug gewann an Höhe. Zehn Minuten später flog der Hybrid aus Hubschrauber und Flugzeug in nordwestlicher Richtung, hatte 600 Meter Höhe und fast seine Höchstgeschwindigkeit von 317 Meilen erreicht.

Carlton musste sich zusammenreißen, um weder MacLean noch Pink anzurufen. Aber auch sein Handy durfte er jetzt nicht mehr benutzen. Fress würde sie sofort orten und einen vierten Angriff starten. Dreimal war Carlton ihm entkommen. Er wusste nicht, wer von allen Betroffenen noch am Leben war. Erika hatte ihm zwar schon an der Stimme angehört, in welcher Gefahr sie schwebten, bisher aber nicht gewusst, wie rasch die Dinge sich zum Schlimmsten gewendet hatten. Nun konnte sie ihn nur erschrocken anstarren.

Carlton wollte nicht, dass sie in die Sache hineingezogen wurde. Er hasste sich dafür, dass auf gewisse Weise er schuld daran war, dass Fress auch Erika aufs Korn genommen hatte.

Aber nun war sie bei ihm, und sie verdiente es, alles zu erfahren. Er erzählte es ihr haarklein, ließ nur die unverhohlene Drohung gegen ihr Leben aus, die von Fress oder Waterboer kam. Zuerst weinte Erika, beruhigte sich dann aber und wirkte gefasst.

Beide schwiegen und ließen den anfänglichen Schock verebben, der von einer dumpfen, unbestimmten Furcht ersetzt wurde. Doch bald schon wurden sie ruhiger; es half, dass sie zumindest für den Augenblick in Sicherheit waren. Erschöpft schloss Carlton die Augen und lehnte den Kopf an die Nackenstütze.

Erika blickte aus dem Fenster. Unter ihnen leuchteten die Wolken silbern im Licht des fast vollen Mondes. Sie wandte sich vom Fenster ab, kuschelte sich in den warmen Ledersitz und schaute Carlton an, der wie ein Kind tief und fest neben ihr ruhte. Erika erlaubte sich ein Lächeln und betrachtete ihn mit sehnsüchtigen Blicken. Das Objekt ihrer Zuneigung war nicht besonders sportlich und ganz gewiss kein Intellektueller. Aus ihren Gesprächen hatte sie das Bild gewonnen, dass er mit seinem Leben nicht zufrieden genug war, um auch glücklich zu sein.

Menschen mit europäischem Hintergrund, wie Erika, schätzten andere Menschen ein, indem sie sie in Schubladen steckten: Erziehung und Bildung, Beruf, Reichtum, Religion, Nationalität und Familie. Doch Carlton passte in keine der herkömmlichen Schubladen. Hinter seiner Fassade gab es etwas Größeres, das nicht so leicht zu erkennen war: ein alles bestimmender Charakterzug, der seinen anderen Eigenschaften gleichsam die Richtung zum Erfolg wies. Nicht zu Ruhm oder Reichtum, sondern zu einem sinnvollen Leben. Das war es vermutlich, was ihn antrieb, so energisch gegen Fress und Waterboer vorzugehen. Und was konnte es anderes sein als Ehrlichkeit?

Erika hatte schon gemerkt, dass Carlton sie mochte. Aber er war schüchtern. Er wusste nicht, wie er sie behandeln sollte. Als jüngere Kollegin? Als Untergebene? Freundin? Sollte er seine Gefühle zeigen? Erika konnte nicht verhehlen, dass sie in ihn verliebt war. In gewisser Weise machte Carltons Schüchternheit ihn noch anziehender. So zielstrebig Erika auch war und so besessen sie ihre Laufbahn verfolgte, auch sie sehnte sich nach der wahren Liebe. Nicht mit einem Mann, der gerade so eben passte. Viele ihrer jungen Freunde in der Anwaltschaft hielten es so: Sie gingen erst zu einem Rendezvous, wenn sie zuvor auf einer Checkliste einen Punkt nach dem anderen abgehakt hatten. Nein, Erika suchte einen Seelengefährten. Einen Mann, der Selbstvertrauen genug besaß, ihr den beruflichen Erfolg zu gönnen, der aber dennoch in einer Beziehung die Führung übernahm: nicht, indem er seine Macht oder sein höheres Gehalt als Druckmittel einsetzte, sondern indem er sie an seiner Erfahrung teilhaben ließ und ein gutes Beispiel vorlebte. Einen Mann, der vielschichtig genug war, um die Untiefen im beruflichen und privaten Leben zu umschiffen, und der sich dabei von einfachen, bleibenden Werten leiten ließ. Einen Mann, der flexibel genug war, sich veränderten Umständen anzupassen, der jedoch vor keiner Herausforderung kniff. Und vor allem, der sie beschützen konnte. Erika war nicht sicher, ob Carlton dieser Mann war, aber sie hatte an ihm noch keinen schlimmen Fehler festgestellt. Und das war ungewöhnlich, denn bei anderen Männern waren ihr seltsame Angewohnheiten übel aufgestoßen, oft schon nach der ersten Verabredung.

»Ich dachte, Sie schlafen auch«, sagte Carlton, ohne sich umzudrehen.

Erika wandte den Blick ab. Es war ihr peinlich, wie sie ihn angestarrt hatte. »Ich hab bloß nachgedacht.« Sie zog ihre langen Beine auf den Sitz, schlang die Arme darum und legte den Kopf auf die Knie.

Nun drehte Carlton sich um und schaute sie an. Trotz ihrer Müdigkeit und der aufreibenden Flucht war Erika wunderschön, schöner, als die meisten Frauen unter erfreulicheren Umständen gewesen wären. Sie nahm eine lange rote Haarsträhne zwischen Daumen und Zeigefinger und fuhr damit unter ihrer Stupsnase hin und her.

»Und worüber?«, fragte er.

»Darüber, was Sie antreibt.«

Carlton lächelte. »Im Augenblick die blanke Angst.«

Erika setzte sich auf. »Im Ernst – was treibt Sie wirklich an? Warum tun Sie das alles?«

Er wusste, was ihre Frage in Wahrheit zu bedeuten hatte, doch vorerst wollte er noch nicht so tief gehen. »Ich habe mich nicht gerade danach gedrängt. Wir werden von Killern gehetzt, die der Stabschef auf uns angesetzt hat. Er hat sie vermutlich davon überzeugt, dass wir Terroristen sind oder gefährliche Spione oder Gott weiß was. Wir haben keine Wahl mehr.«

»*Jetzt* haben Sie keine Wahl mehr.«

»Und wann hatte ich die?«

»Sie hätten die Bestechung annehmen können.«

Carlton hatte nicht mehr an die versprochenen Diamanten gedacht, seit er den Erpresserbrief und die beiden Fotos in den Umschlag gesteckt hatte. »Das hätte ich nie gekonnt.«

»Ich weiß. Das ist eine der Eigenschaften, die Sie zu dem machen, was Sie sind. Diese Eigenschaft findet man nicht gerade oft.«

»Hätten Sie es genommen?«

»Ehrlich gesagt, ich weiß es nicht.«

»Ich glaube, Sie hätten genau das Gleiche getan. Besonders, wenn das Leben eines anderen Menschen davon abhängt.« *Wenn sie dich nicht bedroht hätten, hätte ich es vielleicht genommen.*

»Sie werden von einem bedeutenden Fall abgezogen und kriegen dafür einen mickerigen vorgesetzt. Als Sie diesen Fall gewinnen, graben Sie weiter, weil irgendetwas nicht in Ordnung ist, obwohl Ihr Chef befiehlt, Sie sollen es lassen. Es könnte Sie den Job kosten, aber Sie lassen sich nicht davon beeindrucken.

Als Sie entdecken, dass eine unglaubliche Sache hinter all dem steckt, machen Sie weiter, obwohl bereits zwei Menschen gestorben sind. Es könnte auch Ihr Leben kosten, aber Sie machen weiter. Sie kriegen ein Schmiergeld angeboten, das höher ist als ein Lottogewinn. Das Ihnen ein sorgenfreies Leben garantiert. Aber Sie machen weiter. Sagen Sie mir, woher kommt diese Kraft?«

Carlton wusste, dass sie so lange bohren würde, bis er ihr die Wahrheit sagte. »Aus meinem Glauben.«

»Glauben?«

»Gut und Böse. Recht und Unrecht.«

»Sind Sie religiös?«

»Katholisch. Und Sie?«

»Evangelisch, aber ich habe mich nie damit beschäftigt. Ich habe auf dem College etwas über Weltreligionen gelernt. Das war sehr interessant. Ich weiß, dass Religionen Mildtätigkeit und Nächstenliebe in die Welt gebracht haben, aber auch Krieg und Unterdrückung. Denken Sie nur an die spanische Inquisition. Oder an den Krieg der islamischen Fundamentalisten gegen Amerika.«

»Das ist wahr. So wie ich es sehe, verändert sich Religion zu etwas Bösem, wenn sie intolerant wird. Wenn man glaubt, man sei besser als alle anderen, ist der Wendepunkt erreicht. Womit ich nicht sagen will, dass man allem zustimmen soll. Man soll nur die Meinungen anderer respektieren, es sei denn, sie gereichen anderen Menschen zum Schaden.«

»Ich habe den Sprung in den Glauben nie geschafft. Es kommt mir einfach nicht logisch vor.«

»Ich glaube auch nicht, dass Glauben etwas mit Logik zu tun hat. Für mich sind das zwei grundverschiedene Dinge. Man kann weder die Elektrizität mit dem Glauben erklären noch Gott mit Logik.«

»Aber wie erklären Sie dann den Holocaust? Was ist mit armen Kindern, die auf der Straße leben? Mit Menschen, die verhungern oder an Seuchen sterben? Alten Leuten, die kein Obdach haben? Was tut Gott für diese Menschen?«

»Viel. Ich glaube, Gott hat uns die Aufgabe gegeben, den Schwächeren zu helfen, und zwar jeder nach seinem Vermögen und auf seine Weise. Für mich lautet die Frage nicht ›Was tut Gott dagegen?‹, sondern ›Was tue ich dagegen?‹ Aber jeder nach seiner Fasson. Das ist natürlich nur meine persönliche Auffassung. Doch ich kann Leute nicht ausstehen, die anderen ihren Glauben aufzwingen wollen. Ich bin keineswegs perfekt und ganz bestimmt kein Heiliger.« Er schaute sie an und lachte. »Hört sich das verrückt an? Und was ist mit Ihnen? Warum tun Sie das alles? Sie hätten doch verschwinden können.«

»Nein, Sie sind ganz sicher nicht verrückt. Vielleicht nur ein bisschen zu nett.« Erika lachte hell auf. »War bloß 'n Scherz. Wenn überhaupt, dann macht es Sie nur noch ...«

Sie wurde durch den Bordlautsprecher unterbrochen. »Leute, wir landen in wenigen Augenblicken, also schnallt euch bitte an!«

Macht es mich wie?, rätselte Carlton.

37.

Die Zuflucht

Flughafen
Atlantic City, New Jersey, 3.21 Uhr

Wie ein Kommentator einst scharfsinnig bemerkt hatte, war die Kontrolle über die Hochburgen des Glücksspiels – Las Vegas und Atlantic City – schon vor langer Zeit von den Mafiafamilien auf eine andere mächtige Gruppe übergegangen: auf die Firmen. MacLeans Vater Don Giancarlo Innocenti war einer der ersten Patriarchen der Cosa Nostra gewesen, der den anderen predigte, sie sollten die Rechnungsbücher ihrer Spielhöllen säubern und ihr Geschäft legalisieren. Viele waren seinem Rat gefolgt und hatten sich etabliert. Wer es versäumte, wurde entweder verhaftet oder aus dem Geschäft gedrängt.

Auch Max MacLean war nach Atlantic City zurückgekehrt, wo sein Vater in den Fünfzigerjahren tüchtig abgesahnt hatte, und hatte sich ins Glücksspielgeschäft eingemischt. Konkurrenten gab es viele, und die Kasinoinhaber waren eine Macht, mit der man zurechtkommen musste – besonders, da zu der Zeit weitere Neulinge eintrafen, die entlang der Küste von Atlantic City ihr Geschäft aus dem Nichts aufbauen wollten. Als Don Innocentis Sohn jedoch genoss MacLean genug Einfluss unter den alten Familien, um an der Südostküste New Jerseys Boden gutzumachen – nicht zuletzt deswegen, weil seine Unternehmungen streng legal waren. Er baute ein Kasino samt Hotel auf, das dem einzigen Wert huldigte, der ihm etwas bedeutete: der Schönheit. Das »Star« war von einem Haus mit zweihundert Zimmern in den frühen 90ern zu einem Hotel mit mehr als tausend Räumen angewachsen. Entworfen von Gerhard Heusch, einem gefragten Architekten, war das »Star« so anmutig und schlicht, dass die umliegenden Kasinos dagegen protzig und gekünstelt aussahen. Statt wie die anderen Kasinobesitzer Zimmer und Spielhallen im Erdgeschoss zusammenzupressen, hatte MacLean in die Höhe gebaut. Obgleich das Gebäude bereits zehn Jahre alt war, war es das höchste und eindrucksvollste Kasino östlich von Las Vegas. So hoch, dass die brillantglänzende Kugel – MacLeans Markenzeichen, das auf der Spitze im vierzigsten Stock angebracht war – noch von den beiden schweigsamen Männern am Regionalflughafen gesehen werden konnte. Sie trugen weiße Hemden und schwarze Anzüge und warteten geduldig neben einer blitzenden schwarzen Lincoln-Limousine vor der Einfahrt zu einem privaten Hangar. Die leichte Ausbeulung ihrer Taschen war nur für einen erfahrenen Beobachter zu erkennen. Beide sahen zu, wie der Bell/Augusta-Senkrechtstarter seine Propeller waagerecht stellte, langsam herunterschwebte und schließlich auf den Hangar zurollte.

Einer der Männer stieg in die Limousine, legte die kurze Strecke zum Hangar zurück und blieb genau vor dem Flugzeug stehen. Der andere folgte, öffnete die Luke, zog eine Glock aus einem Schulterhalfter und schwang sich in die Kabine. Rasch suchte er alles ab und wandte sich dann fragend an den Steward, der zustimmend nickte. Der Mann steckte seine Pistole wieder ins Halfter und lächelte Carlton und Erika kurz zu. Dann winkte er mit der Hand. »Bitte kommen Sie.«

In fast allen anderen Städten hätte die glänzende Limousine für Aufsehen gesorgt, in Atlantic City hingegen war sie eine hervorragende Tarnung, besonders nachts. Sobald ihr Begleiter eingestiegen war, rollte der überlange Wagen davon. Der Mann hatte sich Carlton und Erika gegenübergesetzt, sodass er den Verkehr hinter ihnen beobachten konnte. Er reichte Carlton einen Umschlag, in dem ein Fax steckte.

Vertrauen Sie meinen Leuten. Fragen Sie ruhig nach allem, was Sie brauchen. Es ist noch lange nicht vorbei. Viel Glück.
MM

Wer war dieser Max MacLean, der so viel riskierte, um ihnen das Leben zu retten? Warum tat er das? Ging es um Gerechtigkeit, um Rache? Oder konnte er einfach nicht verlieren? Carlton wusste es nicht. Er hatte MacLean ja nie getroffen, nur einmal mit ihm gesprochen. Erika hatte Nachforschungen über den Mann angestellt, bevor Carlton Kontakt zu Wenzel aufnahm. Vielleicht war es sein Mafia-Background – Erika hatte Mühe gehabt, die diesbezüglichen Informationen zu finden –, der MacLean antrieb, gegen die Regierung zu kämpfen.

Doch welcher Art seine Motive auch sein mochten, der Flug

vom Luftwaffenstützpunkt Andrews hatte ihnen das Leben gerettet. Sie waren entkommen. Erika einmal. Carlton sogar dreimal. Aber sie konnten nicht ewig auf der Flucht sein. Und wenn sie nicht mehr fliehen konnten, wo und wie sollten sie sich dann verstecken?

Eine Viertelstunde später fuhr die Limousine in eine düstere Tiefgarage. Der Begleiter stieg aus, zeigte auf eine graue Tür. Er wählte einen Schlüssel aus dem großen Bund, den er am Gürtel trug, und schloss auf. Dahinter war eine Fahrstuhltür; sie stand bereits offen. Der Mann winkte Carlton und Erika in den Aufzug, steckte einen anderen Schlüssel in ein Schloss und blieb an der Tür stehen, während der Fahrstuhl rasch viele Stockwerke nach oben schwebte. Erst im obersten Stock, dem vierzigsten, hielt er. Die Tür glitt auf. Sie sahen einen dunklen Korridor vor sich. Ein anderer Leibwächter im schwarzen Anzug stand am Ende dieses Korridors neben einer Tür. Er und der bisherige Begleiter wechselten ein paar Worte in einem sizilianischen Dialekt, dann öffnete ihr zweiter Wächter die große Doppeltür.

»Die Präsidentensuite«, verkündete ihr Begleiter. »Sie haben die Ehre, sie vom Geheimeingang der ›Geldsäcke‹ aus zu betreten. Nicht jeder, der auf großem Fuß lebt, möchte gesehen werden. Sie wären überrascht, wenn Sie wüssten, wer alles von der Spielsucht befallen ist.« Er zwinkerte ihnen zu. »Für ein paar Stunden sind Sie hier in Sicherheit. Wenn Sie etwas brauchen, klopfen Sie und fragen Sie Tonino, der vor der Tür bleiben wird. Benutzen Sie keins der Telefone. Wir müssen annehmen, dass sie inzwischen angezapft sind. Ruhen Sie sich aus. Ich bin in ein paar Stunden zurück.«

Ein wenig benommen wandte Carlton sich Erika zu. Er las es in ihren Augen. Das knappe Entkommen. Die Angst. Die Erschöpfung. Die Erleichterung. Aus welchem Grund auch immer, er konnte nicht mehr widerstehen. Er schloss sie in die Arme und senkte den Kopf zu einem Kuss.

Es kam ihnen vor, als hielten sie einander stundenlang. Die zurückgehaltenen Gefühle brachen sich Bahn.

»Pat, ich ...«, flüsterte sie, und die Tränen strömten ihr über die Wangen.

Er wischte sie ab. »Ich weiß. Ich auch.«

Wieder begann sie zu weinen, bot ihm ihre Lippen. Er schmeckte das Salz ihrer Tränen, drückte sie an sich. Es fühlte sich gut und richtig an. Er spürte, wie nie gekannte Gefühle sein Herz und seinen Körper durchströmten – Gefühle, die er sich lange nicht gestattet hatte.

Nein, dachte er dann. Es ist mehr als alles, was ich je empfunden habe. Es fühlt sich vollkommen an – heilend.

Endlich ließen sie einander los. Carlton nahm Erika bei der Hand, und sie wanderten gemeinsam durch die Suite.

»Sieh dir das an«, sagte Erika und musterte den Kitsch aus den Siebzigerjahren, mit dem die Zimmerflucht ausgestattet war.

»Sieht aus, als hätte ABBA hier gewohnt«, sagte Carlton.

Die Suite schien sich über Meilen hinzuziehen. Weicher Teppichboden, Schafwollläufer, Hängelampen aus Chrom, orangerote Sofas, jede Menge Spiegel. Ein 180-Grad-Blick aus deckenhohen Panzerglasfenstern auf die taghell erleuchtete Küstenstraße mit ihren tausend Spielhöllen. In der Mitte des Zimmers sprudelte ein Miniaturbrunnen, der von einem kleinen Palmenhain umgeben war.

»Hat alles, was man sich nur wünschen kann«, meinte Carlton.

Erika wandte sich ihm zu und lächelte. »Da hast du Recht. Ich wünsche mir jetzt ein Bad.« Sie brachte ihren Mund nah an sein Ohr. »Und ich glaube, du auch.«

Das Bad war größer als ein normales Wohnzimmer. Es wirkte wie aus einem einzigen grünen Marmorblock geschnitzt. In einer Ecke befand sich eine Dusche, die aus mehreren vertikalen und horizontalen Düsen spritzte und wie ein Massagegerät eingesetzt werden konnte. Daneben war eine in den Boden eingelassene Wanne, in die ein Rettungsboot der Marine gepasst hätte. Erika inspizierte eine ganze Batterie bunter Flaschen mit Badesalzen, ließ das Gewünschte dann in die Wanne rieseln und drehte Wasserhähne und Whirlpooldüsen auf.

An einer Wand des Badezimmers war ein riesiges Salzwasseraquarium. Leuchtend blaue, gelbe und rote tropische Fische schwammen gemächlich zwischen dünnen Luftblasenströmen umher. Weitere Bewohner des Aquariums waren weiße und rosa Korallen und wehende Seeanemonen. Carlton betrachtete die Fische, war von ihrem Anblick gebannt wie ein kleines Kind. Er fühlte, wie er sich entspannte.

Dann drehte er sich um und schaute zu, wie Erika die schmutzigen Kleider ablegte. Ihre langen Beine gingen über in sanft gerundete Hüften und einen kleinen, straffen Po. Ein anmutiger Rücken. Gerade Schultern. Ihre kleinen Brüste ragten hervor. Die Flut roten Haares reichte fast bis hinunter zur schlanken Taille.

»Ich kann es nicht fassen, wie schön du bist.« Carlton nahm sie in die Arme und küsste sie. Ihre Haut war warm. Er küsste sie weiter, während sie ihm die Kleidung abstreifte. Sein Verlangen wuchs. Die Küsse wurden fordernder, wilder.

Erika führte ihn zur dampfenden Wanne. »Ich hoffe nur, wir machen den Fischen keine Angst.«

Die Hoffnung war vergebens.

Einige Stunden später wurde laut an die Tür geklopft. Carlton war fast sofort wach; ein leises, aber hartnäckiges Summen in den Ohren hatte ihn geweckt.

Unter der Tür stand ihr Begleiter. »Tut mir Leid, dass ich Sie wecken muss, aber es ist Zeit zum Aufbruch.« Er grinste. »Die haben Ihre Spur wirklich schnell gefunden. Vor einer halben Stunde haben sie das Flugzeug abgeschossen.« Carlton starrte ihn entsetzt an. »Der Pilot ist noch rechtzeitig abgesprungen, aber das haben sie vermutlich nicht sehen können, weil es stockdunkel war. Wenn sie morgen bei Tageslicht nach Ihnen suchen, sind Sie längst in Sicherheit.«

»Ich weiß nicht, wie ich Ihnen danken soll. Wir ...«

Der Mann hob die Hand. »Nicht nötig. Aber machen Sie bitte rasch! Wir haben den Wagen schon bereit.«

»Wo fahren wir ...«

»Bis zum Sonnenaufgang bleibt nicht viel Zeit. Ich erklär's Ihnen unterwegs. Hab Ihnen frische Sachen mitgebracht. Hoffentlich passen sie.« Er legte zwei Segeltuchtaschen vor die Tür und eilte davon.

Sanft stupste Carlton Erika an. Sie schlief auf dem Bauch, ein leises Lächeln auf den Lippen. »Zeit zum Aufstehen.« Er strich ihr schimmerndes rotes Haar zur Seite und küsste sie auf den Nacken.

»Mmmh.« Erika schnurrte, kam auf die Knie und dehnte sich wie eine Katze. »Komm wieder ins Bett.« Sie streckte einen Arm aus und zog ihn heran, gab ihm einen sanften Kuss.

»Die Flitterwochen sind vorbei, Baby. Wir müssen los. Zieh dich lieber an.«

Sie lächelte verschmitzt. »Vorbei?«

»Für den Augenblick ja.«

38.

Die Vendetta

Castel MacLean
Beverly Hills, Kalifornien, 10.36 Uhr

MacLean brauchte länger als einen Tag, bis ihm wirklich bewusst wurde, dass Dan Wenzel tot war. Die Erkenntnis erschütterte ihn bis ins Mark. Er hatte zugelassen, dass Wenzel nach Washington flog. Nun gab er sich die Schuld an seinem Tod. Wenzel war nicht nur MacLeans Anwalt, Berater und Vertrauter gewesen, sondern auch einer seiner besten Freunde. Es gibt nicht viele Menschen, denen ein Milliardär vertrauen kann. Die Freundschaft zu Wenzel war für MacLean fast ebenso wichtig gewesen wie die Liebe zu seiner Frau.

Und wenn sie Wenzel ermordet hatten, war er als Nächster dran.

Seit dem Flugzeugabsturz hatte MacLean höchstens eine halbe Stunde Schlaf gefunden. Sein Äußeres war ungepflegt. Er hatte weder geduscht noch sich rasiert. Sein Haar war zerzaust, das Hemd zerknittert und voller Flecken, und er hatte Tränensäcke unter den blutunterlaufenen Augen. Er saß im Arbeitszimmer auf dem schwarzen Corbusier-Ledersofa aus den zwanzigern; die Tür war zugesperrt, die Rollläden heruntergelassen. Mit trüben Augen starrte er aufs Telefon.

Auf dem großen gläsernen Würfel, der MacLean als Couchtisch diente, standen zwei Flaschen Gray Goose Wodka; die eine leer, die andere noch halb voll. Er hatte nicht einmal eines seiner Kristallgläser genommen. Seitdem er eine alte Packung von Wenzels Zigaretten im Haus gefunden hatte, rauchte er Kette. In dem verdunkelten Zimmer stachen die Strahlen der Halogenspots wie Nadelstiche durch den dichten blauen Rauch.

Ein Leibwächter stand draußen vor der Tür Wache. Zwei Wachen folgten Claire MacLean auf Schritt und Tritt. Auch sie verließ das Grundstück nicht. Sie vertraute MacLean vollkommen, begriff aber längst nicht das Ausmaß der Gefahr. Claire wusste, dass die Wächter zu ihrem Schutz angestellt waren, doch die finsteren Männer jagten ihr auch Angst ein. Die anderen Wachen besetzten strategisch wichtige Punkte auf dem Grundstück. MacLean liege in einer Fehde mit der Regierung, hatte der Don seinen *soldati* gesagt. Und wenn es auch keinen wirklich sicheren Ort gab, so war es doch am besten, sich in Castel MacLean zu verschanzen.

MacLean drückte die Zigarette aus, nahm den Hörer ab und wählte eine Nummer, die er von einer der alten Familien in der Stadt erhalten hatte. Die Vorwahl von Sizilien kannte er auswendig. Natürlich wurde sein Telefon inzwischen abgehört, aber darüber machte er sich längst keine Sorgen mehr.

»*Pronto*«, meldete sich eine ferne Stimme.

»*Buon giorno.* Don Forza, *per favore.*«

»Wer spricht da bitte?«

»Maximilliano MacLean.«

»*Si, signore. Subito, subito.* Haben Sie bitte einen Moment Geduld.«

MacLean nahm einen kräftigen Schluck aus der Flasche. Der starke Wodka war nicht mehr so kühl, wie er ihn sonst gern trank, doch in seiner Verfassung schmeckte er den Unterschied nicht mehr. Dennoch war sein Kopf nach zwei Tagen ununterbrochenen Trinkens erstaunlich klar. Brennend rann der hochprozentige Alkohol seine Kehle hinab.

»Don MacLean. Ich bin so froh, von Ihnen zu hören. Ich habe von dem Unfall erfahren und war sehr erleichtert, dass Sie und Claire nicht in dem Flugzeug saßen.«

»*Grazie,* Don Forza. Und vielen Dank, dass Sie mir Ihre *soldati* geschickt haben. Ich bin ein reicher Mann, kann aber keinem vertrauen, dass er meine Familie beschützt.«

»Mir ist es eine Ehre!«

Bevor Don Innocenti seine illegalen Geschäfte einschränkte, hatte er Tomasino Forza als Patenkind erwählt. Und der – nun selbst ein Pate – war ein gelehriger Schüler gewesen. Mit einem beachtlichen Nachlass Don Innocentis bedacht, war Don Forza nach Sizilien zurückgekehrt. Nach dreißig Jahren in der Cosa Nostra hatte er ein solches Vermögen angehäuft, dass er auf die Lehren seines Mentors hören und die illegalen Geschäfte ebenfalls einstellen konnte. Seine künftigen Unternehmungen waren vollkommen legal, und doch haftete ihnen etwas Gefährliches, zumindest Schattenhaftes an. Um sich und seine Familie zu schützen, blieb er wachsam gegen sämtliche Feinde innerhalb und außerhalb der Cosa Nostra und hielt sich ein Heer von Privatsoldaten, die ihm dank des sizilianischen Kodex der *omerta* treu ergeben waren. Nun hatte er einen Teil seiner Privatarmee nach Amerika geschickt, um den Sohn seines *padrino* zu beschützen, den er respektvoll Don MacLean nannte.

MacLean hatte weder Zeit noch Lust auf Formalitäten, ob auf sizilianische oder amerikanische Art. Und er war einer der seltenen Menschen, die keinen Wert auf übertriebene Ehrenbezeugungen legten, andere aber dennoch respektierten. Er seufzte tief. »Es war kein Unfall, Don Forza.« Fast hätte er dem Sizilianer erzählt, dass ein Freund im Flugzeug gesessen hätte, doch er hielt sich gerade noch rechtzeitig zurück. In der Hierarchie der Sizilianer – unter den *uomini di rispetto* – gab es wichtigere Menschen als Freunde. »Mein *consigliere* saß in dem Flugzeug. Es wurde zum Absturz gebracht.« *Consigliere* war ein sizilianischer Begriff: der vertrauenswürdige Berater der Familie, oft ein Anwalt, der in allen Dingen Rat erteilte und folglich über alles Bescheid wusste. Daher hatte er einen hohen Stand innerhalb der *famiglia*.

»Ihr *consigliere*. Das wusste ich nicht. Es tut mir Leid.« Forza hielt inne. In der Leitung knisterte es. »Sie sagten, es war kein Unfall?«

»Nein.«

»Wer?«

»Ich weiß, wer, aber sie sind unangreifbar«, antwortete MacLean. Er meinte Piet Slythe und Waterboer, weniger den Stabschef im Weißen Haus.

»Niemand ist unangreifbar.«

Trotz seines angetrunkenen Zustands jagten die Worte MacLean einen kalten Schauder über den Rücken. Aber genau das hatte er von Forza hören wollen. Dennoch war ihm nicht ganz wohl bei der Sache. Er sagte nichts, lauschte auf das Knacken in der Leitung.

»Maximilliano. Don Innocenti war mein *padrino.* Du bist sein Sohn. Du bist in Gefahr. *Commanda me.« Befiehl mir.* »Aber das Telefon ... Ich kann dich kaum verstehen.« *Du solltest am Telefon nichts sagen. Schick mir die nötigen Informationen. Du weißt, wie.*

»*Grazie,* Don Forza. *Grazie.*«

39.

Die Jacht

Atlantic Star
Registrierte US-Jacht
Atlantic City, New Jersey, 4.50 Uhr

Die Lincoln-Limousine rollte in den dunklen, stillen Hafen. Der Wagen hielt in einem Lagerhaus, in dem Kisten mit der Aufschrift *MacLean Foods International Inc.* gestapelt lagen. Carltons und Erikas Begleiter öffnete den Wagenschlag und bedeutete ihnen auszusteigen.

Er führte sie durch das riesige Lagerhaus, das von Leuchtstoffröhren, die hoch an der Decke angebracht waren, in fahles gelbliches Licht getaucht wurde. Ihre Schritte hallten auf dem Beton und ließen das höhlenartige Innere noch größer und unheimlicher erscheinen. Bald vernahmen sie noch ein Geräusch: ein tiefes, stetiges Brummen. Der Ton war so tief, dass Erika ihn im Magen spürte. Gleichzeitig merkte sie, dass sie einen Riesenhunger hatte.

Atemwölkchen stiegen empor wie weißer Nebel, als sie auf der anderen Seite des Lagerhauses herauskamen und einen Landesteg betraten. Dort war die Quelle des tiefen Brummens an gewaltigen Stahlpollern vertäut; es war ein riesiges weißes Boot. Nichts und niemand war auf Deck, doch sämtliche Lampen brannten. Sie gingen über den Landesteg und wurden sofort von nebligem Nieselregen eingehüllt. Erika wickelte sich fester in den warmen Kaschmirmantel, den ihr Beschützer besorgt hatte, und drückte sich eng an Carlton.

»Mr Carlton. Mrs Wassenaar. Wenn Sie bitte an Bord kommen wollen.«

Ein hoch gewachsener Mann in weißer Uniform mit den Abzeichen eines Fregattenkapitäns trat ihnen auf dem Landesteg entgegen. »Willkommen auf der *Atlantic Star*.« Er salutierte. »Ich bin Commander Ramey. Das hier ist mein Erster Offizier, Mr Krebski.«

Auch der Erste Offizier salutierte. »Sir. Ma'am.«

»Es ist uns eine Ehre, Sie an Bord zu haben, Mr Carlton, Mrs Wassenaar.«

»Äh ... vielen Dank, Commander.« Carlton erwiderte den kräftigen Händedruck und betrachtete die übrigen Männer.

»An Bord ist ein Herr, der Sie sehen möchte.«

»Wer denn?«

»Wenn Sie mir bitte folgen würden, Sir, Ma'am.« Commander Ramey wandte sich an seinen XO. »Mr Krebski, wir laufen sofort aus.«

Er führte sie über einen langen Gang in einen Salon, der fast so prächtig war wie die Präsidentensuite im *Star,* allerdings viel geschmackvoller ausgestattet. Ein Mann stand am anderen Ende des Raums, mit dem Rücken zu ihnen. Er trug Jeans, eine dicke Lederjacke und Turnschuhe. Gedankenverloren starrte er aufs Meer hinaus.

»Sie sind da, Sir«, sagte Ramey und wandte sich dann an Carlton und Erika. »Wir sehen uns später. Machen Sie es sich bequem.«

Der Mann drehte sich zu ihnen um. Carlton hatte das unbestimmte Gefühl, in eine gut vorbereitete Falle getappt zu sein. Aber das ergab ja keinen Sinn! Vielleicht führte sein Schlafmangel allmählich zu Verfolgungswahn. Der Afroamerikaner kam ihnen entgegen und streckte eine Hand aus. »Tom Pink.«

»Tom Pink?« Carlton musste sich mit aller Kraft beherrschen, um dem Mann nicht an die Kehle zu gehen. Das also war der Bursche aus Langley, der ihm nicht hatte glauben wollen, obwohl Carlton ihm jede Menge Beweise geliefert hatte!

»Schön, Sie kennen zu lernen, Pat. Ich bin froh, dass Sie meine Nachricht noch erhalten haben.«

Carlton blinzelte verwirrt. »Ihre Nachricht? Welche Nachricht?«

»Die Nachricht, die ich Ihnen gestern Abend auf Band gesprochen habe. Zu Hause und im Büro. Dass Sie D. C. dringend verlassen müssen. Sind Sie denn nicht deshalb geflohen?«

»Das Einzige, was ich gestern in meiner Wohnung gesehen habe, war ein Geistesgestörter unter dem Einfluss von Anabolika.«

»Genau vor solchen Gefahren wollte ich Sie warnen.«

»Na, das kam wohl einen Tag zu spät, Thomas. Der Name passt wirklich zu Ihnen. Thomas der Zweifler. Und nachdem Sie meine Angaben nachgeprüft haben, glauben Sie mir endlich?«

»Wie schon gesagt – deshalb hab ich ja angerufen.«

»Na ja, lieber spät als nie.« Carlton wies auf Erika. »Das ist Erika Wassenaar.« Sie und Pink gaben einander die Hand.

»Ich kann verstehen, dass Sie sauer sind. Aber Sie müssen auch mich begreifen. Ich bin Analyst. Ich werte Informationen aus. Und ich bin es nicht gewöhnt, von außerhalb der CIA valide Informationen zu erhalten.«

»Selbst wenn die Informationen von einem Anwalt im Justizministerium stammen, der dazu noch Reservist der Marine ist?«

»Sie können sich nicht vorstellen, wie viele Spinner uns anrufen, weil sie irgendeine Verschwörung vermuten. Aber als ich Ihre Info erst einmal bestätigt sah, habe ich so schnell wie möglich gehandelt.«

Erika spürte die Spannung zwischen den beiden und sprang in die Bresche. »Wie haben Sie uns gefunden?«

»Sie vergessen, wer mein Brötchengeber ist, Mrs Wassenaar. Schwer war das nicht. Ich habe Mr Carltons Computerdateien überprüft und die Nummern, die er angerufen hat. Da bin ich ganz schnell auf MacLean gestoßen. Und nun bin ich hier.« Er breitete die Arme aus. »Aber ich bin nicht der Einzige, der nach Ihnen sucht.«

»Offensichtlich.«

»Wir können Gott danken, dass es Colonel Saunders gibt, finden Sie nicht?«

»Colonel Saunders? Wie konnten Sie ...«

»Er arbeitet auch für uns. Keine Sorge. Er weiß nicht mehr, als er wissen muss. Außerdem war es eine große Hilfe, dass er und MacLean sich schon so lange kennen.«

»Ich hab allmählich das Gefühl, dass MacLean fast jeden schon sehr lange kennt.«

Carlton war immer noch nicht sicher, ob er dem Mann trauen konnte. Die Nachrichten auf dem Anrufbeantworter konnten auch absichtlich hinterlassen worden sein, um Vertrauen zu schaffen. Der Attentäter in seiner Wohnung konnte ein Lockvogel gewesen sein. Aber dieser Lockvogel war jetzt tot.

Nein. Pink musste echt sein. Außerdem hatte Carlton kaum

eine andere Wahl. Er musste nur wachsam bleiben und Thomas den Zweifler genau beobachten. Sein Blick schweifte zu der Bar aus schwarzem Marmor am anderen Ende des Raumes. »Ich weiß ja nicht, wie es euch beiden geht, aber ich könnte jetzt einen Schluck gebrauchen. Was darf's sein?« Die Bar war gut bestückt. Carlton betrachtete das Flaschenbataillon vor dem Spiegel, schenkte sich einen großzügigen Gin Tonic mit viel Eis und Zitrone ein und füllte die Gläser der beiden anderen mit ihrem Wunschdrink.

Sie hoben die Gläser. »Auf den unsichtbaren Max MacLean. Weil er uns aus der Scheiße gerettet hat. Wenigstens jetzt.«

Sie hatten es sich auf einer mit weißem Samt bezogenen Sitzgarnitur bequem gemacht und leerten schweigend ihre Gläser, lauschten dem Dröhnen der Motoren und beobachteten, wie der Hafen im Bullauge immer kleiner wurde.

Carlton schaute Pink an. »Jetzt, da wir in Sicherheit sind und behaglich beieinander sitzen: Wie sieht der Plan aus? Wie wollen wir Fress das Handwerk legen?«

Pink zuckte zusammen. »Ich ... Ich fürchte, das ist nicht so einfach.«

»Nicht so einfach?«, sagte Carlton. »Aber weshalb sind Sie dann hier?« Pink schwieg. »Warum habe ich das Gefühl, dass ich es lieber gar nicht hören will?« Er ging zur Bar und schenkte frische Drinks ein.

»Sie sollten sich lieber setzen. Ich habe eine Menge zu berichten.«

Pink sprach eine halbe Stunde lang über Leonid Pjaschinew, über Molotok und Russkost, die gefährlichen *volki* und die verschwundenen russischen Diamanten. Erika und Carlton lauschten gebannt.

Als Pink seinen Bericht beendet hatte, stürzte Carlton den zweiten Gin Tonic hinunter. Dann stand er mit finsterer Miene auf. »Mal sehen, ob ich das alles richtig verstanden habe. Erstens, die CIA lässt nicht zu, dass wir Fress verhaften, weil weder dieser Spinner Molotok noch Waterboer erfahren dürfen, wie viel wir wissen. Zweitens wollen Sie, dass wir – *wir* – Ihnen helfen, die russischen Diamanten zu finden. Drittens wollen Sie, dass *wir* Ihnen helfen, die Diamanten zu stehlen – was ja auch ganz einfach ist, denn sie werden bestimmt nicht von irgendwelchen bewaffneten Psychopathen bewacht. Und zwar, bevor Molotok und diese so genannten Wölfe an die Diamanten herankommen. Viertens haben Sie absolut keine Ahnung, wo diese Diamanten sein könnten, abgesehen von ein paar Hinweisen, die aber so scheißerbärmlich sind, dass die CIA sich nicht die Mühe machen will, ein Spezialteam zu schicken. Fünftens bekommen wir keinerlei Unterstützung durch unsere Regierung, weil die Info nicht zu Molotok oder Waterboer durchsickern darf, und das könnte ja gut passieren, wenn es irgendwo im Kongress, im Weißen Haus oder in der CIA einen Maulwurf gibt. Also keine Navy SEALs, keine Rangers, keine Delta Force, nicht mal eine Gruppe Praktikanten mit Heftklammergeräten. Sechstens, Molotok und Waterboer suchen ebenfalls nach den Diamanten und werden alles daransetzen, sie zu bekommen. Ach ja, fast hätte ich's vergessen: Siebtens, wir können die Geschichte auch nicht der russischen Regierung stecken, damit die gefälligst ihren eigenen Mist regelt, weil wir ja nicht wissen, ob die Person am anderen Ende der Leitung nicht zufällig für Waterboer arbeitet und die Diamanten sofort weiterschickt. War es das so ungefähr, oder habe ich etwas ausgelassen?«

Pink wich Carltons wütendem Blick aus. Er konnte es dem Mann nicht verübeln. Er selber vermochte diesem Plan auch nichts abzugewinnen. Forbes' Plan. Schon beim ersten Anhören hatte er sich verdammt gefährlich angehört, und mit jeder Wiederholung wurde es schlimmer. Zumindest aus dem Mund eines anderen klang es gar nicht gut. Pink schüttelte den Kopf. »So ähnlich sieht es aus.« Auch er hatte keine Wahl.

»Das wird ja immer bunter! Warum haben Sie mir vorher nichts davon gesagt? Sie wussten doch, dass ich schon knietief in diesem Albtraum steckte. Warum haben Sie's nicht vorher gesagt?«

»Selbst wenn ich Sie hätte erreichen können, was mir trotz vieler Versuche nicht gelungen ist, hätte ich es Ihnen nicht sagen dürfen.«

»Warum nicht, zum Teufel?«

»Erstens wussten wir ja selber nicht Bescheid, wir mussten erst Ihre Informationen überprüfen. Zweitens, nachdem wir das erledigt hatten, wussten wir immer noch nicht, ob wir Ihnen trauen konnten. Das konnten wir einfach nicht riskieren. Drittens waren wahrscheinlich alle meine Leitungen angezap...«

»Das verstehe ich nicht«, warf Erika ein. »Was konnten Sie nicht riskieren?«

»Ihn einer noch größeren Gefahr auszusetzen. Wir wollten euch beschützen und konnten nicht riskieren, dass die Verbindung zwischen Waterboer und Russland publik wurde.« Entschuldigend breitete er die Hände aus. »So eine Information kann ganz ohne Absicht durchsickern. Die CIA ist so durchlässig wie das Weiße Haus und der Kongress. Ihr wart bereits auf der Flucht vor Fress. Stellt euch vor, Molotok und seine Spinner wären euch auch noch auf den Fersen gewesen. Dann wärt ihr niemals so weit gekommen.

Fress hat seine Maulwürfe überall, aber er muss auch vorsichtig sein. Die Russen, die in diese Geschichte verwickelt sind, sind von ganz anderem Schlag als ihre Landsleute. Sie reisen nach Herzenslust in die Staaten ein und aus, schaffen Leute aus dem Land, so wie Sie und ich etwas aus dem Supermarkt mitnehmen. Sie müssen dabei nicht einmal besonders sorgfältig sein, nur schnell. Und selbst wenn Sie über diese Leute und deren Praktiken Bescheid gewusst hätten – dieses Wissen hätte Ihnen nichts genützt.«

Carlton sank auf die Couch zurück. »Also haben wir wirklich keine andere Wahl. Irgendjemand hat gerufen ›Freiwillige vor!‹, und jeder außer mir und Erika ist einen Schritt zurückgetreten.«

»Jeder außer Ihnen, Erika und mir. Ich hätte es ja auch anders geplant, aber ...«

»Hab ich also Recht?«

Pink stieß einen Seufzer aus. »Ja. Aber nicht, weil ich oder irgendein anderer bei der CIA unter Verfolgungswahn leidet oder Sie quälen will, Pat. Es ist nur so: Solange diese Sache nicht geklärt ist, sind Sie in Lebensgefahr. Selbst wenn Fress im Kittchen steckt. Und wenn Ihnen das ein Trost ist – ich stecke auch bis zum Hals drin.«

»Nein, das tröstet mich *überhaupt* nicht. Sie sind bei der CIA. Sie haben sich freiwillig zu diesem Scheiß gemeldet. Wir sind Anwälte. Fress beim Kanthaken zu kriegen ist okay, aber nach einem russischen Diamantenvorrat suchen? Das ist ein bisschen zu hoch für uns, meinen Sie nicht?« Carlton lauschte seinen eigenen Worten nach. Er hätte nie im Leben geglaubt, dass er einmal so etwas sagen würde. Während der letzten zehn Jahre hatte er seine Rolle als Zuschauer satt gehabt, hatte handeln, Teil eines wichtigen Einsatzes sein wollen. Nun wollte er auf einmal nicht mehr. Weil er Angst hatte. Als er Waterboers Bestechung ablehnte, hatte er noch mutig reagiert. Nun jagten die Folgen ihm Angst ein. Er kam sich wie ein Feigling vor. Ekelhaft. Er zwang sich, die Feigheit abzuschütteln.

»Okay, Tom. Wir stecken beide drin. Hat keinen Sinn, darüber zu streiten. Sind bloß die Umstände, die mir nicht gefallen. Nach D. C. zurückzufahren nützt uns gar nichts, weil Ihre Leute uns nicht erlauben, Fress zu verhaften, bevor nicht dieses russische Problem vom Tisch ist. Und in der Zwischenzeit laufen wir auf freier Wildbahn herum, wo Fress uns im Visier hat. Da wir Fress nicht verhaften können, könnten wir doch die Munition sparen und uns gleich hier und jetzt erschießen.«

»Sich von Gefahren fern zu halten ist besser, als sie zu suchen. Sie glauben, Fress könnte uns finden. Da bin ich mir nicht so sicher. Aber wie dem auch sei, je schneller wir die Diamanten finden, desto eher können wir uns Fress vom Hals schaffen.

Der Schlüssel ist das Aufspüren dieser russischen Diamanten. Ich kann nur wiederholen, es tut mir Leid, dass ihr beide so in der Klemme steckt, aber ...«

»Es tut Ihnen bestimmt nicht so Leid wie uns, Tom.«

Die *Atlantic Star* war eine der beiden Jachten, die für die »Geldsäcke« des Star-Kasinos reserviert war. Jede Jacht hatte zwanzig Millionen Dollar gekostet, was viele Leute für eine kolossale Verschwendung hielten. Doch MacLean wusste es besser. Seine Jachten waren so beliebt, dass die reichsten Geldsäcke geradezu darum kämpften, mit der *Atlantic Star* oder der *Carribean Star* eine Woche auf See sein zu dürfen, umgeben von dreißig ihrer engsten Freunde. Dort verspielten sie dann solche Unsummen, dass die Wochenmiete für die Luxusjachten im Vergleich dazu lächerlich wirkte.

Mit mehr als sechzig Metern Länge war die *Atlantic Star* eine wahrhaft monströse Jacht. Doch auf Grund ihrer revolutionären Leichtbauweise aus Aluminium brachte sie selbst bei voller Ladung kaum dreihundert Tonnen auf die Waage, viel weniger als halb so große Schiffe. Sie war als Prototyp entworfen worden und ebenso funktionstüchtig wie luxuriös – ein Ziel, das die meisten Schiffsbauer anstrebten und doch selten erreichten. Die *Star* wurde von vier Zwölfzylinder-Caterpillar-Motoren und vier Lips-Propellern mit jeweils vier Rotorblättern angetrieben und schaffte damit mehr als vierzig Knoten, eine Seltenheit in dieser Schiffsklasse.

Im Gegensatz zu ihren gedrungenen Schwestern war die *Star* stromlinienförmig, und weder Mast noch Treppen störten ihre schlanke Form. Statt hoher Aufbauten wie auf anderen Luxusjachten hatten die Erbauer eher auf Weite als auf Höhe gesetzt. Dadurch hatte sie zwei Decks statt der üblichen vier und sah fast ein bisschen wie eine fliegende Untertasse aus.

Die Inneneinrichtung der *Atlantic Star* spiegelte MacLeans besessenes Streben nach Schönheit wider. Sandgestrahltes Glas, gebürstetes Aluminium und babyblaue Ledergarnituren. Die Mannschaft war auf fünf Leute beschränkt, aber die *Star* konnte nicht weniger als dreißig Passagiere in ihren fünfzehn prachtvollen Kabinen aufnehmen. Im fürstlichen Speisesaal wurde das edle Dinner aus einer Fünf-Sterne-Küche serviert, und die Weine waren erlesen. Die Bar gewährte einen Rundblick, das Kasino war auf dem neuesten Stand, es gab ein schiffseigenes Kino, einen Nachtclub und eine Bibliothek. Sport trieb man in einer Fitnesszone oder auf dem Squashcourt und entspannte sich danach im Whirlpool oder im Schwimmbecken, das bei schlechtem Wetter mit einem ausfahrbaren Dach geschützt wurde.

Nach einem herzhaften Frühstück – Ei mit Schinken, Joghurt, Toast, Kaffee und Orangensaft – wollte Erika noch ein bisschen Schlaf nachholen. Carlton und Pink saßen mit Commander Ramey schweigend am großen Esstisch. Pink brütete über ein paar CD-Roms, die er aus Langley mitgebracht hatte; immer wieder rieb er sich die Schläfen. Carlton genoss eine edle Zigarre, eine Fuente Opus X, aus dem Humidor der *Star* und schaute durch ein Fenster mit Sicherheitsglas aufs Meer hinaus. Er entdeckte den ersten roten Schein im Osten.

»Ich weiß wohl, dass die Frage nicht leicht zu beantworten ist, Gentlemen, aber wohin fahren wir eigentlich?«, fragte Commander Ramey und nahm einen Schluck Kaffee.

Carlton zeigte mit dem Daumen auf Pink. »Da fragen Sie besser unseren James Bond.«

Pink, der die Dokumente zum x-ten Mal durchgelesen hatte, nahm seine Brille ab und schaute den Kapitän an. »Vorerst und bevor wir mehr Daten haben, fahren wir geradewegs von der Küste weg, Richtung *Ost.* Je weiter wir uns von D. C. entfernen, desto besser.«

Ungefähr 275 Meilen südwestlich von Atlantic City war Scott Fress hellwach. Kurz vor halb sieben morgens gab es nicht viele Schlaflose, die es zu ihren Arbeitsplätzen in einer der vielen Behörden lockte. Scott Fress aber war sofort wach, als das Telefon klingelte.

Das war kein Zufall. Die Arbeitstage des Stabschefs waren meist anstrengender als die seines Chefs. Fress musste die frühen Morgen- und späten Abendstunden nutzen, um seine dunklen Geschäfte abzuwickeln, die ihn reich machten. Er bekam nie viel Schlaf.

Dafür sind Pillen da, sinnierte er, während er eine ovale Tablette einwarf und sie mit heißem Kaffee hinunterspülte. Gleichzeitig griff er nach dem Hörer.

»Ja.«

»Hier ist Jones.«

»Ja.«

»Wir haben den Flieger von Andrews nach Atlantic City verfolgt. Gehört MacLean. Als sie wieder startete, haben wir die Maschine abgeschossen.«

»Und?«

Schweigen.

»Und?«, wiederholte Fress ruhig. Er hob nicht einmal die Stimme.

»Und dann sind sie doch wieder in Atlantic City aufgetaucht, aber dann haben wir ihre Spur verloren. Weiß auch nicht, wie das zugegangen ist. Sie ...«

»Ich schon. Du bist ein verdammter Stümper. Aber zu deinem Glück gibt's da noch ein paar andere, die genau solche Versager sind.«

»Sir, wir hatten sie schon im Visier, und da ... da sind sie einfach verschwunden, Sir.«

»Wie konnten sie denn in Atlantic City verschwinden?«

Pause. »Ich habe keine Ahnung.«

»War das MacLeans Flugzeug?«

»Ja, Sir. Seine Firma. MacLean Foods Interna ...«

»Was gehört MacLean denn noch in Atlantic City außer einem Flugzeug?«

»Ein Spielkasino, zum Beispiel.«

»Dann wisst ihr doch jetzt, wo sie sind.«

»Aber wir können doch ...«

»Carlton ist nicht der Einzige, der spurlos verschwinden kann.«

»Sir, ich ...«

»Findet sie!«

Fress warf den Hörer auf die Gabel, starrte die Tablettenflasche an und warf sich noch eine Pille ein. Es würde ein langer Tag werden.

40.

Die Entdeckung

Czas
Moskau, 11.06 Uhr

Ursprünglich war der KGB geschaffen worden, um die Westmächte, aber auch die eigene Bevölkerung auszuspionieren. Zum Ende des Kalten Krieges war er seiner Macht beraubt worden, doch unter Orlows KGB-trainiertem Vorgänger wuchsen dem einstigen Geheimdienst neue Köpfe, wie der Hydra aus der griechischen Mythologie: Der FSB/SWR entstand. Doch nach dem gescheiterten Putsch des militärischen Geheimdienstes GRU, der schließlich zur Wahl Orlows führte, waren die finanziellen und personellen Mittel der zuvor mächtigen Dienste stark beschnitten worden. Führungspersönlichkeiten wurden ausgetauscht, der Etat drastisch gekürzt, die Macht verringert. So war es kein Agent des FSB, sondern ein Offizier des GRU, der an diesem Mittag die Razzia leitete: Das Ziel war ein kleiner Einzelhändler, der Uhren verkaufte und reparierte. Der GRU wusste seit vielen Monaten, dass Geheimdienstinformationen an ausländische Mächte verraten wurden: an die Vereinigten Staaten, an Deutschland, Frankreich, Großbritannien, Israel. Erst vor kurzem hatte man festgestellt, dass die undichte Stelle bei dem kleinen, offenbar unschuldigen Uhrenhändler zu suchen war. Bei der Überprüfung seines Geschäftskontos hatten die GRU-Ermittler herausgefunden, dass der Laden sich offenbar nicht nur durch den Verkauf von Uhren finanzierte.

Das Team war überarbeitet und verschwendete keine Zeit mit Höflichkeiten. Zwei Offiziere in Uniform stürmten mit gezogener Waffe ins Geschäft, legten den beiden Angestellten Handschellen an und verschwanden dann im Hinterzimmer. Auf Arbeitstischen lagen Armbanduhren und andere Chronografen, manche vollständig zerlegt. Bald schon entdeckte das Team den leistungsstarken IBM-Computer in einem Kabuff hinter der Werkstatt.

»Ich hab es, Major«, verkündete ein jüngerer Offizier, einer der besten Hacker im GRU. »Eine Kundenliste.«

»*Otschen charascho,* Leutnant. Verbinden Sie mit der Zentrale.«

»*Da.*«

Der Leutnant holte ein Handy und ein Modem aus seiner Gürteltasche, schloss das Modem an den Computer an und wählte auf dem Handy eine gespeicherte Nummer. Zwanzig Sekunden später begann der Großrechner in der GRU-Zentrale einen Schnellfeuerdialog mit dem IBM-PC. In zwei Minuten hielten sie eine Liste derjenigen Staatsbeamten in Händen, die Zugang zu geheimen Informationen hatten.

»Fertig, Major.«

»Wollen mal sehen.« Der Major scrollte die Liste, bis er auf einen Namen stieß, den er ohnehin in Verdacht gehabt hatte. Er nahm sein eigenes Handy heraus und wählte.

»Kowanetz«, meldete sich eine barsche Stimme.

»Major Kasparow, Oberst. Es war genau, wie Sie vermutet hatten, Sir.«

»Klimow?«

»*Da.* Die letzte Sendung scheint vor ... zwei Tagen gewesen zu sein.«

»*Otschen charascho,* Major. Verhaften Sie ihn und beginnen Sie mit dem Verhör. Ich komme zu Ihnen ins Büro.«

»*Da, towarisch* Oberst.«

In wenigen Stunden hatte Major Kasparow herausgefunden, welche geheimen Dokumente Klimow an die amerikanische CIA geschickt hatte: die komplette Akte Pjaschinew, dazu Pjaschinews Notiz, die man an der Absturzstelle des Hubschraubers gefunden hatte.

Rossija, tretij sloi. Ne dopustit im wsjat eto.

Russland, dritte Schicht. Sie dürfen es nicht bekommen.

41.

Die Reise

Atlantic Star
Atlantischer Ozean
502 Meilen östlich von Atlantic City, 17.33 Uhr

Die National Security Agency (NSA) verfügte über technische Möglichkeiten, die der Standardtechnologie für Normalverbraucher um mindestens zehn Jahre voraus waren. Mit seiner Hard- und Software konnte das hervorragend ausgebildete Personal fast jede elektromagnetische Kommunikation auf dem Erdball belauschen; es gab Schlüsselwörtermuster- und Stimmerkennungsprogramme, die Telefon-, Funk- und Satellitenverbindungen – auch Handys – und sogar Gespräche in geschlossenen

Räumen belauschen konnten, und zwar anhand der Fensterscheibenschwingungen, die durch menschliche Stimmen oder Anschläge von Computertasten ausgelöst werden. Mithilfe der NSA konnte Scott Fress jeden Menschen auf dem Erdball ausfindig machen, vorausgesetzt, der Betreffende benutzte irgendein Kommunikationssystem. Deshalb konnte niemand an Bord der *Atlantic Star,* die mit modernsten Systemen ausgerüstet war, einen Anruf wagen. Die Gefahr der Entdeckung war zu groß.

Als zusätzliche Tarnung war die Jacht offiziell von MacLeans Star-Kasino an einen »Geldsack«, an einen mexikanischen Geschäftsmann verliehen worden, der sich eine Woche auf dem schönen Schiff für seine Pechsträhne trösten sollte.

Doch ungeachtet der Funkstille und der cleveren Tarnung standen dem Stabschef unbeschränkte Möglichkeiten zur Verfügung, die ihm erlauben würden, Carlton und Erika irgendwann aufzuspüren. Dem konnten sie nicht entgehen; es war nur eine Frage der Zeit.

Wenn er die Suche nicht aufgegeben hat, dachte Carlton. Aber leider konnte man von dem Stabschef nicht behaupten, dass er unter einem Mangel an Beharrlichkeit litt. Er würde die Suche erst aufgeben, wenn er sicher war, dass Carlton und Erika nicht mehr unter den Lebenden weilten. Carlton stutzte. *Er wird erst aufhören zu suchen, wenn er sicher sein kann, dass wir tot sind.* Er stand auf und ging in die Kommandozentrale.

»Wie geht es Ihnen, Sir?«, erkundigte Ramey sich höflich.

»Gut. Aber mir wär's viel lieber, wenn Sie mich einfach Pat nennen.«

Ramey grinste. »Ich bin Jack.«

»Okay. Meinen Sie, ich dürfte mal einen Blick auf Ihre Seekarten werfen?«

»Aber natürlich. Hätte nur gedacht, dass Sie die Bibliothek interessanter finden«, bemerkte Ramey.

»He, ich bin Reservist bei der Marine. Kenne nichts Interessanteres als Karten, klar?«

»Tja, nun, ich *war* bei der Navy, und Sie sind ein ganz netter Klugscheißer. Aber Sie können gern reingucken. Sind da hinten im Zimmer. Fein säuberlich gestapelt und geordnet.«

»Danke. Und haben Sie vielleicht ein neues Diagramm, auf dem ich sehen kann, ob demnächst ein paar andere Schiffe unsere Route kreuzen?«

»Nein, aber das kann ich Ihnen beschaffen.« Ramey nahm den Hörer ab. »XO auf die Brücke. XO bitte auf die Brücke.«

»Super, Jack. Vielen Dank.«

Eine halbe Stunde später ortete Carlton ein Schiff mit der gewünschten Route und überzeugte Ramey davon, dass er zwei Funksprüche losschicken müsse, einen an das andere Schiff, den anderen an MacLean. Die Botschaft an MacLean war so unverständlich wie nur möglich, und der Empfänger würde wahrscheinlich kein Wort davon verstehen, aber sie würde ihren Zweck erfüllen – zumindest bestand eine winzige Chance, dass sie ihren Zweck erfüllte. Wenn sie Glück hatten. Sehr viel Glück. Und doch war es die einzige Möglichkeit, die Carlton einfiel. Er weihte Erika in den Plan ein, Pink jedoch ließ er über sein Vorhaben im Dunkeln.

Nach einem Spaziergang über Deck klopfte Carlton an Pinks Tür. Der CIA-Mann öffnete und blinzelte mit blutunterlaufenen Augen in die helle Sonne. Er sah ziemlich fertig aus und hatte offenbar in den Kleidern geschlafen.

»Schon was Neues rausgefunden?«

»Kaum.«

»Nun seien Sie mal ’n bisschen optimistischer! Kaum etwas ist besser als gar nichts.« Er folgte Pink ins Zimmer. Schnupperte. »Puh! Riecht aber streng hier.«

»Besser als Ihre verdammten Zigarren. Na, ich zeig Ihnen mal, was wir bis jetzt haben. Wo ist Erika?«

»In der Bibliothek.«

»Kommen Sie.« Pink schnappte sich einen Ordner und ging

voran in die holzgetäfelte Schiffsbibliothek, wo Erika bereits mit untergeschlagenen Beinen auf einem bequemen Sofa saß, die Nase tief in einem Buch vergraben.

Da die Bibliothek mitten im Schiffsrumpf untergebracht war und weder Fenster noch Außenwände besaß, konnte sie von den Abhöreinrichtungen der NSA nicht belauscht werden. Carlton gesellte sich zu Erika aufs Sofa. Pink setzte sich in einen hellgrünen Sessel. Vor ihm war ein Kamin aus rotem Marmor, in dem echte Holzscheite glühten, abgeschirmt hinter Glas und flankiert von zwei hohen Bücherregalen.

Pink räusperte sich. »Wie ich schon sagte, wissen weder ich noch die anderen Mitarbeiter der Sektion Russland, wo diese Diamanten sind. Wir wissen nur, dass es sie gibt. Die russische Regierung hingegen weiß gar nichts von den Diamanten, geschweige denn, wo sie sich befinden. Das bedeutet, dass unsere Informanten dort uns nicht helfen können. Wir haben auch besprochen, dass die wenigen vorhandenen Beweise unter aller Sau sind, wenn Sie mir den Ausdruck verzeihen. Allerdings habe ich inzwischen Ordnung hineingebracht.«

Er reichte Carlton einige Papiere. »Ehrlich gesagt, glaub ich nicht, dass Sie viel damit anfangen können. Ich blick da nicht mehr durch.«

»Sie brüten schon zu lange über diesen Sachen. Sind zu dicht dran und können deshalb nicht mehr objektiv sein. Haben Sie ein bisschen Vertrauen zu uns Stümpern, die nicht bei der CIA sind.«

»Ich wollte damit nicht behaupten, dass ...«

»Wollte Sie doch nur ’n bisschen triezen, Tom.« Carlton grinste ihn kurz an und überflog die Seiten. »Okay. Was suchen wir?«

»Einer unserer Agenten beim russischen militärischen Geheimdienst, dem GRU, ist an die Liste der Effekten gekommen, die in Leonid Pjaschinews Wohnung sichergestellt wurden. Sie müssen bedenken, dass Pjaschinew bis zu seinem Verschwinden vor wenigen Wochen Direktor des Diamantenkonsortiums

Komdragmet gewesen ist. Auch wenn die Regierung offiziell nichts von den Diamanten wusste, Pjaschinew hat davon Kenntnis haben müssen. Er hielt ganz enge Verbindung zum KGB, der die Diamanten vor dem Zusammenbruch der Sowjetunion aus Russland herausschmuggelte. Der GRU hat rausgefunden, dass Pjaschinew für Waterboer arbeitete. Und vor dem Helikopterabsturz ist er zuletzt in Murmansk gesehen worden.«

»Und die Effektenliste?«

»Nichts. Null. Das ist ja der Bericht, den Sie da vor sich haben. Die Liste ist komplett. Plus Pjaschinews Lebenslauf. Und eine rätselhafte Notiz, die er offenbar kurz vor seinem Tod geschrieben hat. Ich versuch schon seit einer Woche, sie zu entschlüsseln.«

»Das müssen Sie uns schon übersetzen«, warf Erika ein.

»Auf Englisch heißt das: ›Russland, dritte Schicht. Sie dürfen es nicht bekommen.‹«

»Nicht gerade hilfreich, was?«, meinte Erika.

»Wie schon gesagt, die Hinweise, die wir haben, sind dürftig.«

»Aber wenn das Pjaschinews letzte Worte waren, müssen sie irgendwas bedeuten. Vielleicht können wir Ihnen ja helfen, indem wir die Sache aus einer neuen Perspektive betrachten, die ein Fachmann wie Sie übersieht. Damit wollte ich Ihnen nicht zu nahe treten. Ich will ja nicht Ihre berufliche ...«

»Ist schon gut. Schießen Sie los. Vielleicht kann ich dann endlich mal 'ne Mütze Schlaf kriegen.«

Vier Tassen Kaffee und eine halbe Flasche Tabletten hatte Fress heute schon geschluckt und war dadurch immer angespannter geworden. Wieder nahm er den Hörer ab. »Ja.«

»Colonel Lin von der NSA, Sir.«

»Ja.«

»Sir, wir haben einen Funkspruch von Carlton aufgefangen.«

»Wo und was?« Das war eher Befehl als Frage.

»Vom Atlantik, Sir. Ungefähr fünfhundert Meilen vor der

Küste, Höhe Atlantic City. Der Anruf erfolgte über Satellitentelefon von einem Schiff und ging an MacLean in Los Angeles. Indem wir zwei Satelliten hintereinander schalteten, konnte unser System die ...«

»Ersparen Sie mir das Fachchinesisch, Lin. Diese Leute sind Mörder. Senden Sie mir nur ein verschlüsseltes Transkript und ihre derzeitigen Koordinaten.«

Fress wartete, bis vor seinem Bildschirmschoner mit dem Weißen Haus das Icon erschien, das eine neue E-Mail anzeigte, dann öffnete er den elektronischen Brief und las das Transkript. Es ergab überhaupt keinen Sinn, aber die Supercomputer der NSA hatten das Stimmmuster bereits als das von Carlton identifiziert. Fress wählte nun eine Nummer, die er sehr häufig benutzte.

»Jones am Apparat.«

»Ich habe gerade Ihre Arbeit für Sie erledigt. Jetzt notieren Sie sich Folgendes: Carlton hat Atlantic City mit dem Schiff verlassen. Er befindet sich im Augenblick 450 Meilen vor der Küste.« Er gab Jones die Koordinaten durch. »Das ist Ihre letzte Chance. Wenn Sie's wieder vergeigen, dann werde ich ... na, Sie wissen schon.«

42.

Der Vollstrecker

Atlantic Star
Atlantischer Ozean
632 Meilen östlich von Atlantic City, 21.02 Uhr

Als Chef von Fress' geheimer Eingreiftruppe hatte Jones schon dreimal versagt. Vielmehr, seine Männer hatten versagt. Das erste Mal in Carltons Wohnung. Das zweite Mal an der Wilson Bridge. Und ein drittes Mal in Atlantic City. Deshalb übernahm er jetzt den Auftrag selbst.

Jones war ein Schurke. Früher hatte er bei einer Einheit gedient, die so geheim war, dass nicht einmal eine Liste der Namen ihrer Mitglieder existierte, weder in den Akten der CIA, DIA, NSA, NRO noch bei anderen Diensten, die selber nicht gerade für Offenheit berühmt waren. Jones besaß keinen richtigen Pass, dafür aber viele Geheimidentitäten. An diesem Nachmittag schlüpfte er in seine Rolle als FBI-Pilot. Als solcher flog er routinemäßig Flugzeuge der Behörde, wenn Einsätze gegen Terroristen anstanden. Es war schon erschreckend, wie leicht es Jones fiel, den Learjet für eine Routinemission zu bekommen.

Am FBI-eigenen Hangar auf dem Flughafen La Guardia in New York ging er einfach zum Flugkoordinator, zeigte seine ID-Karte vor und bat um Erlaubnis. Er lächelte, gab sich aber Mühe, nicht zu freundlich zu wirken. Bald schon saß er in einer Lear U-36A. Die Maschine war zum Übungsflugzeug umfunktioniert worden, um den Umgang mit Schiffsabwehrraketen zu trainieren. Jones musste nur noch das Übungsgeschoss gegen ein scharfes Geschütz austauschen; das hatte bereits einer seiner Leute besorgt.

Zwischen Wolkenfetzen leuchtete immer wieder der Vollmond aufs Meer. Dreieinhalb Stunden später suchte Jones auf seinem vielfarbigen Radarschirm nach Objekten und konzentrierte sich auf sein Ziel, einen grünen Punkt hundert Meilen östlich.

Die *Atlantic Star.*

Nur noch ein paar Minuten.

Anders als die Militärjets gab es bei dem Übungsflugzeug keine Möglichkeit, das Ziel in die Rakete einzuprogrammieren. Jones durfte erst dann feuern, wenn er sein Ziel vor Augen hatte. Er hatte nur ein einziges Geschoss zur Verfügung, was ihn aber nicht sonderlich störte.

Er löste den Sicherheitsrast vom Kontrollschalter – dem »Pickle« – und wartete, bis er in Schussweite war.

Jones tauchte unter die Wolken, ging in Zielposition. Er war so nah an der Jacht, dass er die Positionslampen und die hell erleuchteten Aufbauten erkennen konnte. Die *Star* kam in raschem Tempo auf ihn zu. Er richtete sein Head-up-Display auf die Jacht aus und drückte mit aller Kraft auf den Pickle.

Das Flugzeug zitterte. Ein Blitz zuckte auf, gefolgt von einer grellweißen Rauchwolke, als die Luft-Wasser-Rakete sich unter dem Rumpf der Lear löste und auf das hilflose Schiff zuschoss. Ein paar Sekunden lang war sie nicht mehr zu sehen. Jones fragte sich schon, ob er sein Ziel verfehlt hatte, doch in diesem Augenblick wurde die *Atlantic Star* zu einem riesigen Feuerball, der den stillen schwarzen Ozean über Meilen hinweg erhellte. Innerhalb von Minuten war das Feuer wieder erloschen, und die beiden Hälften des schlanken Schiffsrumpfs versanken in den eisigen Wassern des Atlantiks, als hätte es die Jacht nie gegeben.

43.

Der Freund

Castel MacLean
Beverly Hills, Kalifornien, 17.44 Uhr

Es kam selten vor, dass Max MacLean in seinem Palast aus Glas und Aluminium oberhalb von Beverly Hills einen Gast empfing. Doch Abraham Cohen war wie ein Vater für ihn.

MacLean half Cohen vom Rücksitz des Bentley, mit dem Maxfield den älteren Herrn in seiner Firma am Rodeo Drive abgeholt hatte. »Ich bin froh, dass du kommen konntest.«

»Ich komme immer gern zu dir, Maximillian.« Cohen nahm MacLeans Arm, schaute ihm forschend ins Gesicht. »Ich hätte selber fahren können, das weißt du. Ich sitze immer noch gern am Steuer. Und was hat das alles zu bedeuten?« Er machte eine Handbewegung zu den beiden *soldati,* die am Fuß der Marmortreppe standen. Sie waren von Kopf bis Fuß in Schwarz gekleidet und hielten ihre Maschinenpistolen im Anschlag.

»Seit wir uns das letzte Mal gesehen haben, ist eine Menge passiert. Lass uns mal reingehen, ja?« MacLean schob Cohen durch den prunkvollen Korridor zu einem kleinen Aufzug, der in einer Nische verborgen war.

Sie stiegen im ersten Stock wieder aus. MacLean führte seinen Freund in sein Arbeitszimmer, in dem immer noch die Jalousien heruntergelassen waren. »Setz dich, bitte. Kann ich dir etwas zu trinken anbieten? Tee? Kaffee?«

Mit einem Seufzer ließ Abraham sich in das weiche schwarze Leder eines Roche-Bobois-Sofas sinken. »Tee, bitte. Sieht aber ganz so aus, als hättest du schon etwas Stärkeres getrunken.« Er nahm eine der leeren Wodkaflaschen vom Couchtisch und betrachtete sie argwöhnisch.

»Von Wodka hab ich jetzt erst mal die Nase voll.« MacLean klingelte nach Maxfield, bestellte Tee und nahm auf dem Sofa gegenüber Cohen Platz.

»Was ist hier los, Maximillian? So hab ich dich ja noch nie gesehen. Du hast Angst, bist fast schon in Panik. Und einen handfesten Kater hast du auch. Was ist passiert? Wo ist Claire?«

»Sie wird gut bewacht. An einem sicheren Ort.«

»Bewacht? Von diesen Gorillas da draußen?«

»Das sind Leibwächter einer Familie, die meinem Vater treu ergeben war.«

»Gott sei seiner Seele gnädig«, flüsterte Cohen. »Es tut mir Leid, Maximillian, aber ich verstehe das nicht. Wie schlimm kann es denn schon ...«

»Es geht um diese ... interessierten Kreise, vor denen du mich gewarnt hast. Sie haben Dan Wenzel ermordet.«

»Daniel? Daniel ist tot? O Gott.«

»Es war meine Schuld.«

Cohen starrte MacLean fragend an.

»Ich habe zugelassen, dass er nach Washington geflogen ist. Ich wusste, dass es gefährlich war, aber er hat darauf bestanden. Ich hätte doch selbst ... Sie haben das Flugzeug gesprengt.«

»Mein Gott!«

»Ich hätte nicht zulassen sollen, dass er fliegt.«

»Hätte, könnte. Wir machen stets das Beste aus dem, was wir haben, Maximillian. Und genau das hast du getan, nicht mehr und nicht weniger.« Abraham seufzte. »Gott schreibt mit geschwungenen Linien, aber immer geradeaus, Maximillian. Wenn Daniel gestorben ist, war es Gottes Wille, so schwer es uns fällt, das zu akzeptieren.«

»Das macht es aber nicht einfacher.«

»Nein. Das nicht.«

»Hast du das über den Senatorenberater gelesen, den sie in Washington ermordet haben?«

»Von Drogenhändlern?«

»Es waren keine Drogenhändler, sondern dieselben Mistkerle, die Dan Wenzel ermordet haben. Und davor einen unschuldigen Farmer in Arkansas. Und beinahe hätten noch zwei meiner Bekannten dran glauben müssen.«

»Aber warum?«

»Weil ich in Arkansas Diamanten abbauen wollte.«

»Ich habe dir doch gesagt, du ...«

MacLean streckte seine Hände vor. »Ich weiß, was du gesagt hast. Du hattest Recht und ich nicht. Aber es ist nun mal passiert, und nun geht es weiter. Deshalb musste ich dich bitten herzukommen. Ich bin Gefangener in meinem eigenen Haus.« In diesem Augenblick kam Maxfield mit einem Silbertablett und brachte ein Tee- und Kaffeegeschirr sowie selbst gebackene Kekse und Scones.

»Danke. Wir bedienen uns selbst.«

»Ja, vielen Dank, Maxfield«, sagte auch Cohen. Wieder einmal erlag er seinem Hang zu süßen Sachen und nahm sich einen mit Puderzucker überstäubten Mandel-Scone von der kleinen Kuchenpyramide.

»Haben Sie sonst noch einen Wunsch, Sir?«, fragte Maxfield mit einem Seitenblick auf die zwei leeren Wodkaflaschen.

»Bitte sorgen Sie dafür, dass wir nicht gestört werden.«

»Gewiss, Sir.« Der Butler verbeugte sich leicht und entfernte die beiden Flaschen. Peinliche Sauberkeit war stets sein größtes Anliegen.

MacLean wartete, bis Maxfield gegangen war, bevor er fortfuhr. »Weitere Einzelheiten will ich dir nicht verraten. Das würde dir nicht helfen, sondern dich nur ebenso gefährden wie die anderen.«

»Wer sollte mir denn schaden wollen, wenn ich über die Einzelheiten Bescheid weiß?«

MacLean starrte seinen Freund einen Moment schweigend an, bevor er antwortete. »Waterboer.«

Cohen nickte langsam, leicht vorwurfsvoll. »Also steckt doch

Waterboer dahinter.« Er stellte die Tasse aus Limogesporzellan auf den Couchtisch. »Ich hatte es schon vermutet, war aber nicht sicher. Max, du musst jetzt aufhören. Was es auch ist, du musst jetzt aufhören.«

»Es ist zu spät. Es geht nicht mehr nur um Waterboer. Die ...« Er hielt inne. »Inzwischen haben sich noch einige Bundesbehörden eingemischt. Dazu ausländische Regierungen. Politische Gruppierungen. Das Ungeheuer hat bereits ein Eigenleben.«

Im Gegensatz zu MacLean blieb Abraham Cohen ruhig und gelassen. »Das ist meistens so, und Waterboer gewinnt immer. Und doch lassen sich die Schachzüge des Monopols voraussagen. Wenn du ihm nicht in die Quere kommst, geschieht dir auch nichts. Waterboer schert sich nicht um Rache oder Vergeltung wie gewisse andere. Dieser Konzern ist bestens organisiert und interessiert sich für nichts anderes als den Fortbestand seines Monopols auf dem Diamantenmarkt. Wenn du das Monopol nicht mehr bedrohst, wird auch Waterboer dich nicht mehr bedrohen. So einfach ist das.«

»Klingt wirklich sehr einfach. Aber wie ich schon sagte, es geht nicht mehr allein um Waterboer. Es sind zu viele andere in die Sache hineingezogen worden, deshalb kann ich nicht einfach aufhören. Dieses Feuer muss so lange brennen, bis es ausgebrannt ist.«

»Umso mehr Grund, dass du dich jetzt sofort zurückziehst.«

MacLean stand auf. »Nein. Drohungen verfangen bei mir gar nicht. Wenn Waterboer mit einem Angebot gekommen wäre: Wir wollen dies und jenes und sind bereit, so und so viel dafür zu zahlen – hier haben Sie ein paar seltene, wunderschöne Diamanten als Ausgleich. Solch einen Handel hätte ich respektieren können. Und nachdem ich mir die Geschichte und die Geschäftspraktiken von Waterboer angeschaut hätte, wäre ich mit dem Handel vielleicht einverstanden gewesen, wenn sie mir genug angeboten hätten. Ich wollte ja niemals als Konkurrent von

Waterboer auftreten. Alles, was mich interessiert, ist Schönheit. Schönheit und ehrliche Geschäfte.«

»Ja? Dann mach *du* doch ein Angebot.«

MacLean schüttelte den Kopf. »Nein. Über den Punkt sind wir hinaus. Die Dinge sind zu weit gediehen, als dass man jetzt noch Angebote machen könnte. Wenn Dan noch am Leben wäre. Wenn Claire und ich nicht in diesem Palastgefängnis in der Falle säßen und uns verstecken müssten. Wenn meine Bekannten nicht so gnadenlos verfolgt würden. Dann vielleicht. Aber jetzt nicht mehr. Jetzt ist es zu spät.«

»Und was willst du jetzt?« Cohen stieß einen vernehmlichen Seufzer aus; er schien am Ende seiner Geduld. »Maximillian. Du klingst überhaupt nicht vernünftig. Ich weiß nicht, ob es an deiner Angst liegt oder daran, dass du so sehr um Wenzel trauerst. Vielleicht liegt es auch am Wodka. Aber du bist einfach unvernünftig.« Er beugte sich vor. »Ich habe dir geraten, die Finger von Diamanten in Arkansas zu lassen. Du hast abgelehnt. Dir wurde gedroht, aber du wolltest nicht nachgeben. Wenzel ist ermordet worden. Und jetzt sage ich dir, dass du gegen Waterboer niemals gewinnen kannst, aber du hörst mir nicht einmal zu.«

MacLean starrte zu Boden, den Kopf in den Händen vergraben.

»Ach, es hat doch keinen Zweck! Was tue ich überhaupt hier? Du hörst mir ja gar nicht zu!« Cohen stand auf und ging zornig im Zimmer auf und ab.

»Ich hör dir zu, Abraham, aber ich werde auf keinen Fall nachgeben.«

Cohen stoppte mitten im Schritt, drehte sich zu seinem Freund um. »Warum hast du mich dann hergebeten? Was willst du *wirklich,* Maximillian?«

MacLean hob das Gesicht mit den unrasierten Wangen und schaute Cohen in die blassblauen Augen. »Ich will, dass du mir sagst, wie ich Waterboer vernichten kann.«

»Waterboer *vernichten*?« Cohen tippte sich an die Schläfe, schüttelte den Kopf. »Du bist ja meschugge. *Waterboer vernichten!* Waterboer hat Kriege überlebt, Aufstände, Regimes jeder politischen Couleur und alle möglichen restriktiven Gesetze, und es hat das alles nicht nur überlebt, sondern es blüht und gedeiht.«

»Hör mir doch einfach nur mal zu. Bitte.«

Cohen setzte sich in eine Sofaecke, immer noch kopfschüttelnd.

»Zuerst wollte ich gegen Piet Slythe persönlich vorgehen. Ihm etwas antun. Seinen Freunden. Seiner Familie.«

Cohen hob mahnend einen Zeigefinger. »Werde nicht zu dem, wogegen dein Vater dich mit aller Macht beschützt hat.«

»Ich war wütend, hab nur noch reagiert, nicht mehr nachgedacht. Slythe persönlich etwas anzutun hätte alles nur noch schlimmer gemacht. Und selbst wenn ich Slythe von der Bildfläche verschwinden ließe, würde jemand anders seinen Platz einnehmen. Waterboer *ist* der Diamantenhandel. Und die Slythes sind Waterboer. Wenn man dem Handel schadet, schadet man gleichzeitig Waterboer. Und damit Slythe.«

»Und weiter?«

»Ich kann Waterboer nicht vernichten, das weiß ich. Aber wie kann ich dem Diamantenhandel so schaden, dass Slythe davon getroffen wird? Und zwar *richtig*. Das möchte ich gern wissen.«

»Immerhin ist das vernünftiger gedacht, als wenn du Waterboer vernichten wolltest.«

»Wie kann ich das anstellen, Abraham?«

Cohen schenkte sich Tee ein, gab Zucker hinein und rührte bedächtig um. Er gehörte zu den Menschen, die gründlich nachdachten, bevor sie sich äußerten. Stille störte ihn nicht. Er schwieg so lange, dass MacLean Zeit hatte, sich eine Zigarette anzuzünden und sie bis zum Ende zu rauchen.

»In der Vergangenheit haben schon viele versucht, Waterboer zu vernichten. Der Schlüssel dazu ist die Monopolstellung des

Unternehmens. Waterboer verhindert den freien Wettbewerb mit allen Mitteln, wie du inzwischen weißt. Aber weil es ein Monopol ist, kann es auf dem freien Markt nicht konkurrieren. Waterboer kann zwar jeden Wettbewerb im Keim ersticken, ist aber sehr anfällig, sobald ein starker Gegner auftaucht.«

»Ich glaube, ich kann dir nicht folgen.«

»Schau dir Ford an. Ford produziert Autos. Manche sind sehr gute Fahrzeuge, und Ford ist gut im Wettbewerb. Viele Leute kaufen lieber einen Ford als ein ähnliches Modell eines anderen Herstellers. Aber Ford produziert auch bestimmte Modelle, die nicht so gut sind. Dann kaufen die Leute lieber bei der Konkurrenz. Was passiert also? Ford steckt Unsummen in die Werbung, gewährt Rabatte, verbessert die Modelle. Ford kann im Wettbewerb mithalten, ist darauf eingestellt. Waterboer hingegen nicht. Wenn jemand qualitativ bessere Diamanten in großen Mengen verkauft, kann auch Waterboer nicht mehr mithalten, denn das Unternehmen kann sein Produkt nicht verbessern. Es sind nun mal Diamanten. Waterboer könnte sie allenfalls besser schleifen oder höherwertige Steine verkaufen. Ein Wettbewerb mit Waterboer kann also nur über den *Preis* erfolgen, nicht über das Produkt. Aber Waterboer kann seine Diamanten so preiswert verkaufen, dass keiner mithalten kann.«

»Aber wenn Waterboer die Preise für Diamanten so drastisch senkt, gerät es dann nicht auch in Schwierigkeiten – später, wenn es die Preise wieder erhöhen will, nachdem der Konkurrent aus dem Feld geschlagen ist?«

»Das ist die Schwachstelle. Waterboer kann niemals zulassen, dass eine andere Firma Diamanten verkauft, ohne dass vorher eine Preisabsprache getroffen wurde. Die Nachfrage würde sehr stark von den fallenden Preisen beeinflusst. Und das ist Waterboers Achillesferse.«

»Ich kann dir schon wieder nicht folgen.«

»Wenn jemand Diamanten nur ein bisschen günstiger verkauft als Waterboer, kann er dem Monopol kaum schaden.

Wenn aber jemand eine sehr große Menge Diamanten in einem sehr kurzen Zeitraum zu Schleuderpreisen verkauft, kann er Waterboer vernichten. Und das ist die größte Sorge des Monopols. Deshalb war es immer darauf bedacht, die Produktion und die Anzahl der verkauften Steine so rigoros zu kontrollieren.«

»Jetzt redest du von Dumpingpreisen. Wurde nicht schon mal versucht, den Markt mit Diamanten zu überschwemmen?«

»Davon haben schon viele geredet, aber wirklich versucht wurde es noch nie. Bevor irgendjemand den Markt überschwemmen konnte, wurde dem Betreffenden von Waterboer ein Angebot gemacht, das er nicht ablehnen konnte. Die Mine oder deren Ertrag wurden aufgekauft, oder der Minenbesitzer wurde dafür bezahlt, dass er keine Steine mehr fördert. Oder die jeweilige Regierung gezwungen, die Mine stillzulegen oder deren Besitzer unter Druck zu setzen. Das passiert bei jeder neu erschlossenen Mine auf der ganzen Welt.«

»Was ist mit Lagerbeständen? Gibt es Diamantenvorräte, die man zu Dumpingpreisen auf den Markt werfen könnte? Das würde doch zu dem gleichen Ergebnis führen, nicht wahr?«

»Ja. Und es gibt solche Bestände.«

»Und wo?«

»Das weiß niemand genau. Natürlich hat Waterboer die größten Bestände. Außer besonders großen oder lupenreinen oder farbigen Steinen gibt es viele ganz normale Diamanten, deshalb verkauft Waterboer nur einen Bruchteil der eigenen Produktion. Es kann auch nicht alle Minen stilllegen lassen, weil die Besitzer dann wahrscheinlich dazu übergehen würden, heimlich zu fördern. Den großen Überschuss legt der Konzern auf Halde, in verschiedenen Depots auf der ganzen Welt, um sich so vor Diebstahl zu schützen. Niemand weiß, wo genau diese Lager sind.«

»Wer besitzt denn sonst noch Bestände? Die Vereinigten Staaten?«

»Im Grunde nicht. Das Verteidigungsministerium hat eine

Reserve zu militärischen Zwecken, für optische Geräte, zum Schleifen und dergleichen. Außerdem kann man inzwischen synthetische Diamanten für die Industrie herstellen. Deshalb ist der Bestand gering, und es gibt kaum Diamanten von Edelsteinqualität.

Russland hatte einen großen Bestand, hat ihn aber 1990 an Waterboer verkauft – ein weiteres Beispiel dafür, dass Waterboer es mit der Angst zu tun bekam und überhöhte Preise zahlte, um eine Diamantenschwemme zu verhindern. Es gibt allerdings Gerüchte, dass Russland damals nicht seinen Gesamtbestand verkauft hat. Dass der KGB und andere Hardliner die Zeichen der Zeit zu lesen verstanden, dass sie bald keine Macht mehr besitzen würden, und daher einen gewissen Teil der Steine beiseite geschafft haben. Das Gerücht besagt auch, dass es viele wertvolle große Steine, farbige Steine und qualitativ hochwertige Diamanten waren. Aber wie gesagt, das sind nur Gerüchte.«

»Aber wenn dieses Gerücht sich so hartnäckig hält, könnte doch etwas dran ...«

Cohen schüttelte den Kopf. »Es gibt auch Gerüchte über UFOs, aber noch ist Washington nicht von Außerirdischen mit Laserkanonen eingenommen worden.«

»Und sonst?«

»Es heißt, der Vatikan besitze einen Diamantenvorrat. Aber der Vatikan ist so altehrwürdig und geheimnisumwittert, dass unzählige Gerüchte über ihn kursieren. Außerdem heißt es zwar, der Vatikan schwimme im Reichtum, aber das stimmt nur in Bezug auf Grundbesitz und Kunstgegenstände. Die Kirche hat fast kein Bargeld. Woher sollte sie das Geld nehmen, um solch einen Vorrat anzuhäufen? Und zu welchem Zweck?«

»Gibt es sonst noch jemanden? Weitere Gerüchte?«

»Gerüchte gibt es reichlich. Über die Minen von König Salomon, über die vergessene Stadt von Eldorado, über Atlantis ...«

»An einen russischen Diamantenvorrat kommt man ohne die Hilfe unserer Regierung nicht heran. Und das letzte Mal, als ich mit den Bundesbehörden verhandeln wollte, musste Dan Wenzel dran glauben, und ich habe einen Jet im Wert von vierzig Millionen Dollar verloren. Kennst du vielleicht jemanden im Vatikan?« MacLean streckte bittend die Hände vor. »Ich weiß, es ist nur ein Gerücht. Aber nehmen wir nur einmal an, der Vatikan besäße große Mengen an Diamanten. Hast du dort vielleicht einen Bekannten ...?«

»Ich kenne einen Kardinal, den Vorsitzenden des Komitees für den Dialog zwischen Juden und Katholiken. Sie haben mich mal eingeladen, weil ich gegen Schweizer Banken aussagen sollte. Damals sind wir Freunde geworden, der Kardinal und ich. Ich habe ihn nach den Gerüchten gefragt, doch er hat nur gelacht. Im Übrigen glaube ich, dass deine Verbindungen zu solchen Kreisen viel besser sind als meine.«

»Ich kenne den Erzbischof von Los Angeles. Er ist Mitglied der Kurie. Und er ist mächtig. Wird von den anderen nur ›Hollywoodkardinal‹ genannt. Aber einer, der etwas über Diamanten des Vatikans wissen könnte, müsste Mitglied des inneren Kreises sein. In Rom.«

Cohen beäugte ihn misstrauisch. »Du willst doch nicht etwa nach Rom?«

MacLean grinste. »Rom? Ich kann nicht mal raus, um die Zeitung zu kaufen. Aber ich kenne jemand in Italien, der ...«

Das Telefon unterbrach ihn. Es war nicht der Hauptanschluss, den zu bedienen zu Maxfields Aufgaben gehörte, sondern die Büroleitung. Nur die engsten Mitarbeiter MacLeans sowie mehrere Agenten verschiedener Dienste kannten die Nummer.

»Einen Augenblick, Abraham.« MacLean beugte sich über einen Beistelltisch und nahm den grünen Hörer ab. »MacLean.«

»Max, hier ist Channy.« André »Channy« Chanzeransky war leitender Manager des Star Kasinos in Atlantic City. Einer der wenigen, denen erlaubt war, MacLean mit Vornamen anzureden. »Ich hab schlimme Nachrichten.«

»Die verfolgen mich in diesen Tagen ohnehin. Was ist los?«

»Die *Atlantic Star* ist gerade gesunken.«

»Was?«, rief MacLean in den Hörer und sprang auf. »Was ist mit den Passagieren und der Mannschaft?«

»Die Küstenwache hat gerade Rettungsschiffe in die Gegend geschickt, aber es sieht nicht gut aus. Die Jacht war schon sechshundert Meilen weit draußen. Und das Meer ist eiskalt.«

»Wie ist es ...«

»Sie wissen nicht, wie es passiert ist. Die *Star* ist gestern Nacht losgefahren. An Bord waren ein paar mexikanische Geldsäcke für einen Zweitagestörn. Sie funkte SOS, aber es gab keinen Funkspruch über die Unglücksursache. Ich habe ein privates Rettungsteam beauftragt, die offizielle Suchmannschaft zu unterstützen. Wenn es Überlebende gibt, werden meine Männer sie finden.«

»Halte mich auf dem Laufenden, Channy. Zu jeder vollen Stunde.«

»Ja, sicher. Es tut mir Leid, Max.«

MacLean legte langsam den Hörer auf und drehte sich lächelnd zu Cohen herum. »Die Sache kommt in Gang.«

»Was gibt's denn?«

»Eine meiner Kasinojachten ist soeben im Atlantik gesunken.«

»Gesunken? Du freust dich, dass deine Jacht gesunken ist? Du bist ja total bescheuert!«

»Erst der Jet, und nun eins meiner Schiffe. In zehn Tagen ungefähr sechzig Millionen Dollar verloren. Ich wette, bei Lloyd's hat man mein Konterfei schon auf eine Dartscheibe geheftet.«

44.

Der Umsteiger

Rettungsboot der Atlantic Star
Atlantischer Ozean
697 Meilen östlich von Atlantic City, 00.45 Uhr

Der Plan war aufgegangen.

Als die Rakete in den Rumpf der *Atlantic Star* einschlug, war das Rettungsboot schon so weit weg, dass die Passagiere nicht mehr beobachten konnten, wie die Jacht sank. Sie hörten und sahen nur, wie der Tank in die Luft flog. Der Feuerball erleuchtete Himmel und Meer über Meilen hinweg, erlosch aber rasch wieder.

Vier Stunden später waren sie ungefähr hundert Meilen entfernt. Carlton konnte im klaren Mondlicht alle Personen im Rettungsboot gut erkennen. Allerdings war die Bezeichnung »Rettungsboot« nicht ganz korrekt: Es handelte sich um ein sechs Meter langes, vollständig überdachtes Motorboot mit kompletter Navigationsausrüstung, das Platz für zehn Personen bot. Commander Ramey stand am Ruder und steuerte Richtung Ost, behielt eine stetige Geschwindigkeit von 25 Knoten bei. Carlton stand neben ihm, und Erika kuschelte sich an ihren Liebsten. Obwohl sie vor den Elementen geschützt waren, froren sie. Um die Gefahr einer Entdeckung so gering wie möglich zu halten, hatte Ramey weder die Positionslampen noch das Funkfeuer eingeschaltet.

»Wenn ich Ihnen noch nicht genug gedankt habe, Jack, dann möchte ich das jetzt nachholen.«

»Danken Sie nicht mir, Pat, danken Sie Mr MacLean. Er ist derjenige, der diesen Wahnsinn möglich gemacht hat.«

Pink kletterte aus der Kabine an Deck. »Ich verstehe das

nicht. Wie konnten die uns finden, verdammt nochmal? Wir haben doch nur den normalen Funkverkehr von Schiff zu Schiff benutzt, also konnten sie nicht ...«

Carlton drehte sich zu ihm um. »Ehrlich gesagt, wir *haben* nach draußen gefunkt.«

»Was sagen Sie da?« Pink starrte ihn an.

»Jack und ich haben es so gedreht. Ich wusste, dass sie die Verfolgung nicht aufgeben würden. Und da Fress uns mithilfe des FBI und anderer Behörden suchte, war es nur eine Frage der Zeit, bis er uns gefunden hätte. Also habe ich mir gedacht, ich mache ihnen das Attentat so leicht wie möglich, habe MacLean angerufen und mich bei ihm bedankt. Und genau wie ich's mir dachte, hörte das FBI, die NSA oder wer auch immer MacLeans Telefon ab. Auf diesem Weg müssen sie uns geortet haben.«

»Aber wie kommen wir ...«

»Vor dem Anruf bei MacLean sandte Jack einen Notruf an ein anderes Schiff aus MacLeans Flotte, das uns aufnehmen wird. Ein Frachter, der von New York nach Europa fährt.«

Pink starrte Carlton schweigend an. Sanft schaukelte das Boot auf den Wellen des Atlantiks.

»Warum haben Sie mir nichts davon gesagt?« Pink war eher beleidigt als wütend. Als suchte er nach einer Stütze, hielt er sich an der Reling fest.

»Ich musste mich davon überzeugen, ob Sie koscher sind. Schließlich haben Sie mich ja auch überprüft. Wären Sie ein Mitarbeiter von Fress gewesen, hätte er Sie nicht getötet. Jetzt sind wir in Sicherheit, weil Fress glaubt, wir liegen auf dem Meeresgrund, und weil wir wissen, dass Sie sauber sind.«

Pink wandte sich an Erika. »Sie haben es also gewusst?«

»Tut mir Leid, Tom.«

Pink wandte sich wieder an Carlton. »Ich weiß nicht, ob ich Ihnen einen Kuss oder einen Kinnhaken geben soll.«

Carlton grinste. »Bei Ihnen reicht mir ein Händedruck.«

Ein paar Minuten später wies Ramey nach Steuerbord. »Da ist sie schon. Pünktlich auf die Minute.« Carlton konnte zunächst nicht erkennen, was der Mann meinte, doch dann sah er in der Ferne schwache, blinkende Lichter. Sie wurden immer größer, bis man deutlich den Umriss eines gewaltigen Frachters erkennen konnte. Ramey gab dem Schiff mit einer kleinen Taschenlampe Morsezeichen. Nach ein paar Versuchen erwiderte der Frachter die Signale. Ramey steuerte aus dem Fahrtweg des Frachters heraus und folgte ihm auf der Backbordseite, während das große Schiff langsam abbremste, ein Manöver, das fast eine ganze Meile in Anspruch nahm. Gleißende Lampen erleuchteten die Aufbauten. Auf dem dunklen Rumpf stand in riesigen weißen Lettern CLAIRE SAILING.

Die Crew der *Claire* bestand aus erfahrenen Männern: Innerhalb von fünf Minuten hatten sie sämtliche Passagiere aufs Schiff verfrachtet und das Rettungsboot hochgehievt. Dann setzten sich die beiden mächtigen Schiffsschrauben wieder in Bewegung und trieben den Frachter auf den ursprünglichen Kurs zurück, Richtung Nordost.

Die *Claire* war vor zwanzig Jahren in Neuengland vom Stapel gelaufen, der Heimathafen des Dreißigtonners war New York. Immer wieder fuhr sie die Route zwischen den Staaten und Europa, um erlesene Delikatessen an Bord zu nehmen, wenn MacLeans Agenten einen günstigen Ankauf getätigt hatten.

Der größte Teil des Schiffes war Frachtraum für Tiefkühlkost und andere Produkte. Die *Claire* war nur ein Frachter, doch da er MacLean gehörte, war alles getan worden, um die Mannschaft zufrieden zu stellen und sie damit zu einer guten, verlässlichen Crew zu machen. Auf der Steuerbordseite befanden sich die Mannschaftskabinen, die Unterkünfte für Passagiere, die Kombüse, ein Speisesaal, eine Sporthalle, eine kleine Bibliothek sowie ein Heimkino mit Satellitenfernsehen und reichhaltiger DVD-Sammlung.

Carlton, Erika und Pink wurden nicht sofort in die Kabinen

geführt, sondern in einen holzgetäfelten Speisesaal im Oberdeck, in dessen Mitte ein langer glänzender Holztisch stand. Ein gemütlicher, ungefähr sechzigjähriger Mann mit einer weißen Schürze voller Essensflecken nahm sie begeistert in Empfang.

»Ah, meine Dinnergäste! Guten Abend. Kommen Sie bitte herein.« Er schüttelte jedem enthusiastisch die Hand. »Ich bin Paul DesJardins, der Schiffskoch. Ich habe leider erst vor zwei Stunden erfahren, dass Sie kommen, deshalb konnte ich Ihnen keine außergewöhnliche Mahlzeit mehr zubereiten. Aber ich hoffe, es schmeckt Ihnen, was ich für Sie habe. Bitte, setzen Sie sich.

Heute Abend kann ich Ihnen Hummerkrabben und Tomatencremesuppe anbieten, gefolgt von Cornwall-Hühnern mit einer Füllung von Zitrone und Rosmarin, dazu gedämpftes junges Gemüse, drei verschiedene Blattsalate ...«

Nach der Mahlzeit zündete Carlton sich eine Padron 3000 an und wandte sich an Pink.

»Ich stimme Ihnen zu, was das Material über Pjaschinew angeht. Das ist ganz sicher nicht die Straßenkarte, die uns zu den Diamanten führen wird. Und wir haben lediglich die Information, dass der Mann eine tolle Wohnung gehabt hat – sonst wissen wir nicht viel.« Er blies eine Rauchwolke zur Decke. »Nur dass er eine Leidenschaft für Schiffe hatte.«

»Schiffe?« Pink legte den Kopf schief. »Was wollen Sie damit sagen?«

»Ist Ihnen das nicht aufgefallen? Mir schon. Aber das liegt vielleicht daran, dass ich bei der Marine bin. Jedenfalls war der Kerl verrückt nach Schiffen.« Carlton wedelte mit der Liste von Pjaschinews persönlicher Habe. »Er hatte eine Bibliothek über Schiffe und eine Galerie von Schiffsbildern und Fotos. Und überall an den Wänden und auf den Tischen waren Schiffsmodelle.«

»Das ist mir nicht aufgefallen. Aber wenn Sie es sagen. Er war also versessen auf Schiffe. Und?«

»Das heißt nicht, dass er unbedingt Seemann sein wollte. Denn in seinem Lebenslauf steht nichts über die russische Kriegs- oder Handelsmarine. Trotzdem war er verrückt nach Schiffen. Und ...« Carlton erhob sich halb aus dem Sessel. »Moment mal. Lesen Sie mir noch einmal seine letzte Nachricht vor.«

»›Russland, dritte Schicht. Sie dürfen es nicht bekommen.‹«

»Ob es ein Schiff mit Namen ›Russland‹ gibt? Wie heißt ›Russland‹ auf Russisch?«

»*Rossija.* Und ich wette, es gibt eine Menge russischer Schiffe mit Namen Rossija. Gibt ja auch unzählige Schiffe, die ›America‹ oder ›California‹ heißen.«

»Glaubst du, dass die ›Rossija‹ in Pjaschinews Nachricht ein Schiff ist?«, fragte Erika.

»Warum nicht? Wollen doch mal sehen, was wir bisher haben.« Carlton zählte an den Fingern der linken Hand ab. »Erstens, Pjaschinew hatte die Verfügungsgewalt über den russischen Diamantenbestand. Zweitens, er wollte diesen Bestand vor der Regierung Orlow geheim halten, was ihm – drittens – offenbar sehr gut gelungen ist, da die Regierung Orlow nichts darüber weiß. Viertens ...« Er hielt inne, um seine Gedanken zu ordnen. »Viertens war er verrückt nach Schiffen. Fünftens hinterließ er eine rätselhafte Notiz zum Abschied, worin stand, dass ›sie‹ die *Rossija* nicht in die Hände bekommen dürften.« Nun machte er mit dem rechten Daumen weiter. »Sechstens: Es muss Schiffe mit Namen *Rossija* geben, das haben Sie bestätigt. Siebtens: Ausgehend von dem, was Sie uns seit vorgestern erzählen, gibt es keine anderen Hinweise. Es ist ja nicht so, dass wir verbissen dieser einen Spur folgen und alle anderen ignorieren. Nach Tagen mühevoller Nachforschung ist das alles, nicht wahr? Und der GRU hat auch nicht mehr.«

»Ja, okay. Aber es gibt viele Schiffe mit Namen *Rossija.* Was schlagen Sie vor? Sollen wir die alle auf hoher See suchen und uns mit Augenklappen und Enterhaken bewaffnet an Bord schwingen?«

»Es wäre doch immerhin der Mühe wert, dass man nachforscht. Außerdem haben wir keine anderen Hinweise, wie ich schon sagte.«

Pink stand auf, um seine langen Beine zu strecken. »Na, von hier aus gibt's dann nur noch eine Möglichkeit, wie ich herankomme.«

Er schaltete seinen Macintosh-Computer ein und steckte das Telefonkabel der *Claire* in einen der Anschlüsse des Rechners. Dazwischen schaltete er ein kleines Verschlüsselungsgerät.

»Sie wollen doch wohl nicht Langley anrufen?«

»Bücher bei Amazon will ich bestimmt nicht bestellen.«

»Tom, Fress hat seine Augen und Ohren überall. Deshalb haben sie uns ja auf der *Star* gefunden. Er wird nicht ruhen, bis ...«

»Nein, das schafft er nicht. Die NSA ist zwar mächtig, aber nicht allmächtig. Ich schicke die Nachricht über Saunders' Computer, dann weiter über unsere Dienststelle in L. A. Außerdem ist sie verschlüsselt. Bevor ich abgereist bin, haben Forbes und ich einen gemeinsamen Code ausgesucht, den kein anderer benutzt. Höchste Sicherheitsstufe der CIA. Wird durch zufällige atmosphärische Muster generiert. Sehen Sie's?« Pink hob das Telefonkabel hoch. Bevor es in den Port am Computer mündete, musste es zuerst durch ein Aluminiumkästchen, nicht größer als Carltons Feuerzeug, mit dem er soeben seine Zigarre wieder anzündete.

»Ach so.«

Pink stöpselte das Modem ein. Er wartete kurz, während die Datenbank im CIA-Hauptcomputer angewählt wurde, dann gab er auswendig sämtliche Identifikationscodes und Passwörter ein, bis die Meldung kam, dass das CIA-System bereit war. Pink gab den Suchbefehl ein.

Seeschiffe (militärisch und zivil!) UND (Russland! UND Union der Sozialistischen Sowjetrepubliken UND UdSSR) UND! Rossija!

Mehr als vierhundert Meilen westlich, in Nordvirginia, ging der Befehl ein, und die »sieben Zwerge« – superschnelle Cray-Computer – durchsuchten die gewaltige elektronische Datenbank der CIA. Sekunden später erschien die Meldung, dass die Suche vierzig Seiten Information ergeben habe. Pink gab den Druckbefehl und zog das Telefonkabel heraus, während der Laserdrucker die Seiten auszuspucken begann. »Jetzt werden wir ja sehen.«

Er stapelte die Blätter, beugte sich tief darüber und begann zu lesen.

»Sagen Sie mir, wenn Sie was gefunden haben. Ich bin solange auf der Brücke.«

»Ich werde einfach dem Gestank folgen. Jetzt setzen Sie mir nicht länger mit diesem Krebsstängel zu. Lassen Sie mich in Ruhe lesen.«

Mit dramatischer Geste wedelte Pink die blauen Rauchwolken beiseite und begann über den Blättern zu brüten, wobei er wichtige Passagen mit einem gelben Textmarker anstrich.

Eine halbe Stunde später erschien er auf der Brücke und reichte Carlton den Stoß Papier. »Sie hatten Recht.«

Carlton las die gelb markierten Abschnitte. »Sieht so aus, als gäbe es zwanzig *Rossijas*.«

»Achtzehn sind gesunken oder abgewrackt worden.«

»Und die zwei, die noch übrig bleiben?«

»Eins war schon vor Tschernjenkos Zeiten im Dienst der kubanischen Marine. Das andere ist in Murmansk stationiert und macht für Kreuzfahrtschiffe Passagen durchs Treibeis frei.«

Carlton stutzte und starrte Pink mehrere Sekunden an. »Murmansk? Das ist doch, wo Pjaschinew ...«

»Genau.«

»Also, was jetzt?«

»Ist doch offensichtlich, oder? Auf nach Murmansk!«

»Murmansk? Auf diesem Eimer?« Er überlegte einen Moment. »Ein Frachter. Eigentlich gar keine so schlechte Tarnung.«

»Und Murmansk ist sowohl Frachthafen als auch Marinestützpunkt.«

»Also, auf nach Murmansk. Sie wissen doch, dass das völlig verrückt ist?«

»Ja.«

»Aber es wäre noch verrückter, würden wir es nicht versuchen.«

45.

Der Orden

Internationaler Sitz
Der Orden
Rom, 15.12 Uhr

Der Orden war im frühen 16. Jahrhundert gegründet worden mit dem Ziel, der Kirche durch intellektuelle und doktrinäre Eingreiftruppen Beistand zu leisten, denn die traditionelle Lehre war in Gefahr, dem wachsenden Einfluss der Reformation nicht mehr Einhalt gebieten zu können. Die Priester des Ordens waren handverlesen und nach geistiger Stärke, Begabung und der Kraft ihrer Hingabe an den Glauben ausgesucht worden. Sie wurden weitaus gründlicher ausgebildet als andere Priester und waren nur einem Herrn treu ergeben: dem Papst. Sie mussten nicht nur die üblichen Gelübde des Zölibats, der selbst gewählten Armut und der Keuschheit ablegen, sondern auch geloben, keinem anderen zu gehorchen als dem Papst. Und so geschah es auch: In den ersten zweihundert Jahren seines Bestehens waren sowohl Führer als auch Gefolgsmänner des Ordens dem obersten Kirchenvater gehorsam, und zwischen Papsttum und Orden entstand ein inniges Verhältnis. Deshalb spielte der Orden eine wichtige, wenn nicht führende Rolle in Bildung, Politik und Wirtschaft fast jeder Macht – und jedes mächtigen Menschen – ob in Europa oder Amerika. Der Orden gründete Schulen, Universitäten, Forschungsstätten, Observatorien, Bibliotheken und Krankenhäuser und übernahm deren Leitung. Die Priester des Ordens lehrten, schrieben, leisteten Überzeugungsarbeit und erteilten wertvollen Rat.

Doch im 18. Jahrhundert, nach zwei Jahrhunderten absoluten Gehorsams, begann der Orden sich gegen seinen Herrn und engsten Verbündeten zu wenden. Zuerst äußerte sich der Widerstand verhohlen und leise, dann nahm er merklich zu. Schließlich kam es dazu, dass der Führer des Ordens – der einzige Kardinal, der in Anlehnung an den heilig gesprochenen Ordensgründer eine schwarze Soutane trug – bisweilen sogar als »schwarzer Papst« bezeichnet wurde. Zwar gerieten nicht viele Ordenspriester vom Weg ab, doch diejenigen, die als schwarze Schafe vom rechten Pfad abwichen, verirrten sich ohne Wiederkehr. Am Ende des 20. Jahrhunderts waren manche Ordensmitglieder der festen Überzeugung, Diktaturen müssten gewaltsam bekämpft werden. Deshalb griffen sie zu den Waffen, um die Befreiungstheologie zu unterstützen – eine religiöse Bewegung mit ansprechendem Namen, die jedoch hauptsächlich auf den Kommunismus gegründet war. Manche Mitglieder gingen sogar so weit, dass sie sich in brutalen kommunistischen Regimen zu hochrangigen Ministern aufstellen ließen. Andere wieder bekannten sich zur New-Age-Bewegung. Schließlich stellte der Orden sogar den Grundsatz und die Legitimation des Papsttums infrage. Das war für einen katholischen Orden, der zuvor treu und gehorsam dem Papst ergeben war, die reinste Blasphemie.

Zwischen Papst und Orden brach Krieg aus. Er war nicht offen erklärt worden, dauerte jedoch unvermindert an – bis er an die starke Festung des polnischen Papstes stieß. Zwar besaß der Orden gewaltige Macht, doch Johannes Paul der Zweite ebenso: Er war der meistgereiste, berühmteste und beliebteste Papst der jüngsten Geschichte und wurde von der historischen Macht gestützt, die ihm aus zweitausend Jahren Führerschaft über die katholische Kirche zugekommen war. Als Mann, der die unmenschlichen Gräuel der Nazis und der Kommunisten in seiner Heimat mit angesehen hatte, setzte der Papst den Kampf gegen den Orden mit dem Kampf der Kirche gegen den Kommunismus gleich. Er verstand den intellektuellen Unterbau des Streites, warf sich in den Kampf und gewann entscheidende Schlachten. Ränge wurden umbesetzt, unerwünschte Programme gestrichen. Einflussnahme wurde geteilt, Häretiker zum Schweigen gebracht, die Kirchendoktrin wieder in ihr Recht eingesetzt. Der Papst war überlegen – nur in einer Sache nicht: beim Geld. Deshalb war es Geld, auf das sich der gegenwärtige Ordensleiter, Kardinal Pedro Altiplano, besonders konzentrierte.

Als erfahrener Spieler in der Römischen Kurie war Pedro Altiplano ein Meister der Täuschung und Verwirrung. Er hatte dasselbe Ziel wie die Ordensführer vor zwei Jahrhunderten, zumal nach dem Zweiten Vatikanischen Konzil in den Sechzigerjahren: Er wollte das Papsttum zerstören. Doch zu der Zeit, als Altiplano zum Leiter des Ordens ernannt wurde, war es dem polnischen Papst bereits gelungen, dem Orden fast alle Kampfwege zu verbauen – nur der Weg über das Geld war geblieben. Jahre vor seiner Ernennung hatte Altiplano bereits gemerkt, dass jährlich mehr als eine Milliarde Dollar durch die Kassen seines Ordens flossen – als Spenden an die unzähligen Schulen, Universitäten und Krankenhäuser der Bruderschaft. Als Führer des Ordens konnte Altiplano praktisch jederzeit darauf zugreifen, zumindest theoretisch. Praktisch sah es hingegen so aus, dass die Gelder von einzelnen Individuen kontrolliert wurden, den Kanzlern und sonstigen Bevollmächtigten: Sie sammelten das Geld, sie investierten es oder zahlten es aus, je nach Gutdünken. Altiplanos Plan war einfach, aber genial: Um dem Orden Gutes zu tun, würde er sämtliche Spenden auf ein zentrales Konto leiten lassen, aus dem nur nach seiner Zustimmung und gemäß höchster Dringlichkeit ausgezahlt werden durfte. Diese Maßnahme würde ihm auch das Wohlwollen der Öffentlichkeit einbringen, denn er nahm das Geld von den Reichen und gab es den Armen. Nur eine Hand voll Ordensmitglieder widersetzte sich seinem Plan. Was daraufhin geschah, hatte mit dem vor der Öffentlichkeit vorgestellten Wohltätigkeitsplan wenig zu tun. Indem er die alleinige Kontrolle über die gesamten Gelder des Ordens übernahm, gewann Altiplano die Macht über einen riesigen Fonds, mit dem er den Krieg des Ordens gegen das Papsttum erst richtig entfesseln konnte. Altiplano wusste zwar, dass er bei einem Glaubensstreit vor den Kardinälen niemals gegen den polnischen Papst gewinnen konnte, aber wenn er seine Karten richtig ausspielte, konnte Altiplano nach eigener Überzeugung die wichtigsten Stimmberechtigten des Kardinalkollegs beeinflussen, wenn es sich in der Konklave versammelte, um den Nachfolger Johannes Paul II. zu wählen.

Altiplano wollte die erfolgreiche Formel der besonderen Interessen verwenden, mit der auch in Washington gearbeitet wurde. Er würde den wichtigsten Kardinälen eine Finanzierung ihrer Lieblingsprojekte versprechen, damit sie den von ihm gewählten Kandidaten unterstützten: ihn selbst. Und wenn er erst einmal zum Papst gewählt war, wollte Altiplano das Papsttum von innen aushöhlen – durch Edikte, die er selbst erließ.

Aber wie sollte er Gelder an die Kirchenfürsten übermitteln in einem Zeitalter der Elektronik, in dem es so einfach war, den Strom des Geldes zu verfolgen? Altiplano musste einen Teil des Fonds, den er nun kontrollierte, in eine Währung verwandeln, die leicht zu verbergen, zu verkaufen und überdies beweglich war.

Diamanten.

Rasch setzte er seinen Plan in die Tat um. Gewaltige Summen wurden von den Zentralkonten auf geheime Offshore-Konten transferiert. Die Spenden wurden durch andere Spenden ersetzt, die der Orden mit seinem guten, in Gold gefassten Namen zu immens hohen Zinsen geliehen hatte. Schuldscheine wurden insgeheim aus- und zugestellt. Gehorsame Agenten des Ordens, die unter Androhung der Exkommunikation auf Geheimhaltung geschworen hatten, wurden in alle Welt geschickt, um Diamanten außerhalb der Kontrolle des Waterboer-Monopols zu erwerben. Die Steine wurden in einer der führenden Banken Italiens deponiert; der Lieblingsneffe des Bankdirektors wurde von Altiplano zum Priester im Orden befördert, obwohl allgemein bekannt war, dass der junge Mann Frauen sammelte wie andere Leute Briefmarken. Hauptbücher wurden gefälscht.

Doch Altiplano stützte sein Vorhaben auf fehlerhafte Annahmen. Erstens war es fraglich, ob genügend stimmberechtigte Kardinäle in der Konklave eine Bestechung annehmen und in seinem Sinne stimmen würden. Obwohl viele Projekte der Kirche dringend Geld benötigten und die Kirchenfürsten sich mit dürftigen Gehältern zufrieden geben mussten, waren diese Männer nicht aus Raffgier Kardinäle geworden. Der Einfluss, den sie besaßen, glich das magere Salär aus. Altiplanos zweite fehlerhafte Annahme war die, dass die Bewegung auf dem Diamantmarkt nicht entdeckt würde, doch es gab eine Einrichtung, die es sehr wohl bemerkt hatte: das »Institut für die Werke der Religion«, besser bekannt als Vatikanbank.

46.

Die Vorbereitung

Claire Sailing
Barents-See
530 Meilen östlich von Kirkenes, Norwegen, 14.11 Uhr

Mit einer Geschwindigkeit von zwanzig Knoten pflügte die *Claire* durch die eisigen Wogen auf den Hafen von Murmansk zu; sie schaffte fast fünfhundert Knoten am Tag. Carlton, Erika und Pink verwendeten die Reisezeit darauf, Informationen über den Eisbrecher *Rossija* zu sammeln.

Pink hatte sämtliche verfügbaren Informationen über den atomgetriebenen Eisbrecher von der CIA-Datenbank heruntergeladen, sogar technische Zeichnungen und Zeitungsartikel. Zum Glück hatte der Geheimdienst eine Vielzahl von Informationen über die *Rossija* gesammelt. Stundenlang prüften Carlton, Erika und Pink die Computerausdrucke. DesJardins versorgte sie großzügig mit Kaffee, der nach guter alter Tradition der US-Marine gebraut war, nämlich rabenschwarz mit einer Prise Salz und so stark, dass der Koch schwor, er habe einmal einen Kaffeelöffel darauf schwimmen lassen. Carlton verglich das Gebräu mit Flugzeugbenzin. Aber es half ihnen, wach zu bleiben.

Als Erstes fanden sie die übliche Route der *Rossija* heraus. Falls nichts dazwischenkam, würde der Eisbrecher bald schon aus dem Hafen Murmansk auslaufen und Richtung Nordwest fahren; später sollte er im Packeis in der Nähe des Nordpols die Durchfahrt für ein norwegisches Kreuzfahrtschiff frei machen.

Nachdem sie eine Pause eingelegt und einen üppigen Lunch à la DesJardins eingenommen hatten, begab Erika sich in ihr Schlafzimmer, um einige Dokumente genauer zu studieren.

Carlton und Pink versuchten der wachsenden Anspannung Herr zu werden, indem sie sich auf körperliche Arbeit stürzten: Sie luden und sichteten die Ausrüstung, die MacLean per Helikopter auf die *Claire* hatte bringen lassen, lange bevor die *Atlantic Star* gesunken war. Als sie sechs Stunden lang geschuftet hatten, kam Erika in den Laderaum herunter.

»Ich glaube, ich weiß jetzt, wo Pjaschinew die Diamanten versteckt hat«, verkündete sie.

Sie gingen in den Speisesaal, wo die Papiere auf dem Tisch ausgebreitet lagen. Commander Ramey gesellte sich zu ihnen.

»Ich hab ein paar allgemeine Beschreibungen über Eisbrecher gelesen, doch die *Rossija* wurde kaum erwähnt. Aber dann habe ich das hier gefunden.«

Erika ließ einen dicken Stapel Blätter auf den Tisch fallen und schlug eine Seite auf, die sie mit einem Eselsohr markiert hatte. »Dieser Artikel stammt aus dem Jahr 1990, also ungefähr aus der Zeit, als die *Rossija* gebaut wurde, und ...«

Carlton hob die Hand und wandte sich an Pink. »Moment mal. War es nicht auch 1990, als Russland seinen Diamantenvorrat an Waterboer verkaufte?«

»Genau.«

»Ein weiterer Hinweis also, dass die Diamanten an Bord sein müssen«, betonte Erika. »Aber das ist noch nicht alles. Hier steht, die *Rossija* war der erste Eisbrecher mit dreifach verstärktem Rumpf.«

»Dreifach verstärkt. Na gut. Und weiter?« Pink sah darin keinen direkten Zusammenhang.

»Meiner Meinung ist das die Bedeutung von Pjaschinews rätselhafter Notiz: ›Russland, dritte Schicht. Sie dürfen es nicht bekommen.‹ Pjaschinew meint bestimmt die dritte Außenhaut des Rumpfs der *Rossija*.«

»Wäre eine Erklärung«, meinte Pink.

»Außerdem müsst ihr bedenken, dass Pjaschinew ein Faible für Schiffe hatte«, betonte Carlton. »Er dürfte gewusst haben, dass 1990 ein neuer Eisbrecher mit dreifach verstärktem Rumpf gebaut wurde.«

»Ich spiele ja nicht gern des Teufels Anwalt«, meinte Pink, »aber greifen wir hier nicht nach einem Strohhalm?«

»Besser als ins Leere zu greifen«, gab Erika ein wenig enttäuscht zurück.

»Vielleicht«, gab Carlton zu. »Aber ich glaube das nicht. Ein einziger Hinweis – zum Beispiel, dass die *Rossija* ein Schiff ist – wäre reichlich dürftig gewesen. Aber wenn man alles zusammen nimmt: den Namen des Schiffes, seinen Heimathafen Murmansk – wo Pjaschinew ja zuletzt gesehen wurde – sowie die Tatsache, dass Pjaschinew Schiffe liebt und dass die *Rossija* 1990 gebaut wurde und drei Außenhüllen hat. Das sind zu viele Hinweise, um die *Rossija* einfach zu ignorieren.«

»Und wenn man so viele Diamanten verstecken will, wäre es da nicht logisch, sie in der äußeren Rumpfverstärkung eines Schiffes zu verstauen?«, meldete sich nun auch Ramey zu Wort. »Diese Diamanten müssen verborgen bleiben. Vor der Mannschaft, vor sämtlichen Wartungsinspekteuren, vor jedem.«

»Könnte schon sein.« Pink zuckte die Achseln. Er war noch nicht überzeugt, hatte aber auch keine Gegenbeweise.

»Jedenfalls ist es mit Abstand das Beste, das wir bis jetzt haben. Die Navy wäre stolz auf dich.« Carlton küsste Erika auf die Wange. Sofort lief sie rot an.

»Obwohl ...«, begann Ramey, dem ein neuer Gedanke gekommen war.

»Was?«, wollte Carlton wissen.

»Wie lang ist die *Rossija*?«

»Schlappe 150 Meter.«

»Das bedeutet, wir müssen ungefähr 300 Meter Schiffsrumpf durchsuchen.« Ramey atmete tief durch. »Von der Höhe des Schiffes, die leicht drei oder vier Stockwerke betragen kann, gar nicht zu reden. Da können wir verdammt lange suchen.«

Carlton zuckte leicht zusammen. »Wenigstens wissen wir, wo wir anfangen sollen.«

»Falls wir die *Rossija* finden«, gab Ramey zu bedenken. »Sie befährt die Route zwischen Murmansk und Franz-Josef-Land. Wenn sie pünktlich aus Murmansk ausläuft und sich an die vorgeschriebene Strecke hält, dürfte sie jetzt ungefähr hier sein.« Er zeigte auf die Zweihundert-Meilen-Zone, die auf der Seekarte in Rot eingezeichnet war.

»Dann haben wir ja weniger abzusuchen als ihre übliche Zwölfhundert-Meilen-Route«, sagte Carlton.

»Zum Glück ist mehr als die Hälfte des Gebiets durch Eis versperrt«, meinte Ramey. »Und bevor der Kreuzfahrer eintrifft, wird die *Rossija* ihre Arbeit wohl nicht aufnehmen. In diesen Gewässern fährt man nicht bei Nacht. Wenn alles nach Plan läuft, sollten wir in ungefähr fünfzehn Stunden dort sein.«

»Da fällt mir etwas Wichtiges ein.« Carlton schenkte sich frischen Kaffee nach. »Wir glauben jetzt zu wissen, wo die Diamanten versteckt sind und wo die *Rossija* sich im Augenblick aufhält. Und wir sind fast am Ziel. Aber falls die CIA nicht vorhat, die Diamanten zu klauen, sobald wir sie haben ...«

»*Falls* wir sie haben«, mahnte Pink.

»Jedenfalls sehe ich keinen Grund, warum wir nicht die russische Regierung um Hilfe bitten sollten. Immerhin ist es eigentlich ihr Problem. Die Frage ist nur, an wen sollen wir uns wenden? Mal abgesehen von Russkost und Waterboer – woher sollen wir wissen, dass unser Kontakt sauber ist? Und selbst wenn wir auf jemand Vertrauenswürdigen stoßen, kann die Information immer noch durchsickern. Damit verschaffen wir nicht nur Waterboer die Diamanten, sondern uns selbst auch noch den Abgang.«

»Das hängt davon ab, wie früh Fress alles rausfindet«, sagte Pink. »Wenn wir jetzt sofort Verbindung zur russischen Regierung aufnehmen und dann Forbes oder Saunders kontaktieren, und zwar bevor die Russen uns Unterstützung schicken, werden weder Fress noch Waterboer genügend Zeit haben, ihre Leute zu schicken. Und ich weiß auch schon, wen ich anrufe. Dieser Mann hat höchstwahrscheinlich weder mit Waterboer noch mit Russkost zu tun.«

»Und wer ist dieser tolle Bursche?«

»Jagoda. Lawrenti Jagoda. Der Chef des GRU, des militärischen Geheimdienstes. Forbes scheint ihm zu trauen. Sein Name bedeutet auf Russisch ›Heidelbeere‹. Nach meinen Informationen hat Jagoda mehr von Orlow und der jetzigen Regierung zu gewinnen als von Russkost. Deshalb wird er uns vielleicht helfen und eher die Diamanten für Orlow retten, anstatt sie an Waterboer zu verkaufen. Außerdem hasst er die Russkost.«

»Okay.« Er schaute auf die Uhr. »Dann wollen wir die Heidelbeere mal wecken.«

47.

Der General

GRU-Zentrale
Moskau, 23.42 Uhr

Mein Name ist wirklich ein schlechter Witz, dachte Lawrenti Jagoda. Der Vorname von Lawrenti Berija, dem berüchtigten Chef der Geheimpolizei NKWD in der Stalin-Ära, und der Nachname von Genrikh Jagoda, einem Vorgänger Berijas, der eine der ersten Säuberungswellen in den Dreißigerjahren durchgeführt hatte. Dennoch konnte man den streng aussehenden Mittsechziger mit den kurzen grauen Haaren nicht als einen Menschen bezeichnen, der im Leben allzu viel Unglück gehabt hatte. Jagoda war stetig aufgestiegen, bis er den Rang eines Generals erreicht hatte. Als Chef des GRU war er sowohl über die meisten militärischen Geheimnisse als auch über die Politik bestens informiert. Er trank wenig, arbeitete hart und mit Erfolg und war unbestechlich, auch wenn er beim Bau seiner Datscha beide Augen zugedrückt hatte: Jagoda hatte sie vom Gewinn aus verschiedenen Schwarzmarktgeschäften finanziert. Außerdem war er seinem Land und seinem Präsidenten treu ergeben.

Jagoda dachte über das soeben geführte Telefongespräch nach. Er hatte mit einem gewissen Pink gesprochen, dem Mann, der vom CIA-Vizechef vor Ort geschickt worden war. Der geheime russische Diamantenvorrat war in sämtlichen Geheimdiensten schon lange als eine Art moderne Sage bekannt; jeder hatte davon gehört, doch niemand hatte wirklich daran geglaubt. Selbst nach seinem ersten Gespräch mit Forbes vor wenigen Tagen hatte Jagoda noch große Zweifel gehegt. Nun aber schien es, als gäbe es die Diamanten wirklich, und mehr noch – die Amerikaner wussten, wo sie versteckt waren, und hatten ihr Wissen seiner eigenen Regierung mitgeteilt.

Diese *amerikanskii,* sinnierte Jagoda. Zwar waren die USA lange Zeit sein politischer und militärischer Gegner gewesen, doch die führenden Persönlichkeiten bei DIA, CIA und NSA betrachtete er als alte Freunde. Und die Weltmacht auf der anderen Seite des Atlantiks versetzte ihn immer wieder in Erstaunen: Die Amerikaner waren so reich, dass nicht einmal die Geheimdienste versuchten, eine riesige Menge Diamanten zu stehlen.

Ein lautes Klopfen an der Tür. *»Da!«*, rief Jagoda.

Ein streng aussehender Mann um die vierzig trat ein, untadelig gekleidet in die olivgrüne Uniform des militärischen Geheimdienstes. Der Mann atmete schwer. Die goldenen Abzeichen auf den Schultern verrieten seinen Rang. »Major Gerasimow wie befohlen zur Stelle, *towarisch* General.« Er salutierte kurz und ließ den Arm erst wieder sinken, nachdem Jagoda den Gruß erwidert hatte.

»Juri Nikolajewitsch. Vielen Dank, dass Sie so schnell kommen konnten.«

»Ich bin so schnell gekommen wie möglich, *towarisch* General.«

Jagoda zeigte auf eine große Seekarte mit dem Küstengebiet nördlich von Murmansk. Eine rote, mit Filzmarker gezogene Linie bezeichnete den Kurs der *Rossija.* »Ihre Einschätzung?«

»Ihrem Bericht zufolge, *towarisch* General, könnte der Auftrag mit zehn Mann erledigt werden. Zwanzig wären allerdings besser. Wir könnten dem Team eines der U-Boote geben, aber in dieser Sache ist es wichtiger, dass wir rasch vor Ort sind, es muss nicht in aller Heimlichkeit geschehen. Hubschrauber wären am schnellsten, aber die *Rossija* ist schon zu weit draußen und könnte selbst von unseren Langstrecken-Helikoptern nicht mehr erreicht werden. Damit bleiben als letzte Möglichkeit zwei Hochgeschwindigkeits-Patrouillenboote, die jeweils zehn Soldaten aufnehmen können, die *Kirow* und die *Omsk.* Die Schiffe liegen bereits im Hafen.« Er deutete auf eine der Marinebasen in Murmansk. »Die Männer habe ich auch schon ausgewählt.«

»Das überlasse ich ganz Ihnen. Wie schnell können Sie die *Rossija* einnehmen?«

»Da diese Operation alleinige Angelegenheit des GRU ist, können wir nicht mit regulären Marinesoldaten arbeiten. Leider sind die Männer, die ich brauche, ziemlich weit von Murmansk entfernt. Sie dürften aber in spätestens zehn Stunden eintreffen. Um die Sache zu beschleunigen, bringen wir unsere eigene Ausrüstung mit. Bis dahin sind die *Kirow* und die *Omsk* voll getankt und zum Auslaufen bereit. Die Treibeisströmungen habe ich bereits überprüft. Nach dem Auslaufen sollten wir bis zur *Rossija* nicht mehr als acht Stunden brauchen. Gesamtzeit der Operation demnach achtzehn Stunden, *towarisch* General. Falls das Wetter nicht schlechter wird.«

»*Otschen charascho.* Eine Sache müssen Sie aber noch wissen, Juri Nikolajewitsch. Ich habe Ihnen befohlen, die *Rossija* einzunehmen, aber Sie wissen noch nicht, aus welchem Grund.«

»Es steht mir nicht zu, danach zu ...«

Jagoda winkte ab. »Wissen Sie, dass Leonid Pjaschinew verschwunden ist?«

»*Da,* General. Oberst Kowanetz leitet die Ermittlung.«

»So ist es. Pjaschinew war verantwortlich für die Diamantenproduktion unseres Landes. Er wusste viel, unter anderem auch, wohin ein gewisser Diamantenbestand geraten war, den der frühere KGB und andere *apparatschiki* vor dem Zusammenbruch 1991 versteckt hatten.«

»Habe auch davon gehört, General. Aber ich dachte immer, das wäre bloß ein Gerücht aus dem Kalten Krieg.«

»Ja, der Meinung war ich auch. Aber es ist offensichtlich kein Gerücht. Die CIA hat uns soeben mitgeteilt, dass die Diamanten sich auf der *Rossija* befinden. Und unsere eigenen Erkenntnisse bestätigen das.«

Geramisow machte große Augen. »Die CIA?«

»Einige ihrer Agenten werden bei Ihrer Ankunft an Bord sein. Ich habe jetzt keine Zeit, Ihnen Einzelheiten oder Begründungen zu nennen, aber Sie müssen diese Leute um jeden Preis beschützen. Sie müssen auf die Diamanten aufpassen, aber auch auf die Amerikaner. Haben Sie verstanden? In dieser Sache sind sie unsere Verbündeten.«

»Wir garantieren für ihre Sicherheit, *towarisch* General.«

»Verständigen Sie mich, sobald Sie die *Rossija* eingenommen und ihre Fracht geprüft haben. Ich brauche Ihnen nicht zu sagen, Major, dass dieser Auftrag unseren beiden Karrieren förderlich sein kann.«

»*Da, towarisch* General.« Gerasimow salutierte, machte auf dem Absatz kehrt und verließ das Zimmer. Rasch stieg er die vereisten Stufen vor dem Portal des Gebäudes hinab und ging zu seinem Wagen. Dicke Schneeflocken fielen lautlos aus einem schwarzen Himmel. Gerasimow ließ den Motor seines hässlichen Armee-Lada an und fuhr zum Militärflugplatz.

Auf halbem Weg fiel ihm ein, dass er vergessen hatte, Jagoda zu fragen, wie viele Diamanten es eigentlich waren. Sein Team hatte zwar keinen Befehl, die Steine mitzunehmen, musste es aber tun, wenn die Umstände es erforderten. Gerasimow musste auf alle Eventualitäten vorbereitet sein. Er wählte die Nummer von Jagoda, legte dann aber schnell wieder auf. Jagoda wusste wahrscheinlich selbst nicht, wie groß die Menge der Diamanten war. Er hatte ja selbst erst kürzlich von der Existenz der Steine erfahren.

Gerasimow wählte eine andere Nummer. Oberst Kowanetz würde es wissen, schließlich leitete er die Ermittlungen im Fall Pjaschinew. Wahrscheinlich besaß er die meisten Informationen über die Diamanten.

»Kowanetz.«

»Hier spricht Major Gerasimow, *towarisch* Oberst.«

»Da.«

»Verzeihen Sie, dass ich so spät noch anrufe, aber ich würde gern etwas erfahren, und Sie könnten mir dabei helfen.«

»Was wollen Sie wissen?«

»Was es mit den Diamanten von Pjaschinew auf sich hat.«

48.

Die Übung

Stützpunkt der volki
131 Meilen nördlich von St. Petersburg
(ehemals Leningrad)
Karelien, Russland, 00.35 Uhr

Uljanow trug einen olivgrünen Armeeparka und eine Fellmütze. Er horchte auf das Knirschen seiner kniehohen Lederstiefel im Schnee. Vor ihm war das Birkenwäldchen; die verschneiten Bäume wurden von gleißenden Scheinwerfern erleuchtet. Uljanow blieb stehen, fischte eine Zigarette aus seiner zerdrückten Packung und zündete sie mit einem Aluminiumfeuerzeug an. Das zerkratzte Metall und der verblichene rote Stern erinnerten ihn an vergangene Zeiten, als er und seine *speznaz* die Heilige Mutter Russland beschützt hatten.

Russland war schon lange nicht mehr heilig zu nennen und erinnerte inzwischen eher an eine Großmutter. Aber das würde sich bald ändern. Bis dahin mussten er und die *volki* sich in Geduld üben. Uljanow richtete den Blick wieder auf die Birken, horchte auf den Wind, der im verschneiten Wald wie ein Seufzer klang. »So kalt, so still«, murmelte er und blies eine Rauchwolke aus, die sich in der eisigen Luft in winzige Eiskristalle verwandelte.

Uljanow hatte seine *volki* von ihrem Hauptstützpunkt in der Nähe von Molotoks Datscha zu einem geheimen Flugplatz verlegt, der für die Öffentlichkeit nicht zugänglich war. Vor dem Zusammenbruch der Sowjetunion hatte einer der *krestnii otets,* der Russkost und Molotok eng verbunden war, das Kommando über bestimmte Lagerhäuser der Regierung gehabt. 1992 hatte die neue Regierung ihn seiner Ämter enthoben, konnte ihm aber nicht seine Macht nehmen. Jetzt nutzte er seinen Einfluss, um den *volki* einen strategisch wichtigen Ort zu sichern, einen Flughafen mit vielen Hangars und Lagerhäusern, die man zu Kasernen umgebaut hatte. Der Stützpunkt lag einsam und gut geschützt auf dem Land; zugleich waren St. Petersburg, Moskau und Ziele in Westeuropa mit Helikoptern und Jets leicht zu erreichen. Die Flugzeuge hatte ein anderer *krestnii otet* beschafft, indem er immer wieder Maschinen von Luftwaffenstützpunkten in ganz Russland verschwinden ließ.

Uljanow war nervös. In den nächsten Wochen sollten die *volki* mehrere Anschläge auf öffentliche Betriebe und Regierungseinrichtungen verüben. Die verschiedenen Operationen bereiteten ihm wenig Sorgen – sie waren bestens geplant. Seine Männer kannten die Ziele, die An- und Abfahrtswege und die möglichen Fluchtrouten. Doch Uljanow wusste nicht, wie er die riesige Menge Diamanten sichern und abtransportieren sollte. Eine Planung in dieser Sache war unmöglich, weil er keinen Schimmer hatte, wo die Diamanten sich befanden und auf welche Weise sie bewacht wurden, falls überhaupt. Er hatte verschiedene Pläne entworfen und auch die Fluchtmöglichkeiten bedacht, ob zu Luft, zu Wasser oder über Land. Ein Plan sah vor, drei Jets der britischen Marine von der NATO-Basis in Keflavik zu stehlen. Die durchtrainierten *volki* spielten jedes mögliche Szenario wieder und wieder durch, bis sie ihre Aufgaben fast im Schlaf beherrschten. Doch bevor einer der geplanten Anschläge auf russische Versorgungs- und Regierungseinrichtungen verübt werden konnte, galt es die Diamanten zu finden und an Waterboer zu übergeben. Ohne die Mittel aus diesem Coup waren die Anschläge nicht zu finanzieren. Also musste der ehemalige *speznaz*-Offizier sich in Geduld üben. Um sich von seiner Nervosität abzulenken, trainierte er seine *volki* erbarmungslos.

Ein Lada in schneeweißer Tarnfarbe donnerte über einen kleinen Hügel und kam rutschend neben Uljanow zum Stehen. Der Fahrer salutierte.

»*Towarisch* Oberst, ein dringender Anruf für Sie.«

»Wer ist dran?«

»Er sagte, sein Name ist Kowanetz.«

»Fahren wir.« Uljanow sprang in den Wagen. »Schnell!«

Der Fahrer raste zum Hauptquartier. Uljanow sprang aus dem Wagen, während dieser noch rollte, und stürmte in die Telefonzentrale. Ein Leutnant reichte ihm den Hörer.

»Uljanow.«

»Hier Kowanetz.«

»Weiß ich doch! Was gibt's? Senden Sie verschlüsselt?«

»Nein. Spielt jetzt keine Rolle. Ich weiß, wo sie sind.«

»*Otschen charascho!* Wo?«

»Ich bin gerade dabei, die Information zu verschlüsseln. Sie bekommen es in ein paar Minuten per Fax. Sie müssen sich beeilen. Haben nicht viel Zeit.«

»Wie viel?«

»Nicht mehr als achtzehn Stunden.«

Kapitän Andrej Akronseff, ein Mann in den Vierzigern, liebte das Meer und die Kälte, wie viele seiner Landsleute. Daher war es für den sanften Hünen ganz natürlich, dass er seine beiden Vorlieben miteinander verband und das Kommando eines russischen Eisbrechers übernommen hatte, die *Rossija,* die Akronseff fast so sehr liebte wie die gefrorene See, die das Schiff durchpflügte.

Er verließ seine warme Kabine, grüßte mehrere Angehörige seiner siebzigköpfigen Mannschaft und ließ den Blick bewundernd über die leuchtend roten Aufbauten des mächtigen Schiffes schweifen, das ihn immer noch in Erstaunen versetzte. Vor dreißig Jahren hatte der erste atomgetriebene Eisbrecher namens *Lenin* die eisigen Wasser des Nordpolarmeers befahren. Seit diesen Tagen waren die Schiffe erheblich verbessert worden. Die gewaltige Schiffsschraube der *Rossija* wurde von Zwillings-Druckwasserreaktoren betrieben, die eine Leistung von 75.000 PS erbrachten, mehr als genug, um den 150 Meter langen Eisbrecher voranzutreiben. Im offenen Wasser betrug die Geschwindigkeit zwanzig, im Eis drei Knoten. Der fünfzig Zentimeter starke, gusseiserne Bug und das stählerne, über zwei Meter lange »Eismesser« konnten die mehr als drei Meter dicke Eisschicht der Arktis durchschneiden wie weiche Butter.

Als die *Rossija* aus Murmansk auslief, benutzte sie die weniger befahrene Route fern vom Haupthafen und nahm Kurs Richtung Nordpol. Erst am nächsten Tag sollte sie auf das norwegische Kreuzfahrtschiff treffen, wenn es die Packeiszone erreichte. Akronseff überprüfte die Anzeigen und Warnleuchten auf dem Kontrollpult. Mit dem Ergebnis zufrieden, wandte er sich an seinen Ersten Offizier. »Übernehmen Sie das Steuer, Teodor Alexandrowitsch.«

»Ist ganz einfach hinzukommen«, teilte Uljanow Molotok über die sichere Telefonleitung aus dem Mi-8-Helikopter mit. »Wir treffen zwar nach den Amerikanern dort ein, aber wahrscheinlich vor dem GRU. Es wird allerdings schwierig, die Diamanten von Bord zu schaffen.«

»Die Leute von Waterboer können uns an jedem Ort treffen, den wir bestimmen. Nimm die *Puschkin.* Sie kommt doch gerade von Semlja Franka Josifa, stimmt's? Keiner wird etwas merken.« Molotok sprach von dem alten, schrottreifen Delta-III-Unterseeboot der russischen Marine, das die *volki* vor weniger als einem Jahr über einen ihrer Vertragspartner erworben hatten und seitdem gut verborgen in den Gewässern nördlich des Polarkreises kreuzen ließen.

»Die Amerikaner und Briten bereiten sich gerade auf ihre Kriegsspiele im GIUK-Gebiet vor«, sagte Uljanow und bezog sich damit auf das ausgedehnte Seegebiet zwischen Grönland, Island und Großbritannien, das sämtliche Schiffe aus den russischen Nordhäfen auf dem Weg zum Nordatlantik passieren mussten. »Die Passage wird also noch stärker bewacht als sonst. Die *Puschkin* kann da nicht durch, sie ist viel zu laut. Wo immer die Übergabe stattfinden soll – es muss weit weg vom GIUK-Gebiet geschehen.«

»Warum bringt ihr die Diamanten nicht direkt zu Waterboers Niederlassung in England?«

»Wie denn?«

»Wie groß ist die Reichweite der Jets, die wir ihnen während ihrer Kriegsspielchen stehlen wollen?«

»Eine ausgezeichnete Idee, Molotok. Dann können wir auch die *Puschkin* nutzen. Wir lassen die Jets zur *Puschkin* fliegen und von dort direkt nach England. Die Flieger schaffen zwar nicht den ganzen Weg von Island, aber NATO-Kampfjets werden ja sowieso auf halber Strecke in der Luft aufgetankt. Wird eine Herausforderung für meine Piloten sein, die Steine sicher nach England zu bringen. Wir wissen zwar immer noch nicht, wie viele Diamanten es eigentlich sind, aber ich werde mir schon etwas ausdenken.« Obwohl Uljanows Boss kein erfahrener Soldat war und dazu noch ein Säufer, musste man ihm zugestehen, dass er hin und wieder taktische Voraussicht bewies.

»Ich setze mich mit dem südafrikanischen Blutsauger in Verbindung und höre nach, wo die Piloten seine Leute treffen sollen.«

»Wir haben nur noch wenige Stunden, Molotok.«

»Und gefährliche dazu.«

49.

Der Don

Acquasanta, Sizilien
Acht Meilen nördlich von Palermo, 13.04 Uhr

Im Allgemeinen mochte Rafaele Mazzara den Lärm und Staub im Zentrum von Palermo. Aber an einem glühend heißen Tag wie diesem begrüßte er die Gelegenheit, sein sorgfältig restauriertes Büro in der Banco Napolitana Lucchese verlassen und an die See fahren zu können, wo eine sanfte Brise vom Tyrrhenischen Meer wehte. Der Wind trieb Smog und Staub davon, und die Sonne brannte vom wolkenlosen Himmel.

Mazzaras metallicblauer BMW rollte über gewundene sizilianische Landstraßen zum Hauptportal des feudalen Grand Hotels Villa Igea. Der Chauffeur beeilte sich, zur Fondtür des Wagens zu kommen, und hielt sie seinem Chef auf.

Als Mazzara die ausladende Treppe zur prächtigen Hotelhalle

hinaufstieg, sah er mehrere Männer, die angestrengt vorgaben, ihn nicht zu beachten. Zwei standen am Kopf der Treppe, andere in der Halle und in dem kleinen Garten zwischen Oleander und Jasmin. Mazzara brauchte keine Hilfe, um den Mann zu finden, der ihn hierher bestellt hatte: Vier Leibwächter umstanden ihn an seinem Platz unter einer großen afrikanischen Palme. Trotz der Hitze konnte Mazzara einen Schauder nicht unterdrücken, als er den Mann am Tisch erblickte.

»Don Arcangelo«, sagte er leise, da er keine Aufmerksamkeit erregen wollte. Sein Lächeln drückte Furcht aus, nicht Wiedersehensfreude.

Ein vierschrötiger Mann mit Adlernase und grausamen Augen sah zu Mazzara auf. Don Arcangelo kontrollierte den größten Teil des Ackerbaus, des Immobiliengeschäfts, des Baugewerbes und des Glücksspiels in Süditalien, von Drogen, Prostitution und Sklavenhandel mit illegalen Einwanderern gar nicht erst zu reden. Mazzara brach vor Nervosität der Schweiß aus.

»Sie müssen beileibe nicht flüstern, *dottore*.« Don Arcangelo lächelte. »Wir sind hier unter Freunden.« Er wies mit schwungvoller Geste in den Garten, deutete dann auf einen Stuhl. »Bitte, *dottore*. Nehmen Sie Platz.« Er drehte sich zu einem Kellner um, der in weiser Voraussicht ein paar Meter hinter dem Paten Posten bezogen hatte, um auf die Bestellung zu warten. »Alfredo! Bring ein Glas Regaleali für den *dottore*. Aber gut gekühlt!« Er drohte scherzhaft mit dem Zeigefinger, wandte sich dann wieder an Mazzara. »Danke für Ihr Kommen, Rafaele.«

Mazzara, dem das Lächeln auf dem Gesicht eingefroren war, neigte leicht den Kopf. »Nichts zu danken, Don Arcangelo.«

»Wie gehen die Geschäfte? Gefällt Ihnen Ihr neues Büro?«

»*Si, si. Grazie*, Don Arcangelo.« Mazzara kniff Daumen und Zeigefinger wie eine Zange zusammen. »Sie sind wirklich zu großzügig, Don Arcangelo.«

Der Pate zuckte die Achseln. »Freunde sollten einander helfen, finden Sie nicht?«

»*Certo, certo,* Don Arcangelo.«

»Wo wir gerade davon reden, dass Freunde einander helfen – sagen Sie mir doch bitte, wie es läuft.«

Nervös streckte Mazzara die Hand nach seinem Diplomatenkoffer aus. Plötzlich schoss eine behaarte Hand vor und packte sein Handgelenk. Mazzara zuckte vor Schmerz zusammen.

»Enzo!«, rief Don Arcangelo. »*Pazzo!* Was tust du da? Bist du verrückt geworden? Weißt du denn nicht, wer das ist?« Sofort wurde der Griff gelockert. »Das ist *dottore* Mazzara, Direktor der Banco Napolitana Lucchese. Verstanden?« Er wedelte leicht mit der Hand. *»Piano, piano.«* Entschuldigend nickte er Mazzara zu. »Bitte vergeben Sie Enzo. Er lässt sich bisweilen hinreißen.«

Mazzara schnappte nach Luft und rieb sich die Hand. »Loyalität ist etwas sehr Wichtiges, Don Arcangelo. Ich freue mich, dass Sie so gut beschützt werden.«

Arcangelo lächelte.

»Ich wollte Ihnen eigentlich nur die Zahlen vorlegen.« Er zeigte auf den Diplomatenkoffer.

Arcangelo winkte ab. »Nein, nein, Rafaele. So einen schönen Nachmittag wollen wir uns doch nicht mit Zahlen verderben. Ich habe Vertrauen zu Ihnen. Berichten Sie einfach.«

»Wie Sie wünschen, Don Arcangelo.« Mazzara hielt inne, weil der Kellner ein gekühltes Glas Regaleali auf den Tisch stellte. Wasser perlte am Glas hinunter. Mazzara nahm einen vorsichtigen Schluck. »Ausgezeichnet. Vielen Dank.«

Arcangelo neigte den Kopf.

»Alles läuft sehr gut. Genau, wie Sie es geplant haben. Der Gewinn aus jeder Transaktion wurde wie gewünscht in der exakten Höhe auf das jeweilige Konto eingezahlt – genau zu dem Zeitpunkt, der laut den Regierungsverträgen für die Denkmalsanierung vorgeschrieben ist. Es bleibt nur noch eine Einzahlung, und die wird nächste Woche erfolgen.«

»*Perfetto.* Sie haben wie immer an alles gedacht.«

Mazzara strahlte vor Freude. »*Grazie*, Don Arcangelo.«

»Erzählen Sie, Rafaele. Sie sind nervös. Was beunruhigt Sie?«

»Ich ... bitte vergeben Sie mir, Don Arcangelo.« Er schluckte. »Das hätten wir doch auch am Telefon bereden können. Ich ...«

Der Pate lächelte. »Sie sind ein kluger Mann. Keine Sorge, ich habe Ihnen nichts vorzuwerfen.« Mazzara fühlte, wie ihn Erleichterung durchströmte. Arcangelo spürte es. Es bereitete ihm immer wieder Vergnügen, mit den Menschen zu spielen. Mit Freundlichkeit schaffte man sich ergebene Freunde, doch man musste diese Freunde bei der Stange halten, indem man ihnen Furcht einflößte. Arcangelos Stärke beruhte darauf, dass er nach Belieben zwischen Freundlichkeit und Drohung hin und her schalten konnte. »Ich musste Sie persönlich sprechen, *dottore,* weil ich eine Bitte habe.«

»Gewiss, Don Arcangelo. Was immer es ist.«

»Ich bin ein wenig beunruhigt wegen Orlando Leonida. Unser Bürgermeister hat ja harmlos angefangen, hat nur hier und da ein paar Leute ins Gefängnis gesteckt. Und nur für kleine Vergehen. Dann für größere Vergehen. Das ist ganz normal. Ich muss ihm ein paar kleine Siege gönnen, damit er in seinem Amt eine gute Figur macht. Ehrlich gesagt, tut er mir damit sogar einen Gefallen. Das Gefängnis ist für meine Männer eine gute Schule. Wie die Universität für Ihresgleichen. Es gibt Dinge, die kann man nur von innen heraus lernen.« Er zwinkerte Mazzara zu. »Aber in letzter Zeit hat Leonida sich vollkommen still verhalten. Ich war erstaunt, als er letzte Woche nichts unternahm, um eine kleine Transaktion von mir zu unterbinden – immerhin hatte ich sie seinem Informanten auf einem Silbertablett serviert.« Er schüttelte ungläubig den Kopf. »Da stimmt was nicht. Ich glaube, dass Leonida irgendetwas Großes vorhat. Ich weiß nicht, was, aber diese Nase«, er zeigte auf sein großes Riechorgan, »irrt sich nie.«

»Was soll ich tun, Don Arcangelo? *Commandi me*.«

»Ich will, dass Sie das Geld von den Konten in Palermo zur Zentrale der Banco Napolitana in Rom transferieren.«

»Sind Sie sicher, Don Arcangelo?« Kaum dass er diese Frage gestellt hatte, durchlief es Mazzara eiskalt vor Angst. Man stellte die Entscheidungen eines Paten nicht in Frage.

Doch zum Glück war Arcangelo in nachsichtiger Stimmung. Er nickte. »Ja. Sofort.«

»Wie Don Arcangelo wünschen. Ich werde mich sogleich darum kümmern.« Mazzara stand auf, doch der Pate bedeutete ihm, sich wieder zu setzen.

»Rafaele. Sie sind doch Sizilianer. Trinken Sie in Ruhe Ihren Wein. Genießen Sie den schönen Nachmittag. Den herrlichen Sonnenschein.« Er breitete die Arme aus. »Für alles andere haben Sie später noch Zeit genug. Lassen Sie uns über erfreulichere Dinge reden. Wie geht es Ihrer lieben Frau und den Kleinen?«

50.

Der Einsatz

Claire Sailing
Barents-See
421 Meilen nordöstlich von Murmansk, 6.32 Uhr

Trotz der arktischen Temperaturen schwitzte Commander Ramey stark. Er wischte sich die Stirn und schaute über den dunklen Bug der *Claire Sailing* hinweg auf die Positionslichter des russischen Eisbrechers. »Alle Maschinen stopp!«

Krebski betätigte die Umsteuerung; die Maschine lief rückwärts, das Schiff stoppte die Fahrt. »Alle Maschinen stopp, Sir.«

»Sehr gut.« Ramey wandte sich an Carlton und Erika. »Wir

haben noch ein bisschen Zeit bis zur Morgendämmerung. Wir warten hier und lassen die *Rossija* auf uns zukommen. Sonst würden wir nur unnötig Aufmerksamkeit erregen.«

Später am Tag glitten zwei russische Marinepatrouillenboote – die *Kirow* und die *Omsk* – mit Major Gerasimows Truppe an Bord durch das eisige Meer der Barents-See zur berechneten Position der *Rossija.*

»*Skorjie, skorjie!*«

»Schneller können wir nicht, Major!«, beteuerte der Leutnant am Ruder des vorderen der beiden Schiffe, der *Kirow.* »Die Maschinen laufen sonst heiß.«

Zum vierten Mal überschlug Gerasimow im Kopf die geschätzte Ankunftszeit. Dreihundert Knoten. Noch sechs Stunden. Die Amerikaner würden es in drei schaffen. Hoffentlich waren sie in sechs Stunden noch ebenso wohlbehalten wie die Diamanten. Wieder erwog er, Verbindung mit Kapitän Akronseff von der *Rossija* aufzunehmen, ließ den Gedanken aber zum zweiten Mal fallen. Keine Ahnung, was der Mann tun würde, wenn er hörte, dass Amerikaner einen russischen Atomeisbrecher betreten wollten. Und Jagoda hatte es ja deutlich ausgedrückt: Den Amerikanern durfte nichts geschehen.

Am Abend erwachte Carlton aus einem Nickerchen. Es war geradezu unheimlich still. Er ging durch den kalten Korridor, schenkte in der Kombüse zwei Tassen Kaffee ein und suchte Pink in dessen Zimmer auf. Pink schlief und schnarchte, den Oberkörper auf der Schreibtischplatte. Carlton rüttelte ihn an der Schulter.

Pink fuhr erschreckt hoch. »Was ...? Was gibt's denn?«

»Wir müssen jetzt anrufen.«

Pink warf einen Blick auf die Uhr. »Stimmt.«

»Hier.« Carlton reichte ihm die Tasse.

»Danke.« Pink nahm einen Schluck. »Ah! Das Getränk der

Götter.« Er drückte eine Taste, weckte seinen Laptop aus dem Sleepmodus auf und gab sein Passwort ein.

4. Juli 1776.

»Chiffrierung und Stimmenverzerrer sind eingeschaltet. Fragt sich nur, ob es was nutzt. Die CIA-Computer sind ja ziemlich sicher, aber wenn wir direkt mit Forbes sprechen, wird es für die NSA viel einfacher sein, das Gespräch zu verfolgen.«

Im Lautsprecher rauschte es, dann vernahmen sie den Klingelton am anderen Ende der Leitung.

»Randall Forbes.«

»Mr Forbes. Hier sind Pat Carlton und Tom Pink«, meldete sich Carlton. Er genoss die Vorstellung, wie erschrocken Forbes nun sein musste.

»Pat Car ... Sie sind am Leben? Wo stecken Sie?«

»Egal. Hören Sie jetzt einfach ...«

»Sie sprechen zwar über eine codierte Verbindung, aber vollkommen sicher ist das nicht.«

»Dessen sind wir uns bewusst, Sir«, warf Pink ein.

»Warum haben Sie dann ...«

»Hören Sie bitte einfach zu«, wiederholte Carlton. »Ich spreche jetzt nur für mich, denn für Pink kann ich nicht sprechen. Aber schließlich war es Ihre Idee, uns auf diese Selbstmordmission zu schicken, nicht meine. Und jetzt, wo wir vor Ort sind und glauben, das Gesuchte gefunden zu haben, gibt es keinen Fluchtweg mehr. Absolut keinen. Wir stecken bis zum Hals in der Scheiße und haben nicht mal 'ne Mistgabel. Verstehen Sie?«

Einen Moment herrschte Schweigen. »Was stellen Sie sich denn vor?«

»Das überlasse ich Ihnen. Die Russen schicken ein Hilfsteam her. Da hab ich mir gedacht, es wäre angemessen, auch ein bisschen mit der guten alten amerikanischen Fahne zu wedeln, um den Russen zu zeigen, dass wir hier nicht ganz überflüssig sind. Bestimmt fällt Ihnen etwas Passendes ein. Pink sagte, Sie sind ein Mann, der zu seinem Wort steht. Habe ich Ihr Wort?«

»Ja.«

»Können Sie unsere Koordinaten ermitteln?«

»Bin schon dabei.«

»Gut.« Carlton unterbrach die Verbindung.

»Sie waren ein bisschen schroff, finden Sie nicht?«, meinte Pink.

»Ehrlich gesagt, fand ich es nicht schroff genug.«

»Ja?«

»Sir, hier Colonel Lin von der NSA.« Der Mann sprach wie mit einem Vorgesetzten. Hinter ihm hing ein Schild, auf dem stand: *Verkwatsch dich nich, Kumbel, es steht zu viel auf dem Spiel. Keine vertraulichen Infos.*

»Ja.«

»Sir, wir haben soeben ein Gespräch zwischen Carlton und Forbes abgehört.«

Fress schoss aus dem Sessel hoch. »Er lebt? Wo steckt er?«

»Wir bekommen die genauen Koordinaten in ...«

»Nur ungefähr, Lin.«

»Barents-See. Irgendwo bei Murmansk. Wie gesagt, das Signal kam von einem maritimen Nachrichtensatelliten.«

»Er ist auf einem Schiff?« *Aber das Schiff wurde doch zerstört.*

»Positiv, Sir.«

Carlton ist kein Dummkopf. Er kann sich doch denken, dass seine Gespräche abgehört werden. »Könnte er die Verbindung über andere Leitungen laufen gelassen haben, damit wir auf die falsche Spur geraten?«

»Negativ, Sir. Das hätten wir herausgefunden.«

»Geben Sie mir die Koordinaten durch, sobald Sie sie haben.«

»Mr Slythe ist in einer Besprechung. Kann ich ihm etwas ausrichten?«

»*Eto* Molotok. Muss sofort sprechen!«, dröhnte Molotok. Sein Englisch war kaum zu verstehen, und für seine schleppende Aussprache war nicht nur der Wodka verantwortlich.

»Einen Augenblick bitte, Sir.«

Schweigen. Dann eine joviale Stimme. »Molotok. Wie sieht's bei euch da oben aus?« *Schnief.*

»Wir glauben, wir haben Diamanten. Wo wir können bringen in England mit Militärjets?«

Slythe dachte einen Moment nach. »Nach Aberdeen. In Schottland. Wir haben dort ein Abkommen mit einem Flugplatz. Viele unserer Lieferungen, die nicht nach London gehen können, leiten wir nach Aberdeen.«

»*Da.* Aberdeen. Bereiten Sie vor. Wir kommen dort nächster Tag.«

»Wie sollen wir uns ...?« Doch die Leitung war schon tot.

In dieser Nacht stieg Kapitän Akronseff die Stahltreppe zum hoch gelegenen Kontrollraum hinauf und streifte seinen pelzgefütterten Parka ab. »Was haben wir auf dem Schirm, Teodor Alexandrowitsch? Irgendwelche Funksprüche?«, fragte er den Ersten Offizier.

»Ein in den USA registrierter Frachter aus New York, Zielhafen Murmansk. Die *Claire Sailing.* Gennady Josewitsch hat den Funkspruch angenommen, während Sie draußen waren. Sie kommt längsseits für die Nacht. Der Kapitän sagt, er fühlt sich in der Polarnacht sicherer, wenn er in unserer Nähe ist. Diese Amerikaner! Immer so viel Angst vor dem Eis. Wir haben zugesagt. Gibt ja nichts Besseres als die russische Gastfreundschaft, stimmt's?« Er grinste. »Dann haben wir das Patrouillenboot *Alexandr Newskij* sechs-zwei Kilometer südöstlich, Richtung Murmansk. Und noch zwei Schiffe, die *Kirow* und die *Omsk,* 2-4-8 Kilometer, gleicher Kurs und gleiche Fahrt.« Der Offizier zuckte die Achseln. »Alles routinemäßige Patrouillenfahrten, wie es aussieht.«

»Schön. Alles gesichert?«

»Da.«

»Es ist Nacht. Werfen Sie Anker«, befahl Akronseff. Teodor Alexandrowitsch drückte auf einen roten Knopf auf der elektronischen Konsole, und die beiden gewaltigen Anker fielen gleichzeitig aus ihren Klüsen zu beiden Seiten des Bugs und klatschten in die eisigen Fluten. Die *Rossija* befand sich am Südrand des winterlichen Packeises. Das Kreuzfahrtschiff würde erst am nächsten Tag kommen. Zu dieser Nachtstunde und im Winter war es reine Zeitverschwendung, mit dem Durchstich der Eismassen zu beginnen. Bevor der Tag anbrach, wäre die Durchfahrt schon wieder zugefroren.

»Schiff liegt vor Anker, *Capitan*.«

»Sehr schön, Teodor Alexandrowitsch. Sie übernehmen das Ruder.«

Erika zitterte vor Angst und Kälte. Auf dem Radarschirm im Kommandoraum war ihr die Meile zwischen der *Claire Sailing* und der *Rossija* äußerst kurz vorgekommen, doch in der drei Meter langen Barkasse schien die Strecke länger zu sein als eine Reise zum Mond. Außerdem schlich das Boot förmlich dahin. Sieben von ihnen waren an Bord. Captain Ramey war auf der *Claire* geblieben, die vier anderen Besatzungsmitglieder – ehemalige Marinesoldaten – begleiteten Carlton, Erika und Pink. Erika hatte durchgesetzt, dass sie mitkommen durfte, obwohl Carlton um ihre Sicherheit besorgt war. Alle trugen schwarze, aluminiumbeschichtete Parkas und Hosen, dazu pelzgefütterte Mützen. Schiffsmaschinist Chen hatte einen Rucksack mit Gasflaschen und einen Azetylen-Schweißbrenner dabei. Der Rucksack des Ersten Offiziers Krebski enthielt eine Kamera mit Schwenkarm. Da sie keinen Streit mit der Mannschaft der *Rossija* riskieren wollten und auf das baldige Eintreffen der GRU-Truppe hofften, waren sie unbewaffnet.

Auf der *Rossija* sollte der Zweite Offizier Ilja Iljuschin soeben die Wache auf der Brücke antreten. Wenn nicht zufällig ein Eisfeld zu durchbrechen war, wurden auf der *Rossija* nachts alle Maschinen gestoppt. Iljuschin hatte also kaum etwas zu tun. Während Offiziere und Mannschaft in der Messe ihr wohlverdientes Abendessen einnahmen, starrte er auf die einsame dunkle See, soweit er sie durch die Dreifachscheiben sehen konnte. Iljuschin liebte das Meer, doch er hasste das tägliche Einerlei. Es gab für ihn nichts Eintönigeres als den Radarschirm anzustarren und ab und zu den Funk abzuhören.

Wir liegen immerhin die ganze Nacht vor Anker, dachte er. Wir fahren nicht. Außerdem kann ich das Funkgerät genauso gut im Bad hören. Nachdem er sich auf diese Weise selbst überzeugt hatte, ging er zu einem Schreibtisch im hinteren Teil der Brücke, nahm sich den Sportteil der letzten *Prawda,* den er aus dem Internet ausgedruckt hatte, und ging aufs Klo.

Vielleicht haben diese nichtsnutzigen Rowdys ja endlich mal ein Spiel gewonnen.

Tausende von Sternen funkelten am schwarzen Polarhimmel, der durch keinerlei Verschmutzung getrübt wurde. In vollkommener Dunkelheit, die nur ein wenig durch die Positionslichter der *Rossija* erhellt wurde, steuerte Carlton das Schiff langsam und vorsichtig, wobei ihm die Übung mit seinem eigenen Navy-PT-Boot auf der Chesapeake Bay zu Gute kam. Und es war gut, dass er sich so sehr aufs Navigieren konzentrieren musste; es lenkte ihn ein wenig von seinen Sorgen ab. Wie konnte Forbes erwarten, dass sie eine verdeckte Operation wie diese ohne vorheriges Training und ohne Informationen durchführten?

Im Licht der Bordscheinwerfer warfen die massigen Aufbauten der *Rossija* unheimliche Schatten auf die Decks. Von einer Reihe Bullaugen in der Mitte des Schiffsrumpfs abgesehen waren die Fenster dunkel.

Vielleicht schlafen die ja alle, dachte Carlton. Ein frommer

Wunsch. Die Dunkelheit war nicht nur ein Segen. Zwar konnten sie sich im Schutz der Nacht unbemerkt nähern, doch das Boot war auch schwerer zu steuern. Carlton drosselte den Motor, bis nur noch ein schwaches Dröhnen zu hören war, und lenkte die Barkasse zum Heck der *Rossija.* Laut Information aus der CIA-Datenbank musste sich dort eine Leiter befinden ...

Da war sie!

Carlton stellte den Motor ganz ab und glitt lautlos auf das gerundete Heck zu.

Wo stecken Jagodas Leute?

Die *Rossija* war kein Kriegsschiff, und außer dem Reaktor gab es an Bord nur wenig zu bewachen. Carlton hoffte, dass die Hecktür aus diesem Grund nicht zugesperrt war. Er kam an die Tür heran und drehte den Riegel. Die Tür schwang auf. Er grinste zufrieden.

»*Charascho,* Konstantina Nataljewna.« Kapitän Akronseff lobte seine dicke Schiffsköchin. Woher sie das Wildkaninchen und die Pflaumen bekommen hatte, blieb ihr wohl behütetes Geheimnis. Akronseff hütete sich, sie danach zu fragen, zumal dieses Mysterium noch zur Freude an den Mahlzeiten beitrug. Der Kapitän wusste natürlich, woher das Geld für die Bordverpflegung stammte: Von irgendeinem hohen Tier in Moskau namens Pjaschinew. Er hatte den Mann nicht überprüfen lassen, aber gerüchteweise gehört, dass er mit dem Diamantenhandel zu tun hatte. Darüber jedoch wollte Akronseff nicht zu viel wissen, im Grunde war es ihm auch egal. Als ehrlicher Mann hatte er das Bestechungsgeld abgelehnt, das Pjaschinew ihm und seinen Männern für eine monatliche Überquerung des Eismeers geboten hatte. Auch andere Vergünstigungen hatte er ausgeschlagen. Akronseff machte es gratis. Doch er war zu klug, als dass er die Bitten eines hohen Staatsbeamten ignoriert hätte. Deshalb nahm er statt Schmiergeldern lieber ein paar zusätzliche Annehmlichkeiten für seine Mannschaft entgegen. An Bord der *Rossija* gab es die modernsten Fernsehgeräte und DVD-Player; die Crew konnte sich an den neuesten russischen und amerikanischen Filmen erfreuen. Sie hatten einen Computer mit Internetanschluss, eine Bibliothek mit den jüngsten Ausgaben russischer und ausländischer Zeitschriften sowie eine Speisekammer, die einen französischen Spitzenkoch vor Neid hätte erblassen lassen.

Akronseff lehnte sich im Sessel zurück. Alle seine Offiziere waren inzwischen zu Bett gegangen. Er ließ den georgischen Wein im Glas kreisen und genoss die Stille der Arktis. Dann nahm er den letzten Schluck und stellte das Glas hin.

Plötzlich spitzte er die Ohren.

Was war das?

Instinktiv drehte er den Kopf. Er glaubte, wieder ein Geräusch gehört zu haben.

Klingt wie ein Kratzen. *Ein Kratzen?* Das konnte nicht das Weinglas gewesen sein. Schon hatte Akronseff sich halb erhoben, um nachzuschauen, als die dicke Köchin plötzlich ihr Puttengesicht aus der Küchentür steckte und lächelte.

»Noch einen kleinen Cognac?« Sie zwinkerte ihm zu.

»Ach, Sie sind das!« Akronseff stieß einen Seufzer der Erleichterung aus. »Nein, danke. Ich sollte mich lieber zurückziehen. Ich höre schon Dinge, die gar nicht da sind.«

Ein gedämpfter Knall ertönte, als Chen den Azetylen-Schweißbrenner anzündete.

Warnend legte Pink einen Finger an die Lippen, doch in der Dunkelheit sah Chen es nicht. Er trug eine Schutzbrille und starrte in die leuchtend blaue Flamme, die sich langsam in die äußere Hülle des Schiffsrumpfes fraß. Die anderen hielten nervös nach Besatzungsmitgliedern der *Rossija* Ausschau.

»Wo bleibt Jagodas Team?«, murmelte Pink.

Sie begannen nahe am Heck, auf dem Mitteldeck des Schiffes. Alle waren sich einig, dass die Diamanten nicht in Bugnähe sein konnten, denn dieser Teil des Schiffes war starker Belastung durch das Eis ausgesetzt und bedurfte ständiger Wartung. Dasselbe galt vermutlich auch für das äußerste Heck, wo sich die Motoren befanden. Außerdem konnten die wertvollen Steine nicht an einer Stelle unterhalb des Wasserspiegels versteckt sein.

Zum Glück bot das Metall dem Schneidbrenner keinen nennenswerten Widerstand. In zwei Minuten hatte Chen bereits drei Viertel eines Kreises von dreißig Zentimeter Durchmesser herausgeschweißt. »Komm schon, komm schon«, murmelte er leise vor sich hin und blinzelte, weil ihm der Schweiß die Stirn herunterrann. »Okay.« Er drückte die Metallplatte nach innen und bog sie, bis eine große Öffnung entstanden war.

Pink holte die Kamera aus Krebskis Rucksack und schob den beleuchteten Schwenkarm in das Loch. Er suchte auf dem Nachtsichtschirm, wobei er den Schwenkarm mit einer Fernbedienung betätigte. »Nix. Versuchen wir's ein Stück weiter vorn. Ich hoffe nur, dass Jagodas Leute bald kommen. Das hier kann die ganze Nacht dauern.«

»Nähern uns jetzt der *Rossija*«, meldete der Erste Offizier Fedorow auf der Brücke der *Alexandr Newskij* dem Kapitän. »Seltsam, dass sie uns noch nicht angefunkt hat.«

»Die beachten uns nicht weiter. Wir haben doch gemeldet, dass wir auf einer normalen Patrouille sind. Deshalb wollen die so wenig wie möglich mit uns zu tun haben.«

Dritter Teil

Der Schliff

»Nothing's as precious as a hole in the ground.«

Midnight Oil, »Blue Sky Mine«

51.

Der Präsident

Oval Office
Weißes Haus
Washington, D. C., 9.17 Uhr

John Douglass, der als erster Afroamerikaner in das höchste Amt des Staates gewählt worden war, stand hinter seinem Schreibtisch, die Hände aufgestützt, als wäre der Tisch eine Kanzel, von der der ehemalige Heeresgeneral nach Beendigung seiner militärischen Laufbahn oft gepredigt hatte. Finster starrte er auf Randall Forbes hinunter.

»Wie konnten Sie das tun, ohne sich vorher mit mir abzusprechen? Und wie kamen Sie dazu, Zivilisten auszuschicken, ohne Unterstützung anzufordern? Keine SEALs, keine Eingreiftruppen? Haben Sie den Verstand verloren?«

»Mr President, ich ...«

Douglass gebot ihm mit einer Handbewegung Schweigen. »Das Wichtigste zuerst. Wen haben wir in der Nähe?«

»Die *Seawolf,* Mr President. Sie gehört zu dem Flugzeugträger-Gefechtsverband, der in der nächsten Woche eine gemeinsame Übung mit der englischen Kriegsmarine veranstaltet. Im Augenblick befährt die *Seawolf* das Gebiet um Nowaja Semlja, wo die Russen ihre ...«

»Ich weiß, wo Nowaja ist«, unterbrach der Präsident ihn schroff und drückte eine Taste seiner Gegensprechanlage. »Schicken Sie mir sofort Chuck herein!«

Es dauerte keine Minute, da betrat ein Colonel der Navy das

Oval Office; kerzengerade stand er da in seiner schwarzen Uniform und salutierte. »Sir!« Es war deutlich zu sehen, dass der Oberste Befehlshaber der Streitkräfte, der Commander-in-Chief, zutiefst verärgert war.

»Die *Seawolf,* in der Nähe von Nowaja Semlja ... sie muss sofort zu dieser Position fahren«, befahl Douglass. Dabei zeigte er auf Forbes, der dem Oberst ein Blatt reichte. »Sie soll ein paar Amerikaner aufnehmen; entweder von einem amerikanischen Frachter namens *Claire Sailing* oder von einem russischen Eisbrecher, der *Rossija*.« Douglass setzte sich, während der Colonel das Oval Office verließ.

»Ich kann nicht fassen, dass Sie das ohne meine Vollmacht getan haben.«

Forbes tanzte auf einem politischen Drahtseil. Er hatte den Präsidenten noch nicht informiert, dass Scott Fress ein Verräter war. Zweifellos wusste Douglass nichts über Fress' verbrecherische Machenschaften mit Waterboer, doch wenn Forbes es ihm sagte – einem Präsidenten wie Douglass, der sich so fest auf seine engsten Berater verließ –, hätte er es genauso gut Scott Fress selber erzählen können. Forbes fand es gar nicht in Ordnung, seinem Regierungschef Informationen zu verschweigen, doch in diesem Fall war es eine Frage der Priorität: Fress wusste ja noch nicht, dass er unter Verdacht stand. Seine Bestechlichkeit war nicht der Grund, dass Forbes bei Douglass vorgesprochen hatte, denn Bestechungsaffären waren interne Angelegenheiten. Ihm ging es um einen Flächenbrand, den er verhindern wollte. Um Fress konnten sie sich später kümmern. Zum gegenwärtigen Zeitpunkt durfte der Stabschef nicht merken, dass sie ihm auf der Spur waren. Das würde nur Waterboer auf den Plan rufen und die Russkost alarmieren. Forbes' ausgeklügelter Plan konnte dadurch leicht zunichte gemacht werden.

»Mr President, die Regierung ist das reinste Sieb. Das wissen Sie nur zu gut.« Er gestand nicht ein, dass seine eigene Behörde Teil dieses Siebes war. »Nur deshalb habe ich zum Mittel der verdeckten Operation gegriffen. Wie Sie es zu Ihrer Zeit als General im Irak getan haben, Sir«, fügte er noch hinzu, um den Digitalrecordern etwas zu hören zu geben, mit denen die Besprechungen im Oval Office aufgezeichnet wurden. »Der Himmel mag wissen, wie viele Informanten Waterboer in der Regierung hat. Stellen Sie sich nur das Scheitern der Mission vor, wenn Waterboer und Molotok davon erfahren – oder von dem Ort hören, an dem die russischen Diamanten versteckt sind.«

»Aber warum müssen Sie den Auftrag von Zivilisten erledigen lassen? Die Leute sind mutig, zugegeben. Sie haben Schneid.« Douglass faltete die Hände. »Sie bekommen tonnenweise Orden, wenn die Operation erfolgreich verläuft, das kann ich Ihnen versprechen.« Der Oberste Befehlshaber war ein großer Bewunderer von Orden. »Aber warum haben Sie keine Außendienstagenten genommen? Vom Marinereservisten abgesehen, sind alle Zivilisten. Und Ihr Mitarbeiter Pink ist Analyst. Sie hätten wenigstens ein paar erfahrene CIA-Offiziere mitschicken können. Dazu waren Sie ermächtigt, auch wenn ich kein grünes Licht gegeben hatte.«

»Sir, Pink ist Russlandexperte und weiß daher über die Beziehungen zwischen Waterboer und Russland Bescheid. Und weder CIA-Offiziere noch SEALs sind besser dazu geeignet, die Diamanten zu *finden.* Es war auch zu riskant, Präsident Orlow zu informieren. Der Kreml ist genauso ein Sieb wie Washington.« Taktvoll vermied er die direkte Anspielung auf das Weiße Haus. »Aber ich habe vor Beginn der Operation die russische Regierung informiert. Ich habe Jagoda angerufen. Er ist Chef des GRU, des militärischen Geheimdienstes, und daher eine Art Kollege von mir. Damit war die Gefahr eines diplomatischen Zwischenfalls beseitigt. Sobald mein Team glaubte, die Diamanten lokalisiert zu haben, rief es den GRU zu Hilfe. Soldaten hätten da gar nichts geholfen, wahrscheinlich hätten sie alles nur schlimmer gemacht. Wir können allerdings nicht unbedingt voraussetzen, dass der GRU loyal ist. Russkost und Waterboer haben auch dort wahrscheinlich ihre Informanten – wir wissen ja, dass Pjaschinew Spion im Dienste Waterboers war. Wir können uns der Loyalität des GRU jedenfalls nur versichern, indem wir Flagge zeigen.«

Obwohl der groß gewachsene Präsident in seinem schwarzen Lederschwingsessel kleiner erschien, wirkte er in dieser Position noch beeindruckender. »Was geschehen ist, ist geschehen. Und es war richtig, Verbindung zu Jagoda aufzunehmen. Soweit es unsere nationalen Interessen betrifft, müssen die russischen Diamanten an die russische Regierung zurückgegeben werden. Es kann unsere Beziehungen zu Orlow nur verbessern, wenn wir den Russen die Diamanten zurückgeben.«

»Der russischen Regierung.«

»Genau darum geht es, Randy. Und um jedes Missverständnis zu vermeiden, werde ich Orlow persönlich anrufen. Er wird auf die Palme gehen, wenn die *Seawolf* ohne Vorwarnung in russischen Gewässern auftaucht.«

Pink schob die Kamera in eine neue Öffnung, die Chen in die innerste Hülle der *Rossija* geschweißt hatte. Er starrte auf den kleinen Bildschirm und schwenkte die Linse. »Nichts. Scheiße. Das kann ja ewig dauern.«

»Hast du 'ne Verabredung?«, fragte Carlton.

Chen schulterte den Brenner und forderte sie mit Handzeichen zum Weitergehen auf.

»Ich werde mich mal auf den Fluren umsehen«, schlug Erika vor.

»Pass mit der Taschenlampe auf«, warnte Carlton. Er hörte, wie sie unwillig etwas vor sich hin brummelte. »Wo stecken überhaupt Jagodas Leute?«

Erster Offizier Fedorow vom Patrouillenboot *Newskij* zeigte auf die Positionslichter der *Rossija.* »Da ist sie!«

»Charascho«, antwortete Uljanow. »Maschinen halbe Kraft. Fahren Sie einmal um sie herum.«

»Da, Capitan.«

»*Capitan,* die GRU-Boote werden in ein paar Minuten in Reichweite sein«, meldete der Navigator.

»Machen Sie die Torpedos bereit. Wir nehmen sie aufs Korn, sobald wir um die *Rossija* herumgefahren sind.«

»Da, Capitan.«

Sie brauchten volle fünf Minuten, um den schweren Eisbrecher zu umrunden. Als Uljanow die am Heck vertäute Barkasse sah, wusste er, dass die Amerikaner bereits an Bord waren. Zwei Männer luden die Torpedoschächte der *Newskij.* »Torpedos bereit, *Capitan.*«

»Ziele in Reichweite. Zielkoordinaten eingegeben, *Capitan.*«

»Feuer Eins und Zwei.«

Mit einem Zischen fuhren die Torpedos aus den beiden Heckschächten und tauchten mit lautem Platschen in die eisigen Gewässer.

»Torpedos abgeschossen, *Capitan.*«

»Ziel auf fünf Kilometer.«

Die *Kirow* und die *Omsk* näherten sich in Schleichfahrt und hatten den aktiven Radar ausgeschaltet. Daher bemerkten sie die *Newskij* nicht und näherten sich der *Rossija* mit unverminderter Geschwindigkeit von fünfzig Knoten. Aus der Gegenrichtung jagten die Torpedos auf die beiden Patrouillenboote zu. Selbst wenn Major Gerasimow einen seiner Männer angewiesen hätte, auf passives Sonar umzuschalten, hätte man über dem Lärm der Maschinen, der Hochgeschwindigkeitsschrauben und dem Aufklatschen der Schiffsrümpfe nichts gehört. Folglich hatten weder Gerasimow noch einer seiner zwanzig handverlesenen Soldaten eine Ahnung, was die *Kirow* und die *Omsk* binnen weniger Sekunden in die Luft fliegen ließ. Die meisten Männer waren auf der Stelle tot. Die anderen hatten schwere Verbrennungen erlitten und trieben hilflos im schwarzen Wasser, das so bitterkalt war, dass sie kaum noch Schmerzen verspürten, bevor sie im Dienst für das Vaterland ihr Leben ließen.

Carlton hielt sich so weit wie möglich von Chens Schneidbrenner entfernt. Die Flamme blendete so stark, dass auf seiner Netzhaut schwarze Pünktchen erschienen. Es war schon erstaunlich, dass ihre Anwesenheit auf der *Rossija* nicht bemerkt wurde. Aber es ist ja kein Kriegsschiff, dachte er wieder. Nur wenn den Atommotoren Gefahr drohte, würde die Crew hochschrecken. Jetzt jedoch lagen offenbar alle im Tiefschlaf. Im Licht des Schneidbrenners sah er die Gesichter der anderen, in denen Angst und Besorgnis zu lesen waren.

»Verdammt!«, fluchte Pink und wandte sich vom dritten Loch in der Hülle ab. »Immer noch *nada.* Okay. Weiter!«

Als sie weiter in Richtung Bug gingen, erschien plötzlich ein Gesicht in der Dunkelheit. Carlton erlitt fast einen Herzschlag, doch dann erkannte er Erika. Sie sah ganz aufgeregt aus. »Ihr solltet mal kommen und euch das anschauen!«

Zweiter Offizier Iljuschin stand stramm und salutierte. »Wem verdanken wir dieses Vergnügen, *Capitan?*«, fragte er den blonden Kapitän der *Alexandr Newskij,* als er mittschiffs auf die *Rossija* kletterte. Der Blick des Mannes war eisig. Auf seiner Pelzmütze prangten der rote Hammer und die Sichel. Iljuschin hätte nicht gedacht, dass noch irgendjemand die kommunistischen Symbole trug.

Eine Kolonne schwer bewaffneter russischer Marinesoldaten hatte hinter dem Kapitän des Patrouillenbootes Aufstellung genommen. Alle mit Hammer und Sichel. Vielleicht sollte er lieber Murmansk anfunken und nachfragen, ob diese Typen koscher waren. Andererseits gab es kaum noch russische Uniformen in anständigem Zustand.

»Terroristen, Leutnant«, verkündete der Kapitän knapp. »Wir konnten Sie nicht über Funk warnen. Die Verbindung wäre vielleicht abgehört worden.«

»Terroristen? Das war es also, was wir vor ein paar Minuten da drüben gehört haben?«, fragte Iljuschin entsetzt.

»Genau, Leutnant. Wenn Sie nun bitte vorangehen wollen?«

»Natürlich, natürlich.« Iljuschin führte sie zur Außentreppe der Brücke. »Aber was können denn Terroristen von uns wollen? Die *Rossija* ist schließlich kein Kriegsschiff.«

»Aber sie wird mit Atomkraft angetrieben, Leutnant. Dieses Schiff verbrennt Uran. Ich hoffe, ich muss Sie nicht daran erinnern, wozu man Uran und seine Abfallprodukte verwenden kann.«

Sie betraten den warmen Innenraum der Brücke. »Bringen Sie dem Kapitän einen Tee, Wassili«, befahl Iljuschin seinem Ersten Maat und wandte sich wieder an den Kapitän. »Was kann ich für Sie tun?«

»Ich möchte, dass Sie ein paar Stunden mit mir zusammenarbeiten.«

»Selbstverständlich. Mit Vergnügen.«

»Zuerst bitte ich darum, völlige Funkstille zu halten. Einer meiner Männer wird an Ihrer Funkzentrale sitzen, bis wir die Lage unter Kontrolle haben.« Ohne sich umzublicken, wies er auf die Funkkabine. »Kokoschin!«

Ein streng blickender Leutnant trat aus der kleinen Gruppe Männer hinter dem Kapitän hervor, nahm an der Konsole Platz, setzte die Kopfhörer auf und begann Befehle auf der Tastatur einzugeben.

»Zweitens brauche ich jemanden, der mich und meine Männer im ganzen Schiff herumführt.«

»Sofort!« Iljuschin zögerte. »Soll ich unseren Kapitän wecken.«

»*Njet.* Je weniger Aufsehen, desto besser.«

»Natürlich. Mein Erster Maat wird Sie führen. Wassili!«

»Ich hab's im Vorbeigehen gesehen.« Erika hielt an und zeigte auf einen Teil des Schiffsrumpfs. »Schau mal.«

Carlton leuchtete mit der Taschenlampe auf den roten Stahl. »Schweißnähte.« Er wandte sich an Chen. »Was meinen Sie?«

Der Maschinist blinzelte und tastete die Blasen im Stahl auf einer Fläche von einem halben Quadratmeter ab, dreißig Zentimeter über dem Boden. Seine Taschenlampe, die er wie die Lampe eines Arztes am Stirnband trug, schien grell auf die rote Farbe. »Wer immer das geschweißt hat, hat es vor langer Zeit gemacht. Sehen Sie die Farbe?«

Carlton beugte sich vor. Mehrere Farbschichten bröckelten an den Lötstellen ab. Er nickte. »Man könnte es ja mal versuchen.«

Chen hockte sich hin und drehte die Flamme höher.

52.

Die *Seawolf*

USS Seawolf (SSN-21)
Atomgetriebenes Unterseeboot der US-Kriegsmarine
Barents-See
232 Meilen nordöstlich von Murmansk, 19.01 Uhr

Die Unterseeboote der *Seawolf*-Klasse waren der Gipfelpunkt einer Entwicklung, die mit David Bushnells *Turtle* im amerikanischen Unabhängigkeitskrieg begonnen hatte. Als Ersatz für die veralteten Boote der Los-Angeles-Klasse konnte die *Seawolf*-Klasse in jeder Hinsicht mit Verbesserungen aufwarten. Die *USS Seawolf* war ein hundert Meter langer und zwölf Meter achtzig breiter Koloss mit einer Wasserverdrängung von 9150 Tonnen. Die Höchstgeschwindigkeit unter Wasser betrug über fünfzig Knoten, auf Testtauchfahrten war bisher eine maximale Tiefe von 609 Metern erreicht worden. Die 140 Mann starke Besatzung hatte es wesentlich bequemer als auf anderen Unterseebooten. Das tödliche Waffenarsenal bestand aus zweiundfünfzig Mark-50-Torpedos, zwölf Javelin-Marschflugkörpern,

Harpoon-Raketen gegen Schiffsziele sowie einer Batterie von Täuschkörpern und Minen. Der Druckwasserreaktor war zwanzig Mal effektiver als die bisherigen konventionellen Reaktoren. Kurz gesagt, die Schiffe der *Seawolf*-Klasse waren die größten, schnellsten, leisesten und tödlichsten U-Boote der Welt.

Da diese Boote, die von General Dynamics in Connecticut gebaut wurden, mehr als zwei Milliarden pro Stück kosteten, hatte die Regierung nach dem Kalten Krieg die Marine gezwungen, den Auftrag von geplanten 29 Stück auf drei aktive Einheiten zu beschränken.

Der Kapitän der *Seawolf,* Commander Donald Grant Hendricks Jr., war ein eher unscheinbarer Mann, 46 Jahre alt und körperlich fit, allerdings kaum mehr als mittelgroß und schmächtig. Die Belastung der Befehlsgewalt hatte sein dunkelbraunes Haar an den Schläfen ergrauen lassen. Hendricks hatte an der Marineakademie studiert und sich zweimal in seinem Leben vermählt – einmal mit der Kriegsmarine und ein zweites Mal, als er in den Dienst der U-Boot-Flotte getreten war, den so genannten »Silent Service«. Die *Seawolf* war das zweite U-Boot, auf dem er das Kommando hatte – eine Belohnung für seine hervorragenden Leistungen auf einem Boot der Los-Angeles-Klasse. Obwohl er ein strenger Mann war, der selten lachte, wurde Hendricks von seiner Mannschaft geradezu verehrt – sowohl für seine Tapferkeit als auch für seine Fairness und seine Menschlichkeit. Wenn er an seinem Platz in der Kommandozentrale Seekarten auf dem elektronischen Displaytisch studierte und dabei einen Becher Marinegebräu schlürfte, schien er sich wohler zu fühlen als im Liegestuhl am Swimmingpool; zugleich strahlte er die nötige Autorität aus, um seinen Männern auf jeder Fahrt hinreichendes Vertrauen zu vermitteln.

Im Funkraum achtern vom Gefechtsstand läutete eine Glocke – das Signal, dass die Niedrigfrequenzantenne (VLF) am Heck des Schiffes eine Meldung von der Unterwasser-Funkzentrale der Navy in Michigan erhalten hatte. Da VLF-Übertragungen extrem langsam waren, wurden sie meist dazu benutzt, um den Befehl zum Auftauchen zu geben; sobald das Boot an der Oberfläche war, konnte es Nachrichten über die leistungsfähigeren Hochfrequenzsender (UHF) oder Marinesatelliten empfangen. Der wachhabende Matrose informierte seinen vorgesetzten Offizier, einen Junior Lieutenant, der die Meldung an Commander Hendricks weitergab.

»Sir, VLF signalisiert FLASH Vorrangmeldung höchster Priorität.«

Verdammt, fluchte Hendricks im Stillen. Niemals erlaubte er sich, seinen Zorn offen vor den »Bubbleheads« zu zeigen, wie U-Bootmatrosen manchmal genannt wurden. Die *Seawolf* war zwar das leiseste U-Boot aus der Werft in Groton, Connecticut, aber nur, wenn sie sich tief unter Wasser befand. Jeder Teil des Schiffs, der auch nur für eine Sekunde über die Meeresoberfläche ragte, konnte von Satelliten geortet werden. Und im »Silent Service« bedeutete selbst die entfernte Möglichkeit der Entdeckung ein unkalkulierbares Risiko. Besonders, wenn man in russischen Gewässern umherschipperte und noch dazu in Reichweite von Atomraketen, denen das Land zwar offiziell abgeschworen hatte, die jedoch inoffiziell immer noch getestet wurden. Deshalb sollten sie lieber kein Aufsehen erregen, bis sie russische Gewässer verlassen hatten und sich wieder in der Sicherheit der GIUK-Zone befanden.

Wenn wir hier draußen eine Nachricht über Satellit bekommen, muss es verdammt wichtig sein, überlegte Hendricks. »Bestätigt. Mr Wathne, bringen Sie uns auf Antennenhöhe«, befahl er seinem Ersten Offizier (XO), Lieutenant Commander Jack Wathne.

»Antennenhöhe. Aye, Sir.« Der XO gab den Befehl an Tauchoffizier und Wachführer weiter, die für Tauchtiefe und Richtung zuständig waren. Die *Seawolf* stieg bis knapp unter die Wasseroberfläche, damit sie ihren Kommunikationslaser über die eisigen Wellen strecken und die Meldung vom Nachrichtensatelliten für U-Boote empfangen konnte. Die Nachricht wurde auf den S-Band-Richtempfänger der *Seawolf* »abgesaugt«, und das Boot tauchte sofort wieder auf eine Tiefe von 150 Metern. Das Signal wurde in das schiffseigene Decodierungssystem gespeist, dechiffriert, ausgedruckt und zum Kapitän gebracht.

»Danke, Jackson.«

Z73446
Von: Befehlshaber der Unterwasserstreitkräfte, US-Atlantikflotte
An: Kommandant USS Seawolf
Sofort vorstoßen nach 74°03'00 nördl. Breite, 41°31'01 westl. Länge
Holen Sie US-Bürger von der Claire Sailing
Direkter Befehl des USCINC. Berichten Sie so schnell wie möglich
Warten Sie auf weitere Nachricht
Ende der Übermittlung

»Was, zum Teufel ...« Direkter Befehl des USCINC? CINC bezeichnete den Commander-in-Chief, den Oberbefehlshaber der Streitkräfte. Anders ausgedrückt den Präsidenten der Vereinigten Staaten. Hendricks reichte den Papierstreifen an seinen XO weiter. »Lieutenant, berechnen Sie schnellsten Kurs nach 41-31-01 West, 74-03-00 Nord. Volle Kraft voraus. Befehl vom Präsidenten persönlich. Vorwärts, Leute!«

»Volle Kraft voraus. Aye, Sir.«

Erster Maat Wassili Damow führte sie die äußere Treppe hinunter aufs Unterdeck der *Rossija,* wo er stehen blieb. »Wo möchte der Kapitän hingehen?«, fragte er. Es freute ihn, dass er der russischen Marine behilflich sein konnte. Sein Vater, der Kapitän in der Kriegsmarine gewesen war, hatte dem jungen Damow viele Geschichten erzählt, in denen die übrigen Nationen vor Russlands Militärmacht zitterten.

»Ich will jeden Quadratzentimeter im Innern untersuchen. Nicht die Wohnbereiche oder den Maschinenraum. Nur die Bereiche, wo Terroristen eine Bombe legen oder sich verstecken könnten, ohne dass man sie findet.«

»Verstehe, *Capitan.* Folgen Sie mir.«

»Das hier ist ja ein harter Brocken. Da haben die wohl den Stahl verstärkt«, meinte Chen nach zehn Minuten angestrengten Schweißens. Er hatte drei Seiten einer viereckigen Platte ausgeschnitten und arbeitete nun an der vierten. »Hab's fast geschafft.«

Die Luft schien so dick zu sein wie die Stahlplatte. Carlton wischte sich den Schweiß von der Stirn und kämpfte gegen das Verlangen, den dicken Parka abzustreifen, der ihn beinahe erstickte.

»Fertig.« Chen drehte die Flamme klein. Carlton und Pink packten die Platte an beiden Seiten.

Carlton stöhnte vor Anstrengung. »Mann, ist das Ding schwer!«

Sie bogen die schwere Platte nach innen, gegen die nächste Hülle. Pink steckte den Schwenkarm in die Aushöhlung. Nach ungefähr dreißig Zentimetern stieß er auf ein Hindernis. Er schaute auf den Bildschirm: dicke imprägnierte Beutel, übereinander gestapelt zwischen den Schiffswänden. »Bingo!«

Carlton griff sich einen Beutel. Er war unglaublich schwer. Er hievte ihn aus der Höhle auf Deck. Der Beutel war mit einem straffen Knoten verschlossen. »Den würde ja nicht mal Houdini aufkriegen.« Krebski gab ihm sein Messer. Für die scharfe Klinge war der starke Nylonstoff kein Hindernis. Carlton trennte die Spitze des Beutels ab und leuchtete mit seiner Taschenlampe hinein.

Sprachlos starrte er auf den Inhalt.

»Mein Gott«, brachte er schließlich heraus. Das Funkeln der Steine aus dem Beutel war so stark, dass er fast wünschte, er hätte seine Sonnenbrille mitgebracht. Carlton griff hinein und holte eine Hand voll Diamanten heraus. Alle waren vorzüglich geschliffen und wiesen die vorgeschriebene Anzahl Facetten auf. Er brauchte weder Thérèse de la Pierre noch einen anderen Experten, um zu wissen, dass es Diamanten von Edelsteinqualität waren. Einer war blau und fast so groß wie ein Golfball, ein Brillant mit 58 Facetten. Sein Leuchten war so intensiv, dass er von innen heraus zu glühen schien. Carlton hielt ihn ins Licht der Taschenlampe und starrte wie gebannt darauf.

Pink stieß einen Seufzer der Erleichterung aus. »Ich kann es nicht glauben.«

»Ich auch nicht«, sagte eine laute Stimme hinter ihnen. Sie fuhren gleichzeitig herum, konnten im Dunkeln aber nichts erkennen. In diesem Augenblick leuchteten überall Lampen auf und tauchten den langen Korridor in grelles weißes Licht.

Carlton, Erika, Pink und die Mitglieder der Crew starrten sprachlos vor Entsetzen in die Mündungen der Kalaschnikows. Rasch stopfte Carlton den blauen Diamanten in den Ärmelaufschlag seines Parkas.

»Hände hinter den Kopf!«, befahl Uljanow in makellosem Englisch.

»Ich muss mich bei Ihnen bedanken, dass Sie Pjaschinews Rätsel gelöst haben. Ein Schiff namens *Rossija* und dessen dritte Hülle. Wer hätte gedacht, dass es so simpel ist? Natürlich *konnte* nur ein Amerikaner dieses kindisch einfache Rätsel lösen.« Er grinste über seinen Witz, dann war das Grinsen plötzlich weggewischt. »Kommen Sie mit, aber schön der Reihe nach.«

»Sie arbeiten also mit Waterboer zusammen«, stellte Carlton fest und bemühte sich, keine Furcht zu zeigen. Fieberhaft suchte er nach einem Ausweg.

»Warum sagen Sie das?«, fuhr Uljanow ihn an.

»Wer sonst sollte Sie für diese Diamanten bezahlen?«

Uljanow stieß ein verächtliches Lachen aus. »Ihr Amerikaner.

Immer glaubt ihr, was Hollywood euch eintrichtert. Wir haben kein Interesse an Waterboer. Unser einziges Ziel ist, dass Russlands Diamanten bei unserer Heiligen Mutter Russland bleiben. Dort, wo sie hingehören.«

Die Heilige Mutter Russland? Hammer und Sichel auf den Pelzkappen? Wer immer diese Typen waren, zur russischen Marine gehörten sie ganz sicher nicht. Vermutlich auch nicht zu Jagodas GRU-Team.

»Woher wussten Sie dann, wo wir waren?«

»Es war sehr einfach, Mr Carlton. Aber ich will Sie nicht mit Einzelheiten langweilen.« Uljanow zeigte auf die *Newskij*. »Los. Über den Steg.«

Mehr wütend als ängstlich ging Carlton an Deck der *Alexandr Newskij,* die anderen folgten. Es überraschte ihn nicht, dass sein verschlüsselter Hilferuf an Forbes abgefangen worden war: Fress musste die Nachricht abgehört und an Waterboer weitergegeben haben; dann hatte Waterboer seinen russischen Agenten Order erteilt, sie aufzuspüren und die Diamanten zu beschlagnahmen. Deshalb konnte es kaum überraschen, dass nun plötzlich russische Nationalisten auftauchten, die von Waterboer unterstützt wurden. Was Carlton hingegen wütend machte, war der Umstand, dass weder Jagodas noch Forbes' Rettungstruppen erschienen waren.

»Sie sollten beim Telefonieren ein bisschen vorsichtiger sein.«

»Was haben Sie mit uns vor?«, wollte Erika wissen.

»Was glauben Sie? Wir bringen euch zurück zu eurem Schiff. Unsere Mission ist erfüllt. Wir haben die Diamanten. Ihr nicht.«

»Sie wollen doch nicht etwa ...«

Wieder das verächtliche Lachen.

»Euch töten? Es spielt keine Rolle, dass ihr jetzt wisst, dass wir die Diamanten haben. Ehrlich gesagt, freue ich mich darüber.« Uljanow wandte sich an einen seiner Männer. »Bring sie zu ihrem Schiff, und zerstöre ihre Funkgeräte. Wo ein amerikanischer Soldat ist, sind tausend in der Nähe. Wir können nicht riskieren, dass sie Verstärkung rufen.«

Der Soldat gehorchte.

»Gute Reise!«, rief Uljanow ihnen von der Reling der *Rossija* aus zu.

»Die haben ... die können uns doch nicht einfach so gehen lassen!« Zitternd stand Erika an Bord der *Claire.*

Pink betrachtete die verschmorten Kabel und das übrige Chaos, das die Bombe der *volki* im Funkraum hinterlassen hatte. Ein paar Kabel sprühten immer noch Funken.

»Lasst uns nicht herumsitzen und warten, bis es so weit ist. Jack, sorgen Sie dafür, dass wir hier rauskommen«, befahl Carlton.

Ramey war schon dabei, die schweren Maschinen der *Claire* zu starten. »Das müssen Sie mir nicht erst sagen.« Er drückte die Starthebel so weit wie möglich nach vorn. »Chen und Krebski, gehen Sie nach unten, und schauen Sie nach, ob die irgendwelche Dinge an den Motoren zurückgelassen haben. Aber seien Sie vorsichtig!«

»Aye.«

»Wie sieht's aus, Tom?«, fragte Carlton.

Pink schüttelte den Kopf. »Nichts geht mehr.«

»Bist du sicher?«

»Dieses Funkgerät braucht keine Reparatur, sondern am besten gleich den Priester. Und das tragbare Gerät ist zu klein, damit können wir nichts anfangen.«

»Wenigstens tut's das Schiff noch. Was das wohl für Typen waren?«

»Auf keinen Fall reguläre Marinesoldaten oder GRU-Truppen, so viel ist sicher.«

»Captain, wo ist der nächste ...«

Eine heftige Erschütterung des Schiffes unterbrach ihn. Unmittelbar darauf folgte die nächste.

Ramey schrie vor Überraschung auf. Die Lichter flackerten und erloschen. Ramey hieb auf den Knopf der Sprechanlage, die ihn mit dem Maschinenraum verband. »Chen, was ist da unten los? Chen? Chen! Kommen!«

Das Schiff begann nach Backbord zu krängen, zuerst ein wenig, dann immer mehr. »Krebski! Melden Sie sich! DesJardins! Kommen!«

Ein Knacken in der Sprechanlage. »Torpedotreffer!« Krebskis Stimme klang undeutlich. »Mittschiffs und achtern. Wir haben ...«

Zwei weitere starke Erschütterungen warfen jeden auf der Brücke zu Boden. Ramey erhob sich als Erster. Er sah Flammen am Bug hochschlagen. »Krebski? Verdammt, die Leitung ist tot.«

DesJardins stieg die Treppe zur Brücke hinauf. »Krebski meldet, der Rumpf ist an vier Stellen aufgerissen, Captain.« Er keuchte heftig. »Er gibt uns noch zehn Minuten.«

»Also haben wir die Wahl zwischen Verbrennen und Ertrinken. Wir müssen von dem Kahn runter!«

Ramey fluchte. Eine neuerliche Erschütterung warf ihn auf die Funkkonsole. Dieses Mal war es eine Explosion auf dem Schiff selbst.

»Sie haben Recht. Uns bleibt keine andere Wahl.« Ramey brüllte in den Lautsprecher: »Verlasst das Schiff. An alle, verlassen Sie das Schiff!«

Die Stimme aus dem Lautsprecher hallte von den Stahlwänden des Schiffes wider. Dann gingen alle Lichter aus. »Jetzt ist der Strom endgültig ausgefallen. Kommen Sie. Wir gehen.«

Die Notbeleuchtung schaltete sich ein und tauchte alles in ein unheimliches rotes Licht.

Sie ertasteten ihren Weg durch die schräg geneigten Korridore und über die Außendecks, deren Neigung wie in einem surrealen Gemälde wirkte. Erika und DesJardins streiften mit einiger Mühe ihre Parkas über, während sie sich an der Reling festhielten. Als sie über das geneigte Deck krochen, schaute Pink zu den Verankerungen der Rettungsboote hinauf und bekam es nun wirklich mit der Angst zu tun. Jeder der vier Haken pendelte leer durch die Luft, und lose Kabel hingen nutzlos herab. Die *volki* hatten gründliche Arbeit geleistet.

»Alle anderen sind tot«, meldete DesJardins. Die *Claire* war ein großer Frachter, der aber kaum Besatzung brauchte.

»Gibt's sonst noch Rettungsboote?«, rief Pink Ramey zu; er schrie, um das Tosen der Flammen zu übertönen. Der Bug der *Claire* hob sich in einer plötzlichen Bewegung aus dem Wasser, und das Heck wurde vollständig von den eisigen Fluten überspült.

»Die Schlauchboote im Lager!«, rief Ramey zurück und zeigte über die Schulter. Die tosenden Flammen rückten rasch näher; man konnte bereits die Hitze im Gesicht spüren.

Carlton verschwand im düsteren Innern des schnell sinkenden Schiffes.

»Pat, nicht!«, rief Erika. »Nein!« Sie wollte ihm nach, doch Pink hielt sie zurück und drückte ihr eine Rettungsweste in die Hand.

Carlton kam nach zwei Minuten wieder heraus. In der Hand hielt er einen großen Rucksack. »Eins sollte reichen, denn mehr hab ich nicht gefunden.« Er zog an der Reißleine und beobachtete, wie sich das schwarze Gummiboot selbsttätig aufblies.

In diesem Augenblick schoss eine riesige Welle in die Hauptkajüte, überflutete das Deck und riss Carlton das Rettungsboot aus der Hand. Die *Claire* krängte hart nach Backbord. Überschüssige Luft in der Kajüte drückte die Scheiben nach außen. Die fünf Überlebenden wurden mit Glassplittern überschüttet.

»Springt, bevor es zu spät ist!«, brüllte Ramey. Als Erste sprang Erika ins Schlauchboot, gefolgt von Pink, Carlton, DesJardins und Ramey. Der drehte sich noch einmal um und sah in hilflosem Zorn zu, wie das Schiff, für das er verantwortlich gewesen war, in den Wogen verschwand.

Bald schon verzehrten Flammen das brennende Öl auf dem Wasser. Dunkelheit hüllte sie ein. Vereinzelt leuchteten Sterne am Himmel.

53.

Der Kontakt

USS Seawolf
Barents-See
381 Meilen nordöstlich von Murmansk, 23.14 Uhr

Das atomgetriebene U-Boot USS *Seawolf* war leiser als jedes andere von Menschenhand gebaute Unterwasserfahrzeug. Das Schiff war so still, dass die beiden mit 52.000 PS betriebenen Turbinen in etwa so viel Energie ausstrahlten wie das Nachtlicht in einem Kinderzimmer. Die Urankernspaltung wandelte Wasser zu Dampf, der die Generatoren antrieb und den an Bord benötigten Strom erzeugte. Luftfilter saugten Kohlendioxid aus der Innenatmosphäre des U-Boots ab und leiteten das Gas ins Achterwasser der Pilotenkanzel. Stickstoff/Sauerstoffgeneratoren sorgten für Frischluft. Eine Süßwasseranlage erzeugte 37.850 Liter Wasser pro Tag. Deshalb konnte die *Seawolf* viel länger unter Wasser bleiben als die übliche Fahrtdauer von sechs Monaten; die Länge der Reisen wurde nur durch den Lebensmittelvorrat begrenzt. Die *Seawolf* konnte aus ihrem Heimathafen Groton in Connecticut auslaufen und in fast jedem Meer auf dem Globus unbemerkt auftauchen. Das aber setzte voraus, dass das U-Boot nicht mit seiner Höchstgeschwindigkeit von fünfzig Knoten fuhr. Bei einem solchen Tempo machten selbst die besten Schrauben einen Heidenlärm. Das Phänomen heißt Kavitation: Durch die schnelle Drehung der riesigen

Schiffsschraube werden hoher Wasserdruck und eng zusammengeballte Luftbläschen erzeugt, die auf die Flügelenden der Schraube prallen. Lärm erhöht die Gefahr einer unerwünschten Ortung. Und wenn Gefahr droht, hat dies erhöhte Wachsamkeit zur Folge.

Der Sonartechniker Jorge de la Torre Gonzales schloss die Augen und legte den Kopf schief, konzentrierte sich völlig auf sein Gehör. Gonzales, von der übrigen Besatzung scherzhaft »Ears« genannt, besaß ein geradezu unheimliches Talent dafür, selbst schwächste Signale wahrzunehmen, bevor sie vom schiffseigenen Aufklärungs- und Ortungssystem BSY-2 – Spitzname »Busy Two« – aufgespürt wurden. Gerade glaubte Ears, im Kopfhörer etwas gehört zu haben: Ein schwaches Geräusch inmitten des Rauschens. Er schaute auf den »Wasserfall«-Bildschirm von Busy Two, der die Frequenzen in senkrechten Linien aufzeichnete.

Nichts.

Wieder hörte er das Geräusch. Diesmal länger. Ears verstellte die Akustikregler, um den Laut zu isolieren, und hob dann plötzlich den rechten Zeigefinger. Das Signal erklang nun ununterbrochen. Kontinuierlich und in Wiederholungen. Viel zu regelmäßig, als dass es von einem Lebewesen stammen konnte. Also ein mechanisches Geräusch, schloss Ears. Wieder schaute er auf den Bildschirm. *Bingo.* Da war es – schwach nur, aber zu erkennen. Eine deutliche Frequenzlinie vor dem Wasserfall.

»Sir, ich habe einen Kontakt«, meldete er dem Sonaroffizier. »Peilung Nordwest.«

»Bestätigt.« Der Sonaroffizier drückte die Taste der Gegensprechanlage. »Sonar an Zentrale. Neuer Kontakt, Kennzeichnung Sierra einundzwanzig, Peilung Nordwest.« »Sierra« bezeichnete einen neuen Sonarkontakt. Jedem Kontakt wurde eine fortlaufende Nummer zugeordnet. Folglich war der neue Kontakt der einundzwanzigste, seit die *Seawolf* ihren Heimathafen verlassen hatte. Ziemlich viele Kontakte für eine Fahrt, die erst vor einer Woche begonnen hatte; das aber lag an den eifrigen Vorbereitungen für die NATO-Übung in der GIUK-Region.

»Können Sie ihn identifizieren?«, fragte der XO.

»Bin schon dabei, Sir.« Auch der Sonaroffizier horchte nun angestrengt. »Wonach klingt das, Ears?«

Die Identifizierung der Geräusche von Sierra 21 wäre für den Sonartechniker viel leichter gewesen, wäre die *Seawolf* normal gefahren. Doch ihre hohe Geschwindigkeit führte zu Kavitation und Schwingungen, die fast jeden Laut des neuen Signals übertönten. »Ist weit weg, jagt aber wie 'ne Fledermaus dahin. Weit reichende Kavitation. Hört sich an wie ...«, Ears verstummte kurz, zögerte, »wie eine Delta III, Sir.«

»Das kann nicht stimmen. Sämtliche Delta III wurden verschrottet.«

»Das dachte ich auch gerade, Sir. Ich prüf das mal mit Busy Two nach, Sir.« Ears speiste das Signal aus dem Sonar in den Computer ein. Der BSY-2 irrte sich selten. Das Weitbereichsnetz verband gewaltige UYK-Computer mittels einer Million Leitungen mit Computercodes des Verteidigungsministeriums und einem Datenbus, der das Sonar, die Waffen an Bord und die Feuerleitung kontrollierte. Innerhalb weniger Sekunden zeigte der »Wasserfall« die bestmögliche Klassifizierung von Sierra 21 an: russisches U-Boot der Delta-III-Klasse.

»Sir, Busy Two bestätigt Sierra als Delta drei Kal'mar-Klasse. Behauptet mit einer Wahrscheinlichkeit von 8-4 Prozent, es sei die ...« Ears hielt inne. Das war unmöglich!

»Die wer?«

»Die *Puschkin,* Sir.«

»Jetzt dürfte wohl klar sein, dass das nicht stimmen kann. Die *Puschkin* wurde vor mehr als einem Jahr verkauft, um verschrottet zu werden. *Stars and Stripes* hat sogar einen Artikel darüber gebracht.«

Ears schloss die Augen und legte wieder lauschend den Kopf zur Seite. »Sir! Neuer Kontakt, Peilung Nordwest.«

»Kennzeichnung neuer Kontakt Sierra zweiundzwanzig Peilung Nordwest.«

»Das Signal ist schwach, Sir. Sehr schwach. Ich könnte es besser hören, wenn wir nicht so viele Schwingungen mit der Schraube machten. Aber es klingt wie ... wie eine Explosion. An der Oberfläche.« Ears suchte mit Blicken den gesamten Wasserfall-Bildschirm ab. »Drei Explosionen. Was immer da mit Sierra 22 geschieht, es ist nicht besonders erfreulich.« Er drückte die Kopfhörer an die Ohren. »Metall verbiegt sich ... Implosionen unter Wasser ... Sierra 22 sinkt, Sir.«

Der Sonaroffizier blinzelte verblüfft. »Entfernung?«

»Entfernung ungefähr 4-0 Knoten. Ziemlich nahe an Sierra 21, Sir.«

Der Sonaroffizier hieb auf die Taste der Sprechanlage. »Sonar an Zentrale. Unbekanntes Schiff im Sinken begriffen, Entfernung 4-0 Knoten. Sollen wir Hilfe leisten, Sir?«

Der XO wollte eben antworten, doch Hendricks fiel ihm ins Wort. »Sierra 22 ist nahe an unserem Zielobjekt. Soviel wir wissen, kann sie sogar das Zielobjekt sein. Also Ruhe bewahren. Was ist mit Sierra 21? Haben Sie noch weitere Daten?«

Der Sonaroffizier wandte sich an Ears.

»Kurs 2-0-1. Tiefe 2-1-3 Meter. Geschwindigkeit 2-4 Knoten, Sir. Entfernung ungefähr 3-0 Knoten.«

»Eine Delta III, die 24 Knoten macht? Das ist ja Höchstgeschwindigkeit. Na, immerhin entfernt sie sich von uns.« Wieder drückte er die Taste der Sprechanlage. »Sonar an Zentrale. Busy Two identifiziert Sierra 21 als das russische Unterseeboot *Puschkin,* Delta-III-Klasse. Kurs 2-0-1, Geschwindigkeit 2-4 Knoten. Entfernung ungefähr 3-0 Knoten. Wahrscheinlichkeit 8-4.«

Der XO wandte sich an Hendricks. »Sir, die *Puschkin* sollte doch eigentlich abgewrackt werden.«

Der Captain schüttelte den Kopf. »Korrekt, aber für Marinegeschichte haben wir jetzt keine Zeit, Mr Wathne. Behalten Sie das Boot im Auge, und passen Sie auf, dass wir nicht an Fahrt verlieren. Wahrscheinlich hat es uns bereits gehört, ich weiß. Aber es entfernt sich ja. Außerdem fahren die Delta III mit einer Höchstgeschwindigkeit von 24 Knoten. Wir können sie also einholen, wenn wir wollen. Wir werden nach Überlebenden suchen, sobald wir unsere Leute an Bord genommen haben.« Es widerte ihn an, wenn Befehle mit seinem Instinkt als Seemann in Widerstreit gerieten. Vielleicht kämpfte dort draußen im eisigen Wasser eine ganze Mannschaft in Gummibooten oder gar an Schwimmkörpern ums Überleben – und er konnte nichts dagegen tun. Er hatte seine Befehle. Vom Commander-in-Chief höchstpersönlich. Hendricks konnte nur hoffen, dass sein Zielobjekt mit Sierra 22 identisch war und dass es ihnen noch glückte, ein paar Überlebende zu retten.

»Ruhe bewahren. Aye, Sir«, bestätigte XO Wathne mit unbehaglicher Miene. Wie jeder eingefleischte U-Boot-Mann fühlte er sich verwundbar, wenn sein Boot so laut war, besonders, wenn man in den Territorialgewässern eines ausländischen Staates kreuzte, ganz besonders in russischen Gewässern. Angestrengt dachte er über ihre Lage nach. Starrte auf die Seekarte und versuchte zu ergründen, wohin dieses russische U-Boot unterwegs sein könnte. Für die nächsten tausend Meilen konnte er kein Ziel erkennen. Wohin fahren die mit voller Kraft?, fragte er sich. Der Gedanke quälte ihn umso mehr, weil die *Puschkin* ein so genannter »Boomer« war – ein Raketen-U-Boot mit senkrechten Abschussrohren, in die sechzehn atomare Langstreckenraketen geladen werden konnten.

54.

Die Täuschung

Rossija
Barents-See, 23.32 Uhr

Ich verstehe das nicht«, murmelte Erster Maat Wassili Damow. Er gab sich alle Mühe, einem Offizier der von ihm so verehrten Kriegsmarine nicht den Gehorsam zu verweigern. »Warum holen Sie die Diamanten vom Schiff? Sollten wir nicht Moskau informieren und die Steine zu den entsprechenden Stellen bringen?«

»Nein«, entgegnete Uljanow. »Die entsprechenden Stellen, wie Sie sie nennen, sind korrupt. Sie verkaufen unsere Heilige Mutter Russland an den Westen. An diese *amerikanskii,* die, wie Sie ja gesehen haben, die Diamanten bereits stehlen wollten.«

»Aber ich ... tut mir Leid. Ich verstehe es einfach nicht.«

»Musst du auch nicht.« Uljanow zog seine schallgedämpfte Makarow aus dem Schulterhalfter und schoss Damow in den Kopf. Gleichmütig steckte er die Pistole wieder ins Halfter und ging über die Laufplanke auf die *Alexandr Newskij.* »Los. Los! Jetzt fahr schon!«, fuhr er seinen Steuermann an.

Als die *Alexandr Newskij* Fahrt aufnahm, betrat Uljanow die Brücke und blickte seinen Ersten Offizier an. »Wie lange noch bis zur *Puschkin*?«

»Eine Stunde und zwanzig Minuten.«

»*Charascho.* Dann tun Sie's jetzt.«

Kaum eine Sekunde später war dumpfes Wummern zu vernehmen – der Sprengstoff im Maschinenraum der *Rossija* wurde mittels Fernbedienung zur Explosion gebracht. Dann ein zweites Wummern, dieses Mal mittschiffs. Explosionen an Bug und Heck folgten.

Der Eisbrecher mit dem dreifach verstärkten Rumpf war gebaut worden, um extremer Belastung von außen standzuhalten, aber nicht von innen. In weniger als einer Viertelstunde war das feuerwehrrote Riesenschiff in den Wogen der Barents-See versunken.

»Da?«

»Molotok?«

»Da, da. Uljanow, schto et ...«

»Sieg.«

»Du hast sie?«

»Wir haben die ...« So mächtig die *volki* und ihre Verbündeten auch waren, Moskau hörte immer noch alles mit. »Wir haben es.«

»Charascho! Otschen charascho!«

»Du solltest sie mal sehen. Sie sind viel schöner, als ich mir vorgestellt habe. Pjaschinew, dieser Verräter, hat seine Sache wirklich gut gemacht. Hervorragende Qualität. Das Allerbeste, was Sibirien zu bieten hat. Wie Feuer. Schmuck für einen Zaren. Und noch dazu so viele. Es ist wie im Märchen.«

»Das hast du gut gemacht.«

»Aber es ist noch nicht vorbei. Nun müssen wir sie zu ihrem Ziel bringen.«

»Sei vorsichtig!«

»Wir haben den Plan doch lange und gründlich geübt. Alle meine Männer stehen auf ihrem Posten. Wenn du es nicht anders wünschst, gebe ich jetzt Befehl für den Beginn der Operation.«

»*Da.* Ich werde die andere Seite informieren. Sei vorsichtig, mein Freund. Ich muss dich nicht erst daran erinnern, wie viel auf deinen Schultern ruht.« Für den sibirischen Bären und seinen treuesten Gefolgsmann war das kein abgegriffenes Klischee.

Piet Slythe wurde mitten in der Nacht aus dem Schlaf gerissen. Er fluchte. Soweit es ihn betraf, konnte nichts so wichtig sein, dass es nicht bis zum nächsten Morgen warten konnte. Ian stand neben seinem Bett und schüttelte ihn.

»Verdammter Mist«, fluchte Slythe. »Was ist los? Weißt du nicht, wie spät ...«

»Es ist der Russe. Molotok.«

»Und?«

»Er ist am Apparat. Will mit keinem anderen sprechen.« Ian hielt seinem Chef den Hörer hin.

»Dieser blöde bolschewistische Bauer!« Slythe setzte sich auf und nahm den Hörer. »Slythe am Apparat.«

»*Eto* Molotok.«

»Ja, und ich hoffe, Sie haben einen guten Grund, mich zu dieser Stunde aus dem Bett zu werfen.«

»*Da.* Wir haben sie gefunden. Gefunden und genommen.«

Slythe sprang aus dem Bett. »Endlich! Hervorragend!«

»*Da.* Wir bringen zu vereinbartes Ziel. Dann Sie sind bereit?«

»Meine Leute werden Sie erwarten. Seien Sie um Himmels willen vorsichtig.«

Slythe legte auf und wandte sich an Ian.

»Der Russe hat die Diamanten. Er ist auf dem Weg nach Aberdeen. Sag unseren Leuten, sie sollen sich bereithalten. Diesmal darf nichts schief gehen!«

55.

Das Rettungsboot

Rettungsboot der Claire Sailing
Barents-See
420 Meilen nordöstlich von Murmansk, 00.09 Uhr

In der stockfinsteren Nacht zitterten die Schiffbrüchigen in der Kälte des Polarmeers. Immer wieder suchten sie Horizont und Himmel nach einem Rettungsschiff ab. Nichts. Eigentlich reichte die Erfahrung, in diesen eisigen Gewässern über Bord zu gehen, für ein ganzes Leben – ihnen jedoch war es schon zum zweiten Mal binnen einer Woche passiert. Das erste Mal war es allerdings geplant gewesen. Und jenes Rettungsboot hatte Motor und Vollverglasung gehabt, die sie vor den Elementen schützte. Die Rettungsboote der *Claire* jedoch waren zerstört; deshalb saßen sie jetzt auf dieser schwarzen Gummiinsel, ohne Motor, Licht, Heizung, Wasser oder Nahrung. Aber sie waren in Sicherheit. Für den Augenblick.

Der Augenblick währte nicht lange.

Traubengroße, gefrorene Regentropfen peitschten die Gesichter der Schiffbrüchigen. Der Regen erstickte alle anderen Geräusche, und die Sicht war gleich null. Deshalb sah keiner, dass kaum zehn Meter entfernt ein gewaltiger schwarzer Schatten aus dem Meer auftauchte. Wie ein Ungeheuer aus der Tiefe schob er sich höher und höher, bis er das überladene Gummiboot um fünfzehn Meter überragte. Hätte einer von ihnen hingeschaut, wären ihm bestimmt die großen weißen Buchstaben am Rumpf aufgefallen: Sie lauteten »SSN 21«.

56.

Unangreifbar

Justizpalast
Offizio di Guarda di Finanza
Rom, 10.03 Uhr

Orlando Leonida war Bürgermeister in der Hauptstadt der Cosa Nostra, und als solcher arbeitete er regelmäßig mit dem italienischen Justizministerium und der ihm unterstellten Steuerbehörde zusammen, der *Guarda di Finanza* (GDF). Doch es war ungewöhnlich, auf welche Art und Weise Leonida seine Arbeit in Angriff nahm. Viele seiner Vorgänger hatten bereitwillig Ruf und Ehre gegen einen Hungerlohn eingetauscht, der ihnen von den Paten gezahlt wurde. Bürgermeister Leonida hingegen hatte sich niemals kaufen oder von Drohungen gegen sein Leben oder seine Familie einschüchtern lassen. Wie Elliot Ness, der berühmte US-Steuerfahnder in den Zwanzigerjahren, konnte man Orlando Leonida mit Drohungen und Bestechung nichts anhaben. Er war unangreifbar. Selbst als 1992 der heldenhafte Kämpfer gegen die Mafia, der sizilianische Richter Giovanni Falcone, von einer Bombe getötet wurde, deren Sprengkraft so groß war, dass die Erschütterung auf Seismographen in ganz Europa registriert wurde, zeigte Leonida sich unbeeindruckt.

Allmählich zahlte seine Hartnäckigkeit sich aus, und sein Feldzug zeigte erste Wirkung. Die Zeiten änderten sich. Die Geduld nicht nur der Sizilianer, sondern aller Italiener war erschöpft. Nach Jahrzehnten lähmender Apathie begriffen die Menschen, dass die grausamen Morde, die Korruption und die verbrecherischen Geschäfte der Cosa Nostra nicht nur andere Länder ausbluteten, sondern auch ihr geliebtes Italien. Die Wirtschaft wurde ausgesaugt, Italiens großartiges Erbe ging verloren, und den Kindern wurde die Zukunft geraubt. In den Schulen wurden Heroin, Kokain, Ecstasy und andere tödliche Drogen billiger als sonst wo auf der Welt verkauft, da die Mafia die Preise künstlich niedrig hielt. Es war genug!

Basta!

Bürgermeister Leonida wurde nicht nur allgemein beliebt, er wurde zum Star und war niemals allein: Ein Soldat der Armee – eine erklärte Feindin der Cosa Nostra – stand mit einer Maschinenpistole im Zimmer Wache, sogar dann, wenn Leonida schlief oder auf die Toilette ging. Der Bürgermeister verließ seine Wohnung nie ohne kugelsichere Weste unter dem teuren Dreireiher. Bombenspürhunde – deutsche Schäferhunde – begleiteten ihn, auch in Gebäuden. Es war ein hoher Preis, den er für seine Sicherheit zahlen musste, doch Leonida war es die Sache wert.

An diesem Morgen durchbrach strahlender Sonnenschein die bittere Kälte des römischen Winters. Von seinen handverlesenen Soldaten und Schäferhunden eskortiert, schritt Bürgermeister Leonida durch die prächtigen Flure der Guarda di Finanza und betrat das Büro des Direktors.

Direktor Vittorio Umberto wusste, ein persönlicher Besuch seines Amtsbruders konnte nur eines bedeuten. Umberto war einer der wenigen Regierungsbeamten, die keine Angst davor hatten, das Richtige zu tun. Auch er war unangreifbar – wenngleich er es in Rom leichter hatte als Leonida in Sizilien. Er empfing seinen Kollegen mit offenem Lächeln und ausgebreiteten Armen. »*Buon giorno,* Orlando.«

»*Buon giorno.*«

Die beiden Männer umarmten einander. Leonida lehnte den angebotenen Platz in einem bequemen Wildledersessel ab und entließ alle seine Leibwächter bis auf einen. Dann entnahm er seiner Aktentasche einen dunkelbraunen Ordner, legte ihn auf Umbertos Schreibtisch und klappte ihn schwungvoll auf.

»*Che cosa?* Was ist das?«, fragte Umberto.

Leonida grinste. »Daran«, er zeigte auf die Papiere, »haben

wir geschlagene sechs Monate lang gearbeitet. Eine Liste von fünf Konten bei der römischen Hauptstelle der Banco Napolitana Lucchese. Die Konten laufen auf Arcangelos Namen. Damit können wir ihn endlich vorladen.«

Umberto betrachtete die Akte und sah dann zweifelnd zu Leonida auf. »Orlando, du weißt, wie gern ich ihn verhaften würde, aber die bloße Tatsache, dass Arcangelo Bankkonten hat, heißt noch nicht, dass ...«

»Diesmal ist es anders, Vittorio. Schau mal genau hin, was das für Konten sind. Sie wurden nur zu dem Zweck eröffnet, Gelder aus fünf Regierungsverträgen für die Restaurierung öffentlicher Baudenkmäler darauf einzuzahlen. Natürlich wurden die Bauarbeiten nie aufgenommen – ein Umstand, der uns nicht neu ist.«

Die im Laufe der Jahre erfolgten Zahlungen der Regierung für Sanierungen von Baudenkmälern in Palermo hätten ausgereicht, um *palazzi* von Sizilien bis nach China zu bauen. Fast alle Denkmäler waren nicht mal mit einem Pinsel in Berührung gekommen. Die Gelder wanderten in die Kassen Mafia-eigener Baufirmen, und an den Baudenkmälern blieben bis in alle Ewigkeit Schilder hängen mit der Aufschrift: *è chiuso per il restauro.*

»Aber jetzt liegen die Dinge anders. Wir haben uns Kopien der ursprünglichen Regierungsverträge beschafft; sie liegen der Akte bei. Der Punkt ist der: Obwohl die Guthaben auf den fünf Konten den vertraglich vereinbarten Summen entsprechen, kann das Geld nicht von der Behörde stammen – denn die hat noch gar keine Zahlungen an Arcangelos Firmen veranlasst.«

Umberto bekam große Augen.

»Verstehst du?« Leonida setzte sich und zündete sich eine Zigarette an.

»Santa Lucia«, flüsterte Umberto.

Leonida blies einen Rauchkringel aus, der zur Decke stieg. »Die Behörde hat also bisher keinerlei Zahlungen veranlasst. Aber der Betrag auf diesen fünf Konten entspricht exakt den

Summen, die bei fünf groß angelegten Gaunereien und Entführungen gezahlt wurden, die im Auftrag Arcangelos in verschiedenen Teilen unseres Landes stattgefunden haben. Das wissen wir auf Grund der elektronischen Überwachungssysteme, die uns die Amerikaner freundlicherweise zur Verfügung gestellt haben.« Tief inhalierte er den Rauch seiner Zigarette.

»Ich hätte nie die genaue Bedeutung dieses Details erkannt, wenn ich nicht auf etwas Ungewöhnliches gewartet hätte. Und dann hat Arcangelo schließlich einen Fehler gemacht.« Leonida stieß den Rauch aus und entfernte einen Tabakkrümel, der sich zwischen seinen kräftigen weißen Zähnen festgesetzt hatte. »Er hat sein Geld von der Zweigstelle in Palermo nach Rom transferiert.«

Direktor Umberto wollte seinen Augen und Ohren noch immer nicht trauen. »Diese Summen belaufen sich auf ...« Er schaute erst Leonida an, dann auf die Akte, dann wieder Leonida. »Das müssen ja ...«

»Ungefähr 100 Millionen Euro.«

»Willst du damit etwa sagen, die Banco Napolitana Lucchese hat ...«

»Hundert Millionen Euro Lösegeld für Arcangelo gewaschen, *sì*. Genau das will ich damit sagen.« Wieder blies er eine Rauchwolke zur Decke. »Und das sage ich nicht nur, die Unterlagen *beweisen* es. Nach dem Piola-Torre-Gesetz kann deine Guarda ...«

»Ich weiß.« Umberto drückte bereits den Knopf auf seinem Telefon.

»Pronto«, meldete sich eine Frauenstimme.

»Kommen Sie bitte sofort herein.«

Zwanzig Sekunden später betrat eine gut gekleidete Frau das Büro durch einen Seiteneingang. Sie sah glänzend aus und bewegte sich wie ein Model, doch die meisten Angestellten bei der Guarda di Finanza ließen sich nicht davon blenden. Sie wussten um die Fähigkeiten dieser Frau. Als Umbertos rechte Hand war

Simona Calfio verantwortlich für die Außeneinsätze der Guarda. In der Behörde wurde sie »die Stählerne« genannt. Simona Calfio verneigte sich leicht vor Leonida, dann wandte sie sich Umberto zu.

»Simona«, begann ihr Chef und warf einen Blick auf die antike Uhr auf seinem Schreibtisch. »Endlich können wir etwas gegen Arcangelo unternehmen. Heute Nachmittag um zwei Uhr will ich die Hauptstelle der Banco Napolitana Lucchese geschlossen sehen. Geschlossen, versiegelt und rund um die Uhr bewacht. Ich will, dass jeder Kontoauszug, jede Computerdiskette, jedes Schließfach und jeder Fetzen Papier gründlich überprüft werden. Ich will diese Bank so gut versiegelt und so streng bewacht sehen, dass nicht einmal mehr die Pflanzen Luft bekommen.«

»Sì, direttore.« Simona Calfio drehte sich auf dem Absatz um und verließ das Büro.

Umberto schaute Leonida an. »Ich glaub, du hast es endlich geschafft, Orlando. *Santa Lucia,* ich glaube, du hast es wirklich geschafft!«

»Sei nicht zu sicher. Ich würde das Beten an deiner Stelle noch nicht aufgeben.«

Als Bürgermeister Leonida zehn Minuten später Direktor Umbertos Büro verließ, rauschten fünf gepanzerte Fiat-Kleinlaster mit vierzig Polizisten einer Spezialeinheit, mit Computertechnikern, Buchhaltern, Ingenieuren und Kommunikationsexperten der Guarda di Finanza durch die überfüllten Straßen der Ewigen Stadt zur Zentrale der Banco Napolitana Lucchese.

57.

Die Jagd

USS Seawolf
Barents-See
400 Meilen nordöstlich von Murmansk, 00.42 Uhr

Carlton fuhr von der Liege auf der Krankenstation der *Seawolf* hoch. »Was meinen Sie damit, Sie haben nicht nachgesehen?«, fuhr er Commander Hendricks an. »Ich hab's Ihnen doch gesagt. Diese Diamanten sind eine Angelegenheit der nationalen Sicherheit!«

»Mr Carlton, entspannen Sie sich. Sie haben gerade einen Schock erlebt.«

Commander Hendricks war während seiner gesamten Laufbahn nur von militärisch geschultem Personal umgeben gewesen. Er war es daher nicht gewöhnt, mit Zivilisten umzugehen. Besonders mit Zivilisten, die glaubten, sie müssten Angelegenheiten der nationalen Sicherheit diskutieren – oder was sie dafür hielten. Als ob dieser Mann erkennen könnte, was bedeutsam für die nationale Sicherheit war und was nicht! Hendricks fluchte in sich hinein. Er hatte Befehle befolgt, Schiffbrüchige an Bord genommen und Bericht erstattet. Jetzt auch noch auf Zivilisten zu hören gehörte nicht zu seinen Aufgaben.

»Beruhigen Sie sich, mein Sohn. Ich bin sicher, früher oder später werden sie gefunden.«

Carlton starrte ihn an. »Sie nehmen mich nicht ernst, was? Sie nehmen überhaupt nichts an dieser Geschichte ernst.«

Es knackte in der Sprechanlage. »Commander, VLF meldet FLASH-Übermittlung.«

Schon wieder? »Bestätigt. Bringen Sie uns auf Empfangshöhe. Bin schon auf dem Weg.« Er wandte sich an Carlton. »Ruhen Sie sich aus.«

Russische Nationalisten, dachte Hendricks. Diamantmonopol. Wo kommen diese Leute her? Er nahm den Zettel vom Funkoffizier entgegen.

Z73446
Von: Befehlshaber der Unterwasserstreitkräfte, US-Atlantikflotte
An: Kommandant der USS Seawolf
Dringend: Orten und fahren Sie zu russischem Eisbrecher Rossija
Per Flugzeug abholen nur JR, PD und EW
PC 0-3 US-Marine, steht im aktiven Dienst
PC und TP (Pink) als Berater nehmen
Besondere Höflichkeit erbeten
Ende der Übermittlung

Der Marinerang 0-3 kennzeichnete Carlton als Lieutenant. »Na toll. Jetzt habe ich einen von unseren Leuten stinksauer gemacht«, murmelte Hendricks. »Und mit dem Eisbrecher hat er Recht gehabt. Verdammt!«

Er wandte sich an Wathne. »XO. Suchen Sie den russischen Eisbrecher *Rossija*, und setzen Sie schnellsten Kurs!« Er schluckte schwer. »Ich muss mich wohl bei ein paar Leuten entschuldigen.«

Erika und Carlton hatten einander in den Armen gehalten, während sie auf das Flugzeug des norwegischen Seerettungsdienstes warteten, das Erika, Ramey und DesJardins in Sicherheit bringen sollte. Danach konnte Carlton trotz seiner Erschöpfung kaum schlafen. Unruhig wälzte er sich in der schmalen Koje hin und her und grübelte, wo Forbes Erika verstecken wollte und ob es ihm gelingen würde, sie vor Fress und seinen Mördern zu schützen, bis Fress hinter Gitter gewandert war. Als Carlton endlich einsah, dass es mit dem Schlaf nichts mehr wurde, nahm er eine kurze Dusche und rasierte sich.

Die Crew beschaffte eine Leutnantsuniform, die Carlton ziemlich gut passte. Pink, der immerhin ein bisschen geschlafen hatte, bekam eine Uniform ohne Marineabzeichen verpasst. Als sie sich wieder einigermaßen menschlich vorkamen, futterten sie Steaks und Backkartoffeln in der Offiziersmesse und informierten Hendricks, welche Aufgabe ihn erwartete. Die Mahlzeit wurde mit Kaffee heruntergespült, dem wahren Treibstoff eines U-Boots, der in der Marine nur »Wanzensaft« genannt wird.

»Was meinen Sie damit, sie ist nicht da?«, fragte Carlton.

»Dass sie nicht da ist«, wiederholte Hendricks. Sie sprachen von der *Rossija.* »Wir haben alles versucht, von aktivem Sonar bis zu Oberflächenradar. Nichts.«

»Haben Sie's mit Satellitenaufnahmen versucht?«, wollte Pink wissen.

Pink gab Hendricks Rätsel auf. Anders als im Fall Carltons hatte in der UHF-Meldung nichts darüber gestanden, welcher Institution Pink angehörte. Aber es war klar, dass dieser ruhige, besonnene Mann kein gewöhnlicher Zivilist war. Normalbürger wurden nicht in ausländischen Gewässern von amerikanischen U-Booten gerettet, noch sollte man sie mit ausgesuchter Höflichkeit behandeln, wie in der Nachricht befohlen worden war. Und jetzt redete der Mann von Satellitenbildern. Wahrscheinlich DIA oder CIA, dachte Hendricks und entschied sich für ausgesuchte Höflichkeit. »Wir bekommen sie gerade herein, Mr Pink. Wir können einen Blick auf die Bilder werfen, wenn Sie fertig gegessen haben.«

»Na ja«, Carlton nahm den letzten Schluck Wanzensaft und erhob sich, »*tempus fugit,* wie wir Juristen sagen. Gehen Sie voraus, Commander.«

Ein junger Fähnrich zeigte auf die Seekarte unter Glas, die im Kommandoraum auf einem der beiden Auswertetische lag. »Das ist die letzte bekannte Position der *Claire Sailing,* dies hier ist die Position des russischen Patrouillenbootes, und hier ist die Position der *Rossija.*«

Jede Stelle war mit einem andersfarbigen Punkt auf dem Glas markiert.

»Die Satellitenbilder der letzten zwanzig Stunden bestätigen, dass die *Rossija* zur selben Zeit verschwand, als unser Sonar Sierra 20 entdeckte, die Signatur des vierten gesunkenen Schiffs.«

»Das vierte? Ich dachte, es seien nur zwei Schiffe gesunken.« Carlton blinzelte verwirrt.

»Negativ, Sir«, antwortete der Fähnrich. »Es waren vier. Die beiden ersten waren kleinere Schiffe, die mit hoher Geschwindigkeit von Murmansk auf die *Rossija* zufuhren.«

Carlton schaute Pink an. »Das war dann wahrscheinlich Jagodas GRU-Team.«

»Würde auf jeden Fall erklären, warum sie nicht zur Party erschienen sind.«

»Danach haben wir noch zwei sinkende Schiffe geortet, ungefähr zehn Meilen entfernt, im Abstand von einer halben Stunde«, fuhr Hendricks fort. »Das erste Schiff war höchstwahrscheinlich Ihres, die *Claire,* das zweite die *Rossija.*« Er nickte dem Fähnrich zu.

»Die haben die *Rossija* versenkt?«, rief Carlton aus. »Wer ist denn dann noch übrig?«

»Sir, die Bilder zeigen, dass das verbliebene Schiff ein russisches Patrouillenboot ist, die *Alexandr Newskij*«, erklärte der Fähnrich. »Es war offiziell außer Dienst gestellt und wurde vor gut einem halben Jahr von der russischen Marine verkauft.«

»Ausgemustert und verkauft? Das bestätigt nur meine Theorie, dass Molotoks Schläger die *Claire* torpediert haben«, meinte Carlton.

»Was ist denn jetzt mit diesem Patrouillenboot, der *Newskij?* Immer noch in der Nähe?«

»Nein, Sir. Die Bilder zeigen, dass es sofort in westlicher Richtung abdrehte, nachdem die *Rossija* gesunken war.«

»Und das heißt ...« Carlton schloss die Augen, um besser nachdenken zu können. »Sie haben uns von der *Rossija* zurück auf die *Claire* gebracht, dann sind sie wieder an Bord der *Rossija* gegangen.« Er zeichnete die Gänge mit der Hand in der Luft nach. »Sie haben die *Claire* torpediert, die Diamanten von der *Rossija* genommen, das Schiff versenkt und sind dann nach Westen gefahren?«

»Ja, Sir.«

»In diesem russischen Patrouillenboot, der *Newskij,* Richtung Westen ...«

»Sieht so aus, als ob genau das passiert ist«, bestätigte Hendricks und wandte sich an den jungen Fähnrich. »Wo befindet sich die *Newskij* im Augenblick?«

»Ist vor drei Stunden vom Schirm verschwunden, Sir.« Der Fähnrich ging zum Auswertetisch. »Hier.« Er zeigte auf ein Gebiet zwischen Barents-See und europäischem Nordmeer in der Nähe des Nordkaps, ungefähr 500 Meilen von Hammerfest entfernt.

»Vom Schirm verschwunden? Sie meinen, sie ist außer Reichweite des Radar?«

»Negativ, Sir. Sie ist einfach verschwunden.«

»Vielleicht gesunken«, schloss Hendricks. »Wir haben es nur nicht gehört. Vielleicht wegen der Konvergenzzone zwischen kaltem Tiefenwasser und wärmerem Wasser an der Oberfläche.«

»Verschwunden?«, meinte nun auch Pink. »Was ist das hier – das Murmansk-Dreieck?«

Carlton streckte sich, sein Nacken knackte vernehmlich. »Diese Typen sind hinter den Diamanten her, richtig? Wir verfolgen nicht Schiffe oder Menschen. Wir verfolgen Diamanten. Die *wussten nicht,* dass die Diamanten auf dem Eisbrecher waren. Sie sind uns gefolgt, bis wir sie zur *Rossija* führten, erst dann haben sie die Diamanten an Bord entdeckt. Stimmt's?«

Pink nickte.

»Also vergessen wir mal einen Moment unser Unglück auf

der *Claire.* Sie haben die Diamanten von der *Rossija* geschafft, dann haben sie das Schiff gesprengt. Sie sind auf die *Newskij* umgestiegen und in Richtung Nordkap verschwunden. Sagen Sie, Fähnrich, sah das Patrouillenboot auf dem Schirm so aus, als wäre es in Fahrt, oder hat es zuerst gestoppt und ist dann erst verschwunden?«

»Nun, also ...« Der Mann hielt inne, dachte nach. »Es stand zuerst mehrere Stunden still, dann verschwand es, Sir.«

Carlton grinste. »Da haben wir des Rätsels Lösung.«

»Ich fürchte, ich kann Ihnen nicht ganz folgen«, sagte Hendricks.

»Wie gesagt, Sir, wir verfolgen nicht Schiffe oder Menschen, sondern Diamanten. Wenn die *Newskij* stoppte, bevor sie verschwand oder sank ...«

»Wurden die Diamanten von der *Newskij* heruntergeschafft, bevor sie unterging«, führte Hendricks die Überlegung fort.

»Genau. Hatte die *Newskij* Kontakt mit anderen Schiffen, bevor sie sank?«

»Negativ, Sir.«

»Wenn die Diamanten vor dem Sinken von Bord geschafft wurden, *muss* die *Newskij* Verbindung mit irgendeinem anderen Transportmittel gehabt haben.«

»Vielleicht ein Hubschrauber«, warf Pink ein.

»Negativ. Viel zu weit vom Festland entfernt«, sagte Hendricks. »Ich kenne keinen Helikopter, der diesen Rundflug schaffen würde, selbst wenn er nur aus Tank und Rotoren bestünde. Es sind tausend Meilen. Außerdem muss man noch die Zeit zum Umladen hinzurechnen. Keine Chance.«

»Sie haben doch gesagt, die *Newskij* sei ausgemustert worden«, meinte Carlton nachdenklich.

»Das stimmt.« Hendricks drückte rasch auf die Taste der Sprechanlage. »Zentrale an Sonar. Geben Sie mir Kurs und Fahrt von Sierra 21 durch.«

»Jawohl, Sir.« Der Sonaroffizier holte sich Sierra 21 auf den

Schirm von Busy Two. »Anliegender Kurs zur Kontaktzeit 2-0-1, Fahrt 2-4 Knoten. Position ungefähr 7-7 Grad Breite und 2-8 Grad Länge.«

Hendricks wandte sich wieder der Seekarte zu. »77. Breitengrad ist hier. 28. Längengrad ... hier.« Er kennzeichnete die Position auf der Seekarte mit einem radierbaren Fettstift. »Kurs war 201. Das ist diese Richtung.« Er verschob das Lineal und zeichnete die Fahrtrichtung von Sierra 21 mit dem Fettstift nach. Dann schaute er lächelnd in die verblüfften Gesichter. »Ich kann Ihnen jetzt genau sagen, wer Kontakt mit der *Newskij* hatte, Gentlemen. Es war ein russisches Atom-U-Boot der Delta-III-Klasse. Die *Puschkin.* Die Tatsache, dass auch die *Newskij* ein ausgemustertes Kriegsschiff ist, hat mich darauf gebracht, denn die *Puschkin,* müssen Sie wissen, wurde ebenfalls von der russischen Marine ausgemustert.«

Carlton wischte sich den Schweiß von der Stirn und schüttelte den Kopf. »Das wird ja immer schlimmer. Soll das heißen, dass die Diamanten jetzt an Bord eines Atom-U-Boots sind, das von Molotoks Söldnern gesteuert wird?«

Hendricks nickte. »Mr Wathne, berichten Sie COMSUBLANT, dass wir die Ladung der *Rossija* zu Sierra 21 verfolgt haben. Geben Sie mir sämtliche verfügbaren Informationen, auch die letzten SOSUS-Meldungen über Sierra 21.« SOSUS war das fünfzehn Milliarden teure Sound Surveillance System der US-Marine, das mittels passivem Sonar unter Wasser lauschte und über ein Leitungsnetz von 30.000 Meilen verfügte; es war im Kalten Krieg im Auftrag der NATO installiert worden. »Und setzen Sie neuen Kurs 3-1-0. Maschinen halbe Kraft.« Er wandte sich an die anderen. »Keine Sorge. Die *Puschkin* macht höchstens 25 Knoten. Wir hingegen schaffen ... na, jedenfalls eine ganze Menge mehr. Wo sie auch ist, wir werden sie einholen.«

Carlton starrte in seinen Kaffeebecher. »Hoffentlich noch, bevor *sie* ihr Ziel erreicht.«

Doch zwanzig Stunden später war von einem Moment zum anderen nichts mehr von der *Puschkin* zu hören. Eben noch hatten sie Maschinen auf halber Kraft vernommen, in der nächsten Minute herrschte Totenstille.

»Sie kann doch nicht einfach verschwinden«, rief Hendricks über die Sprechanlage Ears und seinen Kollegen im Sonarraum zu. »Alle Maschinen stopp!«, befahl er dann, da er hoffte, in der Stille würden sie die *Puschkin* besser hören können.

»Alle Maschinen stopp. Aye, Sir.«

Obwohl die Schiffsschraube der *Seawolf* sofort gestoppt wurde, dauerte es noch einige Minuten, bis das 9150-Tonnen-U-Boot zum Stillstand kam. Nun konnten die Sonartechniker eine viel größere Bandbreite akustischer Signale abhören. Menschenohren und elektronische Signalerkennungseinheiten bemühten sich gleichermaßen, die akustische Signatur der *Puschkin* aus einer Vielzahl verschiedener Laute herauszufiltern.

Die *Seawolf* besaß ein beeindruckendes Arsenal an Sonargeräten, mit denen die Crew fast jedes Schiff im Umkreis von fünfzig Meilen hören konnte, und sei es noch so leise. Doch das alles nützte nichts, wenn das Schiff die Maschinen stoppte. Trotz der Zielerfassung über kurze Entfernungen, der Überwachungs- und Schleppsonare und eines Aktivsonarempfängers konnten die Techniker nur Schiffe der amerikanischen und englischen Marine hören, die auf Manöver in die Nordsee ausfuhren, sowie einige Frachter in der Barents-See. Die *Puschkin* blieb unauffindbar. Nicht einmal als »Loch im Wasser«, als akustischer Bereich, in dem keine Hintergrundsignale zu hören sind, war sie aufzufinden.

»Sir, warum könnten wir das Signal verloren haben?«, fragte Carlton.

»Das weiß Gott allein. Kann eine ganze Reihe Gründe haben. Warme und kalte Konvergenzschichten, Maschinenausfall oder dass sie plötzlich angehalten haben, um ebenfalls zu lauschen.«

»Könnte die *Puschkin* nicht einfach aufgetaucht sein?«

Hendricks schüttelte den Kopf. »Es gibt keine Geräusche, die darauf hingewiesen hätten. Wenn ein U-Boot auftaucht, macht es einen Höllenlärm. Die *Puschkin* war auf Tauchtiefe von mehr als zweihundert Metern und machte 24 Knoten. Wenn man aus solcher Tiefe auftauchen will, muss man Wasser aus den Ballasttanks ablassen, und das macht nun einmal Lärm. Der abnehmende Wasserdruck führt dazu, dass die Hülle sich ausdehnt, und dabei ächzt und knackt sie. Und solche Geräusche – die genauso laut, wenn nicht lauter sind als der Lärm der Schraube – haben wir nicht gehört.«

»Und wenn sie ganz langsam aufgetaucht ist? Extrem langsam. Wären die verräterischen Geräusche dann auch so laut gewesen?«

»Viel leiser, aber immer noch auszumachen. Ich bezweifle, dass wir es überhört hätten. Worauf wollen Sie hinaus?«

»Falls die *Puschkin* nicht irgendeine erstaunliche neuartige Geräuschdämpfung an Bord hat – und das ist ja ziemlich unwahrscheinlich, da sie abgewrackt wurde –, muss sie doch entweder an der Oberfläche oder unter Wasser gestoppt haben, stimmt's?«

»Sie könnte sogar noch fahren, muss nicht unbedingt gestoppt haben. Aber jetzt verstehe ich, was Sie meinen. Sie ist«, er hielt inne und rechnete rasch im Kopf nach, »vier Stunden entfernt, falls sie noch fährt, und zwei, falls sie gestoppt hat.«

»Und wir haben nicht viel Zeit, Commander. Wenn die *Puschkin* die Diamanten zu Waterboer schmuggelt, schippern in ein paar Wochen fünfzig voll bewaffnete *Puschkins* da draußen herum. Wenn nicht Schlimmeres.«

Carlton rechnete mit heftigem Widerspruch, da er versucht hatte, Hendricks den Kurs zu diktieren. Doch der Commander schwieg und wog die beiden Möglichkeiten gegeneinander ab.

»Okay«, sagte er schließlich. »Sie sind hier die Berater. Es ist zwar alles ein bisschen seltsam, aber die Umstände sind es ja auch. Statt uns damit aufzuhalten, die *Puschkin* zu orten und dann abzufangen, nehmen wir an, dass sie noch fährt, und fangen sie an der letzten bekannten Position ab.« Hendricks wandte sich an seinen XO.

»Mr Wathne. Volle Kraft voraus. Behalten Sie ursprünglichen Kurs bei, und berichten Sie COMSUBLANT.«

»Volle Kraft voraus. Gleicher Kurs. Aye, Sir.«

58.

Die Suche

USS Seawolf
Nähe 80. Breitengrad
Europäisches Nordmeer
675 Meilen nordwestlich von Mo i Rana, Norwegen, 15.05 Uhr

Da man nichts tun konnte als warten, beschloss Carlton, sich ein wenig aufs Ohr zu legen. Gemächlich schlenderte er durch die engen Flure zum Mannschaftsquartier, wo man ihm und Pink eine Koje angewiesen hatte. In bester Tradition des »hot bunking« mussten die beiden sich die Koje teilen und jeweils für eine Sechsstundenschicht benutzen – diese Schichteinteilung war auf US-Unterseebooten üblich. Im Augenblick war Pink an der Reihe. Lautes Schnarchen drang hinter dem Vorhang hervor.

Carlton schüttelte Pink. »Komm schon, Dornröschen. Zeit zum Aufwachen.«

Bevor Pink überhaupt merkte, wie ihm geschah, hatte Carlton es sich bereits in der Koje bequem gemacht und den Vorhang zugezogen. Doch kaum lag sein Kopf auf dem Kissen, wusste er, dass er keinen Schlaf finden würde. Erika. Waterboer. Fress. Forbes. Mazursky. MacLean. Wenzel. Osage. All diese Namen schwirrten ihm im Kopf herum und trugen zum allgemeinen

Gefühl der Unsicherheit bei. Er war viel zu durcheinander, um sich zu entspannen.

Carlton betete, wälzte sich herum, konnte seine Dämonen jedoch nicht besiegen. Er warf einen Blick auf die Uhr. Vierzig Minuten quälte er sich schon und war immer noch hellwach.

Er stand auf, ging in Richtung Bug, nahm sich eine Tasse Navy-Gebräu von einem Tablett und schlenderte in den Kontrollraum. Pink stand mit verschränkten Armen hinter Steuermann und Rudergänger. »Gibt's was Neues?«

»Immer noch *nada.*« Pink löste die Arme und zeigte wütend auf Carlton. »Du hattest kein Recht, mich einfach so zu wecken. Ich hab gerade von dieser unglaublichen Frau geträumt, die ich ...«

»Wenn es wahre Liebe ist, wird sie auch bei deiner Rückkehr noch da sein.« Carlton grinste. »Jedenfalls ...«

»Sierra 21 wiedergefunden!«, gellte es aus der Sprechanlage. »Peilung Südwest!«

»Kurs, Entfernung und Fahrt?«, fragte Hendricks.

»Kurs ist ... 0-4-7. Entfernung 3-Punkt-0 Knoten. Fahrt 1-0 Knoten. Sir, sie kommt direkt auf uns zu!«

Carlton erstarrte.

»Tiefe?«

»1-5-3 Meter, Sir.«

»Halten Sie Kurs und Fahrt. Geben Sie mir alle zehn Sekunden Entfernung und Tiefe durch.«

»Aye, Sir.«

»Warum kommt sie direkt auf uns zu?«, wollte Carlton wissen.

»Sie hat uns kommen hören«, erwiderte Hendricks. »Sie weiß, dass sie sich nicht verstecken und uns nicht entkommen kann. Ihre einzige Hoffnung ist jetzt, sich zu ergeben oder ...«

»Oder?«

Hendricks zwinkerte ihm zu. »Oder uns fertig zu machen.«

Carlton bewunderte Hendricks, seinen Navy-Kollegen. In

dieser Blechbüchse, umgeben von einem Druck von tausenden Pfund, auf ein russisches U-Boot voller Verbrecher zuzusteuern, war ein verwegenes Unterfangen, doch der Mann blieb völlig kühl. Und der Ausdruck absoluter Konzentration auf seinem Gesicht machte deutlich, dass er es bis zum Ende durchstehen würde.

»Berechnen Sie Feuerposition«, wies Hendricks den Feuerleittechniker an. Seine Stimme klang ruhig, unbewegt.

»Aye, Sir.« Der Techniker machte sich an die Berechnung, bei der Kurs, Entfernung und Fahrt des Zielobjekts mit dem benötigten Zeitraum in Beziehung gesetzt werden.

Hendricks nahm ein Mikro von der Wand, drückte eine Taste.

»Torpedoraum«, meldete sich eine Stimme.

»Hier spricht der Captain. Laden Sie Rohre 1-2-3-4 mit Fünfzigern.«

»Aye, Sir. Fünfziger in Rohre 1-2-3-4.«

Hendricks hängte das Mikro zurück. »Entfernung?«

»Ziel auf 2-Punkt-5 Knoten. Fahrt 1-Punkt-0 Knoten, Sir.«

»Fertig zum Abschuss nach Laden, Sir«, verkündete die Feuerleitstelle.

Am Bug der *Seawolf* begannen zwei Torpedomänner mit der mühsamen Arbeit, vier 1500 Pfund schwere Gould Mark 50 Torpedos in die 28 Zoll dicken Torpedorohre zu laden. Die drahtgesteuerten Torpedos konnten Ziele bis zu einer Entfernung von 27 Meilen treffen. Mit geübten, ruhigen Bewegungen hievten sie die Mark 50s von den Lagerregalen auf Transportkarren. Jedes Torpedorohr wurde auf Überreste alter Torpedos inspiziert. Nachdem die Männer sich überzeugt hatten, dass die Rohre sauber waren, hievten sie mithilfe eines Ladegeschirrs einen Torpedo in jedes Rohr. Sie befestigten den Draht »A« am Ende jedes Torpedos, der von dem abgeschossenen »Fisch« Daten direkt zur Feuerleitstelle in der Kommandozentrale sendete. Schließlich befestigten sie einen Steuerdraht an jedem Torpedo, damit der Feuerleittechniker den Fisch nach Abschuss ins Ziel lenken konnte. Dann verschlossen sie die Luken zu den Rohren. Nachdem die Männer an den Rohrtüren das Zeichen »Schott geladen« angebracht hatten, drückte der Erste Torpedomann auf die Taste der Sprechanlage. »Torpedoraum an Zentrale. Rohre 1-2-3-4 geladen, Sir.«

Oben im Achterschiff flackerte die Anzeige für jeden Torpedo auf. Vier rote Lampen zeigten an, dass jedes Torpedorohr eine Mark 50 enthielt. Der Feuerleittechniker inspizierte die Anzeigen. »Feuerleitstelle meldet, Rohre 1-2-3-4 geladen, Sir.«

»Entfernung zum Zielobjekt 2-Punkt-3 Knoten.«

»Kurs und Fahrt halten. Waffen aufwärmen«, befahl Hendricks, fügte dann noch die Order für Torpedogeschwindigkeit und Suchkopfmodus hinzu.

Gebannt, beinahe zitternd vor Aufregung betrachtete Carlton die anderen. Die Besatzung hatte solche Übungen schon unzählige Male durchexerziert. Doch anders als ihr Kommandant hatten sie noch nie einem wirklichen Feind gegenübergestanden. Wenn sie die Sache verbockten, drohte ihnen kein Verweis – es drohte ihnen ein nasses Grab. Rudergänger und Steuermann packten ihre flugzeugähnlichen Steuerhebel mit aller Kraft, um das Zittern zu unterbinden.

Hendricks stützte sich mit beiden Händen auf die Lehne hinter dem Kontrollpult und starrte auf die Anzeigen. »Sie hatten völlig Recht mit Ihrer Theorie, Carlton. Meinen Glückwunsch.«

»Ich wusste bloß ein paar Dinge, die Sie nicht wussten.« Carlton überlegte, ob es opportun sei, in solch einer Lage Fragen zu stellen; dann entschloss er sich doch dazu. »Was tun wir jetzt?« Die Worte drangen krächzend aus seiner ausgedörrten Kehle. Er umklammerte seinen Kaffeebecher und stellte fest, dass seine Hand fast weiß war.

»Wir warten. Die können uns hören. Wir können sie hören. Der Tanz beginnt. Wer wird als Erster schießen?« Hendricks grinste. Seine Augen waren so kalt wie die Arktis.

Schweigen senkte sich herab, nur unterbrochen von der ruhigen Stimme des Sonartechnikers, der in Abständen die Entfernung zwischen den beiden Unterseebooten verkündete, die sich rasch verringerte.

»Punkt-fünf Knoten. Kurs und Fahrt keine Veränderung.«

Hendricks richtete sich auf. »Torpedorohre bereitmachen«, befahl er.

Der Feuerleittechniker flutete jedes Rohr. Der hohe Wasserdruck verursachte einen gewaltigen Lärm, der auf jeden Fall vom Passivsonar der *Puschkin* gehört werden konnte. »Sir, Rohre geflutet.«

»Entfernung Punkt-drei Knoten.«

»Kurs und Fahrt halten.«

»Entfernung Punkt-zwei Knoten.«

»Öffnen Außenluken 1-2-3-4«, befahl Hendricks. »Hat die *Puschkin* auch Rohre geflutet?«

»Negativ, Sir.«

»Außenluken 1-2-3-4 offen, Sir.«

»Zum Abschuss bereitmachen«, sagte Hendricks und gab den Männern im Kontrollraum damit zu verstehen, dass sämtliche Vorbereitungen vor dem Abschuss abgeschlossen waren.

»Entfernung 600 Meter. Fahrt und Kurs unverändert. Sir, jetzt flutet sie die Rohre!«

»Schicken Sie ihr ein ›Ping‹«, befahl Hendricks. »So lange, bis ihr der Arsch auf Grundeis geht!«

Der Sonartechniker schaltete das Echolot an. Dieses Sonar als »Ping« zu bezeichnen war in etwa so, als würde man einen Säbelzahntiger ein »Kätzchen« nennen. Mit einer Leistung von 75.000 Watt konnte die Sonarenergie, die nun durch die Wellen drang, das Ohr des Solartechnikers an Bord der *Puschkin* regelrecht braten – es sei denn, er hätte eine automatische Lärmschutzeinrichtung in seine Kopfhörer eingebaut.

Ping!

Der technische Sinn des »Ping« war die Entfernungsmessung zwischen zwei Unterseebooten. Doch Hendricks kannte die

Entfernung zur *Puschkin* bereits – und diese wusste, dass die *Seawolf* es wusste. Hendricks benutzte das Echolot lediglich, um eine eindeutige Botschaft zu übermitteln: *Ich habe meine Rohre geflutet und die Außenluken geöffnet und bleibe auf Kurs. Ich werde schießen, ihr Hurensöhne.*

»Nochmal!«

Ping!

»Nochmal! Nochmal! Und nochmal!«

Ping! Ping! Ping!

Hendricks schloss die Augen, holte tief Luft. »Anpeilen und Nummer eins abfeuern.«

Der Feuerleittechniker drückte den Knopf, und das Boot erzitterte leicht. »Torpedo eins abgeschossen!«

Der »Fisch« schoss mit einhundert Knoten auf das russische U-Boot zu; er selbst schaffte fünfzig, hinzu kamen die fünfzig Knoten, die die *Seawolf* machte.

»Rohr eins nachladen!«

»Schraube verlangsamt Umdrehungen, Sir«, meldete der Sonartechniker. »Sie hat ihre Schraube gestoppt, Sir!«

»Alle Maschinen stopp! Steuern Sie den Fisch in ihre Schraube!«

Der Feuerleittechniker änderte die Informationen, die zuvor in den Gefechtskopf der Mark 50 eingegeben worden waren, und steuerte den Fisch in die gewaltige Schiffsschraube der *Puschkin.* Sie hatte nun gestoppt, trieb aber noch vorwärts. Sekunden später erzitterte die *Seawolf* von der Wucht des Aufpralls.

»Was ist passiert?«, fragte Carlton nach einer Weile und hielt sich an der Konsole fest.

»Wir haben sie bewegungsunfähig gemacht. Vorher hat sie noch geblinkt. Hätte sie angreifen wollen, hätte sie die Außenluken geöffnet und ihren Kurs geändert. Stattdessen hat sie die Maschinen gestoppt.« Nach den heiligen Regeln der Kriegführung durfte Hendricks ein Schiff, das sich ergeben hatte, nicht versenken. Und genau das war bei der *Puschkin* offensichtlich der Fall.

»Und was jetzt?«, fragte Carlton und rieb sich die Stirn.

»Wir warten ab, was sie macht. Sie ist in die Enge gedrängt. Kann nicht mehr fahren und hat die Torpedoluken nicht geöffnet. Falls sie es doch tut, schicken wir sie mit drei neuen Torpedos auf den Meeresgrund.« Er grinste Carlton boshaft an. »Die fährt nirgendwo mehr hin.«

59.

Die Gefangennahme

USS Seawolf
Europäisches Nordmeer, 15.10 Uhr

Angespannt lauschte Ears über seine Kopfhörer nach Lauten von der *Puschkin.* Die durch das eisige Wasser übertragenen Geräusche verrieten eindeutig die Ausdehnung einer U-Boot-Hülle; außerdem strömte Druckluft in die Ballasttanks. »Sonar an Zentrale«, meldete er. »Sie taucht auf, Sir.«

»Bringen Sie uns auf zehn Meter, Mr Wathne«, befahl Hendricks. »Melden Sie den jeweiligen Tiefenstand. Sagen Sie Pulaski, er soll ein Enterkommando vorbereiten.«

»Hauptballasttank eins lenzen«, wies Wathne den Tauchoffizier an. Er nahm den Hörer ab und wählte die Verbindung zum Chef der Bootsmannschaft.

»Pulaski.«

»Chief, sämtliche SEALs sollen sich bereithalten, um die *Puschkin* zu entern. Wir müssen annehmen, dass wir auf Widerstand stoßen.«

»Aye, Sir. Ich kümmere mich darum.«

Fast augenblicklich gewann die *Seawolf* Auftrieb und schwebte zur Oberfläche. Der Tauchoffizier las in regelmäßigen Intervallen die Tauchtiefe ab. Die Stille im Kontrollraum wurde von lautem Ächzen unterbrochen, als die Hülle des Unterseeboots sich immer weiter ausdehnte.

»Zehn Meter«, meldete der Tauchoffizier. »Halte sie auf zehn Meter, Sir.«

»Periskop eins ausfahren«, befahl Hendricks. Noch während der Mast im Fahrwasser ausgefahren wurde, presste er die Augen auf das Okular. Er drehte das Periskop zur *Puschkin.* Trotz heftiger Windböen war das Meer ungewöhnlich ruhig. Im Fernrohr erschien der dunkle Schatten des Fahrwassers der *Puschkin,* dazu das obere Drittel ihres Rumpfs. Achtern konnte Hendricks die verstreuten Teile der Schiffsschraube erkennen.

Er wartete, bis drei Offiziere die Brückenwache übernommen hatten, dann begann er Instruktionen zu morsen. Die Nachricht wurde durch ein Blitzlicht an der Spitze des Periskops übertragen – der einzige Teil der *Seawolf,* der sich über Wasser befand.

Unterseeboot Puschkin, hier USS Seawolf. Ergeben Sie sich. Die gesamte Besatzung hat das Boot zu verlassen und sich unbewaffnet auf den Rumpf zu stellen. Wenn Sie die Forderung erfüllen, werden Sie an Bord genommen. Jede Person, die im Boot vorgefunden wird, wird erschossen. Wiederhole. Jede Person im Boot wird erschossen. Bestätigen Sie.

Den Offizieren der *Puschkin* blieb nichts anderes übrig. Die Bestätigung erfolgte mittels Blitzlicht der Navigationsscheinwerfer und einer weißen Flagge, die auf einem kleinen Mast gehisst wurde. Die Besatzung kletterte aus den Fluchtluken in Vorder- und Achterschiff.

»Enterkommando bereit, Sir«, meldete Chief Pulaski.

Hendricks wartete, bis die gesamte Besatzung der *Puschkin* draußen war, dann wandte er sich an Wathne.

»Auftauchen, Mr Wathne.« Mit Hilfe eines Matrosen streifte er sich einen warmen schwarzen Parka über.

Druckluft presste das Restwasser aus den Ballasttanks der *Seawolf.* Innerhalb von dreißig Sekunden brach die dunkle Hülle des Boots durch die Meeresoberfläche. Der leichte Seegang konnte ihr kaum etwas anhaben.

»XO, Sie übernehmen jetzt den Sprechverkehr.«

»Sprechverkehr übernommen, Sir.«

Carlton wandte sich an Hendricks, der schon die erste Sprosse der Leiter zur Fahrwasserluke erklommen hatte. »Commander?«

Hendricks drehte sich um. »Was gibt's?«

»Sir, Mr Pink und ich bitten höflichst, beim Enterkommando dabei sein zu dürfen.«

Hendricks starrte Carlton einige Sekunden an, während er das Für und Wider abwog. Schließlich kam er zu dem Schluss, dass Carlton und Pink die besten Leute waren, um an der Durchsuchung des russischen U-Boots teilzunehmen. Immerhin geschah es ja in ihrem Auftrag, dass die Mannschaft der *Seawolf* das russische Boot betrat. Hendricks wusste zwar immer noch nicht genau, was er von Pink halten sollte, aber er wusste auf jeden Fall, dass Pink der Einzige an Bord war, der fließend Russisch sprach. »Es ist Ihr Begräbnis«, sagte er daher nur und wandte sich an Wathne. »XO, lassen Sie die Gentlemen zum Enterkommando bringen.« An Carlton gewandt: »Packen Sie sich warm ein, Gentlemen. Da oben ist es kälter als 'ne Hexentitte.« Er zwinkerte ihnen zu. »Da geht's hart zur Sache.«

Das Enterkommando der *Seawolf* bestand aus Chief Pulaski, Carlton, Pink und sechs Navy SEALs, einer Elite-Eingreiftruppe der US-Marine. SEALs waren für gewöhnlich nicht auf amerikanischen U-Booten anzutreffen, es sei denn, sie hatten einen Spezialauftrag. Zum Glück waren der *Seawolf* auf dieser Fahrt acht SEALs zugeteilt worden; sie sollten unter anderem ein fünftägiges Überlebenstraining im Eis absolvieren. Diese Übung hätten sie auch durchgeführt, wären die Befehle an die *Seawolf* nicht geändert worden.

Unter aufspritzender Gischt pflügten die beiden schwarzen Zodiac-Schlauchboote durch die eisigen Wellen auf die *Puschkin* zu. Hendricks beobachtete ihr Vorankommen durch ein Fernglas hoch über dem Fahrwasser der *Seawolf.* Zwei SEAL-Scharfschützen standen an seiner Seite und gaben dem Enterkommando Feuerschutz. Unbewegt beobachteten sie die Besatzung der *Puschkin* durch die Zielfernrohre ihrer Robar-Gewehre, bereit, jeden bei der geringsten falschen Bewegung zu erschießen. Im Zweiten Weltkrieg waren Unterseeboote mit Kanonen auf Deck ausgestattet gewesen, heutzutage gab es das nicht mehr. Das änderte jedoch nichts am Ernst der Lage: Die Besatzung der *Puschkin* musste sich entweder ergeben oder sterben.

Als Chef des Bootskommandos war Tadeusz »Tad« Pulaski der Älteste an Bord. Ein Bär von einem Mann, direkter Nachkomme des polnischen Generals Casimir Pulaski, der im Unabhängigkeitskrieg an der Seite George Washingtons gekämpft hatte. Tad Pulaski war ein erfahrener Kämpfer. Er saß am Bug des ersten Zodiac und schaute abwechselnd zu Carlton und Pink, die Colts bei sich trugen, und zu drei der SEALs, die mit Steyr-AUG-Halbautomatikpistolen und Kampfmessern bewaffnet waren. Kugelsichere Westen schützten sie vor den Geschossen des Feindes. Rosshaargefütterte Schwimmwesten und Trockentauchanzüge waren der beste Schutz gegen Erfrierungstod im eisigen Nordpolarmeer. Zufrieden wandte Pulaski sich wieder nach vorn zum dunklen Rumpf der *Puschkin,* der jetzt nur noch zwanzig Yards entfernt war. Er signalisierte dem Fahrer des anderen Bootes, sich in großem Bogen zu nähern.

Sofort änderten die beiden Zodiacs den Kurs. Pulaski und das erste Team mit Carlton und Pink fuhren zum Bug der *Puschkin,* das zweite Team näherte sich dem Heck. Zugleich trafen die Schlauchboote am Schiff ein. Unter den wachsamen Blicken ihrer Scharfschützenkameraden kletterten die sechs SEALs mit geübten Bewegungen den Rumpf der *Puschkin* hinauf und halfen dann Carlton und Pink, die Wandung zu erklimmen.

Pulaski sah aufmerksam zu, wie die SEALs die Besatzung der *Puschkin* nach Waffen durchsuchten. Doch was er sah, gefiel ihm nicht. Erstens standen nur dreißig Mann an Deck – ein Drittel der regulären Crew. Zweitens war keiner der Männer jünger als dreißig, doch die meisten Matrosen hätten knapp unter zwanzig Jahre oder um Weniges darüber sein müssen. Drittens verrieten die Augen der Männer keine Überraschung, Furcht oder Hass, wie man es von überrumpelten Soldaten erwartet hätte. Ihren Blicken war nur zu entnehmen, dass sie gescheitert waren und ihr Scheitern akzeptierten. Pulaski spürte eine schwelende Bedrohung. Die Situation war viel gefährlicher, als er erwartet hatte. Er wappnete sich, um auf alles vorbereitet zu sein. Zum Beispiel auf einen vorgetäuschten Reaktorunfall. Oder auf den Versuch, das Schiff zu versenken. Für den Augenblick jedoch bewahrten die Russen feindliches Schweigen.

»Okay, Sir. Alle sauber«, meldete einer der SEALs.

Pulaski bedeutete den Männern mit einer Handbewegung, die Stellung zu halten und wachsam zu bleiben.

Als er fertig war, trat Carlton an ihn heran. »Was ist los?«

»Mir gefällt das nicht, Sir«, erwiderte Pulaski. »Überhaupt nicht. Da ist irgendwas im Busch.« Er spuckte aus und zählte auf, was er beobachtet hatte, wobei er sich mit dem Lauf seines Colts am Kinn kratzte. »Nein, Sir. Das gefällt mir überhaupt nicht.« Er gab zwei SEALs ein Zeichen. »Los!«

Während vier SEALs die Besatzung der *Puschkin* bewachten, kletterten zwei andere zusammen mit Pulaski, Carlton und Pink an den Handgriffen entlang zum höchsten Punkt des Rumpfes. Obwohl es in der Marine vorgeschrieben war, dass kapitulierende Offiziere den Siegern salutierten, rührten die beiden dienstälteren Offiziere an Deck keinen Finger, noch gaben sie einen Laut von sich. Sie standen nur da und starrten Pulaski, Carlton und Pink an. Die beiden SEALs hielten sie von beiden Seiten in Schach.

»Chief Pulaski, United States Navy. Wir beschlagnahmen Ihr Boot wegen terroristischer Akte gegen ein unbewaffnetes amerikanisches Frachtschiff, einen unbewaffneten russischen Eisbrecher und zwei russische Marine-Patrouillenboote«, verkündete er. Pink übersetzte einem der Offiziere, einem Mann Ende dreißig mit einem wie gemeißelt wirkenden Gesicht und dunkelblauen Augen, der eine Pelzmütze mit Hammer und Sichel trug.

Carlton erkannte in ihm sofort den Mann, der die *Claire* mit Torpedos versenkt und sie alle dem Erfrierungstod in den Wogen der Barents-See überlassen hatte. Er wartete, bis Pink zu Ende übersetzt hatte.

»Der US Navy-Zerstörer *Martin Luther King* wird innerhalb der nächsten drei Stunden eintreffen und Sie in Gewahrsam nehmen, bis die russische Marine kommt«, fuhr Pulaski fort. Die Besatzung hatte keine Chance zu fliehen. Die *Puschkin* war nicht mehr fahrtüchtig, und Pulaski würde ihre Funkeinrichtung zerstören. »Sind noch mehr Mitglieder Ihrer Besatzung unter Deck, Kapitän?«

»Njet.«

»Sind Sie sicher, Kapitän? Jede Person, die noch unter Deck angetroffen wird, wird erschossen. Ich gebe Ihnen jetzt die letzte Möglichkeit, Ihre Crew zu evakuieren.«

Ein verächtliches Grinsen legte sich auf das kühle Gesicht des Russen. Carlton musterte den Mann sorgfältig. Er hatte ihn auf der *Rossija* gesehen – aber auch schon vorher. Irgendwie kam ihm dieses Grinsen bekannt vor ...

Pulaski wies den russischen Kapitän an, durch das Luk hinabzusteigen. Zwei SEALs folgten ihm. Carlton und Pink warteten auf Pulaskis Zeichen, dann stiegen sie ebenfalls hinunter.

Der Kapitän hatte Hendricks Befehle offensichtlich befolgt. Der Kontrollraum lag in rotes Notlicht getaucht und war leer. Nur die schweren Atemzüge der fünf Amerikaner waren zu hören. Sie hielten die Waffen im Anschlag. Pulaski schaltete auf Normalbeleuchtung um. Er unterrichtete die beiden SEALs, dass vermutlich eine umfangreiche Ladung Diamanten an Bord sei, und gab ihnen den Befehl zur Durchsuchung. Pulaski musterte die Kontrollpulte. »Torpedorohre sind leer. VLS ebenfalls leer.«

»VLS?«, fragte Carlton.

»Vertical Launch System«, erklärt Pulaski. »U-Boote der Delta-Klasse haben achtern Außenrohre, die mit senkrecht abschießbaren Raketen geladen werden können.«

»Ich dachte, das hier ist ein Angriffs-U-Boot.«

»Auch die führen Raketen mit sich.« Pulaski zeigte auf das Kontrollpult. »Dieses Boot ist leer. Und das mit gutem Grund, denn es soll eine Diamantenfracht transportieren. Es braucht keine Raketen, und weniger Gewicht bedeutet höhere Geschwindigkeit.«

Carlton nickte. Pink saß an der Funkstation und las die kyrillischen Bezeichnungen an den Knöpfen und Schaltern. Es dauerte keine zwei Minuten, bis Pulaski mithilfe des russische Funkgeräts Kontakt mit der *Seawolf* hatte.

»Alles gesichert, Sir«, meldete er. »Nein, Sir. Wir haben noch nichts gefunden. Führen im Augenblick die Suche durch. Wir melden uns, sobald wir irgendwas entdeckt haben.«

Als Pulaski den Hörer auflegte, spürte er einen Luftzug; gleichzeitig schrie jemand in heller Wut auf. Carlton rammte den Kopf in den Magen des russischen Kapitäns und schleuderte ihn gegen das Periskop. Die Pelzmütze des Russen fiel zu Boden. Er hatte kurz geschnittenes blondes Haar. Carlton sah dem Mann starr in die Augen; dann setzte er ihm den Colt an die Schläfe.

Instinktiv zog Pulaski seine Waffe und richtete sie auf die beiden Männer. »Um Himmels willen, Carlton. Was haben Sie ...«

»Er ist es!«, presste Carlton zwischen zusammengebissenen Zähnen hervor. »Der Mann, der mir in D. C. das Paket gegeben hat.« Er packte Uljanow an den Haaren und schlug seinen Kopf mit Wucht gegen das Periskop. »Der Scheißkerl, der Erika bedroht hat.«

»Beruhigen Sie sich, Lieutenant«, befahl Pulaski.

»Amerikanskii«, höhnte Uljanow. Auf seinem Gesicht stand dasselbe verächtliche Grinsen, das er schon Minuten vorher draußen auf Deck zur Schau getragen hatte. »Warum kümmert ihr euch nicht um eure eigenen ...«

»Warum?«, brüllte Carlton ihn an. »Warum wir uns nicht um unsere eigenen Angelegenheiten kümmern? Weil jedes Mal, wenn die Welt gerade ein bisschen besser wird, so ein rückständiges Arschloch wie du kommt und alles kaputtmacht!«

Im Takt seiner Worte schlug er den Kopf des Mannes immer wieder gegen das Metallrohr. In ihm wütete ein Zorn, wie er ihn noch nie verspürt hatte. Sein ganzer Schmerz, seine Angst und Verzweiflung verschmolzen zu einem brennenden Hass, der sich auf den Russen konzentrierte. Er ertappte sich dabei, wie seine Finger den Hahn spannten und den Pistolenlauf so hart gegen die Schläfe des Mannes drückten, dass die Stelle zu bluten anfing. Pink und Pulaski standen wie angewurzelt da; sie fürchteten, jedes Eingreifen würde nur dazu führen, dass Carlton endgültig die Beherrschung verlor.

»Ich könnte dich gleich hier auf der Stelle töten«, flüsterte Carlton.

»Da.«

»Ich kann dir deine Scheißrübe wegpusten.«

»Dann tu's doch!«, spottete Uljanow.

»Würdest du abdrücken?«

Uljanow zwinkerte Carlton zu und grinste verächtlich. »Klar würde ich abdrücken. Genauso, wie ich deine billige *njekulturny* Schlampe kaltmachen würde.«

Carlton wurde von einer neuerlichen Woge heißer Wut durchflutet. Seine rechte Hand krampfte sich um den Pistolengriff und drückte den Lauf noch fester an die blutende Schläfe. Der Russe grinste bloß wie ein Irrer.

»Tja, leider bin ich nicht wie du«, flüsterte Carlton. »Wir halten uns an das Gesetz. Deshalb haben deine armseligen kommunistischen Herrscher ja auch so kläglich versagt.« Mit einem lauten Klick, der in dem totenstillen Kontrollraum widerhallte, sicherte er den Colt. »Du wirst vor Gericht gestellt. Von deinem eigenen Volk.«

»Job twoju mat.« Fick deine Mutter. Uljanow schubste Carlton von sich. Dann aber weiteten seine Augen sich vor Erstaunen, Schmerz und Wut – Carlton hatte ihm einen Tritt zwischen die Beine verpasst. Uljanow kippte nach vorn und sank halb in sich zusammen. Carlton setzte mit einem Uppercut nach, der den Russen zu Boden schickte, wo er auf dem Rücken liegen blieb.

»Du solltest dein Glück nicht überstrapazieren«, riet Carlton seinem Widersacher, während er den Colt ins Halfter steckte. Er sah den jungen SEAL, der eben von der Suche im Vorderschiff zurückkam, und zeigte mit dem Daumen nach oben. »Schaffen Sie den Müll raus, Sergeant!«

»Sir! Ja, Sir!«

»Was meinen Sie damit – nichts?«, fragte Carlton den Teamleiter der SEALs, als sie wieder an Bord der *Seawolf* waren, Tauchtiefe hundertfünfzig Meter.

»Da war nichts, Sir. Wir haben alles abgesucht. Versperrte Schränke. Torpedorohre. VLS-Rohre. Aussteigeschächte. Mannschaftsquartier. Kombüse. Videoraum. Wir haben sogar im Müllraum und in der Bilge gesucht. Nur ein paar Diamanten auf dem Fußboden.« Er reichte sie Carlton. »Sonst nichts. Wir haben diese Badewanne so gründlich gefilzt, wie es nur geht. Auf dem Boot waren keine Diamanten, Sir.«

»Das macht doch keinen Sinn«, murmelte Carlton. Er betrachtete die geschliffenen Diamanten in seiner Hand, hielt sie gegen das Licht. Sie schienen von innen heraus zu glühen. »Die Steine waren auf jeden Fall *hier*.«

»Jetzt sind sie es nicht mehr, Sir.«

Unruhig ging Carlton ein paar Schritte auf und ab, dann wandte er sich an Pulaski und Pink. »Vor dem Sinken hatte die *Rossija* den letzten Kontakt mit der *Newskij*. Das Team der

Newskij ist von der *Rossija* auf die *Puschkin* gegangen, hat danach die *Newskij* versenkt. Und es gab keine Sonarkontakte in der Nähe der *Puschkin,* während wir sie gejagt haben. Also, wo zum Teufel sind die Diamanten?«

»Sie hätten die Steine einfach abwerfen können, damit wir sie nicht bekommen«, meinte Pink. »Hätten sie ja später bergen können.«

»Nein. Sie hätten nicht so viel durchgemacht, um ihre Fahrkarte zur Macht einfach wegzuwerfen. Sie müssen die Diamanten unbedingt zu Waterboer schaffen.«

»Sie hätten das Gebiet mit einer Sonarboje kennzeichnen können für eine spätere Bergung«, warf Pulaski ein. »Oder irgendeine andere Markierung.«

»Nein. Sie hätten nicht riskieren können, dass jemand anders die Boje sieht.«

Im Kommandoraum sah er Pink an. »Was genau willst du jetzt eigentlich nachprüfen?«

»Erstens: Wenn sie die Diamanten versenkt haben, können wir die Zufahrt zur Meeresgegend zwischen unserer Position und der letzten bekannten Position der *Rossija* verbieten. Der Zerstörer kann sich darum kümmern, wenn er herkommt, um die Besatzung der *Puschkin* aufzunehmen. Bis dahin wird das Passivsonar der *Seawolf* das Gebiet überwachen. Können wir das so machen, Commander?«, fragte Pink. Hendricks nickte zustimmend.

»Gut.« Carlton war anzumerken, dass er den Plan alles andere als gut fand. Irgendetwas stimmte da nicht.

»Das basiert aber auf der Annahme, dass sie die Diamanten über Bord geworfen haben. Doch eigentlich will ich wissen, was du hier wirklich nachprüfst.«

»Nach meinem begrenzten Wissen über Unterseeboote – korrigieren Sie mich bitte, falls ich falsch liege, Commander – gibt es nur zwei Möglichkeiten, wie die *Puschkin* die Diamanten über Bord werfen konnte: Entweder sie ist aufgetaucht, oder sie hat die Steine durch die Torpedorohre gefeuert.«

»Stimmt.«

»Aber unser Sonar hat keine derartigen Geräusche aufgefangen, oder?«

»Nein. Aber kommen Sie mit, und schauen Sie sich mal etwas an.«

Ears führte sie in den Sonarraum vor den BSY-2 und deutete auf den Bildschirm. »Genau da.« Er stoppte den schnellen Vorlauf des Bandes, das vom Passivsonar während der Jagd auf die *Puschkin* aufgenommen worden war, und zeigte auf den linken Rand des Bildschirms. Die senkrechte weiße Linie, vor einer Sekunde noch zu sehen, war verschwunden. Ears stellte auf schnellen Vorlauf. Nach wenigen Sekunden erschien die weiße Linie wieder. »Sieht so aus, als wäre der Russe für zehn Minuten vollständig ausgefallen.«

»Stromausfall, schön. Aber keine Geräusche von Torpedos oder Auftauchen. Wahrscheinlich haben sie still gehalten, um zu lauschen«, sagte Hendricks.

»Lauschen?«, fragte Carlton.

»Wenn ein U-Boot schnell fährt, macht es gewaltigen Lärm«, erklärte Hendricks. »Dadurch kann es mit dem Passivsonar andere Boote nur schwer hören. Deshalb stoppt es immer mal wieder alle Maschinen und die Schraube und horcht mit dem Sonar, ob es verfolgt wird. Manchmal macht es eine 360-Grad-Drehung, um Sonarkontakte in alle Richtungen zu überprüfen. Die weiße Linie hier zeigt die Sonarsignatur, die von der *Puschkin* erzeugt wird.«

Ears wandte sich an Hendricks. »Ich glaube nicht, dass sie still hielt, um zu lauschen, Sir.« Er nahm einen Ausdruck in die Hand. »Ich habe mir den SOSUS-Scan angeschaut. Sehen Sie das hier?« Er zeigte auf eine kurze, schwache Linie, die verschwand, wieder erschien und dann endgültig verschwand.

»Obwohl es ziemlich weit weg ist vom nächsten SOSUS-Detektor, sieht es nach Ballastgeräuschen aus.«

»Aber diese Geräusche müssten doch in einer anderen Frequenz sein, oder?« Hendricks zeigte auf die andere Seite des Blattes.

»Das stimmt, Sir. Aber meine Theorie ist, dass der Empfängerkopf der SOSUS-Boje beschädigt wurde, durch einen Sturm vielleicht. Der Kontakt ist zwar in der falschen Frequenz aufgezeichnet, aber die Signatur stimmt mit Lärm an den Ballasttanks überein. Ich bin sicher, das ist es, Sir.«

»Ich habe gelernt, dass man Ihrem Instinkt nicht widersprechen kann, Ears. Aber ein stichhaltiger Beweis ist das nicht.«

»Und wie ist es hiermit, Sir? Es passt perfekt zu den Zeitabständen.« Ears spulte das Band zurück, ließ es dann langsam vorlaufen. »Hier Kontakt verloren.« Er deutete auf das Blatt. »Signatur auftauchender Ballast.« Zurück zum BSY-2. »An diesem Punkt Kontakt wieder aufgenommen.« Zum Blatt. »Signatur untertauchender Ballast. Verstehen Sie, was ich meine? Keine Anzeichen, dass Torpedorohrluken geöffnet oder geflutet worden wären oder dass etwas abgeschossen wurde.«

Hendricks atmete tief, während er die Fakten bewertete. Ein paar Minuten schwieg er und betrachtete mit zusammengekniffenen Augen den BSY-2-Bildschirm. »Okay, Ears. Sie haben gewonnen. Gute Arbeit.«

Er richtete sich auf und führte Carlton und Pink in den Kontrollraum zurück. Auf dem Weg schnappte er sich einen Becher Kaffee, auf dem das Emblem der *Seawolf* prangte: ein fauchender Wolf mit Haischwanz.

»Also ist die Puschkin hier aufgetaucht und hat die Diamanten über Bord geworfen.« Carlton zeigte die Position auf der Seekarte. »Jetzt müssen wir das Gebiet mit allen Mitteln absuchen.« Er streckte sich.

»Der Zerstörer *Martin Luther King,* der die Besatzung der *Puschkin* abholt, wird damit anfangen«, versicherte Hendricks.

»Aber was ist, wenn sie die Diamanten gar nicht versenkt haben?«, überlegte Carlton.

»Was wollen Sie damit sagen? Die Steine sind nicht auf dem Boot, und wir wissen, dass sie nicht durch die Rohre rausgefeuert wurden.«

»Sie sind nicht auf der *Puschkin,* aber Ears' Angaben zufolge ist sie aufgetaucht. Was ist, wenn die Diamanten auf ein Schiff umgeladen wurden?«

»Nein.« Hendricks wies auf den Sonarbericht. »Das ist ja das Problem. Das Sonar zeigt keinerlei Schiffe oder andere U-Boote in der Nähe der *Puschkin,* nachdem sie mit der *Newskij* zusammengetroffen war. Der einzige Sonarkontakt war eine Walschule hunderte Meilen südlich der *Puschkin.* Ich will ja nicht prahlen, aber unser Sonarsystem ist das beste der Welt. Wenn irgendwo ein U-Boot oder ein Schiff in der Nähe war, hätten wir es gehört.«

»Und was ist mit einem Flugzeug?«

»Unmöglich. Das haben wir doch schon mal durchgekaut, bevor wir von der *Puschkin* wussten. Wir sind siebenhundert Meilen vom Festland entfernt. Ein Hubschrauber könnte zweihundert Meilen schaffen, dreihundert höchstens. Aber ganz bestimmt keine siebenhundert. Und anders wäre es nicht gegangen.«

»Was ist mit einem Wasserflugzeug?«, bohrte Carlton.

»Auch das hätte unser Sonar gehört. Wenn nicht unser eigenes Sonar, dann das SOSUS-System. Ich neige zu Pinks Ansicht: Sie müssen die Diamanten über Bord geworfen haben. Eine andere logische Erklärung gibt es nicht.«

»Und wenn sie aus der Luft eingesammelt wurden?« Carlton gab nicht nach.

Hendricks schaute zur Decke. »Ich dachte, wir hätten diese Theorie schon zweimal begraben.« Er setzte zum Aufstehen an, ließ sich dann aber wieder auf den Stuhl sinken. »Ears hat uns doch gesagt, dass es keinen Kontakt mit einem Wasserflugzeug gab. Und die *Puschkin* war schon viel zu weit vom Festland entfernt, als dass ein Hubschrauber die Diamanten hätte aufnehmen können.«

»Das ist mir klar, Commander. Aber ich will auf etwas anderes hinaus – die einzig mögliche andere Erklärung. Wenn Sie das Unmögliche ausgeklammert haben, bleibt das Mögliche, so unwahrscheinlich es einem auch vorkommen mag. Erinnern Sie sich? Und bis jetzt haben wir Wasserflugzeuge und Helikopter ausgeklammert. Das sind erst zwei Typen von Flugmaschinen.«

»Worauf wollen Sie hinaus? Heißluftballon?«

»Harrier.«

»Harrier?«

Carlton wedelte mit der Hand auf und nieder. »Ein Senkrechtstarter, der ...«

»Ich weiß, was eine Harrier ist, Carlton. Eine Harrier könnte das nicht schaffen. Sie können schweben, ja. Aber wissen Sie, wie klein so eine Harrier ist? Wo sollten sie denn die Diamanten verstauen? Und die Reichweite beträgt nur ungefähr 2500 Meilen. Dann müssen die Flieger aber ganz schön nahe dran gewesen sein – erst zur *Puschkin,* dann darüber schweben, und dann wieder zurück. Und wir haben keinerlei Berichte über unbekannte Harriers in dem Gebiet vorliegen.«

»Eine Harrier allein hätte nicht gereicht.« Carlton dachte nach. »Aber ein Verband hätte das schaffen können.«

»Sie hätten in der Luft auftanken können«, warf Pink ein. »Und damit die Reichweite auf fünftausend Meilen verdoppeln.«

»Selbst wenn mehrere Harriers hergekommen sind und schwebten oder landeten ... Selbst wenn sie in der Luft aufgetankt wurden, wie hätte die Crew so viele Diamanten an Bord nehmen können?«

»Bombenmagazine«, sagte Carlton mit gedämpfter Stimme. »Die Harriers könnten ohne Waffen hergeflogen sein, um dann mit Bombenmagazinen bestückt zu werden.«

Hendricks nickte. »Ich hab noch nie gehört, dass Harriers im Schwebeflug mit Magazinen bestückt werden. Aber angenommen, es war so, wo hätte die *Puschkin* die Magazine transportieren sollen? Die *Puschkin* ist ein Angriffs-U-Boot. Jeder einzelne Gegenstand an Bord, auch die Torpedos, müssen durch die Luken hereingeschafft werden. Ich weiß ja nicht, ob Sie jemals zugeschaut haben, wie Torpedos auf ein U-Boot geladen werden, aber dazu brauchen Sie Stunden, eine ruhige See und eine Spezialausrüstung. Selbst wenn die Russen diese Magazine an Bord geschafft hätten, bliebe das Problem, dass sie für den Torpedoraum, sogar für die Rohre zu groß sind.«

»Als wir auf die *Puschkin* kamen, hat der Bootsmann doch etwas über diese Raketenrohre gesagt. Wie hießen sie gleich?«

»Die VLS-Rohre?«

»Genau. Die waren doch leer, oder?«

»Wenn der Chief das gesagt hat, war das wohl korrekt.«

»Also wäre es doch möglich, nicht wahr?«

»Jetzt wollen wir mal Klarheit schaffen.« Hendricks hielt beide Hände hoch. »Sie wollen mich also glauben machen, dass ein ausgemustertes russisches U-Boot in der Gewalt russischer Nationalisten Kontakt zu einem russischen Patrouillenboot aufnimmt, dieses Boot versenkt, untertaucht, wieder auftaucht, Diamanten im Wert von mehreren Millionen Karat in Bombenmagazinen aus den VLS-Rohren an schwebende Harrier-Jagdflugzeuge übergibt – die in der Luft aufgetankt haben – und dann wieder taucht? Und das alles, ohne dass der Flugzeugträger-Gefechtsverband *Ronald Reagan,* der an der NATO-Übung im GIUK-Gebiet teilnimmt, etwas von Harriers oder einem Lufttanker bemerkt?«

»Das ungefähr wollte ich sagen.« Carlton nickte.

»Ich glaube, Sie sind völlig verrückt. Es gibt keine ...« Ein schrilles Läuten unterbrach ihn.

»Wathne, Captain. Tut mir Leid, dass ich störe, Sir, aber wir erhalten gerade über VLF Meldung von einer wichtigen UHF-Übermittlung.«

»Gehen Sie auf Seerohrtiefe, dann wieder runter auf hundertfünfzig. Das Wetter ist schon schlimm genug.«

60.

Der Kardinal

Institut für die Werke der Religion
(Vatikanbank)
Vatikanstaat, 10.05 Uhr

Mein Gott!« Hunderte Millionen. Der Führer des Ordens, Kardinal Altiplano, hatte hunderte Millionen Dollar gestohlen. Von Universitäten, Krankenhäusern und Missionen. Mehr als zehn Jahre lang. »Wie konnte ich das nur zulassen?«

»Sie haben es nicht gewusst, Eminenz.«

»Natürlich habe ich es nicht gewusst ... ich hätte es aber wissen sollen. Ich hätte es wissen sollen! Kannst du dir diesen Skandal vorstellen? Er ist unglaublich! Dagegen wird der Skandal um die Banco Ambrosiano aussehen wie Ferragosto.« Der Kardinal spielte auf Mariä Himmelfahrt an, in Italien ein nationaler Feiertag. »*Santa Maria!* Schau es dir nur an!« Er deutete auf die schweren Ordner voller Geschäftspapiere, die man unter den Privatakten des verstorbenen Ordenspaters Altiplano gefunden hatte.

»Wir dürfen den Glauben nicht verlieren, Eminenz.«

»Glauben. Ja.« Der Kardinal atmete mühsam aus. »Aber so viel Geld. So viel Geld. Gestohlen von Kindern, von Armen, Alten und Kranken. Und wofür? Für Altiplanos ehrgeizige Ziele. Papst wollte er werden. Kannst du dir vorstellen, was geschieht, wenn dieser Albtraum ans Licht kommt?«

»*Falls* es so weit kommt, Eminenz.«

»O ja. Ganz gewiss. Und wir sind für das Geld verantwortlich. Es war unsere Aufgabe. Man wird den Verlust bemerken. Fünfhundert Millionen Dollar. Möge Gott uns gnädig sein.«

»Aber das Geld ist doch nicht verschwunden, Eminenz. Es

wurde nur ... verändert. Von immateriellen zu materiellen Werten.«

»Das lässt sich leicht sagen. Hier. Unter uns. Die Kirche hat bereits immense finanzielle Probleme. Was ist, wenn die Banco Napolitana Lucchese Bankrott macht? Wenn sämtliche Bücher, Anleihen und Schließfächer durchforstet werden? Das wird ein Skandal, ein furchtbarer Skandal! Und Gott der Herr mag keine Skandale, Lucca.«

»Eminenz, aus den Beweisen geht hervor, dass die Einkäufe in Angola nur von Altiplanos treuesten Agenten getätigt wurden. Und es waren keine Großeinkäufe, keiner über 50.000 Dollar. Angola befand sich damals im Bürgerkrieg, es war im Chaos versunken, Eminenz. Man wird keine Aufzeichnungen mehr finden.«

»Lucca, Lucca. Mein lieber Freund. Gott segne deine silberne Zunge. Ich aber fürchte, dass ich trotz aller Autorität, die Mutter Kirche mir verliehen hat, immer noch ein einfacher Landpfarrer bin. Ich habe schreckliche Angst vor einem Skandal. Und ganz besonders vor einem solch großen Skandal wie diesem. Ich fürchte nicht für mich oder für dich. Wir haben nichts Falsches getan. Ich fürchte für die Kirche.«

»Die Kirche hat in zweitausend Jahren immer wieder Skandale überstanden. Der Teufel führt uns in Versuchung. Manchmal hat er Erfolg. Wir müssen nur immer daran denken, dass das Böse und der Tod niemals über die Heilige Mutter Kirche siegen werden.«

»Am Ende wird sie triumphieren, ja. Aber was ist in der Zwischenzeit? Wie wird die Welt auf diese Enthüllung reagieren? Über Jahrhunderte hinweg hat die Kirche Krankenhäuser und Universitäten unterhalten, hat die Kranken geheilt und die Bildungshungrigen gelehrt. Und nun wird all dies in Frage gestellt. In Zweifel gezogen. Solch einen Sturm kann nur ein mächtiger Glaube überstehen.«

»Dann lassen Sie uns um Glauben beten, Eminenz.«

Der Kirchenfürst, ein Kardinal der Titelkirche Sankt Matthäus, Präsident der Kommission für das Institut für die Werke der Religion und ehemaliger Landpfarrer, kniete zusammen mit seinem Sekretär auf dem glänzend polierten, mit Intarsien versehenen Holzboden nieder; vor ihnen an der Brokatwand hing ein Kruzifix aus Rosenholz und Silber. Voller Ehrfurcht schlugen sie das Kreuz.

»In nomine Patris et Filii et Spiritus Sancti«, sprach der Kardinal feierlich.

»Amen«, sagte der Monsignore.

»Oremus«, begann der Kardinal und neigte den Kopf. *»Pater noster ...«*

Der Monsignore fiel in das Vaterunser ein: *»... qui es in caelis, sanctificetur nomen tuum ...«*

61.

Der Flugzeugträger

HMS Invincible
Flugzeugträger der britischen Kriegsmarine
Europäisches Nordmeer
501 Meilen südlich von Longyerben, Spitzbergen, 18.02 Uhr

Royal Navy Leftenant Sandra Walters hatte schon dreimal den vermissten Hercules-Lufttanker der Royal Air Force – Spitzname »Bernice« – angefunkt; ebenso die drei Sea Harriers, die dort aufgetankt hatten. Doch sie hatte keine Antwort bekommen. Aber Leftenant Walters war hartnäckig; sie würde es weiter versuchen, bis sie zur *Bernice* durchdrang.

»*Bernice.* Hier spricht die *Invincible.* Kommen, *Bernice*«, wiederholte sie. Der Lufttanker war unmittelbar nach dem Auftanken der Harriers vom Radarschirm verschwunden. Die Jagdbomber kamen von der NATO-Basis Keflavik in Island, sie sollten lediglich auftanken und sofort wieder zurückfliegen. Nun war nicht nur *Bernice* vom Radarschirm verschwunden, sondern auch die Kampfflugzeuge. Und Leftenant Walters' Kollege auf Island konnte sie auch nicht finden.

»Wir haben Sie vom Radarschirm verloren. Kommen.« Schnell wechselte sie die Frequenz. »Major Leyland. Leftenants Carruthers und Fox. Hier spricht die *Invincible.* Kommen. Wir haben Sie vom Radar verloren. Kommen, over.« Diesen Aufruf wiederholte sie viermal, bevor sie ihren CO rief, Commander Todd Shollen. »Sir, *Bernice* ist von unserem Schirm verschwunden. Ebenso die drei Sea Harriers auf dem Übungsflug von Keflavik. Sie sind einfach verschwunden, Sir. Kein Funkruf. Kein Notrufsignal. Keine Leuchtrakete. Und Keflavik hat auch keine Signale erhalten, Sir.«

Shollen sah, wie verwirrt Walters war. Dabei war sie alles andere als eine Anfängerin. Wenn *Bernice* und die drei Harriers zu orten gewesen wären, hätte Walters sie gefunden. Shollen nahm den Hörer ab. Ein so großes, langsames Flugzeug wie ein Hercules-Lufttanker verschwand nicht einfach vom Radarschirm. Und Übungskampfflugzeuge, die von einem erfahrenen Piloten wie Major Leyland angeführt wurden, auch nicht. An der Elektronik konnte es nicht liegen, denn das Radar der *Invincible* war voll funktionsfähig. Alle anderen Vögel in Reichweite wurden durch kleine grüne Punkte angezeigt. Shollen hoffte, dass nichts passiert war, aber sein Instinkt sagte ihm, dass sie mit dem Schlimmsten rechnen mussten. Doch er hatte seine Vorschriften und musste sich daran halten. »Versuchen Sie es weiter.« Er drückte auf den Knopf, der mit AWCINC bezeichnet war – Air Wing Commander-in-Chief.

»Hennessey.« Der Klang der Stimme machte deutlich, dass ihr Besitzer nicht ohne guten Grund gestört werden durfte.

»Funkzentrale, Sir. Commander Shollen.« Er hielt inne. »Sir, wir haben eine Notlage.«

Innerhalb von zehn Sekunden erschollen die Sirenen der Such- und Rettungsmannschaften auf dem Flugdeck. Zwei Minuten später schossen zwei Sea Harriers, ausgestattet mit Spezialgeräten für Bergung und Seerettung, die für Harriers reservierten Rampen entlang und flogen mit höchster Geschwindigkeit zur letzten bekannten Position der vier vermissten Maschinen.

Fast tausend Meilen weiter südlich dampfte der Flugzeugträger-Gefechtsverband *Ronald Reagan* – Kennzeichnung CVBG-12 – Richtung Norden, um in der Woche darauf mit der *Invincible,* der *Charles de Gaulle* – dem neuesten französischen Träger – und den Begleitschiffen die gemeinsame NATO-Übung durchzuführen. Der Flugzeugträgerverband ist das überzeugendste Werkzeug der amerikanischen Außenpolitik. Die meisten Leute denken zwar, es sei bloß eine Ansammlung von Kriegsschiffen, aber in Wahrheit ist es ein flexibler, mobiler Kampfverband mit einer Vielzahl offensiver Luft- und Seewaffensysteme, die simultan und nahezu unbegrenzt auf Missionen in weit entfernten Regionen eingesetzt werden können. So halten die Flugzeugträgerverbände nicht nur Gefahren von Amerikas Grenzen fern, sondern auch bestimmte Küstengebiete unter absoluter militärischer Kontrolle.

Während die meisten Kriegsmarinen, zum Beispiel die englische und die französische, zwei Flugzeugträgerverbände unterhalten, besitzt die US Navy zwölf Carrier Vessel Battle Groups (CVBGs). Davon befinden sich jeweils elf auf Patrouille und einer zur Wartung im Trockendock. Insgesamt unterhalten die USA 350 Schiffe und 75 Unterseeboote. So kann die amerikanische Marine eine Macht ausüben, die sich die meisten Bürger gar nicht vorstellen können und die Feinde wirksam einschüchtert.

In der Mitte des Gefechtsverbandes schwamm die USS *Ronald Reagan,* der erst einen Monat alte, zwanzig Milliarden teure Ersatz für die USS *Kitty Hawk.* Weiterhin gehörten zum Kampfverband zwei Flugkörper-Kreuzer, ein Zerstörer der Arleigh-Burke-Klasse mit Aegis-Lenkwaffen, ein Zerstörer der Spruance-Klasse, zwei Flugkörper-Fregatten, ein Unterstützungsschiff, ein Angriffs-Unterseeboot der Los-Angeles-Klasse sowie Commander Hendricks' *Seawolf;* insgesamt acht Schiffe und zwei Unterseeboote.

Der Befehlshaber des Gefechtsverbandes, Rear Admiral Jack Yorbis, stand auf der supermodernen Kommandobrücke der *Reagan* und trank Kaffee, während er mit Hennessey sprach, dem Admiral der Royal Navy. »Cyril. Hier ist Jack. Hören Sie, einer unserer Hawkeyes hat eben die Bestätigung über Radar erhalten, dass drei RAF Sea Harriers mit Flugrichtung Südwest 110 Meilen westlich der Lofoten gesehen worden sind. Habt ihr etwa den Übungsplan geändert?«

»Negativ, Admiral. Südwest, sagten Sie? Die sollten eigentlich Nordost fliegen, zurück nach Keflavik auf Island.«

»Na, jedenfalls fliegen sie jetzt nach Südwesten – mit 730 Meilen die Stunde. Sieht aus, als wollten sie nach London, obwohl man das jetzt noch nicht mit Sicherheit sagen kann.«

Da er zuvor Commander Shollens Bericht vernommen hatte, verstand Admiral Cyril Hennessey den Ernst der Lage. Er räusperte sich. »Admiral Yorbis, die Marine Ihrer Majestät bittet die Marine der Vereinigten Staaten um Hilfe beim Aufspüren. Es könnte sich um Verräter handeln.«

Yorbis pflichtete der Entscheidung seines Kollegen bei. »Es wird der US Navy eine Freude sein, Ihnen zu helfen, Admiral. Wir setzen uns mit Ihren Leuten in Verbindung. Ich melde mich wieder.« Er wandte sich an seinen Ersten Offizier. »Drehen Sie uns in den Wind, XO.« Flugzeugträger drehten sich vor dem Abheben der Flugzeuge in den Wind, um den Maschinen Startgeschwindigkeit zu verschaffen. Yorbis drückte auf die Taste der Sprechanlage und gab dem Flugleiter auf dem Hauptflugdeck die Lage durch.

Der Flugleiter lauschte, bestätigte Yorbis' Anweisungen, hing ein und wandte sich an seinen Adjutanten. »Machen Sie sofort eine Seahawk und eine Viking bereit.« Bevor ein Kampfflugzeug startete, schickte man meistens einen Seahawk-Helikopter hoch, der im Fall eines Unglücks die Bergung vornimmt, sowie einen Viking-Lufttanker, der die Tanks von Langstreckenfliegern kurz nach dem Abheben noch einmal auffüllen soll. »Und machen Sie vier Hornets bereit. Sie sollen drei abtrünnige Harriers abfangen. Koordinaten folgen. Beeilung!«

Wathne riss die Nachricht aus dem Drucker und reichte sie Hendricks. Der las sie und gab sie an Carlton weiter. »Vielleicht war es doch ein wenig unhöflich, dass ich Sie verrückt genannt habe.«

Z73446
Von: Kommandant Flugzeugträger Ronald Reagan
An: Kommandant USS Seawolf
3 RAF Harriers Position: 68°15'20 nördl. Breite 9°30'02 östl. Länge
Peilung 216 – Geschwindigkeit 640 – Höhe 64
Teil von RAF Übungsgeschwader, an Lufttanker aufgetankt, dann Kontakt verloren
HMS Invincible gibt an, Harriers verweigern Funkkontakt
Außerplanmäßige Peilung, möglicherweise Feinde
Geschätzte Ankunftszeit 1903
Äußerste Vorsicht
Warten Sie auf weitere Nachricht
Ende der Übermittlung

Carlton blickte mehrere Male zwischen Nachricht und Seekarte hin und her, dann reichte er Pink das Blatt. »Na, immerhin haben wir jetzt unseren Beweis.«

62.

Die Hornets

USS Ronald Reagan
Flugzeugträger der US-Marine, 18.12 Uhr

Auf dem 18.000 Quadratmeter großen Flugdeck der *Ronald Reagan* standen 75 Luftfahrzeuge, die mit tödlichen Waffen bestückt waren. 36 Super-Hornet-Jagdbomber, 17 Tomcat-Abfangjäger, vier Hawkeye-Frühwarnflugzeuge, sechs Viking-Jagdflugzeuge, die in der Luft aufgetankt werden konnten, vier Prowler-Seeaufklärungsflugzeuge, zwei Nachrichtenflugzeuge, die ebenfalls in der Luft aufgetankt werden konnten, vier Seahawk-Jagdhubschrauber und schließlich zwei Seahawk Such- und Rettungshubschrauber.

Die F/A-18E Super Hornet war unbestrittene Meisterin ihrer Klasse. Von McDonnell Douglas entworfen, bevor die Firma mit Boeing Military Aircraft verschmolz, wurde sie als notwendige Weiterentwicklung ihrer oft kritisierten Vorgängerin hoch gelobt. Die Hornet konnte sich »anschleichen« und vereinte Geschwindigkeit und elektronische Intelligenz zum Zweck des Angriffs, der Luftüberlegenheit, des Präzisionsschlags und der Unterdrückung feindlicher Luftabwehr. So tödlich war der Jagdflieger, dass die feindliche Abwehr auf ihren Schiffen beim Anflug dieses geflügelten Dämonen zitterte und feindliche Piloten bei dem bloßen Gedanken, sich mit einer Hornet messen zu müssen, den Rückzug antraten.

Die flüssigkeitsgekühlte Avionikausstattung der Super Hornet enthielt mehr als eine Million codierte Computerleitungen, die siebenhundert Millionen Berechnungen pro Sekunde durchführen konnten, eine Leistung, die etwa der vereinten Anstrengung von vier Cray-Supercomputern vergleichbar war. Ein farbiges

Multifunktionsdisplay, ein holografisches Head-up-Display und ein Zielsucher, der in den Helm des Piloten eingebaut war, erlaubten zusammen mit dem Fly-by-Wire-Flugsteuerungssystem ein Maß an Beschleunigung, Neigungswinkel, Kursabweichung und Loopings bei neunfacher Schwerkraft, das nur durch die Belastbarkeit des Piloten in seinem Druckanzug eingeschränkt wurde. Fahr- und Flugwerk der Super Hornet waren verbessert, das Verhältnis von Treibstoffgewicht zu Gesamtgewicht stark heraufgesetzt worden. Die Zwillingsmotoren von General Electric erzeugten einen Druck von 22.000 Pfund und brachten den Jagdbomber auf ein Schwindel erregendes Tempo. Ein »Schleppköder« lenkte feindliche Raketen ab. Das Infrarot-Zielsuchsystem konnte Objekte im Infarotbereich ausmachen; damit hatte die Super Hornet das beste Zielsystem aller derzeitigen Jäger. Hinzu kam ein »Mode-1« System, das die eigenständige Landung selbst auf dem oft gefährlich schwankenden Deck eines Flugzeugträgers möglich machte. Der Knüller jedoch war der Preis von 58 Millionen Dollar pro Flugzeug, womit die Hornet viel günstiger war als der der vergleichbare Raptor der britischen Air Force, der stolze 214 Millionen kostete.

Auf dem Flugdeck wurden vier Hornets in Abschussposition gestellt. Jede Maschine war von »Grapes« in violetten Hemden mit 19.000 Pfund Kerosin aufgetankt worden, während die Rothemden es mit zehn Sidewinder Luft-Luft-Raketen bestückten. Die Lieutenants Milo Stevan (Rufzeichen »Smoke«), Peter Rieble (»Senator«), Todd Samo (»Elvis«) und Tanya Venice (»Venus«) verließen den Bereitschaftsraum und stiegen in die Cockpits. Mechaniker in grünen Hemden wiesen die Piloten an, die Maschinen zu starten. Als die Kuppeln sich schlossen, machten die Mechaniker einen letzten Check, wobei sie mit Bedacht einen großen Bogen um die Ansaugöffnungen der Turbinen machten, die schon mehrere Mitglieder der Bodencrew eingesaugt hatten. Mit einem von hundert Handsignalen, die jedes Besatzungsmitglied auswendig kannte, warnten die Mechaniker ihre Kollegen vor den gefährlichen Abgasen. Meerwassergekühlte Schutzdeflektoren wurden hinter den Jetturbinen hochgezogen. Die Piloten steuerten die Hornets selbsttätig über das glatte Metalldeck und stoppten an drei der vier Katapulte. Die Katapultcrew hakte mittels einer Anhängerkupplung das Vorderrad jedes Bombers in ein Katapultgeschirr und brachte dann Haltevorrichtungen hinter dem Bugleitwerk an. Die Mechaniker checkten ein allerletztes Mal. Endlich erhielten die Piloten die Erlaubnis, voll durchzustarten. Das Gewicht jeder Maschine wurde auf einer Tafel aufgezeichnet. Als sämtliche Zahlen überprüft waren, gaben die Piloten dem Katapultoffizier im unter Deck liegenden »Pod« ein Zeichen und hielten sich bereit. Nach dem Signal des für den Abschuss zuständigen Offiziers drückte der »Cat« Officer den Freigabeknopf. Der Dampf aus den Reaktoren der Reagan drückte die Katapulte innerhalb von zwei Sekunden hundert Yards nach vorn und beschleunigte jede Hornet von null auf hundertfünfzig Knoten. Als sie in der Luft waren, richteten Smoke, Senator, Elvis und Venus die nadelspitzen Nasen ihrer Flieger Richtung Osten. Zu ihrer Sicherheit wurden noch zwei Prowler-Seeaufklärer abgeschossen, die mögliche feindliche Radar- und Funkverbindungen blockieren sollten.

»Interceptor, hier Strike«, meldete sich der Flugleiter der *Reagan.* »Bogeys in Entfernung 6-1-0 Knoten. Kurs 2-1-6. Geschwindigkeit 6-0-2 Knoten.« Der Begriff »Bogey« (Schreckgespenst) kennzeichnet Flugzeuge, von denen man nicht genau weiß, ob sie fahnenflüchtig sind. »Bandit« bedeutet ein Feindflugzeug. Die Regeln der Kriegführung schreiben für beide äußerst unterschiedliche Behandlungen vor.

»Roger, Strike«, bestätigte Smoke, während sein Navigationssystem den günstigsten Kurs berechnete. »Alles im grünen Bereich. Steigen jetzt auf 4500. Kurs 6-1-0.«

Verärgert starrte Hendricks Carlton an. »Nur weil ein paar Kampfflieger in der Nähe der *Puschkin* sind und das zu Ihrer

Theorie passt, bedeutet es noch lange nicht, dass Sie Recht haben. Für ein Abfangmanöver reicht es – und das hat die *Reagan* ja auch angeordnet.«

Carlton fuhr sich mit der Hand durchs Haar und holte tief Luft. »Das ist mir durchaus klar, Sir. Aber sehen Sie sich die Ereignisse im Ablauf an. Diese Kampfbomber sind die Einzigen, die für die Aufgabe geeignet sind.«

»Die Harrier ist ein ganz normaler RAF-Jet. Die schwirren zu tausenden über der Nordsee herum. Und weiter?«

»In der Nachricht hieß es: ›möglicherweise Feinde‹. Warum sollte die *Reagan* sie so bezeichnen, wenn sie nicht ...«

»*Möglicherweise* Feinde, Carlton. Das ist ein großer Unterschied. Es ist nicht bestätigt, dass es sich tatsächlich um Feinde handelt. Wir wissen es nicht genau – könnte doch auch die königliche Familie sein, die mit den Jets einen kleinen Rundflug machen will, nicht? Wir können es nicht wissen. Und weiter?«

Carlton drehte sich zum Kartentisch um und zeigte auf den geschätzten Fahrtweg der *Puschkin* von der Position der *Newskij* bis zu dem Punkt, wo sie von der *Seawolf* abgefangen worden war. »Kann ich die Nachricht nochmal sehen?« Er studierte die Koordinaten der Harriers und zog eine gedachte Linie ihres Flugs von Keflavik in Island. »Hier, Sir.« Er zeigte auf die Karte. »Die Harriers sind ungefähr hier auf die *Puschkin* gestoßen.«

Hendricks beugte sich über die Karte und nickte. »Ungefähr dort, stimmt.« Er schaute Carlton an. »Aber das sind immer noch nicht genug Beweise, um sie einfach abzuschießen.« Er seufzte. »Wissen Sie, welche diplomatischen Verwicklungen sich daraus ergeben würden, wenn ein amerikanisches Schiff drei Jagdbomber unserer Verbündeten vom Himmel holt? Und zwar nicht irgendeines Verbündeten, sondern ausgerechnet Großbritannien – der einzige Alliierte, auf den die USA immer wieder zählen konnten. Und die Bomber befinden sich zudem noch auf einem Übungsflug? Ich glaube, Ihre Theorie führt uns in eine Sackgasse. Alles deutet auf die Harriers hin. Ihr Kurs. Der Kurs der *Puschkin.* Die Tatsache, dass sie als mögliche Feindflugzeuge eingestuft wurden. Das sind aber nicht *genug* Beweise, um eine Eliminierung zu befehlen. Und falls sie die russischen Diamanten an Bord haben, stellen sie ja wohl keine tödliche Bedrohung dar, nicht wahr?«

»Erlauben Sie, dass ich den Kommandanten unseres Flugzeugträgerverbands von dieser Möglichkeit in Kenntnis setze?«

Hendricks starrte ihn ein paar Sekunden stumm an. »Das übernehme ich schon. Gebt dem Mann ein Blatt zum Schreiben.«

»Hier, Sir.« Ein eifriger junger Fähnrich reichte ihm einen Notizblock.

Carlton und Pink entwarfen eine kurze Nachricht an Forbes. Die *Seawolf* stieg auf Antennenhöhe, schickte die Nachricht an den Marinesatelliten und tauchte sofort wieder ab. Dann warteten sie, bis Pinks Chef die Botschaft verdaut hatte und sie weiterreichte, an wen auch immer. Die Kommandanten der Flugzeugträger konnten erst dann angemessen reagieren, wenn ein militärischer Vorgesetzter, der zuvor von DDI Forbes informiert wurde, sie über die politischen Auswirkungen unterrichtete.

Zweitausend Meilen weiter westlich kam Forbes zu demselben Schluss wie Commander Hendricks. Es bestand keine tödliche Gefahr. Es gab keine stichhaltigen Beweise. Daher gab es auch keinen Schussbefehl. »Position halten und weiter beobachten«, lautete die kurze Anweisung an Pink an Bord der *Seawolf.*

»Strike, hier Interceptor. Peilung 0-9-4. Erbitte Information über Bogeys. Over.« Aus seiner Atemmaske, die ihm ein elektronisch gesteuertes Stickstoff/Sauerstoffgemisch zuführte, starrte Smoke auf die Anzeigen der Instrumente, die im Head-up-Display des Cockpits glühten. Wie befohlen hatten er und seine drei Kameraden den aktiven Radar nicht eingeschaltet, um nicht von den RAF-Bogeys entdeckt zu werden.

»Interceptor, hier Strike. Entfernung zu Bogey 1-0-2 Knoten. Bogey hat Kurspeilung 2-1-6 nicht geändert.« Die Stimme aus einer Entfernung von mehr als sechshundert Meilen klang so deutlich, als wäre sie nur eine Fußlänge von Smokes Ohr entfernt. »Keine Aufnahme von Funkkontakt, bevor Sie Sichtkontakt haben. Wiederhole. Kein Funkkontakt vor Sichtkontakt. Over.«

»Die sind nicht koscher, Strike.« Smoke war schon bei Desert Storm dabei gewesen; er wurde auch unter extremer Belastung nicht so schnell nervös. Aber diese Situation war neu für ihn. Während der kostspieligen Ausbildung bei der Navy hatte er gelernt, feindliche Flieger abzufangen, in Luftkämpfe zu verwickeln und zu zerstören. Er hatte sogar Übungen zur Hilfe bei Rettungseinsätzen absolviert. Aber niemals in seiner fünfzehnjährigen Laufbahn als Marineflieger hatte man ihn gebeten, eine Fliegergruppe der Verbündeten anzugreifen. Noch dazu eine Übungsgruppe, die auf Funkrufe nicht reagierte und jäh den Kurs änderte, ohne zuvor das Einverständnis ihres Befehlshabers auf dem Flugzeugträger einzuholen.

Komische Geschichte, dachte Smoke. Irgendwie hatte er ein mulmiges Gefühl. Als Staffelführer hatte er sämtliche taktischen Entscheidungen vor Ort zu treffen. Wenn Strike ihm jeden Funkkontakt untersagte, bevor die Harriers in Sichtweite waren, bedeutete das auch, dass die Hornets bis zum letzten Augenblick unbemerkt heranfliegen mussten. Das wiederum hieß, dass Smoke und seine Flügelmänner sich den RAF-Jets von hinten nähern mussten.

Die möglichen Feinde hatten inzwischen Kurs auf England eingeschlagen. Smoke stellte die nötigen Berechnungen an und gab sie an seine Staffel weiter. »Elvis, Senator, Venus – hier Staffelführer. Speed drosseln auf 5-0-0. Kurs abstimmen auf 1-1-0. Auf mein Zeichen bereithalten für LPI-Suche.«

»Roger, Staffelführer«, antwortete Elvis.

»Die sind nicht koscher«, meinte nun auch Senator.

»Roger, bereit zum Start von LPI«, bestätigte Venus.

Bis zu diesem Zeitpunkt hatten die Super Hornets das aktive Radar nicht benutzt und sich stattdessen auf den Radarstandort der RAF-Jets verlassen. Nun aber würden sie ihr Vorgehen ändern. Strike hatte zwar befohlen, vor Sichtkontakt keinerlei Funkrufe loszuschicken, aber das hieß ja nicht, dass man kein aktives Radar benutzen durfte.

Die Super Hornets hatten APG-77, das höchst entwickelte Radarsystem der Welt. Während das herkömmliche Radar mit einer Reihe von Sensoren auf einer Richtantenne arbeitet, die alle vierzehn Sekunden um 120 Grad weiterschwenkt, hat ein APG-77 eintausendfünfhundert voneinander unabhängige Module, die einen bestimmten Bereich mit unzähligen Strahlen in Sekundenschnelle abtasten. Doch die wahre Stärke des Systems ist die Suche im Modus »Low Probability of Intercept«, der geringen Wahrscheinlichkeit des Abgefangenwerdens. Da jedes Modul unabhängig von den anderen funktioniert, benutzt das Radarsystem energiearme Impulse und sucht eine große Frequenzbreite ab anstatt nur einige festgelegte Frequenzen. Das Zielobjekt kann daher die Impulse nicht als aktive Suche erkennen. Überdies besteht die Super Hornet aus Kohlenstoff, Thermokunststoff, Titan, Aluminium, Stahl und anderen hochwertigen Materialien und ist mit einer Radar absorbierenden Außenhaut überzogen. Mit diesen Mitteln ausgerüstet konnten Smoke, Senator, Elvis und Venus ihre Ziele ausmachen, die Sidewinder-Raketen abschießen und die Harriers vernichten, ohne dass diese etwas anderes wahrgenommen hätten als ein paar große Seevögel mehrere hundert Meilen entfernt.

Zehn Minuten später gab Smoke den Befehl. »Hier Staffelführer. LPI-Suche starten.«

63.

Das Abfangmanöver

RAF Sea Harriers
298 Meilen westlich von Mo i Rana, Norwegen, 19.27 Uhr

Die drei Harrier-Piloten zuckten vor Schmerz zusammen, als der Radaralarm in ihren Helmkopfhörern kreischte.

»Royal Air Force Sea Harriers. Hier spricht United States Navy Lieutenant Stevan. Erbitte Identifikation«, sagte Smoke mit seiner besten Kommandostimme.

Der Staffelführer der Harriers wählte sich in die Frequenz ein und hätte beinahe auf Russisch geflucht, hielt sich aber noch rechtzeitig zurück. »Meine Güte, Kumpel! Wo kommt ihr Yankees denn auf einmal her?«, fragte er ehrlich erstaunt in ausgezeichnetem Englisch. Mit amerikanischen Kampfjets hätte er hier am allerwenigsten gerechnet – und dann auch noch Super Hornets. Instinktiv wollte er der Konfrontation ausweichen, zwang sich dann aber, den ursprünglichen Kurs beizubehalten. Auf dieser Flughöhe, die amerikanischen Jäger 250 Meter unter sich, hatte er keine Chance, sie auszutricksen oder ihnen gar zu entkommen. Er verfluchte sich dafür, so hoch hinaufgegangen zu sein.

»Aus dem Nirgendwo«, erwiderte Smoke trocken. »Wiederhole: Identifikation erbeten.« Aus seiner Flughöhe von sechzig Metern konnte er die drei Harriers kaum noch sehen, da inzwischen faustgroße Regentropfen im stürmischen Wind auf die Glaskuppel seines Cockpits peitschten.

»Major Leyland. Royal Air Force. Mit Leftenants Carruthers und Fox. Um Gottes willen, Leftenants, nehmt uns aus dem Zielradar! Ihr macht meinen Trainingspartnern Angst!«

Der Alarm brach ab. Das Zielradar war ohnehin taktisch überflüssig. Mithilfe des APG-77 Radars konnten die Raketen ihren Bestimmungspunkt auch ohne Zielradar erreichen. Smoke hatte es nur um der Wirkung willen eingeschaltet. »Danke.«

»Die *Invincible* will Gründe hören, warum Sie plötzlich den Kurs geändert und sich über Funk nicht mehr gemeldet haben.«

»Wir versuchen schon seit zwei Stunden vergeblich, die *Invincible* zu erreichen. Unser Tanker ist nach dem Auftanken explodiert. Ich weiß auch nicht, wie das passiert ist. Die Explosion muss irgendeinen elektromagnetischen Impuls erzeugt haben. Unser Langstreckenfunk ist defekt. Wir können nicht weiter funken als fünftausend Yards.«

»Das erklärt nicht Ihre Kursänderung, Sir.«

»Die Maschinen sind in Keflavik wohl nicht ordnungsgemäß enteist worden. Gleich nach dem Auftanken hat sich Eis auf den Tragflächen gebildet. Deshalb konnten wir nicht im ursprünglichen Kurs Richtung Arktis weiterfliegen. Wir sind in Sinkflug gegangen, denn nur hier unten ist es warm genug, dass sich nicht noch mehr Eis bildet. Wir hoffen sehr, dass wir es bis London schaffen. Würden Sie bitte die *Invincible* anfunken und ihr das mitteilen? Und würden Sie auch Aberdeen über unsere Lage informieren?«

»Bestätigt, Sir. Wir werden Sie begleiten.«

»Das ist sehr freundlich, aber nicht nötig. Wir müssen nur ...«

»Befehl ist Befehl, Major.«

Smoke brütete über den Erklärungen.

Zunächst einmal war es technisch fast unmöglich, dass der Langstreckenfunkcomputer auf drei Jets gleichzeitig ausfiel. Außerdem konnte er sich nicht vorstellen, dass man in Keflavik vergessen haben sollte, gleich drei Jets von Eis zu befreien. Diese Reinigung beherrschten Bodencrews auf Luftstützpunkten in Polarnähe so sicher wie das Atmen.

Im Übrigen hatte Major Leylands Stimme viel zu ruhig geklungen, und seine Erklärungen kamen wie aus der Pistole geschossen. Beinahe so, als hätte man sie ihm vorher eingetrichtert.

Die Identitäten der Piloten jedoch stimmten. Und der Major sprach wirklich mit britischem Akzent. Und sie hatten nicht versucht, Smoke und seiner Staffel auszuweichen. Dennoch wollte Smoke kein Wort dieser Geschichte glauben. Warum waren die Harriers nicht in Tromsö, Narvik, Bodo oder Mo i Rana in Norwegen gelandet? Diese Städte lagen nur einen Katzensprung von der Position entfernt, wo der Hercules-Tanker angeblich explodiert war; zwar gab es dort keine Luftstützpunkte, doch eine Harrier konnte auch ohne Landebahn herunterkommen; schließlich konnte eine solche Maschine senkrecht starten und landen. Wenn Major Leyland sich allzu große Sorgen wegen Eisbildung machte, hätte er dort landen müssen. Oder an irgendeinem anderen Ort in Norwegen. Außerdem hätte die Eisbildung an den Tragflächen sofort nach dem Start in Keflavik eingesetzt, nicht erst nach dem Auftanken. Dann hätten sie gleich zurückfliegen müssen.

Doch so wenig sie auch einer genaueren Prüfung standhielten, die Erklärungen des Majors musste man erst einmal gelten lassen. Smoke war Pilot, kein Richter. Er schaltete auf die Außentanks um und richtete sich auf den langen Flug nach Aberdeen ein.

64.

Die Information

Castel MacLean
Beverly Hills, Kalifornien, 11.23 Uhr

MacLean blies eine Rauchwolke aus, dann legte er seine Montecristo Habana in einen viereckigen gläsernen Aschenbecher und nahm den Hörer ab. »MacLean.«

»*Buongiorno,* Maximilliano.«

»Don Forza. Guten Morgen ... das heißt, für Sie heißt es wohl eher Guten Abend, nicht wahr?«

»Geht's dir gut?«

»Ja, danke. Don Forza, ich muss um Verzeihung bitten, dass ich unser ... unsere Vereinbarung über den Südafrikaner auf diese Weise abgesagt habe. In letzter Minute. Das war unhöflich von mir.«

»*Per piacere.* Dafür brauchst du dich nicht zu entschuldigen. Außerdem wusste ich, dass dein Verstand schließlich die Oberhand gewinnen würde. Man darf sich nie von Hass zum Handeln verleiten lassen. Es trübt das Urteilsvermögen.«

»Sie sind ein weiser Mann.« MacLean nahm einen Schluck Espresso aus einer teuren handbemalten Tasse. Da er nicht genau wusste, warum der Sizilianer angerufen hatte, schwieg er abwartend, so wie sein Vater es ihn gelehrt hatte.

»*Grazie.* Ich habe verlässliche Informationen erhalten. Deshalb rufe ich an. Ich kann dir einen Namen geben.«

»Einen Namen?« MacLean nahm einen Stoß Karten von Cartier und einen Parker-Kugelschreiber aus einem schmalen Metallkästchen auf seinem Glastisch.

»Wenn ich recht verstanden habe, möchtest du den Namen eines Kirchenmannes, der über bestimmte Vermögenswerte der Kirche Bescheid weiß.«

»Ja, das stimmt.«

»Meiner Information zufolge gibt es einen Mann, der ganz genau Bescheid darüber weiß. Sein Name ist Giovanni Benedetti.«

MacLean schrieb den Namen auf eine der Karten. Die Tinte war blutrot. Er hoffte, dass dies kein schlechtes Vorzeichen war. »Und wer ist dieser Gentleman?«

»Kardinal Giovanni Benedetti ist Leiter des Instituts für die Werke der Religion.«

»Ich fürchte, ich habe noch nie von so einem Institut gehört.«

»Die meisten Leute kennen es nicht. Allgemein ist es als Vatikanbank bekannt.«

65.

Die Vernichtung

NATO-Luftstützpunkt
Keflavik, Island, 20.06 Uhr

Major Elmers von der US-Luftwaffe studierte die Tagesberichte, als das Telefon klingelte. »Elmers am Apparat.«

»Sergeant Winston, Sir. Von der Wartungseinheit. Verzeihen Sie, dass ich Sie ohne Beachtung der üblichen Rangfolge anrufe, Sir, aber es handelt sich um einen Notfall.« Der Sergeant stand drei volle Dienstgrade unter dem Major. Nach den Vorschriften hätte Sergeant Winston zuerst den Lieutenant, dieser den Captain und dieser wiederum Major Elmers anrufen müssen.

»Was für ein Notfall?« Elmers argwöhnte, dass es um eine Überraschungsparty zu seinem Geburtstag ging. Denn jedes Jahr zerbrachen sich seine Untergebenen den Kopf, wie sie ihn ködern konnten: Sie dachten sich einen fiktiven Notfall aus, der sich jedoch glaubhaft anhörte, damit Elmers mitten am Tag zu ihnen kommen musste. Dort wurde er dann gebührend mit Luftschlangen, Ballons und Jubelrufen empfangen.

»Nun, ich ... Sir, Sie sollten wirklich herkommen.«

»Wenn es so wichtig ist, Sergeant.« Elmers musste grinsen. »Wo stecken Sie?«

»In der Leichenhalle, Sir.«

»Leichenhalle. Na schön, bin schon auf dem Weg.« Die Leichenhalle? Dieses Jahr übertrafen sie sich selbst.

In seinem Humvee fuhr er vom Wohnblock der Offiziere zu einem großen Betonbau, in dem sich das Krankenhaus, eine Art Sanatorium für Genesende und die Leichenhalle befanden. Sergeant Winston stand vor dem Haus im eisigen Wind und salutierte. Sie sah verwirrt und verängstigt aus. Sie ist eine verdammt gute Schauspielerin, ging es Elmers durch den Kopf.

»Gehen Sie voran, Sergeant.«

Er ging durch den Hauptkorridor an einem Gefreiten vorbei, der strammstand, und betrat dann die kleine Leichenhalle.

Keine Luftschlangen oder Ballons. Keine Glückwünsche. Was Elmers hier sah, überraschte ihn mehr als jede heimlich vorbereitete Geburtstagsfeier.

Auf den Bahren lagen drei Männer.

Nackt.

Elmers beugte sich zu dem ersten hinunter und zuckte erschrocken zusammen. »Mein Gott!«

»Erkennen Sie die Männer, Sir?«, fragte der leitende Arzt, der zugleich Leichenbeschauer war.

Elmers zeigte auf jede der Leichen. »Major Leyland. Captain Carruthers. Captain Fox. Royal Air Force. Was ist passiert?«

»Notieren Sie bitte, Lieutenant«, sagte der Arzt zu seinem Assistenten, dann wandte er sich wieder an Elmers. »Hypothermie, Sir – Kältetod. Sie sind steif gefroren. Sie wurden in einem der Müllcontainer hinter den Waschräumen der Offiziere gefunden.«

»Müllcontainer? Wie konnten drei nackte Piloten in Müllcontainern erfrieren?«

»Sie müssen betäubt worden sein. Die Autopsie wird uns verraten ... Verzeihung, Major. Sagten Sie Royal Air Force?«

»Ja. Die Männer nahmen an einer RAF-Übung teil, die heute Nachmittag mit einem Flugzeugträger der Royal Navy stattfand ...« Er erinnerte sich an den Eintrag im Logbuch. »Einen Moment. Sie sind heute Nachmittag um 14-0-0 losgeflogen.«

»Sir, sie sind immer noch ...«

»Nicht die Piloten. Die Flugzeuge. Die Harriers sind heute Nachmittag abgeflogen.«

»Aber das ergibt doch keinen Sinn, Major. Wie konnten die Maschinen starten, wenn die Piloten hier ...«

»Geben Sie mir das Telefon. Sofort.«

»Tot? Sie sind tot?«, wiederholte Admiral Hennessey. »Aber sie haben doch vorschriftsmäßig auf der Hälfte des Fluges aufgetankt ... mein Gott!« Er wandte sich an den jungen Gefreiten, der in der Nähe wartete. »Verbinden Sie mich mit Jack Yorbis auf der *Reagan*. Sofort!« Wieder in den Hörer: »Vielen Dank für die Nachricht, Major. Ich rufe zurück.«

Der Fähnrich reichte Hennessey einen anderen Hörer. »Admiral Yorbis, Sir.«

»Jack? Hier spricht Cyril. Einer Ihrer Majore in Keflavik hat mir gerade berichtet, dass sie vor ein paar Minuten drei Harrierpiloten tot aufgefunden haben.«

»Tot? Aber wer fliegt dann die ...«

»Genau.«

»Aber dann passt ja alles zusammen! Laut unserem Radar halten die Harriers aus Keflavik immer noch gleichen Kurs und Geschwindigkeit. Sieht so aus, als wollten sie nach London. Und ich glaube nicht, dass sie es auf Tee und Schnittchen im Savoy abgesehen haben.«

»Was ist mit Ihren Abfangjägern?«

»Sind schon unterwegs.«

»Wir müssen mit dem Schlimmsten rechnen. Ich fürchte, die britische Marine muss die Hilfe ihrer amerikanischen Waffenbrüder noch ein wenig länger in Anspruch nehmen.«

»Was schlagen Sie vor?«

»Zwingen Sie die feindlichen Harriers zur Landung. Gott allein mag wissen, wer am Steuer sitzt oder warum sie nach England fliegen.«

»Einverstanden. Sollen sie an einem bestimmten Ort landen?«

Admiral Hennessey verfolgte auf der Karte den Kurs der Harriers. »Der RAF-Stützpunkt in Aberdeen würde sich anbieten. Liegt genau auf ihrem Kurs.«

»Da haben Sie Recht, Cyril. Ich rufe zurück, sobald ich etwas Neues weiß.«

»Danke, Jack. Der RAF-Stützpunkt Aberdeen passt gut, ja. Sie müssen auf jeden Fall zur Landung gezwungen werden. Wir können nicht zulassen, dass sie tiefer auf englisches Hoheitsgebiet vordringen.«

»Ich war am 11. September im Pentagon, Cyril. Mich müssen Sie nicht überzeugen.«

Rear Admiral Yorbis knallte den unförmigen Hörer auf die Gabel, die in Kopfhöhe an der Wand hing. »Verbinden Sie mich mit dem Chef der Fliegerstaffel. Sofort. Und schicken Sie der *Seawolf* eine Nachricht. UHF. Dringend.«

Eine Minute später erhielten und bestätigten Smoke, Senator, Elvis und Venus neue Befehle und machten ihre Waffen scharf. Innerhalb von fünf Minuten streckte die *Seawolf* ihr elektronisches Ohr über die Wellen des eisigen Nordatlantik, um die neueste Satellitenbotschaft der *Reagan* aufzufangen.

Carlton war wütend, doch sein Zorn richtete sich nicht auf Hendricks. Schließlich sah es tatsächlich so aus, als teile Hendricks seine Überzeugung, dass mit den Harriers etwas faul war. Andererseits hatte der erfahrene Kommandant Recht: Die US Navy konnte nicht einfach RAF-Harriers vom Himmel schießen, auch nicht, wenn Feinde an Bord waren. Die Nachricht von der *Reagan* besagte, dass die Abfangjäger die Harriers zur Landung zwingen würden. Ohne guten Grund konnten sie die Vögel nicht abschießen. Doch wie sollte Carlton ohne sichtbaren Beweis belegen, dass die Harriers die russischen Diamanten an Bord hatten? Er zermarterte sich das Hirn auf der Suche nach einer Lösung, griff auf seine Denkweise als Jurist zurück. Auf die Logik. Auf die Art, wie er stets Anklage erhoben hatte – in einem anderen Leben, wie es schien. Das konnte er am besten. Er war Anwalt. Er brauchte Beweise, um Hendricks zu überzeugen und um ihm eine rechtliche Handhabe zu verschaffen. Genau wie den Geschworenen. Viele kleine Beweise würden letzten Endes mehr wiegen als nur die Summe ihrer Teile. Genau das war es, was er im vorliegenden Fall tun musste: Jedes noch so kleine Beweisstück sammeln und sie aneinander reihen, bis die belastenden Beweise unwiderlegbar waren. Aber er war so müde ... Eine Liste. Er musste sich eine Liste machen. Carlton suchte nach Stift und Papier, beugte sich über den Auswertetisch und notierte penibel jeden noch so kleinen Beweis.

Als er fertig war, schaute er zu Hendricks auf, der offenbar tief in Gedanken war. »Okay, Commander. Sie wollen Beweise sehen. Und ich will mit dem Staffelführer sprechen, der die Harriers begleitet.«

»Hier spricht Lieutenant Stevan. Was wollen Sie wissen?« Aus seinem Cockpit beobachtete Smoke das orangerote Glühen der untergehenden Sonne auf den Flügeln der Harriers.

»Ich brauche ein paar Informationen über die Harriers«, sagte Carlton.

Smoke hätte ihm gar nichts gesagt, hätte Admiral Yorbis nicht zuvor grünes Licht gegeben. Er beschrieb Carlton die Marinejäger ganz genau.

»Sind sie bewaffnet?«

»Ich kann keine Raketen sehen.«

»Was ist mit den Tanks? Tragen sie Tanks oder Magazine unter den Flügeln?«

»So viele Magazine, wie sie nur tragen können. Ich sehe ... vier Magazine an jedem Flieger. Ziemlich ungewöhnlich für einen Übungsflug.«

Carlton rieb sich das Stoppelkinn und grinste. »Danke, Smoke. Guten Flug.« Er gab das Headset an den Kommunikationsoffizier zurück.

»Das reicht mir als Beweis«, sagte Hendricks zu Carlton. »Das Problem ist nur, wir müssen den Kommandanten des Flugzeugträgers überzeugen. Selbst wenn ich autorisiert wäre, diese Mistkerle abzuschießen, könnte ich es nicht, denn unsere Waffen haben nicht die erforderliche Reichweite. Nur die Abfangjäger der *Reagan* können die Vögel versenken. Sie sind ja auch schon hinter ihnen her. Das Problem ist nur, dass die Harriers uns noch nicht mit Waffengewalt gedroht haben, und die Regeln der Navy für das Verhalten außerhalb eines Kriegsgebiets besagen, dass man nicht schießen darf, wenn man nicht zuvor beschossen wird. Auch wenn es sich um Feinde handelt, wie die *Reagan* jetzt offen zugibt.«

»Genau. Es hat überhaupt keinen Zweck, die Offiziere der *Reagan* überzeugen zu wollen. Selbst wenn sie mit den politischen Auswirkungen vertraut wären – was man von uns auch nicht gerade behaupten kann, und immerhin waren wir in dieser Sache von Anfang an dabei –, werden sie keinen Abschuss befehlen, bevor sie nicht Feuerbefehl erhalten.« Carlton schaute Pink an. »Was meinst du, Tom? Forbes?«

»Wir könnten es versuchen.«

»Hat er so viel Einfluss?«

»Er kann natürlich nicht dem Kommandanten befehlen, die Harriers abzuschießen. Aber er könnte eine verdeckte Operation vom Luftstützpunkt Aberdeen aus anordnen. Der ist ja ganz in der Nähe«, fügte er mit Blick auf die Karte hinzu.

»Das macht alles nur noch komplizierter«, gab Hendricks zu bedenken. »Dann hätten wir eine verdeckte Operation mit Kampffliegern, die die Harriers verfolgen und dabei den Fliegern der Navy in die Quere kommen, die mit ganz anderem Auftrag unterwegs sind. Außerdem ist eine verdeckte Operation nun mal geheim, und wir haben hier viel zu viele Beobachter für einen verdeckten Einsatz – die Briten, die Franzosen, die Russen und wer weiß noch alles. Das ist viel zu konfliktträchtig.«

»Das finde ich ja auch«, sagte Carlton. »Ich hatte auch etwas ganz anderes im Sinn. Es ist viel einfacher: Forbes muss den Präsidenten überzeugen.«

»Den Präsidenten?«, wiederholte Pink. »Wie soll ...«

»Carlton hat Recht«, pflichtete Hendricks bei. »Der Commander in Chief höchstpersönlich gab uns den Befehl, Sie beide an Bord zu nehmen.«

»Er steckt also mit drin. Jetzt müssen wir nur noch Forbes dazu kriegen, dass er ihn überzeugt.«

»Leichter gesagt als getan.«

»Das Gute daran ist, dass Präsident Douglass nicht lange zögern wird«, meinte Hendricks. »Er mag früher mal Prediger gewesen sein, aber er war auch fünfzehn Jahre lang General. Er wird eine schnelle Entscheidung treffen.«

»Was auch heißen kann, dass er sich schnell *dagegen* entscheidet.«

»Das werden wir ja sehen. Mr Wathne, bringen Sie uns auf Antennenhöhe.«

»Antennenhöhe. Aye, Sir.«

»Das werde ich nicht tun. Gerade Sie als Russlandanalyst sollten das besser wissen. Geben Sie mir Carlton.«

»Ja, Sir.« Pink reichte Carlton den Hörer. »Viel Glück.«

»Er ist dein Boss, du musst ihm gehorchen. Ich nicht.« Er nahm den Hörer. »Hier Carlton.«

»Sind Sie völlig von Sinnen, Carlton? Schlagen Sie allen Ernstes vor, ich soll in meinem Stuhl ins Oval Office rollen und den Präsidenten davon überzeugen, dass er Befehl zum Abschuss von drei RAF-Harriers gibt?«

»Ich nehme an, dass Tom Ihnen die Gründe erklärt hat, Sir.«

»Der Vorschlag ist unannehmbar.«

»Er ist nicht annehmbar, Sir, er ist zwingend. Wir wissen genau, dass in diesen Vögeln Feinde sitzen. Auf den Jets mag zwar RAF stehen, aber die Piloten sind ehemalige Elitesoldaten der *speznaz,* die jetzt für Russkosts *volki* arbeiten. Auf jeden Fall beweisen die drei toten englischen Piloten in Keflavik den Ernst der Lage. Wer auch immer diese Vögel fliegt, gehört keinesfalls zur britischen Luftwaffe. Die Royal Navy stimmt dieser Analyse zu und hat unsere Marine gebeten, die Harriers abzufangen und zu begleiten. Die Harriers haben Lagermagazine unter ihren Flügeln, und ihr Kurs hat sich deutlich mit dem der *Puschkin* überschnitten. Und wie Tom Ihnen ja schon gesagt hat, wissen wir, dass die Diamanten vor dem Sinken der *Newskij* auf die *Puschkin* gebracht wurden. Wir müssen diese Harriers versenken. Sofort.«

»Sind Sie jetzt fertig mit Ihrer Tirade?« Forbes wartete ein paar Atemzüge lang. »Gut. Der Grund, warum wir die Flugzeuge nicht abschießen können, ist exakt der, dass sie die Diamanten dabeihaben. Diese Diamanten gehören weder uns noch Waterboer, sie gehören Russland. Und die Zerstörung von einer Milliarde Dollar russischen Eigentums können wir im Hinblick auf unsere Beziehungen zu Russland am wenigsten gebrauchen.«

»Sir, haben wir uns nicht gerade deswegen auf diese Selbstmordmission begeben, um die russischen Diamanten zu finden und auf keinen Fall zuzulassen, dass Russkost sie an Waterboer verkauft, um damit einen Bürgerkrieg zu bezahlen?«

»Sie sollten die Diamanten finden, ja. Aber nicht zerstören.«

»Sir, wir haben nach den Diamanten gesucht unter der Maßgabe, dass Russkost sie nicht bekommen darf und folglich auch nicht an Waterboer verkaufen kann.«

»Exakt.«

»Was glauben Sie, wird denn geschehen, wenn diese Flugzeuge landen?«

»Die Piloten werden von den britischen Behörden in Gewahrsam genommen.«

»Genau. Was bedeutet, dass die Diamanten binnen weniger Stunden an Waterboer übergeben werden.«

Forbes schwieg für einen Moment. »Ich kann Ihnen nicht folgen.«

»Sir, die Engländer haben keine so strengen Monopolgesetze wie wir. Waterboer operiert in großem Stil von London aus. Die Briten haben kein Problem damit, dass Waterboer den Markt beherrscht. Und dass Waterboer von London aus operiert, bedeutet, dass sie dort Verbindungen haben und geschützt sind. Sie glauben, dass Waterboer Leute aus unserer Regierung in der Tasche hat? Dann überlegen Sie doch mal, wie viele Engländer für Waterboer arbeiten, wenn der Hauptverteilungspunkt London ist. Warten Sie mal ab, wie viele Parlamentsabgeordnete gegen die USA zu Felde ziehen, damit die Diamanten an Waterboer zurückerstattet werden. Und das Verrückteste ist, dass die englische Regierung sogar rechtskräftig gezwungen werden kann, die Diamanten zurückzugeben.«

»Wie das?«

»Der gesamte russische Diamantenvorrat sollte an Waterboer gehen. Die *apparatschiki* mögen Waterboer ja belogen und damals davon überzeugt haben, dass es sich um die Gesamtmenge handelte, aber nun weiß Waterboer, dass diese Behauptung nicht der Wahrheit entsprach. Waterboer wird argumentieren, dass die Russen den Restbestand der Steine in betrügerischer Absicht versteckt haben und dass nun sämtliche Steine rechtmäßig Waterboer gehören. Und wenn Waterboer die Diamanten bekommt, wird Russkost davon finanziert, denn Russkost kontrolliert die Mirnyj-Minen und kann Waterboer russische Diamanten zu einem viel günstigeren Preis verkaufen als die russische Regierung. Oder sie werden die Förderung einfach einstellen.«

Forbes schwieg einige Sekunden lang. Carlton hörte, wie er an seiner Pfeife zog. »Daran hatte ich nicht gedacht. Es stimmt. Aber egal wie, Waterboer gewinnt auf jeden Fall. Wenn wir die Diamanten *nicht* versenken, bekommt Waterboer die Steine und nimmt damit einen destabilisierenden Bestand vom Weltmarkt. Und wenn wir die Diamanten *doch* versenken, tun wir es für Waterboer. So oder so – die Vernichtung der Steine hilft Waterboer.«

»Das ist mir klar, Sir. Aber unter den gegebenen Umständen ist es das geringere Übel, wenn man mal bedenkt, was ich von Tom über die Russkost gehört habe. Und ...«

»Schon gut, Carlton. Sie haben mich überzeugt. Ich rufe Sie zurück.«

Für die Fahrt von Langley zum Weißen Haus brauchte Forbes mehr Zeit, als Präsident Douglass benötigte, um seine Entscheidung zu treffen.

»Interceptor, hier Strike. Schießen Sie die drei feindlichen Harriers ab. Wiederhole: Schießen Sie feindliche Harriers ab. Wahl der Waffen steht Ihnen frei.« Der Befehl wurde von Admiral Yorbis gegeben, stammte jedoch vom Commander in Chief höchstpersönlich.

»Roger, Strike. Okay. Ihr habt's alle gehört. Auf geht's, Jungs und Mädels.«

Langsam fuhr Smoke mit einem Finger am Steuerknüppel entlang. Zielmechanismus und Waffenbestückung der Super Hornet waren unglaublich. Smoke konnte ein feindliches Flugzeug direkt durch seinen Helm ins Visier bekommen. Und da die Sidewinderrakete ein Flugzeug selbst in einem Winkel von neunzig Grad noch erwischte, konnte er den Vogel genau neben sich aufs Korn nehmen und die Rakete hineinfeuern. Doch die derzeitige Situation war eher ein herkömmlicher Luftkampf. Smoke wählte den »TWS-Dogfight«-Modus, anschließend »Slave«. Ohne zu zittern, schwebte sein Finger über der Abschusstaste. Dann drückte er fest darauf. Unter seinem Sitz gab es ein Rumpeln. Sekunden später war nur noch eine weiße Rauchwolke vor dem Cockpit zu sehen, die aus dem Heck der Luft-Luft-Rakete strömte. Sie jagte durch den Himmel und traf den ahnungslosen Staffelführer der Harriers, als dieser gerade eine scharfe Linkskehre flog. Die beiden anderen Harriers starteten sofort ein Ausweichmanöver. Der eine schwenkte scharf nach links, der andere schoss fast senkrecht in den Himmel.

»Venus und Elvis, ihr übernehmt Bandit eins. Der dreht ja durch. Senator folgt mir. Ich übernehme Bandit zwei.«

»Bin an deinem Flügel, Smoke.«

»Venus übernimmt.«

»Bin genau hinter dir, Venus«, setzte Elvis hinzu, zog den Steuerknüppel scharf zurück und schoss mit seiner Super Hornet steil nach oben in die dunkelblaue höhere Atmosphärenschicht.

Smoke beobachtete angespannt sein Zielsuchsystem. »Okay, Senator. Hab ihn in der Falle.« Er drückte auf die Abschusstaste. »Schuss.«

Die Harrier jagte nach rechts weg und stieß »Chaff« aus – metallhaltige Streupartikel. Die Rakete explodierte, vernichtete aber nur die aluminiumhaltigen Teilchen. Angeschlagen, aber nicht beschädigt, drehte sich die Harrier einmal um die eigene Achse und flog keine 500 Yards entfernt auf der Steuerbordseite an Senator vorbei.

»Ziel nicht getroffen! Ziel nicht getroffen!«, rief Senator. »Hab jetzt Zielwinkel, Smoke.«

»Dann hinterher«, sagte Smoke. »Ich ziehe mich zurück.«

Senator schwenkte ab und flog nun in Gegenrichtung. Nachdem er fast zehn Sekunden lang die Beschleunigung von vier g ertragen hatte, schaltete er auf »Peilung«, nahm die Harrier aufs Korn und feuerte. Er spürte das vertraute Rumpeln und sah, wie die Kuppel der Harrier aufflog und der Pilot sich mit dem Schleudersitz herauskatapultierte – nur wenige Sekunden, bevor die Rakete einschlug und die hintere Düse des Jagdfliegers gesprengt wurde.

»Guter Schuss, Senator!«

Venus und Elvis verfolgten die letzte Harrier. Sie waren schon hundert Meilen weiter. Beide feuerten eine Sidewinder auf die Harrier ab, doch der Pilot – oder die Pilotin – war erfahren, schwenkte scharf ab und vernichtete die Raketen mittels Streupartikeln. Dann nutzte die Harrier diese wertvollen Sekunden, um eine Kurve zu fliegen und unter die Super Hornets zu kommen. Da die Magazine voller Diamanten waren, hatte der

Pilot der Harrier nur sein Maschinengewehr zur Verfügung. Er gab eine Salve auf Venus und Elvis ab, die nach links und nach oben auswichen, damit einer von ihnen angreifen konnte, falls der andere verfolgt wurde. Doch Elvis' Ausweichmanöver kam zu spät. Flammen leckten steuerbord aus der Maschine. »Bin getroffen! Drossle Triebwerk zwei!« Sekunden später erloschen Flammen und Rauch – Elvis hatte die Treibstoffzufuhr abgeschnitten und legte nun volle Leistung auf das Backbordtriebwerk.

Als seine Maschine wieder manövrierfähig war, hatte Venus die Harrier schon wieder erreicht, die in der Zwischenzeit steil in die Höhe gejagt war. Mit eisiger Präzision, erworben in harten Ausbildungsjahren auf der Miramar Top Gun in Kalifornien und der Elitefliegerschule in Fallon, Nevada, wählte Venus die »Peil«-Option, brachte die Harrier in Peilrichtung, kam dem Ausweichmanöver des Piloten zuvor und hieb auf die Taste. Die weiße Rauchwolke der Sidewinder zog eine Spur von der Nase der Hornet und wölbte sich Richtung Backbord, während die Rakete ihre Beute mit Elektronenaugen suchte. Sekunden später schlug sie in den Backbordmotor der Harrier ein und schickte den dritten Feind, der wie rasend um die eigene Achse kreiselte, in sein nasses Grab in 6100 Metern Tiefe.

»Und da heißt es immer, Frauen können nicht fliegen. Alles okay, Elvis?«

»Ich leiste meinen kleinen Beitrag zum Brennstoffsparen, indem ich nur mit einem Motor fliege. Sonst keine Probleme.«

»Wir haben nicht mehr genug Sprit, um es bis zur *Reagan* zu schaffen. Wir müssen in Aberdeen auftanken.«

»Roger, Venus.« Sie flogen zusammen zurück zur Position von Smoke und Senator; dann nahm die Staffel geschlossen Kurs auf Aberdeen.

»Strike. Strike, hier spricht Interceptor. Wir sind drei-gegen-null. Feinde abgeschossen. Fliegen nach Aberdeen und tanken auf, bevor wir nach Hause kommen. Over.«

»Interceptor, hier Strike. Gut gemacht, Leute. Sehen euch auf Deck. Over and out.«

Als die Sea Harriers mit voller Wucht auf die Meeresoberfläche schlugen, brachen die Magazine unter ihren Flügeln auf und gaben die glitzernde Fracht frei. Beim langsamen Herabsinken in den eisigen Wellen der Nordsee verstreuten sich die kostbaren Steine, bis sie einem riesigen funkelnden Teppich glichen. In wenigen Tagen würden sie von starken Unterströmungen in alle Richtungen verstreut sein.

Aus der Hitze von Vulkanen und unter ungeheurem Druck geboren, zur Erdoberfläche gedrückt, abgekühlt und zu reinem Kohlenstoff ausgehärtet, geschürft, sortiert, von Komdragmet-Schleifern zugeschnitten, vom KGB versteckt, wieder entdeckt und wieder gestohlen – die russischen Diamanten hatten einen langen Weg hinter sich. Nun waren sie zur Natur zurückgekehrt.

VIERTER TEIL

Karat

»I will give you diamonds by the shower«

Frankie Goes to Hollywood, »Welcome to the Pleasuredome«

66.

Die Heimkehr

USS Seawolf
Einfahrt zum U-Boot-Stützpunkt der US Navy
Groton, Connecticut 9.14 Uhr

Ich weiß nicht, was ich sagen soll«, murmelte Carlton. Er war völlig groggy, da er kaum geschlafen hatte. »Außer ... danke. Danke für alles.«

»Ich bin froh, dass Sie alle es geschafft haben«, entgegnete MacLean. »Wenn doch meine Schiffe auch so viel Glück gehabt hätten. Wie ist es Ihnen ergangen, nachdem die *Claire* gesunken war?«

»Glauben Sie mir, das wollen Sie lieber nicht wissen. Das meiste davon ist ohnehin geheim. Ich kann Ihnen aber eins verraten: Amerika und Russland sind jetzt auf der verdammt sicheren Seite, weil wir mit Ihrer Hilfe eine Menge Gutes tun konnten. Leider hat es aber auch dazu beigetragen, dass Waterboer stärker geworden ist.«

»Ich muss mich auf Ihr Wort verlassen. Was Waterboer angeht ... ich glaube, ich habe einen Riss im Panzer gefunden.«

»Einen Fehler im Diamanten, sozusagen?«

»Diese Leitung ist nicht abhörsicher. Ich kann es Ihnen jetzt nicht erklären.«

»Dann tun Sie's auch nicht. Aber vielleicht eine Andeutung?«

»Colonel Saunders weiß über die Einzelheiten Bescheid. Er wird sich mit Ihnen in Verbindung setzen.«

Carlton spürte wieder die eisige Kugel im Magen. »Warum will ich das nicht hören?«

»Es wird längst nicht so kompliziert wie das, was Sie bereits hinter sich haben, könnte ich mir vorstellen. Wir brauchen nur eine bestimmte Information. Außerdem, da bin ich ziemlich sicher, ist die Quelle uns freundlich gesinnt. Ich selbst kann nicht hinfahren, Carlton. Ich bin hier gefangen. Sie können natürlich ablehnen, aber dies ist vielleicht unsere letzte Chance, Waterboer nachhaltig zu schaden. Zumindest fällt mir nichts anderes mehr ein.«

»Ich warte auf Nachricht von Saunders. Aber denken Sie daran – ich weiß, wo Sie wohnen.«

»Das weiß der Stabschef des Weißen Hauses auch.«

Eine frische Brise wehte Carlton ins Gesicht, als er aus der Luke der *Seawolf* kletterte und die schallschluckenden Fliesen des Vordecks betrat. Die Mannschaft genoss diesen Augenblick am Ende jeder Fahrt. Wer das Privileg und die Ehre genoss, den Zwillingsdelfin der US Navy auf der Uniform tragen zu dürfen, musste während einer Fahrt absolute Disziplin wahren und durfte sich mit keinem Laut verraten. Die Rückkehr erlaubte es einem großen Teil der Besatzung, auf dem Vordeck zu warten und ihre Familien schon von weitem zu sehen, wenn das Boot in den Stützpunkt in Groton einfuhr. Für Männer, die ihre Frauen und Kinder manchmal bis zu einem halben Jahr nicht gesehen hatten, war es ein emotionsgeladener Augenblick.

Forbes hatte Erika, DesJardins und Ramey an einen sicheren Ort gebracht, deshalb wartete niemand auf Carlton. Er genoss die frische Seeluft an Deck der *Seawolf.* Als er das letzte Mal oben gewesen war – im Polarmeer mit dem Enterkommando, kurz vor Betreten der *Puschkin* –, war es noch viel kälter gewesen. Trotz seiner Müdigkeit genoss er nun das Bad in der schwachen Wintersonne. Endlich hörte man wieder das Kreischen der Möwen und die Nebelhörner anderer Schiffe. Pink wäre auch gern auf Deck gewesen, wollte sich aber lieber nicht in der Öffentlichkeit zeigen, bevor er nicht mit Randall Forbes zusammengetroffen war.

Einige Minuten später wurde Carlton von XO Wathne von der *Seawolf* heruntergeführt. Zum ersten Mal seit mehr als zwei Wochen stand er wieder auf festem Boden. Carlton salutierte, dann schüttelte er die fleischige Hand des Mannes. »Vielen Dank, Sir.«

»Keine Ursache, Lieutenant. Wenn Sie mal auf U-Boote umsatteln wollen, setze ich Sie mit Vergnügen auf die Ausbildungsliste.«

Carlton grinste, drehte sich um und lief geradewegs in jemanden hinein. Er hob den Blick und schaute in das grinsende Gesicht eines Afroamerikaners, der die hellblaue Uniform der Luftwaffe trug.

»Haben Sie sich verirrt, mein Junge?«

»Colonel Saunders? Was machen Sie denn hier?«

»Lernt ihr Navy-Typen eigentlich nie, wie man anständig salutiert?«

»Jawohl, Sir.« Carlton salutierte. »Sorry, Sir.«

Saunders erwiderte den militärischen Gruß.

»Wo ist Erika, Sir? Wann kann ich sie endlich sehen? MacLean sagte mir, dass Sie ...«

Saunders legte einen Zeigefinger auf die Lippen. »Kommen Sie mit.« Er wandte sich an den jungen Gefreiten hinter ihm. »Private, nehmen Sie die Tasche des Lieutenants.«

»Jawohl, Sir.«

Carlton folgte Saunders zu einem wartenden Humvee. Fünf Minuten lang fuhren sie schweigend, dann hielt der Gefreite vor einem heruntergekommenen Backsteinbau. Saunders führte Carlton in die Offiziersumkleide und reichte ihm einen Kleidersack. »Duschen und rasieren. Dann ziehen Sie das hier an.« Er warf einen Blick auf die Uhr. »Sie haben zehn Minuten.«

Carlton kam so müde wie zuvor aus der Dusche, dennoch

fühlte er sich erfrischt. Die Kleider waren bequem: ein schwarzer Kaschmirmantel, ein marineblauer Dreireiher von Brioni, hellblaues Hemd, dunkelblaue Krawatte und auf Hochglanz polierte Prada-Halbschuhe. Noch nie hatte er so teure Klamotten getragen. Und jeder Zweifel über den edlen Spender dieser Gewänder verschwand, als Carlton ein Samtkästchen öffnete, in dem brillantbesetzte Manschettenknöpfe lagen.

MacLean.

Die Sachen saßen wie angegossen und waren anscheinend von einem guten Schneider maßgefertigt worden. Selbst dafür hatte MacLean gesorgt. Die weiche Kleidung war eine Erleichterung nach der geborgten Uniform an Bord der *Seawolf.* Trotzdem fühlte Carlton sich nicht ganz wohl. »Diese Klamotten passen nicht zu mir. Warum haben Sie nicht einfach einen von meinen Brooks-Brothers-Anzügen aus der Wohnung geholt?«

»Weil Ihre Anzüge, genau wie alles andere in Ihrem Apartment, von der Polizei als Beweismaterial gesichert wurden.«

»Ach ja, natürlich. Wo ist Erika?«

»In Sicherheit.«

»Ich möchte zu ihr.«

»Bald. Zuerst werden Sie und ich einen kleinen Flug mit dem Hubschrauber machen.«

»Wohin?«

»Zum Flughafen Dulles.«

»Dulles? Wen sollen wir denn da treffen?«

»Niemanden. Sie sollen von dort abfliegen – aber allein.«

»Wohin?«

»Nach Rom. In den Vatikanstaat. Entspannen Sie sich. Es wird Ihnen gefallen. Die Kunst, das gute Essen in der Stadt.« Er drehte sich um und starrte Carlton an. »Sie fliegen erster Klasse. Ihr Gepäck ist bereits an Bord. Alles Weitere besprechen wir auf dem Weg nach Dulles.«

67.

Der Bankier

Vatikanbank
Vatikanstaat
Rom, 10.17 Uhr

Ein uniformierter Beamter der Vigilanza salutierte kurz und zackig, als der schwarze Mercedes 600 durch die Porta Sant' Anna fuhr. Der Wagen trug das Nummernschild des Vatikans mit den Lettern »SCV« – *Santa Civitas Vaticani.* Eine Abteilung der Schweizergarde in ihren leuchtend orange und blau gemusterten Uniformen stand steif wie Ladestöcke, als der Wagen an ihrer Kaserne und der päpstlichen Residenz vorbeifuhr, deren Bewohner seit fast fünfhundert Jahren von den Gardisten bewacht wurden. Der Mercedes hielt vor einem zweistöckigen Gebäude gegenüber vom Apostolischen Palast. Ein Bediensteter mit weißer Krawatte und Frackschößen stieg beflissen die vereisten Stufen zwischen zwei Vigilanza-Beamten hinunter und öffnete den hinteren Wagenschlag mit seiner weiß behandschuhten Rechten.

»Willkommen im Vatikan, Signor Carlton«, grüßte er mit starkem italienischen Akzent. »Wenn Sie mir bitte folgen wollen.«

Fröstelnd stieg Carlton aus dem warmen Auto und folgte dem Bediensteten, der ihn durch ein reich verziertes Portal in eine ebenso ausgeschmückte Halle mit Goldverzierungen und Statuen führte.

»Sie werden erwartet. Wenn Sie bitte einen Augenblick Geduld haben. Ich werde Bescheid geben, dass Sie da sind.« Der Diener verneigte sich, stieg eine geschwungene Treppe hinauf und verschwand.

Carlton schritt in der Halle auf und ab und ließ den Blick umherschweifen.

Der Vatikanstadtstaat umfasste nur ein winziges Gebiet, doch umso größer war die Macht, die von der römisch-katholischen Kirche ausgeübt wurde. Die altehrwürdige Geschichte, die unschätzbar wertvollen Kunstwerke, die großartige Architektur, die obskuren Traditionen und die Hierarchie des Vatikans verfehlten nie ihre Wirkung, selbst auf den hochnäsigsten Diplomaten nicht. Für Katholiken, sogar für Andersgläubige überstieg die geistliche und moralische Autorität des Vatikans bei weitem die weltliche Macht der Kirche.

Nur einmal, bei seiner Firmung im Alter von dreizehn Jahren, war Carlton ganz nahe an einen hohen Kirchenvertreter herangekommen: im Dom in San Diego, als er dem Bischof gegenüberstand. Nun erinnerte er sich daran; es schien in einem anderen Leben gewesen zu sein.

Ein hoch gewachsener Mann in langem schwarzen Talar mit roten Knöpfen und weißem Priesterkragen war die Stufen herabgestiegen. Auf seiner leicht nach oben gebogenen Nase trug er eine Nickelbrille. Sein spärliches Haar war frühzeitig ergraut.

»Signor Carlton.« Der Mann, der ihm nun gegenüberstand, lächelte entwaffnend wie ein Diplomat. Seine Stimme klang wohltönend und hatte viel weniger Akzent als die des Dieners. »Willkommen bei der Banco Vaticano. Ich bin Monsignor Felici, der Sekretär Seiner Eminenz.« Carlton schüttelte die dargebotene Hand.

»Danke sehr, Monsignore.«

»Wenn Sie mir bitte folgen wollen, Seine Eminenz lässt bitten.«

»Danke, Monsignore.«

Felici stieg eine Marmortreppe mit geschnitztem Geländer hinauf, die von einem Kronleuchter erhellt wurde. Dann gingen die Männer über einen langen Gang mit gewölbter, bemalter Decke, kamen durch ein Vorzimmer mit roten Samtsofas und blieben schließlich vor einer Doppeltür mit Goldverzierungen stehen.

Felici klopfte einmal kurz, dann öffnete er die Tür. Carlton sah ein riesiges Büro vor sich. Er war kein Neuling an den Schaltstellen der Macht – ähnliche Räume hatte er im Capitol und in verschiedenen Behördenzentralen schon oft gesehen, aber so etwas Prächtiges noch nie. Nur ein weißer Computer machte die Illusion zunichte, durch einen Zeitsprung zurück ins siebzehnte Jahrhundert versetzt worden zu sein. Der Raum hatte ungefähr die Maße einer Sporthalle. Glänzend poliertes Parkett mit Intarsien, an den Wänden Meisterwerke der Renaissance von Raffael, Tizian und Botticelli mit Goldrahmen, Decken mit Fresken in gedämpften Blau-, Rot- und Gelbtönen. Aus allen vier Ecken an der Decke blickten Engelsfiguren mit Schwertern herab – bildhauerische Meisterwerke – und bewachten ihre irdischen Schützlinge. Bleigefasste Fenster mit welligen Einlagerungen, die vom hohen Alter des Glases zeugten, verstärkten das schwache Licht der Wintersonne. Die Strahlen fielen auf ein massives Kreuz aus Silber und Rosenholz aus dem siebzehnten Jahrhundert auf rotem Seidenbrokat; darunter stand eine Kniebank, die mit rotem Samt bezogen war. Die Pracht des Zimmers wurde von der relativen Leere darin nur unterstrichen. In der Mitte standen zwei Sessel und ein mit Schnitzwerk versehener und vergoldeter Louis-seize-Schreibtisch – so groß und wuchtig, dass er als Barrikade für einen mittelalterlichen Raubritter hätte dienen können.

Ein beleibter Mann in Scharlachrot und Weiß mit einem roten *zuchetto* auf dem Kopf erhob sich hinter dem Tisch und kam auf Carlton zu, der sich vorstellte. Der weißhaarige Mann nickte mit einstudierter Ruhe. »Willkommen im Vatikan, Signore. Willkommen in der Banco Vaticano. Ich bin Kardinal Giovanni Benedetti.«

Als guter Katholik hätte Carlton sich beinahe hingekniet und den Ring des Kardinals geküsst. Doch er war in offizieller Mission hier, und die Geste hätte unangebracht gewirkt, da es sich nicht um einen privaten Besuch handelte. Stattdessen schüttelte er die dargebotene Hand. »Eminenz«, grüßte er respektvoll.

»Sie haben eine lange Reise hinter sich, Mr Carlton. Setzen wir uns. Möchten Sie Kaffee?« Der Mann sprach gemächlich, aber nicht langsam. Er wies auf die rote Samtgarnitur und warf dann Felici, der geduldig an der Tür wartete, einen Blick zu. Ohne auf Carltons Antwort zu warten, bestellte er Kaffee. *»Due espressi per favore,* Lucca.«

»Sì, Eminenza.« Der tüchtige Monsignore verbeugte sich und verließ das Zimmer.

Beide Männer saßen nun, Carlton unsicher auf der Sesselkante, Benedetti bequem zurückgelehnt. Carlton sah, wie der Kardinal ein schweres Goldkruzifix befingerte, das er an einer Kette am Hals trug. Seine Korpulenz behinderte ihn keineswegs in seinen Bewegungen. Sein Gesicht war groß und fleischig, mit beginnendem Doppelkinn und markanter Adlernase. Hätte Carlton den Mann woanders kennen gelernt, ohne Kardinalskleidung, hätte er ihn vielleicht für einen Winzer im Ruhestand oder für einen Bauern gehalten. Was ihm an Benedetti am meisten auffiel, waren die Augen. Anders als die meisten Mitglieder der römischen Kurie, in deren Augen Carlton oft politische Gerissenheit oder Arroganz erkannt hatte, blickten Benedettis Augen zwar wachsam, aber dennoch warm und bescheiden. Der Kardinal wirkte so, als sähe er lieber ein Fußballspiel als die politischen Winkelzüge einer obskuren Finanzinstitution.

Carlton hatte lange und gründlich darüber nachgedacht, wie er das Thema Diamanten vor dem Kardinal anschneiden sollte. Er hatte sich angelesen, dass man bei einem Mitglied der römischen Kurie am schnellsten auf den Punkt kam, wenn man das genaue Gegenteil tat und sich der althergebrachten diplomatischen Kunst der *Romanita* befleißigte. Mit anderen Worten: Man musste den Ball verstecken. Aber Carlton war amerikanischer Anwalt und geradeheraus; er war so etwas nicht gewöhnt.

Den Ball zu verstecken war für ihn gleichbedeutend mit Zeitverschwendung.

Im Grunde ging es auch eher darum, wie viel Information Carlton preisgeben wollte. Jede Besprechung zwischen Repräsentanten fremder Mächte war ein Eiertanz: welche Information teilte man mit? Welche hielt man zurück? Carltons Dilemma lag darin, dass die USA offiziell gar nichts mit den russischen Diamanten zu tun haben durften. Offiziell war Carlton nie an Bord der *Rossija* gegangen. Offiziell hatte er sich nie an Bord der *Seawolf* befunden. Offiziell hatte die *Seawolf* die *Puschkin* niemals gejagt und zum Auftauchen gezwungen. Offiziell hatte es nie von Feinden gekaperte Harriers gegeben, die auf dem Weg nach Aberdeen von der US Navy abgeschossen worden waren.

Wie also sollte er das Gespräch auf die südafrikanischen Diamanten bringen?

Benedetti, der offenbar die Verlegenheit seines Besuchers bemerkte, machte den ersten Schritt. Mit typischer Vatikandiplomatie vertraute er Carlton Dinge an, die dieser bereits wusste, die gleichzeitig aber darlegten, dass die Kirche diese Informationen ebenfalls besaß.

»Die Kirche weiß über Ihre jüngsten Heldentaten Bescheid, Mr Carlton. Es ist mir eine große Ehre, Sie kennen zu lernen. Nicht nur, weil Sie mir von Mr MacLean, der ein großer Gönner der Kirche ist, so herzlich empfohlen wurden, sondern auch wegen Ihrer jüngsten Aktionen gegen die russischen Faschisten.«

Carlton war völlig verblüfft. Er versuchte es gar nicht zu verbergen. »Woher ...?«

Benedetti lächelte freundlich. »Eine so alte Institution wie die Kirche überlebt nicht allein durch das Gebet. Ihr Land hat seit gut 200 Jahren mit Diplomatie zu tun. Die Kirche seit 2000 Jahren.« Wieder lächelte er. »Keine Sorge. Ich weiß ein Geheimnis zu wahren. Also dann ... Ich stehe zu Ihrer Verfügung. Womit kann die Vatikanbank Ihnen dienen?«

Carlton erkannte, dass der Vatikan nicht nur über eine undurchsichtige Bürokratie verfügte, sondern auch über einen effizienten Nachrichtendienst. Er entsann sich der Rolle, die Johannes Paul II. und die mit Solidarnosc verbündeten Priester in den Achtzigerjahren bei der Nachrichtenbeschaffung gespielt hatten. Indem er Informationen und das Netzwerk der Priester nutzte sowie die Hilfe der Reagan-Regierung in Anspruch nahm, hatte der Papst das Feuer in Polen entzündet, das später die Ketten der Sowjets in Osteuropa sprengen sollte.

Carlton erkannte, dass er den Ball vor einem erfahrenen Veteranen des Vatikans niemals verstecken konnte. Also legte er seine Karten auf den Tisch.

»Vielen Dank, Eminenz. Wie Sie wissen, bin ich kein Diplomat. Im Einklang mit meinem amerikanischen Erbe werde ich mich daher kurz fassen und vollkommen ehrlich sein. Ich bin zu Ihnen gekommen, weil Ihr Name im Zusammenhang mit einem Diamantenvorrat aufgetaucht ist, der wahrscheinlich dem Vatikan gehört.«

Benedetti riss vor Überraschung die Augen auf. »Der Vatikan besitzt einen Diamantenvorrat?«

Carlton ging auf Nummer sicher. »Ja, Eminenz. Natürlich weiß ich nicht, ob dieser Bestand tatsächlich existiert. All das basiert auf Gerüchten, versteckten Andeutungen. Allerdings entwickeln Gerüchte sich selten, wenn nicht wenigstens ein Körnchen Wahrheit dahinter steckt.«

»Und wie taucht mein Name in diesem Zusammenhang auf?«

Carlton wurde noch vorsichtiger. »Sie sind Direktor der Vatikanbank und wissen daher vermutlich am besten über alle Geldtransfers innerhalb des Vatikans Bescheid. Ob die Mitarbeiter nun zu Transfers ermächtigt waren oder nicht«, fügte er noch hinzu.

»Ich verstehe.« Benedetti überlegte, tippte die Finger beider Hände leicht gegeneinander. »Dann möchte ich erst mal ein paar Dinge klarstellen. Die Vatikanbank hat mit Diamanten überhaupt nichts zu tun.« Carlton beobachtete Benedetti scharf.

Der Kardinal wählte seine Worte sorgfältig. »Die Kirche ist reich an Geschichte, Mr Carlton. Sie besitzt Ländereien. Kunstwerke. Aber wie ein Fürst aus altem Adelsgeschlecht ist auch die Kirche verarmt. Knapp an Bargeld. Die meisten Menschen wollen das natürlich nicht glauben.« Er kicherte. »Der Vatikan ist so alt und geheimnisumwittert, dass die Leute meinen, wir säßen auf Bergen von Bargeld, Goldbarren und Diamanten, die in geheimen Gewölben aufbewahrt werden. Leider sieht die traurige Wahrheit so aus, dass der Vatikan sich kaum seine Ausgaben leisten kann. Erst in den letzten Jahren hat die Vatikanbank wieder einen kleinen Gewinn erwirtschaftet. Verstehen Sie? Die Vorstellung, der Vatikan könne Diamanten erwerben, ist absurd. Wir haben nicht die Mittel dazu. Außerdem – was sollte der Vatikan mit Diamanten anfangen? Wie Sie sicher wissen, sind Diamanten keine besonders gute Geldanlage, es sei denn, man ist Händler. Der Preis kann fallen. Außerdem hat die Vatikanbank, im Unterschied zu vielen anderen Banken, strenge moralische Grundsätze. Sie kann sich niemals mit einer so verrufenen Firma wie Waterboer einlassen.« Wieder überlegte er. »Damit soll nicht gesagt sein, dass der Vatikan Ihnen nicht helfen könnte. Bei allem, was Sie getan haben, wird deutlich, dass Ihre Absichten in die richtige Richtung zielen. Wie lange werden Sie in Rom bleiben, Mr Carlton?«

Carlton sah ihn stumm an; dann wandte er den Blick ab, bevor sein Starren unhöflich wurde, und antwortete: »So lange, wie es dauert, Euer Eminenz.«

»Schön. Mit Ihrer Erlaubnis werde ich die Angelegenheit ein wenig genauer durchleuchten. Vielleicht ist es jemand, der eng mit dem Vatikan zu tun hat – oder mehrere. Ich werde an den entsprechenden Stellen diskrete Fragen stellen. Vielleicht kommt ja etwas dabei heraus.«

»Ich wäre Ihnen sehr verbunden, Eminenz.«

»Nach allem, was Sie getan haben, ist es mir eine Ehre, Ihnen zu helfen.«

»Vielen Dank, Eminenz.«

»Jetzt sollten Sie sich erst einmal ausruhen. Sie sehen erschöpft aus.«

Benedetti lauschte ein drittes Mal der Aufzeichnung seines Gesprächs mit Carlton, dann lehnte er sich zurück. »Was meinst du?«

»Ich weiß es nicht, *Eminenza.*« Monsignor Felici schüttelte den Kopf. »Seine Erklärung klingt logisch. Er möchte nach dem Sieg über Russkost weiter gegen Waterboer kämpfen. Es ist für ihn eine Art Kreuzzug geworden. Nur die Fakten auszugraben reicht ihm nicht mehr.

Trotzdem glaube ich nicht, dass es um persönliche Rache geht. Carlton ist Leutnant der Reserve bei der amerikanischen Marine und Jurist beim Justizministerium. In Rom hat er keinerlei rechtliche Handhabe. Obwohl ich davon überzeugt bin, dass er auf eigene Faust Schritte unternehmen will, ist er hier nicht zu Hause. Er braucht Unterstützung. MacLean hilft ihm finanziell, so viel ist klar. Aber wer gibt ihm politische Unterstützung? Seine Vorgesetzten im Ministerium oder die Marine offensichtlich nicht. Und niemand in der amerikanischen Regierung hat Carlton zu seinem Vertreter erklärt. Dennoch kann ich mir nicht vorstellen, dass er sein Vorhaben hier ohne Unterstützung durchstehen will.«

Felici starrte schweigend auf die Tischplatte. Dann blickte er auf. »CIA?«

Benedetti nickte. »Das ist die logische Antwort. Die CIA muss den ersten Anstoß gegeben haben, gegen Russkost vorzugehen. Wer sonst könnte diesen Einsatz in der Nordsee organisieren? Die amerikanische Marine hätte nicht ohne Befehl gehandelt. Und wir wissen ja, dass der Präsident erst später ins Spiel kam.«

Der Kardinal seufzte und strich mit den Fingern an seinem goldenen Kruzifix entlang. »Und nun, wo er hier ist, hat er keine andere Möglichkeit, als nach der Wahrheit zu graben. Ich kann ihm keinen Vorwurf daraus machen. An seiner Stelle würde ich genauso handeln. Aber ein paar Spatenstiche in die richtige Richtung ... Du weißt ja, was dabei herauskommen kann. Jetzt, wo die Bücher und Tresore der Banco Napolitana Lucchese versiegelt sind, ist ein Skandal kaum mehr zu vermeiden.« Er schwieg längere Zeit, schaute zu dem jüngeren Geistlichen auf. »Die Amerikaner haben eine interessante Redensart. Sie sagen, wenn das Leben dir Limonen anbietet, sollst du Limonade daraus machen.« Felici sah ihn verblüfft an. »Carlton macht uns Angst, weil er Fragen stellt, *sì?* Aber vielleicht kommt er gerade recht. Vielleicht hat Jesus ihn geschickt, damit er der Kirche hilft. Schließlich kann es kein Zufall sein, dass Carlton ausgerechnet dann erscheint, wenn wir vor so einer Krise stehen, kurz vor einem Skandal. Es geht nicht darum, ob Carlton graben wird – es geht darum, *wonach* er gräbt. Was er wirklich sucht. Was könnte sein Motiv sein?«

»Wie ich schon sagte, *Eminenza,* er befindet sich auf einer Art Kreuzzug.«

»Ja. Aber gegen wen? Gegen die Kirche? Dieser Mann ist kein selbstsüchtiger Opportunist. Du weißt, was er getan hat. Hat sich in große Gefahr begeben, um Russkost aufzuhalten. Ich glaube, er ist auf einem Kreuzzug gegen Waterboer, nicht gegen die Banco Napolitana oder die Kirche. Und er ist Katholik. Du hast gesehen, wie respektvoll er sich mir gegenüber verhalten hat. Wie sehr er mein Amt schätzt. Nein. Ich glaube, es geht ihm nach wie vor darum, alle möglichen Beweise gegen Waterboer zu finden.«

»Aber *Eminenza,* alles, was er hier findet, wird der Kirche schaden!«

Kardinal Benedetti schüttelte den Kopf. »Nicht unbedingt. Was er findet, *könnte* der Kirche schaden, muss aber nicht. Wenn er nicht weiß, wie er seine Informationen benutzen soll, könnte er sie natürlich missbrauchen – wie jemand, der eine

Bombe findet und nicht weiß, wie sie funktioniert. Aber wenn wir ihm helfen, seine Informationen richtig einzusetzen, können wir die Kirche schützen und ihm gleichzeitig bei seinem Kreuzzug gegen Waterboer helfen. Denk daran – Waterboer ist nicht nur Carltons Feind. Es ist ein korrupter, verderbter Konzern und damit auch ein Feind der Kirche. Erinnerst du dich, wie wir neulich gebetet haben?«

Felici nickte.

»Glaube bedeutet Vertrauen zu Gott. Um Gott zu vertrauen, muss man Ihm zuhören. Und Gott spricht auch durch andere Menschen zu uns.«

»Es tut mir Leid, *Eminenza,* aber ich höre nichts.«

»Ich schon.« Der Kardinal lächelte. »Weil die Amerikaner von allen Menschen die lautesten sind. Gott segne sie.«

68.

Codename Yale

Sicheres Haus der CIA
Codename: Yale
Blue Ridge Mountains, Virginia, 11.03 Uhr

Das Haus im Kolonialstil lag im Nebel der Blue Ridge Mountains, hoch über hunderten Hektar Waldland. Dienstinterne Gerüchte besagten, dass es einst DDI Forbes gehört hatte; dieser hatte dem Klatsch auch nie widersprochen. Einmal war das Haus verraten worden: Ein brüskierter CIA-Analyst hatte einst im Kalten Krieg dem KGB mitgeteilt, wo Yale zu finden war – mit dem Ergebnis, dass die CIA zehn Agenten verlor. Nachdem die Deckung aufgeflogen war, wurde Yale nur noch für nicht geheime Zwecke benutzt, hauptsächlich für abschließende Einsatzbesprechungen, Verhöre und zur Unterbringung wichtiger Informanten, die eine Zeit lang aus der Öffentlichkeit verschwinden mussten.

Das Vernehmungszimmer tief im Keller des Hauses sah keineswegs so aus wie die kahlen, düsteren, von nackten Glühbirnen beleuchteten Kellerräume, wie man sie aus Hollywoodfilmen kennt. Die Meisterpsychologen der CIA hatten diesen Raum sorgfältig geplant. Von außen einfallendes Tageslicht wurde durch Spiegel im Zimmer verteilt und sorgte für gleichmäßige Beleuchtung, die eine beruhigende Wirkung hatte. Glänzende Hartholzdielen und Sofas mit blauem und weißem Chintz machten es den Gästen bequem. Auf einem Couchtisch aus Mahagoni stapelten sich Bücher über Pferde, französische Schlösser, tropische Inseln und andere Werke, die gleichfalls die Schönheit der Freiheit zum Thema hatten. An den Wänden hingen Landschaftsgemälde in Öl.

Doch ungeachtet des behaglichen Interieurs handelte es sich um einen geschützten, schalldichten Kellerraum, denn in Sachen Sicherheit wurde bei der CIA an nichts gespart. Im Augenblick befanden sich vier Männer in dem Zimmer. Drei waren CIA-Agenten mit Schulterhalftern, aus denen die schwarzen Kolben ihrer Glock hervorschauten. Einer stand an der Tür Wache. Die beiden anderen – einer war Thomas Pink – saßen am Couchtisch und beobachteten den vierten Mann. Der war blond, hatte blaue Augen und einen durchtrainierten Körper. Er trug keine Waffen, war lässig gekleidet und erwiderte die Blicke der anderen völlig unbeeindruckt.

»Wie blöd seid ihr eigentlich? Ich habe es Ihnen doch schon gesagt. Ich werde schweigen«, wiederholte Uljanow noch einmal in ausgezeichnetem Englisch.

Pink erhob sich aus dem zu weich gepolsterten Sessel. »Bedenken Sie, was passieren könnte, wenn Sie nicht reden.«

»Was passieren *könnte*.« Uljanow grinste. »Ich bin doch kein *njekulturny* Mafioso. Ich weiß, wie so was in Amerika läuft.

Dieses Land ist für mich das Paradies. Es war dumm von euch, mich hierher zu bringen. Ihr Amerikaner müsst doch immer alles streng nach Recht und Gesetz machen. Ihr könnt nichts aus mir rausprügeln. Ihr könnt mich nicht foltern.« Nun lachte er aus vollem Hals. »Eure Bürgerrechtsbewegung würde euch die Hölle heiß machen. Man würde euch feuern. Oder ihr wandert in den Knast.« Er sah Pink verächtlich an.

»Da haben Sie Recht«, erwiderte der ruhig. »Wir können so etwas nicht tun. Dann würden wir Gefahr laufen, unsere Jobs zu verlieren.« Du Scheißkerl, dachte er. Wenn's nach mir ginge, würde ich dich an die Wand nageln. »Aber es gibt andere, die wegen so was nicht gefeuert werden. Im Gegenteil, sie werden befördert.« Er schaute den Russen so mitleidig an, dass Uljanow ein wenig unruhig wurde. Pink warf einen Blick auf den Mann neben Uljanow und zuckte die Achseln. »Okay. Ich hole sie.« Der Mann an der Tür ließ ihn hinaus. Pink ging zu einem Fahrstuhl, der ihn sechs Stockwerke hinauf in die erste Etage brachte. Dort traf er Erika, Ramey und DesJardins. Unter den wachsamen Augen ihrer schwer bewaffneten Beschützer genossen die drei die Gelegenheit, sich in Ruhe entspannen zu können. Erika saß auf einer Couch, Ramey sah sich Actionfilme an, die er während der Zeit auf See verpasst hatte, und DesJardins ließ sich neue Rezepte für die Köche in der kugelsicheren Küche von Yale einfallen.

Nachdem Pink sich davon überzeugt hatte, dass alle in guter Verfassung waren, stieg er die Treppe zur Vorhalle hinunter. Aus der Ferne hörte er das Dröhnen von Rotorblättern. Bald erschien ein Helikopter über den hohen Eichen und landete auf einer kleinen Lichtung hinter dem Haus. Vier Menschen sprangen aus dem Hubschrauber und kamen geduckt, aber in forschem Tempo auf das Haus zu. Zwei CIA-Agenten tauchten wie aus dem Nichts zu beiden Seiten der Lichtung auf, prüften die Papiere der Ankömmlinge und geleiteten sie zum Haus. Pink stand an der Hintertür und begrüßte die Besucher.

»Agent Bareno.« Der erste Mann stellte sich selbst vor. »Das sind Agent Starr sowie Elena Feodorowna und Jewgeni Tsiolkowsky vom GRU.«

»Ma'am, Sir.« Pink schüttelte Hände und sprach Russisch mit einem ganz leichten Akzent.

»Ihr Russisch ist ausgezeichnet, Mr Pink«, sagte Tsiolkowsky, der fehlerloses Englisch sprach, wenn auch mit leichtem New Yorker Akzent.

»Ja. Und ich muss Ihnen sagen, ich hätte nie gedacht, dass ich einmal mit der CIA sprechen würde, noch dazu in einem ihrer sicheren Häuser«, meldete Feodorowna sich zu Wort; sie sprach ein wenig zögernder, mit starkem russischen Akzent.

»Das hätte auch ich nie gedacht, Ma'am«, erwiderte Pink. Er wusste genau, dass dieses Treffen niemals hätte stattfinden können, wäre das Yale-Haus nicht vor zehn Jahren an den KGB verraten worden.

Tsiolkowsky nickte. »Ich soll Ihnen im Namen von Präsident Orlow und General Jagoda für Ihre mutige Aktion im Nordatlantik danken – und auch dafür, dass Sie uns erlauben, Ihnen bei der Erfüllung Ihrer schweren Aufgabe behilflich zu sein. Es ist sehr schade, dass die Diamanten versenkt wurden. Aber vielleicht sind wir ja eines Tages in der Lage, sie zu bergen«, fügte er hinzu und drückte damit einen letzten Rest Skepsis aus: Hatte die amerikanische Marine tatsächlich den gesamten Diamantenvorrat in der Nordsee versinken lassen und nicht einmal mit dem Gedanken gespielt, die Steine für sich selber zu bergen?

»Danke, vielen Dank, *towarisch* Tsiolkowsky. Im Namen von DDI Forbes heiße ich Sie herzlich willkommen. Sollen wir gleich anfangen? Folgen Sie mir bitte.« Pink führte die drei in den Aufzug. Auf der Fahrt in den Keller wandte er sich wieder an die beiden Russen. »Wie wir bereits versprochen haben, werden keine Aufnahmegeräte eingeschaltet sein.« Er musste nicht erst hinzufügen, dass der elektromagnetische Sturm, den die im

Raum angebrachten Störsender verursachten, die mitgebrachten Recorder der GRU-Agenten ebenfalls nutzlos machte.

Der Fahrstuhl hielt. Pink ging zunächst vor. »Gentlemen. Bitte sehr.« Er deutete auf die Tür. Die CIA-Agenten verließen schweigend den Raum.

Nun wandte Pink sich an Uljanow. »Wie ich schon sagte ... Es ist bedauerlich, dass Sie uns nicht sagen wollen, wo Molotok sich zurzeit aufhält. Oder dass Sie die Identität seiner loyalsten Anhänger nicht preisgeben wollen. Und wie Sie ganz richtig bemerkt haben, fehlt uns jede Handhabe, die Information mit legalen Mitteln aus Ihnen herauszupressen. Diese amerikanischen Bürgerrechte, die Sie so lächerlich finden, haben allerdings in Ihrem eigenen Land überhaupt keine Bedeutung mehr, sobald dessen nationale Sicherheit bedroht ist.«

In diesem Augenblick betraten Tsiolkowsky und Feodorowna den Raum und bauten sich vor Uljanow auf. Zum ersten Mal seit Carltons Fußtritt in seine Weichteile an Bord der *Puschkin* zeigte der Mann so etwas wie Erschrecken.

»Mr Tsiolkowsky und Mrs Feodorowna, hiermit überstellt die Regierung der Vereinigten Staaten Mr Uljanow in den Gewahrsam der russischen Regierung. Zum Zweck Ihres Verhörs wird dieser Raum vorübergehend als Hoheitsgebiet Russlands betrachtet. Wenn Sie etwas benötigen, können Sie mich über dieses Telefon erreichen«, sagte Pink, an Feodorowna gewandt.

»*Spasiba.* Aber ich brauche nur das hier.« Sie nahm ein Samtkästchen aus der Jackentasche und klappte es auf. In dem Kästchen lag eine schlichte Metallstange, ungefähr von der Größe eines Kugelschreibers. Das eine Ende war flach gehämmert, das andere besaß einen Haken, der wie ein zahnärztliches Folterinstrument aussah. Fedorowna zwinkerte Uljanow zu. »Ich bin eine wahre Künstlerin. Und sehr einfallsreich.«

Pink verließ den Raum und ging an der Wache vorbei zum Fahrstuhl. Zum Glück für den Wachmann war das Vernehmungszimmer schalldicht.

Uljanow hatte seine Laufbahn als Molotoks Partner begonnen. Bald würde er als erstes Menschenopfer des Größenwahnsinnigen enden. Aber erst, nachdem Feodorownas »künstlerisches Talent« ihn wie ein Vögelchen zum Singen gebracht hatte.

69.

Vertrauenssache

Hotel Hassler
Rom, 13.21 Uhr

Für ein Land, das Ferraris und Agusta-Helikopter bauen konnte, verfügte Italien über ein armseliges und reichlich veraltetes Fernmeldesystem. Carlton brauchte vier Anläufe, bis er endlich eine Auslandsleitung hatte. Gemäß Pinks Instruktionen bettete er zunächst den Telefonhörer in das kleine elektronische Kästchen, bevor er das erste Wort sagte. So wurden die Tonimpulse seiner Stimme vor der siebentausend Meilen weiten Reise verschlüsselt und am anderen Ende von einer Mastereinheit decodiert.

»Forbes.«

»Hier Carlton.«

»Guten Tag. Möchten Sie mir freundlicherweise mitteilen, was Sie in Rom treiben?«

Carlton war völlig verblüfft. »Woher wissen Sie ...«

»Sie vergessen offenbar, mit wem Sie es zu tun haben. Wie ist das Treffen verlaufen?«

Carlton holte tief Luft, dann zog er wieder an seiner Havanna. Er gab das Gespräch mit Benedetti fast wortgetreu wieder.

»Verstehe.« Forbes klang zerstreut. »Und trotz allem, was er gesagt hat, glauben Sie immer noch, dass es eine Verbindung zwischen Waterboer und der Vatikanbank geben könnte?«

»Vielleicht.«

Forbes gestattete sich ein trockenes Lachen. »Da bellen Sie aber unter dem falschen Baum, Carlton.«

»Wie bitte?«

»Es gibt keine Verbindung. Nicht zwischen Waterboer und dieser Bank. Glauben Sie mir, ich habe das früher schon einmal geprüft.«

»Vielleicht ist es der falsche Baum. Aber nicht unbedingt der falsche Wald. Benedetti hat versprochen, Nachforschungen anzustellen. Ich warte einfach ab. Aber da Sie ja so viel über die Vatikanbank zu wissen scheinen, hätte ich gern mal eines gewusst.«

»Und zwar?«

»Kann ich ihm trauen? Benedetti, meine ich.«

»Das können Sie.« Wieder das trockene Lachen. »Welch eine Ironie!«

»Wie meinen Sie das, Sir?«

»Genau dasselbe hat Benedetti mich über Sie gefragt. Vor einer Stunde erst.«

70.

Die Eliminierung

SAT-Auswertung
CIA-Zentrale, 8.10 Uhr

Forbes, Pink und Elaine Franklin standen in dem verdunkelten Raum mit der stattlichen Reihe hochauflösender Monitore. »Da haben wir's ja. Rushhour. Mitten in Sibirien«, bemerkte Pink.

»Wenn man auf der Weltkarte ein Niemandsland sucht, findet man es dort«, stimmte Elaine zu. »Hoffentlich kommen sie pünktlich. Wir können die Stelle nur sieben Minuten im Bild behalten.«

Forbes und Pink standen hinter Elaine. Mit ihren Wurstfingern dimmte sie das Licht und kaute herzhaft auf ihrem Kaugummi, wegen der Anwesenheit des stellvertretenden CIA-Direktors allerdings nicht so laut schmatzend wie sonst. Auf einem der Bildschirme war vor dem nächtlichen, dunklen Hintergrund eine umrisshafte Form zu erkennen: ein Gebäude aus der Vogelperspektive. Der Umriss wurde durch das grüne Licht der Infrarotdetektoren des 8X-Satelliten nachgezeichnet; es war ungefähr so wie der Blick durch ein Nachtsichtgerät. Das Bild wurde live aus viertausend Meilen Höhe aufgenommen. Pink entdeckte kleine Veränderungen am Gebäude, da sich die Intensität der Lichtquellen veränderte. Zwei andere Monitore zeigten einen größeren Ausschnitt des Gebiets, allerdings nicht so stark vergrößert.

»Ich hoffe nur, dass sie das richtige Ziel aufs Korn nehmen«, sagte Pink. »Uljanow kann ja auch gelogen haben.«

»Ich habe die Vernehmung gehört«, bemerkte Forbes. »Ich glaube nicht, dass er noch zu einer Lüge fähig war.«

»Sie haben es gehört?«, fragte Pink ungläubig. »Ich hab denen doch versprochen, dass wir keine ...«

»Dass wir nichts aufnehmen, ich weiß. Haben wir ja auch nicht. Zuhören und Aufzeichnen sind zwei verschiedene Paar Schuhe. Wie dem auch sei, ich habe seine Aussage nachprüfen lassen. Dieses Haus hier«, er zeigte auf den großen Bildschirm, »ist auf Molotoks Datscha. Erst nachdem Uljanow gesungen hatte, konnten wir es ausfindig machen. Ein Hubschrauber, den Molotok häufig benutzt, ist vor weniger als einer Stunde dort gelandet. Er ist also zu Hause. Jagoda war nur zu gern bereit, die Leitung der Operation zu übernehmen.«

»Da kommen sie«, sagte Elaine und deutete auf die Monitore,

die den größeren Ausschnitt des Gebiets zeigten. Zwei weiße Punkte flogen in Richtung Osten.

»Was meinst du?«, fragte Elaine Pink. »Sind das Fulcrums?«

»Ich schätze eher MiG-31 Foxbats. Die können noch mit Überschallgeschwindigkeit sehr tief fliegen. Ich glaube, Fulcrums würden das nicht schaffen. Wahrscheinlich haben sie in der Luft aufgetankt.«

Forbes nickte schweigend, beeindruckt von Pinks Kenntnissen.

Als die beiden Jets dem Ziel näher kamen, richteten die drei ihre Blicke wieder auf den hochauflösenden Monitor. Unmittelbar nachdem die Jagdbomber das blassgrüne Gebäude überflogen hatten, erschien an seiner Stelle ein gleißender weißer Fleck. Fünf weitere Explosionen folgten. Die Jets drehten nach Norden ab und flogen heim.

Nach einem einzigen Angriff durch zwei Jagdbomber der russischen Luftwaffe war Molotok keine Gefahr mehr für Russland und die übrige Welt. Jagoda würde vermutlich ein bisschen länger brauchen, um die wichtigsten *krestnii otets* zu verhaften, die Russkost unterstützt hatten, doch innerhalb einer Woche würde die Partei aller Macht beraubt und nur noch ein Haufen starrsinniger Unbelehrbarer sein.

In Moskau verließ Oberst Kowanetz die GRU-Zentrale und trat auf den verschneiten Bürgersteig. Er winkte seinem Fahrer, der sofort den Dienstwagen anließ und am Haupteingang vorfuhr. Kowanetz stieg ein.

»Bringen Sie mich nach Hause, Jewgeni«, sagte er müde, schloss die Tür und machte die Augen zu. »Bringen Sie mich heim.« Schon seit Tagen hatte er weder von Uljanow noch von Molotok etwas gehört. Seine Anrufe blieben ohne Antwort. Die Ungewissheit machte ihn fertig.

Der Fahrer tat wie befohlen; vorsichtig bahnte er sich einen Weg durch die vereisten Straßen der russischen Hauptstadt. Das

Ziel war der Stadtteil Kunzewo im Westen Moskaus. Zwanzig Minuten später erreichten sie eine breite, von Birken gesäumte Allee, die Zufahrt zu einer exklusiven Wohnanlage, die man kürzlich für hochrangige Staatsbeamte errichtet hatte. Kowanetz hatte die nötigen Beziehungen und das Bargeld gehabt, um sich eine der schönsten Wohnungen zu sichern. Sein Fahrer bremste am Straßenrand.

Müde öffnete Kowanetz die Augen und stellte fest, dass er noch gar nicht zu Hause war. »*Schto?* Ist der Motor schon wieder heiß gelaufen?«, murmelte er. »Verfluchte Schrottkarre.«

In diesem Augenblick drehte der Fahrer sich zu ihm um. Kowanetz fuhr auf, als er das Gesicht sah. »Wer sind Sie? Wo ist Jewgeni?« Er wollte eben nach seiner Makarow greifen, als er die Pistole in der Hand des Mannes sah. Auf den Lauf war ein zylindrischer Schalldämpfer geschraubt.

»General Jagoda verachtet Verräter.«

Die Kugel kam so schnell, dass Kowanetz keine Gelegenheit mehr zu einem Gebet hatte.

71.

Die Recherche

Main Justice Building
Washington, D. C., 5.58 Uhr

Erika und Henri Monet saßen in Monets Büro im Basement des Main Justice Building. Sie waren vorübergehend aus der Sicherheit des CIA-Hauses in Virginia entlassen worden. Unsichtbare Beschützer wachten über sie – zum Glück so, dass sie es nicht allzu deutlich merkten. Sie waren völlig erschöpft. Der einzige Hinweis auf die Tageszeit war der Kuckucksuhr an der Wand zu entnehmen, die Monet aus einer Laune heraus während seines letzten Skiurlaubs in den französischen Alpen erstanden hatte.

Inzwischen war ihnen die Puste ausgegangen; trotz zwanzigstündiger Recherche hatten sie kaum Ergebnisse zu verzeichnen. Es ging um Waterboers Kontrolle über die weltweite Diamantenproduktion. Nachdem sie erschöpfende Informationen über fünf Förderländer in Afrika gesammelt hatten, wandten sie sich dem vom Bürgerkrieg gebeutelten Angola zu. Sie prüften die Verbindungen zwischen Waterboer und der Diamantenförderung in Angola, wie Archäologen die versteinerten Überreste einer untergegangenen Zivilisation untersuchen. Die Suche nach Verbindungen Waterboers zu fünf anderen afrikanischen Ländern hatte kein Ergebnis gebracht.

»Ich weiß nicht, was wir noch versuchen sollen.« Nachdem Monet von Carltons Einsatz in der Nordsee gehört hatte, hatte er den Anwalt zu seinem Vorbild erkoren. Um seinem Idol nachzueifern, hatte er sich nicht rasiert und seine blitzblanken Cowboystiefel neben die verschiedenen Ausgrabungsschichten auf seinem Schreibtisch platziert; außerdem hatte er seine unvermeidliche Gitane im Mundwinkel. »*Aucune idée.* Ich weiß wirklich nicht mehr weiter. Wir müssen die Recherchekriterien ändern.«

Erika lag auf dem Boden, den Kopf auf einen Stapel Bücher über Diamanten gelegt, und starrte an die niedrige Decke, die gelb war vom Rauch unzähliger Gitanes. Das einzige Licht im Raum stammte von einer Halogenlampe in der Ecke neben dem überhitzten Laserdrucker. Erika wickelte einen eiweißhaltigen Schokoriegel aus der Verpackung. »Ich verstehe das nicht«, murmelte sie zwischen den Bissen.

»Wir müssen einfach unsere ...« Monet hielt inne, nahm die Füße vom Tisch und straffte den Rücken. »Wir haben nach einer Verbindung zwischen Waterboer und verschiedenen afrikanischen Ländern gesucht.«

»Ja. Und das ist uns ja auch gelungen. Wie in vielen anderen Ländern kontrolliert Waterboer auch dort die Diamantenproduktion.«

»Genau. Aber vielleicht ist es der falsche Ansatz. Vielleicht sollten wir nicht einfach nach der Produktionskontrolle suchen.«

»Jetzt kann ich Ihnen schon wieder nicht folgen.«

»MacLean hat vorgeschlagen, dass wir uns um die Gesamtproduktion in Afrika kümmern und herausfinden, ob es noch irgendwelche größeren Bestände an Diamanten gibt. Und wir haben nachgeschaut, inwieweit Waterboer die Diamantenproduktion in afrikanischen Staaten kontrolliert, speziell in Angola. Wie sollen wir dabei herausfinden, ob es irgendwelche größeren Bestände gibt?«

»Eben durch die Suchkriterien: Indem wir die Zahlen der afrikanischen Produktion mit den Verkäufen Waterboers vergleichen.«

»Aber wir wissen doch genau, dass Waterboer viel mehr aufkauft als verkauft«, wandte Monet ein.

»Stimmt. Deshalb ja die großen Lagerbestände.«

»Aber die gehören Waterboer, nicht den afrikanischen Ländern. Uns ist bekannt, dass Waterboer überall auf der Welt Lager angehäuft hat. Wir müssen aber Lager finden, die *nicht* Waterboer gehören.«

»Stimmt«, sagte Erika. »Denn dass jemand anders einen großen Vorrat an Diamanten besitzt, ist Waterboers größte Furcht.«

»Wie es bei den Russen der Fall war.«

»Kann es sein, dass noch jemand anders eine Mine in Afrika betreibt?«

»Oder dass es noch einen anderen Großabnehmer für afrikanische Diamanten gibt?«

»Aber das haben wir doch schon nachgeprüft. Waterboer kauft die gesamte afrikanische Produktion auf. Das haben sie sogar während der Bürgerkriege getan. Obwohl Minen in Bürgerkriegszeiten oft von zwei oder noch mehr Seiten kontrolliert werden.« Sie dachte kurz nach. »Angola hat einen mehr als zwanzig Jahre währenden Bürgerkrieg durchlitten. Und unseren soeben entdeckten Infos zufolge kaufte Waterboer die gesamte angolanische Produktion auf, egal ob von der MPLA oder der UNITA. Das ist ja allgemein bekannt nach all den Artikeln über ›Blutdiamanten‹.«

»*Oui.* Wissen Sie noch, dieser eine Artikel? Darin stand, dass Churchman die amerikanische Export-Importbank davon überzeugt hat – Scott Fress war der Mittelsmann –, dass sie neue Fördertechnologien in Angola finanzieren sollte. Natürlich hat die Bank hohe Zinsen gefordert und außerdem das Recht erhalten, sämtliche Steine selbst zu verkaufen. Und wer kauft die Steine? Waterboer natürlich.«

»Aber das ist die derzeitige Lage. Vielleicht war es Waterboer in der Vergangenheit nicht möglich, Angolas Gesamtproduktion zu kaufen. Vielleicht ...«

» ... hat jemand anders die Diamanten aus Angola gekauft.«

Sie blickten einander ein paar Sekunden an. Dann drehte Monet sich auf seinem Stuhl zur Computertastatur herum und tippte einen neuen Suchbefehl ein.

»Angola ist nicht das einzige afrikanische Land, in dem in den letzten zehn Jahren ein Bürgerkrieg ausgebrochen ist«, sagte Erika.

»*Exactement.* Deshalb müssen wir ja eine Reihe von Vergleichen anstellen. Zuerst einmal brauchen wir eine Liste sämtlicher Diamanten fördernder Länder. *Très facile.*« Eine Länderliste erschien auf dem Bildschirm. »*Voilà.* Nun eine Liste Diamanten fördernder Länder in Afrika, in denen es Bürgerkriege gab, wobei wir die Länge der Kriege berücksichtigen.« Eine andere Liste erschien, viel kürzer als die erste. Hinter jedem Eintrag stand eine Zahl. »*Voilà.*«

»Großartig. Und jetzt der Vergleich zwischen der Fördermenge vor und nach jedem Bürgerkrieg.«

Monet kam der Aufforderung sogleich nach. Ein grünes LED-

Lämpchen flackerte auf, während der Rechner auf die Daten zugriff und sie in eine Reihenfolge brachte. Sekunden später erschienen Zahlenkolonnen auf dem Bildschirm.

»Mal sehen.« Erika beugte sich zum Monitor vor, während Monet Reihe um Reihe scrollte.

»Da gibt es aber keinen großen Unterschied«, sagte sie enttäuscht. »Ob Bürgerkrieg oder nicht, die Fördermenge bleibt fast dieselbe.« Mit einem langen schlanken Zeigefinger deutete sie auf den Bildschirm. »Hier kann man sogar eine Steigerung der Produktion erkennen. Also ist unsere These nichts wert ...«

»Die These ist gut. Die *Suche* stimmt nicht.« Nervös zündete Monet sich eine neue Gitane an und sog den Rauch tief ein. Dann tippte er mit dem rechten Zeigefinger auf den Bildschirm. »Wir haben nach Unterschieden in der Fördermenge vor und nach einem Bürgerkrieg gesucht. Aber die Menge ist gar nicht das Entscheidende. Der springende Punkt ist doch, wie viel Waterboer davon gekauft hat.«

»Natürlich!« Erika küsste ihn auf den Hinterkopf. »Sie sind ein Genie.«

»Nein. Das ist französische Logik, Kartesianismus. Sie wissen doch, dass René Descartes die Erkenntnistheorie ...«

»Das ist ja alles sehr interessant, Henri. Aber bitte, zuerst die Suche, dann die Vorlesung.«

»Okay, okay.« Schmollend gab er die neuen Suchparameter ein. Weitere Zahlenkolonnen erschienen auf dem Bildschirm. Erika beugte sich vor und strich sich ihr langes Haar aus der Stirn, um besser lesen zu können. Sorgfältig studierte sie die Förderzahlen jedes einzelnen Landes und verglich sie mit der Menge an Karat, die Waterboer vor und während jedes Bürgerkrieges gekauft hatte.

»Da!«, rief Erika plötzlich aufgeregt. »Schauen Sie sich das an. In den frühen siebzigern hat Waterboer jedes Jahr drei Millionen Karat von Angola gekauft. 1975 aber, als der Bürgerkrieg ausbrach, nur noch 2,5 Millionen. Während des zwanzig Jahre währenden Krieges ist es so ziemlich bei dem gleichen Betrag geblieben, und zwar bis ... 1994. Dann sind es plötzlich wieder mehr als drei Millionen Karat jährlich, bis zum heutigen Tag.«

»Aber während des gesamten Bürgerkriegs hat Angola trotzdem die Menge von drei Millionen Karat pro Jahr gefördert.«

Erika blickte Monet an, der dem Computer bereits den Druckbefehl gab. Eine lange Aschenspitze zitterte an seiner Gitane. Erika nahm die noch warme Seite aus dem Laserdrucker und schaute darauf.

»Selbst wenn Waterboer während des Bürgerkriegs die Hälfte von Angolas Produktion von der MPLA und die andere Hälfte von der UNITA gekauft hätte, wären es immer noch drei Millionen Karat jährlich gewesen. Ab 1975 betrugen Waterboers Käufe 500.000 Karat weniger pro Jahr. Das hört sich nicht nach viel an, doch über einen Zeitraum von zwanzig Jahren ist es ein wahrer Berg aus Diamanten.«

»Angolas Bürgerkriegsparteien waren natürlich daran interessiert, so viele Diamanten wie möglich zu verkaufen – wenn also Waterboer die fünfhunderttausend Karat nicht gekauft hat, muss es jemand anders getan haben.«

»Eine halbe Million Karat pro Jahr, zwanzig Jahre lang. Das macht zehn Millionen Karat. Nehmen wir mal an, die Hälfte davon ging an kleinere Händler. Bleiben immer noch fünf Millionen Karat. Wie ist der derzeitige Preis?«

»Dem Computer zufolge beträgt der durchschnittliche Preis für angolanische Diamanten 230 Dollar pro Karat. Aber Sie müssen bedenken, dass beide Seiten so schnell wie möglich Geld haben wollten ... Wie nennen Sie das in Ihrer Sprache, *argent rapide?*«

»Schnelles Geld?«

»*Oui.* Schnelles Geld. Also sind die Diamanten wahrscheinlich zu einem geringeren Karatpreis verkauft worden.«

»Mit Mengenrabatt. Das passt. Sagen wir ... 100 Dollar pro Karat. Fünf Millionen Karat. Macht 500 Millionen Dollar.«

Monet stieß einen Pfiff aus. »Wer könnte so viel auf einmal bezahlen? Wem könnten Diamanten so viel bedeuten, dass er ein solches Risiko auf sich nimmt?«

»Großhändler würden das Risiko nicht eingehen«, sagte Erika nachdenklich. »Sie wären sofort aus dem Geschäft, wenn die Jungs von Waterboer es rauskriegen. Und für kleinere Händler ist es ein zu großer Fisch, selbst wenn sich mehrere zusammentun. Außerdem würden sie Waterboer dann auffallen und sofort vom Markt gefegt.« Sie starrte wieder auf den Ausdruck. »Wer der Käufer auch sein mag, Pat sollte das hier zu sehen bekommen.« Sie fischte den Telefonhörer unter dem Berg von Papieren hervor, bettete ihn in den Codierungsapparat ein, den Pink ihr besorgt hatte, und wählte die Nummer des Hotels Hassler in Rom.

72.

Das Dinner

Hotel Hassler
Rom, 18.31 Uhr

Carlton tastete im Dunkeln nach dem Hörer; nach dem fünften Läuten hatte er ihn endlich erwischt. Zuerst Erika und Henri mit ihrer Theorie über die angolanischen Diamanten – und jetzt? Wie sollte man hier überhaupt zum Schlafen kommen?

»Hallo?«

»Signor Carlton?«

»Ja.« Er musste husten.

»Hier spricht Monsignor Felici, Kardinal Benedettis Sekretär. Wir haben uns heute Morgen kennen gelernt.«

Carlton setzte sich im Bett auf. Der Jetlag machte ihm noch immer zu schaffen. Für seinen Körper war es ein Uhr morgens. »Ja, natürlich, Monsignore. Was ...« Wieder musste er husten. Zu viele Zigarren. »Was kann ich für Sie tun?«

»Ich habe schon mal versucht, Sie zu erreichen, aber niemand ist an den Apparat gegangen. Seine Eminenz hat mir aufgetragen, Sie für heute Abend zum Dinner einzuladen. Er meinte, die anderen Gäste könnten vielleicht in der Lage sein, Ihnen bei Ihrer Suche zu helfen.«

»Großartig! Richten Sie Seiner Eminenz bitte aus, dass ich die Einladung gern annehme.«

»Seine Eminenz wird sehr erfreut sein. Wir schicken einen Wagen. Er holt Sie um sieben am Hotel ab.«

Der schwarze Mercedes mit dem Nummernschild des Vatikans fuhr pünktlich am Hotel vor. Inzwischen war es dunkel geworden. Schneefall hatte eingesetzt. Der Hotelportier legte respektvoll die Hand an die Mütze, bevor er die Tür zum Fond öffnete, die mit dem zierlichen gelben und weißen Wappen des Vatikans geschmückt war. Kardinal Benedetti hatte eine Wolldecke über den Beinen liegen.

»Buona sera.«

»Eminenz.«

Der Wagen fuhr los. Benedetti schwieg einige Sekunden, dann schaute er seinen Gast an. »Sie sind nervös, habe ich Recht? Das alles hier schüchtert Sie ein.« Erklärend wies er auf die prächtige Stadt, die an den Wagenfenstern vorbeiglitt.

»Das stimmt«, sagte Carlton freimütig. »Ich war noch nie in Rom, und im Vatikan schon gar nicht. Und Sie sind der erste Kardinal, den ich kennen lerne.«

»Mir geht es genauso.« Benedetti lächelte. »Ich habe noch nie einen Anwalt aus dem amerikanischen Justizministerium kennen gelernt.« Plötzlich nachdenklich geworden, blickte er aus dem Fenster, sah aber nicht sosehr die Stadt, sondern seine eigene Vergangenheit. »Das ist das Kreuz, das ich tragen muss, seit ich mich in diesen Palast, dieses Gefängnis, begeben habe.« Er klang traurig, nicht wie am Morgen, als er das selbstsichere Verhalten eines Diplomaten zur Schau getragen hatte.

»Eminenz?«

»Jeder fühlt sich von mir eingeschüchtert. Oder vielmehr von der Autorität der Amtskirche, die ich wie Kugel und Kette mit mir herumtrage.«

»Sie haben viele verantwortungsvolle Aufgaben, Eminenz. Die meisten Menschen fühlen sich in der Gegenwart wichtiger Persönlichkeiten eingeschüchtert. Aber bei mir ist es mehr als das. Ich bin in einer streng katholischen Familie aufgewachsen. Meine Eltern waren gute und großzügige Menschen. Wir waren glücklich, aber wir waren auch arm. Wir konnten uns keine Reisen leisten, aber ich habe immer viel gelesen. Über die Kirche, über die Heiligen, über den Vatikan. Deshalb ist es für mich vertraut und dennoch neu. Als würde ich einen Freund, den ich schon mein Leben lang kenne, zum ersten Mal treffen. Was aber nicht heißt, dass alles noch viel beeindruckender für mich ist, weil ich es mir natürlich nicht richtig vorstellen konnte.«

»Und doch sind Sie Anwalt im Dienste der Regierung des mächtigsten Landes der Welt.«

»Ja. Aber wenn ich ehrlich sein soll, Eminenz: Ich würde lieber mit einer guten Zigarre in Ruhe zu Hause sitzen und mir einen alten Film anschauen, statt mit irgendwelchen Windbeuteln in der Behördenbürokratie politische Kämpfe auszufechten. Vielleicht kommt es daher, dass ich aus bescheidenen Verhältnissen stamme.«

Benedetti lächelte über sein ganzes faltiges Gesicht. »Dann sind wir uns wirklich sehr ähnlich, Mr Carlton.«

»Bitte sagen Sie Pat zu mir.«

»Ach ja. Die Amerikaner – immer rasch mit dem Vornamen bei der Hand. Wir in Europa hingegen sind so förmlich, dass selbst Ehemänner über ihre Frauen in der dritten Person reden.«

Wieder lächelte er. »Auch ich stamme aus einer armen Familie. Meine Eltern waren Bauern. Aber sie haben dafür gesorgt, dass ich die Kirchenschule unserer Gemeinde besuchen konnte. Ich habe sehr viel gelernt. Und dann habe ich mich verliebt.«

Carlton blickte den Geistlichen verdutzt an.

Benedetti lachte. »Nein, nein. Nicht in eine Frau. In die Kirche. Und in die Gemeinde. Als ich nach dem Krieg zum Priester geweiht wurde, teilte man mich einer kleinen Gemeinde in der Toskana zu. Als ich meine Schäfchen das erste Mal sah, war es um mich geschehen. Sie waren so schlicht. Voller Liebe und Demut und Fröhlichkeit, obwohl sie so arm waren. Sie hatten bloß den anderen und ihren Glauben. Ich las die tägliche Messe, nahm ihnen die Beichte ab, traute Paare und taufte Kinder. Ich gab ihnen die Letzte Ölung. Ich kannte jeden, und jeder kannte mich. Die meisten waren Bauern. Sie luden mich nach Hause ein. Im Sommer saßen wir auf der *terrazza* unter den Sternen und redeten über die Ernte, den Regen, die Gemeindepolitik. Tranken dazu viel Chianti.« Mit halb geschlossenen Augen erinnerte er sich der Vergangenheit.

»Hört sich wunderbar an. Wie sind Sie Kardinal geworden, wenn ich fragen darf?«

»Meine Vorgänger im Amt hatten stets Geldprobleme, sodass sie die Erzdiözese ständig um Zuschüsse bitten mussten. Ich war der Erste, bei dem die Bücher stimmten. Ja, ich habe sogar genug herausgewirtschaftet, um in unserer Gemeindeschule ein paar Modernisierungen vorzunehmen. Mein Bischof war natürlich hocherfreut, denn nun musste er die Gemeinde nicht mehr ständig unterstützen. Er stellte mich als Privatsekretär ein. Er gab mir Gelegenheit, meine Bildung zu vervollständigen. Ich merkte, dass ich gut mit Zahlen umgehen konnte. Als ich mit dem Studium fertig war, versetzte er mich in die Buchhaltung der Erzdiözese.« Er lachte auf. »*Santa Lucia,* die Unordnung in den Büchern hätten Sie sehen sollen! Priester sind Experten für Seelen, nicht für Zahlen. Ich habe die Finanzen umstrukturiert, die Kosten gesenkt und manche Überschüsse in amerikanische Unternehmen investiert, die sich nach dem Krieg bestens entwickelt haben. Und wieder führte eins zum anderen. Deshalb bin ich jetzt hier. Ein wandelndes Nachschlagewerk für Theologie und Buchhaltung. Aber ich will Ihnen eines sagen, Patrick.« Er beugte sich vertraulich vor. »Ich würde das alles hergeben, um wieder in meiner kleinen Kirche in der Toskana zu sein, bei den Weinstöcken und den Bauern und den *bambini,* die Fußball spielen.«

Er sah aus dem Fenster, als der Wagen durch die Porta Sant' Anna in die Vatikanstadt fuhr. »Wir sind gleich da. Zuvor muss ich Ihnen aber noch etwas über die anderen Gäste sagen.«

Monsignor Clemente Rancuzzi vom Büro des Staatssekretärs im Vatikan trank Espresso aus einer winzigen Tasse. Mit seinen fünfunddreißig Jahren war er für den Rang eines Monsignore noch reichlich jung. Erst vor einem Jahr war er vom mächtigen Staatssekretär persönlich auserwählt worden. Was dem schwarzhaarigen Geistlichen an Jahren fehlte, machte er durch Wissen und Gerissenheit wett. Eine der ersten Regeln der *Romanita,* die er von seinem Chef lernte, besagte: Auf Außenstehende wirkt Schweigen eher als ein Zeichen von Weisheit denn von Unwissenheit. Diese Lektion hatte Rancuzzi schnell gelernt. Am wichtigsten jedoch war, dass Rancuzzi – anders als viele andere aufstrebende Sterne im Vatikan – viel mehr an der Kirche und ihrer Botschaft interessiert war als an seiner eigenen Macht und Herrlichkeit. Das ließ ihn zu einem mächtigen Verbündeten und gefährlichen Gegner werden. Benedetti hatte Rancuzzi zu seinem Dinner eingeladen, weil er wusste, dass der junge Geistliche in Diskussionen oft als Katalysator diente – und auch deswegen, weil seine Verbundenheit mit dem Staatssekretär eine enge Verbindung zum Heiligen Vater garantierte.

Zum Missvergnügen Carltons und Jean-Chrétien Azimbes – einem Bischof, der vor kurzem im Vatikan eingetroffen war, um für sein kriegsgeschütteltes Heimatland Zaire zu sprechen, der heutigen Demokratischen Republik Kongo – beschränkte sich die Konversation beim Essen auf politische Themen. Erst nach dem Dinner, bei Likör und Zigarren, kamen ein paar grundlegende Probleme Afrikas zur Sprache.

Benedetti eröffnete die Diskussion. »Ich frage mich, ob das Kreuz, das Afrika zu tragen hat, jemals von diesem Kontinent genommen wird.«

Azimbe sprang sofort darauf an. »Es muss bald von Afrika genommen werden, Eminenz. Die Lage ist unerträglich geworden. Viel schlimmer, als der Welt bekannt ist. Die Medien berichten nur von den schrecklichsten Tragödien. Der Westen ist so sehr an Afrikas unzählige Leiden gewöhnt, dass er sie als normal ansieht. Hunger, Krankheiten, Armut, Dürrekatastrophen, Korruption, Terrorismus. Wir dürfen nicht zulassen, dass diese Leiden meinen Heimatkontinent weiterhin peinigen. Wie unser verehrter Gast bezeugen kann, werden Korruption und Terrorismus in Amerika aufs Schärfste bekämpft. In Afrika jedoch werden diese Dinge als normal betrachtet und nicht zur Kenntnis genommen. Sehen Sie sich nur die Zustände in Ruanda und Uganda an. Dort leiden nicht tausende, sondern Millionen Menschen. Und auch unsere Brüder der katholischen Kirche trifft Schuld daran!« Tränen standen in den dunklen Augen des Geistlichen.

»Oder betrachten wir die Zustände in Südafrika«, warf Carlton vorsichtig ein, um das Gespräch näher in Richtung Diamanten und Waterboer zu steuern. »Die Burenvolksfront und die Verfechter der Apartheid wollen den Oranjefreistaat zurück und nehmen dafür tausende ermordeter Menschen in Kauf, während in unseren Zeitungen nur über die Oscarverleihung in Hollywood berichtet wird.«

»So ist es. Das ist grausam.« Azimbe holte tief Luft. Dieser Carlton gefiel ihm. Er entsprach so gar nicht dem Bild des lauten, aufdringlichen Barbaren, das man sich in seinem Land von den Amerikanern machte. Dann beruhigte er sich wieder. Gefühlsausbrüche würden ihm im Vatikan nichts nützen; hier musste man vorsichtig voranpirschen, in Ruhe planen und viel Geduld mitbringen.

»Viele sind der Meinung, Afrika solle sich selbst um seine Probleme kümmern«, wandte Benedetti ein. »Denn viele Spenden versickern ungenutzt. Korrupte Staatschefs transferieren sie auf ihre Konten im Ausland. Jedes Mal, wenn Truppen geschickt werden, um einen Bürgerkrieg niederzuschlagen, bricht er wieder aus, kaum dass die fremde Militärmacht aus dem Land abgezogen wurde. Jedes Mal, wenn multinationale Banken Entwicklungsprojekte finanzieren, werden sie entweder von Globalisierungsgegnern behindert, oder die Staatschefs beuten die Rohstoffe ihres Landes aus und verkaufen sie für ein Butterbrot. Ist es nicht wichtiger, dass Afrika selbst sich erst einmal von innen heraus ändert?«

»Viele Afrikaner machen den Kolonialismus dafür verantwortlich, aber Stammesstrukturen und Territorialansprüche haben schon lange vorher bestanden. Stammesstrukturen sind *die* kulturelle Entschuldigung für die Zerrissenheit des Kontinents. Und diese Zerrissenheit ist das zentrale Problem.«

»Die Frage ist«, schaltete Rancuzzi sich mit sanfter Stimme ein, »wie soll man in so einer gewalttätigen, separatistischen Kultur überhaupt eine Einheit schaffen?«

Azimbe sah ihn forschend an; aus seinen Augen sprach eine tiefe Überzeugung. »Als Geistlicher bin ich natürlich voreingenommen, aber ich glaube, dass nur die Kirche Afrika helfen kann.«

»Das, mein Bruder«, sagte Benedetti, »ist ein sehr guter Vorschlag, dem sicherlich alle hier Anwesenden zustimmen. Doch im Hinblick auf Stämme und Gebietsansprüche ist Afrika wie der Turm zu Babel.«

»Das ist wohl wahr«, pflichtete Azimbe ihm bei. »Doch ich glaube, dass der Krieg in Afrika durch die Kirche gewonnen werden kann, im Unterschied zu vielen anderen Kriegen auf der Welt. Besser gesagt, mithilfe der Kirche. Die meisten Menschen – leider muss man viele unserer Amtsbrüder dazurechnen – begreifen nicht, dass die Afrikaner, anders als viele asiatische Völker, dem Christentum sehr positiv gegenüberstehen, selbst wenn sie die christliche Lehre oft mit ihrem alten Aberglauben vermischen. Das Problem ist, dass die Lehre der Kirche die alten Stammesriten im Alltag noch nicht überwunden hat. Die Menschen glauben zwar an Gott, doch in Ruanda beispielsweise greifen Katholiken ohne nachzudenken zum Messer und morden ihre Brüder und Schwestern.« Er seufzte.

Rancuzzi lauschte verwundert diesem freimütigen afrikanischen Bischof, der so unverdorben war, ohne die geringste Ahnung von der Bürokratie des Vatikans und dessen allgegenwärtigen Machtkämpfen. »Was Sie da sagen, Exzellenz, hat gewiss großen Wert, doch es bleibt theoretisch. Wie sollte Ihrer Meinung nach dieser Feldzug geführt werden? Ist es ein wirtschaftlicher, sozialer oder kultureller Krieg?«

»So kompliziert ist es gar nicht, Monsignore«, erwiderte Azimbe. »Obwohl es auf dem afrikanischen Kontinent mehr als vierzig Staaten gibt, haben nur ungefähr sechs dieser Staaten Einfluss auf die wirtschaftliche und politische Lage des Erdteils. Auf diese Länder müssen wir uns konzentrieren, der Rest folgt dann von allein.«

Carlton schnitt die Spitze einer Romeo und Julia Havanna ab und beschloss, erneut das Thema Südafrika anzuschneiden. Er wusste, dass die anderen Gäste auf irgendeine Weise mit Waterboer oder zumindest mit Diamanten zu tun hatten, ob es ihnen nun bewusst war oder nicht. Monsignor Felici hatte etwas in der Richtung angedeutet, als er Carlton zu dem Dinner eingeladen hatte. »Wie ist es mit Südafrika? Oder passt das überhaupt nicht?«

»Nein, nein«, sagte Azimbe rasch. »Südafrika ist ein ausgezeichnetes Beispiel.«

Rancuzzi bemerkte, dass Carlton nun schon zum zweiten Mal Südafrika ins Spiel gebracht hatte, und stachelte die Diskussion weiter an. »Selbst wenn die Kirche sich auf die wenigen führenden Staaten konzentriert, was würden Sie denn vorschlagen? Wirtschaftliche Reformen? Politische? Soziale? Wie kann die Kirche diese Länder verändern?«, fragte er, an Azimbe gewandt.

»Ich glaube, die Kirche muss den afrikanischen Völkern einprägen, dass ihre Prinzipien nicht nur theoretisch, sondern auch praktisch anwendbar sind. Die Kirche muss zeigen, dass ihre Lehre von direktem Nutzen für die Menschen sein kann. Denn wenn sie der Lehre folgen und nicht ihren primitiven Instinkten, wird es ihnen besser gehen.«

Carlton hörte zu und überlegte, wie er die Rede auf Waterboer bringen sollte.

Azimbe beugte sich vor. »Die Kirche kann nicht nur durch die Predigt führen, sie muss ein gutes Beispiel geben. Wir leben nicht mehr in der Zeit des Kolonialismus, als das Wort der Kirche das Wort Gottes war. Heutzutage spricht die vielfältige Stimme der Medien: Zeitungen, Fernsehen, Radio. Und viele bedienen sich dieser Medien. Kein Mensch hört mehr zu. Also kann die Kirche ihrer Aufgabe nicht mehr gerecht werden, indem sie lediglich das Wort Gottes predigt. Sie kann nur noch mit gutem Beispiel vorangehen, nur dann folgen die Menschen. Das ist es, was die Kirche Afrika bieten muss.«

»Ein hervorragendes Argument, Exzellenz. Aber was für ein Beispiel meinen Sie genau? Meinen Sie die Leute, die von unseren fehlgeleiteten Brüdern im Orden der marxistischen Befreiungstheologie aufgehetzt wurden und daraufhin zu den Waffen griffen, um Großgrundbesitzer und Firmenchefs zu ermorden?«

»Natürlich nicht.«

Rancuzzi nickte und lehnte sich zurück; offenbar war er in seiner Überzeugung bestätigt worden.

»Ich will damit nur sagen, dass die Priester Sonntag für

Sonntag gegen die Sünde, gegen das Böse predigen. Du sollst nicht stehlen. Du sollst nicht töten. Du sollst nicht falsches Zeugnis ablegen. Aber danach kehren die Menschen in eine Welt zurück, wo der Druck zu töten, zu stehlen und zu lügen fast unerträglich ist. Also töten, stehlen und lügen sie. Verstehen Sie mich jetzt? Es reicht nicht, wenn die Kirche das Gute predigt und das Böse verdammt. Die Kirche muss den Menschen *zeigen,* dass sie ihr Los verbessern, indem sie sich dem Guten zuwenden.«

Carltons Ungeduld wuchs; angestrengt dachte er darüber nach, wie er ansetzen konnte, um die Rede auf Waterboer zu bringen.

»Wie sollte die Kirche das Ihrer Meinung nach anfangen? Was schlagen Sie vor?«, fragte Kardinal Benedetti.

Azimbe seufzte, senkte den Blick und flüsterte: »Ich bin sehr unsicher. Deshalb bin ich nach Rom gekommen. Ich hatte gehofft, meine politisch erfahrenen Brüder könnten vielleicht eine Lösung finden.«

Endlich sah Carlton eine Möglichkeit. »Das sehe ich auch so, Exzellenz. Man kann nur ein Beispiel geben und den Menschen zeigen, worauf es ankommt. Wenn Sie einem einfachen amerikanischen Laien seine Unwissenheit in diesen Dingen verzeihen wollen, möchte ich einen Vorschlag machen: Warum richtet die Kirche ihre Aufmerksamkeit nicht auf einen besonderen Konflikt, um dadurch Führung zu demonstrieren? Der lange Weg beginnt oft mit einem einzelnen, klug gesetzten Schritt.«

Rancuzzi lächelte. Ein einfacher, unwissender Laie war dieser Amerikaner gewiss nicht. »Ein interessanter Vorschlag, Mr Carlton. Denken Sie dabei an einen bestimmten Konflikt?«

Carlton musterte den Mann genau. »Wir haben ja bereits von dem letzten Bürgerkrieg in Südafrika gesprochen. Ein gutes Beispiel dafür, wie weiße Kolonialisten gegen die Eingeborenen vorgingen und später die Schwarzen gegen jene, die man dort als Farbige bezeichnet. Bürgerkrieg, Abspaltung, Sezession und Rassismus. Was wäre, wenn die Kirche diesen Dauerkonflikt beenden könnte? Würde man damit nicht das Ziel erreichen, das Bischof Azimbe anstrebt? Indem man das gute Beispiel der Kirche in einem schrecklichen Krieg nutzt, noch dazu in einem Land, das für Gesamtafrika so wichtig ist?«

Dem Amerikaner ging es immer noch um Südafrika, stellte Rancuzzi fest.

»Das stimmt«, pflichtete Azimbe ihm bei. »Aber nur zum Teil. Für die Kirche reicht es nicht, bloß ein positives Ergebnis zu erzielen. Das tut sie bereits täglich in Afrika und auf der ganzen Welt. Die Karmeliternonnen von Mutter Theresa zum Beispiel. Die Caritas und die katholischen Hilfsorganisationen und Missionare, die Lebensmittel verteilen, medizinische Versorgung bereitstellen und Schulen einrichten. Das alles wird bereits getan. Natürlich sind diese Dinge gut und wichtig. Sie geben ein Beispiel. Aber die Menschen erwarten das inzwischen von der Kirche, sie nehmen diese Dinge als gegeben hin. Das ist nichts Neues. Und außerdem riskiert die Kirche dabei nichts – sie setzt sich allenfalls der Gefahr von Angriffen fundamentalistischer Gruppen aus. Und sie investiert Geld.

Wenn die Kirche von ihrer Herde erwartet, dass sie ein Wagnis eingeht oder einen Verzicht leistet zum Wohle Gottes, muss auch die Kirche bereit sein, Risiken einzugehen. Sehen Sie doch nur, was der Heilige Vater in Zusammenarbeit mit Ihrem Präsidenten Reagan erreicht hat. Der Kommunismus wurde beseitigt, zuerst in Polen, dann in den übrigen osteuropäischen Staaten. Warum ist dieser Sieg so bedeutend? Weil die Menschen in diesen Ländern gemerkt haben, dass sie nicht allein ihr Leben riskieren. Die Kirche und der Heilige Vater selbst haben gewaltiges politisches Kapital investiert, gar nicht zu reden von den Geistlichen, die ihr Leben hingaben. Denken Sie an Pater Popieluszko, der von der polnischen Geheimpolizei gefoltert wurde. Die Menschen wussten sich in allen Wagnissen und Ängsten und Leiden mit der Kirche einig. Das gab ihnen die Kraft zum Handeln, das gab ihnen Mut und Hoffnung. Mit Predigten und Mildtätigkeit ist so etwas nicht zu erreichen.

Wir haben immer schon unser Leben für Christus und seine Botschaft geopfert. Davon zeugen die Reliquien von 25.000 Märtyrern im Petersdom. Diese christlichen Brüder hätten auch friedlich in ihrem Land bleiben und predigen können. In jüngerer Zeit haben viele Geistliche dasselbe getan. Denken Sie nur an unseren französischen Bruder Perboyre, der in China gefoltert und gekreuzigt wurde, weil er seinem Glauben nicht abschwören wollte. Auch heute noch werden Priester in China gefoltert, von einer unmenschlichen Diktatur, die mit Ihrer Regierung freundschaftliche Beziehungen unterhält, Mr Carlton, so Leid es mir tut, das sagen zu müssen. Denken Sie an unseren polnischen Bruder Maximilian Kolbe, der sein Leben in Auschwitz für eine jüdische Familie gab. Unsere französischen Mönchsbrüder, die in Algerien von islamischen Fundamentalisten gefoltert wurden. All dies sind Beispiele. Wenn die Kirche ihrer Mission wirklich treu bleiben will, muss sie Risiken eingehen. Ansonsten wird keiner mehr auf sie hören.«

»Aber was kann die Kirche in diesem Fall wagen, Exzellenz?«, fragte Rancuzzi.

»Wenn ich etwas sagen dürfte, Monsignore«, meldete Carlton sich zu Wort, dem es endlich gelungen war, die wichtige Verbindung zu ziehen. »Ich hätte vielleicht eine Lösung. Meinem beschränkten Wissen nach ist die Lage in Südafrika folgende: Die weiße rassistische Burenvolksfront verlangt ein separates Homeland, und zwar auf der Grundlage eines Versprechens der britischen Kolonialherren aus dem neunzehnten Jahrhundert. Da das reguläre Militär Südafrikas sich in einem Zustand der Auflösung befindet, ist es den Volksfrontlern bereits gelungen, den Oranjefreistaat zu besetzen.« Er schaute Benedetti an. Der Kardinal nickte kaum merklich.

Nun nahm Carlton kein Blatt mehr vor den Mund. »Wenn die

Volksfront in den Oranjefreistaat einmarschiert ist, liegt es dann nicht klar auf der Hand, dass sie mit Waterboer paktiert?«

»Waterboer?« Die Furcht in Azimbes Stimme war nicht zu überhören. »Warum glauben Sie das?«

Rancuzzi nickte; er hatte nun verstanden, worauf Carlton abzielte.

Der hatte sich schon gefragt, ob er übers Ziel hinausgeschossen war. Doch Benedettis kaum wahrnehmbares Zwinkern und Rancuzzis ungeteilte Aufmerksamkeit belehrten ihn eines Besseren. »Die Erfahrung hat mir gezeigt, dass Waterboer hinter fast jeder politischen Umwälzung in Ländern oder Regionen steht, in denen es Diamantlagerstätten gibt. Ob als aktiver Teilnehmer, als Drahtzieher im Hintergrund oder als neutraler Beobachter, hängt von der jeweiligen Situation ab. Mit schöner Regelmäßigkeit ermutigt Waterboer Konfliktparteien zum Bürgerkrieg, um missliebige Regimes zu stürzen, die Waterboers Interessen im Weg stehen. Oder Waterboer sorgt dafür, dass Bürgerkriege sich endlos hinziehen, indem es sowohl die von den Rebellen als auch die von der Regierung geförderten Diamanten aufkauft.

Das Muster wiederholt sich immer wieder: Rebellengruppen übernehmen Diamantenminen und verkaufen einige Diamanten an Waterboer. Die meisten Steine aber gehen an Händler und Mittelsmänner, auf die Waterboer keinen Einfluss hat. Waterboer hat den Preis für Diamanten so sehr in die Höhe getrieben, dass sowohl Rebellen als auch Regierungen die Steine für ein Vermögen verkaufen können anstatt zu dem Preis, den sie wirklich wert sind, nämlich so gut wie nichts. Deshalb bringen sie einander wegen der Diamanten um, denn deren Preis wird von Waterboer künstlich hoch gehalten. Warum sonst werden kleine Kinder ausgeschickt, um in Malariasümpfen nach den Steinen zu suchen? Mit dem zusätzlichen Risiko, auf eine Landmine zu treten? Doch die Rebellen nehmen dies alles in Kauf, streichen die Erträge ein, beschaffen sich Waffen, um die Minen zu schützen, und transferieren den Überschuss auf ihre Offshore-Konten. Waterboer kann sich nicht erlauben, dass der Markt plötzlich von Rohdiamanten überschwemmt wird, deshalb gibt dieses Unternehmen ein Vermögen aus, um sowohl die von Rebellen als auch von Regierungen geförderten Steine zu kaufen.

Vor kurzem waren Waterboers Kassen wegen der überhöhten Preise so leer, dass seine Marketinggenies – und es sind wirkliche Genies – beschlossen haben, die Aufkäufe von Rebellen ganz fallen zu lassen. Nachdem die UNO solche Diamanten geächtet hatte, begann Waterboer in meinem Land und in anderen Ländern mit der Unterstützung einer gewaltigen Medien- und Gesetzeskampagne, in der solche Diamanten als ›Blutdiamanten‹ oder ›Kriegsdiamanten‹ bezeichnet wurden. Es wurde gezeigt, wie Menschen von den Minen besitzenden Rebellen verstümmelt und ermordet wurden. Als die Story Wirkung zeigte und der Kauf von Blutdiamanten von Staatschefs auf der ganzen Welt verdammt wurde, legte Waterboer seine ›Gute-Nachbar-Platte‹ auf und verkündete, seine Diamanten seien auf keinen Fall Blutdiamanten, das werde durch Zertifikate bestätigt. Doch wer sonst sollte versichern, dass Diamanten ohne Verbrechen gegen die Menschlichkeit gefördert worden waren, wenn nicht Waterboer – als wäre dieses Unternehmen die einzige Instanz, die einem Stein ansehen könnte, ob Blut daran ist! Da aber niemand Diamanten kaufen will, an denen das Blut afrikanischer Kinder klebt, sahen die Rebellen sich plötzlich ihres Marktes beraubt. Und wieder einmal kontrolliert Waterboer die gesamten Diamantbestände, ohne fürchten zu müssen, dass ein Bürgerkrieg den Preis ins Bodenlose sinken lässt. Und das Unternehmen bekommt sogar noch ein Lob vom völlig übertölpelten Verbraucher. Überdies verhindern inzwischen gewisse Gesetze, dass Diamanten ohne Zertifikat verkauft werden.

Wie dem auch sei, ob Blutdiamanten oder saubere Steine, und ob Sie nun meiner Analyse zustimmen oder nicht – es ist doch logisch, dass Waterboer zumindest in den Konflikt im Oranjefreistaat verwickelt ist, meinen Sie nicht auch?« Er wartete nicht auf Zustimmung, sondern fuhr fort: »Der Oranjefreistaat hat die höchste Konzentration von Diamantlagerstätten in Südafrika. Waterboer ist viel zu mächtig, um zuzulassen, dass die Volksfront ohne seine Zustimmung einmarschiert und das Gebiet übernimmt. Waterboer kann es sich nicht leisten, seine Kontrolle über die Diamantenminen im Oranjefreistaat zu verlieren. Andererseits hat die Regierung Boiko Kartellgesetze in Vorbereitung, nach denen bestimmte Minen verstaatlicht werden sollen – und damit würde natürlich Waterboers Monopol in Südafrika letztendlich vernichtet.«

Rancuzzi saß vollkommen still da und lauschte angespannt. »Eine durchaus stichhaltige Analyse, *dottore.* Und welchen Schluss ziehen Sie daraus?«

»Waterboer und die Volksfront kämpfen denselben Krieg.«

Nun richtete Rancuzzi sich erstaunt auf. »Ehrlich gesagt ist es mir nie in den Sinn gekommen, hier eine Verbindung zu sehen.«

»Es ist bis jetzt auch nur eine begründete Vermutung. Ich habe keine anderen Beweise als die Logik. Doch wenn es stimmt, bietet diese Ausgangssituation ein fruchtbares Feld für den Vorschlag von Bischof Azimbe.«

»In welcher Weise?«, fragte der Bischof.

»Wir haben Südafrika, Ihr früheres Zaire, heute Kongo, dazu Angola, Botswana, Ghana, Sierra Leone, Tansania, die Zentralafrikanische Republik. Alle diese Länder bauen Diamanten ab. Ob sie gebildet sind oder nicht, die Menschen in diesen Ländern sind sich der Korruption und des Leids bewusst, das ihnen im vergangenen Jahrhundert auferlegt wurde, und zwar nicht nur von den Krieg führenden Parteien, sondern auch von Waterboer und den künstlich in die Höhe getriebenen Preisen für Rohdiamanten. Wenn die Kirche Waterboer einen vernichtenden Schlag versetzen könnte, einen Schlag, der in der Öffentlichkeit bekannt wird, und wenn es ihr gelingt, den Preis für die Steine herunterzudrücken, gäbe es keinen Grund mehr für rücksichtslosen Diamantabbau, und die Kriegsparteien würden nicht mehr um die Kontrolle über die Minen streiten. Damit wäre genau das erfüllt, was Bischof Azimbe vorgeschlagen hat.«

Nun endlich verstand Rancuzzi, warum Carlton nach Rom gekommen war. Geduldig wartete er, bis der Mann aus Amerika seine Darlegungen beendet hatte. »Eine ausgezeichnete Gelegenheit, Mr Carlton. Aber die zentrale Frage bleibt bestehen: Wie kann die Kirche Waterboer vernichten? Wie soll sie den Preis für Diamanten heruntersetzen? Das amerikanische Justizministerium versucht ja schon seit hundert Jahren, Waterboer vor Gericht zu stellen, doch ohne Erfolg. Waterboer ist und bleibt eine starke internationale Macht. Sie sind hier unter Freunden, *dottore.* Sagen Sie uns doch, was Sie denken.«

Monsignor Rancuzzi erinnerte Carlton stark an Forbes und weniger an einen Priester. Aber nun ging es nicht mehr um Diplomatie, die Kunst der *Romanita* hatte ausgespielt. »Ich glaube, meinen Ausführungen ist klar zu entnehmen, warum ich nach Rom gekommen bin und aus welchem Grund dieses Dinner anberaumt wurde. Meine Regierung kann und wird nicht zulassen, dass eine bestimmte gegenwärtige Entwicklung, an der Waterboer großen Anteil hat, ihren Fortgang nimmt.«

Jeder Anwesende verstand genau, was gemeint war. Die Regierung der Vereinigten Staaten wollte Waterboer vernichten.

»Um auf Monsignor Rancuzzis Frage zurückzukommen: Ich selbst wusste nicht, wie man es anstellen soll, Waterboer aus dem Rennen zu werfen.« Carlton blickte jeden der Männer am Tisch an. »Doch heute Nachmittag, glaube ich, habe ich eine Lösung gefunden.

Zwischen Anfang und Ende des Bürgerkriegs in Angola – dem beigelegten Konflikt, nicht dem neu entstandenen – wurden in diesem Land Diamanten im Wert von ungefähr sechzig Millionen Karat gefördert. Davon hat Waterboer fünfzig Millionen Karat erworben. Die verbleibenden zehn Millionen wurden von beiden Kriegsparteien verkauft, der MPLA und der UNITA. Aber nicht an Waterboer. Die Frage ist, an wen?«

Bedächtig zündete er seine Zigarre wieder an. Bald konnten die ohnehin nervösen Dinnergäste die Spannung nicht mehr ertragen. Die Rauchwolke hüllte Benedettis Kopf ein und verbarg seine extreme Blässe. Er wischte sich die feuchten Hände an seinem scharlachroten Talar ab. »Ist es denn von Bedeutung, wer die Diamanten gekauft hat?«, fragte er leicht verärgert.

»Ja, denn jemand anders als Waterboer muss diese zehn Millionen Karat gekauft haben. Fünf Millionen – also die Hälfte – wurden vielleicht von kleineren Händlern erworben, aber nicht die gesamten zehn Millionen. Das wäre ein viel zu großes Kontingent auf einmal. Außerdem liegen mir Zahlen zur Förderungsmenge und zur Verkaufsmenge vor, die beweisen, dass jene fünf Millionen Karat niemals veräußert worden sind. Wenn sie also nicht verkauft wurden, müssen sie irgendwo auf Halde gelegt worden sein. Würde man diese Diamanten finden und auf einmal auf den Weltmarkt bringen, könnte man Waterboer damit den tödlichen Schlag versetzen.« Carlton hob die Zigarre. »Ich weiß, diese Theorie kursiert schon seit Jahren. Aber so sicher, wie Gott kleine grüne Äpfel erschaffen hat: Jetzt ist es endlich möglich, sie in die Tat umzusetzen. Denn die Menge an Diamanten, die während des Bürgerkriegs in Angola über geheime Kanäle verkauft wurde, ist riesig.«

Azimbe nickte; er war sichtlich beeindruckt. »Und wenn Waterboer diesen Schlag erhält?«

»Dann würde das den Bürgerkrieg in Südafrika beenden, falls Waterboer tatsächlich der Hauptgeldgeber für die Volksfront ist, wie wir annehmen. Wenn der Diamantenpreis fällt wie ein Stein, gibt es keinen Grund mehr, warum Waterboer die Volksfront finanzieren sollte mit dem Ziel, einen unabhängigen Oranjefreistaat für den Konzern zu schaffen.«

»Aber wie passt die Kirche in dieses Bild?«, fragte Benedetti. »Ist es nicht Aufgabe der Kirche, Afrika und der Welt die wahre

Botschaft Jesu Christi zu zeigen? Angenommen, wir finden heraus, wer die Diamanten aus Angola besitzt – wie soll die Kirche an den Betreffenden herankommen? Sie nehmen an, dass die Steine dem Besitzer, wer immer es sein mag, gar nicht rechtmäßig gehören. Um offen zu sprechen, ist das wohl eher eine Aufgabe für Spione und Spezialkommandos als für die Geistlichen des Vatikans.«

»Vielleicht. Was die Kirche in diesem Fall tun kann, überlasse ich dem tüchtigen Mitarbeiter des vatikanischen Staatssekretärs und der Vatikanbank.«

73.

Die Beichte

Petersplatz
Vatikanstaat, 00.12 Uhr

In warmen Mänteln schritten Benedetti und Carlton die Kolonnaden am Petersplatz entlang, vorbei am Belvedere-Palast. Das Eis auf den Säulen funkelte im Mondlicht, und die Ewige Stadt schien in einen weltentrückten Glanz getaucht.

»Es hat mich beeindruckt, wie Sie das Gespräch auf Waterboer gelenkt haben. Wirklich sehr clever. So sehr Sie auch auf Unwissenheit plädierten, im Grunde haben Sie sich so gut geschlagen wie ein Diplomat des Vatikans. Besonders gegenüber unserem Monsignor Rancuzzi, der zwar die besten Absichten vertritt, aber ein wahrer Hai ist. Bravo!«

»Danke.«

Der Kardinal senkte die Stimme, als befürchtete er, von den Säulen belauscht zu werden. »Er hat beträchtlichen Einfluss auf den Staatssekretär und den Heiligen Vater.«

»Er ist scharf wie ein Diamantschneider. Ich frage mich, was er von meiner Theorie über die Diamanten aus Angola gehalten hat ... was sie *alle* davon gehalten haben.«

Benedetti schwieg eine Weile, bevor er antwortete. »Es spielt keine Rolle, was sie davon gehalten haben. Sie haben den Samen gesät. Das allein zählt im Moment.«

»Bei allem gebotenen Respekt, Eminenz, ich glaube nicht, dass wir in dieser Angelegenheit so viel Zeit haben, wie die *Romanita* normalerweise benötigt. Der Bürgerkrieg in Südafrika tobt weiter. Und durch unseren Einsatz in der Nordsee mögen wir zwar dem russischen Nationalismus einen schweren Schlag versetzt haben, aber nicht Waterboer.« Und um Scott Fress muss ich mich auch noch kümmern, fügte er im Stillen hinzu. Das aber konnte er dem Kardinal nicht sagen; es hätte ihn allerdings auch nicht gewundert, wenn Benedetti es längst wusste.

»Geduld, mein Sohn. Gott wird uns die Zeit geben. So, da sind wir schon.« Carlton stieg hinter Benedetti eine Marmortreppe hinauf. Sie gelangten vor ein Portal mit schweren Bronzetüren. Benedetti hätte auch den verborgenen Seiteneingang nehmen können, der unbewacht und rund um die Uhr geöffnet war, doch er legte Wert darauf, dass Carlton den Dom vom Haupteingang sah; nur von dort konnte die Pracht ihre volle Wirkung entfalten.

Ein Soldat der Vigilanza drehte sich zu ihnen um und wedelte mit den Armen. *»E chiuso.«* Geschlossen. Verärgert musterte er die dummen Touristen, die spätabends noch vor dem Dom herumschlenderten – dann aber fasste er den einen Mann, der näher kam, genauer ins Auge und wurde starr vor Überraschung. *»Scusi, Eminenza! Scusi, scusi!«* Eilig fuhr er zu den Bronzetüren herum, schloss auf, mühte sich mit einer schweren Tür ab und salutierte, als der Kirchenfürst und sein Gast den Dom betraten.

»*Grazie.* Mein Sohn – der Petersdom.«

Beide tauchten behutsam die Finger der rechten Hand in das

Weihwasserbecken, knieten und schlugen das Kreuzzeichen. Eine nach der anderen gingen unzählige Lampen an und erleuchteten die größte Kirche der Christenheit. Sprachlos stand Carlton da. Vom Hochaltar, der in einer normalen Kirche gerade mal zwanzig Meter vom Portal entfernt war, trennte ihn hier die Länge eines Fußballfeldes. Er legte den Kopf in den Nacken und blickte ehrfürchtig staunend zur mit Gold eingelegten Decke, die höher war als die meisten Kirchtürme.

Schweigend und mit einem Anflug von Neid beobachtete Benedetti den jungen Amerikaner. Carlton schritt durch das Mittelschiff zum gewaltigen *baldachino,* der von Berninis vier geschwungenen Bronzesäulen getragen wurde und den Päpstlichen Altar beschirmte. Die Szene versetzte den ältlichen Kardinal in eine längst vergangene Zeit, als er zum ersten Mal als junger Priester durch das Mittelschiff des Petersdoms gegangen war, von der Macht und Größe des Gotteshauses förmlich erschlagen. Wie er stundenlang durch die Kirche gewandert war und jedes Standbild betrachtet, jede Inschrift studiert hatte. Das mit Edelsteinen besetzte goldene Kruzifix, das er über dem Altar zu finden erwartete, hatte sich als schlichte weiße Taube erwiesen, die vor einem gelben Bleiglasfenster schwebte: Das Zeichen des Heiligen Geistes, der der Menschheit den Frieden brachte. Alle Zweifel, die Benedetti bezüglich seiner Berufung zum Priester gehegt hatte, waren vor dieser Taube hinfällig geworden.

Nun folgte Benedetti dem jungen Amerikaner durch das Langschiff, bis sie vor dem Päpstlichen Altar standen, hundertneunzehn Meter unter der prachtvollen Kuppel. »Das ist der Altar des heiligen Petrus«, erklärte Benedetti und kam damit Carltons Frage zuvor. »Nur sein Nachfolger, der Heilige Vater, darf hier die Messe lesen.« Er deutete auf ein Goldkästchen, das mit Stein überzogen war und in tiefem Gelb glühte. »Die Reliquien von Sankt Peter, dem ersten Papst.«

In einer kleineren Kirche wären die Worte von einem Echo zurückgeworfen worden, doch in der gewaltigen Weite des

Doms wurden sämtliche Laute verschluckt. Benedetti beobachtete, wie Carlton ehrfürchtig vor dem Päpstlichen Altar niederkniete und zu beten begann. Allein schritt er weiter zum Hochaltar, kniete in einer der dunklen Bankreihen unter der weißen Taube nieder und holte einen Rosenkranz aus der Tasche. Seit dem Tag seiner Priesterweihe hatte diese Kette aus einfachen Fichtenholzkugeln und grobem Garn Benedetti begleitet.

Er schlug das Kreuzzeichen und neigte den Kopf. *Pater noster, qui es in caelis, sanctificetur nomen tuum.*

Nachdem er fünfmal zehn Perlen gebetet hatte, stand Benedetti nicht auf, sondern verharrte in der Ehrfurcht gebietenden Stille des Doms. Carlton hat Recht, dachte er. Die Zeit läuft uns davon. Bald schon werden Kontoberichte und Akten und Safes der Banco Napolitana Lucchese von der Guarda di Finanza untersucht werden, weil sie nach Beweisen gegen Arcangelo suchen. Dann finden sie auch die Diamanten des verstorbenen Kardinals Altiplano im Schließfach seines Ordens.

Benedetti stand auf, steckte den Rosenkranz ein und ging zum Papstaltar zurück. Dort kniete Carlton immer noch. Seit einer halben Stunde hielt er den Kopf in demütiger Hingabe gesenkt. Mit gedämpfter Stimme betete er das Vaterunser, das Ave Maria und die Fürbitten. Er hörte Benedettis Schritte nicht einmal. Der war von dem schlichten Glauben des jungen Amerikaners tief berührt. Im Grunde waren Kirche und Religion eins: Das Wichtigste war der Glaube.

Wie der Anblick der weißen Taube über dem Hochaltar vor so vielen Jahren, wischte auch der Anblick des demütig betenden Carlton Benedettis Zweifel beiseite. Er schaute zu der weißen Taube auf und nickte.

Gratia Deo.

Benedetti kniete neben Carlton und stupste ihn leicht an.

Carlton drehte sich erschrocken um. »Eminenz ...?«

Der Kardinal holte tief Luft. »Nun, da wir beide gebetet haben, muss ich Ihnen etwas beichten.«

Carlton lächelte. »Sollte das nicht eher andersherum sein?«

»Nein.« Der Kardinal wandte den Blick von Carltons lachenden Augen ab. »Ich habe gelogen, mein Sohn.«

Carlton wartete gespannt.

»Als Sie mich heute Morgen nach einem Diamantenbestand fragten, habe ich Ihnen geantwortet, dass so etwas bei der Vatikanbank undenkbar ist.«

»Ja.«

»Das stimmte im Grunde auch, war aber dennoch eine Lüge.«

Carlton blickte den Kardinal fragend an.

»Die Vatikanbank hat keine Diamanten gekauft, den Verkauf auch nicht gestattet. Aber ein Kirchenbeamter hat es getan. Ohne Zertifikat. Die Diamanten wurden in Angola erworben. Und es waren nicht fünf Millionen Karat, sondern neun Millionen.«

Carlton riss vor Staunen die Augen weit auf.

Benedetti nickte langsam und zerrte an dem schweren goldenen Kreuz, das er um den Hals trug. »Verzeihen Sie mir.«

74.

Die Erklärung

Piazza del Popolo
Rom, 10.01 Uhr

In seinem behaglichen Kaschmirmantel – auch ein Geschenk von MacLean – trat Carlton aus dem Hotel, stieg die Spanische Treppe hinab, wandte sich auf der Piazza di Spagna nach rechts und ging zwei Querstraßen weiter zur Piazza del Popolo. Der Platz war dicht bevölkert, selbst an einem so kalten und grauen Wintermorgen. Carlton blickte sich um und entdeckte den Namen »Rosati« auf einer rosafarbenen Markise. Die Hände tief in den Taschen vergraben, ging er zu dem Café. Sowohl die eingefriedete Terrasse als auch das Café selbst waren voller schick gekleideter Gäste, die sich angeregt unterhielten. Es roch nach Espresso und Zigarettenrauch. Kardinal Benedetti saß an einem Ecktisch, trug Zivil und hatte zum Schutz eine Wehr von vier leeren Tischen um sich aufgebaut, auf denen Kärtchen mit der Aufschrift *Riservato* standen.

Carlton rieb sich die Hände und hielt sie vor den Mund, um sie zu wärmen. Er nahm zur Rechten Benedettis Platz. »Nicht dass ich etwas gegen einen kleinen Spaziergang hätte, aber es ist ziemlich eisig draußen.« Er unterdrückte das ehrerbietige »Eminenz«, das hier nur unnötig Aufsehen erregt hätte.

Benedetti beugte sich zu Carlton vor. »Es tut mir Leid, wenn ich Ihnen Unannehmlichkeiten bereite, aber in meinem Amtszimmer und in meiner Wohnung haben die Wände Ohren.« Er wies auf seine Kleidung. »Hier ist es sicherer.«

»Und die Leute da?«, fragte Carlton und wies mit dem Kinn auf die anderen Gäste. Gleichzeitig streifte er den Mantel ab und reichte ihn einem ehrerbietigen Ober in weißem Jackett.

»Ich sage Ihnen, hier ist es sicherer als im Vatikan. Außerdem wird Stefano darauf achten, dass die Tische vor uns nicht besetzt werden.« Benedetti blickte den Ober an. *»Due espressi per favore*, Stefano.«

»Va bene. Grazie, Eminenza.« Der Mann deutete eine Verneigung an und warf Carlton einen neugierigen Blick zu, bevor er die Bestellung an der Theke aufgab.

Wieder beugte Benedetti sich vor. »Nun, was die Steine angeht ...« Er wirkte sehr nervös. Carlton bemerkte die tiefen Falten, die sorgenvolle Jahre um Benedettis Augen gegraben hatten – Sorgen, die sein Amt ihm eingebracht hatte: die Leitung des Instituts für die Werke der Religion – die Vatikanbank. »Sie wollten mir Fragen stellen. Tun Sie's.«

»Das Warum und das Wo wäre ein guter Anfang«, meinte

Carlton. »Obwohl ich im Moment ehrlich gesagt eher am Wo interessiert bin.«

»Beides ist eng miteinander verbunden. Wie bei den Steinen, die Sie auf den Grund der Nordsee versenkt haben, stand eine Absicht hinter den gewaltigen Diamantenkäufen des Vatikans. Natürlich waren die Käufe nicht vom Vatikan sanktioniert, das wäre ja Wahnsinn gewesen. Doch eine Absicht stand sehr wohl dahinter. Wie Sie bereits erwähnten, hatte der Ausbruch des Bürgerkriegs in Angola der zentralen Kontrolle über die Minen ein Ende bereitet. Und wir reden hier von dutzenden Diamantenminen. Sowohl MPLA als auch UNITA wollten die Kontrolle übernehmen. Das wiederum gab Schürfern, Händlern und Schmugglern Gelegenheit, sich Steine anzueignen und an jeden Beliebigen zu verkaufen, ohne sich an die ursprünglichen Verträge Angolas mit Waterboer zu halten.«

»Und sie verkauften an jemand im Vatikan, der zahlungswillig war.«

»Ja.«

»Wer könnte denn ...«

»Kardinal Altiplano, Vorsitzender des so genannten Ordens. Einer der ältesten und berühmtesten Orden der katholischen Kirche. Er hat Vermögensreserven umgeleitet, die für Krankenhäuser, Universitäten und Missionen bestimmt waren, um mit diesem Geld die Diamanten zu kaufen.«

»Aber warum? Und wie hat er das angestellt? Ich verstehe das nicht. Sie sagten doch, die Kirche stünde bereits am Rande des Bankrotts. Wie hat Altiplano es geschafft, das Geld zu bekommen?«

»Er wollte, dass der Orden der Amtskirche seine Glaubensgrundsätze aufzwingt, denn er war der festen Überzeugung, nur dieser Glaube könne die Kirche retten. Vielleicht hat er sich für einen Propheten gehalten. Tatsächlich waren das auch die fragwürdigen Grundsätze von Altiplanos Vorgängern, die dem Heiligen Vater nicht nur im Grundsatz widersprachen, sondern sogar die Rechtmäßigkeit des Heiligen Stuhls in Frage stellten. Mehr als zweihundert Jahre lang. Der Unterschied ist der, dass Altiplanos Vorgänger diesen Krieg um die Doktrin nur auf intellektueller Ebene ausfochten. Altiplano jedoch wollte der Kirche diese Lehre aufzwingen. Und deshalb hielt er es für notwendig, selbst der Nachfolger des heiligen Petrus zu werden. Er wollte sich zum Papst wählen lassen, wollte mit den Diamanten das Kardinalskollegium bestechen, damit er im nächsten Konklave zum Heiligen Vater gewählt würde. Wäre er erst einmal Papst, könnte Altiplano die Machtstruktur der Kirche und ihre Lehre von innen heraus zerstören. Die Kirchenfürsten und ihre treuen Gefolgsleute konnten dann zwar anderer Meinung sein und die Kirche verlassen – wie es im Mittelalter geschah, als ein Gegenpapst gewählt wurde –, aber die Kirche und ihre Lehre hätten damit unwiderruflichen Schaden erlitten.«

Carlton blickte ihn ungläubig an.

»Ich weiß, wie verrückt das klingt. Ist es ja auch. Heutzutage jedenfalls. Aber solche Dinge sind in der Vergangenheit geschehen. Zur Zeit der Borgias zum Beispiel war es gang und gäbe, dass Kardinäle einander mit Ländereien und Titeln bestachen, um Papst zu werden.«

»Dann stellt sich die Frage«, sagte Carlton, »was wir als Nächstes tun sollen. Wollen Sie die Diamanten an Waterboer verkaufen? Das würde Waterboer nur noch stärker machen. Die Kirche aber würde ihr Geld wiederbekommen, vielleicht sogar noch einen Gewinn machen, wenn sie ihre Karten richtig ausspielt. Als Leiter der Vatikanbank könnten Sie der Angelegenheit einen legitimen Anstrich geben, indem Sie hervorheben, dass es eine lukrative Investition war. Sie könnten herausstreichen, wie viel Geld Sie der Kirche damit eingebracht haben.«

Benedetti schüttelte den Kopf. »Nein. Wie Sie schon sagten – das würde Waterboer nur stärker machen. Ich habe zwar an den Folgen eines Skandals zu tragen, mit dem ich nichts zu tun hatte, aber ich werde zu seiner Bereinigung keineswegs einen Pakt mit dem Teufel eingehen. Nein.« Sein Stuhl knarrte, als er sich zurücklehnte. »Ich habe lange und gründlich darüber nachgedacht, was Azimbe gestern Abend gesagt hat. Im Grunde denke ich schon länger darüber nach. Aber nie bot sich die Gelegenheit. Die Kirche kann nur ein gutes Beispiel setzen, wenn sie etwas riskiert. Deshalb muss die Kirche diese Diamanten, diesen Schatz, so einsetzen, dass er möglichst vielen Menschen zu Gute kommt.« Benedetti hoffte überdies, dass die Kirche sich vor dem Skandal retten könne, wenn bekannt wurde, dass die Diamanten von vornherein für einen humanitären Zweck erworben worden waren.

Der Ober erschien mit zwei winzigen Espressotassen und stellte sie auf den Tisch. Er faltete die Rechnung zusammen und schob sie unter Carltons Untertasse. Soweit er unterrichtet war, musste der Kardinal ohnehin nicht bezahlen.

»*Grazie*, Stefano.«

»*A lei. Prego, Eminenza.*«

Carlton nahm ein Stück Zucker, rührte mit dem winzigen Löffel um und nippte am Espresso. »Wenn Sie die Diamanten nicht an Waterboer verkaufen, haben Sie verschiedene Möglichkeiten: Sie können sie behalten, was allerdings niemandem nützt. Sie können sie an andere verkaufen – das aber macht keinen Sinn, weil Waterboer jeden Preis überbieten würde. Oder Sie verschenken die Steine. Das würde Waterboer natürlich nicht zerstören – Waterboer ist viel zu stark, als dass neun Millionen Karat, die plötzlich auf dem Weltmarkt auftauchen, den Konzern vernichten könnten. Aber es könnte dem Bürgerkrieg in Südafrika ein Ende bereiten – falls Waterboer tatsächlich die Burenvolksfront unterstützt. Vielleicht würde es das Ende der Diktatur im Kongo bedeuten. Vielleicht auch die von Waterboer erzwungene Kinderarbeit in Indien. Doch was auch dabei herauskommen mag, das Wichtigste ist, dass die Kirche, so abfällig sie auch in der säkularen Welt beurteilt wird, ebendieser Welt zeigt, dass sie nicht nur eine starke Macht gegen das Böse ist, sondern auch eine Institution, die ihre Macht gegen das Böse *einsetzt.* Und zwar zum Wohle aller Menschen, nicht nur der Katholiken und der anderen Christen.« Carlton leerte seine Tasse und lehnte sich im Stuhl zurück. »Aus diesen Gründen müssen Sie den Gesamtbestand auf einmal auf den Markt werfen.«

»*Sì.* Sie hatten Recht, als Sie gestern Abend diese Strategie vorschlugen. Eine einfache Idee, das stimmt«, Benedetti hob mahnend einen Finger, »aber keinesfalls simpel. Man hat oft darüber geredet, mit einer großen Menge Diamanten den Markt zu überschwemmen, doch es wurde nie getan. Die menschliche Gier steht dem entgegen. In der Vergangenheit hat es immer damit geendet, dass Waterboer die Diamanten, mit denen der Markt überschwemmt werden sollte, gegen ein Aufgeld erworben hat. Das Problem ist nicht, ob wir die Diamanten auf den Markt werfen sollen, sondern *wie* wir es anstellen.«

»Also holen wir die Steine aus der Versenkung und überschwemmen den Markt.« Carlton verspürte unendliche Erleichterung. Er hatte herausgefunden, wo die Diamanten waren und wer die Hand darauf hielt – und die Kirche hatte soeben ihr Einverständnis zu seinem Plan gegeben. Mission erfüllt. »Verglichen mit unserem Einsatz in der Nordsee ist das ein Kinderspiel.«

»Nein.« Wieder schüttelte Benedetti mahnend den Finger. »Sie verstehen das Problem nicht. Wir müssen erst einmal an die Diamanten herankommen. Sie befinden sich hier in Rom – aber in einem Tresor der Banco Napolitana Lucchese. Das ist genau die Bank, bei der Don Arcangelo, das Oberhaupt eines mächtigen sizilianischen Mafiaclans, seine Gelder deponiert. Kürzlich hat er einen großen Teil seiner Erpressungs- und Drogengelder sowie Einnahmen aus der Prostitution auf sein Konto überwiesen. Außerdem heißt es, dass in dieser Bank Computeraufzeichnungen über viele wichtige Mafiageschäfte gespeichert sind. Diese Information haben wir einem der so genannten neuen Politiker Siziliens zu verdanken, einem anscheinend unbestechlichen Kämpfer gegen die Mafia, Orlando Leonida. Er hat ein Gesetz beantragt, das die GDF, die Guarda di Finanza, dazu ermächtigt, die Bank zu versiegeln. Und in eben dieser Bank liegen die Diamanten. Wir können sie nicht herausholen, weil die Bank versiegelt ist. Nichts und niemand darf ohne richterlichen Befehl die Bank betreten. Und nun kann es jeden Tag so weit sein, dass Leonida die erforderliche Ermächtigung erhält, damit die GDF die gesamte Bank mit einem Kamm – wie sagt Ihr Amerikaner? – mit kleinen Zähnen durchkämmt.«

»Mit einem feinzackigen Kamm.« Carlton stieß einen Seufzer aus, während er sich die neuerlichen Schwierigkeiten vorstellte. »Ich verstehe. Der richterliche Befehl ermächtigt die GDF, in sämtliche Tresore zu schauen, und dann werden sie die Diamanten finden. Da die Steine in einem Tresor liegen, der Altiplano gehörte oder einem seiner Mittelsmänner, führt die Spur unweigerlich zur Kirche.«

»*Esatto.* Und das wird nicht nur einen riesigen Skandal heraufbeschwören, sondern innerkirchliche Auseinandersetzungen hervorrufen. Sobald die Kardinäle von den Diamanten erfahren, kommt jeder mit einem anderen Plan. Eine Unmenge Komitees werden gegründet. Und es wird unmöglich, der Diamanten noch habhaft zu werden und unseren soeben besprochenen Plan durchzuführen.« Benedetti leerte die winzige Espressotasse.

»Also müssen wir die Diamanten aus der Bank schaffen, bevor die GDF die Tresore durchsucht. Können Sie nicht einfach die GDF um Erlaubnis bitten? Immerhin ist der Vatikan ein souveräner Staat, und Sie sind der Chef seiner Bank. Können Sie nicht einfach befehlen, dass wir die Diamanten herausschaffen?«

»Theoretisch ja. Aber da es um sehr viel Geld geht und die Kirche in die Angelegenheit verwickelt ist, haben noch andere ein Wort mitzureden, und die Rechtstheorie hat dann nicht mehr viel zu besagen.«

»Verstehe«, sagte Carlton. »Die GDF würde einen gewaltigen

Preis verlangen, wenn die Kirche die Diamanten herausschaffen will.«

»*Sì.* Und viele Leute würden davon erfahren. Selbst wenn die GDF uns Vertraulichkeit zusichert, wäre ein Skandal fast unvermeidlich.«

Carlton blickte den Kardinal aufmerksam an. Er wollte ihn nicht beleidigen, aber er musste fragen. Nicht um seine Neugier zu befriedigen, sondern um der Sache willen. »Natürlich steht es mir nicht an, diese Frage zu stellen, Eminenz, aber ... haben Sie eigentlich den Heiligen Vater von dieser Sache unterrichtet?«

Benedetti schaute auf seine leere Tasse und seufzte. »Noch nicht. Aber ich muss es tun. Diesen Tag habe ich gefürchtet, seit ich Altiplanos Aufzeichnungen entdeckte. Und nun ist dieser Tag gekommen. Das ist umso schlimmer, als ich dem Heiligen Vater diese Neuigkeiten in seiner derzeit schlechten gesundheitlichen Verfassung mitteilen muss, und ohne eine Lösung parat zu haben.« Sein Gesicht verzog sich vor Trauer, dann glätteten sich die Falten wieder. »Es ist schon seltsam, nicht wahr? Endlich könnte die Kirche mit einem Schatz etwas Gutes tun, doch nun kommt sie wegen der Mafia nicht an die Diamanten heran. Wieder einmal steht das Böse dem Willen zum Guten entgegen.«

Carlton dachte eine Weile mit geschlossenen Augen nach. Schließlich sah er auf und fuhr sich mit der Hand übers Kinn. »Es gäbe da vielleicht eine Lösung.«

»Und welche?«, fragte Benedetti gespannt.

»Nun, es geht doch darum, die Diamanten herauszuschaffen, ohne dass die GDF Wind davon bekommt und bevor sie mit dem Durchkämmen sämtlicher Tresore beginnt. Es gibt doch noch eine Person, die genauso dringend in die Bank möchte wie Sie, nicht wahr?«

»Don Arcangelo. Sicher, aber an ihn kommen wir nicht heran.«

»Stimmt. Aber ich wüsste jemanden, der es schaffen könnte.«

75.

Der Verrat

Acquasanta, Sizilien, 13.35 Uhr

Leutnant Cristina Petronelli von der Guarda di Finanza sah nicht besonders gut aus, war dafür aber ungewöhnlich gierig. Die Mittzwanzigerin hatte wenig Lust, auf die nach Verdienst gestaffelten Beförderungen zu warten. Signorina Petronelli war nicht übermäßig intelligent, aber selbst sie begriff, dass die Bestechungsgelder, auf die sie es abgesehen hatte, erst nach einer ganzen Reihe von Beförderungen erlangt werden konnten. Doch die schwarzhaarige Frau mit dem Schmollmund und den schlechten Manieren hatte ein heißes Eisen im Feuer: ihren derzeitigen Posten. Cristina Petronelli war für die Bewachung der versiegelten römischen Zentrale der Banco Napolitana Lucchese zuständig.

Heute hatte sie ihre Uniform zu Hause gelassen. Erstens war es ihr freier Tag. Zweitens wäre es äußerst unklug, in Uniform gesehen zu werden, wenn sie eine Verabredung mit einem der korruptesten Paten von ganz Europa hatte. Als sie die wuchtige Treppe des Villa Igea Grand Hotels hinaufstieg, spürte sie weder Furcht noch Vorahnung. Zwei Männer starrten sie an, als sie die prächtig ausgestattete Halle betrat. Cristina Petronelli lächelte, denn sie glaubte, die beiden Leibwächter hätten Interesse an ihr. Vor allem aber dachte sie an Geld: Für das, was sie tun sollte, würde der Don sie fürstlich bezahlen. Sie sah ihn sofort, als sie den Innenhof voller Oleander und Jasmin betrat. Der Don saß unter einer hohen Palme; um ihn her standen seine Leibwächter. Einer der Männer – ein Bursche namens Enzo, der Chef der Bodyguards des Paten – kam auf Christina zu, bedeutete ihr mit einer herrischen Geste, stehen zu bleiben, und durchsuchte sie fachmännisch nach Waffen. Als er nichts fand, führte er sie zu einem Stuhl, der dem breitschultrigen Don gegenüberstand. Cristina blieb stehen, während der Mafiaboss sie prüfend musterte. Nach endlos erscheinenden Sekunden lächelte er. *»Buon giorno, signorina«*, grüßte er, ohne aufzustehen, und wies auf den Stuhl. *»Prego.«*

»Sì«, erwiderte Cristina knapp und setzte sich.

Der Don, der eine derartige Respektlosigkeit nicht gewöhnt war, starrte sie finster an. »*Grazie,* Don Arcangelo«, sagte er betont langsam, als brächte er einem kleinen Kind Benehmen bei.

Der Blick des Mannes ließ Cristina frösteln. Dann wiederholte sie folgsam dessen Worte.

Don Arcangelo nickte zufrieden und lehnte sich zurück. »*Bene.* Sagen Sie, *signorina,* lieben Sie Ihren Job?«

»Überhaupt nicht.«

»Und warum nicht?« Er wandte sich an den Kellner. »Alfredo, bring uns Regaleali. Und ein Glas für die *signorina*.«

»Ich möchte keinen ... es tut mir Leid, Don Arcangelo, aber ich trinke keinen Wein.«

»Unsinn«, sagte der Don und musterte sie frostig. »Der Wein wird Ihnen schmecken.« Es klang wie ein Vorschlag, aber Cristina spürte ganz genau, dass es ein Befehl war. Sie begann zu schwitzen.

»Und warum mögen Sie Ihren Job nicht?«, fragte der Don.

»Ich verdiene nicht genug, Don Arcangelo.«

Der Don seufzte und nickte, als hätte er aufrichtig Mitleid. »*Sì.* Vielleicht können wir etwas für Sie tun.«

»Was soll ich für *Sie* tun, Don Arcangelo?«, brach es aus Cristina heraus.

»Diese ungeduldige Jugend, kommt immer gleich zur Sache.« Der Pate wedelte mir der Hand. »*Piano, piano.* Sie müssen lernen, mehr Geduld zu haben. Alles zu seiner Zeit.«

»*Sì,* Don Arcangelo.«

»Nun denn, da Sie so ungeduldig sind, werde ich Ihnen sofort sagen, was Sie für mich tun können.« Er sprach mit leiser Stimme, leicht vorgebeugt.

Cristina beugte sich ebenfalls vor. Beim Gedanken an den Verdienst leckte sie sich die Lippen. »Ja?«

»Ich kann Ihnen die Aufgabe nur dann anvertrauen, wenn Sie mir zusagen, dass Sie sie auch erfüllen.«

»Aber wie kann ich das zusagen, wenn ich nicht weiß, worum es sich handelt?«

»Ich kann Ihnen nur so viel verraten, dass es 250.000 Euro einbringt.«

Cristina riss die Augen auf und wollte etwas erwidern, brachte aber kein Wort heraus.

»Nehmen Sie an? Habe ich Ihr Wort, dass Sie zusagen, wenn ich Ihnen den Auftrag erteile?«

»Ja, natürlich. Ich nehme an. Von ganzem Herzen, Don Arcangelo.«

»Schön. Sie sollen die Hintertür der Banco Napolitana Lucchese öffnen. Dort warten meine Männer. Sie werden Ihnen ein paar Dinge geben, darunter ein Handy, das Sie an einer bestimmten Stelle im Gebäude platzieren. Dann gehen Sie wie gewöhnlich am Ende Ihrer Schicht.«

Petronelli starrte den Paten an. So einfach war das? Diesen Job hätte sie für viel weniger gemacht. Aber das würde sie dem Don natürlich nicht erzählen. Und obwohl sie wusste, dass der Grund für die Schließung der Bank Bürgermeister Leonidas Verfahren gegen Don Arcangelo war, würde sie keinesfalls fragen, was man mit diesem Handy und den anderen Dingen in der Bank anstellen wollte. »Ja, gewiss, Don Arcangelo. Und wann soll das geschehen?«

»Bald, *signorina.* Bald. Meine Männer wissen, wo Sie wohnen. Sie werden Verbindung mit Ihnen aufnehmen. Und da Sie solche Eile haben, dürfen Sie jetzt gehen.«

»*Grazie, Don Arcangelo. Grazie.*« Sie beugte sich hinab, um seine Hand zu küssen, doch der Pate schob sie in seine Jackentasche.

»Buona sera, signorina. Grazie.«

»Buona sera, Don Arcangelo. E grazie a lei.«

Cristina stand auf und verließ den Palmenhof mit einem Lächeln; sie wusste, wenn sie den Auftrag zur Zufriedenheit des Don erledigte, würden andere Aufträge folgen, und noch mehr Geld. Dann konnte sie sich in ein paar Jahren zur Ruhe setzen und das tun, was ihr am besten gefiel: faulenzen. Sie würde sich ein Haus an der Küste bei Amalfi kaufen und den ganzen Tag schlemmen. Und sie würde nicht nach Männern Ausschau halten müssen – sie würde sich die Kerle kaufen.

Don Arcangelo sah ihr nach, als sie zwischen Palmen, Jasmin und Oleander verschwand. »Was meinst du, Enzo?«, fragte er, ohne den Kopf zu drehen.

Der Mann dachte kurz nach. »Sie ist eine Ratte, Don Arcangelo. Ihre Miene, als Sie ihr sagten, wie viel sie verdienen kann ... für das Geld hätte sie alles getan. Man kann ihr nicht vertrauen.«

Don Arcangelo dachte einige Sekunden über das Urteil nach, während er immer noch in die Richtung schaute, in der die junge Frau verschwunden war. »Du wirst mit der Zeit immer klüger, Enzo. Du hast Recht. Sie ist eine Ratte. Ein bisschen Gier ist annehmbar, das kann man verstehen. Wir sind alle nur Menschen, und jeder von uns möchte ein etwas größeres Stück vom Kuchen. Aber wenn jemand *so* gierig ist, stellt er eine Gefahr dar.« Angewidert schüttelte er den Kopf. »Du kennst ja das Sprichwort.«

»Welches Sprichwort, Don Arcangelo?«

»Man mästet die Schweine, um sie zu schlachten.«

Enzo verstand.

Arcangelo erhob sich und tippte seinem Chefleibwächter auf die Brust. »Aber warte damit, bis sie den Auftrag erledigt hat, ja?«

76.

Der Verbündete

Villa Forza
In der Nähe von Palermo, Sizilien, 11.54 Uhr

Mit Leichtigkeit nahm der Alfa Romeo mit den getönten Scheiben die engen Kehren der sizilianischen Bergstraße. Um unnötiges Aufsehen zu vermeiden, hatte man die Nummernschilder des Vatikans gegen Kennzeichen von Palermo ausgetauscht. Das Ziel der Fahrt war ein einsames Herrenhaus auf dem Monte Pellegrino, gut verborgen hinter alten schmiedeeisernen Toren. Ein unrasierter Mann, in Schwarz gekleidet wie ein Bauer, befahl dem Fahrer, zu halten. Dann ging er zum Beifahrerfenster, wobei er gar nicht erst versuchte, die Beretta-Maschinenpistole zu verbergen, die er vor der Brust trug.

»Patrick Carlton«, sagte Carlton ruhig.

Der Wächter öffnete den Wagenschlag und bedeutete ihm auszusteigen. Carlton kam der Aufforderung nach und blinzelte, als die grelle Sonne ihn in die Augen stach. Ein weiterer Wächter gesellte sich zum ersten und durchsuchte Carlton rasch und gründlich. Mit einem Nicken gab er zu verstehen, dass er keine Waffen bei sich trug. Der andere Wächter öffnete das schwere Tor und winkte den Wagen durch.

Die Villa Forza, von einem der unzähligen Prinzen, Herzöge, Grafen oder Barone erbaut, die das Sizilien des achtzehnten Jahrhunderts beherrscht hatten, war ein erstaunliches Beispiel für die gelungene Restaurierung eines alten Bauwerks. Hinter den Außenmauern sah der Palazzo genauso aus wie vor zweihundertfünfzig Jahren. Die ockergelbe Tünche war mit weißen Leisten verziert, Fenster blitzten in regelmäßigen Abständen hinter schmiedeeisernen Gittern. Carlton folgte einem wortkargen Wächter an langen Reihen Topfpalmen vorbei, die den Weg zwischen Rasenflächen mit Pinien säumten. Wasser murmelte und sprudelte in moosbewachsenen Brunnen. Bewaffnete Leibwächter und Gärtner tummelten sich unter der sengenden Sonne des sizilianischen Sommers. Carltons Führer hielt vor einer reich verzierten Holztür. Sie schien dick genug, um die Heerscharen von Karthagern, Römern, Griechen, Arabern, Normannen, Franzosen und Spaniern fern halten zu können, die Sizilien im Laufe der Jahrhunderte erobert hatten. Der Wächter übergab seinen Schützling einem wartenden Diener und verschwand ohne ein Wort.

»Sie werden erwartet. Wenn Sie mir bitte folgen wollen«, sagte der Diener mit starkem sizilianischen Akzent.

Der Bedienstete, der mit seiner weißen Krawatte, den weißen Frackschößen und Handschuhen dem Diener in der Vatikanbank glich, führte Carlton in die wohltuende Kühle der inneren Halle und einen prächtigen Korridor entlang. Das Schaf wird in die Höhle des Wolfes geführt, dachte Carlton. Er bewunderte die römischen Plastiken und die Renaissancegemälde, die den Flur zierten. Vermutlich waren es sämtlich Originale. Der Diener klopfte einmal kurz, dann öffnete er eine vergoldete Doppeltür und verneigte sich leicht vor Carlton. Er betrat den großen Salon, und der Diener schloss die Tür hinter ihm.

Carlton staunte beim Anblick des feudalen Empfangszimmers. Zuerst fielen ihm die zahlreichen Rokokomöbel ins Auge. Vergoldete Deckenfriese leuchteten im gleißenden Sonnenlicht, das durch zwei hohe Fenster fiel. Auf dem zweiten Balkon saß ein Mann in einem Ledersessel, nahm ein Sonnenbad und betrachtete mit zusammengekniffenen Augen die Straßen von Palermo, die weit unter ihm im Sonnenglast lagen. Im Profil sah man seine große Nase und das dünne, fast weiße Haar. Als Carlton durch den Salon zu ihm ging, wandte er sich um. Beim Näherkommen sah Carlton, dass der Mann Mitte siebzig sein musste. Sein rundes Gesicht, der untersetzte Leib und die lässige, fast schäbige Kleidung ließen ihn wie einen Bauern erscheinen, nicht wie einen Mann, der in diese feudale Umgebung gehörte. Sein Gesicht war sonnengebräunt und voller Falten. Er trug eine alte Jeans, die Carlton bei einem Paten eher unpassend fand, dazu ein grün kariertes Wollhemd, einen alten Pullover und abgenutzte braune Lederschuhe, die nicht nur bessere Tage, sondern bessere Jahrzehnte gesehen haben mochten.

»Signor Carlton. Willkommen.« Seine Stimme klang voll und klar. Ohne aufzustehen, schüttelte er Carlton mit machtvollem Druck die Hand und lächelte, wobei seine blendend weißen Zähne blitzten. »Ich bin Don Forza.« Sein Akzent war nicht zu überhören, sein Englisch jedoch perfekt. »*Per favore.* Nehmen Sie Platz.« Er wies auf einen Sessel neben dem seinen. Carlton setzte sich und wartete.

Nachdem er sich über Carltons Reise nach Rom erkundigt und seinem Gast ein Glas Chianti angeboten hatte, wandte sich Don Forza der Angelegenheit zu, derentwegen Carlton gekommen war. »Mein guter Freund Don Innocenti – *scusi,* Don MacLean – hat mir gesagt, Sie hätten mir einen wichtigen Vorschlag zu machen. Am Telefon wollte er nichts Genaueres sagen.« Er zwinkerte. »Er ist ein Mann, der sich gern bedeckt hält. Seine Freunde sind auch meine. Aber was kann ein inzwischen ehrlich gewordener Mann wie ich für das amerikanische Justizministerium tun? Oder für die amerikanische Marine? Oder für die CIA?« Man konnte über Forza vieles sagen, nicht aber, dass er schlecht informiert gewesen wäre.

»Mr Forza«, begann Carlton, wobei er die respektvolle Anrede »Don« unterließ, auch wenn MacLean ihm versichert hatte, sie werde Forza nichts ausmachen, da er vom Verbrecher zum ehrbaren Geschäftsmann konvertiert war. »Was wissen Sie über Diamanten?«

»Dass sie wunderschön, teuer und kalt sind. Genau wie viele Frauen, die ich in meinem Leben gekannt habe.« Forza kicherte. »Ansonsten, *niente.* Ich weiß nichts über Diamanten.«

Carlton erzählte von Waterboer und der Geschichte des Unternehmens; besondere Betonung legte er darauf, dass Waterboer Kinder ausbeutete und während des Kalten Krieges die Sowjetunion unterstützt hatte.

»Kinder? Kommunisten? Davon habe ich nichts gewusst«, erwiderte Forza, augenscheinlich angewidert. Wenn es etwas gab, das die Mafia heilig hielt, waren es Kinder. Und von allen politischen Systemen war den Mafiosi der Kommunismus am meisten verhasst. Forza atmete schwer. »Dennoch weiß ich nicht, was ich damit zu tun habe.«

»Seit vielen Jahren hat jemand im Vatikan einen stetig wachsenden Vorrat an Diamanten angehäuft. Wer dafür verantwortlich ist, spielt im Augenblick keine Rolle.«

»Altiplano und der Orden.«

Carlton fiel im Sessel zurück und blickte Forza fassungslos an. »Woher wissen Sie ...«

Wieder blitzten Forzas weiße Zähne. *»Per piacere, signore.* Wie, glauben Sie, konnte Altiplano – der schließlich Italiener ist – ohne die Hilfe der Cosa Nostra so viele Diamanten aufkaufen?« Er streckte Carlton die Handflächen entgegen.

Carlton starrte ihn immer noch wie betäubt an. Von nun an würde er sich vor dem Mann in Acht nehmen, trotz aller Zusicherungen MacLeans.

»Nein, ich habe nichts damit zu tun. Aber ich habe gute Ohren, und Sizilien ist eine kleine Insel.«

Carlton beugte sich vor. »Da Sie ja ohnehin über so weit reichende Informationen verfügen, wissen Sie sicher auch, dass die Diamanten zurzeit in einem Tresor der Banco Napolitana Lucchese in Rom lagern.«

»Sì.«

»Wissen Sie auch, dass in dieser Bank Beweise gegen Don Arcangelo zu finden sind?«

Forza zuckte die Achseln. »Das stand ja in allen Zeitungen.«

»Da Sie so gut Bescheid wissen, werde ich nun unverzüglich

zu dem Plan kommen, den die Kirche vorgeschlagen hat.« Carlton hatte nicht die Absicht, seine Macht als Vertreter der Vereinigten Staaten in einem Abkommen mit der Mafia einzusetzen, mochte der ehemalige Pate auch ein bereuender Exverbrecher sein. »Wir glauben, dass die GDF schon bald mit der Sichtung sämtlicher Dokumente sowie der Durchsuchung von Computern und Tresoren in der Bank beginnt. Leider können wir nicht einfach zur GDF gehen und um Erlaubnis bitten, damit wir die Diamanten herausholen können.«

Forza lachte auf.

»Der Plan sieht so aus«, fuhr Carlton fort. »Ihre Leute werden die Bank überfallen und die Diamanten herausholen.«

»Und was springt dabei für mich heraus? Außer der Freude, der Kirche geholfen zu haben?«

Carlton lehnte sich zurück. »MacLean hat mir erzählt, dass Sie sich vor ein paar Jahren aus sämtlichen illegalen Geschäften zurückgezogen und reinen Tisch gemacht haben.«

»Das stimmt. MacLeans Vater Don Innocenti ist mir mit gutem Beispiel vorangegangen.«

»Aber viele Ihrer früheren Aktivitäten haben eine lange Verjährungsfrist.«

»Ah. *Capisco.*« Forza nickte. »Jetzt verstehe ich. Sie wollen mir im Austausch für meine Hilfe Straferlass gewähren.«

Carlton nickte.

»Es wäre nicht einfach, mich strafrechtlich zu verfolgen. Ich habe sehr vielen Leuten einen Gefallen getan. Besonders Richtern.« Wieder das Aufblitzen der makellosen Zähne.

Carlton beugte sich nahe zu Forza vor. »Wie viel haben Sie denn für Bundesrichter in den Vereinigten Staaten getan?«

Forzas Lächeln schwand. »Sie sind wirklich schlau, Signor Carlton.«

»Es gibt noch einen anderen Grund, warum Sie mitmachen sollten. Und ich weiß, dass Sie bereits daran gedacht haben.«

»Welcher Grund sollte das sein?«

»Der Krieg Ihrer Familie mit Don Arcangelo. Ich hörte in Rom davon. Im Augenblick herrscht Waffenstillstand, aber nur deshalb, weil keine der beiden Familien eine Möglichkeit gefunden hat, die andere zu vernichten. Wenn in der Bank Beweise gegen Arcangelo sichergestellt werden, könnten Sie Arcangelos Ende herbeiführen, ob nun mit Hilfe der GDF oder durch andere politische Mittel.«

»Könnte sein.«

»Wir wollen Ihnen sogar helfen, die nötigen Informationen zu beschaffen, falls sie doch irgendwann verschwinden sollten.«

»Aber warum sollten Sie gewillt sein, mir Straferlass zu gewähren?«

»Ich muss Ihnen ehrlich gestehen, ich bin nicht besonders wild darauf, mit Ihnen ein Geschäft zu machen. Aber, wie die Franzosen sagen: Gott schreibt geradeaus mit geschwungenen Linien. Letztendlich ist der Justiz besser gedient, wenn Ihre Leute die Diamanten holen und sie der Kirche zurückgeben, als wenn viel Geld und Zeit investiert wird, um Sie anzuklagen und einen Mann Ihres Alters ins Gefängnis zu stecken, zumal dieser Mann bereits sein Leben geändert hat.« Er erwähnte nicht, welchem Zweck die Steine anschließend dienen sollten, nahm aber an, dass Forza es ohnehin schon wusste.

»*Bene.* Ich bin mit Ihrem Plan einverstanden. Aber es gibt zwei Bedingungen.« Forza zählte an den Fingern der linken Hand ab. »Ich habe das letzte Wort, was die Einzelheiten der Operation betrifft. Und ich brauche ein unterzeichnetes und notariell beglaubigtes Original der Straferlassvereinbarung, das von meinen *consiglieri* vor der Operation durchgesehen und für gut befunden wird.«

»Ich sehe, dass Sie in Amerika aufgewachsen sind. Nun, ich bin sicher, dass alles arrangiert werden kann. Allerdings stellen auch wir eine Bedingung, und die ist zwingend: Niemand darf getötet werden.«

»Ich kann nicht in die Zukunft sehen, Mr Carlton.«

»Niemand darf getötet werden.« Carlton sah ihm fest in die Augen. »Sonst ist der Deal ungültig.«

Forza zuckte die Achseln. »*Bene.* Aber dadurch wird es erheblich schwieriger.«

»Natürlich. Aber wenn jemand getötet würde und die Operation sich als Fehlschlag erweist, hätte das verheerende Konsequenzen.«

Schweigend betrachtete Forza den Wein in seinem Glas. Er leuchtete rubinrot unter der gleißenden Sonne. Schließlich nickte er und stand auf. Er war größer, als Carlton gedacht hatte, allerdings kleiner als er selbst. »*Bene.* Abgemacht, Signor Carlton.«

Sie reichten sich die Hand.

77.

Der Pontifex

Via Del Pontifice
Bankenviertel
Rom, 9.20 Uhr

Der Titel »Bischof von Rom« wurde zwar oft benutzt, seine Bedeutung wurde jedoch nicht allzu ernst genommen. Wie für die meisten Gläubigen der Welt war der alte Mann im weißen Priestergewand und der spitzen weißen Mitra für die Römer einfach nur »der Papst«. Kaum einmal dachten sie daran, dass er auch oberster Bischof von Rom war. Doch auch dieses Amt besaß er – und was nach der Papstaudienz mit Monsignor Rancuzzi und dem Staatssekretär des Vatikans geschah, war dafür das beste Beispiel.

Die Nachricht verbreitete sich schnell, doch nirgends schneller als im Geschäftsviertel von Rom. Telefone, Faxe, E-Mails –

alle gaben die Neuigkeit weiter. Bald schon war sie in aller Munde. Empfangsdamen ließen ihre Telefone im Stich. Sekretärinnen ihre Computer. Anwälte verließen Sitzungen. Buchhalter ließen ihre Bücher liegen. Börsenmakler gaben ihre Posten vor den Anzeigetafeln auf. Eine Flut von Menschen strömte aus den Bürogebäuden und versammelte sich auf der Prachtstraße. Firmenwagen auf dem Weg zu Konferenzen stauten sich in Zweier- und Dreierreihen an den überfüllten Bürgersteigen. Der Verkehr kam zum Erliegen. Alle Schäfchen kamen, um den Ersten Diener Christi zu sehen, der mitten unter ihnen lebte. Den sie oft im Fernsehen, in Zeitungen und Zeitschriften sahen, jedoch selten von Angesicht zu Angesicht. Spezialkommandos der Polizei, die in letzter Minute in Einsatzwagen ausgeschickt worden waren, blieben im Meer der Fahrzeuge stecken.

Zwar waren die meisten Römer katholisch, viele jedoch nur dem Namen nach. Wie für die meisten Katholiken Europas war die Religion fester Bestandteil ihrer Kultur. Sie liebten ihre kirchlichen Feiertage, kauften zu Weihnachten fleißig Geschenke, waren stolz auf ihre prachtvollen Kirchen und genossen die feierliche Stimmung in der Messe. Doch die wenigsten lebten getreu nach den Glaubenssätzen oder gingen jeden Sonntag in die Kirche. Aber dieses Ereignis war etwas anderes: Es geschah ungeplant. Heute war der Papst nicht in irgendeinem fremden Land, das von einem Bürgerkrieg zerrissen oder von einer Flut- oder Hungerkatastrophe betroffen war. Heute war er nicht in einer Konferenz mit Staatsoberhäuptern. Nicht in einer Abtei oder einem Palast.

Er war hier, in Rom.

Mitten unter seinen Gläubigen.

Als die Menschen an diesem Morgen kurz nach neun Uhr zur Arbeit fuhren, hatte ein seltsam aussehendes Gefährt den Bischof von Rom in das Herz des Bankenviertels gebracht. Der weiße Mercedes-Geländewagen, in aller Welt als »Papamobil« bekannt, besaß ein kleines Podium, das nach dem missglückten

Attentat auf den Pontifex im Jahre 1981 mit kugelsicherem Glas verkleidet worden war. Das Fahrzeug hatte bereits die halbe Via Della Conziliazione zurückgelegt, bevor den Menschen überhaupt klar wurde, welch unerhörtes Ereignis hier zu erwarten war. Als das Papamobil und seine zwei Begleitbusse im Herzen des Bankenviertels angekommen waren, folgte ihm bereits eine meilenlange Menge begeisterter Menschen.

Noch erstaunlicher als die scheinbar spontane Fahrt des Heiligen Vaters durch Rom war sein nächster Schritt: Er stieg aus dem Papamobil und begab sich zu einem kleinen Altar, der zwischen zwei Bäumen auf der Prachtstraße errichtet worden war. Der Papst wurde von Angehörigen der Schweizergarde in Zivil von der Menge abgeschirmt, von Fernsehteams auf Dächern und aus Hubschraubern gefilmt und von ungefähr hundert Priestern begleitet. Mit schmerzverzerrtem Gesicht stützte er sich auf seinen langen Bronzestab, der in einem Kreuz endete. Seine Augen jedoch leuchteten wie stets voller Leben und Hoffnung. Nun schlug er das Kreuzzeichen über die Menge.

»In nomine Patris et Filii et Spiritus Sancti.« Seine schwache Stimme brach an einigen Stellen des Segens. Von Mikrofonen aufgenommen, dröhnten die Worte aus fünfzig Lautsprechern, die in der Nacht zuvor entlang der Straße aufgestellt worden waren. Die 25.000 Zuhörer in ihren dicken Mänteln schlugen ebenfalls das Kreuz und antworteten mit einem donnernden »Amen«.

Zu beiden Seiten der breiten Straße standen die Menschen dicht gedrängt. Sie schoben und drückten, um einen Blick auf jenen Mann werfen zu können, der als mutigster und beliebtester Papst der Neuzeit galt. Manche Zuschauer standen auf Autodächern. Andere waren Laternenpfähle hinaufgeklettert.

Die zur Überwachung der Menge ausgeschickten Polizisten sahen sich mit einer unmöglichen Aufgabe konfrontiert. Warum hatte der Vatikan sie nicht vorgewarnt? Die Beamten waren von der unangekündigten Messe des Papstes völlig überrascht worden. Die Menge war zwar friedlich, konnte mit so geringen Polizeikräften jedoch kaum in Schach gehalten werden. Auf einen Polizisten kamen tausend Menschen. Daher waren die Beamten hocherfreut, als plötzlich fünf Armeelastwagen auftauchten und sich einen Weg durch die Menge bahnten.

Die Laster hielten vor dem fünfstöckigen Kalksteingebäude der Banco Napolitana Lucchese und setzten rückwärts auf das Portal zu. Vierzig Soldaten in grüner Kluft, die nur Funkgeräte und Schlagstöcke bei sich trugen, kletterten aus den Wagen. Fünf riegelten den Zugang zu den Fahrzeugen ab; die anderen fünfunddreißig unterstellten sich sogleich dem Befehl eines sehr erleichterten jungen Polizeileutnants, der sie strategisch in der Menge verteilte.

Die Fernsehteams auf den Dächern und in den Hubschraubern waren eifrig mit der Aufnahme der Szene beschäftigt und achteten daher nicht auf zwei weitere Soldaten, die in einer Gasse hinter der Bank aus einem Lastwagen sprangen. Die beiden Soldaten tippten den Zugangscode zur Bank auf dem Tastenfeld an der Tür ein und verschwanden im Wartungsraum.

Drinnen sprang ein dösender Beamter der Guarda di Finanza erschrocken auf. Er hatte fast schon seine Beretta gezogen, als ihn ein unsichtbarer Nebel aus einer Sprühdose traf. Der Mann ging zu Boden und versank in Bewusstlosigkeit. Ein rascher Rundblick durch den Raum überzeugte die Soldaten, dass dieser Wächter der einzige Wachmann gewesen war.

Während einer der Männer sich dem Gewirr von Heizungs- und Lüftungsrohren zuwandte, holte sein Kamerad einen kleinen Kanister aus dem Rucksack und schraubte einen Schlauch mit einer langen Spritze darauf. Der erste Soldat zeigte auf eine Lüftungsleitung, woraufhin sein Kamerad die Nadel in das Aluminiumgehäuse der Leitung schob und das Ventil am Kanister öffnete. Dreißig Sekunden später zog er die Spritze wieder heraus. Dann verschwanden die beiden Soldaten aus dem Gebäude und ließen bloß ein kleines, stecknadelkopfgroßes Loch im Heizungsrohr zurück.

Zehn mit Gasmasken geschützte Soldaten sprangen nun von der Ladeklappe eines Lasters und drangen durch die gläserne Doppeltür in die Bank ein.

Sobald sie die große Halle der Banco Napolitana Lucchese betreten hatten, sahen sie, dass der Einsatz ihrer beiden Kameraden erfolgreich gewesen war: Einer der GDF-Wachmänner lag in gekrümmter Haltung auf dem Marmorfußboden. Obwohl seine Brust sich unter den Riemen des Pistolenhalfters in regelmäßigen Abständen hob und senkte, würde er in der nächsten Stunde nicht aufwachen. Die GDF hatte die Bank vor einer Woche versiegelt. Es gab also weder Angestellte noch Kunden in dem Gebäude, nur Wachleute der GDF.

Stumm teilten die zehn Soldaten sich in zwei Gruppen auf.

Die erste Gruppe begab sich zur Treppe und weiter ins Untergeschoss, wobei die Soldaten darauf achteten, nicht auf die schlafenden Wachmänner zu treten. Unten waren dutzende Reihen kleiner Zellen, jede mit einem schwarz-weißen Zeichen versehen und durch dicke glänzende Metallgitter geschützt. In den Zellen waren gepanzerte Tresore, die vom Boden bis zur Decke reichten.

Der Anführer des Teams ging zu Raum 5 und zeigte auf einen kleinen Tastenblock zwischen zwei Metallstäben. Der Soldat hinter ihm tippte einen Zahlencode ein. Die Codes wurden täglich geändert, doch Forzas Leute hatten den Tagescode bereits geknackt. Mit einem dumpfen Geräusch fuhren die Riegel zurück. Der Anführer stieß die Tür auf und wartete geduldig, während zwei seiner Leute kleine Schlüssel aus den Taschen holten. Ein Schlüssel stammte von einem Bekannten Forzas in der Verwaltung der Bank, der andere hatte Kardinal Altiplano gehört; er war von Benedetti beigesteuert worden.

Der Anführer überprüfte die Zeit. In den letzten beiden Tagen hatte das Team pausenlos geübt. Sie hatten noch siebenunddreißig Minuten.

Er warf einen argwöhnischen Blick in den Raum, dann in den Korridor. Über einem Schreibtisch hing eine Überwachungskamera. Der Mann winkte ihr trotzig zu. Wer sollte ihn schon sehen? Sämtliche Wächter im Haus lagen im Tiefschlaf. Und bei der Auswertung der Videobänder würde man nur einen Raubüberfall italienischer Soldaten im Arbeitsdienstanzug sehen, die ihre Gesichter hinter Gasmasken versteckten. Der Anführer grinste und wandte seine Aufmerksamkeit wieder dem Tresorraum zu.

Vom vierten Stock aus beobachtete der GDF-Wächter Danieli Romano die Papstmesse durch das offene Fenster. Anders als die meisten Menschen in der Menge, die den Heiligen Vater unbedingt sehen und hören wollten, war Romano Atheist. Er mochte den weiß gekleideten Mann dort unten nicht besonders, zu dem die meisten mit der Hoffnung auf moralische Führung aufblickten. Trotzdem fand er es unterhaltsam, Messe und Menge zu betrachten; er kam sich dabei wie in einem Theaterstück vor. Doch als Romano eine Zeit lang zugeschaut hatte, wurde die Sache ihm langweilig. Achselzuckend drückte er seine Zigarette in einem schwarzen Plastikaschenbecher aus.

Bei der GDF galt die Vorschrift, dass im Dienst nicht geraucht werden durfte. Zwar fürchtete Romano keine göttliche Vergeltung, jedoch den Zorn seines Chefs. Deshalb rauchte er bei offenem Fenster. Er ließ es offen, rieb sich die kalten Hände, wandte sich seinen Überwachungsmonitoren zu ...

... und starrte ungläubig auf die Männer im Korridor vor den Tresorräumen.

Was war das?

Doch Romanos Furcht verflog, als er sah, dass die Männer die Arbeitsdienstkluft der italienischen Armee trugen. Man hatte Romano gesagt, dass die Armee, die Polizei und andere Behörden mehrere Wochen lang in den Unterlagen und Tresoren der Bank herumschnüffeln würden. Erleichtert atmete er aus – nur um eine Sekunde später wieder offenen Mundes auf den Monitor zu starren.

Warum trugen die Männer Gasmasken?

Das zweite Team bestand nur aus zwei Mann. Sie stiegen in den vierten Stock hinauf und brachen die Treppenhaustür zum Computerraum auf. Mehrere Wachleute der GDF lagen bewegungslos auf dem Boden. Die beiden Männer gingen zum Hauptterminal, auf dessen Bildschirm die großen wehenden Lettern des Bildschirmschoners vorüberzogen. Während sein Kamerad ihm Deckung gab, zog der eine Soldat ein Handy von der Größe einer Streichholzschachtel aus der Tasche, steckte ein Kabel hinein und suchte nach dem entsprechenden Port hinter dem Großrechner.

»Ihr habt gehört, wie die Kirche gegen viele Übel gepredigt hat.« Das Oberhaupt der katholischen Christenheit war zu schwach und zu sehr von der Parkinson'schen Krankheit geplagt, um die Predigt zu halten, deshalb wurde sie von einem jungen Monsignore verlesen. Drei jüngere Prälaten hatten aus dem Evangelium vorgetragen, in italienischer Sprache. Nun war es Zeit für die Predigt, die ebenfalls auf Italienisch gehalten wurde. Der Papst blickte auf die Menge und lehnte sich schwer auf seinen Bronzestab.

»Gegen die Armut. Gegen die Verherrlichung von Tod und Gewalt. Gegen Rassismus. Aber es gibt noch ein anderes Übel. Ein Übel, an das die Gesellschaft sich zu sehr gewöhnt hat – das Übel des Materialismus. Die Dinge an sich sind ein Geschenk Gottes. Nahrung. Kleidung. Wohnung. Es sind gute Dinge. Und wir arbeiten hart, um sie zu erlangen. Und diese Arbeit ist gut, wenn sie gerecht bezahlt wird. Aber die Gesellschaft hat die Geschenke Gottes an sich gerissen und einem Kampf um Reichtum unterworfen. Nicht nur einzelne Menschen, nein, ganze Gruppen werden von materieller Gier beherrscht. Und wir haben uns daran gewöhnt. Die Besessenheit der Gesellschaft, Besitz um des Besitzes willen anzuhäufen, ohne dabei auf die Bedürfnisse der Menschen zu achten, hat viele Menschen dazu gebracht, ihre Werte und ihre Ethik zu verraten und sich ihren Familien, ihren Nachbarn und ihrem Glauben zu entfremden.

Deshalb habe ich heute diesen Ort für meine Predigt gewählt. Kein Armenviertel, kein Krankenhaus, keine Kirche, sondern eines der Finanzzentren der Welt. Unser Finanzzentrum. Banken, Börsen, Firmen und sämtliche Unternehmen werden von Menschen geschaffen. Wenn diese Körperschaften sich ändern wollen, wenn sie Gier, blinden Materialismus, Umweltverschmutzung und unmenschliche Arbeitsbedingungen überwinden wollen, müssen die Menschen *hinter* diesen Einrichtungen sich verändern.

Ihr müsst euch ändern.

Und so stehe ich hier, um mit euch um diese Veränderung zu beten. Auf dass ihr die Stärke habt, Veränderungen in die Wege zu leiten. Auf dass ihr bei der täglichen Arbeit Leuchtfeuer Christi werdet, die der ganzen Menschheit mit gutem Beispiel vorangehen. Es reicht nicht aus, das Dunkel zu verfluchen. Um die Welt zu verändern, muss jeder von uns eine Kerze anzünden. Die Kirche besteht nicht nur aus Priestern und Nonnen, Bischöfen und Kardinälen. *Ihr* seid die Kirche. *Ihr* müsst das Licht der Liebe und der Hoffnung und des Lebens werden. Jeder in seiner Arbeit.«

Die Gasmasken der Soldaten machten Romano mehr zu schaffen als die Bemerkungen des Papstes über den galoppierenden Kapitalismus. Er schaltete auf eine andere Kamera um. Wieder packte ihn Angst, und dieses Mal fiel sie nicht mehr von ihm ab. Er schaltete auf die nächste Kamera um. Und die nächste. Und die nächste.

Santa Maria! Alle seine Kollegen lagen auf dem Boden. Wie tot ...

Romano schlug das Herz bis zum Hals. Er griff nach dem Telefonhörer, drückte eine gespeicherte Nummer.

»Polizia«, meldete sich eine Stimme.

Im Tresorraum schaute der Anführer auf die Uhr.

Noch zwanzig Minuten.

Zum Glück waren die Säcke mit den Diamanten nicht besonders schwer, aber es waren sehr viele. Neun Millionen Karat, die meisten in Gestalt von ein- oder zweikarätigen Steinen. Von außen sahen die Säcke wie ganz gewöhnliche Segeltuchsäcke der Post aus. Innen steckten kleinere Säcke, mit Samttaschen ausgefüttert, und in diesen Taschen steckten kleine weiße Umschläge mit Rohdiamanten feinster Qualität und Farbe, VS1 F oder besser. Wenngleich der Anführer des Teams hervorragende Informationen erhalten hatte und in vielen Einsätzen geübt war, hatte er mit so etwas nicht gerechnet. Die Zeit reichte auf keinen Fall. Er gab den ursprünglichen Plan auf und befahl seinen Männern, eine Kette zu bilden, die vom Untergeschoss bis zum Ende der Treppe im Erdgeschoss reichte. So konnten die Säcke schneller weitergereicht werden. Wieder schaute er auf die Uhr. Noch siebzehn Minuten.

78.

Der Rückzug

Zentrale der Banco Napolitana Lucchese
Rom, 9.51 Uhr

Die improvisierte Messe versperrte zwar die Zufahrtswege, doch man konnte immer noch in die Bank. Drei Streifenwagen jagten durch die enge Gasse hinter dem Bankgebäude. Bevor die Wagen hielten, sprangen bereits zwölf Polizisten heraus und stellten sich in einer Reihe am Hintereingang auf. Romano hatte sie vorgewarnt, deshalb streifte jeder von ihnen vor dem Betreten des Gebäudes eine Gasmaske über.

Noch fünfzehn Minuten.

Der Anführer des Trupps wartete ungeduldig, während seine Männer die letzten Segeltuchsäcke aus den gepanzerten Schränken holten. Endlich signalisierte ihm sein Stellvertreter per Handzeichen, dass sie fertig waren, während die übrigen Männer die Säcke vom Boden aufhoben und durch die Eingangshalle in den wartenden Lastwagen trugen.

»Beeil dich!«, flüsterte der Soldat seinem Kameraden zu, der immer noch unter dem Tisch kniete und den richtigen Port am Rechner suchte.

»Ich kann das verdammte Ding nicht finden!«, gab der andere zurück. Schließlich zog er seine Taschenlampe und ein kleines Teleskop zurück, an dessen abgebogenem Ende ein runder Spiegel angebracht war. Dann schob er die staubigen Kabel hinter dem Rechner beiseite. Als er das Metallrohr in die so entstandene Öffnung schieben wollte, musste er niesen.

Sein Kamerad verpasste ihm eine Kopfnuss.

Romano zitterte am ganzen Leib. Er konnte den Raum nicht verlassen. Das Gas, das seine Kollegen getötet hatte, würde auch ihn umbringen.

Doch er musste etwas unternehmen. Noch einmal blickte er sich im Raum um und suchte nach irgendetwas, das ihn vor dem Gas schützen könnte. In diesem Augenblick hörte er ein Niesen aus dem Nebenzimmer. Romano schlich auf Zehenspitzen zur Tür und spähte durch den winzigen Spion. Die Linse verzerrte den angrenzenden Raum in einer bizarren Fischaugenperspektive. Er musste dort hinein. Aber wie sollte er sich vor dem verfluchten Gas schützen?

Romano nahm allen Mut zusammen, trocknete seine verschwitzten Hände am Hemd, zog seine Beretta aus dem Halfter und spannte den Hahn. Langsam, bemüht, keinen Laut zu machen, schob er den Riegel zurück und drückte die Tür einen

Spalt weit auf. Er fühlte, wie kältere Luft durch den Türspalt in den angrenzenden Raum strömte. Dann spähte er ins Nebenzimmer.

Nichts.

Romano blinzelte, um besser sehen zu können, und schaute angestrengt hin. Zwei Männer mit Gasmasken hockten neben dem Hauptcomputer. Romano hielt den Atem an und schob die Tür ein bisschen weiter auf. Hob die Beretta, richtete sie auf einen der Männer.

Mit einem Knall fiel das Fenster hinter ihm zu, und ein kalter Luftzug strömte vorbei. Einer der Männer fuhr herum und sah die Pistole in dem Augenblick, als Romano den ersten Schuss abgab. Die Kugel prallte gegen die kugelsichere Kevlarweste des Mannes und ließ ihn kurz taumeln. Sofort duckten die beiden sich unter den Computertisch und suchten Schutz hinter einer Reihe Videobandleser unter Glashauben.

Romano zog sich hinter die Tür zurück, erwartete das Gegenfeuer. Ein paar Sekunden verharrte er keuchend hinter der Tür. Doch nichts geschah. Keine Kugel wurde abgefeuert. Kein Wort fiel. Romano wartete ein paar Minuten, dann öffnete er die Tür wieder, hielt erneut den Atem an, sprang mit einem Satz in den Raum und gab mehrere Schüsse in Folge ab. Die Hauben der Videobandleser zerplatzten zu einem Scherbenregen. Vorsichtig ging Romano ein paar Schritte vor, leerte das Magazin, warf es aus, legte fachmännisch ein neues ein.

Gerade wollte er das Dauerfeuer wieder aufnehmen, als er irgendetwas am Fuß spürte. Er schaute nach unten. Grüner Rauch drang aus einem zylinderförmigen Metallkörper. Romano trat ihn weg und hielt den Atem an, doch es war bereits zu spät. Schon verschwamm ihm alles vor den Augen, dann versank alles in Schwärze. Als Romano zusammenbrach, war er bereits bewusstlos.

Einer der Soldaten trat Romano die Waffe aus der Hand, während sein Kamerad hartnäckig weiter nach dem passenden

Computerport suchte. Er hob eine kleine Klappe hoch. »Ich hab's.« Er schob das Kabel ein, schaltete das Handy an und versteckte das winzige Gerät unter den Kabeln am Boden. Wieder musste er niesen. Dann winkte er dem anderen. »Raus hier.«

79.

Die Bestechlichen

Zentrale der Banco Napolitana Lucchese
Rom, 10.04 Uhr

Er schläft bloß«, sagte Polizeisergeant Sorrenti, nachdem er im Wartungsraum den Puls des GDF-Wachmannes gefühlt hatte. Dann öffnete er die Tür zum Treppenhaus. »Zwei Mann in jeden Stock! Ricci und ich übernehmen den Hauptkorridor«, befahl er flüsternd. *»Avanti!«* Auffordernd winkte er mit seiner Beretta.

Sorrenti wartete, bis zehn Polizisten die Treppe erklommen hatten; dann stieg er selbst die Hälfte der Treppe zum Erdgeschoss hinauf, öffnete die Tür zum Hauptkorridor und spähte vorsichtig um die Ecke. Sofort zog er den Kopf zurück und stieß einen Fluch aus.

»Was ist?«, fragte Ricci.

»Soldaten mit Gasmasken. Ungefähr zehn Mann. Aber das Verrückte ist ...«

»Was denn?«, drängte Ricci.

Sorrenti drehte sich zu ihm um. »Sie tragen keine Waffen.«

Der Anführer des Trupps beobachtete, wie die letzten Säcke in den Lastwagen geladen wurden. Mit einer raschen Handbewegung bedeutete er seinen Männern einzusteigen, nahm selbst den allerletzten Sack und wies auf seine Gasmaske, dann auf die Masken seiner Leute.

Er wartete, bis der Letzte über die Ladeklappe in den Wagen gestiegen war, und wollte gerade selbst einsteigen, als er hinter sich im Korridor ein Geräusch vernahm. Als er sich umdrehte, blickte er genau in die Mündung der Beretta, die Sorrenti auf seinen Kopf gerichtet hielt.

»*Alto! Polizia!* Keine Bewegung!«

»Ich bin unbewaffnet«, sagte der Anführer des Trupps leise. Im Stillen verfluchte er Forza, der ihnen das Tragen von Waffen untersagt hatte. Er nahm die Hände hoch. In der Rechten hielt er immer noch das Säckchen mit den Diamanten. Hinter der Tür heulten die Motoren der Lastwagen auf. Wenigstens sind die Diamanten und die Akten in Sicherheit, dachte er zufrieden. Selbst in diesem Augenblick war er seinem Don noch treu ergeben.

»Sie können überhaupt nichts tun, Leutnant. Alles, was wir haben wollten, ist bereits weg. Wenn Sie mich töten, nütze ich Ihnen auch nichts mehr.«

»Ruhe! Behalt die Hände oben!« Sorrenti war viel nervöser als Forzas erfahrener Mafioso. Er war erst vor kurzem zum Sergeant befördert worden, und das auch nur dank der Fürsprache seines Cousins, der im römischen Stadtrat saß. Was solche Dinge betraf, hatten die Gepflogenheiten in der Ewigen Stadt sich im Laufe der Jahrhunderte kaum geändert. Sorrenti spürte, wie seine Hände zitterten.

»Wenn Sie mich verhaften, hat mich mein Boss innerhalb einer Stunde wieder rausgeholt«, fuhr der Mafioso seelenruhig fort.

Sein Boss? Was meinte der Kerl damit? In diesem Moment fiel Sorrenti wieder ein, weshalb die Banco Napolitana zurzeit so scharf bewacht wurde – wegen der Akten über Arcangelo. Dieser Mann muss einer von Arcangelos Soldaten sein!, zog Sorrenti nun den falschen Schluss. Er krampfte die Hände fester um seine Beretta, damit der andere nicht sah, wie sehr sie zitterten.

»Sehen Sie? Sie können nicht gewinnen.«

»Die Hände hoch!«, brüllte Sorrenti, der allmählich die Nerven verlor.

»Wenn Sie mich gehen lassen, tun Sie sich selber einen großen Gefallen.« Der Anführer zwinkerte Ricci zu, der hinter Sorrenti stand, bleich wie ein Gespenst. »Ich kann euch versprechen, dass ihr befördert werdet. Beide. Wie heißt ihr?« Er las die Namen von den Schildchen ab. »Sorrenti und Ricci. Das sind doch gute Namen für zwei Inspektoren, meint ihr nicht auch?« Er stand den Polizisten völlig allein gegenüber, aber das machte ihm nichts aus. Er war ein Profi. Zuallererst kamen sein Don und dessen Auftrag.

»Warum lasst ihr die Pistolen nicht fallen? Ich hab wirklich keine Waffe bei mir«, fuhr er mit leiser Stimme fort. »Und nehmt stattdessen die hier.« Ohne die Hände herunterzunehmen, ließ er das Säckchen fallen und kickte es auf Sorrenti zu.

»Gib mir Deckung!«, befahl Sorrenti, beugte sich hinab, öffnete das Säckchen und holte eine der Samttaschen heraus, dann einen Umschlag. Die Rohdiamanten glitzerten unter dem grellen Licht der Eingangshalle. Sorrenti schaute zu Forzas Soldat auf. »Sind die echt?«, fragte er ungläubig.

»Warum schaut ihr sie euch nicht genauer an?«

Sorrenti starrte ihn einige Sekunden an. »Diese Beweise sollten wir uns tatsächlich etwas genauer ansehen.« Er ließ die Waffe sinken. Ricci tat es ihm gleich.

»Nehmt euch ruhig Zeit.« Der Anführer winkte ihnen freundlich zu, nahm die Hände herunter, streifte die Gasmaske ab und spazierte seelenruhig zur Tür hinaus.

Der Papst und sein Gefolge waren in den Vatikan zurückgekehrt. Auf der langen Prachtstraße waren Reinigungstrupps bei der Arbeit. Polizisten brachten die letzten Saumseligen auf der Straße dazu, an ihre Arbeitsplätze zurückzukehren; sie waren froh, dass während der spontanen Messe nichts Außergewöhnliches vorgefallen war. Der Mafiasoldat verließ unbehelligt die Bank und kam an einem Polizisten vorbei, der mit seinem Schlagstock salutierte. Er ging ein paar Blocks weiter, nahm ein Taxi zur Stazione Termini, stieg in den Schnellzug zum Flughafen Fiumicino und flog von dort aus nach Palermo.

Zwei Stunden später wurden die ungeschliffenen Diamanten aus der Banco Napolitana Lucchese – Großhandelspreis zwischen 900 Millionen und drei Milliarden Dollar, Händlerpreis über neun Milliarden – in viele kleine Haufen geteilt. Bald darauf erschienen auf dem Flughafen Fiumicino fünfzig Boten aus dem Staatssekretariat des Vatikans, ausgewählt von Monsignor Rancuzzi und dem Sekretär persönlich. Jeder Bote stieg in einen Flieger, dessen Ziel eine von fünfzig Weltstädten rund um den Globus war. Jeder trug einen Diplomatenkoffer bei sich, der scheinbar keine Wertsachen enthielt. Als Kurier des souveränen Vatikanstaats genoss jeder von ihnen volle diplomatische Immunität, die sich auch auf die Diplomatenkoffer erstreckte, in denen ungeschliffene Diamanten mit einem Karatwert zwischen achtzehn und sechzig Millionen Dollar lagen.

Innerhalb weniger Stunden wollten die Wohlfahrtseinrichtungen der katholischen Kirche die Steine an die Armen der Welt verteilen. Die Empfänger würden sie umgehend an Juweliere verkaufen. Angesichts der Menge verkaufter Diamanten würden die Preise sinken, und das wiederum würde einen fatalen Einfluss auf den Weltmarktpreis haben. Und da es weltweit tausende von Juwelieren gab, würde es für Waterboer logistisch unmöglich sein, alle Steine auf einmal aufzukaufen, um die Katastrophe zu verhindern.

In normalen Zeiten hätte dieser Schlag Waterboer bloß geschwächt; vernichtend wäre er nicht gewesen. Aber es waren keine normalen Zeiten für den Monopolisten; die Diamantenschwemme aus dem Vatikan traf ein bereits angeschlagenes Imperium. Der Bürgerkrieg zwischen der Burenvolksfront und der südafrikanischen Regierung kostete Waterboer ein Vermögen und griff die finanziellen Reserven des Unternehmens an. Hinzu kam, dass Waterboer nach dem neu geschlossenen Vertrag für russische Diamanten viel höhere Preise zahlen musste – und eine Preisminderung war nicht in Sicht, da Molotok und seine nationalistische Russkost-Partei von der Bildfläche verschwunden waren. Die anderen Förderländer hatten Blut gerochen und verlangten nun ebenfalls höhere Preise für ihre Rohdiamanten.

Waterboer stand vor dem Ende. Der Konzern lebte zwar noch, wand sich jedoch in seinen Fesseln und blutete aus vielen Wunden. In Johannesburg berief Piet Slythe eine Sonderkonferenz seiner Topmanager ein, um das Heiligtum der Diamanten zu verteidigen und Waterboer zu schützen – insbesondere die Familie Slythe, die Hüter des Grals.

Monsignor Rancuzzi saß mit dem vatikanischen Staatssekretär in dessen Büro und trank Champagner. Die Männer prosteten einander gut gelaunt zu. Fast waren sie erschrocken über ihre ungeahnten diplomatischen und politischen Fähigkeiten. Nicht nur, dass sie und die Kirche einen drohenden Skandal in einen triumphalen Sieg verwandelt hatten, indem sie einem korrupten, verderbten Unternehmen einen vernichtenden Schlag versetzten – sie hatten auch ein für alle Mal den Einfluss des Ordens beendet, der den Heiligen Stuhl mehr als zweihundert Jahre lang bekämpft hatte. Wenn die Banken erst erfuhren, dass der Orden Altiplanos mehrere hundert Millionen Dollar Schulden nicht zurückzahlen konnte, würden sie mit dieser kirchlichen Einrichtung nicht gerade wohlwollend verfahren.

Natürlich würde die Kirche Kaution stellen. Doch zum Ausgleich würde sie den Orden so umformen, dass er nicht einmal mehr der Schatten seines früheren Selbst war.

Die Papstmesse hätte beinahe Cristina Petronellis Auftrag scheitern lassen. Aber die Signorina würde niemals zulassen, dass sich irgendetwas zwischen sie und die lockenden 250.000 Euro stellte. Als das Papamobil eintraf, hatte sie bereits die zehn von Don Arcangelos Männern gelieferten Kästchen an strategischen Punkten in der Bank angebracht und die Zeitzünder eingestellt. Sie wusste nicht genau, was in der Bank vor sich ging, aber offenbar waren die Mitarbeiter ihrer Schicht mit Gas außer Gefecht gesetzt worden. Ziemlich seltsam, dachte Cristina. Sie hatte kein Gas gerochen. Vielleicht lag es daran, dass sie sich in einer Toilettenzelle versteckt und die Ereignisse draußen durch das offene Fenster verfolgt hatte. Als sie aus der Toilette kam, wimmelte es in der Bank von Polizisten. Zum Glück hatte sie die Kästchen gut versteckt. So gut, dass die Polizei sie kaum finden dürfte.

Cristina nutzte das Durcheinander, um in den vierten Stock hinaufzusteigen, wo sie rasch Don Arcangelos Handy an einen Computer anschloss. Zu ihrer Überraschung entdeckte sie ein anderes Handy, das an den Rechner daneben angeschlossen war.

Ziemlich geschafft nach diesem anstrengenden Tag trug Cristina sich im Wachbuch aus und verließ die Bankzentrale fast drei Stunden vor Schichtende. Einige Minuten später schlugen Flammen aus jedem Fenster des fünfstöckigen Gebäudes. Sie sah die Druckwelle, dann spürte sie die Hitze des Feuers. Cristina wusste, dass die geheimnisvollen Kästchen, die sie angebracht hatte, dieses Inferno verursacht hatten, und zum ersten Mal bekam sie es mit der Angst zu tun. Sie empfand keinerlei Schuldgefühle oder Reue, weil sie dutzende von Menschen getötet hatte – nein, sie hatte nur Angst um ihre werte Person. Um sie herum schreiende Menschen, manche brüllten mit überkippender Stimme Befehle. Als Cristina Feuerwehrwagen, Ambulanzen und Streifenwagen erblickte, machte sie sich aus dem Staub, so schnell sie konnte. Zu schade um das Gebäude und meine Kollegen, dachte sie. Doch der Gedanke an die 250.000 Euro ließ sie das Schreckliche bald vergessen.

Als sie die Treppe zu ihrer Wohnung hinaufstieg, fiel ihr plötzlich etwas Seltsames ein: Sie hatte die Zeitzünder so eingestellt, das diese nach Ende ihrer Schicht hätten detonieren müssen, aber das Haus war lange vor Schichtende in die Luft geflogen! Erschrocken blieb sie auf der Treppe stehen, ein Stockwerk unter ihrer Wohnung. Doch es war schon zu spät. Enzo stand bereit. Als Cristinas Leben verlosch, fühlte sie keine Reue. Sie bedauerte nur, dass sie nicht clever genug gewesen war, um Vorauszahlung zu bitten.

80.

Die Anklage

Boeing 747 SP der Alitalia
10.700 Meter über dem Atlantik, 23.07 Uhr

Auf dem Flug von Rom nach Washington lehnte Carlton sich bequem im weichen Ledersessel der ersten Klasse zurück. Obgleich er völlig erschöpft war, konnte er nicht schlafen. Jedes Mal, wenn er die Augen schloss, wirbelten ihm die Ereignisse des vergangenen Monats im Kopf herum.

Neugierig schaute er sich in der feudalen First-Class-Kabine um. Bis auf die Leibwächter, die Forbes zu seinem Schutz geschickt hatte, schliefen die Passagiere tief und fest. Die Bodyguards sahen sich einen Film an, doch Carlton hatte keine Lust, sich auf dem LCD-Bildschirm den Streifen anzuschauen, auch wenn ihm der James-Bond-Film aus den sechzigern ein ironisches Grinsen entlockte. Geduld, in einem der bordeigenen Bücher zu lesen, hatte er auch nicht. Und Zigarrenrauchen war im Flieger schon seit Jahren nicht mehr erlaubt. Nervös trommelte Carlton mit den Fingern auf die Lehne, dann bestellte er bei der hübschen blonden Stewardess noch einen Bombay Sapphire mit Tonic, viel Eis und Zitrone.

Er setzte den federleichten Kopfhörer auf und wählte eine Platte von Sinatra, deren Titelsong vom Fliegen handelte. Die Melodie ließ sehnsüchtige Gedanken an Erika in ihm aufsteigen. Er hatte sie seit mehr als drei Wochen nicht gesehen. Wenn er sich ihrer Liebe entsann, wurde ihm heiß. Um sich abzulenken, blätterte er in den Zeitungen und Magazinen, die an der Lehne des Sitzes vor ihm steckten. Am besten gefiel ihm die Schlagzeile PAPST STELLT DIAMANTENKARTELL IN DEN SCHATTEN. Der Stabschef im Weißen Haus wurde überhaupt nicht erwähnt. Anscheinend kümmerte sich Forbes im Stillen um den Mann. Doch als Carlton eine neue Zeitschrift aufschlug, verschluckte er sich an seinem Gin. Auf der allerersten Seite des amerikanischen Hochglanzblättchens stand eine Werbung für Diamanten – ein ganzseitiges Foto von einem schlanken Frauenhals mit einer schimmernden Diamantkette. Darunter vier Wörter in kleinen weißen Buchstaben:

Ein Diamant ist Schönheit.

Und darunter in noch kleineren Lettern:

Waterboer Mines Ltd.

Wütend und verzweifelt starrte Carlton auf die Anzeige. Die russischen Diamanten. Dann die Diamanten des Vatikans. Und Waterboer machte immer noch weiter! Und wie konnte der Konzern in einer amerikanischen Zeitschrift werben, wenn er in den USA nicht einmal Geschäfte machen durfte? Kein Angestellter von Waterboer hätte den Boden der Vereinigten Staaten betreten dürfen, ohne sofort verhaftet zu werden. Carlton warf die Zeitung zu Boden, stürzte seinen G&T hinunter und schaute durchs Fenster auf den Sternenhimmel und die mondbeschienenen Wolken. Gerade eben sang Frankieboy über hohe Erwartungen. Nun, Erwartungen oder Hoffnungen hatte er durchaus. Fehlte nur ein Plan. Nach einem weiteren G&T zeigte der Gin allmählich Wirkung, und Carlton ließ seinen Gedanken freien Lauf. Eine Idee kam ihm in den Sinn – und verschwand wieder. Er hob die Zeitschrift auf, blätterte zu der Anzeige von Waterboer und starrte darauf. Die Idee von vorhin nahm wieder Gestalt an. Es war ja sonnenklar! Carlton grinste, als er daran dachte, was für einen knallharten Prozess er führen könnte ...

Jetzt gehörst du mir, Slythe.

81.

Der Zorn

Yale-Haus
Blue Ridge Mountains, Virginia, 6.21 Uhr

Am Flughafen Dulles wurde Carlton von einem marineblauen Ford Crown Victoria erwartet und zum Yale-Haus befördert. Der Himmel war bewölkt. Schnee und Kies knirschten unter den Reifen. Einer der Residenturagenten kam heraus und begrüßte die Besucher.

Carlton und Pink stiegen aus dem Fond, durch schwere Wintermäntel gegen die Kälte geschützt. Umgehend wurden sie in die große Halle im Kolonialstil geführt, in der es neben Antiquitäten auch eine geschwungene Treppe und einen Kristallkronleuchter zu bewundern gab. »Gentlemen, darf ich Ihnen Agent Hargrave vorstellen. Er leitet die abschließende Einsatzbesprechung.«

Carlton schüttelte dem Mann die Hand. »Ich hoffe, das dauert nicht zu lange.«

»Wir haben Zimmer, Duschen, Kleidung und ein Mittagessen für Sie vorbereitet. Das Debriefing sollte nicht länger als achtundvierzig Stunden dauern.«

»Achtundvierzig Stunden? Ich hatte eher an achtundvierzig Minuten gedacht.«

»Diese Dinge brauchen Zeit, Sir.«

In diesem Augenblick sah Carlton eine Bewegung am Kopf der Treppe. Er schaute auf. Erika stürzte die Stufen herunter und warf sich in seine Arme. Sie küssten einander und vergaßen fast alles um sich herum.

»Ich habe dich so vermisst«, flüsterte sie und konnte nicht verhindern, dass ihr Tränen über die Wangen liefen.

»Ich dich auch, Liebling, ich auch.« Er wandte sich an Pink. »Warum hast du mir nicht gesagt, dass sie hier ist?«

Pink grinste dreist. »Ich hab mir gedacht, dass du nach so vielen bösen Überraschungen auch mal eine gute verdient hast.«

Carlton wandte sich wieder an Hargrave. Noch immer hielt er Erika in den Armen. »Wissen Sie, vielleicht sind achtundvierzig Stunden doch gar nicht so schlecht.«

Agent Hargrave hielt Wort. Zwei Tage später war alles besprochen, und Carlton durfte das Haus verlassen.

»Ich komme so schnell wie möglich zurück«, versprach er Erika.

»Er ist noch nicht verhaftet worden?« Carlton setzte sich bolzengerade auf. »Warum denn nicht, um alles in der Welt? Nach allem, was dieser Drecksack verbrochen hat? Er ist verantwortlich für die Morde an Osage, Mazursky, Wenzel ... und Gott allein weiß, wen er sonst noch auf dem Gewissen hat! Er hat Bestechungsgelder von einem Monopolisten kassiert, der einen rassistischen Bürgerkrieg in Südafrika unterstützt hat und um ein Haar einen Bürgerkrieg in Russland entfesselt hätte! Gar nicht davon zu reden, wie oft er versucht hat, Erika, Tom und mich umzubringen. Ich glaube es einfach nicht! Entschuldigen Sie vielmals, Sir, aber haben Sie den Verstand verloren? Sir?«

Pink hätte sich bei diesen respektlosen Worten am liebsten in einem Mauseloch verkrochen, Carlton jedoch nahm kein Blatt vor den Mund. Forbes war nicht sein Boss. Wütend funkelte er den Mann im Rollstuhl an. Der jedoch bewahrte unerschütterliche Ruhe und sandte friedliche Rauchringe mit Kirscharoma zur Decke.

Normalerweise hätte Forbes eine solche Frechheit nicht geduldet, doch er wusste, was Carlton in Rom erreicht hatte. Er verstand die Verzweiflung des jungen Anwalts, und damit auch den Wutausbruch. Bedächtig nahm er die Pfeife aus dem Mund. »Ich verstehe Ihren Zorn, Lieutenant. Aber die Antwort ist nein, tut mir Leid. Fress ist nicht verhaftet worden.«

»Aber warum denn nicht? Sie hatten doch alle erforderlichen Beweise! Seit einem Monat! Warum ...«

»Ich dachte, dass es Ihnen allmählich klar sein müsste, Lieutenant. Denken Sie doch mal nach – nicht in Ihrer Eigenschaft als Anwalt des Justizministeriums, sondern als Politstratege der Auslandsabteilung. Wie Sie soeben angedeutet haben, spricht vieles dafür, dass Fress über Molotok und Waterboer und deren Pläne mit den russischen Diamanten Bescheid wusste. Vielleicht wollte Fress sogar, dass Molotok in Russland einen Bürgerkrieg anzettelt, damit er selbst in Washington einen der Falken spielen konnte. Hätten wir Fress verhaftet, hätten Molotok und Waterboer sofort gewusst, dass auch wir Kenntnis von den russischen Diamanten hatten. Dieses Risiko konnten wir nicht eingehen.«

»Ich sage ja nicht, dass die CIA ihn hätte verhaften sollen. Aber Sie hätten dem Justizministerium wenigstens die Möglichkeit ...«

»Vielleicht sollten Sie sich das mal ansehen.« Forbes' kräftige weiße Zähne knirschten auf dem Pfeifenstiel. Er fuhr mit seinem Rollstuhl ans Ende des Schreibtisches, nahm ein dort liegendes Blatt und reichte es dem jungen Anwalt. »Ich habe mir die Freiheit genommen, Ihre Ermittlung ein wenig weiterzuführen. Besonders im Hinblick auf Fress' Genossen, die gleichfalls auf der Gehaltsliste von Waterboer stehen.«

Carlton überflog die Liste. Ihm dröhnte der Schädel, und er

fühlte, wie ihm der Schweiß ausbrach. »Mein Gott!«, stieß er hervor. »Bei uns in der Justiz geht es so hoch rauf?«

»Und so weit runter. Harry Jarvik ist Ihr Chef, soweit ich weiß ...?«

Carlton war wie betäubt. Stalin. Dieses eingebildete Arschloch.

»Jetzt verstehen Sie mich, Lieutenant, ja? Selbst wenn wir das Risiko eingegangen wären, ist es höchst zweifelhaft, dass irgendjemand vom Justizministerium Fress verhaftet hätte, von einer Anklage gar nicht zu reden. Aber einen Wink hätte er bestimmt bekommen.«

»Und all diese Leute laufen immer noch frei herum«, flüsterte Carlton.

»Frei wie der Wind.«

»Das darf doch nicht wahr sein«, murmelte Carlton und fuhr sich mit der Hand durchs Haar. Einen Moment saß er reglos da, dann schüttelte er den Kopf und stand auf. »Es tut mir Leid, Sir, aber ich kann das nicht zulassen.«

»Bewundernswert. Und welche Strategie schlagen Sie vor?«

»Ist doch ganz klar, oder?« Er spürte selbst, wie grimmig sein Grinsen war. »Ich werde den Scheißkerl verhaften.«

»Den Stabschef des Weißen Hauses?« Abschätzig winkte Forbes mit der Pfeife. »Seien Sie nicht dämlich.«

»Dämlich?«, herrschte Carlton ihn an. »Halten Sie mich für ...«

»Verstehen Sie mich nicht falsch, Lieutenant. Sie sind ein zäher, findiger und entschlossener Mistkerl. Und ich bewundere Sie. Aber denken Sie nochmal darüber nach: Was Sie hier vorschlagen, ist zum Scheitern verurteilt.«

»Und wieso?«

»Wegen der Politik, Lieutenant. Sie können nicht so mir nichts, dir nichts den Stabschef des Weißen Hauses verhaften. Wer soll Ihnen denn einen Haftbefehl ausstellen?«

»Ein Bundesrichter.«

»Einfach so, ja? Ein Bundesrichter? Wissen Sie denn nicht, dass Fress persönlich die meisten Bundesrichter ausgesucht hat, die dann vom Präsidenten ins Amt gesetzt wurden.«

»Ich finde schon einen, der von der vorherigen Regierung ernannt wurde. Es muss doch Richter geben, die Fress nichts schuldig sind!«

Forbes nickte. »Wir sind hier nicht in einem Gerichtssaal oder einem U-Boot. Wir sind hier in Washington. Sie können nicht einfach ...«

»Genug! Wenn ich mich recht erinnere, war es Ihnen politisch gesehen scheißegal, als Sie Tom und mich auf diese Selbstmordmission schickten, damit wir die russischen Diamanten finden. Sie haben uns in die Hölle geschickt, damit wir Ihren Müll wegräumen, und jetzt besitzen Sie die Stirn, mir zu sagen, ich könne meinen Job als Ankläger nicht durchziehen? Tom mag ja Angst vor Ihnen haben, ich aber nicht. Bei allem gebotenen Respekt, Sir, Sie können mich mal!«

»Rache wirkt sich nicht gerade günstig auf eine Strategie aus.«

»Rache?« Carlton blickte ihn scharf an. »Hier geht es nicht um Rache, sondern um Gerechtigkeit.« Bevor er sich zum Gehen wandte, warf er Pink noch einen Blick zu; dann knallte er die Tür hinter sich zu.

Pink stand auf und wollte Carlton folgen, doch Forbes hob mahnend seine Pfeife. »Lassen Sie ihn gehen.« Er wählte eine eingespeicherte Nummer. »Dirk, besorgen Sie Lieutenant Carlton einen Wagen, und folgen Sie ihm. Halten Sie sich verborgen, stellen Sie aber sicher, dass ihm nichts zustößt. Ansonsten lassen Sie ihn in Ruhe.«

82.

Der Richter

Pasadena, Kalifornien, 16.10 Uhr

Es war ein langer Flug von Washington nach Los Angeles. Carlton spürte eine bleierne Müdigkeit und hätte am liebsten im nächsten Flughafenhotel eingecheckt. Er war immer noch wütend auf Forbes, doch sein Zorn hinderte ihn nicht daran, seine Gedanken auf ein neues Ziel zu richten. Wie das Sprichwort so schön sagte: Schlafen konnte er, wenn er tot war – ein Umstand, der vielleicht früher eintreten könnte als erwartet.

Carlton lenkte seinen Mietwagen Richtung Norden auf den Freeway 405, dann nahm er den 134 nach Osten in Richtung Pasadena. Er versuchte sich mit einer Zigarre wach zu halten und lauschte aufmerksam auf die Nachrichten im Radio. Noch mehr Unruhen im Nahen Osten, weil die Saudis endlich gegen den korrupten König und seinen Herrscherclan revoltierten. Neue Terroristenangriffe in Israel. Gewaltsame Niederschlagung von Aufständen und Hinrichtungen von Dissidenten in China. Nordkorea hatte erneut eine Rakete auf Japan abgeschossen. Die Burenvolksfront hielt immer noch an ihrer Vorstellung vom Oranjefreistaat fest, wenngleich sie in schwere Kämpfe mit der südafrikanischen Armee verwickelt war, und wollte Friedensverhandlungen nur unter der Bedingung zustimmen, dass der Freistaat souverän wurde. Richter Daniels ging in den Ruhestand. Weltweit Reaktionen auf die Diamanten, die der Vatikan auf den Markt geworfen hatte.

Die Wintersonne begann ihren raschen Abstieg hinter den Horizont. Nach vierzig Minuten Fahrt näherte Carlton sich einem wohl bekannten Gebäude am Stadtrand von Pasadena: Es stammte aus dem 19. Jahrhundert, hatte zuerst als Hotel gedient, nach dem Zweiten Weltkrieg als psychiatrische Klinik. Nun beherbergte es die für den Bezirk Los Angeles zuständige Stelle des Bundesberufungsgerichts.

Carlton stellte den Wagen ab und ging zum Portal. Ein ziemlich fetter Wachmann ließ ihn durch den Metalldetektor und fragte nach seinem Ausweis. Fast hätte Carlton in seiner Erschöpfung seine DOJ-Karte gezückt, besann sich aber noch rechtzeitig eines Besseren. Er ging seine Kreditkarten und anderen Ausweise durch, die Pink ihm nach seiner Rückkehr aus Rom gegeben hatte, und entschied sich für den Führerschein. »Josh Tobias. Ich habe einen Termin bei Richterin Kemsfield.«

»Den Gang runter und dann rechts.«

»Danke.« Carlton spürte wachsende Aufregung, als er den Korridor hinunterging und das Vorzimmer der Bundesrichterin betrat. Alicia Kemsfield war vom vorherigen Präsidenten ernannt worden und hatte für Präsident Douglass und dessen Ministerriege nicht viel übrig. Aus diesem Grund hielt Carlton sie für am besten geeignet, den Haftbefehl auszustellen.

»Josh Tobias. Ich habe einen Termin bei Richterin Kemsfield«, wiederholte er am Schreibtisch des Sekretärs.

»Ich sage ihr, dass Sie da sind. Nehmen Sie doch Platz.«

Carlton tat wie geheißen und betrachtete die leuchtend bunten Fische, die träge in einem sechseckigen Tropenaquarium schwammen. Es erinnerte ihn an das feudale Badezimmer in Atlantic City. Er überließ sich der Erinnerung und träumte ein wenig vor sich hin.

Eine imposante Frau von ungefähr vierzig Jahren erschien in der Tür neben dem Tisch des Sekretärs. »Mr Tobias?«

»Ja.« Carlton stand auf.

»Ich bin Alicia Kemsfield. Ich hoffe, Sie mussten nicht zu lange warten.«

»Aber nein, Euer Ehren. Ich habe gerade Ihre Fische bewundert.« Er schüttelte Kemsfield die Hand. Ihr Händedruck war fest und entschlossen.

»Sie sind wunderschön, nicht wahr? Bitte kommen Sie herein. Möchten Sie Kaffee? Sie sehen müde aus.«

»Ja, gern. Denn ich bin wirklich müde, Euer Ehren.«

»Fred, würden Sie Mr Tobias bitte einen Kaffee holen?«

Der Aufforderung wurde sofort Folge geleistet. Carlton nahm lächelnd die Tasse entgegen und setzte sich in den Besucherstuhl vor den Schreibtisch der Richterin, eine Glasplatte auf Chromgestell. Normalerweise bevorzugten Richter geschnitzte Eiche und Ledergarnituren; Kemsfields betont moderner Stil wirkte bei einer Bundesrichterin irgendwie fehl am Platze. Sie schloss die Tür und ließ sich hinter dem Schreibtisch nieder.

»Von allen Namen, die es gibt, hätte ich ja nicht ausgerechnet ›Tobias‹ gewählt«, bemerkte sie gelassen und schob eine blonde Haarsträhne aus der Stirn.

Carlton blickte sie verdutzt an. »Ich ... habe Sie nicht recht verstanden, Euer Ehren.«

»Sparen Sie sich das Getue, Mr Carlton. Ich habe heute Morgen mit Randall Forbes gesprochen. Deshalb konnten Sie so kurzfristig einen Termin bei mir bekommen. Viel hat er mir allerdings nicht verraten. Vielleicht können *Sie* das jetzt tun. Ich freue mich stets, den Mitarbeitern des Justizministeriums gefällig zu sein, ob sie nun unter richtigem oder angenommenem Namen bei mir vorsprechen. Aber ich habe viel zu tun. Wollen wir es also kurz machen, ja?«

»Natürlich, Euer Ehren. Hier sind meine Unterlagen.« Carlton zog einen braunen Umschlag aus seinem Diplomatenkoffer und legte ihn so auf den Schreibtisch, dass die Richterin ihn lesen konnte. »Und das hier ist es, worum ich Sie bitten möchte.« Nun zog er einen dünneren Ordner aus dem Koffer und legte ihn neben den anderen.

Es schien eine kleine Ewigkeit zu dauern, doch schließlich hob Richterin Kemsfield den Blick von den Dokumenten und schaute Carlton verwundert an. Wieder schob sie ihre rebellische Haarsträhne nach hinten, klappte dann beide Ordner zu.

»Angenommen, diese Informationen stimmen, und das möchte ich im Moment voraussetzen ...«

»Sie stimmen, Euer Ehren.«

»Dann sehe ich keine Möglichkeit, Ihrem Wunsch zu entsprechen.«

Carlton setzte sich kerzengerade auf. »Warum nicht, Euer Ehren?«

»Washington ist außerhalb meiner Zuständigkeit. Das ist Ihnen sicherlich bekannt. Sie sollten einen meiner Kollegen im Gerichtsbezirk D. C. bitten, diesen Haftbefehl auszustellen.«

»Sie sind Bundesrichterin, Euer Ehren. Sie sind ermächtigt, einen Bundeshaftbefehl für jedes Gericht auszustellen. Von Hawaii bis Maine.«

»Technisch gesehen, ja. Doch im politischen Sinne würde es Ihnen mehr nützen, mit einem Richter des Gerichtsbezirks D. C. zu sprechen.«

Politisch? »Vielen Dank, dass Sie sich an meiner Stelle Gedanken darüber machen, Euer Ehren, doch ich bin durchaus gewillt, die Konsequenzen ...«

»Das bringt mich auf einen noch wichtigeren Grund, warum ich Ihrem Ersuchen nicht entsprechen kann.«

»Euer Ehren?«

»Es wäre ein schwerer Verstoß gegen die übliche Verfahrensweise.«

»Ich fürchte, ich kann Ihnen nicht folgen ...«

»Das verwundert mich aber, Mr Carlton. In einem Fall dieser Größenordnung muss das Ersuchen um einen Haftbefehl vom Justizminister der Vereinigten Staaten ausgehen. Oder zumindest von einem Staatsanwalt an einem Bundesgericht. Für einen Richter mit geringerer Zuständigkeit kann ich Ihnen keinen Haftbefehl unterzeichnen.« Bevor Carlton etwas einwenden konnte, hielt sie eine Hand hoch. »Ich habe mir Ihre Akte kommen lassen. Ich weiß, dass Sie ein aufsteigender Stern am Firmament der Justiz sind. Doch das ist in diesem Fall ohne Belang. Es tut mir Leid. Schalten Sie den Justizminister oder einen Generalstaatsanwalt ein, sonst gibt es keinen Haftbefehl.«

Carlton wartete, bis sie zu Ende gesprochen hatte, dann nickte er. »Ich verstehe, Euer Ehren. Aber hier ist die Erklärung dafür, warum das eben nicht möglich ist.« Er holte einen dritten Ordner aus dem Koffer. »Es ist streng geheimes Material. Nur ausgewählten Personen darf Einsicht gewährt werden.«

»Zu denen ich auch gehöre.« Alicia Kemsfield überflog die Unterlagen, dann schaute sie Carlton an. »Das geht ja bis hinauf an die Spitze!«

»Ja. Und deshalb kann ich Ihnen kein Ersuchen des Justizministers vorlegen. Oder von einem seiner Stellvertreter. Ich darf es leider auch bei keinem Generalstaatsanwalt riskieren.«

»Und es gibt noch ein schwerwiegenderes Problem.«

»Welches?«

»Den Stabschef allein könnten Sie vielleicht mit einem Haftbefehl festsetzen. Aber wenn die Regierung dermaßen von Korruption durchsetzt ist, reicht ein schlichter Haftbefehl nicht mehr aus.«

»Euer Ehren?«

»Der Fall verlangt nach einem Sonderstaatsanwalt.«

»Ein Sonderstaatsanwalt muss vom Justizminister bestimmt werden, Euer Ehren. Das ist ja Teil des Problems.«

»Oder vom Kongress.«

»Kongress?« Fast hätte Carlton laut aufgelacht. »Euer Ehren, bis der Kongress sich mit der Frage befasst, ist Fress längst in Südafrika oder Russland oder sonst wo. Wir können ...«

»Ich verstehe ja, dass Sie schnell handeln wollen, und bewundere Ihren Mut, so viele Risiken einzugehen. Aber aus den genannten Gründen kann ich Ihrem Ersuchen nicht stattgeben.«

Carlton hätte gern noch weiter gedrängt, doch er wusste, es hatte keinen Sinn. »Ich verstehe.« Er stand auf und sammelte seine Ordner ein. »Vielen Dank für Ihre Zeit und Mühe. Ich nehme an, diese Unterredung bleibt unter uns?«

»Niemand sonst braucht davon zu wissen. Natürlich bleibt es unter uns.«

Als Carlton wieder vor seinem Mietwagen stand, war es bereits dunkel. Eigentlich hätte er wütend auf Richterin Kemsfield sein müssen, aber dafür war er viel zu müde. Stattdessen verfluchte er sich selbst. Wie hatte er nur so naiv sein können? Die liebe Politik. Immer ging es um Politik. Carlton hasste Politik. Warum konnten die Menschen nicht einfach das Richtige tun? Wäre das nicht einfacher als zu lügen, zu betrügen und um Nichtigkeiten zu kämpfen, wenn man sich doch wichtigeren Dingen widmen konnte?

Da Carlton hundemüde war, fuhr er langsam und konzentriert. Einige Minuten später hielt er vor dem Doubletree Hotel. Witzigerweise hatte Carlton genau hier vor vielen Jahren seinen ersten juristischen Kampf ausgefochten: die nervtötende, dreitägige Prüfung für die Zulassung zur Anwaltskammer von Kalifornien.

Carlton spielte seine Rolle weiter, checkte mit Josh Tobias' Führerschein und Kreditkarte im Hotel ein, bestellte den Weckruf und ließ sich angezogen aufs Bett fallen.

Der Schlaf hatte ihn erfrischt. Nach ausgiebiger Dusche und Rasur zog Carlton frische Sachen an und blickte aus dem Fenster. Es war einer jener seltenen Tage, an denen Gott die Smogdecke von Los Angeles hebt, um zu sehen, ob die Stadt noch da ist, wie Larry Niven einst gesagt hatte. Einen Tag später deckt er L. A. wieder zu, weil er den Anblick der Stadt nicht ertragen kann. Im Augenblick wollte Gott die Stadt offenbar sehen, denn die Sicht war weit und klar: Im Norden schimmerten die roten und grünen Berge, im Süden die Hochhäuser von Downtown Los Angeles.

Carlton verschlang ein reichhaltiges Frühstück mit Schinken und Ei und las dabei die Titelseite der *Los Angeles Times*. Obwohl er aus Südkalifornien stammte, schien es eine Ewigkeit her zu sein, seit er von der sonnenverwöhnten Pazifikküste weggezogen war. Bei einigen Schlagzeilen konnte er nur den Kopf schütteln. Es war unglaublich, wie wenig diese Stadt sich um den Rest der Welt kümmerte. Stattdessen ging es in den Artikeln vorrangig um Hollywood; um die halb ausgegorenen Meinungen der Filmstars zur Politik; um ihre Vorliebe für seltsame, esoterische Kulte und ihre Scheidungen, die einem Bäumchenwechsel-dich-Spiel glichen. Artikel über die wirkliche Welt kamen meistens erst zehn Seiten später, es sei denn, sie waren so wichtig, dass selbst Hollywood sie wahrnahm.

Ein solcher Artikel war es nun, der Carltons Aufmerksamkeit fesselte. Es ging um Thomas Daniels, einen Richter am Obersten Gerichtshof, der bald in den Ruhestand ging. In den sechzigern war er einer der führenden Köpfe einer Gesetzesreform für die Bürgerrechte gewesen und hatte sich für den Umweltschutz stark gemacht, hatte gegen die Rassendiskriminierung gekämpft und sich für den Schutz der Bürger vor den mächtigen Riesen in Regierung und Konzernen stark gemacht. Nun wollte er zurücktreten, weil er seinen eigenen Worten zufolge noch jung genug sei, mit seiner 55-jährigen Frau das Leben zu genießen. Überdies brachte der Artikel die Beschreibung einiger Kandidaten, die als mögliche Nachfolger Daniels' gehandelt wurden.

Und auf dieser Liste stand – Alicia Kemsfield.

Treffer!

Kemsfield war nicht von Präsident Douglass ernannt, folglich auch nicht von Scott Fress ausgesucht worden. Aber sie war Richterin an einem Bundesberufungsgericht und das bedeutete, sie konnte Daniels' freien Platz besetzen – wenn der Stuhl auch schmal war.

Unsachgemäße Verfahrensweise, hatte sie gesagt. Du kannst mich mal, dachte Carlton.

Wenn Kemsfield den Haftbefehl nicht unterzeichnen wollte, würde es auch keiner der anderen Bundesrichter tun, sofern sie auf einen Sitz im Obersten Gerichtshof hofften. Niemand würde das Boot zum Schaukeln bringen wollen und dadurch Wellen schlagen in einem Meer, in dem alle in heiterer Gelassenheit dahindümpelten. Seltsamerweise fühlte Carlton sich bei dem Gedanken besser. Statt es bei einem halben Dutzend Bundesrichtern zu versuchen, würde er einen ganz anderen Weg einschlagen.

Er stürzte den Rest Kaffee hinunter, wählte die Nummer von American Airlines, buchte die nächste Maschine nach D. C. und hinterließ Pink auf dem Beantworter eine Nachricht.

83.

Die Justiz

N Street
Georgetown, Washington, D. C., 15.27 Uhr

Carlton quetschte seinen Mietwagen in eine winzige Parklücke zwischen einem Cadillac und einem VW-Bus aus den sechzigern, der mit zahlreichen Aufklebern bepflastert war – »Grateful Dead«, »Greenpeace« und »Kein US-Krieg in Afghanistan«. Beide Fahrer würden nun mit dem Ausparken erhebliche Schwierigkeiten haben. Ihr Pech! Parken in D. C. war der reinste Krieg. Als Carltons Blick auf den Caddy fiel, fragte er sich flüchtig, was wohl aus dem Shark geworden war.

Der Name Tobias schien ihn gegen jegliche Unbill zu schützen. Keine gedungenen Mörder im Hotelzimmer, keine Schießereien auf der Ringautobahn, keine Drohbriefe mehr. Carlton fühlte sich jetzt viel sicherer, was zum Teil auf seiner angenommenen Identität beruhte, zum Teil auf dem Wissen, dass Forbes einen Agenten abgestellt hatte, der ihm den Rücken deckte. Er konnte den Mann zwar nie genau ausmachen, wusste aber, dass er da war – ein beruhigendes Gefühl.

Die Sonne gewann allmählich die Oberhand über das trübe Washingtoner Winterwetter. Obwohl man noch lange nicht von Erwärmung sprechen konnte, war der Restschnee an den Straßenrändern geschmolzen. Sonnenstrahlen drangen zwischen den nackten Zweigen der Ulmen und Eichen hindurch, die die N Street säumten; hier war eines der feinsten Wohnviertel der Stadt. Carlton schaute wieder auf den Zettel mit der Adresse. Im nächsten Block. Da er nicht zu spät zu seiner Verabredung kommen wollte, schritt er schneller aus. Unterwegs bewunderte er die weißen und roten Backsteinvillen im Kolonialstil, die sich nur Millionäre leisten konnten. Die Villen lagen ein Stück von der Straße zurück hinter hohen schmiedeeisernen Gittern und Ilexbüschen.

Mit dem Frieden war es abrupt zu Ende, als er sich einer kleinen Villa näherte. Hier ging es zu wie im Tollhaus. Übertragungswagen mit Antennen und Satellitenschüsseln standen mitten auf der Kreuzung, Streifenwagen hatten einen Ring darum gezogen wie bei einer Wagenburg. Journalisten belagerten die Haustür eines blauen und weißen Häuschens im Cape-Cod-Stil, das neben seinen behäbigen Brüdern geradezu zwergenhaft wirkte. Carlton bahnte sich an den übereifrigen Reportern vorbei einen Weg und näherte sich einem behäbigen Polizisten, der vor der Tür Wache stand.

»Josh Tobias. Ich habe eine Verabredung mit dem Richter«, versuchte er sich über den Lärm hinweg bemerkbar zu machen. Ein paar Reporter wollten wissen, ob er aus dem Weißen Haus käme. Der Officer schaute auf seinem Dienstplan nach, ließ Carlton hinein und zog die Tür sofort wieder zu. Carlton stand ein paar Sekunden reglos da und versuchte, sich in dem halbdunklen Haus zu orientieren.

»Die sind verrückt, nicht wahr? Aber wenigstens nicht so schlimm wie in den sechzigern. Damals war's der Ku Klux

Klan«, sagte eine ruhige Männerstimme. Carlton drehte sich um und sah einen älteren Mann auf der zweiten Stufe der schmalen Treppe stehen. Hätte er nicht genau gewusst, dass es Richter Daniels sein musste, hätte er den Mann für einen Professor im Ruhestand gehalten. Daniels trug eine dunkelrote Strickjacke und leicht zerknitterte Hosen; er war ein hoch gewachsener, schlanker Mann mit freundlichem, faltigem Gesicht. Sein Haar wuchs noch kräftig, war jedoch schlohweiß. Er lehnte sich gegen das Holzgeländer und umfasste den Handlauf mit der Linken, die knochig, aber kräftig war. In der anderen Hand hielt er eine lange Zigarre. Blauer Rauch stieg vor seinem Gesicht auf und verlieh diesem Giganten der Jurisprudenz eine überirdische Aura, die von den spärlichen Sonnenstrahlen, die durch die Spalten der Samtvorhänge fielen, noch hervorgehoben wurde.

Carlton war für den Augenblick sprachlos. Sein Mund war trocken. Er hatte die Schriften dieses Mannes während des Studiums gelesen, im Seminar über die amerikanische Verfassung. Einige waren Standardwerke der juristischen Fachliteratur.

»Richter Daniels ... es ist mir eine große Ehre, Sir. Ich habe Ihre Schriften während des Studiums gelesen. Dass Sie nicht mehr lehren, ist ein großer Verlust für die Juristerei.« Es hörte sich schrecklich unterwürfig an, doch Carlton meinte jedes Wort ernst.

Daniels spürte, dass der junge Mann ihm nicht um den Bart ging. »Ich weiß das sehr zu schätzen.« Er lächelte Carlton an; es war das unschuldige Lächeln eines Kindes, nicht das eines Furcht erregenden Richters. »Aber machen Sie mich nicht schon zu Lebzeiten zum Denkmal, Mr ... Tobias, so heißen Sie doch?« Er zwinkerte bei der Nennung des Namens, legte eine Hand ans Ohr und deutete auf die Wände, um Carlton zu verstehen zu geben: *Die Wände haben Ohren.*

Forbes musste ihm Bescheid gegeben haben. Carlton streckte dem Richter die Hand hin. »Ja, Euer Ehren.«

Daniels steckte sich die Zigarre zwischen die Lippen und erwiderte den Händedruck erstaunlich kraftvoll. »Folgen Sie mir.«

Langsam stieg er die knarrende Treppe hinauf, hielt sich dabei am Geländer fest. Dann führte er Carlton in ein Arbeitszimmer im hinteren Teil des Hauses. Eine graue Perserkatze schloss sich ihnen an.

»Hier haben wir mehr Ruhe. Setzen Sie sich. Möchten Sie einen Drink? Ich könnte jetzt einen gebrauchen. Die Meute da draußen treibt mich noch zum Wahnsinn.«

»Ich hätte sehr gern einen Drink, Sir, danke.« Einen Augenblick stellte er sich vor, der Zweck des Besuchs sei allein der, dass er, Pat Carlton, mit dem Richter des Obersten Gerichtshofes Thomas Daniels einen Drink nahm. In dessen Arbeitszimmer. Beinahe kam er sich wieder vor wie ein Student im ersten Semester.

Aufmerksam ließ er den Blick durchs Zimmer schweifen. In einem Minikamin unter einem Ölbild von Thomas Jefferson prasselte ein Feuer. Auf den Hartholzdielen lagen Bücher fast zwei Meter hoch gestapelt. Auf dem großen Eichenschreibtisch beschwerte ein hölzerner Richterhammer Berge von Papieren. Genau so sollte das Arbeitszimmer eines Richters am Obersten Gerichtshof aussehen, fand Carlton.

Daniels schenkte zwölf Jahre alten Singlemalt Whisky in Kristallgläser und bot Carlton eines an. »Ich fürchte, ich habe nur Scotch.«

Er ließ sich langsam in einen alten Ledersessel neben Carlton sinken und zwinkerte seinem Besucher zu. »Ist das Einzige, was unsere Haushälterin nicht trinkt.« Er grinste und hob sein Glas. »Cheers.«

»Auf Ihr Wohl, Euer Ehren«, sagte Carlton und hob ebenfalls sein Glas. Als der Richter seine erloschene Zigarre wieder anzündete, sprang die Perserkatze auf seinen Schoß.

»Gestatten Sie, Euer Ehren?«, fragte Carlton höflich und zog eine Upmann Robusto aus seiner Jackentasche.

»Aha, Sie rauchen auch gern Zigarren. Aber bitte, mit Vergnügen.« Daniels kraulte die Katze, die mit geschlitzten Augen dasaß und zufrieden schnurrte.

»Sie haben gewiss einen Anruf von dem Mann aus Virginia erhalten, Euer Ehren.« Carlton schnitt die Zigarrenspitze mit einer Miniguillotine ab und zündete sie mit seinem Einwegfeuerzeug an, eine Handlung, die Daniels erstaunte, denn für ihn kamen beim Anzünden von Zigarren nur Streichhölzer infrage.

»Das stimmt. Er hat mir nicht genau gesagt, worum es geht, aber es scheint dringend und wichtig zu sein – so viel habe ich verstanden.«

»Und in politischer Hinsicht kompliziert, Euer Ehren.«

»Wie das?«

Carlton erzählte von Richterin Kemsfields Weigerung, den Haftbefehl zu unterzeichnen, reichte Daniels die Ordner mit den Beweisen gegen Fress und dem zusätzlichen Material über die Mitarbeiter des Justizministeriums, die auch auf der Liste von Waterboer standen – Informationen, die Forbes beschafft hatte. Carlton wusste, dass er bei dem Richter nicht auf Vertraulichkeit bestehen musste.

Daniels setzte seine goldgerahmte Brille auf und las alles sorgfältig durch. Als er fertig war, klappte er die Ordner zu, nahm die Brille ab und ließ sie an der Hand baumeln. »Ich verstehe jetzt, warum Kemsfield sich geweigert hat«, sagte er nur.

Carlton starrte ins Kaminfeuer. »Ich leider auch, Euer Ehren. Und ich nehme an, die meisten anderen Bundesrichter würden dasselbe tun.«

»Nein. Viele von ihnen wurden nicht vom amtierenden Präsidenten ernannt, und sie hoffen auch nicht auf meinen Sitz im Gerichtshof. Aber es würde zu viel Zeit kosten, wenn Sie sämtliche Ernennungen prüfen, um herauszufinden, in welcher Beziehung die infrage kommenden Richter zur jetzigen Regierung stehen. Und während dieser Zeit würde die Person, die Sie verhaften wollen, von Ihrer Suche Wind bekommen.«

»Dann geben Sie meinem Ersuchen statt, Euer Ehren?«

»Das habe ich nicht gesagt. Das Problem mit Ihrer Bitte ist nicht sosehr politischer, als vielmehr verfahrenstechnischer Natur. Die darin verwickelten Persönlichkeiten«, er legte die Hand auf die braunen Ordner, »sitzen in zu hohen Ämtern. Ein bloßer Haftbefehl kann ihnen nichts anhaben. Das Beste wäre, einen vom Kongress bestimmten Sonderankläger zu beauftragen.«

Wieder überfiel Carlton das schreckliche Gefühl, als wäre alles umsonst gewesen. »Demnach werden Sie den Haftbefehl nicht unterzeichnen, Euer Ehren?«

»Wissen Sie, warum ich meinen Sitz im Gerichtshof aufgebe?«, entgegnete Daniels und wich der Frage aus.

»Sie wollten mehr Zeit mit Ihrer Frau verbringen.«

»Das ist die Antwort, die ich den Reportern gebe.« Daniels nickte feierlich. »Die Wahrheit ist: Ich wurde Anwalt, dann Richter, und dann stimmte ich der Ernennung zum Obersten Bundesrichter zu, weil ich den Status quo ändern wollte. Zu der Zeit, als ich aufwuchs, bestand der Status quo aus Rassentrennung und Bigotterie, und der Einzelne hatte wenig Rechte gegenüber den Mächtigen in Politik und Wirtschaft. Für mich hat das nichts mit den Grundwerten Amerikas zu tun. Sei es damals oder heute.«

»Sie haben viele Dinge verändert, Euer Ehren.«

»Ja. Und ich bin stolz darauf. Das Problem heutzutage besteht jedoch darin, dass der Gerichtshof kaum noch Gelegenheit hat, sein Können zu beweisen. Heute gibt es genauso viele Ziele wie damals, für die es sich zu kämpfen lohnt. Die Welt wächst zusammen, doch trotz aller Mühe, die wir uns hier geben – einen Kniff hier, einen Dreh da –, gibt es immer noch himmelschreiende Ungerechtigkeiten. Daran kann auch der Gerichtshof nichts ändern. Amerika ist nur noch einer von vielen Orten in einer großen Welt, auch wenn die USA jetzt die einzige Supermacht sind. Der Gerichtshof kann keine Schäden begrenzen, auch wenn es einst in seiner Macht stand. An irgendeinem

Punkt kommt es zu einem Konflikt zwischen den Entscheidungen des Gerichtshofs und der Welt, von der Amerika nur ein Teil ist.«

»Aber der Gerichtshof kann immer noch ein Beispiel geben, dem die Welt folgen kann, Euer Ehren. Er kann dafür sorgen, dass das Gesetz geachtet wird. Sie selbst haben das gesagt.«

Daniels sah Carlton einige Sekunden an, dann schloss er die Augen und nickte. »Ja, das habe ich gesagt. Und wir *können* ein Beispiel geben.«

Er setzte die Brille wieder auf, nahm einen alten Parker-Füller, schraubte die Hülse ab und unterzeichnete mit einer schwungvollen Geste drei Ausfertigungen des Haftbefehls. Dann schaute er Carlton an. »In Fällen wie dem Ihren ist die Verfahrensweise nicht korrekt, wie ich schon sagte. Technisch gesehen. Doch auch Arbeiterstreiks waren früher illegal. Und welches Gericht wird schon einen von mir unterschriebenen Haftbefehl für ungültig erklären?« Er reichte Carlton die Ordner. »Das haben Sie gut gemacht, mein Junge. Viel Glück.«

84.

Die Verhaftung

Weißes Haus, 9.17 Uhr

Carlton trug seine Navy-Uniform, obwohl er nicht dazu berechtigt war; eigentlich durfte er die Uniform nur auf einer Reservistenübung tragen. Doch im Laufe des letzten Monats hatte er die strengen Vorschriften der Marine öfter etwas großzügiger ausgelegt. Und an einem Tag wie heute war jedes Symbol von Autorität eine willkommene Hilfe.

Mit dem marineblauen Chevy Suburban aus dem Wagenpark

der CIA fuhr er am Nordtor des Weißen Hauses vor und blieb an einem Bunker stehen. Seit dem 11. September waren die Sicherheitsmaßnahmen an der Umzäunung und den Zufahrten zum Weißen Haus deutlich verschärft worden.

Carlton schwitzte stark. Er war erst ein einziges Mal im Weißen Haus gewesen – vor einigen Jahren, bei einer ganz normalen Führung. Nun jedoch kam er in seiner Eigenschaft als DOJ-Anwalt. Allerdings stand er nicht ganz allein da. Da er endlich den Haftbefehl vorweisen konnte, erhielt er Amtshilfe von Forbes. Pinks Chef jedoch blieb unsichtbar im Hintergrund, und wenn Carltons Kreuzzug zum Misserfolg geriet, würde er jegliche Mitwirkung abstreiten. Forbes hatte Klaus von Engel, den CIA-Mann im Weißen Haus, gebeten, Carlton beizustehen.

»Patrick Carlton vom Justizministerium, Lieutenant der Reserve der US-Marine«, sagte er zu dem Wachmann am Tor und reichte ihm die entsprechenden Ausweise. Zum Glück hatte von Engel ihn auf die Liste der zum Eintritt berechtigten Besucher gesetzt – wenn man nicht auf dieser Liste stand, war der Zugang zum Allerheiligsten so unmöglich wie die Überquerung des Atlantiks zu Fuß.

Der Sergeant zog sich in seinen Bunker zurück, studierte die Liste der morgendlichen Besucher und kam wieder zum Vorschein. »Danke, Sir. Alles in Ordnung. Aber Mr von Engel muss Sie begleiten. Und Sie können nicht innerhalb der Umzäunung parken. Wenn Sie bitte aussteigen wollen – die Wachmänner werden den Wagen für Sie parken.« Zwei Wachleute schritten auf den Suburban zu, als Carlton fröstelnd ausstieg. Sie durchsuchten den Wagen; besonders gründlich widmeten sie sich dem Unterboden, den sie mithilfe von Spiegeln inspizierten, die an den Enden gebogener Rohre befestigt waren. Schließlich stieg einer der beiden ein und fuhr den Suburban vom Gelände. Der andere durchsuchte Carlton mit seinem elektronischen Zauberstab, den er langsam über jeden Quadratzentimeter des Körpers schwenkte. Dann winkte er Carlton durch einen Metalldetektor, checkte die Fingerabdrücke und widmete sich schließlich akribisch den beiden Ausweisen. Nachdem er sich überzeugt hatte, dass Carlton nicht bewaffnet und tatsächlich derjenige war, der er zu sein vorgab, und dass nichts gegen ihn vorlag, gab er ihm eine ID-Karte für Besucher des Weißes Hauses, die sichtbar an der Kleidung getragen werden musste, und führte ihn den Fahrweg hinauf zu dem stattlichen Gebäude. Vor dem Eingang wartete Klaus von Engel, ein sportlicher Mann um die fünfzig mit kurz geschnittenem Haar und markantem Gesicht. »Danke sehr. Ab hier übernehme ich.« Er wandte sich an Carlton, ließ ein geübtes Lächeln aufblitzen und streckte ihm die Hand entgegen. »Von Engel.«

»Carlton. Danke für Ihr Entgegenkommen.«

»Zum Glück hatte Malcolm mir von Ihrem Dokument erzählt. Andernfalls wären Sie nie am ersten Wachmann vorbeigekommen.« Er überlegte kurz. »Sind Sie bereit?«

»Nie zuvor bin ich so bereit gewesen.«

»Okay. Ich bringe Sie zu ihm.« Er gab Carlton ein Paar Handschellen. »Hier. Die werden Ihnen von Nutzen sein.«

Sie betraten das Weiße Haus durch einen Seiteneingang und schritten schweigend durch schallgedämpfte Korridore, bis sie zu einer weißen Tür gelangten, der von einer Terminsekretärin und deren Schreibtisch bewacht wurde.

»Hi, Becky.« Von Engel lächelte gewinnend. »Wir möchten zu Scott.«

Die untadelig gekleidete Brünette schaute auf den Tageskalender ihres Chefs und schüttelte den Kopf. Dann sah sie auf. »Wie es scheint, haben Sie keinen Termin bei ihm, Klaus. Es tut mir Leid, aber der Stabschef ist in einer Besprechung.«

»Bitte, piepsen Sie ihn an, Becky. Es dauert nur einen Moment, und es ist wirklich wichtig.« Carlton hatte hinter von Engel gestanden; nun näherte er sich dem Tisch.

»Sie wissen doch, wie sehr er Störungen hasst«, sagte Becky. »Ich kann ihn nicht einfach ...«

Carlton beugte sich über den Tisch und blickte die Frau fest aus seinen blauen Augen an. »Bei allem schuldigen Respekt, Ma'am, mir ist klar, dass Sie nur Ihre Arbeit tun, und die machen Sie gut, wie mir scheint. Aber mir ist es völlig egal, ob der Stabschef gerade auf dem Klo oder sonstwo sitzt. Wenn Sie einen Blick auf dieses Dokument werfen? Es trägt Siegel und Signatur von Richter Thomas Daniels vom Obersten Gerichtshof.« Er zog eines der Originale aus der Tasche und schob es der Sekretärin zu. »Es liegt nicht mehr in Ihrer Hand, Ma'am. Sie müssen dem Befehl nachkommen und uns augenblicklich Zutritt gewähren.« Die Sekretärin las den Haftbefehl durch. Dann blickte sie auf und sah von Engel mit großen Augen an.

Von Engel nickte. »Ist rechtskräftig, Becky. Ich habe es bereits bestätigt. Sie sollten tun, was Mr Carlton sagt.«

»Also gut«, sagte die Sekretärin verunsichert. »Hier entlang, Sir.« Sie klopfte einmal kurz, öffnete dann die Tür. Carlton sah Scott Fress hinter seinem Schreibtisch, und es überlief ihn kalt. Dieser Mistkerl! Jetzt wird es ernst ...

»Verzeihung, dass ich so hereinplatze, Sir, aber dieser Mann hat einen dringenden ...«

»Verdammt, Becky. Ich habe doch gesagt, dass ich von *niemandem* gestört werden will! Ist das so schwer zu begreifen?« Er deutete auf zwei Männer in schlecht sitzenden Anzügen, die auf den Besucherstühlen vor ihm saßen. »Ich habe hier zwei sehr wichtige Besucher, Vertreter von Heer und Marine der chinesischen Armee.«

Carlton schob sich an der Sekretärin vorbei ins Amtszimmer. »Ich fürchte, diese Angelegenheit duldet keinen Aufschub, Sir.«

»Wer sind Sie?« Fress hatte ihn offensichtlich nicht erkannt. Ist es möglich, fragte sich Carlton, dass er noch nie ein Foto von dem Mann gesehen hat, den er unbedingt aus dem Weg räumen wollte? »Machen Sie, dass Sie rauskommen, oder ich rufe den Sicherheitsdienst.«

»Ich fürchte, das wird nichts nützen, Sir.« Carlton spürte, wie sein Herz vor Aufregung heftiger schlug. »Und was Ihre Frage angeht: Mein Name ist Lieutenant Patrick Carlton vom Justizministerium der Vereinigten Staaten. Lieutenant der Reserve, US-Marine.« Fress machte große Augen, doch es spiegelte sich weniger Angst als vielmehr Überraschung und Zorn darin. »Durch Anordnung von Richter Thomas Daniels vom Obersten Gerichtshof sind Sie, Scott Fress, unter der Anklage des Hochverrats an den Vereinigten Staaten von Amerika in Haft zu nehmen.«

Fress schoss aus seinem Sessel hoch und fuchtelte wild mit den Händen. »Verhaftet? Sind Sie noch bei Verstand, Carlton? Sie kleiner Scheißer. Glauben Sie, ich erlaube einem miesen, unbedeutenden Anwalt von der Justiz, dass er mich festnimmt?«

Die beiden Chinesen zogen sich klugerweise vom Schauplatz des Geschehens zurück. Wie es aussah, würden sie die amerikanischen Militärgeheimnisse nicht von Fress bekommen, sondern mussten sie von einem anderen kaufen. Von Engel kam herein und stellte sich hinter Carlton.

»Sir, Sie sind verhaftet.« Carlton trat zu Fress' Schreibtisch und legte den Haftbefehl auf die Tischplatte.

»Ich gehe nirgendwo hin.« Fress beugte sich vor und drohte Carlton mit dem Finger. »Aber *Sie* werden sich ganz woanders wiederfinden, mein Freund.«

Carlton zog die Handschellen unter der Uniformjacke hervor und trat einen Schritt auf Fress zu.

»Wenn Sie mich anrühren, sind Sie ein toter Mann.« Fress wich zurück.

»Ich fürchte, ich habe keine andere ...«

Der Schuss krachte, bevor Carlton die Pistole sah. Die Kugel streifte seinen Arm und traf von Engel in die Brust. Als Carlton sich zu Boden fallen ließ, flüchtete Fress durch eine Hintertür. Carlton kniete sich neben von Engel. Der Mann lag auf dem Rücken und atmete gepresst, sein Hemd war blutgetränkt. Er versuchte, den Kopf zu heben, schaffte es aber nicht. Becky wusste, was in einer solchen Situation zu tun war. Sie alarmierte den Secret Service, der für den Personenschutz des Präsidenten zuständig war, erzählte von dem Haftbefehl und dem Schuss und rief die Ambulanz des Weißen Hauses an. Dann kam Becky zu dem Verwundeten.

»Klaus! O Gott. Es wird alles wieder gut, Klaus. Bleiben Sie ganz ruhig. Die Sanitäter sind in einer Sekunde da.« Sie legte ihm die Hand auf die Stirn.

Von Engel schaute Carlton an. »Kümmern Sie sich nicht um mich. Nehmen Sie meine Pistole. Im Schulterhalfter. Holen Sie sich den Schweinehund.«

Carlton drückte die Hand des verwundeten Mannes und zog dessen Colt Government aus dem Halfter. »Bis bald!« Er eilte zur Hintertür. Wohin Fress auch geflohen war, er hatte einen Vorsprung von zwei Minuten. Vor sich sah Carlton einen Fahrstuhl und ein Treppenhaus. Er stürmte die Treppen hinunter und gelangte in einen Tunnel. Blieb stehen, lauschte, hörte aber nichts. Er rannte den Tunnel entlang. An dessen Ende befand sich eine Metalltür, vor der ein Wachmann am Schreibtisch saß. Er war aus kürzester Entfernung erschossen worden. Carlton schnappte sich das Funkgerät des Toten. Am Türschloss hing ein Schlüsselbund. Carlton nahm den Colt in beide Hände und trat die Tür auf. Erstaunt stellte er fest, dass er sich im Parkhaus des Old Executive Building befand. Er drückte die Sprechtaste am Funkgerät. »Hier spricht Pat Carlton vom Justizministerium. Ich habe dem Stabschef auf Anordnung des Obersten Gerichtshofs einen Haftbefehl überbracht. Bitte einen Beamten zum Eingang Parkhaus am White House Tunnel. Fress ist ins OEOB-Parkhaus geflohen. Wer immer zuhört – sperren Sie sofort sämtliche Ausfahrten! Lassen Sie niemand durch!«

Carlton hielt sich dicht an der Wand, duckte sich dann hinter eine Reihe parkender Wagen. Immer wieder drehte er den Kopf nach links und rechts, sah in jedes Fahrzeug.

Jeder Mensch hat eine Schwäche. Bei Scott Fress waren es

Autos. Trotz des Dienstwagens, der ihm rund um die Uhr zur Verfügung stand, zog Fress es vor, mit seinem auffälligen marineblauen Rolls Royce zur Arbeit zu fahren. Plötzlich schoss der schwere Wagen aus einer Parklücke in der Nähe und jagte direkt auf Carlton zu, der sich mit einem Sprung auf die Haube eines schwarzen Lincoln rettete. Im nächsten Moment krachte der Rolls gegen die hintere Stoßstange der Limousine. Carlton stürzte von der Haube und prallte mit dem Knie auf den harten Betonboden. Es tat abscheulich weh. Er rappelte sich auf, duckte sich dann aber instinktiv, weil Fress den Arm hob, die Waffe im Anschlag, und abdrückte. Die Kugeln pfiffen knapp an Carlton vorbei und zertrümmerten die Windschutzscheibe des Lincoln. Glassplitter regneten auf Carlton. Während er sich mühte, wieder fest auf den Beinen zu stehen, durchfuhr ihn eine Woge grellen Schmerzes. Dennoch gab er mehrere Schüsse auf Fress ab, dessen Rolls mit kreischenden Reifen rückwärts fuhr. Es roch nach verbranntem Gummi. Dann jagte der Wagen davon. Die ersten Schüsse Carltons stanzten Löcher in den Kofferraum. Die zweite Salve ging fehl, und der Rolls schoss die Rampe hoch. Doch als er fast schon oben war, wurde endlich das Barrikadensystem aktiviert. In Sekundenschnelle fuhr ein mit Eisen verstärkter Betonzylinder rotierend in die Höhe. Der Rolls war ein schweres, wuchtiges Fahrzeug, doch gegen diese Dreitonnenbarrikade kam er nicht an. Mit dreißig Meilen krachte er gegen den Zylinder und kam zum Stillstand. Metall kreischte auf Beton. Zwei Marines-MPs erschienen und richteten ihre halbautomatischen Waffen auf den Rolls. Fress, der offenbar unverletzt war, hing im Airbag fest und versuchte hektisch, den Motor wieder zu starten. Doch die Maschine wummerte nur ein paarmal auf und erstarb dann mit einem Wimmern.

Carlton humpelte zur Rampe, so gut er es mit seinem schmerzenden Knie vermochte. Er versuchte, die Tür der Fahrerseite zu öffnen, doch sie war verriegelt. Wütend wandte er sich an einen der Marines. »Öffnen Sie die Tür, Gefreiter!«

»Jawohl, Sir!« Der Soldat kam dem Befehl des vorgesetzten Offiziers nach, indem er seine Waffe nahm und den Kolben dreimal gegen das Seitenfenster rammte, bis das Sicherheitsglas Sprünge bekam, die wie ein Spinnennetz aussahen. Dann hängte er die Waffe wieder um, bohrte mit dem Lauf eine Öffnung ins Glas, griff hinein, entriegelte die Tür von innen, sprang zurück und ging in Habtachtstellung. »Sir!«

Der Airbag wurde allmählich schlaff. Fress tastete wild nach seiner Pistole auf dem Wagenboden. Doch er hielt sofort inne, als Carlton ihm den Colt an die Schläfe hielt. Er drückte so fest, dass er seinem Feind die Haut ritzte. Als er den Hahn spannte, traten rund um die Mündung Blutstropfen hervor.

»Na schön, Mistkerl. Da Sie mich beim ersten Mal nicht anhören wollten, sage ich's Ihnen gern noch einmal. Sie sind verhaftet, Sie mieser Verräter. Sie haben das Recht zu schweigen ...«

Nach seinem verfassungsmäßig verbrieften Recht erwartete Scott Fress, den entmachteten Stabschef, ein Prozess vor einem ordentlichen Gericht. Ein gerissener Anwalt würde die Verteidigung übernehmen und genug Zeit zur Prozessvorbereitung haben; alle Beweise, die die Regierung gegen Fress in der Hand hatte, würde dieser Anwalt anfechten, sämtliche Privilegien geltend machen, alle möglichen Verteidigungsstrategien anwenden.

Allerdings war es für Waterboer nicht allzu schwer, Scott Fress im Bundesgefängnis aufzuspüren. Er lebte nicht mehr lange genug, um seinen Prozess noch zu erleben.

85.

Der Beweis

Sitz des Bürgermeisters
Palermo, 2.02 Uhr

Orlando Leonida konnte seine Niederlage immer noch nicht verwinden. Wieder und wieder ließ er die Ereignisse vor seinem inneren Auge ablaufen. Wie hatte er das nur zulassen können? Die Bank war versiegelt gewesen. Innen und außen von zwanzig GDF-Soldaten bewacht und von Videokameras gesichert. Sie waren kurz davor gewesen, die Beweise in die Hand zu bekommen, mit deren Hilfe einer der grausamsten Paten mitsamt seinen Spießgesellen für den Rest seines Lebens hinter Gitter gewandert wäre. Tausende von Italienern und andere Europäer wären gerächt worden: Männer, Frauen, Kinder, die unter Arcangelos Morden und Diebstählen, dem Drogenhandel und der Prostitution gelitten hatten. Geopfert worden waren.

Die entscheidenden Beweise waren zwar verschwunden, doch die Cyberspezialisten der GDF hatten Leonida mitgeteilt, dass sie beileibe nicht dem Feuer zum Opfer gefallen waren. Irgendjemand hatte sie vor der Explosion aus der Datenbank des Hauptcomputers gezogen und lediglich unbespielte Disketten und Bänder hinterlassen, die später ein Raub der Flammen wurden. Wie hatte das geschehen können?

Leonida stand vom Wohnzimmersofa auf – wenn er unter seinen Anfällen von Schlaflosigkeit litt, wollte er seine Frau nicht stören – und schenkte sich noch einen Whisky Soda ein. Es war nicht die persönliche Niederlage, die ihm zu schaffen machte; er tat, was er konnte, und das wussten sowohl die Medien als auch seine Wähler nur zu gut. Was ihn peinigte, waren die vier Jahre, die er in die Ermittlung gegen Arcangelo investiert hatte. Während dieser vier Jahre hatte er die Ermittlungen gegen andere Mafiafamilien ruhen lassen. Welch eine Zeitverschwendung! Er fluchte leise vor sich hin und stürzte seinen vierten Drink hinunter. In diesem Augenblick klopfte es. *»Avanti, avanti.«*

Sein Leibwächter steckte den Kopf zur Tür herein. »Ein Anruf.«

Automatisch sah Leonida auf die Uhr. »Um zwei Uhr morgens?« Er seufzte. »Wer ruft denn um diese Zeit an?«

»Er sagt, er heißt Pat Carlton. Vom Justizministerium in Washington.« Leonida sprach des Öfteren mit dem amerikanischen Justizministerium, aber wer sollte ihn zu dieser Stunde anrufen? Und dann auch noch zu Hause?

Er nahm den Hörer ab. »Leonida am Apparat. Wissen Sie eigentlich, wie spät es hier ist. Was wollen Sie?« Er sprach fehlerlos Englisch, allerdings mit starkem Akzent.

»Verzeihen Sie, dass ich Sie zu dieser Stunde störe. Ich wollte Ihnen die Information schon seit ein paar Tagen geben, habe es aber nicht geschafft.«

»Welche Information?«

»Die Information aus dem Computer in der Banco Napolitana. Über Don Arcangelo.«

Leonida wurde sofort hellwach. Er stellte das Glas hin. »Sie wissen, dass die Bank in Flammen aufgegangen ist und sämtliche Computerinformationen über Arcangelo verloren gingen, nicht wahr?«

»Genau deswegen rufe ich an.«

»Um was für eine Information handelt es sich denn?«

»Um alle, die Sie benötigen.«

Nun musste Leonida sich setzen. »Alle? Soll das ein Scherz sein? Ich versichere Ihnen ...«

»Ich habe keine Zeit für Scherze.«

»Sagen Sie mir, wie Sie an diese Information herangekommen sind.«

»Das darf ich leider nicht verraten. Wollen wir es mal so ausdrücken ... die Information wurde abgerufen. Ich muss annehmen, dass Ihre Telefonleitungen angezapft sind. Deshalb kommt eine Übermittlung per Fax oder Internet nicht infrage, besonders, wenn man bedenkt, wie weit diese Verbrecher gegangen sind, um sämtliche Beweise zu vernichten. Und ich kann auch nicht davon ausgehen, dass die Information bei jemand anderem gut aufgehoben ist – das ist nur bei Ihnen der Fall. Deshalb bitte ich Sie, persönlich bei der US-Botschaft in Rom vorstellig zu werden. Fragen Sie nach dem Nachrichtendienst-Attaché Tom Pink. Er wird Ihnen die benötigten Informationen geben. Und zwar nur Ihnen.«

»Nachrichtendienst-Attaché? Sie meinen ... CIA?«

»Ich habe großen Respekt vor Ihnen, Signor Leonida. Für Sie als Ankläger dürfte die Information unschätzbar wertvoll sein. Ich entschuldige mich noch einmal für den Anruf zu dieser späten Stunde. Gute Nacht, Sir.«

Später, am Morgen, nachdem er sich schlaflos herumgewälzt oder von amerikanischen Mafiapaten in Washington geträumt hatte, setzte Leonida sich zu seiner jungen Frau und den beiden Kindern an den Frühstückstisch. Mit verschwollenen Augen nippte er an seinem zweiten doppelten Espresso – ein Gegengift zu den vier Whiskys und dem Mangel an Schlaf. Der Leibwächter brachte die Morgenausgabe des *Corriere della Sera.* Die fette Schlagzeile fiel Leonida sofort ins Auge: STABSCHEF DES WEISSEN HAUSES WEGEN KORRUPTION VERHAFTET. Kaum hatte er den zweiten Satz gelesen, ließ er die Kaffeetasse klirrend auf die Untertasse fallen. »*Santa Lucia.* Es ist also tatsächlich wahr!«

»Was denn?«, erkundigte sich seine Frau.

Leonida las laut vor. »Patrick Carlton, Kartellanwalt im US-Justizministerium und Marinereservist, nahm die Verhaftung in Mr Fress' Amtszimmer im Weißen Haus vor.« Er blickte zu seinem Leibwächter. »Wir müssen sofort nach Rom. Mach alles bereit.« Leonida wandte sich wieder seiner Frau zu, küsste sie und schaute dankbar zum Himmel.

Grazie, Signore.

86.

Der Prozess

Bundesgericht (District Court)
District of Columbia, 9.14 Uhr

Das Große Geschworenengericht beeilte sich mit der Anklageerhebung. Was die Klage der Regierung gegen die überlebenden Angeklagten im »Diamondgate«-Skandal betraf, ging es zügig voran: Zuerst erfolgte die Anklageerhebung durch den Kongress, dann wurden Bundesstrafprozesse in mehreren Instanzen geführt. Hauptanklagepunkte waren Hochverrat an den Vereinigten Staaten von Amerika wegen Annahme von Bestechungsgeldern durch fremde Agenten und Verschwörung mit besagten Agenten mit dem Ziel, Waterboers Monopol auf dem internationalen Diamantenmarkt zu stärken. Carlton und Erika hatten an diesen Verhandlungen keinen Anteil, nur einmal musste Carlton gegen Harry Jarvik aussagen. Er hatte damit gerechnet, die Zeugenaussage würde ihm Genugtuung bereiten, doch sie war bloß traurig und deprimierend. Niemals wieder würde »Stalin« die Kartellanwälte des Justizministeriums schinden.

Erika und Carlton hatten den wichtigsten Fall von allen zu bearbeiten: die Anklage gegen Waterboer Mines Limited. Die Vereinigten Staaten konnten zwar den Konzern nicht vor Gericht bringen, da sie keine Rechtsgewalt in Südafrika besaßen, doch man konnte eine andere Strategie einschlagen, die Carlton entworfen hatte: Waterboer sollte bestraft werden, indem man Firmen und anderen Körperschaften in den USA vorwarf, das Monopol wissentlich und vorsätzlich durch Angebot und Nachfrage auf dem US-Markt gestärkt zu haben. Dies betraf die Verbände und Organisationen der Diamantenhändler, aber auch jene Medien, die Anzeigen und Spots in Zeitschriften, Radio und Fernsehen veröffentlichten.

Während der nächsten drei Monate vergaßen Carlton, Erika und Monet Schlaf und Mahlzeiten, Familie und Freunde. Noch bevor Carlton sich von seiner Knieverletzung erholt hatte, schufteten Erika und er vom Morgengrauen bis zur Abenddämmerung: Sie studierten jeden vergleichbaren Kartellfall, stellten Beweise zusammen, entwarfen Plädoyers und Vernehmungen und ließen Experten unter Eid aussagen. Der kettenrauchende Monet saß Tag und Nacht vor seinem Computer und verfolgte ein Jahrhundert Werbeanzeigen für Diamanten und Zeitungsartikel, in denen von Monopolbildung die Rede war.

Präsident Douglass' bedingungslose Ehrlichkeit machte den ehemaligen General und Prediger zum richtigen Mann, diesen Verbrechen ein Ende zu bereiten. Er selbst hatte keinen Anteil an den schmutzigen Geschäften des Diamondgate-Skandals; man konnte ihm allenfalls anlasten, seinem Stabschef zu sehr vertraut zu haben. Doch anstatt sich feige hinter den von ihm ernannten Übeltätern zu verstecken, nahm der Präsident öffentlich die Schuld auf sich und gestand dem amerikanischen Volk seine Verfehlungen, sodass ihm verziehen werden konnte. Innerhalb weniger Tage hatte Douglass eine neue Verordnung in Kraft gesetzt: Jeder Bundesbeamte im höheren Dienst sollte finanziell und persönlich überprüft werden, und zwar nicht nur zum Zeitpunkt seiner Ernennung und Bestätigung durch den Senat, sondern stichprobenartig während seiner gesamten Amtszeit. Eine Sonderabteilung im Office of Homeland Defense wurde mit der Durchführung beauftragt. Damit wurde der Bundeshaushalt zwar wieder erheblich belastet, doch im Unterschied zu Diamondgate und den Terroranschlägen vom 11. September würde diese neue Verordnung während der nächsten Amtsperioden Milliarden Dollar einsparen helfen. Um sich von den Verrätern zu distanzieren, prangerte Douglass Waterboer öffentlich an, lobte die Kirche, die dem Monopol durch die Diamantenschwemme einen schweren Schlag versetzt hatte, und unterstützte die Mannschaft des Justizministeriums bei ihrer Anklage gegen amerikanische Staatsbürger auf der Gehaltsliste von Waterboer. Während einer Rede im Rosengarten lobte er besonders Carlton und Erika, da ihre unermüdliche Arbeit den Diamondgate-Skandal erst enthüllt hatte. Im Blitzlichtgewitter der Kameras verlieh er Carlton das Navy Cross, erhob ihn in den Rang eines Lieutenant Commander und beförderte ihn zum Chef der Kartellabteilung im Justizministerium, einen Dienstrang unter Gail Rothenberg. Erika erhielt die Verdienstmedaille des Ministeriums. Pink wurde mit einer Auszeichnung der CIA bedacht, wobei die Verleihung nicht öffentlich, sondern intern von Randall Forbes vorgenommen wurde.

Die gewieften amerikanischen Medien witterten sofort, dass sie *die Story* hatten. Bald schrie die Presse geradezu nach Interviews mit Carlton und – in geringerem Maße – mit Erika. Da die beiden aus vertraulichen Gründen nicht über den Fall reden durften, berichteten sie, was sie und ihre Kollegen von Scott Fress und dessen Spießgesellen hatten erdulden müssen, vermieden jedoch sorgfältig jeden Hinweis darauf, welche Rolle sie bei der Jagd auf die russischen Diamanten und im Vatikan gespielt hatten. Die Interviews wurden in sämtlichen bekannten und beliebten Nachrichtensendungen und Talkshows gebracht: *Larry King Live, Nightline,* bei Charlie Rose und Oprah. Die Presse hatte ein gefundenes Fressen. Und auch die amerikanische Bevölkerung verschlang die Nachrichten begeistert; man konnte gar nicht genug von dem jungen Anwalt zu sehen und zu lesen bekommen. Carlton war ein Star geworden.

Der Gerichtssaal platzte beinahe aus den Nähten. Fernsehteams und Reporter von fast jeder Nachrichtenagentur aus dem In- und Ausland hatten sich eingefunden. Im Namen der Vereinigten Staaten wurde jede Zeitung, jede Zeitschrift, jeder Radio- und Fernsehsender angeklagt, der jemals Werbung für Waterboer Mines gemacht hatte, sowie jede Kapital- oder Handelsgesellschaft, die sich verpflichtet hatte, mit dem Namen Waterboer zu werben. Es waren so viele Angeklagte, dass deren Verteidiger fast sämtliche Sitzplätze belegten, die für das Publikum reserviert waren. Schnell und beharrlich zugleich legten die Angeklagten Antrag um Antrag vor, um die Klage abzuweisen. Doch keinem dieser Anträge wurde stattgegeben. Die Auswahl der Jury war besonders schwierig, da die Verteidiger jeden Geschworenen ablehnten, der jemals einen Brillantring hatte kaufen wollen; diese Anwärter auf einen Sitz in der Jury sollten wegen Befangenheit ausgeschlossen werden. Nur verkaufte Waterboer seit mehr als hundert Jahren Diamanten; demzufolge war es unmöglich, ein so seltenes Exemplar der Gattung Mensch zu finden. Die Verteidigung bat außerdem darum, dass die Medien dem Sitzungssaal fernbleiben sollten, obwohl die meisten Angeklagten selbst Presse- oder Fernsehleute waren. Doch die Richterin hatte nicht die Absicht, die Medien von einem der aufsehenerregendsten Prozesse des Jahrzehnts fern zu halten.

»Erheben Sie sich!«, rief der hoch gewachsene Gerichtsdiener. »Das Bundesgericht des Gerichtsbezirks Columbia tagt unter dem Vorsitz der Ehrenwerten Richterin Nancy Taggart.«

Eine große Afroamerikanerin von fünfzig Jahren mit angegrauten Haaren und dunkler Robe betrat das Podium und nahm in einem hochlehnigen Ledersessel Platz. Sie nickte den Hauptanwälten beider Seiten zu, begrüßte die Geschworenen mit einem Lächeln und beugte sich vor. »Guten Morgen, meine Herren Anwälte. Geben Sie bitte Ihre Namen zu Protokoll.«

»Guten Morgen, Euer Ehren. Patrick Carlton, Justizministerium, für die Vereinigten Staaten«, sprach Carlton ins Mikrofon, wobei sich in seiner Kehle ein Kloß bildete. Für die Vereinigten Staaten. *Gott stehe mir bei.*

»Lester Churchman von der Kanzlei Fox, Carlyle, Ashton, Chase, Whitfield und Whyte. Hauptanwalt der Verteidigung, Euer Ehren. Guten Morgen.«

»Der Fall ist verzeichnet unter Registernummer 140-1022786«, sagte Richterin Taggart. »Die Vereinigten Staaten von Amerika gegen den Diamantenhändlerverband und andere. Ich bitte die Anklage, das Eröffnungsplädoyer zu halten.«

Carlton ging zur Geschworenenbank. Seine Cowboystiefel pochten auf den Hartholzdielen. Er blieb stehen und blickte jedem der Geschworenen in die Augen.

Passt auf, Leute. Jetzt werdet ihr erkennen, was Sache ist. Hier geht es um Gut gegen Böse!

»Meine Damen und Herren Geschworenen, in diesem Prozess geht es um das Monopol auf dem Diamantenmarkt.« Carlton lächelte die Geschworenen an. »Monopol. Kartellgesetze. Abreden. Marktanteile. Das hört sich kompliziert an, nicht wahr? Ist es aber nicht. Es geht lediglich um ein Monopol, eine marktbeherrschende Stellung.«

Er zog einen kleinen Gegenstand aus der Tasche, hielt ihn in die Höhe. »Sehen Sie das hier? Das ist der Diamant für den Verlobungsring meiner Freundin. Ehrlich gesagt, hab ich sie noch gar nicht gefragt, also sagen Sie es bitte nicht weiter.« Die Geschworenen lachten leise und entspannten sich; der junge Anwalt vom Justizministerium hatte das Eis gebrochen. »Es ist ein einkarätiger Diamant. Er ist echt. Ich habe es nachprüfen lassen. Für diesen Stein habe ich siebentausend Dollar bezahlt. Natürlich mit meiner Visa«, fügte er hinzu. »Das ist der ungefähre Preis, den alle Juweliere für einen Einkaräter verlangen. Siebentausend Dollar. Aber wissen Sie, was dieser Stein in Wirklichkeit wert ist?« Er machte eine Pause, ließ den Diamanten zu Boden fallen und trat mit dem Stiefelabsatz darauf. Die Geschworenen schnappten nach Luft.

»Warum erschrecken Sie sich denn? Weil Sie glauben, dass dieser Diamant tatsächlich siebentausend Dollar wert ist, nicht wahr? Nun, da liegen Sie falsch. Würden die Preise nicht von Waterboer kontrolliert – und zwar mit Hilfe, Wissen und Begünstigung durch die Angeklagten –, wäre dieser Diamant«, er zeigte auf den Stein, »nicht mehr wert als fünfzig Dollar.«

Er hielt inne. Auf den Gesichtern der Geschworenen spiegelte sich Fassungslosigkeit.

»Genauso sieht es aus. Fünfzig Dollar. Wie das möglich ist, möchten Sie wissen? Die Antwort ist ganz einfach.« Er beugte sich zur Geschworenenbank vor und senkte die Stimme. Jedes Mitglied der Jury spitzte die Ohren. »Diamanten sind gar nicht so kostbar.«

Carlton richtete sich wieder auf. »Ja. Diamanten sind *nicht* so kostbar. Denn der Diamant ist kein seltener Stein. Man findet ihn häufig, und in vielen Staaten der Welt, diesen Stein, der nur aus reinem Kohlenstoff besteht.« Er studierte die ungläubigen Mienen der Geschworenen. »Das haben Sie nicht gewusst, stimmt's? Sonst hätten Sie nicht freiwillig derart überhöhte Preise für Ihre Verlobungsringe bezahlt.«

Die verheirateten oder verlobten Frauen in der Jury starrten auf ihre Brillanten. Die Männer blickten finster.

»Unzählige Menschen wurden betrogen. Und das ist der Grund, warum Monopolisten in den Vereinigten Staaten illegal sind. Ein Monopolist kontrolliert die Produktion, den Verkauf und die Preise. Waterboer kontrolliert die Förderung und Verteilung von Diamanten auf der ganzen Welt. Und damit auch den Preis. Ich werde Ihnen ein Beispiel geben. Wenn es in den Vereinigten Staaten nur eine einzige Telefongesellschaft gäbe, würde ein Gespräch ... sagen wir, 1000 Dollar kosten. Finden Sie das nicht auch ein bisschen viel?«

Lester Churchman sprang auf. Er schwitzte heftig. »Einspruch, Euer Ehren! Hier steht keine Telefongesellschaft vor Gericht. Was will die Anklage mit diesem Beispiel bezwecken?« Es war ein aberwitziger Einspruch, doch Churchman konnte nicht zulassen, dass Carlton die Geschworenen dermaßen in Bann zog. »Ich beantrage, diese letzte Äußerung aus dem Protokoll zu streichen.«

»Stattgegeben«, verfügte Richterin Taggart und wandte sich dann an die Geschworenen. »Die Geschworenen werden die letzte Bemerkung der Anklage ignorieren. Sie wird aus dem Protokoll gestrichen.« Sie wandte sich an Carlton. »Kommen Sie zur Sache, Mr Carlton, oder Ihr Eröffnungsplädoyer ist zu Ende«, ermahnte sie ihn.

»Ja, Euer Ehren.« Carlton zwinkerte den Geschworenen zu. Der Einspruch war genau im richtigen Moment gekommen. »Richterin Taggart hat Recht, meine Damen und Herren. Ich komme jetzt zum Kernpunkt. Waterboer ist ein Monopol. Darüber besteht kein Zweifel. Seit mehr als hundert Jahren hat Waterboer jedes verfügbare Mittel genutzt, um die Förderung und Verteilung von Diamanten zu kontrollieren, darunter auch Mittel wie Mord, Bestechung, Folter und Kinderarbeit. Waterboer unterstützte im Zweiten Weltkrieg die Nazis und während des Kalten Kriegs die Kommunisten in der Sowjetunion. Heute finanziert das Unternehmen weiße Rassisten, die russische Mafia und russische Nationalisten. Und alles nur, um den Diamantenpreis zu kontrollieren. Sie brauchen sich nicht allein auf mein Wort zu verlassen – es sind bewiesene Tatsachen, dokumentiert in diesen CIA- und FBI-Berichten, die der Öffentlichkeit zugänglich gemacht werden.« Carlton legte die Hände auf zwei gebundene Dokumentenstapel. Sie waren so hoch, dass sie Erika vor den Blicken der Geschworenen verbargen – und das war auch durchaus beabsichtigt.

»Das amerikanische Recht, unser Recht, ist unbestechlich. Monopole sind seit 1890 untersagt. Ich werde Ihnen dieses Gesetz vorlesen. Sie müssen kein Jurist sein, um es zu verstehen. Denn es ist sehr deutlich und sehr klar.« Carlton nahm ein altes Buch, das die Bibliothekarin Donna entdeckt hatte. Er schlug es auf, blies den Staub von den Seiten, um zu verdeutlichen, wie alt dieses Buch – und damit dieses Gesetz – wirklich war, und las:

»›Jeder wettbewerbsbeschränkende Zusammenschluss, jede wettbewerbsbeschränkende Abrede oder Kartellabsprache mit dem Ziel, den Handel oder Verkehr zwischen den einzelnen Bundesstaaten oder ausländischen Nationen einzuschränken, wird hiermit für rechtswidrig erklärt ... Jede Person, die ein Monopol aufbaut oder den Versuch unternimmt oder sich zu diesem Zweck mit anderen Personen zusammenschließt oder abspricht, um einen Bereich des Handels oder des Verkehrs zwischen den Bundesstaaten oder ausländischen Nationen zu monopolisieren, macht sich einer Straftat schuldig.‹

Wie Sie sehen, meine Damen und Herren Geschworenen, ist es ein ganz einfaches Gesetz. Monopole sind illegal. Und nach dem Gesetz ist jeder, der ein Monopol willentlich und begünstigend unterstützt, desselben Verbrechens schuldig. Womit wir zum eigentlichen Grund für diesen Prozess kommen: Wie hält Waterboer dieses Monopol aufrecht? Wie kann der Konzern sein Monopol über den amerikanischen Markt aufrechterhalten, der jedes Jahr fünfzehn Milliarden Dollar in Diamanten umsetzt? Das ist eine ziemlich schwierige Sache, meinen Sie nicht? Aber Waterboer ist verteufelt schlau! Es ist ein südafrikanisches Unternehmen und kann deshalb nicht von amerikanischen Gerichten belangt werden. Doch die Vereinigten Staaten sind der weltweit größte Markt für Diamanten. Waterboer kann diesen Markt nicht einfach übergehen. Waterboer *muss* in den USA verkaufen. Und um in den USA zu verkaufen, muss Waterboer in den USA Anzeigen schalten. Und das tut dieses Unternehmen. Seit über hundert Jahren. Sie kennen diese Anzeigen. Sie haben die Radiowerbung gehört. ›Ein Diamant ist Schönheit.‹ Wir alle kennen diesen Slogan nur zu gut. Er ist von Waterboer. Überall zu sehen und zu hören. Natürlich kann Waterboer diesen Slogan nicht selbst verbreiten, weil es in den Vereinigten Staaten keine

Geschäfte tätigen darf. Also hat der amerikanische Diamantenhändlerverband den Namen Waterboer in Lizenz genommen, um an seiner Stelle die Anzeigen zu schalten. Und diese Anzeigen wurden von den anderen Angeklagten veröffentlicht. In deren Zeitungen. In deren Zeitschriften. In Rundfunk und Fernsehen. Die Angeklagten haben es Waterboer ermöglicht, seine Diamanten in den Vereinigten Staaten zu verkaufen und den US-Diamantmarkt im Würgegriff zu halten. *Deshalb* bezahlen Sie 7000 Dollar für diesen miesen Stein anstatt fünfzig Dollar.« Er hielt kurz inne. »Die Angeklagten«, er deutete mit dem Finger auf sie, »haben sich einer strafbaren Absprache schuldig gemacht. Sie helfen Waterboer, sein illegales Monopol auszubauen. Und da sie sich mit diesem Unternehmen verschworen haben, sollten sie auch für die gleichen Verbrechen zur Rechenschaft gezogen werden.«

Carlton legte eine dramatische Pause ein. Die Geschworenen saßen noch immer wie betäubt da, als Carlton plötzlich zum Tisch des Hauptverteidigers ging, auf die Angeklagten zeigte und mit einer Überzeugung sprach, die er bislang nicht für möglich gehalten hätte.

»Die Vereinigten Staaten von Amerika beschuldigen die Angeklagten, aktiv an einer internationalen illegalen Absprache teilzuhaben mit dem Ziel, den Diamantmarkt der Vereinigten Staaten zu monopolisieren.

Die Vereinigten Staaten von Amerika beschuldigen die Angeklagten, im Interesse der Waterboers Mines die Preise für Diamanten künstlich in die Höhe zu treiben.

Die Vereinigten Staaten von Amerika beschuldigen ...«

Die Liste der Anklagepunkte war lang.

87.

Das Urteil

Bundesgericht
District of Columbia, 11.14 Uhr

Der Prozess zog sich über einen Monat hin. Die amerikanische Bevölkerung, ohnehin erbost über die Bestechung hoher und höchster Staatsbeamter, reagierte auf die nicht enden wollende Flut von Berichten über Waterboer mit zunehmender Empörung. Die Menschen verdammten Waterboers Unterstützung der russischen Nationalisten und der russischen Mafia. Sie hörten von dem gerade noch abgewendeten neuen Kalten Krieg. Sie waren angewidert von Waterboers Unterstützung der rassistischen Burenvolksfront in Südafrika. Abgestoßen von Waterboers historischem Beitrag zu Apartheid, Nationalsozialismus, Kommunismus und Kinderarbeit. Und sie waren entsetzt, wie sehr sie sich von Waterboer und seinen Medienhelfern hatten manipulieren lassen.

Mehr als ein Jahrhundert lang hatten Waterboer und seine Helfershelfer in den Medien gewaltigen Profit aus hart arbeitenden Menschen geschlagen, auch und besonders in den USA. Für das amerikanische Volk war dies mehr als nur ein Verbrechen – es war Verrat an den Vereinigten Staaten von Amerika.

Die amerikanische Bevölkerung wollte eine harte Bestrafung; darüber herrschte Einmütigkeit in jedem Bundesstaat, jeder Stadt, jedem Dorf.

Ob die Geschworenen es auch so sahen?

Die Beratungen dauerten nur eine Stunde. Von Küste zu Küste versuchten Berichterstatter von Presse, Funk und Fernsehen, Gründe für diese außergewöhnlich kurze Zeit zu suchen.

Sie müssen schuldig sein.

Sie müssen unschuldig sein.

Ist beides möglich.

Das Geplapper der Berichterstatter verstummte, als man auf den Fernsehbildschirmen die Geschworenen aus dem Beratungszimmer kommen sah. Sie nahmen wieder ihre Plätze auf der Bank ein.

»Sind die Geschworenen zu einem Urteil gekommen?«, fragte Richterin Taggart. Auch sie war inzwischen ein Liebling der Presse geworden.

Feierlich erhob sich ein älterer US-Bürger koreanischer Herkunft von seinem Platz am Ende der Bank. »Ja, Euer Ehren.«

»Wie lautet das Urteil?«

Leicht zitternd vor Nervosität entfaltete der Mann ein Papier und rückte seine runde, goldgefasste Brille zurecht. »In der Strafsache Vereinigte Staaten von Amerika gegen den Diamantenhändlerverband und andere halten die Geschworenen die Angeklagten für schuldig in sämtlichen strafrechtlichen und zivilrechtlichen Anklagepunkten ...«

Durch die offenen Fenster erklangen Beifallsrufe und übertönten die zornigen und verzweifelten Ausrufe der Angeklagten im Gerichtssaal.

Carlton hob die Augen zum Himmel und faltete die Hände. *Gott, ich danke dir.*

Richterin Taggart ließ den Hammer wiederholt auf den Mahagoniuntersetzer sausen. »Ruhe im Gerichtssaal! Ruhe!«

Schweigen breitete sich aus.

»Ich danke Ihnen«, sagte Taggart zu dem älteren Mann. »Die Vereinigten Staaten danken allen Geschworenen für ihre Geduld, Ausdauer und die harte Arbeit. Bitte bleiben Sie in der Geschworenenbank bis zur Urteilsverkündung und der anschließenden Festsetzung der Schadenersatzzahlungen.«

Carlton schaute hinüber zu dem besiegten Churchman, dem der letzte Satz der Richterin ebenfalls einen Schock versetzt hatte.

Urteilsverkündung? Zahlungsfestsetzung? *Jetzt schon?*

Aber das hatte durchaus seinen Sinn. Normalerweise hätte das Gericht mit der Urteilsverkündung und Festlegung einer Schadenersatzzahlung noch gewartet. Doch auch Richterin Taggart wusste die Medien zu nutzen: Wenn sie nicht sofort das Urteil verkündete und Zahlungen festsetzte, würde dieser Schritt in der Presse nicht mehr erwähnt. Auch die Richterin wollte ihren Moment des Triumphes auskosten.

»Wie die Anklage bereits erwähnt hat, sieht der Sherman Act für Unternehmen eine Höchststrafe von zehn Millionen Dollar vor. In diesem Prozess wurde bewiesen, dass jede veröffentlichte Werbeanzeige einen Verstoß gegen dieses Gesetz darstellt. Laut Gesetz beträgt die Verjährungsfrist drei Jahre. Somit kann die Strafe nur für Werbeanzeigen gelten, die in den letzten drei Jahren vor der Anklageerhebung veröffentlicht wurden. Das Gericht stützt sich auf das Urteil der Geschworenen und verurteilt den Diamantenhändlerverband hiermit zu einer Geldstrafe in Höhe von 523 Millionen Dollar. Das Gericht verurteilt die American Publications Incorporated zu einer Geldstrafe in Höhe von 1327 Milliarden Dollar. Das Gericht verurteilt den Angeklagten ...«

Die Richterin las die unglaublichen Summen mit ruhiger, monotoner Stimme vor.

Die Konkursanwälte der Angeklagten hatten die Papiere schon vorbereitet, bevor das Urteil verkündet wurde. Sämtliche Konkurserklärungen wurden innerhalb einer Stunde nach Urteilsverkündung eingereicht. Jeder Angeklagte bat um Liquidation zu Sanierungszwecken gemäß Absatz 11 des United States Code 10, dem Bundeskonkursgesetz. Das Ergebnis war, dass keiner der Angeklagten mehr als einen Bruchteil seiner Strafe zahlen musste. Dennoch hatte das amerikanische Justizministerium sein Ziel erreicht: Nie wieder würde ein Vertreter der Medien eine Werbung von Waterboer zulassen.

Nicht in der Presse.

Nicht im Radio.

Nicht im Fernsehen.

Und ohne Anzeigen, in denen die funkelnden Steine in den Himmel gelobt wurden, konnte Waterboer seine Großverkäufe in den USA nicht aufrechterhalten und somit nie mehr die Kontrolle über den internationalen Diamantenmarkt erlangen.

CNN brachte das Urteil live und weltweit, auch in Südafrika. Neuntausend Meilen von der amerikanischen Ostküste entfernt, im Bankenviertel von Johannesburg, peitschte ein Schuss.

Slythes Kopf schlug dumpf neben einem Häuflein Kokain auf die Schreibtischplatte. Sofort breitete sich eine Blutlache aus.

Das Waterboer-Monopol war tot.

EPILOG

Macon Grove, Arkansas, 11.34 Uhr

Weder Carlton noch Erika waren jemals in Arkansas gewesen, noch hatten sie die Mine besichtigt, deren Stilllegung der Anfang vom Ende Waterboers gewesen war. Nun saßen sie im Wagen und bewunderten das leuchtende Grün der Landschaft. Der Frühling war in Arkansas eingezogen. Flora und Fauna waren aus ihrem Winterschlaf erwacht und erfreuten sich der Wiedergeburt.

Die Fahrt von Little Rock bis Macon Grove dauerte zwei Stunden. Das Städtchen war klein und malerisch. Trotz seiner schlechten Verkehrslage herrschte dort rege Aktivität, wie man sie sonst nur in Großstädten findet. An der Hauptstraße wurden eine Reihe neuer einstöckiger Häuser errichtet. Ein großes Schild verhieß die baldige Eröffnung eines Bürozentrums und einer Ladenzeile. Auf den wenigen, jedoch neu gepflasterten Straßen fuhren hauptsächlich neue Pick-ups und schmucke Wagen mit Allradantrieb. Die Ladenfronten waren in leuchtenden Farben frisch gestrichen. Die Bürgersteige waren sauber, und man hatte viele neue Bäumchen gesetzt.

Carlton und Erika befuhren die Landstraße, die zurzeit auf vier Spuren verbreitert wurde. Der Grund für diesen Ausbau wurde ihnen klar, als sie hinter einem langsamen Lastwagenkonvoi feststeckten, der alles Mögliche transportierte, von Kisten und Ölfässern bis hin zu Rohren und Traktoren. Eine halbe Stunde später bogen sie in eine weiße Toreinfahrt ein, über der ein Schild mit der Aufschrift »Osage-Wenzel-Mine« hing. In kleineren Lettern stand darunter: »Betreiber MacLean Arkansas, LLC«. Ein Wachmann stoppte sie und fragte höflich nach Namen, Ausweisen und dem Grund des Besuchs; dann reichte er ihnen Besucherpässe und führte sie zu einem niedrigen weißen Gebäude, das zusammen mit den anderen Häusern einen großen viereckigen Hof umschloss, in dessen Mitte drei Fahnenmasten standen, an denen stolz die Flaggen der USA, von Arkansas und der Osage-Wenzel-Mine flatterten. Ringsherum befanden sich Büros und Lager. Männer und Frauen mit Helmen, Overalls, dicken Jacken und Handschuhen waren auf dem Weg zu ihren Arbeitsstätten. Es herrschte gewaltiger Lärm. Das rhythmische Schwirren der Rotoren eines startenden Hubschraubers war zu hören.

Eine laute Stimme hinter Carlton und Erika rief: »Mr Carlton! Mrs Wassenaar! Ich dachte schon, Sie schaffen es nicht mehr!«

Beide drehten sich um. Der Helikopter hob ab und flog davon. Ein Mann um die vierzig stand vor dem kleinen Büro. Er trug einen marineblauen Blazer mit einem blassgelben Seidentuch in der Brusttasche, ein blassblaues Baumwollhemd mit brillantenbesetzten Manschettenknöpfen, eine sorgfältig gebügelte Khakihose und schwarze Ledermokassins, alles von Ralph Lauren. Mit seinem straff nach hinten gekämmten Haar, der tiefen Bräune und dem gewinnenden Lächeln sah der Mann eher wie ein Filmstar aus den Dreißigern aus, nicht wie der Besitzer eines Bergbauunternehmens. Er kam auf Carlton und Erika zu.

»Ich kann Ihnen gar nicht sagen, wie sehr ich mich freue, Sie endlich kennen zu lernen. Ich bin Max MacLean.« Er streckte die Hand aus und schüttelte herzlich die seiner Gäste.

»Es ist uns eine Ehre, Mr MacLean. Danke für alles, was Sie für uns getan haben«, sagte Carlton.

»Und vielen Dank für die Einladung«, fügte Erika hinzu und errötete leicht, als MacLean ihr die Hand küsste.

»Bitte nennen Sie mich Max. Ich hoffe, dass Sie noch nicht

gegessen haben? Kommen Sie.« MacLean führte sie ins Haus. Innen war es angenehm kühl. Das lang gestreckte Gebäude war größer, als Carlton von außen vermutet hätte. Das Vorzimmer führte in einen Korridor, von dem Verwaltungsbüros und Toiletten abgingen. Am Ende des Gangs befand sich ein besonders großes, helles Büro mit Oberlichtern. Die Ausstattung war edel: schwarzes Leder von Le Corbusier, Glas, Chrom und ein hochfloriger blassgrüner Teppich. In der Ecke befand sich eine leuchtend rot und schwarz lackierte Bar.

MacLean wartete, bis die Gäste sich ein wenig frisch gemacht hatten, dann geleitete er sie ins Konferenzzimmer, wo ein vorzüglicher Lunch auf sie wartete – Krabbensalat, würzige Maissuppe, Nudeln und ein Schokoladenmarzipankuchen. Dazu gab es südafrikanischen Wein. MacLean starb fast vor Neugier. Er wusste zwar ungefähr, was in Murmansk, im Vatikan und im Weißen Haus geschehen war, doch er wollte alles ganz genau und bis in jede Einzelheit hören. Von Carltons und Pinks Mission an Bord der *Seawolf* abgesehen, erzählten Carlton und Erika ihrem Gastgeber fast alles und dankten ihm noch einmal für die unschätzbare Hilfe, die er ihnen auf jedem Schritt ihres Weges hatte zuteil werden lassen: wie er sie Colonel Saunders zugeführt und die Flucht nach Atlantic City ermöglicht hatte; wie er für die Fahrt nach Murmansk seine Schiffe zur Verfügung gestellt hatte; wie er ihnen den Tipp mit Angola gegeben hatte, und dass er Carlton mit Kardinal Benedetti im Vatikan sowie mit Don Forza in Palermo bekannt gemacht hatte.

Nach dem Lunch bereitete MacLean Espresso für sich und Carlton und einen Cappucino für Erika in einer alten Lavazza-Maschine. »Die hat Dan Wenzel gehört. Seine Frau meint, dass es Dans Wunsch gewesen wäre, dass ich sie bekomme.« MacLean verstummte und blickte sinnend in den Dampf, der aus der Maschine stieg und in dem er das Gesicht seines Freundes und Beraters sah.

»Es tut mir sehr Leid um Ihren Freund«, sagte Erika leise.

»Ich danke Ihnen.«

»Es ist sehr schön, dass Sie die Mine nach ihm und Osage benannt haben.«

»Das war nur gerecht. Die beiden haben mich doch erst auf die Lagerstätten aufmerksam gemacht. Und dafür haben sie mit ihrem Leben bezahlt.«

Verlegenes Schweigen entstand, während MacLean darauf wartete, dass der Kaffee fertig wurde. Schließlich reichte er seinen Gästen die Tassen; auf den Untertassen lag je ein halbmondförmiges Mandelbiscotto.

»Genau wie in Rom. Danke sehr, Max.«

»*Prego.* Darf ich Ihnen eine Zigarre anbieten?« MacLean klappte einen blauen Humidor auf, in dem er eine beeindruckende Auswahl an Zigarren aus Kuba, Jamaika, Honduras und der Dominikanischen Republik aufbewahrte. »Keine Bange, Erika, wir machen ein Oberlicht auf, damit der Rauch Sie nicht stört.«

Erika lächelte hinter der Jumbotasse, ihre grünen Augen funkelten.

Carlton wählte eine dominikanische Maduro robusto, MacLean entschied sich für eine Padron Anniversario und verzichtete auf eine Cohiba Siglo Habana, da er von Carltons Abneigung gegen geschmuggelte kubanische Zigarren wusste. Carlton beobachtete den Rauch, der sich zur Decke kringelte. »Ich frage mich immer noch, warum Sie diese Mine wieder aufgemacht haben. Nach all dem Trubel ist der Preis für Diamanten doch für alle Zeiten im Keller. Es lohnt sich nicht einmal mehr, die Steine aus einem Flussbett zu holen, und vom Abbau sollte man lieber ganz die Finger lassen.«

MacLean blies sein Streichholz aus und lehnte sich im Sessel zurück. »Es mag Ihnen vielleicht seltsam vorkommen, aber ich habe niemals daran gedacht, dass die Mine mir Geld einbringen könnte. Ich bin vielleicht ein wenig extravagant, aber nicht gierig. Ich wollte diese Mine nur wegen der Schönheit der Steine.«

Im Lauf des letzten Monats war Carlton mit MacLeans Besessenheit, was Schönheit betraf, bestens vertraut geworden. »Verstehe.«

»Waterboer und Scott Fress haben mir das Geschäft verdorben, wie Sie wissen. Aber nachdem sie zum Schweigen gebracht worden waren, hat das Justizministerium den Zwangsverkauf wieder aufgehoben – auch das wissen Sie. Und so stand meinem ursprünglichen Plan nichts mehr im Wege.«

»Das verstehe ich ja, aber wenn Sie die Diamanten nicht verkaufen können, was wollen Sie dann damit ...«

»Aber nein. Ich verkaufe sie. Sie gehen weg wie warme Semmeln und bringen mir ein Vermögen ein.«

Carlton war verdutzt. Ein rascher Blick zu Erika bestätigte ihm, dass es ihr nicht anders erging. »Jetzt verstehen wir gar nichts mehr, Max. Wenn Diamanten nichts mehr wert sind, wie kann dann ...«

MacLean hob seine Zigarre. »Sie haben Recht. Diamanten sind nicht mehr viel wert. Aber das gilt nur für die gewöhnlichen weißen Diamanten, wie sie für den Verlobungsring und das Armband verwendet werden, die Waterboer den Leuten als eine Art lebensnotwendige Symbole verkauft hat. Die Fancys hingegen – gelbe, blaue und rosa Diamanten – sind *wirklich* selten. Und ihr Preis ist nicht gefallen. Im Gegenteil. Jetzt, da niemand mehr weiße Diamanten will, ist der Preis für Fancys in die Höhe geschnellt.

Als Wenzel mir von den Steinen erzählte, haben wir über die Menge und die Qualität gesprochen, doch Waterboer hat unser Projekt gestoppt, bevor wir überhaupt wussten, welche Farbe unsere Diamanten haben. Ich dachte immer, dass es weiße Steine sein würden – hier und da vielleicht mal ein Fancy. Doch als wir zusätzliche Proben nahmen, haben wir etwas Unglaubliches entdeckt.« Er grinste. Es war deutlich zu sehen, wie sehr er die Spannung seiner Besucher genoss. Er ging zu einer Kredenz und hob vorsichtig den Deckel von einem silbernen Behälter, der die Größe einer Schuhschachtel hatte. »Das hier sind die Diamanten, die hier im Boden liegen!« Er leerte den Behälter auf den Glastisch.

Carlton und Erika schnappten nach Luft. Vor ihnen lag ein Häuflein gelber Diamanten im Brillantschliff. Die Steine waren atemberaubend schön.

»Dreihundert Karat«, sagte MacLean. »Das sind nicht bloß Steine, sondern Edelsteine. Gleich nach der Förderung geschliffen von arbeitslosen Diamantschleifern, die ich eingestellt habe. Unsere Geologen rechnen in den nächsten zehn Jahren mit einem Ertrag von fünf Millionen Karat.«

»Ich habe in meinem ganzen Leben noch nie etwas so Schönes gesehen«, flüsterte Erika, beugte sich tief über den Tisch und berührte die kleinen Steine mit ihren schlanken Fingern. Jede der 58 Facetten eines jeden Steins bündelte das Sonnenlicht zu strahlenden Lichtpfeilen in verschiedenen Gelbtönen. »Sie sehen aus, als zwinkerten sie mir zu«, sagte Erika und lachte.

»Nachdem die Unkosten gedeckt sind, werden wir mit dem Gewinn zunächst ein kleines Krankenhaus, eine Schule, eine Sporthalle und einen Park für die Menschen in Macon Grove errichten. Dann einen Lehrstuhl für Rechtsethik, benannt nach Dan Wenzel, und einen weiteren für Geologie zum Gedenken an Theodore Osage. Der Rest des Geldes geht an einen Hilfsfonds für Infrastruktur und Gesundheitsprogramme in Afrika. Den Fonds wird Bischof Azimbe leiten, den Sie ja in Rom kennen gelernt haben, Pat. Und noch etwas ...« MacLean stand auf und zog eine Schlüsselkette aus der Tasche. »Ich mag Ihnen ja geholfen haben, Pat, aber Sie haben mir ebenso geholfen. Sie haben meinen Freund gerächt und meine Ehre gerettet, indem Sie Scott Fress verhaftet und Waterboer vernichtet haben. Ich werde Ihnen auf ewig dankbar sein. Bitte nehmen Sie das hier als kleines Zeichen meiner Dankbarkeit.« Er reichte Carlton die Schlüssel.

Carlton schaute darauf, dann blickte er MacLean an. »Was sind das für Schlüssel?«

»Das sind die Schlüssel für den vollständig restaurierten weißen 58er Cadillac Biarritz, der in Virginia auf dem Parkplatz hinter Ihrer Wohnung steht.«

Carlton blickte mit weit aufgerissenen Augen auf die Schlüssel. »Max, das kann ich doch nicht ...«

»Ich bestehe darauf.«

Carlton schwieg einen Moment und blickte auf die Schlüssel seines geliebten Shark. »Herzlichen Dank, Max. Dann werden Sie bestimmt auch unser Geschenk nicht ablehnen.«

Nun war es an MacLean, zu staunen. Erika holte ein kleines schwarzes Samtsäckchen aus ihrer Handtasche und reichte es ihm. »Das haben wir auf dem russischen Eisbrecher gefunden, bevor die Russkost ihn gekapert hat. Es ist der einzige Diamant, der von den russischen Diamanten übrig geblieben ist. *Masél un b'róche.*«

MacLean stülpte das Säckchen um. Vor Staunen blieb ihm der Mund offen stehen. Im Sonnenlicht glitzerte ein blauer Diamant im Brillantschliff, so groß wie ein Golfball.

»Danke, dass Sie uns sicher nach Hause gebracht haben, Max«, sagte Erika.

Während sie die fantastischen Steine bewunderten, lehnte Carlton sich im Sessel zurück und betrachtete Erika und MacLean durch die blaue Rauchwolke seiner Zigarre. »Wisst ihr, nach allem, was passiert ist, hat Waterboer vielleicht doch Recht gehabt.«

»Inwiefern?«, wollte MacLean wissen.

»Ein Diamant ist Schönheit.«

NACHWORT

Diamanten sind nicht so selten, wie das Kartell den Konsumenten weismachen will. Es gibt unzählige Lagerstätten in fast allen Teilen der Welt. Alle paar Monate werden neue Vorkommen entdeckt und neue Minen gegraben. Gäbe es einen freien Markt für Diamanten, wären die Steine bei weitem nicht so teuer. Falls Sie das nicht glauben – versuchen Sie einmal, Diamanten an einen Juwelier zurückzuverkaufen. Sie wären überrascht, wie wenig er Ihnen bietet. Das Kartell hortet und lagert riesige Mengen an Diamanten, um das Angebot künstlich knapp zu halten.

Viel schlimmer aber sind die Fakten, die in den letzten Jahren von Menschenrechtsorganisationen wie Global Witness an die Öffentlichkeit gebracht wurden: Der internationale Terrorismus und viele blutige Bürgerkriege – vor allem auf dem afrikanischen Kontinent, der an Diamanten nicht gerade arm ist – werden durch Diamanten finanziert. Sie sind eine Währung, deren Weg kaum zu verfolgen und leicht zu verbergen ist. Verarmte, zu Tode verängstigte und versklavte Männer, Frauen und Kinder werden mit der Waffe gezwungen, unter menschenunwürdigen Bedingungen zu leben und zwischen Landminen zu graben, um Diamanten für Rebellen jeglicher Couleur zu gewinnen. Diese Steine nennt man »Kriegsdiamanten« oder »Blutdiamanten«. Erzürnte und wohlmeinende Gesetzgebungsorgane auf der ganzen Welt, darunter der US-Kongress, versuchen immer wieder, den Import und Verkauf von Diamanten einzuschränken, die nicht das Markenzeichen »konfliktfrei« tragen. Fragt sich nur, wer dieses Markenzeichen vergibt. Das Kartell hat erklärt, dass es dieses Markenzeichen unterstützt. Keine schwere Entscheidung, da die Ächtung der so genannten Kriegsdiamanten eine Stärkung des Kartellmonopols bedeutete, denn Diamanten außerhalb der Kontrolle des Kartells können nun nicht mehr verkauft werden. Leider schießen die Gesetzgeber hier völlig daneben: Die Schuldigen sind nicht die Verkäufer der Blutdiamanten, sondern das Kartell und sein Monopol. Solange das Kartell im Alleingang die Preise für Diamanten künstlich hoch hält, werden Terroristen sich uneingeschränkter Geldmittel erfreuen, und unsere Mitmenschen in Afrika werden weiterhin ihre Arme und Beine und ihr Leben beim Abbau der funkelnden Steine verlieren. Wie lange wollen zivilisierte Menschen das noch zulassen? Wie lange wollen wir noch Verlobungsringe mit Brillanten kaufen, wenn es so viele andere wundervolle Edelsteine gibt, deren Förderung und Verkauf keinem Monopol unterliegt? Ewige Liebe kann nicht von einem Diamanten symbolisiert werden, für den ein Kind sein Bein verloren hat. Die Lösung ist so nah und so fern wie unsere Brieftaschen.

Dennoch ist *Das Monopol* ein Roman, eine Fiktion. Trotz gewisser Ähnlichkeiten ist Waterboer Mines nicht De Beers. Die Slythes sind nicht die Oppenheimers. Auch die Banco Napolitana Lucchese gibt es nicht. Und obwohl es Kämpfe in der Vatikanhierarchie und innerhalb der katholischen Kirche sowie verschiedene Orden mit unterschiedlichen Meinungen gibt, existiert der im Roman erwähnte Orden nicht – an seinem Beispiel sollten lediglich verschiedene Konflikte innerhalb der Kirche dargestellt werden.

Die Vatikanbank hingegen gibt es wirklich – wie auch den Staatssekretär des Vatikans, den russischen Geheimdienst GRU, den russischen Eisbrecher *Rossija* (Name geändert) und die Untergrundbahn des US-Senats. Ebenso die National Security

Agency, das National Reconnaissance Office, das Directorate for Intelligence der CIA, die NATO-Luftwaffenbasis in Keflavik auf Island, den amerikanischen Nachrichtensatelliten 8X, das Angriffsunterseeboot *Seawolf,* den Flugzeugträger USS *Ronald Reagan* und die Super-Hornet-Kampfflugzeuge, deren Piloten die Vereinigten Staaten und deren Verbündeten Tag für Tag vor einer nur allzu wahren Bedrohung schützen. *Masél un b'róche.*

Nicolas Kublicki
www.thediamondconspiracy.com

DANKSAGUNGEN

Das Monopol ist mein erster Roman, den zu schreiben ich neun Jahre gebraucht habe – vom ersten Konzept bis zur Veröffentlichung. Ich schrieb zumeist an Wochenenden, im Urlaub und nachts, da ich an Werktagen durch meine Anwaltspflichten in Anspruch genommen war. Es war ein langer und oft dorniger Weg, doch ich möchte ihn für keine andere Erfahrung eintauschen.

Das Monopol trägt meinen Namen auf dem Cover, doch ich hätte das Buch nie schreiben können ohne die Hilfe der Vorsehung und jener Menschen, denen ich im Folgenden danken will.

Ich danke meinen Eltern, die mich in der Überzeugung bestärkten, dass ich alles erreichen könne, wenn ich nur hart genug dafür arbeite. Meinem Vater, der niemals müde wurde, das Manuskript zu lesen und Änderungsvorschläge zu machen. Ich danke meiner ganzen Familie für die Unterstützung.

Dank an Molly Gold für ihre Liebe und Geduld.

Elisa Celli-Wallace für ihren unerschütterlichen Optimismus. Sie lehrte mich meine ersten Schritte im Verlagsgeschäft und stellte mich Ed Stackler vor. Ihr Ehemann, der kürzlich verstorbene Trevor Wallace, brachte mir die grundlegenden Tugenden des Protagonisten bei. Nick F. schlug vor, ich solle erst den Schluss schreiben, als ich in den Flauten des Mittelteils dümpelte.

Ich danke Ed Stackler, meinem Herausgeber, für seine Begeisterung, seine unschätzbare Hilfe und Geduld beim Bearbeiten des Manuskripts und dafür, dass er mich mit Natasha Kern bekannt gemacht hat.

Natasha Kern, meiner Agentin, danke ich für ihren Glauben an das Manuskript und an mich, für ihre Geduld und ihre Änderungsvorschläge und dafür, dass sie mich durch das Labyrinth der Verlage führte und mich vor den Minotauren bewahrte. Auch ihren hervorragenden Assistenten Ruth Widener und Laura Conner danke ich für die freundliche und tatkräftige Hilfe.

Weiter geht mein Dank an: Lesley Kellas Payne für den letzten Schliff und für ihre Vorschläge zur Erzählperspektive.

Alex Lubertozzi, meinem Editor bei Sourcebooks, der es wagte, auf mein Manuskript und mich zu setzen, sowie für seine wertvollen Kommentare und seine Geduld. Diejenigen, die behaupten, kein Autor könne seinen Herausgeber leiden, sind Lügner.

Ich danke Judith Kelly, Marketingdirektorin bei Sourcebooks, der Publizistin Megan Casper, der Eventkoordinatorin Heidi Kent und allen Mitarbeitern bei Sourcebooks, die an das Buch geglaubt und es zu einem Erfolg gemacht haben.

Robert D. Billings danke ich dafür, dass er mich auf dem Capitol Hill herumführte und mich durchs Haus, den Senat und die Untergrundbahn geleitete. Mr Billings, aye!

Daniel L. Casey, der mir meinen ersten Job gab und meinen Wunsch, dieses Buch zu schreiben, so gut verstand, als alle Umstände dagegen zu sprechen schienen. Außerdem danke ich ihm für seine Hilfe bei der Vermarktung.

Todd Samovitz, einem Schriftstellerkollegen, danke ich für seine Freundschaft und dafür, dass er ein so gutes Resonanzbrett abgab und den richtigen Weg freiräumte.

Peter Riebling, einem Anwaltskollegen, danke ich für seine Freundschaft und dafür, dass er mir den Weg nach Washington ebnete. Und für all die einsamen Nächte mit Spaghetti, während er auf der anderen Seite der Stadt weilte – und später auf der anderen Seite des Landes.